ブヴァールとペキュシェ

GUSTAVE FLAUBERT
BOUVARD ET PÉCUCHET

ギュスターヴ・フローベール
菅谷憲興 訳

作品社

目次

装幀　水戸部功

ブヴァールとペキュシェ

I

三十三度の暑さなので、ブールドン大通りにはまったく人影がなかった。

少し低まったところにあるサン＝マルタン運河は、二つの水門に堰き止められ、インクのように真っ黒な水を一直線に湛えている。その真ん中には木材を積んだ船が一艘浮かんでおり、また土手には樽が二列に並んでいる。

運河の向こうは、建築現場に隔てられた家々の間から、澄んだ大空がまるで瑠璃色の板のように浮き出ている。照りつける陽射しを受けて、建物の白い正面、スレートの屋根、花崗岩の河岸が目に眩しい。漠としたざわめきが、遠くから生暖かい大気の中へと立ち上り、何もかもが、日曜日の所在なさと夏の日の物悲しさに麻痺したかのようであった。

二人の男が現れた。

一人はバスティーユ広場から、もう一人は植物園からやって来る。夏服を着た大きい方の男は、帽子をあみだにかぶり、チョッキのボタンを外して、ネクタイを手に歩いている。小さい方の男の体は栗色のフロックコートの中にすっぽり隠れており、庇のとがった鳥打帽の下でうつむいている。

大通りの真ん中に着くと、二人は同時に、同じベンチに腰を下ろした。

額の汗をふくために帽子を脱ぐと、それぞれ自分のわきに置く。すると小柄な方の男は、隣に座った男の帽子の裏地に「ブヴァール」と記されているのに気付いた。同時にもう一人も、フロックコートをはおった男の鳥打帽に「ペキュシェ」という文字があるのを目ざとく見て取った。

「ほう！」と彼は言った。「お互い同じことを考えたのですな。帽子に名前を書き込むとは」

「ええ、本当に！　役所で間違って持って行かれると困りますから！」

「私も同じですよ。勤め人でしてね」

そこで二人はお互いをじっくりと眺めた。

ブヴァールの愛想のいい様子がたちまちペキュシェを魅了した。

いつも半ば閉じたままの、青みがかった目が、血色のよい顔の中で微笑んでいる。大きな腹当ての付いたズボンは、ビーバーの短靴に裾が触れるあたりで皺になっており、またベルトがお腹を締め付けて、シャツを膨らませている。金髪が自然に縮れて軽い巻き毛になっているため、どこか子供っぽく見える。

彼は唇の端で、絶えず口笛のような音をさせていた。

ペキュシェの真面目な様子がブヴァールに強い印象を与えた。

ぺたっとした黒髪が高い額にはりついている様は、まるで鬘をかぶっているかと思わせるほどだ。鼻がかなり下まで伸びているせいで、どこから見ても横顔に見える。ラスティング地「毛足の短い丈夫な毛織物」のズボンにおさまった脚は、胴長の上半身と釣り合っておらず、声は太くてこもっている。

こんな感嘆がその口から洩れた。「田舎はさぞ良いでしょうな！」[*1]

だが、ブヴァールに言わせれば、郊外は居酒屋がうるさくてかなわない。ペキュシェも同じ意見である。とはいえ、二人とも首都にはそろそろうんざりし始めていた。

そこで彼らは、建築現場に積んである石材や、一束の藁が浮かんでいる汚らしい水の上や、地平線にそびえる工場の煙突へと順に視線をさまよわせた。下水の臭気が漂ってくる。反対側を向くと、今度は目の前に穀物貯蔵庫[*2]の壁が広がっていた。

どう考えても（ペキュシェはそのことに驚いていたのだが）、家の中より街中の方がずっと暑い！

ブヴァールは相手にフロックコートを脱ぐよう勧めた。自分はといえば、人が何と言おうと知ったことではない！

不意に酔っ払いが一人、千鳥足で歩道を横切った。それを見た二人は、労働者をめぐって政治の話を始めた。ブヴァールの方がいくらか自由主義的ではあるものの、彼らの意見は一致していた。

鉄のがちゃがちゃいう音が、埃の巻き上がる舗石の上に響いた。三台の貸馬車がベルシーに向かうところで、そこには花束を手にした花嫁、白ネクタイを着けたブルジョワたち、腋の下までペチコートに埋まったご婦人連、さらに二、三人の少女に、中学生が一人乗っている。この結婚式の眺めをきっかけに、ブヴァールとペキュシェは女について話し出した。曰く、女は浮気で、気難しく、強情である。にもかかわらず、しばしば男よりはましだ。もちろん女の方が始末に負えないことだってある。要するに、女なしで生きるに越したことはない。だから、ペキュシェはずっと独身を通してきたのだという。

「私は妻を亡くしましてね」とブヴァールは言った。「子供もいないんです

＊1　「田舎　田舎の人々は都会人より親切である。彼らの運命をうらやむべし」（紋切型辞典）。
＊2　ナポレオンが一八〇七年、飢饉に備えて、現在のアルスナル地区に建設した穀物貯蔵庫のこと。一八七一年のパリ・コミューンの際に焼失した。

よ！」

「あなたにとっては、その方がきっと幸せなのでは？」そうはいっても、独り身もしまいには淋しいものである。

すると今度は、河岸の端に、娼婦が一人、兵士を連れて現れた。青白い顔色をし、黒髪で、あばた面の女は、軍人の腕にもたれて、腰を振りながらぼろ靴を引き摺っている。

この女が遠ざかったのを見て、ブヴァールは卑猥な意見を述べ始めた。ペキュシェは真っ赤になると、おそらく返事をするのを避けるためであろうか、司祭が一人近づいて来るのを目顔で知らせた。

聖職者は、やせた楡の若木が歩道に沿って植えられた並木道をゆっくりとくだって行く。その三角帽が見えなくなった途端、ブヴァールはやれやれと口にした。というのも、彼はイエズス会の司祭どもを忌み嫌っていたのである。[*3] ペキュシェの方は、彼らを弁護するわけではないものの、それでも宗教に対しては敬意を示した。

そうこうするうちに夕暮れが迫ってきて、正面のよろい戸が引き上げられた。通行人の数も多くなってくる。七時の鐘がなった。

二人の話はいっこうに尽きる気配もなく、逸話には感想が加えられ、個人的な考察の後には哲学的な見解が続くといった具合である。土木局、煙草の専売、商業、劇場、わが国の海軍、果ては人類全体を貶《けな》したが、その様子はまるで大いなる幻滅を味わった人のようだ。お互いに相手の言うことを聞きながら、忘れていた自分自身の一部を思い出す。そして、素朴に感動する年齢はとうに過ぎていたにもかかわらず、新たな喜び、心が綻びるような感覚、芽生えたばかりの愛情の魅力を感じていた。

幾度も彼らは立ち上がってはまた座り、さらに上流の水門から下流の水門まで大通りを端から端まで歩いた。その度に立ち去ろうと思うのだが、何か不思議な力に引き止められて、そうすることができずにいたのである。

だがついに別れるつもりで握手を交わした瞬間、ふとブヴァールが言った。

「どうです！　一緒に夕食をいかがですか？」

「私もそう考えていたのですよ！」とペキュシェが応じた。「でも、なかなか言い出せなくて！」

そこで彼は、市役所の正面にある、感じのよさそうな小さなレストランへと連れて行ってもらった。

ブヴァールは定食を注文した。

ペキュシェは、体がほてるので、香辛料は控えているという。[*4]これをきっかけに、医学的な議論が始まった。それから、彼らは科学の利点を褒め称えた。何と多くの知るべきこと、研究すべきことがあることか！　時間さえあればなあ！　残念ながら、生活の資を稼ぐので手一杯である。そして、二人とも筆耕だということが分かると、驚きで両腕を持ち上げ、テーブル越しに抱き合わんばかりであった。ブヴァールは商社で、ペキュシェは海軍省で働いている。役所勤めにもかかわらず、ペキュシェは毎晩勉強を怠ることなく、デュティエール氏[*5]の著作の間違いをノートに書き留めているという。また、

＊3　「イエズス会士　あらゆる革命にかかわっている。／どれだけの人数がいるか想像もつかないくらいだ」（紋切型辞典）。

＊4　「料理　レストランの料理は、常に体がほてる。／家庭料理は常に健康的。／南仏料理は香辛料が効きすぎているか、油っこいか、どちらかである」（紋切型辞典）。

＊5　アドルフ・ティエール（一七九七―一八七七）政治家、歴史家。一八三〇年に自由主義的な新聞『ナシオナル』を創刊し、七月王政の確立に貢献。イギリス流の立憲君主制を支持し、ルイ＝フィリップのもとで首相を務めた。一八四八年には「秩序派」のリーダーとなるが、徐々にルイ＝ナポレオンと対立し、五一年のクーデターの際に逮捕、追放される。その後復権、第三共和制下で初代大統領に選ばれる。ちなみに、ここで言及されている著作は、明らかに『フランス革命史』（十巻、一八二三―二七）のこと。

ムシェルという名の教授のことを、大いに敬意をこめて語った。

ブヴァールは、また別の面でまさっていた。髪の毛で編んだ時計の鎖や、辛いソースをかきまぜるその手付きなど、世慣れた若作りの中年親爺といったところである。食べる時は腋の下にナプキンの端をはさみ、軽口をたたいて、ペキュシェを笑わせた。それは独特な笑い声であり、低い一本調子の、常に同じ音が、間をおいて発せられる。ブヴァールの方は切れ目のないよく響く笑い声で、歯をむき出しにして、肩を揺すりながら笑うと、店に入りかけていた客も思わず引き返すほどだった。

食事がすむと、彼らは別の店にコーヒーを飲みに行った。ペキュシェはガス灯を眺めては、贅沢の行きすぎについて不平を鳴らし、それからさも軽蔑したような仕草で新聞を押しやった。[*6] ブヴァールの方が、新聞に対しては寛大だった。物書きなら誰であろうと好意を持っていたし、若い頃には役者を志したことさえあったという!

彼は友人のバルブルーをまねて、ビリヤードのキューと象牙の球を二つ使って曲芸を試みた。何度やっても球は落っこちてしまい、床の上、それもお客の足の間を転がって、遠くへ見えなくなる。給仕はその度に立ち上がっては、四つん這いになって腰掛けの下を探さねばならず、しまいには文句を言い出した。ペキュシェがその給仕と喧嘩になった。店の主人がとりなしに現れたが、その言い分を聞こうともせず、飲み物にまで言いがかりをつける始末である。

それから彼は、すぐそばのサン゠マルタン通りにある自宅で、穏やかに夜を終えようと提案した。部屋に入るとすぐ、ペキュシェはインド更紗の上っ張りのようなものをはおり、恭しく友人を迎え入れた。

部屋の真ん中に置かれた樅の机は、角が邪魔になっている。周囲には、棚板の上にも、三脚の椅子や古い肘掛椅子の上にも、さらに部屋の隅々にまで、ロレ百科事典[*7]が数冊、『磁気治療師マニュアル』、フェヌロン[*8]が一冊、また他にも様々な書物が、反古の山、二つのヤシの実、種々のメダル、トルコ帽、そしてデュムシェルがル・アーヴルから持ち帰ったという貝殻などとともに、雑然と散らばっている。埃が積もったせいで、元々黄色く塗られていた壁がビロードのような光沢を帯びていた。ベッドの端には靴用ブラシが転がっており、シーツがぶら下がっている。天井には、ランプの煙で作られた大きな黒い染みが見える。

ブヴァールは、おそらく臭いが気になったのであろう、窓を開けてよいかどうか尋ねた。

「書類が飛んでしまうじゃないですか！」とペキュシェは叫んだ。その上、彼はすきま風を怖れていたのである。[*9]

しかしながら、屋根のスレートの熱気で小部屋の中は朝から蒸していたため、ひどく息苦しそうにしていた。

ブヴァールが彼に言った。「私だったら、そのフランネルのチョッキを脱ぎますがね！」

「何ですって！」ペキュシェは、健康用のチョッキを脱ぐことを考えただけでぞっとして、思わずうつむいてしまった。

「どうです、私を送ってくれませんか！」とブヴァールが続ける。「外の空

＊6　「新聞　新聞なしですますことはできないが、それでも強く非難すべし」(紋切型辞典)。

＊7　ロレ書店が一八二五年に創刊した小型版のマニュアル本のコレクション。科学や技術に関わる諸分野の実用的な啓蒙書として、当時大成功をおさめた。

＊8　フランソワ・ド・サリニャック・ド・ラ・モット・フェヌロン(一六五一―一七一五)　聖職者、作家。カンブレー大司教。ルイ十四世の孫ブルゴーニュ公の教育係となり、教材として『テレマックの冒険』(一六九九)その他を執筆。晩年は静寂主義(キエティスム)に傾倒し、神秘主義的な傾向を強めた。

＊9　「空気　すきま風には常に用心すべし」(紋切型辞典)。

気に当たって涼みましょうよ」

結局ペキュシェは、ぶつぶつ言いながらも、長靴を履き直した。「まったく、あなたにはかないませんよ！」そうして、少々離れていたにもかかわらず、トゥルネル橋の正面の、ベテューヌ通りの端にあるブヴァールの家までついていった。

ブヴァールの部屋はきちんと蠟引きされ、金巾《カナキン》のカーテンとマホガニーの家具を備えており、セーヌ川に面したバルコニーが付いている。特に目立つ装飾は二つ、簞笥の真ん中に置かれたリキュール入れと、鏡に沿って並べられた友人たちの銀板写真である。アルコーヴ［ベッドを置くための部屋の窪み］には油絵が一枚掛かっている。

「叔父です！」とブヴァールは言うと、手にした燭台で一人の男の姿を照らした。

赤い頰髯が顔を横に幅広く見せており、その上には先が縮れた頭髪が乗っかっている。高く締めたネクタイに、シャツ、ビロードのチョッキ、*10 黒い燕尾服の三重の襟のせいで、猪首に見える。胸飾《ジャボ》りにはダイヤモンドがかたどられている。切れ長の目は頰骨のあたりまで伸び、ちょっとからかうような様子で微笑んでいる。

「むしろお父上だと勘違いしそうですね！」ペキュシェは思わずこのような感想を漏らした。

「名付け親ですよ」とブヴァールはぞんざいに答えて、自分の洗礼名はフランソワ＝ドゥニ＝バルトロメというのだと言い添えた。ペキュシェの名はジュスト＝ロマン＝シリル。さらに二人とも同じ年齢、四十七歳であった！　この偶然の一致は彼らを喜ばせると同時に、驚かせもした。というのも、どちらも相手をもっと年上だと思っていたのである。それから、彼らは神の摂理、その取り合わせの妙を褒め称えた。「だって、要するに、先ほど散歩に出かけていなかったとしたら、お互いに知り合うこともなく死んでいたかもしれないのですからね！」そして勤め先の住所を交換してから、おやすみの挨拶を交わした。

「女のところへなんかしけこまないように！」とブヴァールは階段の上から叫んだ。

ペキュシェは、きわどい冗談には返事をせずに、階段を下りて行った。

翌日、オートフイユ通り九十二番地、アルザス織物業デカンボ兄弟商会の中庭で、ある呼び声が響いた。

「ブヴァール！　ブヴァールさん！」

ブヴァールが窓から顔を出すと、そこにいたペキュシェはいっそう声を張り上げた。

「体調は何ともありません！　あれは脱ぎました！」

「いったい何のことです？」

「あれですよ！」とペキュシェは、自分の胸を指差して言った。

昨夜は、一日中話し続けて興奮していたのに加えて、部屋の暑さと消化の悪さのせいで、なかなか寝つけなかった。そのうちついに我慢できなくなり、フランネルのチョッキを放り出してしまった。朝になってそのことを思い出したが、幸いなことにどこも調子は悪くない。そこでブヴァールに報告に来たというわけだが、この一件によって、友人はすっかり彼の評価を勝ち得たのであった。

ペキュシェは小商人の息子であった。母親は若くして亡くなったので、覚えていない。十五歳の時に寄宿学校から引き取られ、執達吏のもとに奉公に出された。そこに憲兵が現れて、主人は懲役刑に処されてしまった。この恐ろしい思い出は、今でも彼に恐怖を引き起こすほどだ。それから、自習監督、

＊10　「ビロード　衣服に用いると、上品で裕福な印象を与える」（紋切型辞典）。

薬局の徒弟、セーヌ川上流の郵便船の会計係など職を転々とした。最後に、ある局長が彼の字の上手さに引かれて、書記として雇い入れた。[*11] しかし、十分な教育を受けていないという意識が、それがもたらす精神的欲求とあいまって、始終ペキュシェを不機嫌にしている。肉親もなければ、愛人もなく、完全に一人ぼっちで暮らしており、気晴らしといっては、日曜日に公共土木事業を見て回ることくらいである。

ブヴァールの最も古い記憶は、ロワール川のほとりの、ある農家の中庭にまでさかのぼる。叔父だと名乗る男が彼をパリに連れて行き、商売を習わせた。成人になると、数千フランの元手をもらったので、妻をめとって、菓子屋を開業した。六ヶ月後、妻がお金を持って失踪した。さらに、友人付き合い、美食、それにとりわけ怠け癖がたたって、たちまちのうちに破産してしまった。だが、字がきれいなのを利用しようと思い付くと、それ以来十二年間、オートフイユ通り九十二番地、織物業デカンボ兄弟商会で、同じ務めをこなしている。叔父はといえば、ずっと以前に例の肖像画を記念に送ってよこしたものの、今ではどこに住んでいるのかさえ定かでない。ブヴァールはもう何も期待していなかった。千五百リーヴル［一リーヴルは一フランと同じ。年金や公債には、通常リーヴルを用いた］の年金と筆耕の給料のおかげで、毎晩、居酒屋にうたた寝しに行くくらいの余裕はあった。

かくして、二人の出会いはまるで冒険《アヴァンチュール》のような重要性を帯び、お互いすぐに秘密の糸で結び付くことになった。それにそもそも、どうやったら共感を説明することができるだろうか？ ある人物のもとではどうでもよかったり、あるいは醜くさえ思われるこれこれの特徴や欠点が、なぜ他の人物のもとでは魅力的になるのだろう？ 一目惚れと呼ばれるものは、あらゆる情熱にとって真実なのである。一週間もたたないうちに、二人はごく親しい間柄になっていた。

彼らはよくお互いの職場に訪ねて行った。一方が現れるやいなや、もう一方は机を閉じ、一緒に街中へと出かけて行く。大股で歩くブヴァールに対し、ペキュシェが踵でフロックコートの裾を打ちながら、ちょこちょこ急ぎ足で進む様子は、まるでローラーですべっているように見える。同じように、それぞれの嗜好も調和がとれていた。ブヴァールはパイプを吸い、チーズが好物で、コーヒーはきまってブラックで飲む。ペキュシェは嗅ぎ煙草[*12]を好み、デザートはジャムしか食べず、コーヒーには砂糖を一かけら入れる。一方は他人を信じやすく、おっちょこちょいで、気前がよく、もう一方は控えめで、すぐに考え込む性質であり、節約家だ。

ペキュシェを喜ばせようと、ブヴァールはバルブルーを紹介した。元セールスマンで、現在は株式仲買人をしているこの気さくな男は、女好きの愛国者で、場末の言葉を気取って使っている。ペキュシェは彼を不愉快な奴だと思い、代わりにブヴァールをデュムシェルの所に連れて行った。この著述家は（というのも、小さな記憶術の本を一冊出していたからだが）、ある寄宿学校で文学を教えており、正統的な意見の持ち主にふさわしく、態度も真面目くさっている。彼はブヴァールを退屈させた。

二人とも自分の意見を隠すことなく、お互いに相手の言い分をもっともだと認めた。彼らの習慣は以前とは様変わりした。行きつけの賄い食堂を出て、しまいには毎日夕食をともにするようになった。

評判の芝居や、政府や、食料品の値段の高さや、商業の不正などについて意見を述べ合う。時には、首飾り事件[*13]とかフュアルデス裁判事件[*14]などが話題

＊11　「字　字がきれいだと、何でも上手く行く」（紋切型辞典）。

＊12　「嗅ぎ煙草　書斎人にふさわしい」（紋切型辞典）。

＊13　一七八五年、ド・ラ・モット伯爵夫人がロアン枢機卿に高額の首飾りを買わせ、それを王妃マリー＝アントワネットに渡すためといってだまし取った事件。マリー＝アントワネット自身は無関係であったにもかかわらず、世論におけるその評判は著しく失墜した。

になることもあれば、また大革命の原因を探ったりすることもある。
骨董品街をぶらついた。国立工芸学院、[15]サン＝ドニ寺院、[16]ゴブラン織工場、[17]廃兵院《アンヴァリッド》、[18]要するにありとあらゆる公共のコレクションを見て回る。パスポートを求められると、なくしたふりをして、二人の外国人、とりわけイギリス人[19]になりすますのだった。

博物館[20]の陳列室では、四足獣の剝製に驚嘆し、蝶を喜んで眺めたが、金属の前は無関心に通り過ぎた。化石には夢想を誘われたが、貝類学には退屈させられた。ガラス越しに温室を覗いては、これらの葉叢《はむら》がみな毒を発散しているのだと考えてぞっとする。杉の大木について感心したのは、元々それを帽子に入れて持って来たという逸話[21]である。

ルーヴル美術館では、ラファエロ[22]に夢中になろうと努め、国立図書館では、蔵書の正確な数を知りたがった。

一度など、コレージュ・ド・フランス[23]のアラビア語の授業にもぐり込んだこともある。教授は、見知らぬ男が二人、一生懸命ノートを取ろうとしているのを見て、びっくりしてしまった。バルブルーのおかげで、小劇場の舞台裏に入り込むこともできたし、デュムシェルは、アカデミーの会合のための傍聴券を手に入れてくれた。最新の発見について情報を集め、様々なパンフレットに目を通す。こうした好奇心によって、彼らの知性は発達した。日ごとに新たに開けていく地平線の果てには、漠然としてはいるが魅惑的な事物

＊14　一八一七年、元帝国検事フュアルデスが南仏ロデーズの町で暗殺され、真相のはっきりしないまま、両替商ジョージオンと二名の共犯者が処刑された。裁判の過程で王党派とボナパルト派の対立が浮き彫りになるなど、事件はジャーナリズムを大いに賑わした。

＊15　一七九四年、革命政府によって産業の振興と技術者の育成を目的として作られた教育機関。同時に、工芸に関わる機械、道具、書物などを保存する博物館の役割も果たしていた。

＊16　パリ北方郊外に位置する教会堂(現在は大聖堂)。歴代のフランス王の墓所として知られる。フランス革命時に多大な損傷をこうむったが、その後修復された。

＊17　一六六二年、ルイ十四世の財務総監であったコルベールが設立した王立工場。高価なタペストリーなどの織物を生産した。『紋切型辞典』には次のような記述がある。「ゴブラン織　完成までに五十年も要する驚嘆すべき作品。／ゴブラン織を前にしたら、『絵よりもきれいじゃないか！

が垣間見えるのであった。

昔の家具を鑑賞すると、それが使われていた時代に生きていなかったことが悔やまれる。そうはいっても、その時代のことなど実は何も知らないのであった。未知の国々のことを、その名前をもとに想像してみる。何も正確なことが分からない分だけ、それらはますます美しく感じられた。タイトルがよく分からない著作には、きまって何らかの神秘が含まれているように思われるのだった。

見識が広がるにつれて、それだけ苦しみも増した。通りで郵便馬車とすれ違う度に、それに乗ってどこかに立ち去ってしまいたいという欲求を覚える。花市河岸を通ると、田舎への憧れが掻き立てられた。

ある日曜日のこと、朝から出かけると、ムードン、ベルヴュー、シュレーヌ、オートゥイユ*24と散策した。ひねもすブドウ畑の間をさまよい、畑の縁に咲いているひなげしを摘み、草の上に寝そべっては、牛乳を飲み、居酒屋のアカシアの木の下で食事をする。そして夜遅く、埃まみれでくたくたになりながらも、大喜びで帰って来た。その後も何度かこうした遠出を繰り返したが、翌日になるとひどい物悲しさに襲われるので、そのうちやめてしまった。

勤め先の単調さがやりきれなくなってきた。年がら年中、字消しナイフに艶出し用の樹脂、同じインク壺に同じペン、そして同じ同僚！　二人は仕事仲間を愚物だと決めつけて、あまり話しかけなくなり、そのために周囲から

職人は、自分が何を作っているか分かっていないそうだ！』と叫ぶべし」

＊18　一六七〇年、ルイ十四世が傷痍軍人を収容する施設として設立を指示。ほぼ同時に、付属のサン＝ルイ教会も建設された。ちなみに、七月王政下にナポレオンの遺骸がその地下墓所に移送されたのは一八四〇年のことであり、物語のこの時点より少し後ということになる。

＊19　「イギリス人　みな金持ち」（紋切型辞典）。

＊20　一六三五年にルイ十三世が創設した「王立薬草園」を母体にして、一七九三年に設立された自然史博物館のこと。ビュフォンやキュヴィエといった当代一流の学者たちの名と結び付き、学問的にも高い評価を享受していた。

＊21　一七三四年、植物学者ジュシューがイギリスからレバノン杉の苗木を持ってくる際、途中で植木鉢を壊してしまい、帽子に入れてパリの植物園まで運んだという。そこから話が膨らんで、問題の杉はシリアから帽子に

嫌がらせを受けた。毎日遅刻しては、叱責されるのだった。

以前は、彼らはほとんど幸福だったといってよい。ところが、自尊心が芽生えて以来、自分たちの職業に屈辱を感じるようになった。そしてお互いにこの嫌悪感を煽っては、相手の気持ちを掻き立てて、かえって自分たち自身を損なっていた。ペキュシェはブヴァールのぶっきらぼうなところを身に付け、ブヴァールにはいくぶんペキュシェの陰気なところが移った。

「広場で軽業師にでもなりたいものだ！」と一方が言う。

「屑屋でもいいぞ！」ともう一方が叫ぶ。

何というやり切れない境遇であろうか！　しかも、抜け出す手立てもなければ、希望さえない！

ある日の午後（一八三九年一月二十日のことであった）、ブヴァールが職場にいるところに、郵便配達が一通の手紙を持ってきた。

両腕が持ち上がり、頭が少しずつのけぞる。それから、床の上に気絶して倒れてしまった。

同僚たちが駆け寄って、ネクタイを外し、医者を呼びにやった。

ブヴァールは目を開くと、皆の質問に対し、こう答えた。「ああ！……実は……実は……少し空気に当たれば、楽になると思います。いや、お構いなく！　ちょっと失礼！」そして太った体軀をものともせず、海軍省まで一気に駆け付けた。道々、何度も額に手をやっては、気でも違ったのではないかと考え、とにかく落ち

入れて持ち帰ったもので、ジュシューは苗木に水をやるために、砂漠の中でも喉の渇きを我慢したという伝説が作られた。ちなみに、『紋切型辞典』にも、「杉　パリ植物園の杉は、もともと帽子に入れて持ってきたものだ」と記されている。

＊22　ラファエロ・サンティ（一四八三―一五二〇）　イタリアの画家、建築家。ルネサンスの巨匠の一人。代表作に、ルーヴル美術館に所蔵されている『聖母子と幼児聖ヨハネ』（一五〇七）など。

＊23　一五三〇年、人文学者ギヨーム・ビュデの進言にもとづき、国王フランソワ一世が設立した「王立教授団」を起源とする国立の高等教育機関。学位は授与されないが、講義はすべて公開であり、一般の人々も受講可能である。

＊24　いずれもパリの西側に位置するセーヌ川近郊の田園都市。

着こうと努める。

彼はペキュシェを呼び出してもらった。

ペキュシェが現れると、

「叔父が亡くなった！　遺産を相続したぞ！」

「まさか！」

ブヴァールは次のような文面を見せた。

タルディヴェル公証人事務所
サヴィニー＝アン＝セプテーヌ[*25]、三九年一月十四日

拝啓
元ナント市[*26]の卸売商で、今月十日に当地で逝去された貴殿の生父、フランソワ＝ドゥニ＝バルトロメ・ブヴァール氏の遺言状の件で、当事務所までご足労いただくようお願い申し上げます。なお、この遺言状は貴殿の有利となる非常に重要な条項を含んでいることを申し添えておきます。

敬具
公証人、タルディヴェル

ペキュシェは中庭の車よけの石にへなへなと座り込んでしまった。それから、手紙を返しながら、ゆっくりと口にした。

「何か……いたずら……じゃなければいいんだけど？」

＊25　フランス中部シェール県の村。ブールジュ近郊に位置する。
＊26　フランス西部、ロワール川河畔に位置する都市。ロワール＝アトランティック県の県庁所在地。

「いたずらだと思うのかい！」ブヴァールは、瀕死の人の喘ぎ声にも似た、喉を絞めつけられたような声で答えた。

しかし、郵便切手も、印刷用活字で記された事務所の名前も、公証人のサインも、何もかも、この知らせが本物であることを証している。そこで彼らは、口の端をふるわせ、目には涙を浮かべて、お互いにじっと見つめ合った。

とりあえず広々とした場所に出たくなったので、凱旋門まで歩いて行き、そのままセーヌ川沿いに引き返して、ノートルダム寺院を通り越してしまった。ブヴァールは真っ赤だった。ペキュシェの背中をこぶしで叩いては、さらに五分間もの間、まったく訳の分からぬことを口走った。

二人とも、自然と笑みがこぼれるのをどうしようもない。この遺産は、もちろん、金額にすれば……？「ああ！　いくら何でも話がうますぎる！　もうやめにしよう」ところが、すぐにまたその話題へと戻るのであった。

ただちに詳細を問い合わせても、別に支障はないはずだ。そこでブヴァールは公証人に手紙を書いた。

公証人が送ってきた遺言状の写しは、次のような文言で終わっていた。「したがって、私は非嫡出子フランソワ＝ドゥニ＝バルトロメ・ブヴァールを認知し、法によって処分可能な財産の一部を彼に与えることとする」

老人は、まだ若い頃にできたこの息子を、甥ということにしておき、注意深く遠ざけてきた。甥の方も、事情は十分承知の上で、いつも叔父さんと呼んできた。ブヴァール氏は四十歳頃に結婚したが、間もなく妻に先立たれた。加えて、二人の嫡出子にも期待を裏切られてみると、これほど長年の間、もう一人の子供を見捨てていたことが悔やまれてならなかった。女中への遠慮さえなかったら、息子を手元に引き取っていたであろう。家族の策略が功を奏して、結局はこの女中とも別れた。さて一人ぼっちとなり、死を間近に控えてみると、最初の恋の結晶である子供にできるだけの財産を残してやることで、これまでの過ちを償いたいと思うようになった。彼の財産は五十万フランにものぼっており、そのうち二十五万フランが筆耕のものということになる。長男のエティエンヌ氏は、遺言を尊重する旨をすでに表明していた。

ブヴァールはまるで放心状態におちいったかのようだった。酔っ払いによく見られるような穏やかな微笑を浮かべて、「一万五千リーヴルの年金！」と小声で繰り返している。ペキュシェの方が気はしっかりしていたものの、それでも驚きがおさまらなかった。

タルディヴェルからの手紙が、突如として二人を動揺させた。次男のアレクサンドル氏が、法廷にこの件の調整をゆだねる意向を宣言したという。しかも、できれば財産の遺贈に反対するつもりで、あらかじめ封印、財産目録作成、供託物保管者の任命を要求しているらしい。ブヴァールはあまりのことに、黄疸にかかってしまった。回復するとすぐにサヴィニーへ赴いたが、何の結論も得られないままそこから戻って来ると、旅の費用を無駄にしたと嘆いた。

それからは、眠れない夜が続いた。怒りを覚えるかと思えば、希望が湧き、ひとしきり興奮した後に、今度は意気消沈するといった具合である。ようやく六ヶ月後に、アレクサンドル氏が折れたので、ブヴァールは晴れて遺産を手に入れることとなった。

彼の第一声は、「一緒に田舎に隠遁しよう！」というものだった。自身の幸福に友を結び付けるこの言葉も、ペキュシェにはごく当然のものと思われた。それほどこの二人のつながりは絶対的な、深いものとなっていたのである。

とはいえ、ペキュシェもブヴァールの世話になって暮らしたくはなかったので、定年退職するまでは動かないと言い張った。あと二年、それくらいが何だろう！　彼は頑として主張を曲げなかったので、結局そのように決まった。

どこに居を定めたらよいか知るために、あらゆる地方について検討してみた。北部は土地は肥沃だが、寒すぎる。南部は気候は魅力的だが、蚊が多いのが難点だ。*27 中部は、端的に言って何も惹かれるものがない。ブルターニュ地方は、住民の気質*28が信心家ぶってさえいなければ、二人にはうってつけなのだが。東部地方にいたっては、ドイツ訛りのせいで、考慮の対象にもならなかった。だが他にも様々な地域がある。例えばフォレ地方、ビュジェ地方、ルモワ地方*29とは、それぞれどんな所だろうか？　地図を見ても、こうした点については何も分からない。それにそもそも、どんな場所に落ち着こうが、肝心なのは自分たちの家を持つことだ。

早くも彼らは、シャツ一枚になった自分たちの姿を思い浮かべるのだった。花壇の端でバラの木の枝を刈ったり、土をすいたり、耕したり、いじくったり、チューリップの花を植え替えたりする。雲雀のさえずりで目を覚まし、鋤を押しに行こう。籠を持って林檎を摘みに行ってもよい。バター作り、穀物打ち、羊の毛の刈り込み、ミツバチの巣の世話などの様子を眺め、牛の鳴き声や、刈り取った干し草の匂いを堪能しよう。もう書類もなければ、上司もいない！　家賃を払う必要さえない！　だって、自分たちの家を持つのだから！　食卓には、自分たちの鶏小屋の肉や、自分たちの庭の野菜を並べ、

＊27　「蚊　どんな猛獣よりも危険」（紋切型辞典）。

＊28　「ブルターニュ人　みな実直だが、頑固者」（紋切型辞典）。

＊29　それぞれ、ほぼ現在のロワール県にあたる地域（ローヌ＝アルプ地方）、現在のアン県とその周辺（ローヌ＝アルプ地方）、現在のウール県の北部（ノルマンディー地方）のことを指す。

木靴を履いたまま夕食をとろう！「何でも好きなことをやるぞ！ 髭も伸ばそうじゃないか[*30]！」

園芸の道具に加えて、「おそらく役に立つであろう」器具を山ほど買い揃えた。例えば、（家の中には必ずなくてはならない）道具箱、秤、測量用の鎖、病気の場合に備えて浴槽、温度計、さらには気が向いたときに物理の実験をするための「ゲイ＝リュサック式[*31]」気圧計などである。また、（いつも戸外で働けるわけではないので）文学の名作を何冊か揃えておくのも悪くなかろう。早速探し始めたところが、はたしてどんな著作が本当に「書架の本[*32]」なのか判断がつかず、時として大いに困惑した。ブヴァールがこの問題に決着をつけた。

「どうだい！ 蔵書は必要ないじゃないか」

「それに、僕の蔵書だってあるしね」とペキュシェは答えた。

前もって、彼らは準備を進めていた。ブヴァールは家具を、ペキュシェは大きな黒いテーブルを持っていくことになっている。カーテンはそのまま使えるし、これに炊事用具を少し買い足せば、それで十分であろう。お互いにこのことは口外しないと誓い合った。しかし、自然と顔が綻んでくるので、同僚たちには「奇妙」な奴だと思われた。ブヴァールは机の上に覆いかぶさるようにして、折衷書体[*33]にさらに丸みを与えようと肘を外に突き出し、いかにもずるそうに重い瞼をしばたたかせて、独特の口笛のような音を出してい

＊30 「田舎　田舎では、上着を脱いでも、悪ふざけをしても、何をしたって許される」（紋切型辞典）。

＊31 ジョゼフ・ルイ・ゲイ＝リュサック（一七七八―一八五〇）物理学者、化学者。気体の体積と温度の関係についての「ゲイ＝リュサックの法則」など数多くの業績を残した。ちなみに、ここで言及されているのは、以下の図（フランス版Wikipedia、「気圧計」の項目より）のような携帯可能なサイフォン気圧計のこと。

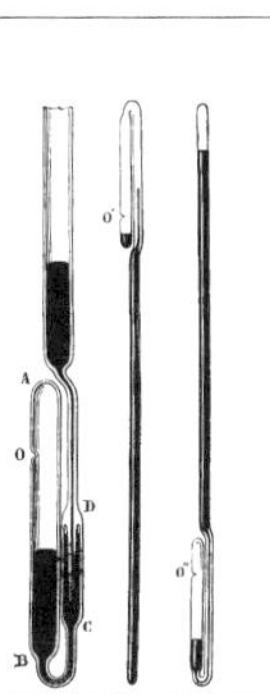
Fig. 281. — Tubes du baromètre à siphon de Gay-Lussac, modifié par Bunten

＊32 「書架　とりわけ田舎に住む時は、必ず家に備えておくべし」（紋切型辞典）。

＊33 折衷書体（bâtarde）とは、丸みを帯びた書体と草書体との中間の書体。ブヴァールが私生児（bâtard）であることに掛けた言葉遊びでもある。

る。ペキュシェは大きな藁椅子の上にちょこんと座って、細長い書体の縦線に入念に気を配りながら、鼻孔を膨らませ、まるで秘密を漏らすのを怖れるかのように口元をぎゅっと引き締めている。

一年半も探し回ったというのに、まだ落ち着き先の目途さえ立っていなかった。彼らはアミアンからエヴルーまで、またフォンテーヌブローからル・アーヴルまで、パリのあらゆる近郊に何度も足を運んだ。田舎らしい田舎を望んでおり、絵のような景色にはさしてこだわらないものの、視界が限られている所は悲しい気持ちになる。人が大勢住んでいる場所の近くは避けたいと思いつつも、一方で孤独を怖れてもいた。一度は決めたつもりになっても、後悔するのが心配で、ほどなく意見を変えてしまう。場所が不衛生に思われたり、海風にさらされていたり、工場に近すぎたり[34]、あるいは交通の便が悪いような気がするのであった。

バルブルーが助け舟を出してくれた。

彼は二人の夢を知っていたので、ある日、カーンとファレーズの間にあるシャヴィニョール[35]の地所の話を知らせにやって来た。三十八ヘクタールの農場に、ちょっとしたお城《シャトー》のような邸宅と、色々と収穫できる庭園が付いているという。

彼らは早速カルヴァドス県に出かけると、すっかり乗り気になってしまった。ただ問題は、農場と邸宅とをあわせて（どちらか一方だけでは売らないという）、売値が十四万三千フランにもなることだ。ブヴァールは十二万フランまでしか出さないと言い張った。

ペキュシェは友の頑なさをいさめ、譲るように頼み込んだ挙句、ついには自分が差額を補填しようと言い出した。それは彼の全財産であり、母の遺産とこれまでの貯金からなるものだ。この資金については、今まで一言も口に出したことがなかったが、いざという機会のために取っておいたのである。

彼の定年退職の半年前、一八四〇年の終わり頃には、支払いもすべて済んだ。ブヴァールはもう筆耕の仕事をやめていた。最初のうちは将来への配慮から勤めを続けていたものの、遺産が入ることが確実になると、すぐに職を辞したのである。しかし、その後もちょくちょくデカンボ商会には顔を出していたので、出発の前日も、職場の仲間全員にポンチ酒をふるまった。ペキュシェは、それとは反対に、同僚に対しては不愛想だった。最後の日も、ドアを乱暴にバタンと閉めて出て行ってしまった。

まだこれから荷造りを監督し、少なからず残っている用事や買い物を片付けた上で、デュムシェルにも暇乞いをしなければならない!

教授は今後も手紙で連絡を取り合い、文学の動向を伝えようと申し出た。そして再度お祝いを述べてから、ペキュシェの健康を祈った。バルブルーは、ブヴァールの別れの挨拶に際して、もっと情に厚いところを見せた。やりかけのドミノの勝負をわざわざ投げ出すと、田舎まで会いに行くことを約束し、さらにアニス酒を二杯注文して、友を抱擁した。

ブヴァールは家に戻ると、バルコニーに出て胸一杯に空気を吸い込み、「いよいよだな」と自らに言い聞かせた。川の水に映る河岸の灯りが震え、遠くに聞こえる乗合馬車の響きは次第に静まっていく。この大都会で過ごした幸福な日々のこと、レストランでの割り勘の食事や、夜の劇場や、門番女のおしゃべりなど、数々の習慣が思い出される。そして自分でも認めたくはなかったが、気弱になって、悲しみが込み上げてきた。

＊34 「工場 近くに住むと危険」(紋切型辞典)。

＊35 架空の地名。小説の記述によれば、カルヴァドス県のほぼ中央に位置するものと想定される。これ以後出てくるノルマンディー地方の地名については、地図を参照のこと。

ペキュシェは、朝の二時まで部屋の中を歩き回った。もうここに戻ってくることもないだろう。結構じゃないか！　だが、何か記念を残しておきたくなって、暖炉の漆喰に自分の名前を彫りつけた。

大きな荷物はすでに前の日に発送しておいた。庭仕事の道具、簡易用寝台、マットレス、テーブル、椅子、焜炉、浴槽、さらにブルゴーニュ・ワイン三樽は、まずセーヌ川経由でル・アーヴルまで送り、そこからカーンへ回してもらう手筈になっている。ブヴァールがそこでこれらの荷物を受け取って、シャヴィニョールに運んでくるのである。一方、彼の父の肖像画、肘掛椅子、リキュール入れ、書物類、振り子時計、その他貴重品の一切は引っ越し用馬車に積み込んだ。ノナンクール、ヴェルヌイユ、ファレーズを通って行くこの馬車には、ペキュシェが同乗することになった。

彼は御者の隣の座席に乗り込んだ。一番古いフロックコートにくるまり、マフラー、指先の開いた手袋、役所で使っていた足炬燵などを身に着けて、三月二十日の日曜日、夜明け方に首都を後にした。

最初の数時間は、旅の景色の変化と物珍しさに気を奪われていた。そのうち馬車の速度が緩んできたので、御者と車夫を相手に口論が始まった。彼らの選んだ宿はひどいもので、ちゃんと荷物には責任を持つと請け合ったものの、ペキュシェは用心のあまり同じ宿屋に泊まることにした。翌日は明け方から出発した。どこまで行っても代わり映えしない道が、地平線の果てまで登り坂になって続いている。道端に置かれた小石の山[*36]が次から次へと過ぎ去っていく。溝には水がたまっており、単調な冷たい色調の緑の平原が見渡す限り広がっている。空には雲が流れ、時々雨が降ってくる。三日目には、突風が吹いた。荷車の幌がしっかり結わえ付けられていなかったせいで、まるで船の帆のように風にばたばたと鳴った。ペキュシェは鳥打帽をかぶったまま顔をふせていたが、嗅ぎ煙草入れを開ける度に、目をかばって真後ろを向かねばならなかった。馬車が揺れると背後で荷物ががたがたいう音が聞こえるので、どうしても小言が多くなる。だがそれも効き目がないと見て取るや、戦術を変えて、いかにも人が好さそうに、愛想を振りまいた。骨の折れる坂道では、男たちと一緒になって車を押し、食後はブランデー入りコーヒーまでおごってやった。その甲斐あって彼らは前よりも快調に飛ばしたが、逆に勢い余って、ゴビュルジュの近くで車軸が折れ、荷車が傾いてしまった。すぐにその内部を調べたところ、陶器の茶碗が粉々に砕けて散らばっている。ペキュシェは両腕を持ち上げると、歯ぎしりしながら、これら二人の馬鹿者どもを呪った。しかも翌日は、車夫が酔っぱらったため、一日無駄になってしまった。だが、こうまで苦杯をなめた後では、もはや嘆く気力も残っていなかった。

ブヴァールはもう一度バルブルーと夕食をともにしたため、ようやく翌々日になってからパリを発った。時間ぎりぎりに乗合馬車の発着所に駆け込んだが、次に目を覚ますとルーアン大聖堂の前だった。馬車を間違えたのである。

その晩は、カーン行きの馬車はすでに満席だった。手持ち無沙汰なので、芸術劇場［オペラ座］に足を運び、周りの観客をつかまえては、自分は商売から引退して、近郊に新しく地所を手に入れたところだとにこやかに吹聴して回った。金曜日にカーンに降り立ってみると、荷物はまだ届いていない。日曜日にやっとそれを受け取ったので、荷馬車に載せて送り出し、ついでに小作人には、自分も後からすぐについて行くつもりだと知らせてやった。

＊36　道路行政による舗道の維持管理のため、一定の間隔を置いて、一立方メートルの大きさの小石の山が置かれていた。

旅の九日目、ファレーズで、ペキュシェは馬をもう一頭雇った。日没までは万事順調に進み、ブレットヴィルを過ぎたあたりで、街道を離れ、横道に入り込んだ。今にもシャヴィニョールの家の切り妻が見えてくるような気がする。ところが、轍《わだち》が徐々に消えてなくなり、いつの間にか畑の真ん中にいるのに気付いた。夜は次第に更けてくる。どうなってしまうのだろう？　とうとうペキュシェは馬車を離れると、泥に足を取られながらも、道を探して前方に進んだ。農場に近づくと、犬が吠えた。大声で叫び、道を尋ねたが、返事はない。そこで怖くなって、逃げ出した。突然、ランプの灯りが二つきらめく。二輪馬車が通り掛かったのを見ると、駆け出して、それに追いついた。ブヴァールが中に乗っていた。

だが、引っ越し用の馬車はどこに行ってしまったのだろうか？　一時間もの間、彼らは真っ暗な中を、声を上げて馬車を探し回った。やっと見つかって、無事にシャヴィニョールに到着した。

茨と松かさを燃やした火が、広間の中でさかんに燃えている。二人分の食器が並べてある。荷馬車で運ばれてきた家具が、玄関に所狭しと置かれている。何もなくなったものはなかった。彼らは食卓に着いた。

玉ねぎのスープ、若鶏、ベーコン、固ゆで卵などがあらかじめ調理されていた。年取った料理女が、味加減を尋ねに何度か顔を出す。すると二人は、「ええ、とても美味しい！　とても美味しいですよ！」と答えるのだった。なかなか切れない田舎パンも、クリームも、クルミも、すべてが喜ばしい！　タイル張りの床には穴があき、壁はじめじめと湿っていた。それでも彼らは、ろうそくが一本燃える小さなテーブルの上で食事をしながら、満ち足りた眼差しをあたりに投げかけるのであった。野外の空気にさらされて、顔が赤くなっている。お腹を突き出し、ぎしぎし軋む椅子の背にもたれて、何度も次のような言葉を繰り返した。「とうとう着いたぞ！　何て嬉しいんだろう！まるで夢のようじゃないか！」

もう真夜中になっていたが、ペキュシェは庭を一回りしようと思い立った。ブヴァールも反対しない。彼らはろうそくを手に取ると、古新聞で火をかばいながら、花壇に沿って歩き回った。

野菜の名を大声で呼ぶと心が浮き立った。「ほら！　人参だ！　おや！　キャベツじゃないか」

次に、果樹垣を調べた。ペキュシェは芽を見つけ出そうとした。時折、蜘蛛が壁の上を素早く逃げて行く。そして、壁に映し出された二つの大きな影が、彼らの身振りを繰り返すのだった。草の先からは露が滴っている。夜は真っ暗であり、穏やかな深い静寂の中、すべてがじっと動かぬままである。遠くで、鶏が鳴いた。

二人の寝室の間には元々小さなドアがあったのだが、これまでは壁紙がそれを覆い隠していた。ところが、先ほど簞笥をそこにぶつけた拍子に、釘が外れてしまい、ドアの所がぽっかりと開いている。嬉しい驚きだ。

服を脱いでベッドに入ってからも、しばらくおしゃべりをしていたが、そのうち眠ってしまった。ブヴァールは仰向けになって、口を開けたまま、何もかぶっていない。ペキュシェは右の脇腹を下にして、膝をお腹のところで折り曲げ、ナイトキャップをかぶっている。そして、窓から射し込む月明かりの下、二人そろって鼾をかいていた。

II

翌朝目を覚ました時は、どんなに嬉しかったことか！　ブヴァールはパイプをくゆらせ、ペキュシェは嗅ぎ煙草を吸ったが、二人ともこんなに美味しい煙草は初めてだと言った。それから窓辺に立って、景色を眺めた。

正面には畑が広がっている。右手には納屋が一棟と教会の鐘楼が見え、左手はポプラの並木が視界を遮っている。

庭は、十字に交わった主要な二本の小道によって、四つに区切られている。野菜が花壇の中で育てられており、またその所々に背の低い糸杉と紡錘形の果樹が立っているのが見える。庭の一方に設えられた四阿《あずまや》はぶどう棚のある築山へとつながり、もう一方の側は、壁が果樹垣を支えている。さらに庭の奥は、四ツ目垣が野原に面している。壁の向こうには果樹園が、木陰道の先には木立の茂みが、また四ツ目垣の後ろには一本の小道がある。

彼らがこういった景色を眺めていると、黒い外套を着た白髪まじりの男が一人、四ツ目垣の格子をステッキで引っ搔きながら、小道を通って行った。年取った女中が、この一帯で有名な医師のヴォコルベイユ氏だと教えてくれた。

その他の土地のお歴々は、まず元代議士のド・ファヴェルジュ伯爵で、その牛舎が評判だという。

村長のフーロー氏は、材木や漆喰など幅広く商いを手掛けているらしい。さらに、公証人のマレスコ氏、ジュフロワ神父、それに年金で生活している未亡人のボルダン夫人などがいる。女中自身はといえば、亡き夫のジェルマンにちなんで、ジェルメーヌと呼ばれている。日雇いで仕事をしているが、できれば二人の家で働きたいと望んでいた。彼らはその申し出を承知すると、一キロ離れたところにある農場へと出かけて行った。

中庭に入っていくと、小作人のグイ親方が男の子を怒鳴りつけていた。女房は腰掛けに座って、足の間に押さえつけた七面鳥に、小麦粉の団子を呑み込ませているところだった。男は額が狭く、鼻が細く、こっそりとこちらをうかがうような目付きに、がっしりとした肩をしている。女房の方は頬にそばかすのある金髪の女で、教会のステンドグラスに描かれた百姓のような純朴な様子である。

台所に入ると、麻の束が天井にぶら下がっている。丈の高い暖炉の上には、三挺の古い銃が並べて掛けてある。花模様の陶器を入れた戸棚が壁の真ん中を占めており、瓶ガラスでできた窓が、ブリキや銅の器具の上にどんよりした光を投げ掛けている。

パリから来た二人の旦那は、領地をただ一度、それもざっと見たことがあるだけだったので、この機会にきちんと視察しておこうと考えた。グイ親方とその女房がついてきて、次々と不平を述べ立てた。

荷車置き場から蒸留酒製造場にいたるまで、建物はみな修繕を要する。チーズ製造場はもう一棟必要だし、柵は新しい鉄具で補強した上に、「高塀」の丈を上げ、沼を掘り、さらに三つの中庭にはリンゴの木をたくさん植えかえねばならないという。

次に、耕作地を視察した。グイ親方は土地をくさした。肥料を食いすぎるし、運搬には出費がかさむ。小石を取り除くこともできず、雑草が牧草地を荒らしている。こうまでけちをつけられては、ブヴァールが自分の土地を踏むのに感じていた喜びも、さすがに削がれるのであった。

彼らはそこから、ブナの並木の下にある窪んだ道を通って戻ってきた。ちょうどそちら側から、家の前庭と正面が見える。

家は白く塗られ、黄色の浮き出し装飾が施されている。建物の両側には、一方は物置と酒蔵、もう一方はパン焼き室と薪小屋が、低い翼となって張り出している。台所は小部屋とつながり、それから玄関、もっと大きな第二の部屋、そして客間へと続いている。二階の四部屋は中庭に面した廊下に沿って並んでおり、ペキュシェがそのうちの一つを、自分のコレクションのために使うことにした。最後の部屋は図書室にあてた。簞笥を開けると、前の住人が置いていった本が出てきたが、二人はタイトルに目を通そうともしなかった。とりあえず大事なのは、庭のことだ。

ブヴァールは、木陰道のそばを通った際、枝の陰に石膏の婦人像があるのを見つけた。二本の指でスカートをからげ、膝を曲げて、誰かに見られるのを怖れるかのように、肩の上で頭をかしげている。「いや！　これは失礼！　どうかご遠慮なく！」この冗談が大そう気に入ったので、それから三週間以上もの間、二人は日に幾度となく同じ言葉を繰り返した。

そのうち、シャヴィニョールのブルジョワたちが彼らのことを知りたがり、四ツ目垣から覗きに来るようになった。そこで、その隙間を板で塞いでしまったが、住民たちはこれに気を悪くした。

日光にやられないよう、ブヴァールは頭にハンカチをターバンのように巻き付け、ペキュシェは鳥打帽をかぶった。ペキュシェはまた、前にポケットのついた大きな前掛けを着ていたが、そのポケットの中には、園芸用の鋏とハンカチ、それに嗅ぎ煙草入れが放り込んである。腕まくりをして、二人並んで土を耕し、草むしりをし、枝を刈り込み、次々と新たな仕事を作り出しては、食事はなるべく早く済ませる。ただしコーヒーだけは、見晴らしを楽しむために、わざわざ築山の上へ飲みに行くのであった。

かたつむりを見つけると、すぐに近づいて行っては、まるでクルミでも割るかのように、口元を歪めながら踏み潰す。外に出る時には必ずシャベルを持って行き、力任せにそれで黄金虫の幼虫を叩き割ると、鉄の先端が三寸も地面にめり込むのだった。毛虫を退治するために、猛然と竿で木を叩いて回った。[*1]

ブヴァールは芝生の真ん中に牡丹を一輪植えた。それからトマトも植えたが、これは四阿のアーチの下で、いずれシャンデリアのように実をならせるはずである。

ペキュシェは台所の前に大きな穴を掘らせると、それを三つに仕切った。そこで堆肥を作れば、それがたくさんの作物を実らせることになる。さらにその廃棄物が新たな収穫をもたらし、それがまた別の肥料を生み出して、といった具合にどこまでもつながるはずだ。こうして彼は、穴の縁に立って夢想しながら、山と積まれた果実、溢れんばかりの花、崩れ落ちるほど多くの野菜を将来に思い描くのであった。しかし、苗床にぜひとも必要な馬糞堆肥がない。百姓も宿屋の主人も売ってくれなかった。とうとう、探しあぐねた挙句、ブヴァールが止めるのも聞かずに、恥も外聞もかなぐり捨てて、「自分で馬糞を拾いに行く」決心をした。

ある日、この作業をしている最中に、ボルダン夫人が街道で話しかけてき

*1　ガスパランの『農業講義』(注4参照)によれば、パリ近郊の庭師たちは丸めた布を棒につけ、それで枝を叩いて、毛虫を駆除したという。もちろん、この荒っぽいやり方は木の生育にとっては好ましくない。

た。挨拶の言葉もそこそこに、夫人は彼の友人のことを尋ね始める。小さいがとてもきらきらした黒い眼、血色のよい顔、落ち着いた様子（うっすらと口髭が生えてさえいる）などに怖気づいたペキュシェは、そっけない返事をして、背を向けてしまった。後でこれを聞いたブヴァールは、何て失礼なと言ってとがめた。

それから嫌な季節になり、雪や厳しい寒さが続いた。彼らは台所に陣取って、垣根の格子を作ったり、部屋から部屋へとさまよい歩いては、炉辺でおしゃべりしたり、雨が降るのを眺めたりした。四旬節［復活祭前の四十六日間で、悔悛の期間。中日は第三週目の木曜日］の中日を過ぎると、早くも春の到来が待ち望まれる。毎朝「そろそろだぞ」と繰り返すが、なかなか暖かい季節にならなかった。そこで「もうしばらくだ」と言いながら、はやる気持ちを抑えるのであった。

ようやく、グリーンピースが芽を出した。アスパラガスは大収穫である。ブドウも大いに期待できそうだ。

園芸が上手くいったのだから、農業でも成功しないはずがなかろう。今度は自分たちで農場を耕したいという望みが湧いてきた。研究を怠らずに、良識をもって当たれば、きっと上手くやり遂げられるに違いない。

まずは、他所ではどうやっているのか見ておく必要がある。そこで彼らは手紙を書いて、ド・ファヴェルジュ氏に農園見学の許しを願い出た。伯爵はすぐに承諾の返事をよこした。

一時間ほど歩くと、オルヌ川の渓谷を見下ろす丘の斜面に着いた。川が谷底を蛇行して流れている。赤い砂岩の塊が所々にそびえ立ち、遠くの方では、もっと大きな岩がまるで断崖のようになって、一面に小麦が実った畑の上に張り出している。向かいの丘には緑が生い茂って、人家も見えないほどだ。木々が緑の草の中で、ひときわ濃い線となって浮かび上がり、斜面を大小様々な四角形に仕切っている。

地所の全景が、忽然として視界に開けた。瓦屋根が農園の場所を示している。正面を白く塗った館が、森を背景にして右手に建っている。芝生の斜面は川岸まで下っており、その水面にプラタナスの並木の影が映っている。

二人の友人は、ウマゴヤシを乾燥させている畑に入って行った。麦藁帽子や、インド更紗の頭巾や、紙製の目庇をかぶった女たちが、地面に散らばった干し草を熊手でかき上げている。野原の向こう端にある積み藁のそばでは、三頭の馬を繋いだ長い荷馬車の中に、干し草の束を勢いよく放り込んでいる。伯爵殿が管理人を連れて現れた。

綾織の衣服を着て、背筋をぴんと伸ばし、濃い頬髯を生やした様子は、司法官のようでもあり、洒落者のようでもある。顔の表情は、話している時も微動だにしない。

最初の挨拶がすむと、彼は秣《まぐさ》についての持論を開陳した。刈り取った干し草は、散らかさないようにかき起こす。積み藁は円錐形に整え、束はその場ですぐに作って、十個ずつまとめて積んでおく。イギリス製の草掻き寄せ器*2については、起伏の多いこのあたりの草地には、このような器具は不向きだとのこと。

素足にぼろ靴を履き、破れた服から肌を覗かせた一人の少女が、水差しを

＊2　『田園の家』（注3参照）第一巻に描かれている器具。以下の図を参照。椅子の背もたれのような器具の四隅に鎖を結び付け、それを馬に引かせて、干し草を集めるという仕組みだが、よほど平らな土地でないと上手く行かないと、著者自ら断わっている。ここでわざわざこの器具についての言及があるのは、伯爵がイギリスびいきのダンディーであることと関係がある。

Fig. 399.

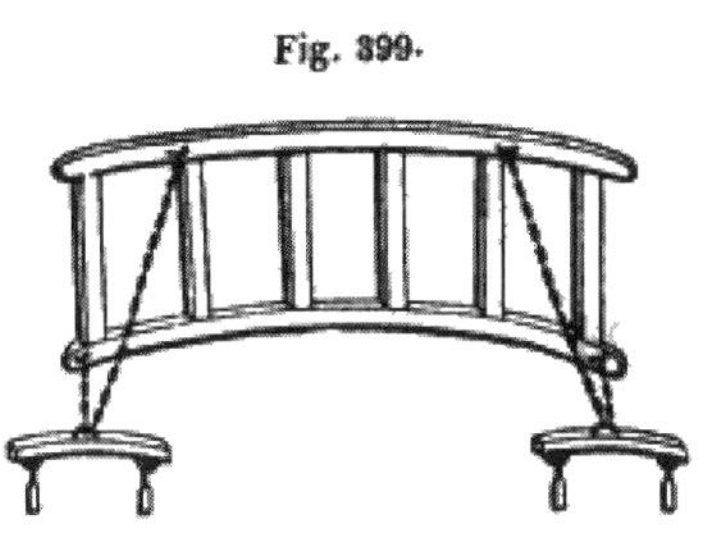

腰で支えて、女たちにリンゴ酒を注いで回っていた。伯爵がどこから来た子か尋ねても、誰も知らないという。収穫の間、諸々の手伝いをさせるつもりで、刈り草を干す仕事をしている女たちが拾ってきたらしい。彼は肩をすくめて、その場を後にすると、我らが田舎の風紀の乱れについて愚痴をこぼした。

ブヴァールはウマゴヤシを褒めそやした。確かに、ネナシカズラに荒らされた割には、まあまあの出来である。未来の農学者たちは、ネナシカズラという語を聞いて、目を見開いた。家畜をたくさん飼っていることを考えて、伯爵は人口牧草地にも取り組んでいた。その上これは、秣の根をそのままにしておくよりも、その後の収穫によい効果をもたらすはずである。「少なくとも、このことは私には異論の余地がないように思われます」

ブヴァールとペキュシェは、声を揃えて答えた。「ええ！　異論の余地がありませんな」

彼らは、丹念に耕された平坦な畑の端にやって来た。手綱を引かれた一頭の馬が、大きな箱のような三輪車を引っ張っている。箱の下に取り付けられた七つの鋤の刃が、細い畝を平行に切り開き、さらに地面まで伸びた管を通って、その中に種が落ちる仕掛けであった。

「ここには」と伯爵が言った。「カブを蒔くことにしています。カブは私の四年輪作の基盤になっているのです」そうして種蒔き機の実演に取りかかろうとしたところに、召使が彼を呼びにやって来た。館の方に用があるという。

管理人が代わりをすることになったが、これは狡そうな顔をした、馬鹿丁寧な物腰の男である。

彼は「これらの旦那方」を別の畑へと案内した。そこでは刈り入れ人が十四人、上半身裸で、両脚をふんばり、ライ麦を刈り取っていた。鎌が鋭い音を立てると、麦が右側になぎ倒される。各々自分の前方に大きな半円を描きながら、全員が一列になって、同時に進んで行く。パリから来た二人の客人は、男たちの逞しい腕に感嘆し、大地の豊饒さに対してほとんど宗教的な畏敬の念を覚えるのだった。

次いで、いくつか耕作地を見て回った。夕暮れが迫っており、烏が畑の畝に舞い降りてきた。それから、羊の群れに出会った。あちこちで羊が草を食んでいる音が、絶え間なく聞こえてくる。羊飼いが木の幹に腰かけ、番犬をそばに置き、羊毛の靴下を編んでいた。

管理人に手伝ってもらい、ブヴァールとペキュシェは垣根の梯子を越えた。さらに二棟の農家の庭を横切ったが、そこでは牛がリンゴの木の下でもぐもぐ反芻しているところだった。

農園の建物はすべて隣り合っており、中庭の三方を占めている。作業はここではタービンを使った機械仕掛けで、わざわざそのために引いてきた水を用いている。皮の細紐が屋根から屋根へと張り巡らされ、堆肥の真ん中では鉄のポンプが動いている。

管理人は、羊小屋では地面すれすれに穿たれた小さな穴に、また豚小屋では自動で閉まる扉の仕組みに、二人の注意を向けた。

納屋はまるで大聖堂を思わせるような円天井で、石壁の上に煉瓦のアーチが載っている。

心棒は、旦那方を楽しませようと、女中が燕麦を何つかみか手に取って、雌鶏にまいてみせた。圧搾機の心棒は、彼らの目にはとてつもなく巨大なものに映った。それから鳩舎にも上った。乳製品加工場は、とりわけ二人を驚嘆させた。隅々にある蛇口から流れ出る水が敷石を濡らしており、建物に入るとひんやりとする。格子型の棚の上に並べられた褐色の壺は、牛乳をなみなみと湛えている。もっと浅い鉢にはクリームが入れてある。バターの塊が並んでいる様子は、まるで銅製の円柱のかけらのようだ。先ほど地面に置かれたばかりのブリキのバケツからは、牛乳の泡が溢れている。

だが、この農園の目玉は、何と言っても牛舎である。天井から床へと垂直に嵌め込まれた木の柵が、小屋を家畜用と作業用の二つに仕切っている。明かり取りの小窓がすべて締め切ってあるので、ほとんど何も見えなかった。牛は鎖につながれたまま、餌を食べていた。体から発散している熱が、低い天井に押し戻されてこもっている。すると、誰かが陽の光を入れた。一筋の水が突然、秣棚にそって設えられた溝の中に流れ込む。牛が鳴き声を上げ、角が棒のぶつかり合うような音を立てる。すべての牛が、柵の間に鼻面を突っ込んで、ゆっくりと水を飲んだ。

耕作用の家畜や車が中庭に入ってきて、仔馬がいなないた。建物の一階で、角灯の灯りが二つ三つともっては、また消えた。働き手たちが、砂利の上を木靴を引きずりながら通って行く。すると、夕食を告げる鐘が鳴った。

二人の客人はいとまを告げた。

目にしたものすべてに魅了されてしまった。彼らの決意は固まった。早速その晩から、『田園の家』[*3]四巻を本棚から引っ張り出すと、ガスパラン[*4]の『講義』を注文し、農業新聞の予約購読を申し込む。

市場に行く際の便宜を考えて、二輪馬車を一台買い、ブヴァールがそれを運転することにした。青い作業衣を身に着け、つば広の帽子をかぶり、膝までゲートルを巻き、手には馬商人のように杖を持って、家畜の周りをうろついては、農民たちを質問攻めにする。そして農業共進会には欠かさず顔を出した。

間もなく、彼らは何かと口を出して、グイ親方を煩わせるようになった。特に土地を休ませる方法に文句をつけたが、小作人は従来のやり方を変えようとしない。雹による被害を口実に、地代の支払いの延期を申し出ただけでなく、現物による小作料も一向に寄こさない。しごく正当な要求に対しても、女房が金切り声を立てるのであった。とうとう、ブヴァールは小作契約を更新しない旨を言い渡した。

すると、グイ親方は肥料をまくのをやめ、雑草のはびこるにまかせて、土地を駄目にしてしまった。さらに、立ち去る時のふてぶてしい態度は、仕返しをもくろんでいることを示していた。

ブヴァールは、最初は二万フラン、つまり小作料の四倍あまりの元手があれば十分だろうと考え、パリの公証人にお金を送ってもらった。

彼らの農園は、十五ヘクタールの中庭および牧草地、二十三ヘクタールの耕地、それに「塚山」と呼ばれている小石だらけの丘の上にある五ヘクタールの荒れ地からなっている。

必要な道具類一式と、馬を四頭、牝牛を十二頭、豚を六匹、羊を百六十匹手に入れた。使用人として車夫を二人、雑役婦を二人、下男を一人、羊飼いを一人雇い、さらに大きな犬を一匹飼うことにした。

早速お金を作るために、秣を売った。[*5] 支払いは彼らの家で行われたが、燕麦の箱の上で数えるナポレオン金貨〔二十フラン金貨〕は、他の金貨よりも輝いて見え、何か特別なもの、より値打ちのあるものに思われるのだった。

＊3　『十九世紀の田園の家—実践農業百科事典』は、バイー・ド・メルリューの監修のもと、一八三五年から一八四四年にかけて出された五巻本の事典。ここで四巻本となっているのは、物語の時間（おそらく一八四二年頃）を考慮に入れたものであろうか。

＊4　アドリアン・ド・ガスパラン（一七八三—一八六二）　農学者、政治家。七月王政下で代議士に選ばれ、内務大臣その他の要職を務めた。その主著の『農業講義』（第二版、六巻、一八四六—六〇）は、十九世紀には最良の農学の手引き書とみなされていた。

＊5　三段落前に「パリの公証人にお金を送ってもらった」とあるのと矛盾する。実は、下書き草稿の段階ではこの段落の直前に、石工に農場の建物の修繕を依頼したところ、大変な出費になってしまい、二人がうろたえるという記述があった。推敲の過程で施された削除が原因で、決定稿の意味にゆがみが生じるというのは、フローベール作品においてはしばしば生じる現象である。

十一月になると、リンゴ酒を醸造した。馬に鞭をくれるのはブヴァールの役目で、ペキュシェは桶の上にのっかって、リンゴの搾りかすをスコップでかきまぜる。二人とも息を切らしながらねじを締め付け、杓子で桶から酒をすくい取り、栓がちゃんと閉まっているか気を配って、重たい木靴を履いたまま、大いに楽しむのだった。

麦はどんなにあっても多すぎることはないという原則に基づき、人口牧草地のほぼ半分をつぶしてしまった。そして肥料の持ち合わせがないので、油粕を用いることにしたが、細かく砕かずに土に埋めたため、収穫は散々だった。*6

翌年はびっしりと種をまく。嵐がやって来て、麦の穂がなぎ倒されてしまった。

それでも、今度は小麦に熱中すると、「塚山」から石を取り除こうと企てた。リヤカーを使って小石を運ぶ。一年中、朝から晩まで、雨の日も晴れの日も、いつも変わらぬリヤカーが、同じ働き手と同じ馬に引かれて、小さな丘を登ったり、降りたり、また登ったりするのが見られた。時にはブヴァールもその後ろを歩きながら、額の汗を拭うために丘の中腹でしばし立ち止まるのであった。

誰も信用できないというので、自分たちで家畜の手当てをし、下剤や浣腸までほどこした。とんでもない不行跡が持ち上がった。家禽飼育場の娘が妊娠したのである。そこで夫婦者を雇うことにしたところ、子供が次から次へと生まれてきた。さらに従兄弟、従姉妹、叔父、義理の姉妹などたくさんの人々が現れて、彼らにたかって暮らそうとする。とうとう、二人は交代で農場に寝泊まりすることに決めた。

だが、夜は淋しかった。部屋が不潔なのも、不愉快だった。ジェルメーヌも、食事を運んでくる度に、ぶつぶつ文句を言う。皆があらゆるやり方で彼らをだまそうとする。麦打ち人たちは、水差しの中に小麦を詰め込んでいた。ペキュシェはそのうちの一人をつかまえると、肩をつかんで外に押し出しながら怒鳴りつけた。

「このろくでなし！　お前を生んだ村の恥さらしめ！」

彼の人柄はまるで人望を集めなかった。その上、庭仕事に心残りを感じてもいた。庭をきちんと手入れするには、それに掛かりっ切りになってもいいくらいだ。農場の方は、ブヴァールに任せればよい。二人で話し合った結果、そうすることに決まった。

まず大事なのは、いい苗床を持つことである。ペキュシェは煉瓦の苗床を一つ作らせた。サッシには自分でペンキを塗り、強い陽射しを怖れて、釣鐘形のガラスカバーには一つ残らず白墨を塗りたくった。*7

挿し木をする際には、葉と一緒に先端を取り除くよう気を配った。それから取り木に熱中し、さらに笛形、冠形、盾形、草本形、イギリス形など、様々な種類の接ぎ木を試みた。どんなに心をこめて、二つの植物の繊維を繋ぎ合わせたことか！　どんなにしっかりと接合部を締め付け、またそこにどれほど多くの蠟を塗ったことだろうか！

一日に二度、じょうろを手に取っては、まるでお香でも振り掛けるように、植物の上でそれを揺り動かす。霧雨のような水を浴びて植物が緑に色づくにつれ、彼自身も同時に喉の渇きが癒え、生き返るかに思われた。さらに陶酔に我を忘れると、じょうろの口を外して、たっぷりと水を注ぐのであった。

木陰道の端、石膏の婦人像のそばに、丸太小屋のようなものが建っている。

＊6　ガスパラン（前掲書）によれば、油粕を肥料として用いる際は、砕いて湿らせてからでないと、油分が種子にうつって、空気との接触を妨げることになるという。

＊7　フローベールが参照したグレサン、『現代の菜園―野菜栽培総論』（第二版、一八六七）によれば、サッシにペンキを塗ると堆肥の働きが妨げられ、また白く塗った釣り鐘型のガラスカバーは、貧弱な作物しか生み出さないという。要するにフローベールは、マニュアルで禁じられていることを、わざわざブヴァールとペキュシェにやらせているわけである。

ペキュシェはそこに道具をしまっていたが、他にもそこで種の殻を剥いたり、名札を書いたり、小さな植木鉢を整頓したりして、甘美な時を過ごした。一休みする時は、扉の前に置いた木箱に腰掛けて、庭をきれいにする計画を練った。

玄関前の石段の下には、ゼラニウムの円形花壇を二つこしらえた。糸杉と紡錘形の果樹の間には、ひまわりを植える。しかも花壇はキンポウゲで覆われ、小道のいたるところに新しい砂が敷かれていたので、庭は溢れんばかりの黄色に目も眩むほどだった。

ところが、苗床に虫がわいた。枯葉の堆肥をやった甲斐もなく、ペンキを塗ったサッシと白墨を塗ったガラスカバーの下では、貧弱な植物しか育たなかった。挿し木は根付かず、接ぎ木は剥がれてしまう。取り木は樹液が止まってしまい、木の根には白い斑点ができた。苗木は見るも哀れな状態だ。風がたわむれにインゲンの枝をなぎ倒してしまった。人糞肥料のやりすぎでイチゴは台無しになり、芽摘みをしなかったため、トマトも実らなかった。

ブロッコリーも、ナスも、カブも、またバケツの中で育てたクレソンも失敗である。雪解けの後、アーティチョークもすべて駄目になっていた。

キャベツがせめてもの慰めである。とりわけそのうちの一つは、大いに期待できそうだ。それはどんどん成長して、しまいにはとてつもなく大きくなり、絶対に食べられない代物になってしまった。それが何だというのか！　ペキュシェは化け物を手に入れたことに満足していた。

そこで、今度は園芸術の極致と思われるもの、すなわちメロンの栽培に取り組んだ。

腐植土を入れた皿に様々な種類の種子をまき、それを苗床に埋めた。次にもう一つ苗床をこしらえると、それが熱を放出するのを待って、最も生育の良い苗を移植し、その上に釣り鐘形のガラスカバーをかぶせる。庭仕事の名人の教えに従って、芽摘みをきちんと行い、花を大切にし、まずは実を結ばせた上で、蔓《つる》ごとに一つ実を選び、他は取り除く。そしてそれがクルミほどの大きさになったところで、その下に薄い板を置いて、果実が堆肥に触れて腐らないようにする。水をやったり、風に当てたり、ガラスカバーの曇りをハンカチで拭き取ったり、さらに雲が出ると、慌てて藁覆いを持って来る。夜もろくろく休まずに、何度か起き上がりさえした。そして素足に長靴を引っ掛けて、シャツ一枚の姿で震えながら庭を横切り、植物を覆っているシートに自分のベッドの毛布を掛けに行くのであった。

マスクメロンが熟した。

まず一つ目を口にして、ブヴァールは顔をしかめた。二つ目も、三つ目もやはりいただけない。ペキュシェはその度に新たな言い訳を考え出したが、とうとう最後の一つを窓から放り出すと、まったく訳が分からないと白状した。

実際、色々な種類をあまり近くで栽培したために、甘みの強いのは酸味の強いのと、丸いポルトガル種は大きなムガル種と混じり合ってしまった。さらにトマトがそばにあったことが混乱に拍車をかけて、カボチャの味をしたとんでもない雑種が出来上がったというわけである。

そこで、ペキュシェは花の栽培に鞍替えした。デュムシェルに手紙を書いて、灌木と種子を取り寄せ、ヒースの腐植土をたっぷりと買い込む。そして、決然と仕事に取り掛かった。

だが、トケイソウを日陰に、パンジーを日向に植え、ヒヤシンスには堆肥をやりすぎてしまった。百合の花が咲いた後に水をまき、枝を刈り込みすぎてシャクナゲを駄目にし、フクシアをにかわで刺激し、柘榴を台所で火にさらして干からびさせた。

寒さが近づくと、野バラを保護するため、蠟を塗った丈夫な紙でできた円蓋をかぶせた。その様子は、まるで円錐形の砂糖の塊が棒で宙に支えられているかのようだ。ダリアの添え木はとてつもなく大きく、その形作る直線の間から槐《えんじゅ》の曲がりくねった枝が覗いている。槐の木は萎れるわけでも、成長するわけでもなく、じっと動かぬままだった。

しかし、きわめて珍奇な植物がパリの庭園でちゃんと育っている以上、シャヴィニョールでも成功しないわけはなかろう？　そこで、ペキュシェはインドのリラ［百日紅《さるすべり》のこと］と中国のバラ［ハイビスカスのこと］、さらに当時評判になり始めたばかりのユーカリを入手した。どの試みも失敗に終わり、その度にひどく驚くのであった。

ブヴァールも、同じように困難に突き当たっていた。二人は互いに相談し合い、ある本を開いては、また別の本に目を通す。だが、多種多様な意見を前にして、どうしてよいか分からなかった。

例えば泥灰土[*8]については、ピュヴィ[*9]が強くこれを勧めているのに対し、ロレ百科事典[*10]は批判的である。

石膏に関しては、フランクリン[*11]の例にもかかわらず、リエフェル[*12]もリゴー氏[*13]もさしてこれを評価しているようには思われない。

土地を休ませるのは、ブヴァールに言わせれば、時代遅れの偏見である。ところがルクレール[*14]は、それがほとんど必要不可欠な場合を記している。一

＊8　粘土質成分と石灰質成分とがまじった堆積物。酸性土壌の改良に用いられる。

＊9　マルク＝アントワーヌ・ピュヴィ（一七七六―一八五一）　農学者、政治家。『泥灰土についての試論』（一八二六）などの著作がある。

＊10　第I章注7参照。ここでは、ロレ叢書の一冊、ウジェーヌ・ランドランとアンリ・ランドランの共著『肥料の製造と応用に関する新完全マニュアル』（一八六四）のことを指している。

＊11　ベンジャミン・フランクリン（一七〇六―九〇）　アメリカ独立に多大な貢献をした政治家であり、同時に卓越した科学者。ここで言及されているのは、上記のランドランのマニュアルに記されているエピソード。フランクリンがウマゴヤシの畑に、ちょうど「ここに石膏をまいた」という文章をかたどるような具合にこの肥料をまいたところ、その部分だけ周囲より成長の早い青々とした植物が育ち、文字が浮き出して見えたという。

方ガスパランは、半世紀もの間、同じ畑で穀物を栽培したリヨンの男の例を挙げているが、これは輪作の理論を覆すものだ。タル[*15]は肥料をおろそかにしても、耕作を優先すべきだと考えており、ビートソン少佐[*16]にいたっては、肥料も耕作も不要だと主張している！

天気の予兆に通暁すべく、ルーク・ハワード[*17]の分類法にならって雲を研究した。たてがみのように長くのびた雲、群島によく似た形の雲、雪山のように見える雲などを眺めては、乱雲と巻雲、層雲と積雲を見分けようと努める。名前を見つける前に、雲は形を変えてしまうのだった。

晴雨計〔気圧計のこと〕は当てにならないし、温度計は何も教えてくれない。そこで、ルイ十五世治下にトゥーレーヌのある司祭が考え出した方法を試してみた。蛭を瓶の中に入れると、雨の場合は上にのぼり、晴天の時は底にじっとしたままで、嵐が近づいてくると動き回るはずだという。だが、天候はほとんど常に蛭の動きと食い違った。新たに三匹、瓶の中に入れてみる。すると、四匹ともてんでばらばらな行動を取るのであった。

あれこれ思案した挙句、ブヴァールはこれまでのやり方が誤っていたことを悟った。その領地に必要なのは、大規模な集約農法なのだ。そこで、自由に使える資本の残額三万フランを思い切って注ぎ込むことにした。

ペキュシェに煽られて、彼も肥料に熱中した。肥溜めには、木の枝、血液、動物の腸、羽毛など、手当たり次第のものを放り込む。ベルギー産リキュー

＊12　ジュール・リエフェル（一八〇六―八六）　農学者。フランス西部ノゼーに農学校を創設したことで知られる。

＊13　ルイ＝ミッシェル・リゴー・ド・リール（一七六一―一八二六）　農学者、政治家。ドローム県王立農業学会の紀要に、肥料についての論文を多数発表している。

＊14　オスカル・ルクレール＝トワン（一七九八―一八四五）　農学者。主著に『輪作に関する理論的・実践的概念』（一八三五）など。

＊15　ジェスロ・タル（一六七四―一七四一）　イギリスの耕作地主、農学者。手まき式に代えて馬力による播種機を発明するなど、イギリスの農業革命の先駆をなした。

＊16　アレクサンダー・ビートソン（一七五九―一八三三）　イギリスの農学者。東インド会社の役員であり、セントヘレナ島の総督として試験的農業を推進した。主著に『堆肥も、石灰も、夏の休閑もいらない新耕作方式』（一八二〇）など。

ル[18]や、スイス製液肥〔家畜の糞尿を混ぜ合わせた肥料〕、ダ＝オルミ溶液[19]、ニシンの燻製、海藻、ぼろ布などを用い、グアノ[20]〔海鳥の糞で作った肥料〕を取り寄せて、それを作ろうとさえ試みた。さらに方針を徹底して、誰にも尿を捨てることを許さずに、トイレも潰してしまった。動物の死骸を中庭に持ち込んでは、それで土地を肥やすのであった。細切れの腐肉が畑にばらまかれている。ブヴァールは、この悪臭の只中でほくそ笑んでいた。リヤカーに取り付けられたポンプが、作物の上に水肥を吐き出している。嫌な顔をする人に向かっては、こう言うのであった。「だって黄金ですよ！　黄金ですよ」そして、これでもまだ肥料が十分でないと残念がった。鳥の糞だらけの自然の洞窟が見つかる国々は、何と幸せなことか！

　セイヨウアブラナは育ちが悪く、燕麦も今一つの出来だった。小麦は臭いのせいであまり売れない。奇妙なのは、やっと石を取り除いたというのに、「塚山」の収穫が以前より減ってしまったことだ。

　道具を新しくした方がよいと考えて、ギヨーム式土掻き機、ヴァルクール式除草機、イギリス製播種機、マチュー・ド・ドンバール式大型鋤[21]を購入した。車夫はこの鋤のことを貶した。

「使い方を覚えるんだぞ！」

「じゃあ、やってみせてくださいよ！」

　そこで手本を見せようとしたところが、しくじってしまい、かえって百姓

＊17　ルーク・ハワード（一七七二—一八六四）　イギリスの化学者、気象学者。雲の基本形七種類を命名し、現在にまで続く分類法を確立した。

＊18　草稿の段階では「フランドル肥料」となっていたが、これは人糞と人尿からなる液肥のことである。

＊19　『田園の家』にダ＝オルミ氏の肥料製造法が述べられている。それによれば、消石灰や灰などを水のたまった井戸に投げ込み、そうやって得られた混合物を毎日かき混ぜることにより、塩分の濃度を高めて液状肥料を作るという。

＊20　ガスパラン（前掲書）によれば、ウールのぼろ布は窒素を含んでおり、すぐれた肥料として用いられるという。

＊21　どれも『田園の家』に詳しい説明がある複雑な道具。マチュー・ド・ドンバール（一七七七—一八四三）は農学者であり、農場経営のかたわら、様々な農具を発明したことで知られ

たちの失笑を買うことになった。

どうしても百姓たちを鐘の合図に従わせることができなかった。ブヴァールは絶えず彼らの背後で怒鳴りたてては、あちこち走り回り、気付いたことを手帳に書きとめ、人と会う約束をしても、そのそばから忘れてしまう。頭の中は仕事のアイデアで一杯だった。阿片を採取するためにケシの実を栽培し、またとりわけレンゲソウを育てて、それに「家庭コーヒー」という名を付けて売り出そうと目論んでいた。*22

もっと手っ取り早く牛を太らせようと、二週間おきに血を抜いた。

豚は一匹も殺すことなく、塩分を加えた燕麦をふんだんに与える。そのうち豚小屋が狭くなってくると、中庭に溢れ出した豚が、囲いを突き破って、人間に咬みついた。

猛暑の時期に、羊が二十五匹、くるくる回転し始めたかと思うと、そのうちくたばってしまった。

その同じ週に、牛が三頭、ブヴァールの瀉血《しゃけつ》がたたって命を落とした。

黄金虫の幼虫を退治するため、車輪のついた鳥かごに鶏を入れ、それを二人の男が鋤の後ろから押していくという方法を思いつく。結局、鶏の脚を折っただけのことだった。

ニガクサの葉でビールを作り、リンゴ酒のかわりに刈り入れ人たちに振る舞ったところ、皆が腹痛を訴えた。子供たちは泣き叫び、女たちは呻き声を

る。ちなみに、ここで言及されている大型の鋤とは、次の図のようなもの。

Fig. 227.

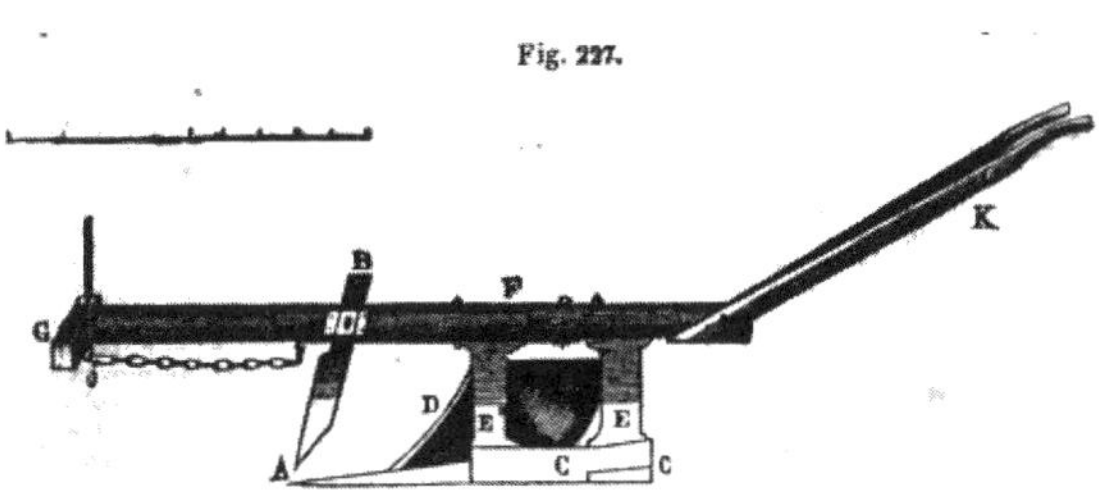

＊22　ガコン＝デュフール夫人の『田舎の住民と良き農婦のマニュアル』（第二版、一八三四）の中に、レンゲソウを成分とする穀物コーヒーについての言及がある。

あげ、男たちはかんかんに怒り出す。全員に仕事をやめると脅されては、ブヴァールも謝るほかなかった。

それでも、この飲み物に害はないと納得させるため、皆のいる前で幾瓶も飲み干してみせた。気分が悪くなったが、苦しいのを押し隠して、快活な風を装う。さらにこの得体の知れない飲み物を家に運ばせて、夜ペキュシェと一緒に飲んだ。二人ともなんとか美味しいと思い込もうと努めた。それに、無駄にするわけにもいかない。

ブヴァールの腹痛があまりにひどくなったので、ジェルメーヌは医者を呼びに行った。

医者は額の突き出た、生真面目な男で、のっけから病人を脅かした。軽いコレラの症状で、原因はこの近辺で話題になっている例のビールに違いないという。彼はその成分を尋ねると、肩をすくめて、専門用語でそれを非難した。最初にその製法を教えたペキュシェは、面目丸つぶれである。

危険を顧みずに石灰水をまき、さらに除草は手を抜いて、アザミも適切な時期に取り除かなかったにもかかわらず、翌年は小麦が豊作だった。ブヴァールは、オランダ流のクラップマイヤー式発酵法で[*23]、これを乾燥させようと思い立った。すなわち、麦を一斉に刈り取って、それを積み藁にまとめると、ガスが自然に抜け出て、積み藁が崩れ、大気にさらされるという仕掛けである。作業を終えると、ブヴァールは何の心配もなく家に戻っていった。

翌日、二人が夕食を取っていると、ブナの並木道の下あたりで太鼓の鳴る音が聞こえた。ジェルメーヌが様子を見に行ったが、太鼓を持った男はもう遠くに行ってしまっている。するとただちに、今度は教会の鐘が激しく鳴り出した。

ブヴァールとペキュシェは不安に襲われた。立ち上がると、一刻も早く何が起きたのか知りたい一心で、帽子もかぶらずに、シャヴィニョールの村の方へと進んで行った。

老婆が一人通り掛かったが、何も知らなかった。小さな少年を呼び止めると、「火事だと思うけど？」との答えである。太鼓は鳴り続けており、鐘の音もいっそう強くなってくる。ようやく、村の入り口の家々までたどり着いた。食料品屋の主人が遠くから彼らに叫んだ。「火事はあなた方の所ですよ！」

ペキュシェは駆け足になると、肩を並べて走るブヴァールに掛け声をかける。「一、二。一、二。ちゃんと歩調を合わせるんだ！ ヴァンセンヌの猟歩兵[24]みたいに」

道はずっと登り坂になっており、その先はまったく視界から隠されている。やっと「塚山」の近くの高台にたどり着くと、惨状が一挙に目に飛び込んできた。

あちこちに置かれた積み藁がみな、夕べの静けさの中、むき出しになった平原の真ん中で、火山のように火を噴き上げている。

一番大きな積み藁の回りに、三百人ほどの人が集まっていた。三色綬を掛けたフーロー村長の指揮の下に、竿と鳶口を持った若者たちが、火が他に移るのを防ごうと、上方にある藁を崩している。

ブヴァールはすっかり慌てふためき[25]、そばにいたボルダン大人をあやうく突き飛ばすところだった。そして、下男の一人を見つけると、知らせに来なかったと言って罵った。実はその反対で、下男は熱心さのあまり、まず村役

＊23　フリードリヒ・ヨハン・クラップマイヤー（一七四七―一八〇五）は、クールラント（現在のラトビア西部地方）出身の神学者、自然学者。その考案した発酵法は一見きわめて簡単に思われるが、夜の間に積み藁が熱を持つなどの危険をともなうと、『田園の家』で指摘されている。

＊24　一八三七年、七月王政下にオルレアン公によって創設された、最新の装備を備えた精鋭歩兵部隊。ヴァンセンヌに兵営があったことから、こう呼ばれる。

＊25　「火　『火事だ』と叫ぶのを聞いたら、まずは取り乱さねばならない」（紋切型辞典）。

場[26]と教会に、次に主人の元へと駆けつけて、それから別の道を通って戻って来たのである。

ブヴァールは逆上していた。召使たちが周囲を取り囲み、口々に話しかける。彼は積み藁を崩さないようにと言い、助けてくれと頼み込んでは、水を持ってくるように、また消防団を呼ぶように求めた！

「そんなものあるわけないじゃないですか！」と村長が叫んだ。

「あなたのせいですよ！」とブヴァールは食って掛かる。彼はかっとなって、無礼なことを散々口にした。この時ばかりは、誰もがフーロー氏の忍耐強さに感心した。とはいっても、分厚い唇とブルドッグのような顎が示すように、村長は粗暴な性質なのであるが。

積み藁は、もう近寄れないほど熱くなった。焼き尽くすような炎の下、麦藁はよじれてぱちぱち音を立て、麦粒が散弾のように顔を打つ。そのうち、藁の山は大きな火の塊になって地面に崩れ落ちると、そこから火の粉が飛び散った。朱のようなバラ色に近い部分と、凝固した血のような暗褐色の部分とが互いに入り混じるこの赤い塊の上に、光が反射して波打っている。すでに夜になっていた。風が吹いており、渦巻く煙が群衆を包んでいる。時折、火花が一つ、真っ暗な空をよぎった。

ブヴァールは静かに涙を流して、火事を見つめていた。目は腫れ上がった瞼の下に隠れ、顔全体が苦痛でむくんだかのようだ。ボルダン夫人が、緑のショールの房飾りをいじりながら、「お気の毒なお方」と呼んで、彼を慰めようと努めていた。どうしようもないことだから、「諦める」ほかないではないか。

ペキュシェは泣いていなかった。顔色は蒼白というよりはむしろ鉛色で、口を開けたまま、髪の毛は冷や汗でべっとりはりつき、一人離れた場所で、じっと物思いに沈んでいる。そこへ司祭が不意に現れると、猫撫で声で囁いた。「いや！　とんだ災難ですね！　本当にお気の毒です！　心からご同情申し上げます！」

他の連中は悲しそうな素振りさえ見せなかった。炎に手をかざして、笑いながらおしゃべりしている。老人が一人、燃えさしを拾って、パイプに火をつける。子供たちは踊り始め、ある腕白小僧など、こいつは愉快だと叫んだ。

ペキュシェはそれを聞きとがめて、「そうとも！　実にきれいだろ、楽しいだろ！」と言い返した。

火は下火になり、藁の山も低くなった。一時間後には、もはや灰だけになり、それが平原に黒い円形の痕跡を残すのみとなった。そこで、一同は引き上げた。

ボルダン夫人とジュフロワ神父は、ブヴァールとペキュシェ両名を家まで送って行った。

道すがら、未亡人は隣人に、日ごろの付き合いの悪さをやんわりとたしなめる。聖職者の方でも、自分の教区にこれほど立派な信者がいるのに、今までその知己を得なかったことに驚いているとのこと。

二人だけになると、火事の原因をあれこれ詮索した。湿った藁が自然発火したと皆は考えているようだが、彼らは復讐ではないかと疑っていた。きっとグイ親方の、あるいはモグラ取りの仕業ではなかろうか？　半年前、ブヴァールはモグラ取りの申し出を断った上に、人々のいる前で、こんな有害な仕事は政府が禁止すべきだと主張したことさえある。*27　それ以来、この男はあたりをうろついていた。鬚ぼうぼうの姿で、とりわけ夕暮れ時に、モグラを

＊26　ここは決定稿は家（maison）になっているが、草稿ではずっと村役場（mairie）となっている。明らかにフローベールの間違い。
＊27　フローベールが参照したボードリー、ジュルディエ共著の『農業の教理問答』（第二版、一八六八）に、モグラは大量の害虫を食べてくれるのだから、モグラ取りは意図せずして害悪をなしているという指摘がある。

吊るした長い竿を揺らしながら中庭の端に姿を見せる時など、なんとなく恐ろしく思われるほどだった。

損害は甚大である。とりあえず財政状況を把握しようと、ペキュシェは丸一週間もブヴァールの帳簿をひっくり返したが、これはまるで「本物の迷路」のようだった。日記や手紙、そして鉛筆書きの注記や参照記号がびっしり書き込まれた台帳を照合した結果、ついに本当のところが判明した。売るべき品も、受け取るべき手形もなければ、手持ちのお金も皆無。しめて三万三千フランの赤字ということになる。

ブヴァールが頑として信じようとしないので、二人で二十回以上も計算をやり直した。結果はいつも同じ。もう二年もこの調子で農業を続けたら、彼らの財産はなくなってしまう!

唯一の解決策は売ることだ。

とにかく公証人に相談しなければならない。交渉はさすがに辛かった。ペキュシェがそれを引き受けた。

マレスコ氏の意見によれば、掲示は出さない方がよいとのことである。自分が信頼できる客に農場のことを話しておくので、先方から申し出があるのを待ってはどうかという。

「結構じゃないか!」とブヴァールは言った。「まだしばらくは余裕があるしね!」彼は小作人を雇うつもりであった。その後のことは、いずれ考えればよい。「昔より惨めになるということはないだろう! ただ、少々節約しなければならないだけのことさ!」

だが、これはペキュシェの園芸には痛手である。そこで数日後、彼はこう切り出した。

「これからは果樹栽培に、それも道楽ではなく、ちゃんとお金をもうけるために専念してみてはどうだい！　三スーの費用でできる梨が、パリでは時に五、六フランで売られているじゃないか！　杏の栽培で、二万五千リーヴルの年金をこしらえた庭師もいるらしい！　サンクト・ペテルブルクでは、冬の間、ぶどう一房にナポレオン金貨一枚払うそうだ！　どうだい、商売としては悪くないだろう！　それに、いくらかかるっていうんだい？　世話をする手間、堆肥、それから小鉈を研ぐくらいのものさ！」

彼はしきりにブヴァールの想像力をあおったので、早速、書物に当たって、購入する苗のリストを調べることになった。そして、素敵な名前をもった植物ばかりを選び、ファレーズの苗木屋に問い合わせたところ、しめたとばかりに、売れ残っていた苗を三百本も送ってよこした。

支柱を作るのに錠前屋を、針金をはるのに金物屋を、土台を作るのには大工を呼んだ。木をどういう形に整えるかは、前もって決めてあった。壁に据え付けた木板は、枝付燭台をかたどっている。花壇の両端に立てた二本の杭には、針金が水平にぴんと張られ、さらに果樹園では、箍《たが》が壺の形を、円錐形に結わえられた棒がピラミッドを形作っている。そのため、彼らの家に来た者は、何か見知らぬ機械の装置か、あるいは花火の骨組みではないかと思うのだった。

穴を掘ると、良い根も悪い根も一緒くたにしたまま、その先端を切って堆肥の中に埋めた。半年後、苗は枯れてしまった。苗木屋に再度注文し、今度は前よりもさらに深い穴に植えつける！　だが、雨で地面が水浸しになったため、接ぎ穂が自然に土に埋まって、そこから新しい木が出てきてしまった。

春になると、ペキュシェは梨の木の刈り込みに取り掛かった。垂直に伸びた枝は払わずに、果芽のついた小枝を大切にする。[*28] そしてデュシェス種を片

＊28　グレサン、『果樹栽培術』（第四版、一八六九）によれば、果芽のついた小枝を伸ばし放題にしておくと、本当に栽培したい果実の成長に必要な樹液が回らなくなるという。

側コルドン仕立て〔主枝を垣根の針金に添って水平に伸ばす整枝法〕に整枝しようと無理やり直角に寝かせたところが、きまって枝を折ったり、引き抜いたりしてしまった。桃の木については、主枝の上にある小枝、下にある小枝、さらに孫枝の区別がつかない。その結果、不適切な場所に隙間ができたり、逆に枝が密集してしまうことになった。さらに果樹垣を、全体が魚の骨をかたどるような具合に、二本の主枝に加えて、左右に六本ずつ枝を配した完全な長方形に設えようと試みたものの、どうしても上手く行かなかった。*29

ブヴァールは杏の木を仕立てようとしたが、なかなか思うに任せない。地面すれすれの所で幹を伐り落としたけれども、後からは何も生えてこなかった。桜桃の木に切り込みを入れると、ゴムのような樹脂が出てきた。

最初彼らは大きく刈り込みすぎて、基部の幼芽をつぶしてしまった。そこで短く刈り込んだが、今度は無駄な枝が増えてしまう。しばしば、木の芽と花の芽を見分けられずにとまどった。たくさん花がついたといって喜んだのもつかの間、やがてそれが誤りだったと気付くと、残りの花を強くするため、四分の三を引き抜いてしまった。

二人は絶えず、樹液とか、形成層〔植物の茎や根において、木部と樹皮の間にある分裂組織〕とか、枝の支柱とか、剪枝とか、摘芽などの話ばかりしていた。食堂の真ん中には、苗木のリストを額縁に入れて飾ってある。それぞれに番号が付けられており、それと同じ番号が果樹の下に立てた小さな木の板にも記

*29　ここで問題になっているのは、フローベールが参照した『庭仕事の名人――一八六五年の園芸年鑑』にある次のような図に見られる整枝法のこと。

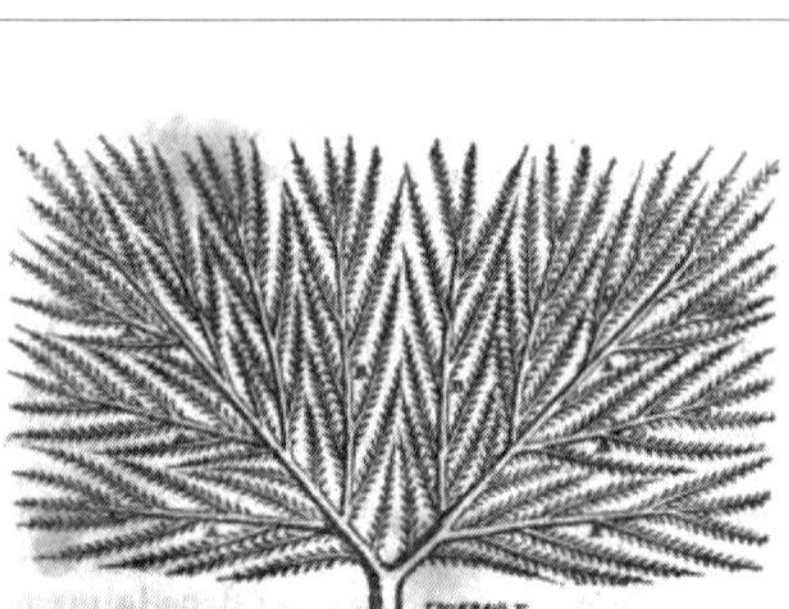

Forme carrée.

されているのだった。
夜明けとともに起き出しては、イグサ受け[*30]をベルトに掛けたまま、夜まで働く。冷え冷えとする春の朝には、ブヴァールは作業衣の下にニットのセーターを、ペキュシェは前掛けの下に古いフロックコートを着込むのだった。四ツ目垣に沿って通る人たちには、霧の中で彼らが咳き込む音が聞こえてきた。

ペキュシェは時々ポケットからマニュアルを取り出すと、鋤をそばに置いて、立ったままその一節を調べる。その姿は、本の口絵を飾っている庭師のポーズにそっくりだった。この類似は彼の自尊心を大いにくすぐった。その分、著者に対する尊敬もいや増すのであった。

ブヴァールはピラミッド形に刈り込んだ木の前に高い梯子を置いて、四六時中その上に腰掛けていた。ある日、急に眩暈がして、降りられなくなり、大声でペキュシェの助けを呼んだ。

ようやく梨が実を結んだ。果樹園にはすももがなった。そこで、鳥よけのために推奨されているあらゆる手段を試してみた。だが、鏡の破片はきらきら光って眩しいし、風車のカタカタいう音には夜中に目を覚まされる。雀は平気で案山子の上にとまっていた。そこで第二、さらに第三の案山子を作り、衣装も変えてみたが、何の効果もない。

それでも、多少の収穫は期待できそうだ。ペキュシェがその見積りをブヴ

＊30　グレサン、『果樹栽培術』に描かれている器具。次の図を参照。

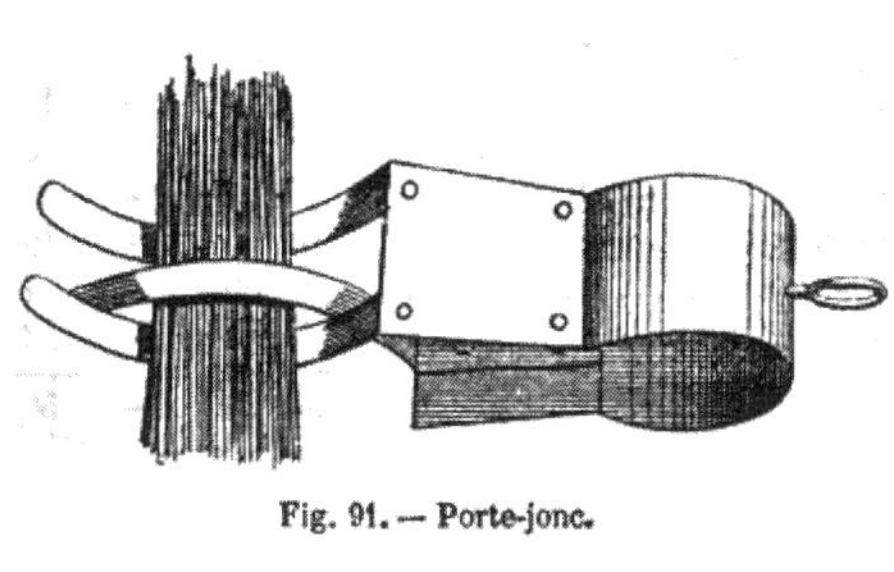

Fig. 91. — Porte-jonc.

ァールに渡して間もなく、突如として雷鳴が轟き、雨が降り出した。激しい土砂降りである。突風が時折、果樹垣を端から端まで揺さぶる。添え木は次々と倒れ、紡錘形に仕立てた梨の木が揺れて、せっかくの果実と果実がぶつかり合う。

ペキュシェは驟雨に襲われ、丸太小屋に逃げ込んだ。ブヴァールは台所にいた。二人とも、木片や、枝や、スレートが目の前をくるくる回るのを見つめていた。ここから十里離れた海岸で沖を眺めていた水夫の女房たちでさえ、彼らほどじっと目を凝らし、胸が締めつけられてはいなかっただろう。それから突然、果樹垣の支柱と横木が、垣根の格子もろとも、花壇の上に崩れ落ちた。

庭を視察してみたところ、何たる惨状であろうか！　桜桃とすももが、溶けかかった雹《ひょう》にまじって、草を覆っている。パス＝コルマールも、ベジ＝デ＝ヴェテランも、トリオンフ＝ド＝ジョドワーニュ［いずれも梨の種類］もすべて駄目になっている。リンゴの中では、かろうじてボン＝パパがいくつか残っているだけだ。桃の全収穫に当たるテトン＝ド＝ヴェニュス十二個が、根こぎにされた黄楊《つげ》の木のそばにある水溜りの中に転がっていた。*31

食事はほとんど喉を通らなかった。夕食の後、ペキュシェが静かに口を閉じた。

「農場の方もどうなってるか、確かめに行った方がいいだろう？」

「何だって！　この上さらに失望の種を探しに行こうっていうのかい！」

「やっぱりそうかな？　だって、僕らはついてないからな！」そうして彼らは神の摂理と自然を嘆いた。

ブヴァールはテーブルに肘をつき、例のひゅうひゅういう音を口から出していた。苦悩にはどれも繋がりがあるとみえて、農業をやっていた時分の諸々の計画、ことに澱粉製造と新種のチーズのことが記憶によみがえってくる。

ペキュシェは息づかいが荒かった。そして鼻孔に嗅ぎ煙草をつめこみながら、もし運がよかったなら、今頃は農業学会の会員になって、博覧会で注目を浴び、新聞にも名前が出ていたはずなのにと考えていた。

ブヴァールは悲しげな視線であたりを見回した。

「ええい！　いっそ何もかも手放して、どこか他所に行ってしまいたいよ！」

「好きなようにするさ」とペキュシェも言う。そしてしばらくして、こう付け加えた。

「著作家たちは、木の導管は直通させないようにと勧めている。*32 だがそうすると、樹液の循環が妨げられて、当然木も弱ることになる。木を丈夫にしておきたかったら、あまり実をつけてはならないという。だけど、刈り込みもしなければ、肥料もやらない木が、なるほど小ぶりかもしれないけど、かえって美味しい実をつけることだってあるじゃないか。まったくその訳を説明してもらいたいものだね！　しかも、果樹の種類ごとに特別の世話が必要なのはもちろんのこと、一本一本の木が、気候や温度や、その他諸々の条件によって変わってくるときてる。すると、いったいどこに規則があるというんだい？　どうやったら成功や利益を期待できるのかい？」

ブヴァールが答えた。

「ガスパランに言わせれば、利益が資本の一割を超えることはないそうだ。

＊31　このあたり、明らかにフローベールは、奇妙な名前をもった果物を挙げて面白がっている。それぞれコルマール（フランス東部の都市）通り、古参兵のカードゲーム、ジョドワーニュ（ベルギーの町）の勝利、良いお父さん、ヴィーナスの乳房、の意。ちなみに、実際には「ボン＝パパ」はリンゴではなく、梨の一種である。

＊32　バイー・ド・メルリュー『庭師の理論的・実践的完全マニュアル』（一八二四）によれば、枝を傾けて、樹液の流れをある程度妨げることによって、かえって果実のついた小枝ができやすくなるという。

ということは、銀行にこの資本を預けた方が得だということさ。十五年経てば、自ずと利子が積み重なって、汗水たらして働かなくても二倍の金になるからね」

ペキュシェはうなだれた。

「果樹栽培術なんていんちきじゃないか？」

「農学だって同じことさ！」とブヴァールは答えた。

それから二人は、あまりにも野心的すぎたといって自らを責め、これからは労力もお金もほどほどにしようと決意した。果樹園はたまに枝を刈り込めば十分だろう。果樹垣の支えの柵は取っ払ってしまい、木が枯れても何も植え替えないようにしよう。だがそうなると、残っている木をすべて伐り倒しでもしない限り、見苦しい隙間ができてしまうことになる。どうしたらよいだろうか？

ペキュシェは製図道具を用いて、何枚か図面を描いてみた。ブヴァールがそれに助言を与える。なかなか満足いくものは出来なかった。幸いにも、『造園術』と題されたボワタール[*33]の著作が本棚から見つかった。

著者は庭園を多種多様な様式《ジャンル》に区分している。まず最初は、憂愁を湛えたロマンチック様式で、永久花［ムギワラギクのこと］、廃墟、墓、さらに「領主が暗殺者の凶刃に倒れた場所を示す、聖母への奉納物」などをその特徴とする。恐怖様式は、今にも転がり落ちそうな岩や、折れた倒木、焼けた小屋などからなり、また異国趣味《エキゾチック》様式には、「植民者や旅行者にかの地の思い出を喚起するために」ペルーのサボテンを植える。森厳様式には、エルムノンヴィル［ルソーが死去したパリ近郊の村］のような哲学堂が欠かせない。オベリスクと凱旋門は壮麗様式を、苔と洞窟は神秘様式を、湖は夢想様式をそれぞれ特徴づけている。幻想様式などというものさえあって、その最も見事な例がつい最近ビュルテンベルク［ドイツ南西部の地域］のある庭園で見られたという。そこでは猪、ついで隠者に出会い、さらにいくつかの墳墓を通ってから、小舟に乗り込むと、それがひとりでに岸を離れて、閨房に連れて行ってくれる。そこでソファーに腰を下ろすと、噴水が上がって、こちらの体を濡らすという仕掛けらしい。

これら数々の驚異を前にして、ブヴァールとペキュシェはすっかり眩惑されてしまった。幻想様式は王侯のためのもののように思われた。哲学堂は場所をふさぐし、暗殺者がいない以上、聖母への奉納物は意味をなさない。また植民者や旅行者には気の毒だが、アメリカ産の植物はいかんせん値が張りすぎる。だが岩ならば、倒木や、永久花や、苔と同じく入手可能である。二人は次第に夢中になると、色々と試行錯誤を重ねた挙句、たった一人の下男に手伝ってもらっただけで、ごくわずかな費用で、県下に二つとない住居を作り上げた。

木陰道の所々を間引いて、迷路のように曲がりくねった小道を配した木立が見えるようにした。見晴らしをよくするため、果樹垣の壁にアーチ形の門を設える。アーチの屋根が地面に落ちて、ばらばらになり、壁には大きな裂け目が残ってしまった。

アスパラガスを育てていた場所をつぶして、そこにエトルリア風の墓を建てた。高さ六ピエ［約二メートル］の、黒い石膏でできた直方体で、まるで犬小屋のように見える。その四隅には四本のトウヒが植えられている。やがては墓の上に骨壺を安置し、さらに碑銘を記す予定であった。

菜園のもう一方の側には、リアルト橋［ヴェネチアの有名な太鼓橋］のような橋が池に架かっていた。池の縁にはムール貝の殻が嵌め込まれている。土が水

＊33　ピエール・ボワタール（一七八九—一八五九）植物学者、地質学者、博物学者。『造園術師の完全マニュアル、あるいは庭園を構成し、装飾する術』（一八三四）は、ロレ叢書の一冊である。

を吸い込んでしまったが、なに、気にすることはない！　そのうち粘土の底ができれば、水が溜まるようになるはずだ。

丸太小屋は色ガラスのおかげで、田園風のコテージに早変わりした。築山の頂では、六本の角材が、隅々の反り返ったブリキの帽子のようなものを支えていたが、これは中国の仏塔のつもりである。

オルヌ川の岸辺に行き、花崗岩を選ぶと、それを砕いて番号を付け、自分たちで荷車に積んで持ち帰る。それから、それらの石を一つ一つ積み重ねて、セメントで繋ぎ合わせた。こうして、芝生の真ん中に、まるで巨大なジャガイモのような岩が聳え立つことになった。

調和を完璧なものにするには、この岩の向こうに何かが欠けている。そこで、木陰道の一番大きな菩提樹（そもそもほとんど枯れかけていたのだが）を伐り倒して、あたかも急流に押し流されたか、あるいは雷になぎ倒されたかのごとく、庭の幅いっぱいにそれを横たえた。

仕事が終わると、ブヴァールは玄関前の石段に立ち、遠くから大声で呼んだ。

「こっちに来いよ！　よく見えるぞ！」

「よく見えるぞ」と、声が反響する。

ペキュシェが答えた。

「今行くぞ！」

「行くぞ！」

「ほう！　こだまだ！」

「こだまだ！」

これまでは、菩提樹が音の反射を妨げていたのである。また、木陰道の上につきだした納屋〔この章の冒頭にも出てくる隣家の納屋〕の切り妻に仏塔が向かい合っているのも、この現象には好都合だった。二人はこだまを試してみたくて、色々と軽口をたたいて楽しんだ。ブヴァールはさらに卑猥な言葉をわめいた。

ブヴァールはお金を受け取りに行くという口実で、何度かファレーズに足を運んだ。そしていつも小さな包みを持って帰っては、それを簞笥にしまうのであった。ペキュシェはある日の朝、ブレットヴィルに行くと言って出掛け、夜遅くなって戻って来ると、持ってきた籠をベッドの下に隠した。

翌朝、目が覚めると、ブヴァールはびっくり仰天した。主要な小道のとっつきにある(昨日はまだ球形だった)二本のイチイの木が、孔雀の形に刈り込まれている。しかもラッパと陶器のボタンが二つ、ちゃんと嘴と目をかたどっている。夜明けとともに起き出したペキュシェが、見つからないようにびくびくしながら、デュムシェルが送ってくれた付属品〔上記のラッパとボタンのこと〕の大きさに合わせて、二本の木を刈り込んだのである。半年前から、この後ろにある他の木も、ピラミッド、立方体、円柱形、あるいは鹿や肘掛椅子といった形を多かれ少なかれ模していた。だが、どれ一つとして孔雀の出来にはかなわない。ブヴァールは大いに賛辞を呈した。

鋤を忘れたという口実で、彼は相棒を木立の迷路の中へ連れて行った。というのも、彼もやはり、ペキュシェの留守を利用して、ある驚嘆すべきものを作り出していたのである。

畑に通じる門には漆喰[*34]が塗られ、その上にパイプの雁首が五百本ばかり、整然と並べられていた。アブド・アルカーディルや、黒人や、アルジェリア狙撃兵、さらに裸の女や、馬の蹄や、しゃれこうべなどがかたどってある！

「さっきからどんなにこれを見せたかったか分かるかい！」

「もちろんだとも！」

そして二人は、感極まって抱擁した。

あらゆる芸術家と同様、彼らも称賛されたいという欲求を感じた。そこでブヴァールは晩餐会を催そうと思い立った。

「気を付けたまえよ！」とペキュシェは言った。「お客をし始めたら、どんなにお金があっても足りないぞ！」

とはいえ、話はまとまった。

この地方に住み着いて以来、二人は周囲と離れて暮らしてきた。誰もが彼らのことを知りたがっており、招待に応じた。ただド・ファヴェルジュ伯爵だけは、商用で首都に行っているという返事である。そこで執事のユレル氏に代わりに声を掛けることにした。

昔リジューで料理長をしていた宿屋の主人ベルジャンブが、料理を何皿か作ってくれる手筈になっていた。給仕も一人よこしてくれるという。ジェルメーヌは家禽飼育場の娘を呼び戻していたし、ボルダン夫人の女中マリアンヌも来てくれるはずだ。四時にはもう門の柵は大きく開け放たれ、二人の地主はじりじりしながら、招待客が着くのを待っていた。

ユレルはブナの並木道で立ち止まると、フロックコートを整えた。次いで、司祭が新調の法衣をまとって登場。そのすぐ後から、フーロー氏がビロードのチョッキを着てやって来る。医師は、日傘をさして難儀そうに歩いている妻に腕を貸していた。彼らの後ろでは、バラ色のリボンがひらひ

＊34　アブド・アルカーディル（一八〇八―八三）　アルジェリアの族長。フランスによるアルジェリアの植民地化に抵抗し、一八四七年に降伏するまで、十六年間にわたり対仏戦争を指導した。

らと揺れていたが、これは玉虫色のきれいな絹の衣装を着たボルダン夫人のボンネットである。時計の金鎖が胸を打ち、指先の開いた黒い手袋をはめた両手には、指輪が光っている。最後に公証人が、パナマ帽をかぶり、片眼鏡[*35]をかけて現れた。というのも、裁判所付属吏という地位も、この男の社交家の資質を殺してはいなかったのだ。

客間はぴかぴかに磨かれ、立っていられないほどだった。ユトレヒト製の肘掛椅子が八脚、壁に沿って並べてある。中央の丸テーブルにはリキュール入れがのせられ、暖炉の上にはブヴァールの父親の肖像画が掛かっていた。画面が変色してくすんだところに逆光が当たっているせいで、口元は歪み、目は斜視のように見える。また、頬骨のあたりに付着したわずかな黴が、まるで頬髯であるかのような錯覚をもたらす。招待客たちは、息子さんとそっくりだと言った。さらにボルダン夫人はブヴァールを見つめながら、お父様は大変な美男子だったに違いないと付け加えた。

待つこと一時間、ペキュシェが食堂にお通りをと告げた。

赤い縁取りをした白いキャラコのカーテンが、客間と同様、ここでも窓の前にすっかり引いてある。陽の光がカーテンの布地を通して、飾りといっては晴雨計があるだけの羽目板に、金色の光を投げかけている。

ブヴァールは二人のご婦人方を自分の両隣に座らせた。ペキュシェの隣には、左に村長が、右に司祭が座を占めた。食事は牡蠣から始まった。泥の匂いがする。ブヴァールはがっかりして、しきりにお詫びの言葉を述べた。ペキュシェは立ち上がって、ベルジャンブに小言を言いに台所まで出かけて行った。

最初に肉のパイ包み、ヒラメ、それから鳩の煮込みが出たが、それらを食

＊35 「片眼鏡　横柄だがしゃれている」（紋切型辞典）。

べている間、リンゴ酒の製法について会話が弾んだ。続いて、消化の良い料理と悪い料理のことが話題になると、当然のごとく、医師が意見を求められた。彼はまるで科学の奥義を極めた人のように、すべてを懐疑的に判断したが、そのくせ他人には一切反論を許さないのであった。

サーロインステーキと一緒に、ブルゴーニュ・ワインが注がれた。濁っている。ブヴァールはこれを瓶のすすぎのせいにして、さらに三本の栓を開けさせたが、どれも似たり寄ったりだった。次に、サン＝ジュリアン［ボルドー産赤ワインの一種］を注いだが、これは明らかにまだ熟していない。お客は皆、黙ってしまった。ユレルは絶えず愛想笑いを浮かべており、給仕の重々しい足音が、床石の上に響いていた。

ヴォコルベイユ夫人はずんぐりした、気難しそうな女性で（その上、彼女は臨月間近であった）、一言も口をきこうとしない。ブヴァールは何を話しかけたらよいか分からずに、カーンの劇場の話題を持ち出した。

「家内は芝居には行かないんです」と医師が答えた。

マレスコ氏はパリに住んでいた時分、イタリア座[*36]にだけは通っていたという。

「私の方は」とブヴァールが言った。「笑劇が観たくて、時々ヴォードヴィル座[*37]の平土間を奮発したものです！」

フーローはボルダン夫人に、笑劇は好きかと尋ねた。

「種類によりけりですわ」

村長が夫人をからかうと、彼女はその冗談に対して切り返してみせる。それから、ピクルスのレシピを皆に披露した。そもそも、彼女の主婦としての手腕はよく知られており、その所有している小さな農場も見事に手入れされていた。

フーローがブヴァールに話しかけた。「あなた方の農場ですが、お売りになるおつもりですか？」

「そうですね、今のところは、まだ何とも……」

「何ですって！　エカールの土地も売らないというのですか？」と公証人が言った。「あそこなら、あなたにはおあつらえ向きなんですがね、ボルダン夫人」

未亡人はしなを作りながら答えた。「ブヴァールさんのお値段は張るんじゃないかしら！」きっと彼に取り入ることだってできるだろう。

「私には無理ですわ！」

「なあに！　接吻してみたらどうです？」

「じゃあ、試してみましょうか！」とブヴァールが言った。そして一同が拍手喝采する中で、彼は夫人の両頬に接吻した。

すると間髪をいれずにシャンパンの栓が抜かれ、その音が皆の陽気な気分をさらに盛り上げた。*38　ペキュシェが合図する。カーテンが開かれ、庭が現れた。

夕暮れの中、それは恐ろしいような光景を呈していた。芝生には岩が山のようにそびえており、ホウレンソウ畑の真ん中では墓が立方体を、インゲンの畑の上ではヴェネチア風の橋が山形のアクセント記号をそれぞれ形作っている。さらにその向こうには、小屋が大きな黒い斑点のような姿を見せていたが、これは二人がさらに詩情を添えようと、その屋根を火で燃やしたので

＊36　イタリア・オペラを専門に上演する劇場で、音楽通に人気があった。復古王政時代に、ロッシーニの作品を上演したことで知られる。
＊37　一七九二年に創設された劇場。流行歌を取り入れた、波乱万丈のストーリーを持つ軽い民衆劇を上演していた。
＊38　「シャンパン　正式な晩餐会には欠かせない。／庶民を有頂天にする」（紋切型辞典）。

ある。鹿や肘掛椅子をかたどったイチイの木が連なるその奥には、雷に撃たれた木が、木陰道から四阿まで庭いっぱいに横たわっている。四阿にはトマトが鍾乳石のようにぶら下がっているのが見える。ひまわりがあちこちに黄色い円盤を広げており、赤く塗った中国の仏塔は、まるで築山の上に灯台があるかのようだ。孔雀の嘴は夕陽に当たって、光を反射し、また板を取り外した四ツ目垣の向こうには、平らな野原がどこまでも続いている。

お客たちの仰天する様を見て、ブヴァールとペキュシェは心からの喜びを感じた。

ボルダン夫人は特に孔雀に感心した。だが墓も、燃やした小屋も、崩れた壁も理解してもらえない。それから、一人ずつ順番に橋を渡った。ブヴァールとペキュシェは午前中いっぱいかけて、池を満たすために水を運んだのであった。水は底石の継ぎ目の隙間から逃げてしまい、あとには泥が石を覆っていた。

あちこち見て回りながら、皆は勝手な批判を口にした。「私だったらこうしましたがね。グリーンピースは生育が遅れてますね。率直に言って、ここの一角は清潔とは言いかねますな。こんな刈り込み方では、実は決してなりませんよ」

ブヴァールは、果実など問題にしていないのだと答えねばならなかった。

一同が木陰道に沿って歩いている時、彼はいたずらっぽい調子でこう切り出した。

「おや！　誰かいらっしゃいますね！　お邪魔して申し訳ありません！」

冗談は受けなかった。皆、石膏の婦人像のことを知っていたのである！

しばらく迷路の中をめぐった後、ようやくパイプの門の前にたどり着いた。一同は唖然として、目を見交わす。ブヴァールはお客たちの表情をうかがっていたが、彼らの意見が知りたくなった。

「いかがです？」

ボルダン夫人が噴き出した。皆も彼女と同じく笑い出す。司祭はくっくっと音を立て、ユレルは咳き込み、医師は涙を流し、その妻にいたっては神経性の痙攣を起こした。フーローは厚かましくも、アブド・アルカーディルをかたどったパイプを一つもぎ取って、記念にポケットに入れた。

木陰道の外に出たところで、ブヴァールは一同をこだまで驚かせてやろうと、力一杯叫んだ。

「何なりとお申し付けを！　ご婦人方！」

何も聞こえてこない！　こだまは返ってこなかった。納屋が修繕され、切妻と屋根が取り壊されたのがいけなかったのである。

コーヒーは築山の上で出された。そして紳士連がペタンクを一勝負始めようとした時、正面の四ツ目垣の後ろに一人の男がいて、こちらを見つめているのに気付いた。

痩せて日焼けした男である。ぼろぼろの赤いズボンを穿き、シャツも着ないで青い上着をはおり、黒い髭は短く揃えてある。彼はしわがれ声で、はっきりと口にした。

「酒を一杯もらえませんかね！」

村長とジュフロワ神父は、すぐにそれが誰なのか分かった。以前シャヴィニョールで指物師をしていた男である。

「ほら、ゴルギュ！　さっさとどこかへ行け！」とフーロー氏が言った。

「物乞いなんかするんじゃないぞ」

「この俺が？　物乞いだって！」と男は激昂して叫んだ。「アフリカで七年も戦争をしてきたんだぞ。[*39]やっと病院から出てみれば、仕事はないときて

＊39　フランスによるアルジェリア侵略は一八二七年に始まり、一八三〇年に首都アルジェを占領。その後、前述のアブド・アルカーディルによる武装抵抗にあいながらも、植民地化を着実に推し進めていった。

る！　人殺しでもしろっていうのかい？　こん畜生！」

　彼の怒りはそのうち自然に収まった。そして両の拳を腰に当てながら、憂鬱そうな、嘲るような様子で、ブルジョワどもをじっと見つめるのだった。野営の疲れ、アプサン酒[*40]、熱病、つまり貧窮と自堕落の生活すべてが、その濁った目の中に映し出されている。青ざめた唇が震え、歯茎がむき出しになっている。真っ赤に染まった大空が、血のような微光で男を包み、そのままじっと動こうとしない姿が、なんとなく恐ろしく感じられた。

　ブヴァールは、けりをつけようと、瓶の底にまだ残っている酒を探しに行った。浮浪者は貪るようにそれを飲み干すと、なにやら身振り手振りをしながら、燕麦の茂る中へと姿を消した。

　続いて、一同はブヴァール氏を責めた。このような親切が、かえって無秩序を助長するのだという。だが、庭の失敗にむしゃくしゃしていたブヴァールは、民衆を擁護した。すると、皆が一斉にしゃべり出した。

　フーローは政府を褒め称える。ユレルは世の中に地所以外のものは認めていない。ジュフロワ神父は宗教が保護されていないことを嘆き、ペキュシェは税金を非難する。ボルダン夫人も時折、金切り声で口を挟む。「第一、共和国なんて虫唾が走りますわ！」すると医師が、自分は進歩を支持すると宣言した。「だって要するに、我々には改革が必要なのです」

「そうかもしれませんな！」とフーローが答えた。「だがそういった考えはどれも、商売の邪魔になりますよ[*41]」

「商売なんかどうだっていいじゃないですか！」とペキュシェが叫んだ。

　ヴォコルベイユが続ける。「少なくとも、有識者[*42]には選挙権を与えるべきです！」ブヴァールはといえば、そこまでは主張しないという。

「それがあなたの意見ですか?」と医師は言い返す。「お考えはよく分かりました! では、さようなら! 洪水でも起こったら、池を航海なさるがよかろう!」

「私もそろそろ失礼しようかな」と、しばらくしてフーロー氏が言った。そしてアブド・アルカーディルが入ったポケットを指差しながら、「もう一つ必要になったら、また来ますよ」と付け加えた。

神父は帰りがけに、野菜畑の真ん中に墓を模した石を置くのはどうも穏当ではないと、ペキュシェにおずおずと打ち明けた。ユレルは立ち去るに当って、一同に深々とお辞儀をした。マレスコ氏は、デザートの後、すでに姿を消していた。

ボルダン夫人はピクルスの詳しい説明を繰り返してから、この次はすもものブランデー漬けのレシピを教えようと約束した。そしてさらに庭の主要な小道を三周したが、菩提樹のそばを通る際に、衣服の裾を引っ掛けてしまった。「もう! 何ていまいましい木なの!」とつぶやく声が、彼らの耳に聞こえてきた。

真夜中まで、二人の主人役は、四阿の下で鬱憤を吐き出した。

なるほど、食事については、二、三細かな点を咎めることもできるだろう。それでも、お客たちがまるで鬼のようにがつがつ食べたのは、要するに満更でもなかった証拠である。だが、庭のことであんなにけちをつけるなんて、

＊40 「アブサン酒 とてつもない猛毒。ベドウィン族以上に、多くのフランス人兵士を殺した!」(紋切型辞典)。
＊41 「商売 何よりも優先する。人生において最も重要なもの。/『商売がすべてですよ!』」(紋切型辞典)。
＊42 七月王政は納税額による制限選挙制をしいており、選挙権所有者は全国民のわずか一パーセント程度であった。これに特に強い不満を持っていたのが、高学歴のインテリや自由業の連中、いわゆる「有識者(カパシテ)」たちであり、選挙資格税額の引き下げと、税額以外の諸能力による選挙権の付与を要求した。最終的にこの選挙改革運動が二月革命を引き起こす過程は、『感情教育』に詳しく描かれている。

卑しい嫉妬心のなせるわざだ。そして二人とも興奮して、次のように言い合うのだった。

「ふん！　池に水が足りないだって！　そう慌てなさんなって。今に白鳥や魚だって見られるようになるさ！」

「仏塔にはまるで注目しなかったじゃないか！」

「廃墟が清潔でないなんて、実に馬鹿げた意見さ！」

「それに墓が不穏当だって！　何故、不穏当なんだい？　自分の土地に墓を建てる権利もないっていうのかい？　僕なんか、あそこに葬ってもらいたいくらいだよ！」

「もうその話はやめにしようじゃないか！」とペキュシェは言った。

次に、彼らはお客たちの品定めをした。

「医者は相当な気取り屋のようだね！」

「マレスコが肖像画の前で嘲笑ったのに気付いたかい？」

「何て不作法な奴だろう、あの村長は！　人の家に食事に呼ばれた時は、ええい！　そこの貴重品は大切にするものさ」

「ボルダン夫人は」とブヴァールが言った。

「ふん！　狡猾な女だよ！　まあ、そっとしておいてもらいたいね！」

人付き合いに嫌気がさした彼らは、もうこれからは誰にも会わずに、ひたすら家の中で、自分たちのためだけに生活しようと決意した。

何日も地下の酒蔵にこもって、瓶に付着した酒石を洗って過ごしたり、家具のニスをすべて塗り直したり、部屋という部屋にワックスを塗ったりした。毎晩、薪が燃えるのを眺めながら、最良の暖房方式について論じ合うのであった。[*43]

倹約のため、自分たちでハムを燻し、洗濯物を煮洗いする。ジェルメーヌは仕事を邪魔されて、肩をすくめた。ジャム作りの時期になると、ついに彼女の堪忍袋の緒が切れた。そこで二人はパン焼き室に落ち着くことにした。

そこは元の洗濯場で、薪の束の下に、ちょうど彼らの計画にはもってこいの大きな石桶がある。というのも、保存食をこしらえようと思い付いたのだ。

十四本の瓶にトマトとグリーンピースを詰めた。生石灰とチーズで栓を密封し、その縁に布の細紐を巻いてから、沸騰する湯の中に沈める。お湯が蒸発すると、冷たい水を掛けた。急激な温度の変化で瓶が割れてしまい、残ったのはたった三本だけだった。

次に、イワシの缶詰の空き缶を手に入れると、そこに仔牛のロース肉を入れて、湯煎にかけた。鍋から取り出してみると、缶詰は風船のようにふくらんでいた。熱が冷めれば、また平たくなるだろう。二人はさらに実験を続け、他の缶にも卵、チコリ、海老、魚の赤ワイン煮、スープなどを詰め込んだ！ そして、アペール氏[*44]のように「季節を封じ込めた」といって自画自賛した。このような発見は、ペキュシェに言わせれば、征服者の武勲に勝るとも劣らないのである。

胡椒で風味を加えて、ボルダン夫人の酢漬けを一段とおいしくした。すももものブランデー漬けも、彼らの方がはるかに出来がよい！ キイチゴとニガヨモギをアルコールに浸して果実酒をこしらえ、またバニョール酒[*45]の樽に蜂

＊43 「暖炉　暖房に関して、議論の的になる」（紋切型辞典）。

＊44 ニコラ・アペール（一七四九―一八四一）製菓業者。瓶詰、缶詰の発明によって知られる。フローベールが参照したのは、その主著『すべての家庭の本、あるいはあらゆる動物性、植物性食品を数年間保存する術』（第三版、一八一三）。

＊45 バニョール＝シュル＝セーズは南仏ガール県の町。ここのワインを使ってマラガ酒の模造ワインを作る

蜜とアンゼリカを混ぜて、マラガ酒［甘口のスペインワイン］を作ろうと考えた。その上、シャンパンの醸造まで企てることにした！　ブドウの汁で割ったシャブリ酒の瓶が自然に破裂すると、彼らはもはや成功を疑わなかった。

研究が進むにつれて、あらゆる食料品にいんちきがあるような気がしてきた。

パンの色のことで、パン屋に言いがかりをつける。[*46] チョコレートにまぜ物をしていると言い張り、食料品屋を敵に回す。ナツメの実の咳止め薬を求めて、わざわざファレーズまで出かけて行くと、薬剤師の見ている前で、その練り粉を水につけて試してみた。[*47] するとベーコンの皮のようになったが、これはゼラチンがまぜてある証拠である。

この勝利の後、ますます慢心した彼らは、破産した蒸留酒製造業者の器具一式を買い取った。間もなく濾過機、樽、漏斗、杓子、濾し袋、秤に加えて、鉄玉付きの木鉢[*48]とムーア人の頭の形をした蒸留器[*49]が家に届けられたが、この最後の器具は反射炉と排煙装置を必要とするものだ。

砂糖の精製法を学び、さらに大小のペルレ、スフレ、ブーレ、モルヴ、カラメルなど諸々の煎糖［糖汁を濃縮し結晶化すること］の仕方を覚えた。だが、一刻も早く蒸留器を使ってみたくて仕方ない。そこで上質のリキュールを手掛けることにして、まずはアニス酒に取りかかった。どうしても液体に原料の滓が混ざったり、あるいは滓が底にへばりついたりする。時には、調合を間違えることもあった。彼らのまわりでは、大きな銅の鍋が光を受けて輝き、

方法が、ピエール・デュプレ、『リキュール、およびアルコール蒸留についての概論』（一八五五）の中に記されている。

＊46　「パン　パンの中にどんな不潔なものが含まれているか分かったものじゃない」（紋切型辞典）。

＊47　「ナツメの実の咳止め薬　何で作られているか分かったものじゃない」（紋切型辞典）。

＊48　注45で挙げたデュプレの本の

フラスコは先端の尖った首を突き出し、片手鍋が壁を飾っている。しばしば一人がテーブルの上で草を選り分けている間、もう一人は吊り下げた木鉢の中で鉄の球を揺らしていた。次いで匙をかき回しては、混ぜた酒の味を確かめるのだった。

ブヴァールは常に汗だくで、着ているものといっては、シャツと、短いサスペンダーでみぞおちのあたりまで吊り上げたズボンだけである。鳥のようにそそっかしいので、しょっちゅう蒸発釜の仕切り壁を忘れたり、火を強くしすぎたりする。ペキュシェは、袖のついた子供のスモックのような長い作業衣を身に着けて、じっとしたまま、計算をもごもごつぶやいている。二人とも自分たちを、有益な仕事に従事するきわめて真面目な人物だとみなしていた。

最後に彼らは、他のあらゆるクレーム「甘口のリキュールのこと」を凌駕するような逸品が作れないだろうかと夢想した。そこにはキュンメル酒のようにコリアンダーを、マラスキーノのように桜桃を、シャルトリューズのようにヤナギハッカを、ヴェスペトロのようにアンブレットを、クランバンブーリのように菖蒲を入れ、さらに紫檀の木を使って赤く色をつけよう。だが、どんな名前で売り出したらよいだろう？ 覚えやすくて、しかも珍しい名を見つける必要がある。あれこれ頭をひねった挙句、「ブヴァリーヌ」と名付けることに決めた！

中に描かれている器具。以下の図を参照。おもにアーモンドシロップ用にアーモンドを砕くのに用いられるという。

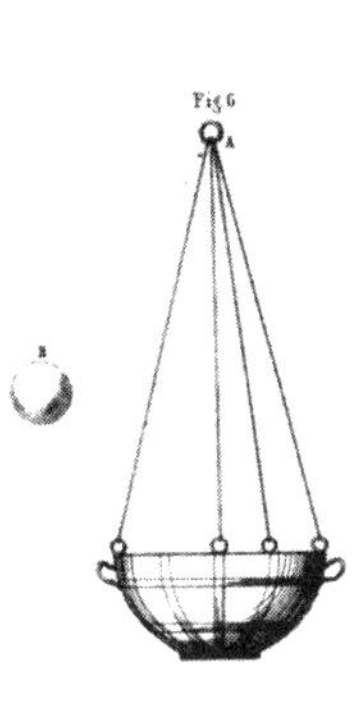

＊49 以下の図（デュプレ、同書）を参照。この蒸留器は、揮発性油や芳香性の化粧水などの蒸留に好んで用いられるとのこと。

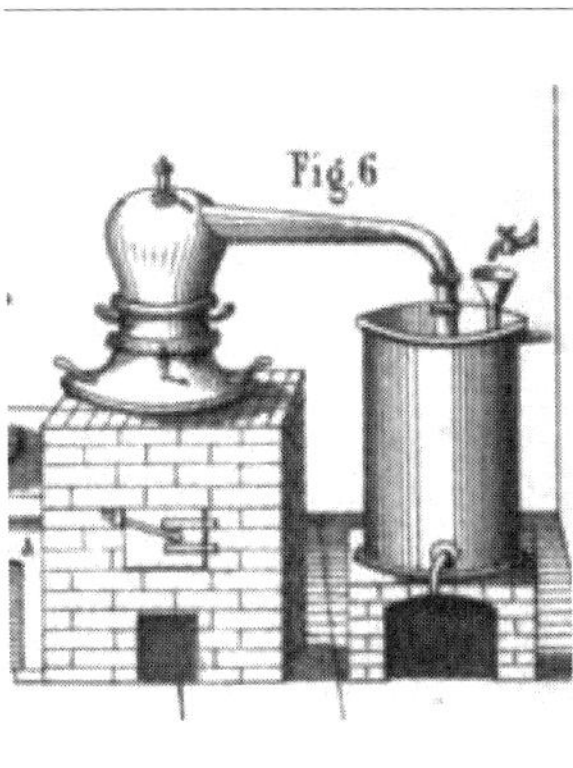

秋の終わり頃、三本の瓶詰の中に斑点が現れた。トマトもグリーンピースも腐っていた。きっと栓の締め方が悪かったのであろうか？　今度は栓の問題が悩みの種となった。新しい方法を試みるには、お金が足りない。農場が二人の財産を蝕んでいたのである。

これまでも何度か小作人が雇ってくれと申し出てきたが、ブヴァールはすべて断っていた。だが、下男頭が彼の指示通りに、経費をぎりぎりまで切り詰めて耕していたので、当然のように収穫は減り、まさに危機的な状況である。そこで彼らが自分たちの窮状について話し合っているところに、グイ親方が実験室に入ってきた。その後ろには、女房がおずおずと控えている。

色々と手を加えたおかげで、土地は以前よりも良くなっていた。それを見て、彼は農場を取り戻しに来たのである。そのくせ小作地を貶して、二人の払った様々な努力にもかかわらず、利益はやはりおぼつかないと主張した。要するに、自分がここに戻りたがっているのは、土地に対する愛着と、親切な主人たちへの未練からなのだ。最初は冷たく追い払われたものの、その日の夜のうちにまた訪ねてきた。

その間に、ペキュシェはブヴァールの態度をいさめていた。そうやって彼らが譲歩するつもりなのを見て取ると、グイは小作料の引き下げを求めた。相手が反対の声をあげると、彼は話すというよりはわめき出した。神様に訴え、これまでの苦労を数え上げ、さらに自分の長所を自慢する。そこで希望の値段を言うよう促すと、返事をせずに俯いてしまう。すると、大きな籠を膝にのせてドアのそばにうずくまっていた女房が、傷付いた雌鶏のような金切り声を上げて、同じ文句を繰り返すのであった。

結局、年三千フランという、昔より三分の一も安い条件で賃貸契約が結ばれることになった。

すると即座に、グイ親方は農具を買い取りたいと申し出る。そこでまた交渉が始まった。器具の値踏みには半月もかかった。ブヴァールはへとへとに疲れ果て、その挙句、すべてを捨て値で手放してしまった。グイもさすがに最初は驚きで目を丸くしたが、すぐに「了解」と叫んで、ブヴァールの手を叩いた。

話がまとまったので、慣習に従い、地主の側から家で一杯やろうと提案した。ペキュシェは自家製マラガ酒の瓶を一本開けた。気前のよさからというよりは、褒めてもらいたかったのである。ところが、農夫は顔をしかめて、「甘草のシロップみたいだな」と言った。女房の方は、「口直しのために」ブランデーを一杯所望した。

もっと重大なことが彼らの心を占めていた！「ブヴァリーヌ」の材料がすべて、ようやく揃ったのである。

それらの材料をアルコールと一緒に蒸発釜の中に詰め込むと、火をつけて、じっと待つ。その間、マラガ酒の失敗が気にかかっていたペキュシェは、戸棚の中からブリキの缶詰を取り出してみた。最初の缶、それから二つ目、三つ目と次々にふたを開ける。そして憤然としてそれらを投げ捨てると、ブヴァールを呼んだ。

ブヴァールは螺旋管の蛇口を閉めて、缶詰の方へ駆けつけた。完全な失望であった。仔牛の肉片はまるで靴底を茹でたみたいだし、海老はどろどろの液体に変わっている。魚のワイン煮はもはや元の形をとどめていない。スープの上にはキノコが生えており、耐えがたい悪臭が実験室を満たしている。

突然、砲弾が炸裂するような音がして、蒸留器が爆発した。破片が天井まで飛び散り、鍋を破裂させ、杓子をぺしゃんこにし、コップを粉々にした。石炭は散乱し、かまどはめちゃくちゃになった。翌日、ジェルメーヌは中庭にへらが落っこちているのを見つけた。

蒸発釜の上部の栓が閉まっていたため、水蒸気の圧力で器具が破裂したのである。

ペキュシェはすぐに石桶の後ろにうずくまり、ブヴァールはスツールの上にへなへなとくずおれた。十分ばかりの間、二人ともこの姿勢のまま、身動き一つできずに、恐怖で真っ青になって、破片の只中でじっとしていた。やっと口が利けるようになると、これほど不運が続くのは何故か、とりわけこの最後の災厄の原因は何だろうかと尋ね合う。だが、危うく命を落とすところだったということ以外は、何一つ分からない。最後にペキュシェが次のようにけりをつけた。

「おそらく僕らが化学を知らないからだろうよ！」

化学を知るために、彼らはルニョー[*1]の『講義』を取り寄せた。そしてまず最初に、「単体はおそらく化合物である」ということを学んだ。

単体は非金属と金属に分かれるが、著者によれば、この区別は「絶対的なものではない」という。酸と塩基についても同様で、「一つの物体は状況に応じて、酸としても、塩基としても作用する」とのことだ。

化学記号は、彼らにはへんてこりんに思われたし、倍数比例の法則[*2]はペキュシェを混乱させた。

「Aの分子が一つ、Bのいくつかの部分と化合するとすれば、この分子はそれと同じ数の部分に分解しなければならないはずだろう。だが、もし分解するとしたら、それは単位、つまり原初的分子であることをやめることになるじゃないか。どうもちんぷんかんぷんだ」

「僕もさっぱりだ！」とブヴァールが言う。

そこでもっと分かりやすいジラルダン[*3]の著作を参照することにした。そして、十リットルの空気の重さは百グラムであること、鉛筆の中に鉛は入って

*1　アンリ＝ヴィクトル・ルニョー（一八一〇―七八）化学者、物理学者。理工科学校、およびコレージュ・ド・フランス教授。主著に『化学の基礎講義』（四巻、一八四七―四九）など。

*2　二種の元素からなる化合物がいくつかある時、一方の元素の一定量と化合する他方の元素の量は、簡単な整数比をなすというもの。ちなみに、このあたりの記述は現代化学から見るといささか混乱しているが、フローベール自身、ジョルジュ・サンドに宛てた手紙（一八七三年二月三日）の中で、「いま化学を読んでいるのですが、まったく理解できません」と告白している。

*3　ジャン・ジラルダン（一八〇三―八四）化学者。フローベールが参照したのは、『ルーアン市立学校での基礎科学についての日曜講義』（二巻、一八三六―三七）。

いないこと、ダイヤモンドは炭素にすぎないことなどについての確信を得た。

彼らを何よりも驚かせたのは、土が元素としては存在しないということだ。

吹管の操作法、金と銀、布の漂白、鍋の錫めっきなどについて把握した。それから、いささかもためらうことなく、ブヴァールとペキュシェは有機化学に取り掛かった。

鉱物を形成しているのと同じ物質が生物の体の中にも見出せるとは、何たる驚異であろうか！とはいえ、自分たちの体に、マッチのように燐が、卵の白身のように蛋白質が、街灯のように水素ガスが含まれていると考えると、屈辱感のようなものを覚えずにはいられなかった。

色素と脂肪体について学んだ後は、発酵の番である。

発酵から酸の問題へと導かれた二人は、またしても当量の法則[*4]に困惑させられた。原子理論[*5]を使ってそれを解明しようとしたが、かえって何が何だか分からなくなってしまった。

これらすべてを理解するには、ブヴァールに言わせれば、様々な器具が欠かせないという。そのためには費用も馬鹿にならないが、すでに出費は相当な額にのぼっていた。

だが、ヴォコルベイユ博士ならきっと教えてくれるであろう。

そこで、診察の時間に医師を訪ねた。

「これはこれは、お二人して！　どこがお悪いのですかな？」

ペキュシェは、自分たちは病気ではないと答えて、訪問の目的を説明した。

「最初に、高原子価［原子価とは、ある原子が何個の他の原子と結合するかを表す数］についてご教示いただけますか」

医者は真っ赤になると、彼らが化学を学ぼうとしていることを咎めた。

「もちろん、私だってその重要性を否定するわけではありませんよ！　だが昨今では、いたるところに化学を適用しようとします！　これが医学にも嘆かわしい影響を及ぼしているのです」周囲の事物の光景が、これらの言葉に権威を添えていた。

膏薬と包帯が暖炉の上に散らかっており、机の真ん中には外科用具をいれた箱がのっている。部屋の片隅にはゾンデの入った洗面器が置かれ、また壁には人体標本図が掛けてある。

ペキュシェは医師に向かってこの標本をほめた。

「解剖学は、きっと素敵な学問でしょうね？」

ヴォコルベイユ氏は、かつて解剖実習の場で感じた魅力について滔々と語った。するとブヴァールが、女と男の体の内部の関係はどうなっているのかと尋ねた。

彼を満足させるため、医者は本棚から解剖図版集を一冊取り出した。

「お持ちになったらいかがです！　お宅の方が、落ち着いてご覧になれるでしょう！」

骸骨は、その顎の突起、眼窩のくぼみ、手のぞっとするような長さなどで、二人を驚かせた。解説書が必要だったので、ヴォコルベイユ氏のところに取って返す。そうしてアレクサンドル・ロト[*6]の『マニュアル』を頼りに、骨格の区分を学んだ。とりわけ驚嘆したのは脊柱についてであり、創造主によってまっすぐに作られたと仮定した場合より、今の形状の方が十六倍も強度が

＊4　化学当量とは、化学反応における量的な比例関係を表す概念。十八世紀後半にドイツのリヒターが、その後の化学量論の発展の基礎を築いた。

＊5　イギリスの科学者ドルトンが原子理論を提唱したのは十九世紀初頭のこと。フランスの化学者たちがこれを受け入れるのはようやく世紀後半になってからであり、先に出た「原初的分子」という奇妙な表現もこの歴史的無理解に由来するものと考えられる。

＊6　アレクサンドル・ロト（一八〇三―三七）医師。ストラスブール大学医学部で解剖学を講じる。フローベールが参照したのは、『解剖学者の新マニュアル』（第二版、一八三五）。

あるという。なぜ他ならぬ十六倍なのだろうか？

中手骨はブヴァールを途方に暮れさせた。ペキュシェは猛然と頭蓋骨に取り掛かったものの、蝶形骨を前にしてすっかり意気阻喪してしまった。もっとも、それは「トルコの、あるいはトルコ製の鞍」に似ているとのことではあるが。

関節はといえば、あまりに数多くの靭帯によって隠れてしまっている。そこで、筋肉に関心を向けた。

だが、その付着部を見分けるのは容易でない。さらに脊椎溝にいたって、ついに彼らは完全に匙を投げてしまった。

そこで、ペキュシェが言った。

「もう一度化学をやり直さないかい？　実験室を使わない手はないだろう！」

ブヴァールはそれに反対して、暑い国向けに人体模型が作られているという話を思い出した。

バルブルーに手紙で問い合わせたところ、情報を送ってよこした。月に十フランで、オズー氏[*7]の模型の一つが手に入るという。次の週、ファレーズの運送業者が門の柵の前に長方形の箱を置いていった。

彼らはわくわくしながら、それをパン焼き室に運んだ。蓋の釘を抜くと、藁がこぼれ落ち、薄手の包装紙がまるで滑るように取り除かれて、人体模型が現れた。

人形は煉瓦色で、髪の毛も皮膚もなく、青、赤、白の無数の線が全身を網目のように覆っている。死体とは似ても似つかず、むしろひどく不格好だが、清潔で、ニスの匂いのする玩具を思わせる。

次に、胸郭を取り外した。すると、海綿のような二つの肺、大きな卵のような心臓、その少し斜め後ろには横隔膜、さらに腎臓といったふうに、内臓を形作る諸器官が目に飛び込んでくる。

「さあ、仕事に取り掛かるぞ！」とペキュシェが言った。

昼も夜もこの仕事にあけくれた。

医学生が階段教室でするように、上っ張りを着込む。そして、三本のろうそくの明かりに照らされて、厚紙でできた模型の部品をいじっていると、誰かがドアをノックした。「開けるんだ！」

フーロー氏が、警官を従えてやって来たのである。

ジェルメーヌの主人たちは、彼女に人形を見せてからかったことがあった。女中はすぐに食料品屋のおかみさんのところに駆け付けて、このことを吹聴したので、今や村全体が、彼らが家の中に本物の死体を隠していると信じ込んでいた。フーローも、噂を無視できなくなって、事実を確かめに来たのである。野次馬たちが中庭に詰めかけていた。

彼が入って来た時、人形は横向きに寝かされていた。顔の筋肉が取り外されていたので、目が異様に飛び出して、ぞっとするような様相を呈している。

「何か御用ですか？」とペキュシェが言う。

フーローは口ごもった。「いや！　別に何も！」そして、テーブルの上にあった部品を一つ取り上げて、「これは何ですか？」と尋ねた。

「頬筋です！」とブヴァールが答える。

フーローは口をつぐんだ。だが、彼らが自分の能力の及ばぬ趣味を持っていることに嫉妬を覚え、陰険な薄ら笑いを浮かべていた。

二人の解剖学者は、研究を続けるふりをしていた。入り口にいた連中が退

＊7　ルイ・オズー（一七九七―一八八〇）　医師。人体や動物の組み立て式解剖模型を製作したことで知られる。その精巧な人形は、医学教育の現場で大いに重宝された。以下の写真は、ウール県にある解剖標本博物館に所蔵されているオズーの模型の一つ（博物館のサイトより）。

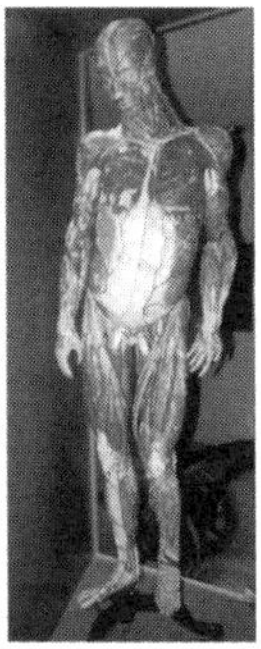

屈して、いつの間にかパン焼き室の中に入り込んできた。少し押し合ったので、テーブルが揺れた。

「これはひどい！」とペキュシェが怒鳴った。「皆を外に出してください！」

警官は野次馬たちを追い払った。

「これでよし！」とブヴァールが言う。「我々は誰も必要としていませんのでね！」

フーローはこの当てこすりを解すると、医者でもないのに、こんなものを所持する権利があるのかと言いがかりをつけてきた。とにかく、このことは知事に手紙で報告しておくという。——何たる国！　これほど無能で、野蛮で、旧弊な所があるだろうか！　二人は自分たちを他の連中と引き比べることで、なんとか憤りを鎮めた。科学のために殉じようと心を燃やすのであった。

医師もまた、様子を見にやって来た。模型が実物とかけ離れているといって貶しながらも、この機会を利用して、蘊蓄を傾けるのは忘れない。

ブヴァールとペキュシェはすっかり魅了されてしまった。二人の願いを聞き入れて、ヴォコルベイユ氏は蔵書を何冊か貸してくれたが、そのついでに、とてもやり遂げることはできないだろうと断言した。

『医科学事典』[*8]の中から、出産、長寿、肥満、便秘などの異常症例を抜き出して、ノートに取った。ボーモントの有名なカナダ人患者[*9]のこと、大食漢のタラールとビジュー[*10]のこと、ウール県の水腫の女[*11]のこと、二十日に一度しかトイレに行かないピエモンテの男のこと、全身が骨化して死んだシモール・ド・ミルポワのこと、また鼻の重さが三リーヴル［一・五キロ］もあるアングレームの昔の市長のことなど、今まで知らなかったことばかりである！

＊8　一八一二年から二二年にかけて出版されたこの六十巻に及ぶ事典は、十九世紀初頭の医学の粋を集めたもの。ちなみに、『ボヴァリー夫人』のシャルルも、診察室の本棚に、「ページの切っていない」この事典を並べていた（第Ⅰ部、第5章）。

脳は哲学的な考察を呼び覚ました。二枚の薄片からなる透明中隔と、赤いえんどう豆に似た松果腺は、脳の内部にはっきりと見分けることができた。だがその他にも、脳脚、脳室、脳弓、柱、段、神経節、そしてあらゆる種類の繊維や、さらにパッキオーニ孔[*12]やパチニ小体[*13]などがある。要するに、この錯綜した器官の集積を究めようとしたら、一生かかっても足りないくらいだ。

時々熱中しすぎては、人体模型を完全に解体してしまい、その後で元に戻すのに大いにてこずるのであった。

この仕事は、とりわけ昼食の後がしんどかった！　彼らはすぐにうとうとし出すと、ブヴァールは顎を引いて、腹を突き出し、ペキュシェはテーブルに肘をつき、両手で頭を抱えた格好で居眠りするのだった。

しばしばこの時間に、最初の往診を終えたヴォコルベイユ氏が、ドアからそっと覗きに来る。

「どうです、ご同僚たち、解剖の調子はいかがですか？」

「申し分ありませんよ！」と彼らは答える。

すると、医師は色々と質問をしては、相手を困らせて喜ぶのだった。

彼らは一つの器官に飽きると、別の器官に移った。そうやって、心臓、胃、耳、腸と次々に取り組んでは、またすぐに放り出す。というのも、どんなに興味を持とうと努めても、厚紙の人形にはとうにうんざりしていたのである。とうとう医師は、二人が人形を箱にしまって、釘を打ちつけているところを

＊9　アメリカの軍医ウィリアム・ボーモント（一七八五―一八五三）は、事故により腹部に穴の開いたカナダ人患者を使って消化実験を行い、胃の生理学的機能を解明したことで知られる。

＊10　『医科学事典』の「珍奇な事例」の項目に挙げられている例。タラールは牛四分の一頭分を二十四時間でたいらげ、一方、ビジューは病気で死んだライオンを貪り食ったとされる。

＊11　やはり『医科学事典』の同じ項目に言及がある。この女は百五十四針もの穿刺を受けたという。

＊12　アントニオ・パッキオーニ（一六六五―一七二六）は、イタリアの解剖学者。パッキオーニ孔とは後頭部上方にある切れ込みで、小脳と大脳とをつなぐ場所に位置している。

＊13　イタリア人医師フィリッポ・パチニ（一八一二―一八八三）が発見した、皮下にある感覚受容装置。圧力や振動を感じる働きをする。

見つけた。

「万歳！　こうなると思っていたんですよ！」彼らの年になって、こんな研究を始めることなどできっこないという。そう言いながら浮かべた薄笑いが、二人を深く傷つけた。

何の権利があって、自分たちには無理だと決めつけるのだろう？　科学はあの男のものだとでもいうのか！　まるでご本人は卓越した人物ででもあるかのようじゃないか！

そこで、医師の挑戦を受けると、書物を買うためにバイユーまで足を運んだ。彼らに足りないのは、生理学である。ある古本屋のおかげで、その当時有名だったリシュラン[*14]とアドロン[*15]の概説書を手に入れた。

年齢、性別、体質などについてのありふれた文句が、どれもきわめて重要なものに思われた。歯石の中には三種類の微生物がいること、味覚の中枢は舌の上に、また空腹の感覚は胃の中にあることなどを知って、彼らはとても喜んだ。

胃の機能をもっとよく把握するために、モンテーグル[*16]やゴス氏[*17]やベラールの弟[*18]のような反芻する能力を備えていないのが残念だった。そこで、ゆっくりと噛んでは、咀嚼し、唾液をまぜ、また飲み込んだ後も、食べ物がお腹の中でたどる行程を頭の中で追いかける。さらに、系統だった綿密さとほとんど宗教的な注意を払って、その最後の結果［糞尿のこと］にいたるまで観察した。

人工的に消化を引き起こそうとして、家鴨《あひる》の胃液の入ったガラス瓶に肉を詰め込む。そうして半月の間、それを脇の下に入れて持ち歩いたが、その結

＊14　アンテルム・リシュラン（一七七九―一八四〇）　外科医、生理学者。サン＝ルイ病院の外科部長を務めた。一八〇一年、二十二歳の時に出版した『新生理学原理』（第八版、一八二〇）は、当時大成功をおさめた。
＊15　ニコラ＝フィリベール・アドロン（一七八二―一八六二）　医師。パリ大学医学部法医学教授。ここで言及されているのは、その主著である『人間生理学』（四巻、一八二三―二四）。
＊16　ジュナン・ド・モンテーグル（一

果は体が臭くなっただけのことだった[*19]。陽の照りつける中を、濡れた衣服を着て、彼らが街道を走っている姿が見られた。皮膚に水分を押し当てることで、渇きが静まるかどうか確かめるための実験である。息を切らして戻って来ると、二人とも風邪を引いてしまった。

聴覚、発声、視覚などはさっさと片付けたが、生殖についてはブヴァールがこだわりを見せた。

この方面についてのペキュシェの慎み深さは、これまでも常に彼の驚きの的だった。友人の奥手ぶりがあまりに度を越していると思われたので、訳を話すように促したところ、ペキュシェは真っ赤になりながらも、とうとう次のような告白をした。

その昔、悪戯者たちに悪所にひっぱって行かれたことがある。だが、やがて愛するであろう女性のために純潔を守り、そこから逃げ出した。その後、幸運な状況がやって来ることもなく、気恥ずかしさ、乏しい懐具合、病気の心配、依怙地、習慣なども手伝って、五十二歳にして、首都に住んでいながら、依然として童貞を通しているという。

ブヴァールはこの話を、最初なかなか信じようとしなかった。それからげらげら笑い出したが、ペキュシェの目の中に光るものを認めて笑うのをやめた。

七七九—一八一八）医師。主著に『人間の消化に関する実験』（一八一四）など。

＊17　アンリ＝アルベール・ゴス（一七五三—一八一六）スイスの薬剤師。自然科学に関する様々な研究、特に胃液に関する実験で知られる。なお、モンテーグルとゴスが自在に胃の中身を吐き出すことができたという記述は、前述のアドロンの著作の中に見られる。

＊18　ピエール＝オノレ・ベラール（一七九七—一八五八）は、パリ大学医学部生理学教授。主著の『生理学講義』（四巻、一八四八—五五）は未完。弟のオーギュスト（一八〇二—四六）は、やはりパリ大学臨床外科学教授。なお、「ベラールの弟」についてのこの記述は、ベロー、『人間生理学原理』（第二版、二巻、一八五六—五七）から引いてきたもの。

＊19　やはりベローの著書に記されているスパランツァーニの有名な実験。ただし、この十八世紀イタリアの科学者の場合には、人工消化実験はちゃんと成功している。

それというのも、情熱がペキュシェに欠けていたわけではなかったからだ。綱渡りの女芸人、建築家の義妹、会計係の女性などに次々と恋をして、最後は小柄な洗濯女に夢中になった。そして、まさに結婚が取り決められようとしていた矢先、彼女が他の男性の子を身ごもっていることが分かったのである。

ブヴァールが彼に言った。

「失った時をうめあわせる手段は、いつだってあるものさ。悲しむことはないよ！　もしよければ、僕が世話してあげようか……」

ペキュシェはため息をつきながら、もうこのことは考えないようにしようと答えた。そこで、二人は再び生理学の勉強に取りかかった。

我々の体の表面から、たえず微量の水蒸気が発散しているというのは本当だろうか？　その証拠には、人間の体重は刻々減っているという。もし日々、こうやって不足する分を補い、また過剰となった分を取り除けば、健康は完全な均衡を保つことになる。この法則の考案者であるサンクトリウス*20は、半世紀もの間、食物のみならず排泄物の重さまで毎日測定した上に、計算を書き記す時のほかは休みも取らずに、ずっと自分の体重を量り続けたらしい。

彼らはサンクトリウスの真似をしようとした。だが、二人同時に秤に乗ることはできないので、まずはペキュシェから始めた。

発汗の邪魔にならないよう、衣服を脱いだ。恥ずかしさを我慢して素っ裸になると、まるで円筒のような長い胴体、短い脚、偏平足、褐色の肌をさらしながら、台座の上にじっとしている。そのそばでは、友人が椅子に座って、本を朗読していた。

学者たちの説によれば、体熱は筋肉の収縮によって産み出されるのだから、胸郭と骨盤肢［解剖学用語で脚部のこと］を動かせば、ぬるま湯の温度を上げることができるという。

ブヴァールは浴槽を探しに行った。そうして準備万端整うと、温度計を手に、その中に入った。蒸留器の残骸が、部屋の奥の方に掃き集められ、薄暗がりの中にぼんやりとした塊を描き出している。時々、ねずみが何か齧る音が聞こえてくる。芳香植物の古い香りが立ちこめている。二人ともとても快適な気分になって、穏やかにおしゃべりしていた。

そのうち、ブヴァールが少々寒気を感じた。

「手足を動かすんだ！」とペキュシェが言う。

ブヴァールがどんなに手足を動かしても、温度計の表示には何の変化もない。「いくらなんでも寒い」

「こっちだって暖かくはないさ」と、ペキュシェ自身もぶるぶる震えながら答えた。「とにかく、骨盤肢を動かせ！　もっと動かすんだ！」

ブヴァールは腿を開き、脇腹をねじって、腹を揺らしながら、クジラのようにぜいぜい喘いだ。それから温度計を見たが、目盛りは依然として下がり続けている。「どうなってるんだい！　ちゃんと動いているのに！」

「まだ十分じゃないんだ！」

そこで、再び体操を始めた。

こうやって三時間も動き続けた挙句、もう一度温度計をつかんだ。

「何だって！　十二度だと！　ああ、もうやめだ！　もう御免だね！」

＊20　サントリオ・サントリオ（一五六一—一六三六）　イタリアの医師。ラテン名サンクトリウス。医学に計量的な方法を導入した。ここで言及されている代謝の研究に加えて、体温計や脈拍計を考案したことでも知られる。

犬が一匹入って来た。番犬と猟犬の雑種で、毛並みは黄色く、疥癬《かいせん》にかかっており、舌をだらんと垂らしている。

どうしようか？　呼び鈴はない！　それに、女中は耳が遠い。二人とも寒さで震えていたが、咬みつかれるのが怖くて、身動きできずにいた。

ペキュシェは、目をぎょろつかせて脅すのが上手いやり方だと考えた。

すると、犬は吠え出して、秤の回りを跳びはねた。ペキュシェは秤の綱にしがみついて、膝を折り曲げ、できるだけ高く上ろうともがいた。

「そんなやり方じゃ駄目だよ」とブヴァールが言う。そしてやさしい言葉を掛けながら、犬に向かって微笑んでみせた。

どうやらこれが通じたのであろう。犬はブヴァールをぺろぺろ舐めると、その肩の上に足をのせ、爪で軽く引っ掻いたりした。

「おや！　今度は、僕の半ズボンを持ってっちゃったぞ！」

犬はその上に横になると、そのまま大人しくなった。

ようやく二人は恐る恐る、一方は秤の台座から降り、また一方は浴槽から出てきた。そうして服を着ると、ペキュシェは思わず次のような叫びを漏らした。

「よし、こいつめ、実験台にしてくれるぞ！」

どんな実験をしようか？

燐《りん》を犬に注射して、地下室に閉じ込め、鼻の穴から火を吐くかどうか見るというのはどうだろう。*21

だが、どうやって注射しようか？　それにそもそも、燐を売ってもらえないのではないか。

この他にも、排気ポンプの下に犬を閉じ込める案、ガスを吸わせる案、毒を飲ませる案などが頭に浮かんだ。どれもおそらくさして面白くないのではないか？　結局、鋼鉄を脊髄に接触させて磁化する実験[*22]を選んだ。

ブヴァールが動揺を抑えながら、皿の上にのせた針を差し出すと、ペキュシェはそれを犬の脊椎に突き立てていく。針は折れたり、滑ったり、地面に落ちたりする。そこでさらに何本か手に取って、むやみやたらに突き刺した。犬は紐を引きちぎると、まるで砲弾のように窓ガラスを突き破り、中庭と玄関を通り抜けて、台所に現れた。

ジェルメーヌは、脚に紐をからませた、血まみれの犬を見て、悲鳴をあげた。ちょうどその時、主人たちが犬の後を追いかけて入ってくる。犬は跳び上がると、そのまま姿を消してしまった。

老女中は彼らに食ってかかった。

「また旦那方の悪さだね、まったくもう！　私の台所が、こんなになっちまったじゃないか！　あの犬だって、きっと狂犬になるでしょうよ！　あんた方のような悪戯者は、牢屋にぶち込まれたって仕方ないんだから！」

彼らは針を試すために、実験室に引き返した。どれ一つとして、わずかな鉄粉さえ引きつけなかった。

続いて、ジェルメーヌの口にした憶測が、二人を不安にした。狂犬病にかかった犬が不意に舞い戻ってきて、彼らに飛びかからないとも限らない。

翌日はあちこち情報を探りに出かけた。そしてその後数年の間は、野原で

＊21　生理学者マジャンディーによる実験。フローベールが参照したのは、その弟子筋に当たるクロード・ベルナール、『実験病理学講義』（一八七二）の記述。

＊22　スイスの哲学者、物理学者ピエール・プレヴォによる実験。ただし、フローベールが参照したヴィレ（『哲学との関係における生理学』、一八四四）は、この実験の有効性を端的に否定している。

似たような犬に出くわす度に、すぐに回り道をしたものである。

　その他の実験も失敗に終わった。本の著者たちの主張とは反対に、鳩の血を抜くと、満腹の場合も、胃が空っぽの場合も、同じ時間で死んでしまった。[*23] 子猫を水の中に沈めると、五分で息絶えた。[*24] 鵞鳥にアカネをたっぷり食べさせても、骨膜は真っ白なままだ。[*25]

　栄養作用の問題には悩まされた。

　同じ分泌液がどのようにして、骨や、血液や、リンパ液や、さらに排泄物まで作り出すのであろうか？　しかし、ある食物の変化をすべてたどることなど不可能である。一つの食物しかとらない人も、化学的に見れば、色々なものを食べる人と変わりがない。ヴォクラン[*26]が、一匹の雌鶏の食べる燕麦に含まれる石灰分を計算してみたところ、その鶏の産んだ卵の殻の中にはそれ以上の石灰分が見出されたという。だとすれば、物質の創造が行われたことになる。どうやって？　それについては何も分からない。

　心臓の力がどの程度かさえ、実はよく分かっていない。ボレリ[*27]は十八万リーヴルの重量を持ち上げる力を認めているが、キール[*28]は約八オンス〔二分の一リーヴル〕と見積もっている。以上のことから、二人は生理学を（古い言い回しにならって）医学の小説だと決めつけた。自分たちには理解できなかったので、そもそも信じなくなったのである。

　一ヶ月は、ぶらぶらしているうちに過ぎ去ったが、そのうち庭のことが気

＊23　キュス、『生理学講義』（一八七六）によれば、空腹の動物の方がわずかな血を抜いただけで死んでしまうという。ただし、フローベールはなぜかウサギを鳩に代えている。
＊24　やはりキュスが述べている実験で、動物の子供は酸素の消費量が少ないので、三十分間水に沈めていても死なないという。ここでもフローベールは子犬を子猫に代えている。
＊25　吸収作用の例として、アドロンの前掲書（注15）に記されている実験。この著者によれば、骨がバラ色に染まるはずである。
＊26　ルイ＝ニコラ・ヴォクラン（一七六三―一八二九）　化学者。フルクロワの助手を務めた後、パリ大学教授になる。クロムやベリリウムなどいくつかの元素を発見したことで有名。
＊27　ジョヴァンニ＝アルフォンソ・ボレリ（一六〇八―七九）　イタリアの生理学者、数学者、天文学者。人体の機能を力学的、数学的に説明することを試みた。いわゆる「物理学的医学」派の代表者の一人。

になりだした。

庭の真ん中に横たわっている倒木が邪魔である。そこでそれを角材に挽いたが、この運動ですっかりへとへとになってしまった。ブヴァールはしょっちゅう鍛冶屋の元へと出向いては、道具を手入れしてもらわねばならなかった。

ある日、彼がそこに向かう途中、布の袋を背負った男に話しかけられた。暦書、信仰書、聖牌、そして最後にフランソワ・ラスパイユ[*29]の『健康マニュアル』を勧められた。

この小冊子がいたく気に入ったので、彼はバルブルーに手紙を書いて、同じ著者の大著[*30]の方を送ってくれるよう頼んだ。バルブルーは本を送ってきたついでに、薬を注文するための薬局も手紙で教えてくれた。

理論の明快さが彼らを魅惑した。病気はすべて、寄生虫から生じるという。歯を損なうのも、肺に穴をあけるのも、肝臓を肥大させるのも、腸を荒らして、そこに音を立てるのも、みな虫のせいである。これを退治するのに一番良いのは、カンフルだとのこと。ブヴァールとペキュシェは早速この方法を採用した。カンフルを嗅いだり、齧ったりするのはもちろんのこと、それを調合した煙草や、鎮静薬の小瓶、またアロエの丸薬などを周囲に配って回った。さらに佝僂《くる》病患者の治療まで企てた。

これは定期市の日に見つけた子供で、物乞いをしている母親が毎朝彼らの

＊28　ジェイムズ・キール（一六七三―一七一九）　スコットランドの医師、解剖学者。やはり生理学における数学的方法の支持者である。

＊29　フランソワ＝ヴァンサン・ラスパイユ（一七九四―一八七八）　化学者、政治家、医師。戦闘的な共和主義者であり、数度にわたる投獄を経験。一八四八年の大統領選挙にも出馬し、その後ベルギーに追放された。民主主義的な理念を医学にも適用し、エリートによる医学を批判して、医師の免許を持たないまま民間医療を実践。公的な医学の側からの敵意を招いたが、その処方の単純な分かりやすさも手伝って、民衆には多大な人気を博した。ここで言及されている小冊子とは『健康年鑑』のことで、一八四五年以来、毎年出版されていたもの。

＊30　『植物および動物一般、特に人間における健康と病の博物誌』（第二版、三巻、一八四六）のこと。ちなみに、ここでバルブルーが友の依頼に熱心に応じているのは、彼自身も筋金入りの共和主義者であることと関係がある。

家に連れて来た。まずカンフルオイルで瘤をマッサージし、二十分ほど芥子《からし》の湿布を当ててから、膏薬を塗った絆創膏で患部を覆う。そして、ちゃんとまた戻ってくるようにと、昼食をごちそうするのである。

　四六時中蠕虫《ぜんちゅう》のことばかり考えていたおかげか、ペキュシェはボルダン夫人の頬に奇妙な斑点があるのに気づいた。医師はもう長い間、苦味薬［植物性の健胃薬］でそれを治療していた。最初は二十スー硬貨くらいだった丸い斑点は、次第に大きくなり、今ではバラ色の円をなしている。彼らは治療を申し出た。夫人は承諾したものの、薬を塗るのはブヴァールにして欲しいと注文を付けた。窓の前に腰を落ち着けると、ブラウスの上のホックを外し、頬を突き出したままじっとしている。ブヴァールを見つめる眼差しは、もしペキュシェがその場にいなかったらただでは済まなかっただろうくらいに、思わせぶりなものだ。水銀を用いるのはこわくもあったが、[*31]それでも許された分量の範囲内で、甘汞《かんこう》［塩化第一水銀］を処方した。一ヶ月後、ボルダン夫人は完治した。

　彼女は二人の成功を吹聴して回った。そこで、収税吏も、村役場の書記も、村長自身も、しまいにはシャヴィニョールの住民全員が鳥の羽の軸［カンフル煙草］を吸うようになった。

　しかしながら、佝僂《くる》病の子供の体は真っ直ぐにならなかった。収税吏は息切れがかえってひどくなったので、カンフル煙草を手放した。フーローは、

*31　「水銀　病を退治すると同時に、病人の生命も奪う」（紋切型辞典）。

*32　イギリス人医師ジェンナーが牛痘ワクチンを発見したのは一七九六年。要するに、当時まだ比較的最新の技術であった。

*33　病気を治すために静脈から血を取る治療法。十九世紀前半のフランスでは、後述のブルッセの理論が一世を風靡したため、瀉血が盛んに行われた。

*34　「小型のメス　常にポケットに入れておくこと。ただし、極力使わないようにすべし」（紋切型辞典）。

*35　カール・フォン・リンネ（一七〇七—七八）　スウェーデンの博物学者、植物学者。『自然の体系』（一七三五）において植物の分類法を基礎づけ、生物の学名を属名と種名の二語で表す二名法を確立した。「分類学の父」と呼ばれる。

*36　ヤン・バプティスタ・ファン・ヘルモント（一五七七—一六四四）　ベ

アロエの丸薬のせいで痔にかかってしまったと文句を言う。ブヴァールは胃が痛くなり、ペキュシェもひどい頭痛に見舞われた。彼らはラスパイユへの信頼をなくしてしまったが、それでも自分たちの評判を落とすことをおそれて、何も言わないように心がけた。

次に、彼らはワクチン[*32]に熱中した。また、キャベツの葉を使って瀉血[*33]の練習をし、さらに小型のメス[*34]を二つ買い揃えた。

医者が貧しい病人の所を往診するのについて行っては、それから家で本を調べる。

書物に記されている症状は、彼らが見てきたばかりのものと一致しなかった。病名ときたら、ラテン語、ギリシア語、フランス語など、まさにあらゆる言語のごった煮状態だ。

病気の数は何千とあるので、属と種に分けるリンネ式分類法[*35]が便利である。だが、どのようにして種を定めたらよいのか？　かくして、彼らは医学哲学の領域に迷い込んだ。

ファン・ヘルモントのアルケー[*36]、生気論[*37]、ブラウン学説[*38]、器質病説[*39]などについて、あれこれ夢想をふくらませる。それから医師に、腺病[*40]の病原菌はどこから来るのか、伝染性の瘴気《しょうき》[*41]はどんな場所に集まるのか、またあらゆる病気において原因と結果を見分ける方法について尋ねた。

「原因と結果はもつれ合っています」というのが、ヴォコルベイユの答えだ

ルギーの化学者、医師。錬金術的色彩の濃い化学を医学にも適用。生命をつかさどる生気であるアルケーが、各器官の働きを統御する二次的なアルケーをコントロールすることで、健康が保たれるとした。

＊37　生命現象に一定の自律性を認め、物理・化学の法則には還元できないものとみなす立場。特にフランスでは、十八世紀にボルドゥーやバルテーズといったモンペリエ学派の医師たちがこの立場を主張し、生命原理の仮説によって生理学的・病理学的諸現象を説明しようと試みた。

＊38　ジョン・ブラウン（一七三五―八八）　スコットランドの医師。生命を外部からの刺激によって生じるものと捉え、あらゆる身体的不調をその刺激の過不足によって説明した。ただし、治療法においては、ほとんど常に強壮剤を処方した。

＊39　すべての病気は何らかの器官の損傷に由来するという考え方。十九世紀前半のフランス医学界においては、この唯物論的な主張が生気論と激しく対立していた。

った。

この論理性の欠如にはうんざりさせられた。そこで、自分たちだけで病人を訪ねることにして、慈善を口実に、勝手に家に入り込んだ。

部屋の奥にある汚い布団の上には、顔の片側が垂れ下がった病人が横たわっている。ほかにも顔の腫れ上がった病人がいるが、その色も真っ赤だったり、淡黄色だったり、あるいは紫色だったり様々だ。すぼんだ鼻孔に、震える口。喘ぎ声やしゃっくりの音が聞こえ、汗だらけで、皮革と古いチーズの臭気が漂っている。

彼らは医者の処方箋を読んで、鎮静剤が時には興奮剤になること、吐剤が下剤の働きをすること、同じ薬が多種多様な病気に効くこと、また同じ病が正反対の治療によって治ることなどに心底びっくりした。

それでも、色々と助言を与えては、病人を元気づけ、さらに向こう見ずにも聴診まで試みるのだった。

想像力を掻き立てられた二人は、国王に手紙をしたためて、カルヴァドス県に看護婦養成所を作るよう請願した。自分たちがそこの教師になろうというのである。

バイユーの薬剤師のもとに出かけて行き（ファレーズの薬剤師はナツメの咳止め薬のことで相変わらず彼らを恨んでいた）、古代人のように下剤粒《ピラ・プルガトリア》を作るよう勧めた。これは手でこねると、体の中に吸収されるという丸薬である。

熱を下げれば炎症も治まるという理屈に従い、肘掛椅子を天井の梁にぶら下げると、その上に髄

＊40　中世ヨーロッパにおいてロイヤル・タッチの対象にもなった腺病、すなわち瘰癧《るいれき》は、長い間、病因不明の病であった。現在では、結核菌の感染によるものと判明している。
＊41　病気を引き起こす悪い空気のこと。十九世紀後半にパストゥールが細菌を特定するまでは、瘴気こそ感染の原因だと考えられていた。

膜炎を患った女性を座らせる。そして力一杯揺すぶっているところに夫が現れて、彼らを外に叩き出した。

最後に、体温計を肛門に差し込む新式の方法を用いて、司祭の顰蹙を買った。

腸チフスが付近一帯に流行した。ブヴァールは、さすがにこれにはかかわらないと宣言した。ところが、小作人のグイの女房が泣きついてきた。亭主が半月も前から病気で臥せっているのに、ヴォコルベイユ氏はほったらかしだという。

ペキュシェが世話を買って出た。

胸の上に扁豆《ひらまめ》のような斑点、関節の痛み、膨らんだ腹、真っ赤な舌、すべてドチエナンテリー「腸チフスの学術名」の症状である。食餌療法をやめて熱を取り除くというラスパイユの言葉[*42]を思い出し、スープと少量の肉を取るよう指示した。そこに突如として、医師が現れた。

病人はちょうど、枕を二つ背もたれにして、両側から女房とペキュシェに励まされながら、食べている最中だった。

医師はベッドに近づくと、窓から皿を放り投げて叫んだ。

「まさに人殺しだ！」

「何故です？」

「腸に穴が開くじゃないですか。腸チフスは、腸の胞状膜の損傷なのですよ」

「必ずしもそうとは限りますまい！」

そこで、熱の性質について議論が始まった。ペキュシェは熱の本質という

＊42　ここは完全にフローベールの間違いであり、「熱を取り除いたらすぐに食餌療法をやめる」というラスパイユの文章を誤読したもの。百科全書的小説の作者が必ずしもすべての知の言説を統御しているわけではないことを示す格好の例である。

ものを信じている。一方、ヴォコルベイユによれば、器官の作用が熱を生み出すのだという。[*43]「だからこそ、あまり刺激を与えるものは避けるようにしているのです！」

「でも、節食は生命原理を弱らせますよ！」

「生命原理とは、何を戯言《たわごと》を言っているんですか！　いったいそれはどんなものです？　誰か見た人でもいるんですか？」

ペキュシェは答えに詰まった。

「そもそも」と医者は続けた。「グイは食べ物を欲しがってなんかいませんよ」

病人はナイトキャップをかぶったまま、同意の仕草をした。

「それが何だっていうんです！　食べる必要があるんです！」

「絶対にそんなことはありません！　脈拍が九十八もあるんですよ」

「脈拍なんか何の証拠にもなりませんよ！」そしてペキュシェは何人かの権威の名を挙げた。

「理論はやめましょう！」と医師は答える。

ペキュシェは腕を組んだ。

「すると、あなたは経験主義者というわけですね？」

「いいえ、決して！　ただ、実地に観察すれば……」

「もし観察の仕方がまずかったら？」

ヴォコルベイユはこの言葉をボルダン夫人の疱疹への当てこすりだと受け取った。未亡人がこの一件をあちこち言いふらしたので、その記憶は未だに彼を苛立たせていたのである。

＊43　このあたり、熱に実体を認め、生命原理を主張するペキュシェは、明らかに生気論者として振舞っており、一方、病理現象を器官の損傷と結び

「まず第一に、実践の経験を積む必要があるのです[*44]」

「科学に革命を起こした大家たちは、実践などやっていませんでしたよ！ ファン・ヘルモント、ブールハーフェ[*45]、それにブルッセ[*46]にしたって」

ヴォコルベイユはこれには答えずに、グイの方へ身をかがめて、声を張り上げた。

「我々二人のうちどちらを、医者として選ぶのかね？」

病人は、うとうとしているところに、二人の怒った顔を見せられて、泣き出してしまった。

女房もまた、どう答えたらよいか分からなかった。というのも、確かに一方は腕利きだが、もう一方は秘密の治療法を握っているかもしれないではないか？

「よろしい！」とヴォコルベイユは言った。「いくら迷うにしても、れっきとした免許医と……」ペキュシェが薄ら笑いを浮かべた。「何がおかしいのですか」

「免状が必ずしも論拠になるとは限りませんよ[*47]！」

医師は、その生計の糧、その特権、その社会的重要性を真っ向から攻撃されて、さすがに怒りを爆発させた。

「いずれあなたが不法医療行為で裁判所に引き出される際に、そのことははっきりさせましょう！」それから、農夫の女房の方に向き直り、「好きなよ

付けるヴォコルベイユの方は、器質病説の立場を取っている。要するに、このコミカルな議論は、当時の重要な医学論争を反映しているのである。

＊44　「実践　理論にまさる」（紋切型辞典）。

＊45　ヘルマン・ブールハーフェ（一六六八―一七三八）　オランダの医学者、植物学者。ライデン大学医学部の教授。そのすぐれた臨床講義にはヨーロッパ中の学生が集まったといわれる。

＊46　フランソワ・ブルッセ（一七七二―一八三八）　医師。すべての病気を炎症と同一視する「生理学的医学」を提唱し、処方としてはもっぱら瀉血を推奨した。彼の死後、その教条主義的な理論は急速に評価を落としたが、病に独立した実体を認めるのではなく、身体の器官の不調に起因するものとみなすという意味では、同時代の器質病説、さらには現代の医学を準備したともいえる。

＊47　「免状　学問のしるし。／何の証明にもならない」（紋切型辞典）。

うに亭主をこの旦那に殺してもらったらよかろう。何があろうと、私はもう二度とこの家には足を踏み入れないからな！」

　こう言うと彼は、ステッキを振り回しながら、ブナの並木道へと消えて行った。

　ペキュシェが家に戻ると、ブヴァールもまたひどく動揺していた。

　痔のことでかんかんになったフーローが、先ほど押しかけて来たのである。痔疾は万病の予防になるといくら主張しても、まったく聞く耳持たずに、逆に損害賠償を請求すると脅してきた。ブヴァールはすっかりうろたえてしまった。

　ペキュシェも自分の方の問題を話した。こちらの方がずっと重大だと思っていたのに、相手が無関心なのを見て、いささか気を悪くした。

　グイは翌日、腹部に痛みを訴えた。食物を取ったのが原因ではなかろうか？　ヴォコルベイユはおそらく間違っていなかったのではないか？　結局のところ、病気のことは、医者が一番よく分かっているはずだ！　ペキュシェは後悔の念に襲われた。人殺しになるのがこわかったのである。

　用心のため、佝僂病の少年の治療も断ることにした。ところが、昼食にありつけなくなるので、母親が大いに騒ぎ立てた。こんなことなら、わざわざバルヌヴァル［架空の地名］からシャヴィニョールまで毎日来させなくてもよかったではないか！

　フーローの怒りはおさまった。グイも体力を取り戻してきており、今や回復は間違いない。この成功でペキュシェは自信をつけた。

「分娩の研究をしてみないかい、人形を使って……」

「もう人形はうんざりだ！」

「産婆の見習い用に作られた、ちゃんと皮膚の付いた半身模型だぜ。僕が逆子を直している姿が、目に浮かぶようじゃないか？」

だが、ブヴァールは医学にはうんざりであった。

「生命の原動力は我々には隠されている。病気は無数にあるというのに、薬はどれも不確かなものばかりだ。それにどんな本を見たって、健康や、病気や、病的素因や、それにたかが膿についてさえ、納得のいく定義一つ見当たらないじゃないか！」

しかしながら、これらの書物を読み漁った結果、彼らの頭はすっかり調子が狂ってしまっていた。

ブヴァールは風邪を引いただけで、肺炎の始まりではないかと考えた。蛭を使っても脇腹の痛みが引かないので、発泡薬を用いたところ、その作用が腎臓にまで及ぶ。すると、今度は結石にかかったと思い込む。

ペキュシェは木陰道の枝打ちをした後、体の節々にだるさを感じた。さらに夕食を戻してしまったので、大いに心配になった。それから顔色が少し黄色いのに気付くと、肝臓が悪いのではないかと疑い出す。「痛みはあるだろうか？」と自問しているうちに、本当に痛くなった。

お互いに不安を煽っては、舌の状態を見たり、脈を測ったり、飲み水を変えたり、下剤をかけたりする。また寒さや暑さ、風、雨、蠅などをおそれ、すきま風には特に注意を払った[*48]。

ペキュシェは、嗅ぎ煙草は健康に良くないと考えた[*49]。それに、くしゃみが動脈瘤の破裂の原因になることも間々あるという。そこで、嗅ぎ煙草入れを手放すことにした。それでも習慣からそこに指を突っ込んでは、すぐにはっ

＊48 「空気　すきま風には常に用心すべし」（紋切型辞典）。

＊49 「煙草　脊髄の病の原因となる」（紋切型辞典）。

として、自分の軽率さを思い出すのであった。
神経を刺激するというので、ブヴァールはブラック・コーヒーをやめることにした。だが、きまって食後に眠くなってしまい、目が覚めてから怯えるのだった。というのも、眠りの長いのは卒中の兆候だからである。[*50]

彼らの理想はコルナロ[*51]であった。このヴェネチアの貴族は、摂生に努めたおかげで、並はずれた長寿をまっとうしたのである。完全に彼の真似をすることはできなくても、同じような用心を心掛けることならできるはずだ。ペキュシェは本棚からモラン博士[*52]の『衛生学マニュアル』を引っ張り出してきた。

いったいこれまで、どうやって生きてきたというのか？ 二人の好物の料理が、この本では禁じられている。ジェルメーヌはすっかり困惑してしまい、もう何の料理を出したらよいか分からなくなった。

肉類はすべて、体に良くないという。腸詰、豚肉製品、ニシンの燻製、海老、狩猟肉などは、どれも「消化に悪い」。魚は大きなやつほどゼラチンを含んでいるため、それだけ胃にもたれる。野菜は胸やけを起こすし、マカロニは夢を見る原因になる。チーズは、「一般的に考えて、消化が難しい」。朝、水を一杯飲むのは、「危険」である。どの飲み物や食べ物にも、同じような警告、あるいは次のような言葉が添えられていた。「有害！——食べすぎ、飲みすぎには注意すべし！——誰にでも適しているわけではない」何故、有害なのか？ 食べすぎとはどれくらいのことをいうのか？ ある食物が自分

＊50 「眠りすぎ　血が濃くなる」（紋切型辞典）。

＊51 ルイジ・コルナロ（一四六四—一五六六） 四十代まで暴飲暴食に明け暮れ、常に体調不良を抱えていたが、その後、極度の摂食に転じて、天寿を全うした。自らの養生術を記した著書『無病法』を残している。

＊52 ジョゼフ・モラン（生没年不詳） 科学啓蒙作家。『衛生学の理論的・実践的マニュアル』（第二版、一八三五）は、ロレ叢書の一冊。

＊53 コルネリウス・デッケル（一六四七—八五） 別名コルネリウス・ボンテクー。オランダの医師。デカルト

に適しているかどうか、どうやったら分かるのだろう？

　昼食はそれこそ大問題であった！　あまり評判が悪いので、まずはカフェオレをやめた。次にココアも、それが「消化の悪い物質の寄せ集め」だというので、断念することにした。すると残っているのは紅茶ぐらいだが、「神経質な人はこれを完全に控えねばならない」という。ところが、十七世紀にデッケル[*53]は、膵臓の内部をきれいにするために、一日二百リットルの紅茶を飲むよう勧めていたらしい。

　このことを知って、モランに対する彼らの評価は揺らいだ。しかも、この著者がありとあらゆるかぶり物、山高帽も縁なし帽も鳥打帽も禁じているとあっては、ペキュシェにはとうてい承服しがたかった。そこで、ベックレル[*54]の『概論』を手に入れると、豚肉はそれ自体としては「良い食べ物」であり、煙草は完全に無害、コーヒーは「軍人には不可欠」とある。

　これまで彼らは湿気の多い土地は不衛生だと信じていた。そんなことはない！　カスパー[*55]はそういった土地の方が死亡率は低いと断言している。海水浴の際、普通は皮膚を冷やしてから海に入る。一方ベジャン[*56]は、汗をかいたまま水に飛び込むよう勧めている。スープの後にワインを生で飲むのは、胃にとてもよいとされているが、レヴィ[*57]に言わせれば、これは歯を悪くするらしい[*58]。さらにフランネルのチョッキ、この健康を保護し守ってくれる衣服、ブヴァールも愛用し、ペキュシェにいたってはもはや手放すことのできない

理論を医学に応用したことで知られる。

＊54　ルイ＝アルフレッド・ベックレル（一八一四―六二）　医師、物理学者。ここで言及されているのは、『私的および公衆衛生学の基礎概論』（第四版、一八六七）。

＊55　ヨハン・ルートヴィッヒ・カスパー（一七九六―一八六四）　ドイツの法医学者。ベルリン大学で法医学を講じた。

＊56　ルイ＝ジャック・ベジャン（一七九三―一八五九）　外科医、軍医。ナポレオン軍の軍医を務めた後、ストラスブール大学その他で外科学や衛生学を講じた。

＊57　ミシェル・レヴィ（一八〇九―七二）　医師。軍医としてクリミア戦争に従軍。主著に『私的および公衆衛生学概論』（二巻、一八四四―四五）など。

＊58　「歯　ポタージュのすぐ後に酒を飲むと歯を悪くする」（紋切型辞典）。

この守護神を、著作家たちは単刀直入に、世論をはばかることなく、多血質の人にはかえって有害だと断じている。

　衛生学とはいったい何なのか？

「ピレネー山脈のこちら側の真理も、向こう側では誤りである」[*59]と、レヴィ氏は主張している。ベックレルはさらに、衛生学は科学ではないと付言している。

　そこで夕食に、牡蠣、鴨肉、豚肉のキャベツ添え、クリーム菓子、ポンレヴェック産チーズ、ブルゴーニュ・ワイン一瓶を注文した。まさしく解放であり、ほとんど復讐《リベンジ》といってもよかった。そして、二人はコルナロを罵倒した！　あんな風に自分を虐げるなんて、よほどの愚か者に違いない！　常に寿命を延ばすことばかり考えているとは、何という卑しい心根であろうか！　人生は楽しんでこそ、価値があるのだ。「もう一切れどうだい？」「喜んで」「僕もいただこう！」「乾杯！」「乾杯！」「他のことなど気にしないぞ！」彼らは気勢を上げた。

　ブヴァールは軍人でもないくせに、コーヒーを三杯も飲むと言い出した。ペキュシェは鳥打帽を耳が隠れるくらい深くかぶり、ひっきりなしに嗅ぎ煙草を嗅いでは、平気でくしゃみをした。二人ともシャンパンを少し飲みたくなったので、ジェルメーヌにすぐに居酒屋に行って、一瓶買ってくるように言いつける。村は遠いので、女中が拒んだところ、ペキュシェがかっとなった。

「命令だぞ、分かったか！　早く走って行ってこい」

　彼女はぶつぶつ言いながらも従ったが、心の中ではいずれ暇を取ろうと決心していた。それほどまでに主人たちの振る舞いは不可解で気まぐれだったのである。

　それから、以前のように、彼らは築山の上にブランデー入りコーヒーを飲みに行った。

収穫がすんだばかりであった。畑の真ん中に置かれたいくつもの積み藁が、青みがかった穏やかな夜の色調を背景に、黒々とした塊を描き出している。農場は静まり返っており、コオロギの鳴き声も聞こえてこない。田園全体が眠りについている。彼らは腹ごなしをしながら、頬のほてりを冷ますそよ風を吸い込んだ。

空はとても高く、星がちりばめられていた。それらの星のなかには、集まって塊になっているものや、一列に並んでいるもの、またはところどころぽつんと離れて輝いているものもある。南北にまたがる光の帯が、彼らの頭上で二つに分かれている。これら明るい星々のあいだに大きな空っぽの空間がある様は、まるで天空が紺碧の海であり、そこに群島や小島が浮かんでいるようだ。

「なんてたくさんあるんだろう！」とブヴァールが叫んだ。

「こうやって見えているのがすべてじゃないぜ！」とペキュシェが答える。「天の川の後ろには星雲が、そしてさらにその向こうにもまだ星があるんだ！　一番近い星だって、我々から三兆キロメートルも離れているのさ！」彼はヴァンドーム広場の望遠鏡を何度ものぞいたことがあったので、数字を覚えていたのである。「太陽は地球より百万倍も大きいし、シリウスはその太陽の十二倍もあるんだ。彗星の尾の長さは三千四百万里さ！」

「気が変になりそうだな」とブヴァールは言う。そして自分が何も知らないのを嘆いて、若い頃に理工科学校《エコール・ポリテクニック》［一七九四年、フランス革命中に作られた理工系の高等教育機関］に行かなかったことを悔やんだ。

するとペキュシェは大熊座の方角に彼を向かせて、北極星、Y字形をしたカシオペア座、ひときわ明るい琴座のベガ、そして地平線近くに赤く輝くア

＊59　言うまでもなく、パスカルの『パンセ』の中にある有名な警句。ここではそれが衛生学者レヴィの文章とされていることが、独特の滑稽さを醸し出している。

ルデバランを示した。

ブヴァールは頭をのけぞらせて、三角形や四角形や五角形などをやっとの思いでたどっていったが、大空のなかで位置の見当をつけるにはそういった図形を思い描く必要があるのである。

ペキュシェが続ける。

「光の速さは秒速八万里で、天の川から地球まで届くのに十世紀もかかる。だから、我々がこうやって見ている時には、もうなくなっている星だってあるはずさ。間歇的に光る星もあれば、もう二度と現れないのだってある。しかもそれらは位置を変えるときている。すべてが動き、過ぎ去るんだ」

「だけど、太陽は動かないだろう？」

「昔はそう信じられていたけどね。今や学者たちの説くところによれば、太陽はヘラクレス座の方に高速で移動しているらしい」

これにはブヴァールも意表をつかれた。そこでしばらく考えた後、こう口にした。

「科学なんて、空間の片隅から得られるデータに基づいているものなんだな。おそらくそれは、もっと広大な、我々には発見できない未知の領域には当てはまらないのかもしれない」

二人はこのように、築山の上に立ったまま、星の光を浴びて語り合っていた。時々会話が途切れ、長い沈黙が続く。

最後に彼らは、星にも人間はいるだろうかと自問した。どうしていないはずがあろうか？ 創造物には調和というものがある以上、シリウスの住民はとてつもなく大きく、火星の住民は中くらいで、金星にはとても小さな人間がいるに違いない。もっともそれも、いたるところ同じでなければの話ではあるが？　彼方の世界にも商人や憲兵がいて、密売をしたり、相争ったり、王位を簒奪したりしているのかもしれない！……

流れ星がいくつか、巨大な火箭のような放物線を描きながら、不意に天空を横切った。

「おや！」とブヴァールが言う。「こうやって世界が消えてなくなるんだね」

ペキュシェが答える。

「もし次は地球がとんぼ返りをしたって、星々の住民たちは、今の我々以上に動揺することもあるまいよ！　こう考えれば、人間の自尊心も抑えられるというものさ」

「こういったことすべての目的は何だろう？」

「きっと目的などないんじゃないかい？」

「しかし！」さらにペキュシェは二、三度「しかし」と繰り返したが、何も言うことが見つからなかった。「構うものか！　とにかく、宇宙がどのようにして作られたのかを知りたいものだ！」

「それはきっとビュフォン[*60]にあるよ！」そう答えたブヴァールの目はもはや閉じかかっていた。「もうくたくただ！　寝るとしよう！」

『自然の諸時期』の教えるところによれば、彗星とぶつかった太陽の一部分が分離して、地球になったのだという。まずは両極から熱が冷め、地表を覆っていた水が、穴の中に引いていく。次に大陸が分かれて、動物と人間が出現した。

創造の荘厳さが、それに見合った多大な驚愕を引き起こす。彼らの思考は

＊60　ジョルジュ＝ルイ・ルクレール・ド・ビュフォン（一七〇七―八八）博物学者。一七三九年に王立植物園長となり、これを世界一流の研究機関に育て上げた。一七四九年から刊行された『博物誌』は、十八世紀のベストセラーの一つ。生前三十六巻まで刊行された後は弟子によって書き継がれ、最終的には全四十四巻となって完成した。その一冊である『自然の諸時期』（一七七八）は、地球の歴史を文明の誕生にいたるまで描き出したもの。

広がって、これほどの大問題について思いを巡らすことに誇りを感じるのであった。

鉱物にはすぐにうんざりさせられた。そこで気晴らしに、ベルナルダン・ド・サン＝ピエール[*61]の『自然の調和』をひもといた。

植物と大地の調和、空気の調和、水の調和、人間の調和、兄弟姉妹の、さらに夫婦の調和など、まさにすべてが描かれており、しかも美の女神や西風の神や愛の神への祈願の言葉も忘れられてはいない！　魚にひれがあること、鳥に翼があること、種子に外皮があることに、彼らは今さらながら驚くのであった。自然の中に高潔な意図を見出すあの哲学にすっかり染まってしまい、たえず善行を施そうと専念する聖ヴァンサン・ド・ポール[*62]のような存在だと自然をみなすようになっていたのである！

それから竜巻や火山や原始林といった自然の驚異に夢中になると、『フランスにおける自然の不思議と美』についてのデッピング氏[*63]の著作を買い求めた。カンタル県には三つ、エロー県には五つ、ブルゴーニュ地方にはたかだか二つしかない不思議が、ドーフィネ地方だけで十五もあるという！　だが間もなくそれらも見られなくなるだろう！　鍾乳洞はふさがり、火山は熱を失い、自然の氷塊は温まっている。また、かつてそこでミサが唱えられていた古い森の木々も、技師の斧に切り倒されたり、枯れ死にしたりしている。

続いて二人の好奇心は動物に向かった。

再びビュフォンを開くと、いくつかの動物の奇怪な性向を知って大喜びした。

だが百聞は一見に如かずというので、彼らは農家の中庭に入って行っては、雄牛が雌馬と交わったり、雄豚が雌牛を追いかけたり、ヤマウズラが雄同士で破廉恥な行為に及んでいるのを見たことがないかと尋ねた。
「一度もありませんな！」　農民たちは、いい年をした旦那方にしては、少々おかしな質問だと思うのであった。

彼らは異常交尾を試みてみたくなった。

一番容易なのは、雄ヤギと雌羊を交わらせることである。小作人は雄ヤギを持っていなかったので、隣人の女性から借りることにした。そして発情期が来ると、二匹の動物を圧搾室に閉じ込めて、事が起こるのを邪魔しないように、酒樽の後ろに身を隠した。

動物たちはまず、それぞれ自分の前に積まれた干し草を食べ、もぐもぐやっていた。そのうち雌羊は横になると、めえめえ鳴き続ける。その間、雄ヤギは長いひげと耳をだらんと垂らし、屈曲した脚を微動だにさせずに、二人をじっと見つめている。その瞳が暗闇の中で光っていた。

ついに三日目の夕方、自然を助けてやる方がよいと判断した。ところがヤギはペキュシェの方に向き直ると、下腹部に角で一撃を食らわせた。羊はおびえて、まるで調馬場のように、圧搾室の中をぐるぐる回り始める。ブヴァールが後を追いかけ、つかまえようと飛びついたが、両手にそれぞれ一つかみの羊毛が残っただけで、地面に投げ出されてしまった。

さらに雌鶏と鴨や、ブルドッグと雌豚を相手に実験を繰り返した。怪物《モンスター》を作り出したいという希望を抱きながらも、種の問題のことは何も分かってい

＊61　ジャック＝アンリ・ベルナルダン・ド・サン＝ピエール（一七三七―一八一四）　小説家、博物学者。ユートピア的理想郷を舞台に少年少女の純愛を描き出した『ポールとヴィルジニー』（一七八七）は、『ボヴァリー夫人』のエンマも愛読した小説。死後刊行の『自然の調和』（一八一五）は、その誇張された自然観により、フローベールの格好の揶揄の対象となった。

＊62　ヴァンサン・ド・ポール（一五八一―一六六〇）　ガスコーニュ地方出身の聖職者。貧者への布教を志し、終生、慈善事業に献身した。一七三七年、聖人に列せられた。

＊63　ジョルジュ＝ベルナール・デッピング（一七八四―一八五三）　ドイツ生まれのフランスの歴史家。ここに挙げられた地理学的な著作（第四版、一八一九）の他に、ディドロ全集の編纂なども行っている。

なかったのだ。

この種という語は、生殖能力のある一群の個体のことを指している。しかし、違った種に分類されている動物同士が子孫を作ることができる場合もあれば、同じ種に含まれている動物でもその能力を失ってしまったものもある。

彼らは、胚種の成長を研究すれば、この問題についてはっきりした理解が得られるだろうと考えた。そこで顕微鏡を手に入れるため、ペキュシェがデュムシェルに手紙を書いた。

髪の毛、煙草、爪、蠅の脚などを代わる代わるガラス板の上に置く。だが、なくてはならない水滴をたらすのを忘れてしまったかと思うと、その次は薄板を載せ忘れる。その上、二人して押し合ったので、器械の調子が狂ってしまった。それから、視界にもやがかかっていると言って、光学機械の製造者を非難したあげく、しまいには顕微鏡そのものに疑いを抱くにいたった。顕微鏡のおかげだとされている発見も、案外それほど確実ではないのかもしれない。

デュムシェルは勘定書を送ってよこすついでに、アンモナイトとウニの化石を自分のために集めてほしいと頼んできた。彼が以前から収集しているこうした珍しい化石は、二人の住んでいる地方に豊富にあるという。さらに地質学への興味を煽ろうと、ベルトラン[*64]の『書簡』とキュヴィエ[*65]の『地球の変動の理論』を送ってきた。

これら二冊を読んでから、彼らは次のような情景を思い描いた。

最初は広大な一面の水で、そこから、ところどころ地衣類に覆われた岬が現れる。生き物一つおらず、叫び声一つ聞こえない。音も動きもないむき出しの世界である。

続いて、丈の高い植物が、まるで蒸し風呂の湯気のようなもやの中で揺れている。真っ赤な太陽が湿った空気を熱している。すると火山が噴火し、火成岩が山から噴き出てきたかと思うと、流れ出た溶岩が固まって、斑岩や玄武岩となる。

　第三の場面では、さほど深くない海に珊瑚の島が出現し、そのあちこちに椰子の茂みがそびえている。貝は荷車の車輪のような大きさで、亀は三メートル、トカゲは六十ピエ［約二十メートル］もある。両生類が葦の間から、ダチョウのような首とワニのような顎を覗かせ、また翼のある蛇が空を飛んでいる。

　最後に、大陸に巨大な哺乳類が現れるが、その四肢は乱雑に切り取った角材のように不格好で、皮は青銅の板よりも分厚い。あるいは毛むくじゃらで、下唇が突き出ており、たてがみの下にある牙は反り返っている。マンモスの群れが平原の草を食んでいるが、そこは後に大西洋となる場所だ。馬とバクのあいのこのような姿をしたパレオテリウムが、その鼻面でモンマルトルの蟻塚を荒らしている。洞窟の熊の咆哮に、巨大な鹿が栗の木の下で震える一方で、オオカミの三倍もの大きさのボージャンシーの犬*66は、地中の巣の中で吠え声を上げる。

　これらすべての時期を相互に隔てているのがいくつもの天変地異であり、その最後のものが我々の大洪水ということになる。それはあたかも、人間を大団円とする数幕の夢幻劇のようであった。

　彼らは、石の上にトンボの型や鳥の足跡が残っていると知って、びっくり

＊64　アレクサンドル・ベルトラン（一七九五―一八三一）　医師。動物磁気と催眠術に傾倒し、公開授業を行ったことで知られる。さらに科学啓蒙作家として、地質学や物理学に関する著作も刊行。特に『地球の変動についての書簡』（第五版、一八三九）は、十版を重ねるほどの好評を博した。

＊65　ジョルジュ・キュヴィエ（一七六九―一八三二）　博物学者。比較解剖学および古生物学の創始者。化石から古生物を復元するその科学的方法は、バルザックら文学者にも大きなインパクトを与えた。一方で、ラマルクの進化論に強く反対し、地球の歴史を天変地異（カタクリスム）によって説明した。『地球の変動の理論』（フローベールは一八六三年版を参照）は、元々『四足獣の化石骨の研究』（一八一二）の序文として出版されたもの。

＊66　ロワレ県の都市ボージャンシー近郊のアヴァレで発見された化石は、キュヴィエによって巨大なオオカミのものとみなされた。

仰天した。そこで、ロレ百科事典の一冊に目を通した上で、化石を探しに出かけて行った。ある日の午後、街道の真ん中で燧石《すいせき》［石英の一種で、火打石として用いられる］を掘り返していたところに、神父が通り掛かり、猫なで声で話しかけてきた。

「地質学に取り組まれていらっしゃるのですか？ 大変結構ですな！」

というのも、彼はこの学問を高く買っていたのである。大洪水を証明することで、聖書の権威を裏付けてくれるという。*67

ブヴァールは糞石について、それが動物の排泄物が石化したものであると話した。

ジュフロワ神父もこれには驚いたようだった。だが結局のところ、もしその通りだとすれば、それだけ神の摂理をあがめる理由になるわけだ。

ペキュシェは、調査は今までのところまだ実を結んでいないと認めた。しかしながら、ファレーズの近郊にも、ジュラ紀の地層の例にもれず、動物の化石が豊富にあるはずである。

「聞いたところでは、かつてヴィレールで象の顎が見つかったそうですよ」とジュフロワ神父が答えた。それに、リジューの弁護士会の会員で、考古学者でもある彼の友人ラルソヌール氏が、きっと二人に情報を提供してくれるだろう！ この男の著したポール＝タン＝ベサンの歴史には、ワニの発掘のことが記されているという。

ブヴァールとペキュシェは目配せを交わした。同じ望みが心に浮かんだのである。そこで暑さにもかかわらず、立ったまま、長々と神父に質問を浴びせた。青い木綿の傘で日差しを避けた神父は、顔の下のあたりがやや重たげで、鼻がとがっている。たえず微笑んでおり、時に目を閉じながら首をかしげる。

教会の鐘がお告げの祈りの時間を知らせた。

「では、失礼します！　御機嫌よう」

神父の推薦をもらった二人は、三週間、ラルソヌールの返事を待った。ようやく、それが届いた。

マストドン〔象に似た大型の哺乳類〕の歯を掘り出したヴィレールの男は、ルイ・ブロッシュという名で、詳細は不明。ラルソヌール著の歴史については、リジュー・アカデミーの報告書の一巻を占めているが、彼としては、蔵書に穴をあけたくないので、自分のもっている本を貸すわけにはいかないという。ワニに関して言えば、バイユー郡のポール＝タン＝ベサン近傍、サント＝オノリーヌにあるアシェットの断崖の下で、一八二五年十一月に発見されたものだ。最後は社交辞令で締めくくられていた。

マストドンを包む謎が、ペキュシェの欲望を刺激した。できればすぐにもヴィレールに駆けつけたいところだった。

ブヴァールはそれに反対して、確実に高くつく旅行が無駄に終わるのを避けるためにも、まずは情報を集めるのが良かろうという。そこでかの地の村長に手紙を書き、ルイ・ブロッシュなる人物の消息を問い合わせた。もしすでに亡くなっている場合には、その子孫や親族から彼の貴重な発見について教示してもらうことはできないだろうか？　またその発見がなされた時、この先史時代の資料〔化石のこと〕は村のどのあたりにあったのか？　同じような化石が見つかる見込みはあるだろうか？　人夫一人に荷車一台を雇うと、一日にいくらかかるだろう？

ついで助役、さらに村会議長に連絡を取ってみたが、ヴィレールからは何

＊67　「化石　大洪水の証拠」（紋切型辞典）。

の知らせもなかった。おそらく土地の者たちは、化石をよそ者に渡したくないのではないか？　もっともそれも、イギリス人に売っているのでなければの話だが。そこで、アシェットへ足を運ぶことに決めた。

ブヴァールとペキュシェは、ファレーズからカーン行きの乗合馬車に乗った。それからバイユーまでは二輪馬車を雇い、バイユーからは歩いてポール＝タン＝ベサンへ向かった。

期待は裏切られなかった。アシェットの海岸には奇妙な小石が転がっている。さっそく宿屋の主人に教わって、砂浜へと出かけて行った。

ちょうど引き潮だったので、砂利がむき出しになっており、海藻が波打ち際まで一面をおおっている。

断崖のてっぺんは、草の生い茂った起伏をなしている。その下は、柔らかな褐色の土が次第に固くなり、下の方の地層では、灰色の石壁のようになっている。そこを水が幾筋か途切れることなく流れ落ち、一方、遠くでは海がうなりを上げている。時々海の波がその動きを止めるように思われることがあるが、そんな時には、断崖を流れる水のかすかな音だけが聞こえてくるのであった。

彼らは粘つく草に足を取られたり、穴の上を飛び越えたりした。ブヴァールは浜辺に腰を下ろすと、波をじっと眺める。何も考えず、ただただ魅了されるがままになっていた。ペキュシェが彼を斜面の方に連れて行くと、まるで脈石の中のダイヤモンドのように、アンモナイトが岩の中にはめ込まれているのを見せた。爪で掘り出そうとしたが、歯が立たない。道具が必要だし、それに夜も迫っている。西の空は真っ赤に染まり、海岸一帯は闇に沈んでいる。黒々とした海藻の間に、水たまりが広がり出す。満ち潮が二人の方に上ってきた。もう引き上げ時だ。

翌日は夜が明けるとすぐ、作業に取り掛かった。つるはしで周囲の岩を砕き、化石を取り出す。「アンモナイト・ノドサス」で、縁が傷んではいるものの、重さは十六リーヴル［八キロ］もある。ペキュシェは熱狂して叫んだ。「デュムシェルに贈ってやろうじゃないか！」

続いて、海綿、ホウズキチョウチン［二枚の貝殻をもつ腕足動物］、グリフェア［二枚貝の化石］などが出てきたが、ワニの化石は見つからない！　その代りに、カバか魚竜［中生代に栄えた水棲爬虫類］の椎骨、あるいは何でもいいから大洪水時代の骨を発見したいと思った。すると、断崖のちょうど人間の高さぐらいのところに、巨大な魚の輪郭をかたどった曲線があるのを認めた。

どうやってこれを手に入れたものか、じっくりと話し合った。

ブヴァールが上から掘り出す間に、ペキュシェは下の岩を崩して、化石を傷つけないように、そっとおろすことにしよう。

二人が一息ついている時、頭上の平原にマントをはおった税関吏が現れて、何かを命令するような身振りをしているのが見えた。

「いったい何だっていうんだい？　そっとしておいてもらいたいね！」そうして彼らは仕事を続けた。ブヴァールは爪先立ちになって、つるはしを振るい、ペキュシェは腰をかがめて掘り進める。

だが税関吏が再び、今度は谷あいのさっきより低い場所に姿を見せると、しきりに合図を送ってよこした。そんなことには構っていられない！　楕円形の物体が、薄くなった土の下に浮き出して、今にも滑り落ちそうに傾いている。

サーベルを下げた別の男が一人、不意に現れた。

「パスポートを見せなさい！」

パトロール中の田園監視人である。ちょうどその時、税関吏も峡谷を通って駆けつけてきた。

「捕まえてください、モランさん！　さもないと、崖が崩れちまいます！」

「学術的な調査なんですがね」とペキュシェは答える。

その時、岩の塊が落ちてきた。それも四人のすぐそばをかすめたので、もう少しで皆、命を落とすところであった。

土埃が消えると、船の帆柱が税関吏の長靴の下で粉々になっているのが目に入った。

ブヴァールがため息をつきながら言った。「さして悪いことをしたわけではないが！」

「工兵隊の管轄に属することは何もしてはならないのだ！」と田園監視人は続ける。「そもそも、お前たちは何者だ？　調書を取らねばならないぞ！」

ペキュシェは、こんなのは不正だと言って逆らった。

「つべこべ言うな！　ついて来い！」

港に着くやいなや、腕白小僧たちの一団にはやし立てられた。ブヴァールはヒナゲシのように真っ赤になりながらも、威厳ある態度を装った。ペキュシェは蒼白になって、怒気を含んだ眼差しをあたりに投げ掛けていた。いずれにせよ、ハンカチの中に小石をしのばせているこれら二人のよそ者は、どうも人相がよろしくない。とりあえず宿屋に押し込めて、そこの主人が入り口で番をすることになった。それから、石工が道具代を請求してきたので、支払いをした。また物入りだ！　それに、田園監視人は戻ってこない！　何故だろう？　ようやく、勲章を身につけた紳士がやって来て、彼らを釈放してくれた。二人は氏名と住所を伝え、今後はもっと慎重に振る舞うと約束してから、ほうほうの体で逃げ帰った。

パスポートの他にも、足りないものが色々とある！　そこで新たな調査旅行を企てる前に、ブエ[*68]の『地質調査旅行者ガイド』をひもといた。

まずは丈夫な兵隊用の背嚢、それから測量用の鎖、やすり、ペンチ、磁石などが必要だ。それに金槌を三本、フロックコートの下に隠れるベルトの中に通すことで、「旅行中は慎まねばならないあの突飛な外観を避けることができる」という。杖については、ペキュシェは思い切って、長さ六ピエ［約二メートル］で、長い鉄の先端のついた旅行者用の杖を用いることにした。ブヴァールの方は洋傘のステッキを選んだが、これは骨のたくさんついた傘のことで、握りの部分を引っ込めると、絹布を留め金でとめて、小さなカバーに収納することができる。頑丈な短靴とゲートルも忘れてはならないし、めいめい「汗をかくので、二組のサスペンダー」を持つ必要がある。ただ、「どこにでも鳥打帽をかぶって顔を出す」わけにはいかないとしても、「発案者である帽子屋ジビュスの名のついた折り畳み式の帽子[*69]の一つ」を買うのは、さすがにためらわれた。ブエの著作にはまた、行動の規範も記されている。「訪ねる地方の言葉を知ること」とあるが、これは問題ない。「質素な服装をすること」は、まさに彼らの習慣である。「あまり大金を身につけないこと」というのも、これほど簡単なことはない。最後に、諸々の厄介ごとを避けるためには、「技師の資格」を名乗るのがよいという！

「じゃあ、我々もそうしようじゃないか！」

かくして準備を整えると、彼らは散策を開始した。時には一週間も留守にして、戸外で暮らすのであった。

*68　アミ・ブエ（一七九四―一八八一）　地質学者。ハンブルクでフランス系の家系に生まれ、その後パリに移り住んで、フランス地質学会の創立者の一人となる。『地質調査旅行者ガイド』は一八三五年と三六年に出た二巻本。

*69　オペラハットのこと。パリのヴィクトワール広場に店を構えていたアントワーヌ・ジビュスが、オペラハットの特許を申請したのが一八三四年。ここからフランスではこの帽子のことを gibus と呼ぶ。

ある時は、オルヌ川の岸辺の裂け目のようになった場所で、ポプラの木とヒースの茂みの間に、薄板状の岩が斜めに突き出ているのが見つかった。あるいは、道中ずっと粘土層しか見当たらないので悲しくなることもある。風景を前にしても、前景から後景への連なりや、遠くの景色の奥行きや、緑の起伏といったものに心を奪われるどころか、むしろ目には見えないもの、下にある土に気を取られていた。そして丘という丘が、彼らにとっては「大洪水のさらなる証拠」なのであった！大洪水に続いては、迷子石に夢中になった。畑の中に大きな石がぽつんとあるのを見ると、消え去った氷河の痕跡に違いないとなる。さらに氷堆石［氷河によって運ばれて堆積した岩塊や土砂］や貝殻砂［貝殻が砕けて砂になったもの］を探して回った。

何度か彼らは、その風体から行商人と間違えられた。その度に自分たちは「技師」だと答えては、いささか不安を覚えるのであった。このような肩書を勝手に用いると、何か厄介なことになりかねないのではないか。

日が暮れると、石の標本の重みにはあはあ息を切らしながらも、ひるむことなくそれらを家に持ち帰った。階段も、寝室も、広間も、台所も、石だらけである。ジェルメーヌは埃がひどいといって嘆いた。

名札を貼る前に、石の名前を知るのが容易な仕事ではなかった。色合いや肌理《きめ》の微妙な違いのせいで、粘土と泥灰土、花崗岩と片麻岩、石英と石灰岩を取り違えてしまう。

次いで、命名法が彼らをいらだたせた。何故デヴォン紀、カンブリア紀、ジュラ紀などと、まるでこれらの語によって指し示される地層が、デヴォン州［イギリス南西部の地域］、ケンブリッジ近郊、ジュラ山脈一帯［フランスとスイスの国境にある山脈］にしかないかのような呼び方をするのだろうか？

どうしたって理解不可能だ！　というのも、ある者にとっては系にあたるのが、他の者には階であり、さらに他の者には単なる層となる。しかも、地層の葉理は混じり合い、もつれ合っているときている。だがオマリウス・ダルワ[*70]は、地質学上の分類を信じてはならないと警告している。

この言葉には、気が楽になった。そしてカーン平野でサンゴ石灰岩を、バルロワで千枚岩を、サン＝ブレーズでカオリンを、またあちこちで魚卵石を観察し、さらにカルティニーで石炭を、サン＝ロー近傍のシャペル＝アン＝ジュジェで水銀を調査すると、もっと遠くに足を伸ばすことに決めた。ル・アーヴルに遠征して、発火性の石英とキンメリッジ［英仏海峡に面したイギリス南部の小村］粘土層を研究しよう！

客船から降りるとすぐに、灯台の下に行く道を尋ねた。土砂崩れで道がふさがっており、無理に入りこむと危険だという。

馬車屋が寄ってきて、あたり一帯を散策してみないかと申し出た。アングーヴィル、オクトヴィル、フェカン、リールボンヌ、あるいは「必要とあらばローマでも」とのこと。

料金は法外だったが、フェカンの名が二人の気を引いた。途中で少し回り道をすれば、エトルタを見物することもできる。そこで最初に一番遠くまで出かけることにして、フェカン行きの乗合馬車に乗った。

馬車の中では、ブヴァールとペキュシェは三人の百姓、二人のご婦人、それに神学生一人とおしゃべりしたが、ためらうことなく技師だと名乗った。

港の停泊地の前で乗り物は止まった。そのまま断崖に向かうと、五分後には、浜辺の真ん中に入り江のように広がっている大きな水たまりを避けて、

＊70　ジャン＝バティスト＝ジュリアン・オマリウス・ダルワ（一七八三―一八七五）ベルギーの地質学者。最初のフランスの地質図を作った。主著に『地質学原論』（一八三一）など。

崖に沿って歩いた。それから、深い洞窟につながっているアーチ型の入り口を見つけた。洞窟は音がよく響き、とても明るく、まるで教会のように上から下までいくつも柱が並んでおり、海藻が絨毯のように足元の石塊をおおっている。

この自然の所業が二人を驚嘆させ、さらに世界の起源についての考察へと誘った。

ブヴァールは水成論に共鳴していた。ペキュシェは反対に、火成論者だった。*71 その説によれば、地球の中心にある火がかつて地殻を破って、地表を持ち上げ、そこに亀裂を作ったのだという。あたかも地球の内部に海があり、それが満ち干を繰り返し、嵐を起こすようなものだ。薄皮のような地面が我々をそこから隔てているが、もし足下で何が起こっているかを考えたら、おちおち眠ることもできないであろう。しかしながら、中心の火は弱まり、太陽も熱を失いつつあるので、地球はいつか冷たくなって滅びるはずだ。大地は不毛となり、木や石炭はすべて炭酸と化し、何一つ生き残ることはできないだろう。

「それはまだ先のことだろう」とブヴァールは言う。

「そう願いたいものだね!」とペキュシェは答えた。

とはいっても、それがどんなにまだ遠い話であれ、この世界の終わりは彼らの気持ちを陰鬱にした。そこで二人並んで、砂利の上を黙りこくって歩いて行った。

垂直に切り立った断崖は真っ白で、ところどころ燧石のかたどる線によって黒い縞模様を呈しており、長さ五里もある城壁のように、地平線の方に曲がりながら延びている。刺すような冷たい東風が吹いていていた。空は灰色で、青緑色の海は水かさが増しているように見える。岩の頂から鳥が飛び立つと、くるくる旋回して、巣穴の中に素早く戻っていく。時折、石がひとりでに崖から離れては、ところどころ跳ね返りながら、彼らの足元まで転げ落ちてくる。

ペキュシェは自分の考えを声高に語り続けた。

「もっともそれだって、地球が何らかの天変地異によって滅びなければの話だけどね？　我々の時代もいつまで続くか分からないし、大地の中心の火が噴き出すだけで、一巻の終わりさ」

「だけど、熱は弱まっているんだろう？」

「だからといって、これまでもいったん噴火が起これば、ユリア島[*72]やモンテ＝ヌオーヴォ[*73]などたくさんの火山が生まれてきたんだぜ」

ブヴァールはベルトランの本にこういったことが詳しく述べられていたのを思い出した。「だが、そんな大災害はヨーロッパでは起こらないだろう？」

「おあいにくさま！　リスボンの地震[*74]がその証拠さ！　我々の国にしたって、炭鉱や黄鉄鉱の鉱脈が豊富にある以上、いつそれが分解して、噴火口を形作らないともかぎらないよ。それに火山は常に海の近くで爆発するからね」

ブヴァールは波の上に視線をさまよわせたが、一条の煙が空の方に上って行くのが遠くに見えたような気がした。

「ユリア島がなくなってしまったのだから」とペキュシェは続ける。「同じ原因によって生み出された土地も、やはり同じ運命をたどるんじゃないかい？　群島の小島だって、ノルマンディー、さらにはヨーロッパと何ら変わりないはずさ」

＊71　それぞれA・G・ヴェルナー（一七四九―一八一七）およびJ・ハットン（一七二六―九七）によって、十八世紀末に提唱された二つの理論。水成論とは、すべての岩石は海底に沈殿してできた水成岩だと考えるものであり、十九世紀を通じて、地球内部の火の力を重視する火成論と鋭く対立した。

＊72　一八三一年、シチリア島南部の火山島が噴火により海上に隆起。イギリス、両シチリア王国、スペインに加えて、フランスもこの島の領有権を主張し、ユリア島と名づけたが、翌年、島は再び海の中に沈んでしまった。通常、フェルディナンデア島と呼ばれる。

＊73　一五三八年、イタリアのナポリ西方で起こった噴火により形成された円錐台形の丘。

＊74　一七五五年十一月一日、ポルトガルの首都リスボンを襲った大地震は、津波もともなって、六万人前後の死者を出したといわれる。

ブヴァールは、ヨーロッパが深淵にのみこまれる姿を思い描いた。

「地震が英仏海峡に起こったとしてみたまえ」とペキュシェが言う。「海水は大西洋に逆流する。フランスもイギリスも沿岸の土台が揺らいで傾き、どかんと衝突！　間にあるものはすべてぺちゃんこさ」

返事をする代わりに、ブヴァールは速足で歩き始め、間もなくペキュシェから百歩も先に来てしまった。一人になると、天変地異という考えに急に心が乱された。朝から何も食べておらず、こめかみがズキズキする。不意に地面が揺れ、頭上では崖がてっぺんから崩れてくるように思われる。その時、小石がぱらぱらと上から転がり落ちてきた。

ペキュシェは、ブヴァールが一目散に逃げだすのを見ると、その恐怖を察して、遠くから叫んだ。

「止まれ！　止まれ！　まだ今の時代は終わってないぞ」

そして友人に追いつこうと、旅行者用の杖を使って大きく飛び跳ねながら、こうわめいた。「まだ時代は終わってないぞ！　終わってないぞ！」

ブヴァールは錯乱にとらわれて、走り続けていた。洋傘のステッキは地面に落ち、フロックコートのすそはひらひらはためき、背嚢が背中で揺れている。まるで翼のはえた亀が岩の間を駆けているようである。と見る間に、大きな岩陰に姿が隠れた。

ペキュシェが息せき切ってたどり着いてみると、誰もいない。そこで引き返して、「ヴァルーズ［海岸の崖に切り込みを入れたようになっている小谷］」を通って平野に出ることにした。ブヴァールもきっとそこを登ったに違いない。

断崖の中に切り開かれたこの狭い坂道は、大きな段々をなし、幅は人二人分で、磨かれた雪花石膏のようにきらめいている。五十ピエ［約十六メートル］ほど登ったところで、ペキュシェは引き返したくなった。満潮の海が崖下に迫っている。再び登り始めた。

第二の曲がり角まで来て、まっさらな虚空を目の前にした時、恐怖に体が縮み上がった。次の曲がり角に近づくにつれ、足がすくんでくる。大気の層が周囲で振動し、痙攣がみぞおちを締めつける。目を閉じて地面に座り込んでしまった。もはや心臓の鼓動の音しか聞こえてこず、息が苦しくなる。それから旅行者用の杖を放り出すと、膝と手を使って再びよじ登り始めた。だが、ベルトに吊るした三本の金槌が腹にめり込み、ポケットの中に詰めこんだ小石が脇腹に打ちつける。鳥打帽の庇が目をふさぎ、風はますます強さを増す。ようやく平野に出ると、ブヴァールがそこにいた。もっと遠くの、あまり険しくない坂道を登ってきたのだという。

帰りは荷馬車に乗せてもらった。エトルタのことはすっかり忘れていた。

翌日の夕方、ル・アーヴルで客船を待つ間、新聞の下欄に「地質学の教育について」という題の記事があるのを目にした。

記事は様々な事例を挙げながら、この問題についての最新の学説を解説していた。

地球全体にまたがる大異変など、一度も起きたためしはない。[*75] その一方で、同じ種が必ずしも同じ期間存続するわけではなく、ある場所では他の場所よりも早く消滅する。同時代の地層に異なった化石が含まれていることもあれば、逆に隔たった時代の堆積物から似たような化石が見つかることもある。昔も今もシダの木は変わらないし、現存する植虫［イソギンチャクなど形が植物に

＊75　ここで提示されているのは、イギリスの地質学者チャールズ・ライエル（一七九七―一八七五）の説。ライエルは天変地異説を否定し、過去に起きた地質現象はすべて、現在と同じ自然作用に起因するという斉一説を主張した。小説の草稿の一つに、「キュヴィエからライエルに転ずる」という記述がある。

似た動物」の多くがはるか昔の地層の中にも見出される。要するに、かつての大変動といえども、今日生じている変化から説明できるという。同じ原因が常に作用しており、自然は飛躍することはない。地質学上の時代区分など、結局のところ抽象にすぎないと、ブロンニャール[＊76]も断言している。キュヴィエがこれまでは、彼らの目には、異論の余地なき科学の頂点に、後光に包まれて君臨していた。今やそれも覆されてしまった。創造はもはや同じ規律を備えてはいない。この偉人に対する二人の敬意も薄らいだ。

伝記や抜粋を通して、ラマルク[＊77]とジョフロワ・サン＝ティレール[＊78]の学説を聞きかじった。これらはみな、通念とも教会の権威とも対立するものである。

ブヴァールはまるでくびきを打ち破ったかのような解放感を覚えた。

「さあ、ジュフロワの奴が大洪水についてどう答えるか、見ものだぞ！」

訪ねて行くと、神父はその小さな庭にいた。上祭服の調達のために集まることになっている教会財産管理委員会のメンバーを待っているのだという。

「何か御用ですか？」

「ぜひご教示いただきたいことがありまして！」ブヴァールは質問を始めた。

創世記の中に「裂ける深淵」、「空の瀑布」とあるのは、どういう意味なのだろう？　というのも、深淵は裂けたりしないし、空には瀑布などないではないか！

神父は瞼を閉じると、意味と字句とは常に区別しなければならないと答えた。最初は不可解に思われることも、それを掘り下げていけば納得のいくも

＊76　アドルフ・ブロンニャール（一八〇一―七六）　植物学者。著名な鉱物学者アレクサンドル・ブロンニャールを父に持ち、自らもパリ植物園の教授を務めた。古植物学のパイオニアの一人。

＊77　ジャン＝バティスト・ラマルク

のになる。

「なるほど！　だが、最も高い山、標高二里［約八キロ］もある山を覆いつくす雨というのをどうやって説明したらいいのですか！　考えてもみてください、二里ですよ！　厚さ二里もある水なんて！」

そこにひょっこり現れた村長が、「そりゃまた、とんだ風呂だ！」と話をまぜかえす。

「お認めでしょう」とブヴァールが言う。「モーセ[*79]がひどく誇張したということは」

神父はボナルド[*80]を読んだことがあったので、次のように答えた。「その動機は私には分かりません。おそらく、自らが導いている民に有益な恐れを吹き込むためだったのでしょう！」

「それにしても、そんな大量の水はどこから来たのですか？」

「さあ、どうですかね？　毎日起きているように、きっと大気が雨に変わったのでしょう」

庭の門から、収税署長のジルバル氏が地主のウルトー大尉と入ってきた。宿屋の主人ベルジャンブは、カタルのため歩くのもままならない食料品屋のラングロワに腕を貸している。

ペキュシェはこれらの連中のことなど気にもとめずに、話し続けた。

「失礼ですが、ジュフロワさん。大気の重量に等しい水の量といっても、

（一七四四―一八二九）博物学者。自然史博物館の動物学教授。無脊椎動物の研究を通して、進化論的な着想にいたり、さらに「生物学（ビオロジー）」という用語を作った。彼の思想は、種の不変説を取るキュヴィエの反対にあい、同時代においては認められなかったが、今日ではダーウィンの進化論の先駆けとみなされている。

＊78　エティエンヌ・ジョフロワ・サン＝ティレール（一七七二―一八四四）博物学者。自然史博物館の脊椎動物学教授。比較解剖学の見地から、すべての動物には「構造の単一のプラン」があると説き、進化論に近い立場を取った。キュヴィエとの論争は、バルザックら文学者にも影響を与えた。

＊79　『創世記』はモーセ五書の第一書。詳しくは、第Ⅸ章注55参照。

＊80　ルイ・ド・ボナルド（一七五四―一八四〇）哲学者、政治家。カトリックおよび君主制の熱烈な擁護者であり、フランス革命を否定。王権神授説を取ったのみならず、言語を含む知識の総体が神的啓示に由来すると考えた。

（科学が証明しているところによれば）地球の周囲を取り囲むと十メートルの高さにしかならないそうです。従って、もし大気がすべて凝縮して、液体になって降ってきたとしても、今ある水の量から大して増えるわけじゃありませんよ」

教会財産管理委員たちは目を丸くして、これを聞いていた。

神父はいらだってきた。

「山の上で貝殻が見つかったのを否定なさるのですか？　大洪水でなければ、誰の仕業だというのです？　貝殻には、人参のようにひとりでに地面に生えてくる習性はないと思いますがね！」この言葉が一同を笑わせると、さらに唇をかみながら言い添えた。「それもまた科学の新発見の一つでなければの話ですがね？」

ブヴァールは、山の隆起についてのエリ・ド・ボーモン[*81]の理論をもって応じようとした。

「知りませんな！」と神父は言う。

フーローが急に割って入った。「その男はカーンの出身だ！　県庁で一度会ったことがあるぞ！」

「しかし、もしあなたのおっしゃる大洪水が」とブヴァールは続ける。「貝殻を運んできたとすれば、それらが地表に砕けて散らばっているのならともかく、時に地下三百メートルもの場所から見つかるはずがないじゃないですか」

神父は話をそらして、聖書の真実性、人類の伝承、さらにシベリアの氷の中で発見された動物といった論拠を引き合いに出した。

だからと言って、人間がそれらの動物と同じ時期に生きていたという証拠にはならない！　ペキュシェによれば、そもそも地球はもっとずっと古いのである。「ミシシッピ川の三角州は何万年も昔にさかのぼるし、今の時代だって少なくとも十万年は経っています。マネトン[*82]の年代記によれば……」

ド・ファヴェルジュ伯爵が姿を見せた。

一同、彼が近づくと、口をつぐんだ。

「どうか続けてください！　何をお話しなさってたのですか？」

「ご両人が論争をふっかけてきましてね」と神父は答えた。

「また何について？」

「聖書についてですよ、伯爵様！」

ブヴァールはすぐさま、自分たちには地質学者として宗教を論じる権利があると主張した。

「お気を付けなさいよ」と伯爵は言った。「この言葉をご存知でしょう。学問も半可通のうちは宗教から遠ざけるが、きわめればまたそこに連れ戻す、と」そして高慢な、諭すような口調で、こう言い添えた。「まあ、私の言うことを信じなさい。あなた方もいずれ戻ってきますよ！　戻ってきますとも！」

そうかもしれない！　だが、光が太陽より前に作られたなどと述べている書物をどう考えればよいのだろう。まるで太陽が唯一の光源ではないかのようではないか！

「極光と呼ばれているものをお忘れですよ」と神父が言う。

＊81　ジャン＝バティスト＝レオンス・エリ・ド・ボーモン（一七九八―一八七四）　地質学者。コレージュ・ド・フランス教授。地球の冷却が地殻に褶曲をもたらし、そこから山脈が形成されたという仮説を唱えた。

＊82　前三世紀のエジプトの神官、歴史家。ギリシア語でエジプトの年代記を著し、古代エジプト史を三十の王朝に分けた。原典は失われたが、その抜粋が古代の著作家たちに引用されて残っている。

ブヴァールはこの反論には答えずに、一方に光が、他方に闇があったということ、星々が存在しないうちから夜と朝があったということ、さらに動物が結晶作用によって形作られるのではなく、突如として出現したということ、これらを力強く否定した。

小道は狭すぎたので、一同は花壇の中を、身振り手振りをまじえて歩き回った。ラングロワは咳の発作に襲われた。大尉は「あなた方は革命家だ！」と、ジルバルは「落ち着いて！　落ち着いて！」と、神父は「何たる物質主義！」と、またフーローは「それよりも上祭服の話をしましょうや！」と、各々わめき立てる。

「いいや！　言わせてください！」すっかり熱くなったブヴァールは、人間は猿の子孫だと言ってのけた！

教会財産管理委員たちは、誰もがびっくり仰天して、自分たちが猿ではないことを確かめるかのように顔を見合わせた。

ブヴァールはさらに続けた。「人間の女性の胎児を、牝犬と鳥のそれと比べてみれば……」

「もうたくさんだ！」

「私に言わせれば、それどころではありませんな！」とペキュシェが叫んだ。「人間は魚の子孫です！」みな大笑いしたが、ひるむことなく言い添える。「『テリアメド』[*83]！　アラブの書物ですよ！」

「さあ、皆さん、会議を始めましょう！」

そして一同、聖具室へと入って行った。

二人の友は、思っていたほどにはジュフロワ神父をやり込めることができなかった。そこでペキュシェは、神父には「イエズス会の刻印」が押されていると決めつけた。

とはいえ、彼の言った極光のことが気になったので、ドルビニー*84のマニュアルで調べてみた。元々それは、バフィン湾［グリーンランドとカナダ北東部の北極諸島との間にある海］の植物の化石が赤道地帯の植物に似ている理由を説明するための仮説である。太陽の代わりに大きな光源が一つあったと想定し、今はなくなったその光源の名残りがオーロラではないかと考えるものだ。

次いで、人間の起源についても疑念が生じてきた。困惑した二人は、ヴォコルベイユのことを思いついた。

医者の脅しもそれっきりで、その後は何もなかった。これまで通り、毎朝、彼らの家の柵の前を、ステッキで格子を一つ一つ引っ掻きながら通って行く。ブヴァールが待ち構えていて、彼を呼び止め、人類学の興味深い問題についてご意見をうかがいたいと切り出した。

「人類は魚の子孫だとお思いですか？」

「何て馬鹿げたことを！」

「では、むしろ猿から来ているのですね？」

「直接にということは、ありえませんよ！」

誰を信じたらよいのか？　というのも、つまるところ医師はカトリックではないのだから！

彼らは研究を続けたが、もはや情熱は失っていた。始新世や中新世、ホルージョ山*85、ユリア島、シベリアのマンモス、さらにはあらゆる著者が判で押

*83　フランスの外交官ブノワ・ド・マイエ（一六五六―一七三八）が著した書物であり、その没後の一七四八年に出版された。インドの哲学者テリアメド（de Maillet の名を逆に読んだもの）とフランス人宣教師の対話という形式のもとに、地球の歴史に関する説が展開されており、すべての生物は海生生物から進化したと主張される。

*84　シャルル・ドルビニー（一八〇六―七六）　植物学者、地質学者。著名な博物学者アルシッド・ドルビニーの弟。ここで言及されているのは、ジャン＝ジャック・ニコラ・ユオとの共著『新完全地質学マニュアル』（新版、一八五二）で、ロレ叢書の一冊。

*85　一七五九年九月二十九日に、メキシコのあるサトウキビ農場の敷地内で生まれた火山。

したように「真正の証言たるメダル」に比べている化石など、どれもこれもうんざりである。ある日ついに、ブヴァールは背嚢を地面に投げ出すと、もうこれ以上先へは行かないと宣言した。

地質学はあまりに欠陥だらけだ！　ヨーロッパのいくつかの地域のことがかろうじて分かっているだけで、その他の場所については、大洋の底同様、いつまでも未知のままだろう！

しまいにペキュシェが鉱物界という言葉を口にしたのを受けて、

「鉱物界なんてものは信じられないね！　だって、燧石や、白亜や、おそらく金の形成にだって有機物がかかわっているじゃないか！　ダイヤモンドは元々石炭だし、[*86] 石炭は植物の寄せ集めじゃなかったかい？　もう正確な温度は忘れたけど、石炭を燃やすとおがくずになる。要するにすべてが過ぎ去り、流動しているのさ。創造物は、移ろいやすくてはかない物質で作られている。もっと他のことにかかずらった方がましだよ！」

ブヴァールは仰向けになって、まどろみ始めた。一方、ペキュシェは下を向いたまま、手で膝を抱え、物思いにふけっていた。

くぼ地の道は苔に縁取られ、そこに影を落とすトネリコの木はまばらな梢を揺らしている。アンゼリカやミントやラベンダーがむせるような強い匂いを発しており、大気はむしむししている。そしてペキュシェは半ば茫然自失しながら、まわりに散らばっている無数の存在、ぶんぶんうなる昆虫や、芝生の下に隠れた泉、植物の樹液、巣の中の鳥、さては風や雲や自然全体のことを夢想するのであった。自然の神秘を探ろうとするのではなく、ただその力に魅了され、その偉大さに圧倒されていた。

「喉が渇いたぞ！」目を覚ましたブヴァールが言う。

「僕もだ！　何か飲みたいな！」

「おやすい御用です」と、その場を通りかかった男が言った。シャツ一枚で、肩に板を担いでいる。かつてブヴァールが酒を一杯おごってやったことのあるあの浮浪者だった。当時より十歳は若く見える男は、髪を巻き毛にして垂らし、口髭は蠟で固めて、パリ風に腰を揺すっている。

百歩ほど歩いたところで、中庭の柵を開け、壁に板をもたせかけると、天井の高い台所に二人を招き入れた。

「メリー！　いるかい、メリー？」

若い娘が出てきた。男の指図に従って、「飲み物を樽から注ぎ」に行くと、旦那方の給仕をしにテーブルの脇に戻ってきた。

真ん中で分けた小麦色の髪の毛が、灰色の布地の頭巾からはみ出ている。粗末な衣服は皺一つなく、体に添って垂れ下がっている。鼻筋の通った、青い目をした様子には、どこか繊細でひなびた、それにうぶな感じがあった。

「かわいい娘でしょう？」彼女がコップを持ってくる間、指物師が言った。「まるでお嬢様が百姓女に身をやつしているようじゃないですか！　それなのに、働き者ときている！　なあ、お前！いつか金持ちになったら、結婚してやるからな！」

「いつもご冗談ばっかり、ゴルギュさん」と、間延びした調子の甘ったるい声で彼女は答えた。

馬丁が一人、古い大箱の中にある燕麦を取りに来たが、あまり乱暴に蓋を下ろしたので、木のかけらが割れてしまった。

＊86　「ダイヤモンド　いずれは作ることができるようになるさ！　それに、単なる石炭にすぎないのだからね」（紋切型辞典）。

ゴルギュはかっとなって、「この田舎者たち」のがさつさを罵った。それから、家具の前に膝をつくと、木片のはずれた場所を探し始めた。手伝いを買って出たペキュシェは、埃をかぶってはいるものの、人物像が描かれているのを認めた。

それはルネサンスの長持で、下部には縄形の装飾、四隅にはブドウの枝模様があしらってあり、小円柱が正面の板を五つに区切っている。その真ん中には、海から出てきたヴィーナスが貝殻の上に立っている姿が、次いで、ヘラクレスとオンパレ[*87]、サムソンとデリラ[*88]、キルケと豚たち[*89]、父親を酔わせるロトの娘たち[*90]が描かれている。あちこち破損して、虫に食われており、右の化粧板も欠けている。ゴルギュは蠟燭を手にして、ペキュシェに左の化粧板を見せてくれた。楽園の木の下でアダムとイヴが卑猥な格好をしている図である。

ブヴァールもまた、この長持にはいたく感心した。

「もしお望みなら、きっと安く譲ってくれますよ」

修理のことがあるので、二人はためらった。

ゴルギュは本職の家具職人なのだから、修理は引き受けるという。「さあ、いらっしゃい！」と言うと、ペキュシェを中庭に連れて行った。そこではこの家の女主人のカスティヨン夫人が洗濯物を干しているところだった。

メリーは手を洗うと、窓の縁に置いてあったレースの刺繍を取り上げ、明るい場所に座って働き始めた。

ドアの上の横木が額縁のようになって、その姿を浮き立たせている。指の動きとともに、糸巻きがカスタネットのような音を立てながらほどけていく。横顔はじっと傾けたままだ。

ブヴァールは彼女の両親のこと、生まれた国のこと、もらっている給金のことなどを質問した。ウィストルアムの出身で、家族はなく、月に一ピストル〔十フラン〕もらっているという。ブヴァールは彼女のことがすっかり気に入ったので、ジェルメーヌも年を取っていることだし、手伝いに雇いたいと考えた。

ペキュシェが女農場主と一緒に戻ってきた。彼らが商談を続けている間、ブヴァールは小声でゴルギュに、若い女中が自分のところで働くのに同意してくれるだろうかと尋ねた。

「もちろんですとも！」

「それにしても」とブヴァールが言う。「一応、友人に相談してみないと」

「それじゃあ、後はこちらがいいように計らいますよ。だけど、このことは黙っておいてください！　女主人に聞かれないようにね」

取引も、三十五フランでまとまったところである。修理に関しては、また追って話をすることになった。

中庭に出るとすぐ、ブヴァールはメリーについての自らの意向を伝えた。ペキュシェはじっくりと考えるために立ち止まると、嗅ぎ煙草入れを開けて、一つまみ吸い、それから鼻をかんで、こう言った。

「確かにそれはいい考えだ！　うん、了解！　いいじゃないか。それに、決めるのは君さ！」

十分後、ゴルギュが溝の縁の高くなったところに姿を見せ、二人に呼び掛

＊87　ギリシア神話の英雄ヘラクレスは、ある殺人の罪を償うため、三年間、リディアの女王オンパレのもとに奴隷として仕えた。女の着物を着せられ、糸紡ぎをする姿がよく描かれる。

＊88　サムソンは旧約聖書に登場する怪力の持ち主であり、ペリシテ人との戦いにおいて活躍した英雄。愛人デリラに髪の毛を切られて神通力を失い、捕らえられる。

＊89　キルケはギリシア神話の魔女。オデュッセウスの部下たちを歓待した後、豚に変えてしまった。

＊90　旧約聖書の逸話。ソドムが滅びた際、ロトは家族とともに脱出したが、その後、二人の娘たちは子供を産むために、父を酔わせて同衾した。

けた。

「長持はいつお届けしましょうか？」

「明日だ！」

「それからもう一方の件ですが、決心はつきましたか？」

「決まったよ！」とペキュシェが答えた。

Ⅳ

半年後、彼らは考古学者になっており、その家も博物館と見まがうばかりであった。

古い木の梁が玄関に立て掛けられている。階段は地質学の見本でいっぱいであり、巨大な鎖が一本、廊下の端から端まで床に伸びている。

二階の部屋のうち、寝室として使っていない二部屋の間にあるドアを取り外し、その一方の出入り口をふさいで、一つの部屋に作り変えてしまった。

この部屋の敷居をまたぐと、まずは石の桶（ガロ・ロマン時代[*1]の石棺だという）に突き当たり、次いで、金物類が目に飛びこんでくる。

正面の壁には、長柄のついた行火《あんか》の下に、薪台と暖炉の背板が置かれているが、この板には僧侶が羊飼いの娘を愛撫しているところが描かれている。周囲の棚板の上には燭台、錠前、ボルト、ナットなどが並べられ、床は赤い瓦のかけらで覆われている。部屋の真ん中にあるテーブルに展示されているのは、コー地方［セーヌ・アンフェリウール県（現セーヌ・マリティム県）の西半分］の女性のボンネットの型紙、粘土の壺が二つ、メダル類、乳白ガラスの小瓶など、きわめて珍しい骨董品ばかりだ。つづれ織りの肘掛椅子の背には、三角形のギピュールレースが掛けてある。右の仕切り壁を飾っているの

＊1　カエサルがガリアを征服した紀元前五〇年頃から、フランク王国が建設される五世紀頃までを指す。

は鎖帷子の切れ端。その下には、またとない逸品である矛槍が、鋲で水平に固定されている。

そこから二段おりたところにある次の部屋には、パリから持ってきた古書が、この家に着いた時に箪笥の中に見つけた本と一緒に置かれている。箪笥の扉は取り外されており、二人はこれを書架と呼んでいた。

クロワマール家[*2]の樹系図が、部屋のドアの裏面いっぱいを占めている。張り出した羽目板の上には、ルイ十五世風の衣装を身に着けた貴婦人のパステル画が、ブヴァールの父親の肖像画と対になっている。鏡の枠を飾っているのは、黒いフェルト製のソンブレロと、元々鳥の巣だった木の葉のいっぱい詰まったばかでかい木靴である。

暖炉の上には、(若い頃からペキュシェが愛蔵している)二つのヤシの実が、百姓の人形のまたがった陶器の樽と並んでいる。そのそばにある藁の籠には、十分の一フラン硬貨が入っているが、これは鴨が吐き出したものだ。

書架の前には、フラシ天の飾りのついた貝殻でできた箪笥が鎮座している。その蓋の上にのっているのは、ネズミを口にくわえた猫の姿をしたサン゠タリール[*3]の石化物と、やはり貝殻製の裁縫箱。さらにこの箱の上に置かれた蒸留酒の瓶の中には、ボン゠クレティアン種の梨が一つ入っている。

だがとりわけ見事なのは、窓の前に置かれた聖ペテロの像である！　手袋をはめた右手には、青リンゴ色の天国の鍵が握られている。百合の花の模様のあしらわれた上祭服は空色で、黄色の三重冠は仏塔のように先端がとがっている。頬はおしろいを塗りたくったようで、大きな丸い目に、口をぽかんと開け、曲がった鼻が天井を向いている。その頭上には古い絨毯でできた天蓋が垂れ下がっており、バラの輪の中に描かれている二人のキューピッドの姿が見分けられる。また足下には、バター壺が柱のように立てられており、チョコレート地に白い文字で「一八一七年十月三日、ノロン〔カルヴァドス県のノロン＝ラ＝ポトリは、陶器製造で知られる〕にて、アングレーム公爵[*4]殿下の面前で制作」と記されている。

ペキュシェはベッドからこれらすべてを一望のもとに見渡しては、時にはわざわざブヴァールの寝室まで行って、遠くから眺めを楽しむのであった。[*5]

鎖帷子の正面の場所が空いていたが、ここにはルネサンスの長持を置く予定である。

長持はまだ完成していなかった。ゴルギュはパン焼き室に陣取って、化粧板を鉋でけずったり、それを取り付けたり、取り外したりして、相変わらず修理を続けている。

十一時になると昼食を取り、それからメリーとおしゃべりすると、その後はもう一日中戻ってこないこともしばしばだった。

長持の様式に合う木片を探すため、ブヴァールとペキュシェは田舎を駆けめぐった。色々と持ち帰ってはみるが、どうもぴったりこない。だが、途中で珍しいものをたくさん見つけた二人は、そのうち置物に夢中になり、次いで中世に熱中した。

まずは大聖堂を訪れた。天井の高い身廊が聖水盤の水に映った様子、宝石の壁掛けのようなまばゆいガラス窓、礼拝堂の奥にある墳墓、地下聖堂に差し込むぼんやりした光、さらには壁のひんやりした感じまで、すべてが身震

＊2　フローベールの母方の祖母は、カンブルメール・ド・クロワマール家の出身。要するに、作家による一種のいたずらである。

＊3　クレルモン＝フェラン近郊にある温泉。石灰を多く含んでおり、石化作用がある。

＊4　ルイ・アントワーヌ・ド・フランス（一七七五―一八四四）　アルトワ伯シャルル、すなわち後のフランス王シャルル十世の長男。一八二四年に父が即位すると王太子となるが、七月革命によって亡命生活を余儀なくされ、オーストリアにて死去する。

＊5　このあたりの状況は少々分かりにくい。草稿には、「ペキュシェの寝室と第三の部屋を隔てている壁を壊した」とあり、それに従えば、二階の四部屋がすべてつながったことになる。決定稿ではこの記述は消えて、設定のみが残ったと理解すべきであろう。

いするような喜び、宗教的な感動を引き起こすのだった。

間もなく時代を見分けることができるようになると、寺男のことなどそっちのけに、次のように声に出して回った。「おや、ロマネスク様式[*6]の後陣だ！　これは十二世紀だな！　またフランボワイヤン様式[*7]だぞ！」

柱頭に刻まれた彫刻、例えばマリニーの教会にある花咲く木をついばむ二匹のグリフォン〔獅子の体に鷲の頭と翼をもつ怪物〕が象徴するところを理解しようと努めた。フグロールの教会のアーチの端を飾っているグロテスクな顎をした聖歌隊員[*8]に、ペキュシェは風刺を見て取った。またエルヴィルの教会の窓の縦仕切りの一つを覆っている卑猥な男性の逸物は、ブヴァールに言わせれば、我々の祖先が色事を好んでいた証拠だという。

そのうち、どんなに些細なものであれ様式の退廃《デカダンス》[*9]が我慢ならなくなった。実際、何もかも退廃している。そしてバンダリスム〔文化財や芸術作品の破壊〕を嘆いては、壁の漆喰を強く非難するのだった。[*10]

しかし建造物の様式は、必ずしもその想定される年代と一致しない。プロヴァンス地方では、半円アーチが十三世紀でもまだ支配的である。尖頭アーチはおそらく非常に古いものだ！　さらに何人かの著者は、ロマネスク様式がゴシック様式より先だということに異を唱えている。この確実性の欠如が、彼らをいらだたせた。

教会の次は、ドンフロンやファレーズの城砦を研究した。城門の下に落とし格子の溝がついているのに感嘆する。頂上に上ると、まずは平野全体を見

＊6　おもに十一・十二世紀の西ヨーロッパで発展した、堅牢な石壁を特徴とする重厚な建築様式。ゴシック建築に先行する。
＊7　おもに十五世紀フランスで発展した後期ゴシック様式で、装飾性を特徴とする。窓の飾りが火炎を思

渡してから、町の屋根、通りの交差する様子、広場にいる荷車、洗濯場の女たちなどを眺めた。垂直に切り立った城壁の下には、茨が堀に生えている。そして二人は、かつて何人もの兵が梯子にぶら下がり、そこを登ってきたのだと考えて、肝を冷やすのだった。*11 地下にも降りてみようとしたが、ブヴァールは腹が邪魔になったし、ペキュシェはマムシが怖くて断念した。

古い領主の館のことが知りたくて、キュルシー、ビュリー、フォントネ＝ル＝マルミオン、アルグージュなどに足を運んだ。時折、建物の角に積まれた堆肥の後ろに、カロリング朝［フランク王国の王朝（七五一—九八七）］時代の塔が立っている。石の腰掛けをしつらえた台所をのぞくと、封建時代の宴の様子がしのばれる。またひたすら恐ろしげな外観の館もあって、三重の城壁の跡が今でも残っているのに加えて、階段の下には銃眼が穿たれ、高い櫓の壁面は鋭角に交わっている。それから、ヴァロワ朝［一三二八—一五八九］時代の窓のある部屋に入って行くと、まるで象牙細工のような石の彫り物のある窓からさしこむ陽の光が、床の上に散らばったセイヨウアブラナの種を暖めている。僧院は納屋として用いられており、墓石の碑銘も消えてしまっている。畑の真ん中に切り妻が一つ立っており、風に揺れる蔦がそれを上から下まで覆っている。

錫製の壺、人造宝石の留め金、唐草模様のインド更紗など、喉から手が出るほど欲しいものがたくさんある。さすがにお金がないので、あきらめざる

わせる曲線からなることから、「燃えるような（フランボワイヤン）」と名づけられた。

*8 次の写真を参照（ルーアン大学のフローベール・サイトより）。

*9 草稿では、デカダンスは「純粋な様式」と対比されている。従って、いわゆる世紀末的な退廃趣味のことではなく、様式の混淆のことを指していると考えられる。

*10 「漆喰（教会の） 強く非難すべし。この芸術上の怒りはきわめて効果抜群」（紋切型辞典）。

*11 「城砦 どれもこれも、フィリップ・オーギュスト治世下に包囲されたことになっている」（紋切型辞典）。

を得なかった。

まさに僥倖によって、バルロワの錫めっき工のところでゴシック様式のステンドグラスを発見した。これを肘掛椅子のそばに置くと、ちょうど格子窓の右側を、二番目のガラスの高さまで覆うことになる。シャヴィニョールの鐘楼が遠くに見えて、素晴らしい効果を生み出していた。

ゴルギュは二段箪笥の下部を使って、ステンドグラスの下に置くための祈禱台をこしらえた。こうやって二人の趣味におもねっていたのである。この趣味たるやもはや度を越しており、セーの司教の別荘*12のような、何の由緒もない建造物のことまで残念がる始末であった。

「バイユーには劇場があったはずだ」とド・コーモン氏*13は言っている。彼らはその場所を探したが、無駄に終わった。

モントルシー［ミュトレシーの誤り］の村には、かつてメダルが見つかったことで有名な牧場がある。彼らもそこでたっぷり収集しようともくろんだが、管理人が中に入れてくれなかった。

ファレーズの貯水池とカーンの郊外とをつなぐ水路についても、調査は上手く行かなかった。この貯水池に放した鴨がヴォーセルに再び現れた際、「カン、カン、カン」と鳴いたのが、町の名前のいわれだという。

いかなる奔走も、いかなる犠牲も、二人には苦にならなかった。

メニル＝ヴィルマンの宿屋で、一八一六年に、ガルロン氏*14はわずか四スー

*12　草稿には、「革命下に破壊された」とある。
*13　アルシス・ド・コーモン（一八〇一—七三）　ノルマンディー出身の著名な考古学者。カーンを拠点に様々な学会を立ち上げ、フランス考古学の創設者とみなされている。主著に『カルヴァドス県の記念建造物の統計』（五巻、一八四六—六七）など。
*14　ジャン＝フレデリック・ガルロン（一七九四—一八三八）　ノルマンディー出身の考古学者。自ら創設したファレーズの図書館の司書を務めながら、同時にこの町に関する著作をいくつか残した。
*15　このあたりフローベールが意図的に些末な事項ばかり並べているのは明らかだが、にもかかわらず、それぞれの情報自体は綿密な文献調査に基づいている。ここでは、ドンフロンのサン＝タンヌの丘にある礼拝堂が僧院と呼ばれている。
*16　現在マラン・オンフロワの名で呼ばれるリンゴは、カルヴァドス県サ

で夕食を取ったという。彼らもその宿屋まで出かけて行き、同じ食事を注文したが、もはや昔と同じではないことを知って驚くのであった！

サン＝タンヌの僧院[15]の創設者は誰なのだろう？　十二世紀にリンゴの新種を輸入したマラン＝オンフロワ[16]と、ノルマン征服時代にヘイスティングス［イギリスのイースト・サセックスの町］の総督であったオンフロワ[17]との間に、血縁関係はあるのだろうか？　デュトレゾール[18]某とかいう作者の韻文喜劇で、バイユーで出版された『狡猾な巫女』という今では稀覯本になっている作品をどうやって手に入れようか？　ルイ十四世治下にエランベール・デュパティ、別名デュパスティ・エランベール[19]が執筆した未刊の著作には、アルジャンタンにまつわる逸話が多数収録されているという。どうにかしてこれらの逸話を探し出したいものだ。また、デュボワ・ド・ラ・ピエール夫人[20]の自筆の回想録はどうなったのだろう？　これはサン＝マルタンの外勤司祭ルイ・ダスプレが、未刊に終わったレーグルの歴史のために調べたものだという。どれもみな、解明すべき興味深い問題である。

だが往々にして、ちょっとした手掛かりから非常に貴重な発見が生まれてくるものだ。

そこで彼らは不信の念を抱かせないよう、上っ張りを身にまとい、行商人になりすますと、家々を回って、古紙を買い求めた。山ほど売ってもらえるが、学校のノート、勘定書、古新聞などばかりで、役に立つものは何もない。

ン＝ロラン・シュル・メールに住んでいたこの名の領主によって、ただし十二世紀ではなく、十七世紀初めに輸入されたもの。

＊17　オンフロワ・デュ・ティユル（十一世紀）　ウィリアム征服王の武将の一人であったが、最終的にノルマンディーに帰国したとされる。

＊18　ジャン＝フランソワ＝ガスパール・デュトレゾール（生年不明—一八一七）『狡猾な巫女、あるいは悪賢い魔女』は一八〇四年の作品で、ロベール・ソルセリコという偽名のもとに少部数印刷された。

＊19　シャルル・エランベール・デュ・パティ（一六〇四—九五）　アルジャンタン出身の著作家。なお、コンデ公に宛てた詩の献辞などでは、デュ・パスティ・エランベールと署名している。

＊20　ルイーズ＝マリー・デュ・ボワ＝ド＝ラ＝ピエール（一六六三—一七三〇）　レーグルのサン＝マルタン教会の司祭ルイ・ダスプレのために、この町の歴史についての調査を手助けしたといわれる。

とうとう、ブヴァールとペキュシェはラルソヌールに問い合わせた。ちょうどケルト文化に熱中していたラルソヌールは、二人の問いにはろくに答えもせず、逆に別の質問をしてきた。

モンタルジ［パリ南方のロワレ県の市］で見られるような犬の信仰の名残を、身近に見たことはないだろうか？ あるいは聖ヨハネ祭［六月二十四日］のかがり火や、結婚や、民間の諺について何か特別に気づいたことはないか？ さらに、当時「ケルタエ」と呼ばれていた燧石の斧をいくつか集めてほしいと頼んできたが、これはドルイド僧たちが「その忌むべき燔祭」に用いたものだという。

ゴルギュを使って、彼らは斧を十二本ほど手に入れると、ラルソヌールにはそのうち一番小さなものを送ってやり、残りは自分たちの陳列室に飾ることにした。

うっとりしながら陳列室を歩き回り、自分たちで掃除をし、さらに誰にでも吹聴して回る。

ある日の午後、ボルダン夫人とマレスコ氏が見学に訪れた。

ブヴァールは二人を迎え入れると、まずは玄関から説明を始めた。

梁は、それを売ってくれた指物師の証言によれば、ファレーズの昔の絞首台に他ならないという。ちなみに、この男は祖父からこの情報を教わったとのこと。

廊下に置かれた太い鎖は、トルトゥヴァルの天守閣の地下牢で用いられていたものである。公証人に言わせれば、むしろ建物の前庭にある車よけの石の鎖に似ているという。ブヴァールは、これがかつて囚人たちをつなぐのに用いられていたと固く信じていた。そこで、最初の部屋のドアを開けた。

「どうしてこんなにたくさんの瓦があるんですの？」とボルダン夫人が叫んだ。

「蒸し風呂を暖めるためのものですよ！　まあ、順を追って見ていきましょう！　これはある宿屋で見つけた墓石ですが、そこではこれを水飲み桶として使っていたのです」

続いて、ブヴァールは壺を二つ手に取ったが、そこにいっぱいに入っている土は人間の遺灰だという。それから小瓶を目のところに持っていくと、ローマ人がどんな風にしてそこに涙を注いだかを示してみせた。

「でも、お宅には陰気なものしかありませんのね！」

確かに、ご婦人にとっては少しばかり真面目すぎる。そこで書類箱から、銅貨を数枚と銀貨を一枚取り出した。

ボルダン夫人は公証人に、これは今だったらいくらになるか尋ねた。

公証人は鎖帷子を調べていたが、手から落として、鎧の輪をいくつか壊してしまった。ブヴァールは腹立たしさをぐっとこらえた。

さらに親切心を起こすと、矛槍を壁から外して、身をかがめ、腕を持ち上げ、かかとを打ちつけ、馬のひかがみを薙ぎ払ったり、銃剣でやるように突きを入れたり、敵を打ち倒したりと様々なポーズを取ってみせる。未亡人は心ひそかに、たくましいお方だと思うのであった。

彼女は貝殻の箪笥に夢中になった。サン゠タリールの猫には大いに驚いたが、瓶の中の梨はさほどでもない。次いで、暖炉のところに来ると、

「あら！　この帽子、繕わなくてはいけませんわ」

帽子の縁に穴が三つあいているが、これは銃弾の跡である。

総裁政府時代の盗賊の首領ダヴィッド・ド・ラ・バゾック［架空の人物］のかぶっていたもので、

この男は裏切られて捕まり、即座に処刑されたのだという。

「まあ、よかったこと！　いい気味だわ！」とボルダン夫人は言った。

マレスコはこれらの品々を前にして、さげすむような笑いを浮かべていた。元々靴屋の看板だったというこの木靴も、ありふれたリンゴ酒の壺にしか見えない陶器の樽も、彼にはまったく理解できなかった。また聖ペテロの像も、率直に言って、酔っ払いのような表情をしたひどい代物である。

ボルダン夫人がこう指摘した。「それにしても、この像は高くついたでしょう？」

「それほどでもありませんよ！　それほどでも！」

スレート屋根の職人が十五フランで譲ってくれたのだという。

それから夫人は、髪粉をふったかつらをかぶった貴婦人の大胆な襟ぐりを、破廉恥だといって非難した。

「どこが悪いというのです？」とブヴァールが答える。「美しいものが備わっているのですから？」

そして声をひそめて、こう言い足した。「きっとあなたのようにね？」

公証人は彼らに背を向けて、クロワマール家の樹系図を調べていた。彼女は何も答えずに、懐中時計の長い鎖をいじり始めた。乳房が黒いタフタのブラウスをふくらませている。そして少し目を細めて、顎を引いた姿は、胸をそらしたキジバトのようだ。それから無邪気な様子で、

「この女の人のお名前は？」

「分からないのです！　摂政[*21]の愛人の一人でしてね。ご存知の通り、数々の馬鹿騒ぎにふけったあの男ですがね！」

「そうだと思った！　当時の回想録には……！」公証人は最後まで言い終えずに、情欲に引きずら

れたこの王侯の悪しき例を嘆いた。

「でも、あなた方はみな似たり寄ったりですわ！」

男たち二人はそんなことはないと言い張った。すると話題はいきおい、女性、そして愛へと移っていった。マレスコに言わせれば、幸せな結び付きというのはいくらでもあるという。時には、ただ気付いていないだけで、幸福のために必要な存在が身近にいることさえあるのだ。露骨なほのめかしに、未亡人の頬は朱に染まった。だがすぐに落ち着きを取り戻すと、

「お互いもうのぼせ上がる年でもありませんわ！　ねえ、ブヴァールさん？」

「いやいや！　そうとは言えませんよ！」そう言うと、彼はもう一つの部屋に戻るために腕を貸した。「階段に気を付けてください。よろしい！　さて今度は、ステンドグラスを見てもらいましょうか」

緋色のマントと天使の両翼が見分けられるばかりで、それ以外の部分は、あちこちひびの入ったガラスを支える鉛の下に隠れてしまっている。陽の光は弱まり、影が伸びてきた。ボルダン夫人も真剣な面持ちになっていた。

ブヴァールは部屋を離れると、ウールの毛布をはおって再び現れた。そうして、肘を外に突き出し、手に顔を埋めて、祈禱台の前に跪くと、陽の光が禿げ頭の上に落ちかかる。本人もこの効果を意識している証拠には、「まるで中世の僧侶のようでしょう？」と尋ねた。次いで、額を斜めに持ち上げると、目をうるませて、神秘的な表情をしてみせた。

廊下からペキュシェの重々しい声が聞こえてきた。

＊21　オルレアン公フィリップ二世（一六七四―一七二三）一七一五年から二三年まで、年少の国王ルイ十五世の摂政を務めた。自由奔放な振る舞いによって知られる。

「怖がらないでください！　私ですよ！」

入ってきた彼の頭は兜ですっかり覆われていたが、これは尖った頬当ての付いた鉄の壺のような代物である。

ブヴァールは祈祷台から離れない。二人の客人は立ったまま、しばらくの間、びっくり仰天していた。

ペキュシェには、ボルダン夫人が少しよそよそしく思われた。それでも、夫人にすべて見せ終えたかどうか、わざわざ確認してみる。

「そのはずだけども？」ブヴァールはそう言った後で[*22]、壁を指差して付け加えた。「おや、申し訳ありません！　ここに置くはずの物が、現在修理中でしてね」

未亡人とマレスコは辞去した。

二人の友は、まるでお互い競争するかのように、それぞれ一人で出かけて行っては、相手より高いお金を出してでも骨董品を探し回った。かくして、ペキュシェはつい最近、兜を手に入れたのである。

ブヴァールはこれを祝福すると、代わりに毛布のことでは賛辞を受けた。

メリーは紐を使って、これを修道服のように仕立ててあげた。彼らは交互にこれをはおって、お客を迎え入れた。

ジルバル、フーロー、ウルトー大尉、さらにラングロワやベルジャンブといったもっと地位の低い連中、はては自分たちの小作人や、近所の女中たちまでが訪ねてくる。その度に二人は説明を繰り返し、長持を置くことになっている場所を示しては、謙遜を装って、足の踏み場もないことについて許しを乞うのであった。

ペキュシェはその頃、パリにいた時分に愛用していたズアーヴ兵［フランス軍のアルジェリア人歩兵］の縁なし帽をかぶっていた。その方が周囲の芸術的環境にふさわしいと考えたのである。頃合いを見はからって兜をかぶると、後ろにずらして顔が見えるようにする。ブヴァールの方は、矛槍を操ってみせるのを忘れない。最後に、わざわざ「中世の僧侶」の格好をしてみせるほどの客かどうか、目顔で示し合わせた。

ド・ファヴェルジュ氏の馬車が門の柵の前に止まった時は、何と感動したことか！ 訪問の用件はごく簡単なもので、以下の通りであった。

二人があちこちで資料を漁っており、ラ・オブリーの農園でも古紙を購入したという話を、執事のユレルから教わったという。

まさにその通り。

その中に、アングレーム公爵の元幕僚で、ラ・オブリーに滞在していたこともあるド・ゴヌヴァル男爵［おそらく架空の人物］の手紙は見つからなかっただろうか？ 家名にかかわる理由から、この書簡を探しているとのことである。

書簡は彼らのところにはなかった。だが、書庫まで足をお運びくだされば、きっと関心を引くものをお見せできるだろう。

こんなにも磨き上げた長靴が廊下できしんだことは、これまで一度もなかった。靴はいきなり石棺にぶつかった。さらに瓦をいくつかあやうく踏み潰しそうになると、肘掛椅子をよけて、階段を二段おりる。次の間にやってく

＊22　草稿ではずっとここに「ブヴァールが言った」とあるのが、最終稿からは消えており、前のセリフが誰のものか分からなくなっている。フローベールの単なるミスと考えて訳した。

ると、彼らは伯爵に、天蓋の下の聖ペテロ像の前にある、ノロンで制作されたバター壺を示した。ブヴァールとペキュシェは、日付［バター壺に記された日付のこと］が時には役立つかもしれないと考えたのである。

伯爵はお愛想で陳列室を見て回った。ステッキの握りで口元を軽く叩きながら、「素晴らしい！結構ですな！」と繰り返す。自分としては、宗教的信仰と騎士道的献身の時代である中世の名残を救い出してくれたことに対して、二人に感謝したいという。自らも進歩を愛するものであり、彼らのようにこうした興味深い研究に従事したいものだ。だが、政治や県議会や農業などめまぐるしいほどの雑用が、それを許してはくれない！

「しかしあなた方の後では、落穂拾いくらいしかできませんな！　じきに県内の骨董品はすべて、お二人が集めてしまわれるでしょうから」

「うぬぼれるわけではありませんが、そうなるでしょうな」とペキュシェは答えた。とはいえ、まだまだ掘り出し物はある。例えばシャヴィニョールにだって、墓地の壁に沿った路地に、大昔から草の下に埋もれている聖水盤があるという。

彼らはこの情報にほくそ笑むと、「どうしようか？」という意味の目配せを交わした。だが、すでに伯爵はドアを開けるところであった。

ドアの後ろにいたメリーが、さっと逃げ出した。

中庭を通りすぎる際、伯爵はゴルギュが腕を組んで、パイプをふかしているのに気づいた。

「あの男を雇ってらっしゃるんですか！　ふうむ！　暴動でも起こった日には、とても信用する気にはなれませんがね」*23そう言うと、ド・ファヴェルジュ氏は二人乗り二輪馬車《チルビュリー》に乗り込んだ。

どうして女中は怖がっているようなそぶりをみせたのだろう？　問い詰めると、以前に伯爵の農場で働いていたことがあると話した。彼らが見学に来た時、刈り入れ人の女たちに飲み物を注いで回っていたあの少女だったのだ。二年後、館の下働きとして雇われたが、「嘘の中傷のせいで」暇を出されたという。

ゴルギュについては、何を非難することがあるのか？　仕事はとても巧みだし、彼らに対しても大いに敬意を払ってくれている。

翌日、夜が明けるとすぐに、彼らは墓地に向かった。

ブヴァールがステッキで、教えられた場所を探った。固い物体が音を立てる。イラクサを引き抜くと、砂岩でできた盥のような洗礼盤が出てきて、その上には植物が生えている。

しかしながら、教会の外に洗礼盤を埋めるなどという風習はないはずだ。

ペキュシェが描いたデッサンにブヴァールの描写文を添えて、とりあえずラルソヌールに送ってみた。

折り返し返事が届いた。

「おめでとう、親愛なる同好の士よ！　間違いなく、これはドルイド僧の使っていた桶です！」

だが、用心するにしくはない！　事実、例の斧は疑わしいという。そして、彼らのためであると同時に、自らのためという意味合いもこめて、一連の参考文献を指示してよこした。

ラルソヌールは追伸で、この桶をぜひ見てみたいと伝えてきた。いずれブルターニュ旅行をする際に、この願いも実現できるだろう。

＊23　「労働者　暴動を起こす場合以外は、常に実直」（紋切型辞典）。

そこで、ブヴァールとペキュシェはケルト考古学に没頭した。この学問によれば、我々の祖先である古代ガリア人が崇拝していたのは、キルクとクロ[*24]ン[*25]、タラニス[*26]、エスス[*27]、ネハレニア[*28]、天と地、風、水、そしてわけても大テウタテス[*29]だが、これは異教徒のサトゥルヌス[*30]に相当する。というのも、サトゥルヌスがフェニキアを治めていた頃、アノブレという名のニンフと結ばれ、ジュドという名の子をもうけた。アノブレはサラと同じ特徴を備えており、ジュドはイサク同様に生贄になる（あるいは、あやうく生贄にされそうになる）。従って、サトゥルヌスはアブラハム[*31]であり、そこから、ガリア人の宗教はユダヤ人の宗教と同じ原理を備えているという結論が導き出される。

彼らの社会は非常によく組織されていた。第一の階級に含まれるのは民衆と貴族と王で、第二の階級が法律家。第三の階級が最も身分が高く、タイユピエ[*32]によれば、これに当たるのは「様々な種類の哲学者たち」、すなわちドルイド僧もしくはサロニド僧であり、さらにそれが学僧、吟唱詩人、祭司の三つに分かれる。

それらは各々、預言を行い、歌を歌い、さらに植物学、医学、歴史、文学など「当時のあらゆる学芸」を教えるのを役目としていた。ピタゴラスもプラトンもその教えを受けている。ギリシア人に形而上学を、ペルシア人に魔術を、エトルリア人に腸卜術［獣の内臓を使って占う術］を、またローマ人には銅メッキおよびハムの商売を教えたのも彼らである。

*24　風の神。

*25　おそらくアイルランドで信仰されていたクロム・クルアハのこと。人身御供が捧げられていたことで知られる。

*26　雷と空の神であり、また雨の神でもある。ローマのユピテルとしばしば同一視された。

*27　ローマの詩人ルカヌスによれば、人間の血に飢えた三人のガリアの神の一人（他の二人はタラニスとテウタテス）。中世には、軍神マルスと同一視された。

*28　オランダのドンブルクで崇められていた女神。航海の無事を祈願して祈りを捧げた。

*29　部族の神であり、戦いの神。やはりしばしばマルスと同一視された。

*30　ローマ神話の農耕神。ギリシア神話のクロノスと同一視され、息子ユピテルに王位を奪われた後、イタリア

だが、古代世界を支配していたこの民族についても、今や残されているのは石だけである。それらはあるいはぽつんと一つずつ、あるいは三つ一組になって、あるいは回廊状に、あるいは囲いをなして並べられている。

ブヴァールとペキュシェは大いに意気込んで、ユシーのポスト石[33]、ル・ガの双子石[34]、レーグル近郊にあるジャリエ石[35]、その他諸々を次々と見て回った。

これらの石の塊はどれもみな無味乾燥で、たちまち二人は退屈してしまった。ある日、パッセの立石《メンヒル》を見てから帰ろうとしていたところ、案内人がブナ林に連れて行ってくれた。そこには、台座のようにも、巨大な亀のようにも見える花崗岩の塊が所狭しと並んでいた。

一番大きな岩は、鉢のように中がくぼんでいる。縁の一方が高くなっており、また底に穿たれた二つの溝が地面まで伸びている。血を流すための穴であることは、疑いの余地がない！　偶然の仕業で、こんなものができるはずがない。

木々の根っこがこれらの切り立った岩にからみあっている。雨が少々降っており、遠くに漂っている霧の塊がまるで大きな幽霊のように見える。金の冠をいただき、白い僧服をまとった司祭たちが、後ろ手に縛られた生贄の犠牲者たちと、木の葉の下に立っている姿がたやすく想像される。桶の縁では、女司祭が赤い血が流れるのをじっと見つめており、それを取り囲む群衆は、シンバルや野牛の角で作ったホルンの立てる喧騒にまじってわめいている。

へ赴き、そこで黄金時代を築いたとされる。

＊31　旧約聖書の族長の一人。『創世記』によれば、アブラハムの妻サラは老いてようやく男児を授かったが、神はアブラハムの信仰を試すため、その子イサクを犠牲にささげるよう命じた。彼がこの命令に従順に従ったので、神はすんでのところでイサクの命を救ったとされる。

＊32　ノエル・タイユピエ（一五四〇―一八九）　コルドリエ会修道士。その主著である『ドルイド僧の国家と共和国の歴史』（一五八五）は、ケルト学についての最初期の著作の一つ。

＊33　ユシーの村の近くにある高さ二メートル強の石灰岩の立石。

＊34　重さ三百トンもある花崗岩の巨石記念物。双子石（ピエール・クプレ）とも切断石（ピエール・クペ）とも呼ばれる。

＊35　レーグル近郊のサン＝シュルピス＝シュル＝リスルにある巨石記念物。

すぐに彼らの計画は決まった。

ある月明かりの夜、家々の陰伝いに、泥棒のようにこっそり、墓地へ向かった。よろい戸はどこも閉じられており、中庭は静まり返っている。犬一匹吠えない。ゴルギュがついてきて、三人で仕事に取りかかった。芝生を掘り起こす鋤が小石にぶつかる音の他には何も聞こえてこない。死者のすぐそばにいるのが、何となく不気味である。教会の大時計が絶えず喘ぎ声のような音を立て、その入り口の上部にあるバラ窓が、この瀆神行為を見張っている目のようだ。ようやく、桶を持ち去った。

翌日、掘り出した跡を確かめるため、また墓地に出かけた。

ドアのところで涼んでいた神父が、ちょっと寄っていくよう誘った。そして小部屋に招き入れると、奇妙な様子で彼らを見つめた。

飾り戸棚の真ん中に、黄色い花束の模様をあしらったスープ鉢が一つ、皿の間に置いてある。

ペキュシェは何を言っていいか分からないので、この鉢を褒めた。

「古いルーアン陶器[*36]です」と神父は答えた。「先祖伝来の食器でしてね。マレスコ氏のような愛好家には高く評価されているものです」彼自身は、幸いにも骨董品の趣味は持っていないという。こう言っても彼らがぴんとこないようだったので、実は洗礼盤を盗み出すところをこの目で目撃したと打ち明けた。

二人の考古学者はすっかり当惑して、口ごもった。問題の品はもう使われていないではないか。

それが何だというのだ！　返してもらわなければならない。

なるほど！　だがせめて、画家を呼んで、デッサンを取ることを許してもらえないだろうか。

「まあ、いいでしょう」

「このことはぜひご内密に」とブヴァールが言う。「他言は無用でお願いします！」

神父は微笑しながら、安心するように身振りで伝えた。

彼らが怖れているのは神父ではなく、むしろラルソヌールだった。シャヴィニョールに立ち寄る際に、桶のことが欲しくなるかもしれない。そのうち、あちこち言いふらした言葉が、政府の耳まで届かないとも限らない。用心から、まずはパン焼き室に、次いで四阿、丸太小屋、簞笥の中へと隠して回った。ゴルギュは、その度に桶を持ち歩くのにうんざりであった。

このような貴重品を所持していることが、二人の関心をノルマンディーのケルト文化へ向かわせた。

その起源はエジプトにある。オルヌ県のセー（Séez）は、ナイル川の三角州の町のように、時にサイス（Saïs）［古代エジプトの町で、現在の名はサ・エル＝ハジャル］と綴られることがある。ガリア人は雄牛にかけて誓いを立てたが、これは聖牛アピス*37に由来するものだ。バイユーの住民を指すベロカス（Bellocasses）*38というラテン名はベリ・カサ（Beli casa）、つまりベリュス（Bélus）*39の住処もしくは聖堂から来ている。ちなみに、ベリュスとオシリス*40は同じ神である。「バイユーの近くにドルイド教の記念建造物があったことを否定するものはなにもない」とマンゴン・ド・ラ・ランド*41は述べている。

＊36　十六世紀にイタリアから陶器の技法を輸入してできたルーアン焼きは、特にレヨナン様式と呼ばれる放射状の模様で知られ、十七・十八世紀に広く流行した。
＊37　古代エジプトで信仰された聖なる牛で、豊穣の神。のちにオシリスと習合して、セラピス神となった。
＊38　最終稿では誤ってベロカスト（Bellocastes）となっている。フローベールがここで典拠としたのは、後出＊41のマンゴン・ド・ラ・ランドの著作。
＊39　古代バビロニアの王。この王が死後に神聖化されたものが、カルデア人の神ベリュスだと考えられる。
＊40　古代エジプトの神。エジプトの王として君臨するが、これを嫉妬した弟のセトに殺され、バラバラの遺体がナイル川に投げ込まれた。妻イシスがこれを拾い集めたおかげで復活し、その後冥界の王となる。豊穣と再生の象徴とされる。
＊41　シャルル・フロラン・ジャック・マンゴン・ド・ラ・ランド（一七七〇―一八四七）『バイユーの民衆の古代文

さらにルーセル氏[42]によれば、「この地方は、エジプト人がユピテル＝アモン[43]神殿を建立した土地に似通っている」という。従って、神殿があったことは疑いないし、ケルトのあらゆる建造物の例にもれず、そこには宝物が収められていたはずだ。

一七一五年、エリベルという名の男がバイユー近傍で、骨の入った粘土の壺をいくつか掘り出したという。ドン・マルタン[44]はこの事実を伝えた上で、その墳墓だった場所こそ、黄金の子牛が埋められたファウヌス山であると（伝承および今では忘れられた典拠に基づいて）結論づけている。しかし、黄金の子牛[45]は燃やして、呑み込んでしまったはずである！　少なくとも、聖書が間違っていなければの話だが？

そもそも、ファウヌス山はどこにあるのだろう？　著作家たちはそのことを記していないし、土地の住民たちも何も知らない。発掘を行う必要があるだろう。そこで、知事にそのための請願書を送ったが、返事はなかった。

おそらくファウヌス山はなくなってしまったのであり、元々それは丘ではなく、土墳だったのではないか？　ところで、土墳とは何を意味しているのだろう？

そのいくつかに納められている骸骨は、母親の胎内における胎児のような姿勢をしている。このことは、墓が死者たちにとって、もう一つの生を準備する第二の懐胎のようなものだったことを示している。それ故、立石が男性器であるのと同様、土墳は女性器を象徴しているのだ。

事実、立石があるところには猥褻な信仰が長く残ったというのは、ゲランド［フランス北西部ロワール＝アトランティック県の都市］や、シシュブッシュ［シシュボヴィルのこと］や、ル・クロワジック［ゲランド

明についての論文』（一八三二）の著者。

と向かい合った港町」や、リヴァロで行われていたことが証明している。かつては塔も、ピラミッドも、蠟燭も、道路の標石も、樹木さえもが、男根を意味していた。すると、ブヴァールとペキュシェにとっては、すべてが男根になった。馬車の引綱をつなぐ棒、肘掛椅子の脚、酒蔵の差し錠、薬剤師のすりこ木などを収集する。誰かが見学に来ると、「これは何に似ていると思いますか？」と尋ねてから、秘密を打ち明ける。そして相手が異論の声を上げると、蔑むかのように肩をすくめてみせるのだった。

ある夜、ドルイド僧の教義について思いをめぐらしているところに、神父がこっそりと訪ねてきた。

ただちに彼らは、ステンドグラスを皮切りに、陳列室を案内したが、男根を並べた新しい一画のところまで来るのが待ち遠しくて仕方なかった。神父はその展示が品を欠くと判断して、二人の話を遮った。聖水盤を取り戻しに来たのだという。

ブヴァールとペキュシェはさらに二週間の猶予を懇願した。それだけあれば、鋳型を取ることができる。

「なるべく早くお願いしますよ」と神父は言うと、よもやま話を始めた。

ペキュシェはちょっと座を外してから戻ってきて、その手にナポレオン金貨を一枚握らせた。

神父は思わず後ずさった。

＊42　ジル・ルーセル（一七六五—一八〇六）　軍医。著書に『マンシュ、カルヴァドス両県南部の農業的、経済的、医学的地誌』（一八〇〇）がある。

＊43　アモンは古代エジプトの神。雄羊の頭をしたテーベの神であり、後にエジプトの主神となって、ギリシアのゼウス、ローマのユピテルと同一視された。

＊44　ドン・ジャック・マルタン（一六八四—一七五一）　サン＝モール会修道士。ガリアの歴史についての著作を残した。ここで参照されているのは、『ガリア人の宗教』（一七二七）。

＊45　旧約聖書の『出エジプト記』にあるエピソード。モーセがシナイ山からなかなか下りてこないのに業を煮やしたイスラエルの民が、金の子牛の像を作って拝んだところ、これを知ったモーセは激怒して、この像を火で焼き、粉々に砕いて水の上にまき散らしてから、それを民に飲ませたという。

「どうか、貧しい教区民のために！」

ジュフロワ神父は赤面しながら、金貨を僧衣にしまった。

あの桶を、生贄に使われた桶を返すだって？　断じて御免こうむる！　彼らはさらにヘブライ語を学ぼうとさえ志した。この言語はケルト語の祖語であるか、あるいは逆にそこから派生したものではなかろうか？　次いでブルターニュ旅行を企てると、まずはレンヌ［ブルターニュ地方イル＝エ＝ヴィレーヌ県の首府］でラルソヌールと落ち合う約束をした。ケルト学アカデミーの紀要で言及されている、アルテミシア女王[*46]の遺灰が納められていたという骨壺を研究するつもりであった。そんな時、村長がいかにも粗野な人物らしく、帽子をかぶったまま、ずかずかと入り込んできた。

「そうはいきませんよ、あなた方！　あれを返してもらいましょうか！」

「いったい何のことです？」

「とぼけなさんな！　あなた方が隠しているのは分かっているんですよ！」

裏切られたのである。

彼らは、ちゃんと神父の許可をもらって保管しているのだと言い張った。

「確かめてみましょう」

こう言うと、フーローはいったん引き下がった。

一時間後に戻って来た。

「神父はそんなことはないと言ってますよ！　釈明に来てもらいましょうか！」二人はあくまで譲らなかった。

第一、誰もこの聖水盤に用などないではないか。それに、これが聖水盤ではないということは、科学的な論拠をあげていつでも証明してみせよう。次いで、これが村の所有に属することを遺言で認めてもよいと申し出た。

彼らはさらにこれを買い取ろうという提案までした。

「それにそもそも、これは私のものです！」とペキュシェは繰り返した。ジュフロワ神父が受け取った二十フランが、契約の証拠ではなかろうか。もし治安判事のもとに出頭しなければならない場合は、仕方ない、偽りの宣誓をするまでのことだ！

こうしてやりあっているうちに、スープ鉢が何度か彼の目にとまった。そのうち、この陶器を何としてでも手に入れたいという欲望、願いが、心のうちに募ってきた。もしこれを譲ってもらえるならば、桶は返してもよい。さもなければ、応じるわけにはいかない。

根負けしたのか、あるいは外聞をはばかったのか、ジュフロワ神父も承諾した。

スープ鉢は彼らのコレクションに加えられることになり、コー地方の女性のボンネットのそばに展示された。桶は教会の玄関口を飾ることになった。二人は、シャヴィニョールの連中にはその価値が分からないのだと考えて、それを手放したことのせめてもの慰めとした。

ところが、スープ鉢によって陶器の趣味を吹き込まれた二人は、新たな研究の主題を見つけて、さっそく田舎探索を再開した。

ちょうど趣味のよい人々がルーアン製の古皿を愛好していた時代のことである。公証人もいくつかそれを所有しており、そのために芸術家という評判を立てられていた。職業柄ありがたくない評判だが、それも生真面目な一面

＊46　紀元前四世紀に小アジアのカリア国を統治したマウソロスの妻アルテミシア二世は、夫の死後、壮麗な霊廟を建設。さらに夫の遺灰をワインに混ぜて飲み干し、息絶えたといわれる。ちなみに、フローベールが参照したケルト学アカデミーの紀要論文（一八〇七）では、この骨壺の真正性は否定されている。

によって補われていた。

ブヴァールとペキュシェがスープ鉢を手に入れたことを知ると、彼は交換を申し出にやって来た。

ペキュシェはそれを拒んだ。

「この話はもうやめにしましょう！」そう言うと、マレスコは彼らの持っている陶器類をあらため出した。

壁に掛けて並べられている陶器はすべて、うす汚れた白地に青の模様を浮き出させている。そのうちのいくつかには、緑や赤みがかった色の豊饒の角〔花や果物で満たされた角杯の図柄〕が描かれている。髭剃り用の皿や、料理用の小皿、さらにコーヒーの受け皿など、どれも長い間探し求めた末に、フロックコートの襞にしのばせ、胸に押しあてるようにして持ち帰ったものばかりである。

マレスコはまずこれらを褒め称えてから、イスパノ・アラブ様式、オランダ様式、イギリス様式、イタリア様式など他の様々な陶器について弁じ立てる。そうやって博識で二人を眩惑しておいて、

「もう一度スープ鉢を見せていただけますか？」と頼んだ。

指で弾いて音を確かめ、次いで蓋の裏に描かれた二つのSの文字を眺めた。

「ルーアンもののマークです！」とペキュシェ。

「おやおや！　ルーアンものには、本当のところ、マークはありませんよ。ムスティエ[*47]のことを知らなかった頃は、フランス製の陶器はみな、ヌヴェール[*48]ものということになっていました。今やルーアンものだって同じことです！　それに、エルブフでは完璧な模造品が作られていますしね！」

「まさか！」

「マヨリカ焼〔ルネサンス期のイタリアの陶器〕だってまがい物が出回っているんです！　あなた方のス

ープ鉢には何の値打ちもありませんな。私もあやうく馬鹿な真似をするところでした[*49]」

公証人が出て行くと、ペキュシェはがっくりして、肘掛椅子に崩れ落ちた。

「桶を返すべきじゃなかったんだ」とブヴァールは言った。「だけど、君はすぐのぼせ上がるし、いつもかっとなるからな！」

「そうさ！　かっとなるのさ」そう言うと、ペキュシェはスープ鉢をつかんで、石棺に向かってはっしと投げつけた。

ブヴァールは落ち着いて、そのかけらを一つ一つ拾い集めた。そのうち、次のような考えがふと頭に浮かぶ。

「マレスコの奴、ひょっとして嫉妬から、我々のことをだましたんじゃないかな？」

「何だって？」

「スープ鉢が本物でないという証拠は何もないじゃないか。むしろ他の陶器こそ偽物で、わざと感心する振りをしてみせたのかもしれないぜ？」

こうして、その日の終わりは、判然としないもどかしさと後悔のうちに過ぎ去った。

だからといって、ブルターニュ旅行を諦めねばならない理由はない。彼らはゴルギュを連れて行き、発掘の手伝いをさせるつもりでさえいた。

しばらく前から、彼は長持の修理をなるべく早く終わらせるため、家に寝泊まりしていた。旅行のお供を仰せつかりそうな気配に当惑して、二人が見に行くつもりだという立石や土墳の話を耳にした機会に、「もっといいもの

＊47　フランス南部アルプ＝ド＝オート＝プロヴァンス県の村ムスティエ＝サント＝マリーのこと。十七・十八世紀に陶器製造が盛んであった。
＊48　フランス中部ニエーヴル県の首府。十六世紀から十八世紀にかけて、模様の上に釉を塗った独特の陶器の製造で知られた。
＊49　「骨董品　常に現代に作られたまがい物である」（紋切型辞典）。

を知っていますよ」と言った。「アルジェリアの南部にあるブ・メルズーグ［コンスタンティーヌ近郊の谷間］の泉の近くには、そんなものはいくらでもありますぜ」こう述べるとさらに、偶然目の前で墓が開かれた時のことを描き出してみせた。その中に納められていた骸骨は、両腕で脚を抱えた姿勢で、猿のようにうずくまっていたという。

この事実をラルソヌールに知らせてやったところ、頭から信じようとしない。

ブヴァールは問題を深く掘り下げてから、もう一度次のように書いて送った。

ガリア人はユリウス・カエサル[*50]の時代には文明化されていたというのに、その遺跡がこれほど不恰好だというのはどういうわけであろうか？　おそらくこれは、もっと古い民族に由来するものなのではないか？

このような仮説は、ラルソヌールに言わせれば、愛国心を欠いているという。

それが何だというのだろう！　これらの遺跡がガリア人のものだという証拠などないではないか。「典拠を示してください！」

アカデミー会員は立腹して、返事も寄こさなかった。彼らの方もかえってせいせいした。それほど、ドルイド僧には飽き飽きしていたのである。

彼らが陶器にしろ、ケルト文化にしろ、はっきりとした理解に達しなかっ

＊50　ガイウス・ユリウス・カエサル（前一〇〇―前四四）　古代ローマの将軍、政治家。前六〇年、クラッスス、ポンペイウスと結んで第一次三頭政治を行い、前四四年には終身の独裁官となるものの、ブルトゥスらに暗殺される。前五八年から前五一年にかけて、ガリア遠征を行い、諸部族を平定。その記録を『ガリア戦記』として残した。

＊51　ルイ＝ピエール・アンクティル（一七二三―一八〇六）　歴史家。最初司祭であったが、革命期に聖職を離れ、学士院会員となる。『フランス史』（第二版、十五巻、一八二九―三一）はナポレオンの要請により執筆したものといわれ、その死後も複数の作者によって書き継がれた。

＊52　ジャック・ニコラ・オーギュスタン・ティエリー（一七九五―一八五六）　歴史家。サン＝シモンの影響を受け、自由主義派のジャーナリストとして活躍するが、復古王政の弾圧にあい、歴史叙述に専念するようになる。『フランス史についての書簡』（一八二

たのは、歴史、特にフランス史のことを知らなかったからだ。アンクティル[*51]の著作が書架の中にあった。だが、歴代の怠惰な王たちにはさして興味は引かれなかったし、宰相たちの極悪非道な振る舞いも彼らを憤らせることはなかった。そのうち、その考察の馬鹿馬鹿しさにうんざりして、アンクティルを放り出してしまった。

そこで、デュムシェルに「最もすぐれたフランス史は何か」と問い合わせた。

デュムシェルは彼らの名義で貸本屋に予約購読すると、オーギュスタン・ティエリー[*52]の『書簡』とジュヌード氏[*53]の著作を二巻送ってきた。

ジュヌードによれば、王権、宗教、国民議会の三つがフランス国民の原理であり、これはメロヴィング朝[*54]にさかのぼるものだ。カロリング朝[*55]はこれに背いたが、カペー朝[*56]は民衆と協力して、これを維持すべく努めた。ルイ十三世[*57]治下、封建制の最後のあがきたるプロテスタントを打倒すべく、絶対権力が樹立された。そして八九年〔フランス革命のこと〕は我らの祖先の政体への回帰である。

ペキュシェはこれらの考えにすっかり感心した。

ブヴァールは先にオーギュスタン・ティエリーを読んでいたので、これにはむしろ哀れを催した。

「フランス国民とは、何を戯言を言っているんだい！　フランスだって、国

七）の他に、『メロヴィング王朝史話』（一八三三）などの著作がある。

＊53　アントワーヌ・ウジェーヌ・ジュヌー（一七九二―一八四九）通称ド・ジュヌード。政治家、ジャーナリスト、歴史家。『ガゼット・ド・フランス』の主幹を務め、正統王朝派として知られるが、むしろ政治的自由や普通選挙といった民主主義の諸原理に親和的な「国民王権」の考えを主張した。歴史家としては、二十三巻に及ぶ『フランス史』（一八四四―四八）を残した。

＊54　フランク王国の王朝（五世紀末―七五一）。始祖クロヴィスは諸部族を統一し、さらにキリスト教に改宗して、西ヨーロッパの大国家を形成。しかし、その後は分割相続のため、分裂と内紛を繰り返し、次第に弱体化した。

＊55　メロヴィング朝に代わって、ピピン三世（小ピピン）が樹立したフランク王国の王朝（七五一―九八七）。カール大帝の時代に西欧全域にわたる大国家となったが、その後イタリア、西フランク王国（フランス）、東フラン

民議会だって、かつては存在していなかったじゃないか！　カロリング朝は何も簒奪してなどいないし、王権がコミューン〔中世の自治都市〕を解放したわけでもない！　ちゃんと自分で読んでみたまえ！」

ペキュシェは明白な事実には屈すると同時に、間もなく、科学的な厳密さにおいて友を凌駕するにいたった！　カール大帝[*58]ではなくシャルルマーニュ、あるいはクロードヴィヒ[*59]ではなくクロヴィスと口にしようものなら、それこそ恥だと思ったであろうほどだ。

けれども、彼はジュヌードには心惹かれるものがあった。フランス史の両端をつなげて、真ん中を一種の埋め草にするやり方が巧妙に思えたのである。この点はっきりと意見を定めるべく、ビュシェとルーの叢書[*60]をひもといた。

だが、序文の悲壮な調子、社会主義とカトリック教のごった煮が、彼らをげんなりさせた。それに細部に拘泥しすぎており、全体が見えてこない。

ティエール氏の著作[*61]に助けを求めた。

一八四五年の夏のことだった。庭の四阿に陣取ると、ペキュシェは小さなベンチに足をのせ、こもった声で、疲れも見せずに、大声で読み上げていく。時々中断しては、嗅ぎ煙草入れに指を突っ込む。ブヴァールはパイプをくわえ、股を広げて、ズボンの上のボタンは外したまま、じっと耳を傾けていた。

かつて老人たちから九三年〔恐怖政治のこと〕の話を聞いたことがあったが、そのほとんど個人的な思い出が、著者の平板な描写に彩りを添えてくれた。

ク王国（ドイツ）の三つに分裂した。九八七年、西フランク王国のルイ五世の死をもって断絶。

＊56　カロリング朝の断絶の後、ユーグ・カペーがフランス王に選ばれて成立した王朝（九八七―一三二八）。当初は封建諸侯が強力で権力基盤が弱かったが、徐々に王権を拡大。特に十四世紀初頭、フィリップ四世は教皇の権力を抑え、近代国家の基礎を固めた。その後、後継者が途絶えたため、王権は傍系のヴァロワ家、さらにブルボン家へと移った。

＊57　ルイ十三世（一六〇一―四三）フランス王。在位一六一〇―四三年。母マリー・ド・メディシスの摂政下に即位。親政開始後、リシュリューを宰相に起用し、王権の中央集権化を進める。絶対王政の基礎を固めた。

＊58　カール大帝（七四二―八一四）フランク国王。在位七六八―八一四年。フランス語名はシャルルマーニュ。西ヨーロッパ一帯を支配下に置く大帝国を樹立し、八〇〇年、教皇レオ三世から西ローマ皇帝の帝冠を受けた。学芸を奨励し、カロリング朝ルネサン

その当時、「ラ・マルセイエーズ」[62]を歌う兵士たちで街道は溢れかえっていたという。家々の敷居では、女たちが座ったまま、テントを作るための布を縫っている。時折、赤い帽子をかぶった男たちの一群がやって来るが、傾けた槍の先には、ざんばら髪の生気を失った首がくくりつけられている。国民公会の高い演壇が見下ろす土煙の中では、猛り狂った顔をした人々が死刑を求めて怒鳴っている。日中チュイルリー公園の池のそばを通ると、まるで杭を打ち込むハンマーのようなギロチンの音が聞こえてくる。

読書の間、微風が四阿のブドウの枝をそよがしていた。実った大麦が穂を揺らし、時々ツグミの鳴く声がする。彼らは周囲を見回して、この静寂をしみじみと味わうのであった。

事の最初から理解し合えなかったとは、何と残念なことだろう。というのも、もし王党派の連中が愛国者たちと考えを同じくしていたら、もし宮廷がもっと率直に振る舞い、またその敵たちもあれほど暴力的でなかったならば、多くの不幸が避けられたはずなのに。

この問題について論じ合っているうちに、二人とも次第に熱中してきた。ブヴァールは自由主義的精神と感じやすい心の持ち主だったので、立憲派、ジロンド派[63]、テルミドール派[64]であった。胆汁質で権威主義的なところのあるペキュシェは、急進的共和派《サンキュロット》[65]であり、さらにはロベスピエール派[66]をもって自任していた。

スをもたらしたことでも知られる。

＊59　クロヴィス一世（四六六頃―五一一）　フランク王国メロヴィング朝の創始者。在位四八一―五一一年。クロードヴィヒはドイツ語名。ベルギー地方を支配していたサリ族の首長であったが、フランク諸部族を統一し、ほぼ今日のフランス全域を支配下におさめた。

＊60　フィリップ＝ジョゼフ・ビュシェ（一七九六―一八六五）とピエール＝セレスタン・ルー＝ラヴェルニュ（一八〇二―七四）の共同編集による『フランス革命議会史』（四十巻、一八三四―三八）のこと。ビュシェはキリスト教社会主義者であり、政治家。二月革命後は立憲議会の議長も務めたが、第二帝政期は政界から引退した。

＊61　第I章注5参照。『フランス革命史』全十巻（一八二三―二七）のこと。

＊62　一七九二年、ストラスブール駐屯の士官ルージェ・ド・リールが作詞作曲した革命歌。マルセイユ義勇軍がパリ入城の際に歌ったことから、現在

彼は国王の処刑にも、しごく過激な政令にも、最高存在の崇拝[*67]にも賛成の立場であった。一方、ブヴァールには自然崇拝の方が好ましかった。礼拝者たちに乳房から、それも水ならぬシャンベルタン酒を注ぐ豊満な女性の像[*68]にならば、喜んで拝跪しただろうという。

お互い自らの論拠となる事実をもっと手に入れようと、他にもモンガイヤール[*69]、プリュドム[*70]、ガロワ[*71]、ラクルテル[*72]などの著書を取り寄せた。これらの書物の間に見られる矛盾も、一向に彼らを悩ませることはなかった。各人、自分の主張に都合のよいところばかり引っ張ってきたのである。

例えば、ブヴァールにとっては、ダントン[*73]が共和国を滅ぼしかねない動議をするために、十万エキュの賄賂を受け取ったというのは疑いの余地がなかった。反対に、ペキュシェによれば、ヴェルニヨ[*74]は月に六千フランを要求していたという。

「そんなことがあるものかい！　それよりも、どうしてロベスピエールの妹がルイ十八世から年金をもらっていたのか説明してもらいたいね？」

「それは違う！　ボナパルトからさ。そんな風に言うなら、平等公[*75]が処刑される前に、彼と密会した人物は誰だい？　カンパン夫人[*76]の『回想録』の削除された箇所を印刷し直してもらいたいものだね！　王太子[*77]の死も、どうもうさんくさい。グルネルの火薬庫の爆発[*78]では、二千人が亡くなっている！　原因は不明だというけど、そんな馬鹿なことはないよ！」というのも、ペキュ

の名となった。第三共和制下の一八七九年、正式にフランスの国歌として採用された。

＊63　フランス革命期の派閥の一つ。ブルジョワ階級を代表し、革命の温和な解決を望んだ。一時は国民公会の主導権を握ったが、次第に急進派によって駆逐された。ちなみに、『紋切型辞典』には、「非難の対象というよりは、同情すべき存在」とある。

＊64　一七九四年七月二十七日、テルミドール九日のクーデターを遂行した議員たち。ロベスピエールの独裁を終わらせ、恐怖政治に終止符を打った。

＊65　当時貴族階級の服装であった半ズボン（キュロット）をはかない者の意で、フランス革命期の急進的な無産階級のことを指す。ブルジョワ中心の国民議会としばしば対立した。

＊66　マクシミリアン・ロベスピエール（一七五八―九四）　フランス革命期の政治家。ジャコバン派のリーダーとして、国王の処刑やジロンド派の追放に活躍した。革命を防衛するため、公

シェにはちゃんと原因が分かっていたのであり、あらゆる犯罪が貴族の策謀、外国の金のせいなのであった。

ブヴァールの頭の中では、「天に昇れ、聖王ルイの子よ！」*79も、ヴェルダンの乙女たち*80も、人間の皮で作った半ズボン*81も、すべて疑いえない事実であった。ちょうど百万人の革命の犠牲者を数え上げたプリュドムのリストにも信を置いていた。

だが、ソミュールからナントまで十八里の長さにわたって、ロワール川が血で赤く染まったという記述*82には、さすがに考え込んでしまった。ペキュシェも同様に色々と疑いを持ち始めたが、そうなると歴史家たちの言うことが信じられなくなってきた。

大革命は、ある者にとっては悪魔的な出来事であるが、他の者たちはこれを崇高な例外だとみなしている。どちらの側でも、敗者は必然的に殉教者に祭り上げられることになる。

ティエリーは、未開人について、ある王が善良だったか、悪虐だったかを探ることがいかに馬鹿げているかを立証している。もっと現代に近い時代を検討する際にも、どうしてこの方法に従っていけないわけがあろうか？　だが、歴史は道徳の仇を討つべきであり、タキトゥス*83もティベリウス*84を糾弾したからこそ、後世から感謝されているのである。結局のところ、女王［マリー＝アントワネット］に愛人がいたにせよ、デュムーリエ*85がヴァルミーの戦いの

安委員会を拠点に恐怖政治を行ったが、テルミドール九日のクーデターで処刑された。

＊67　ロベスピエール独裁の時期、キリスト教に代わって、理性や革命の叡智を体現する「最高存在」が崇拝の対象となり、一七九四年六月八日に祭典が挙行された。

＊68　一七九三年八月十日、前年同日のチュイルリー宮襲撃および王権停止を記念する祭典が行われたが、その際バスティーユ広場に設置された「再生の泉」への暗示。自然を象徴する巨大な女神像の乳房から注がれる水を、各県の代表者たちが杯に入れて飲んだという。

＊69　ギヨーム＝オノレ・ロック・ド・モンガイヤール（一七七二―一八二五）　革命期の亡命貴族の一人であり、神父、歴史家。その死後出版された『ルイ十六世の治世末期から一八二五年までのフランス史』（九巻、一八二六―三三）は、実際には政治家でもある兄ジャン・ガブリエル・モーリス・ロック・ド・モンガイヤール伯爵の執筆したものと推察される。

時点から、いずれ裏切るつもりでいたにせよ、草月《プレリアル》に事を構えたのが山岳派にせよ、ジロンド派にせよ[86]、また熱月《テルミドール》の事件[87]の口火を切ったのがジャコバン派にせよ、平原派にせよ、大革命の展開にはどうでもいいことではなかろうか！　その起源はもっと深いところにあり、その結果はまさに計り知れないものなのだから。要するに、それは成就されねばならなかったのだし、起こるべくして起こったということだ。しかし、もし王の逃走[88]が成功し、ロベスピエールが逃亡し、あるいはボナパルトが暗殺されていたら、どうなっていたであろうか。こういったことはみな、宿屋の主人がもっと迂闊だったり、ドアが開いていたり、歩哨が居眠りしたりしていたら、十分にあり得た偶然であり、そうなれば世界の情勢は変わっていたはずだ。

　彼らはこの時代の人物および事実について、もはや何一つ定まった考えが持てなくなった。

　公正な判断を下すためには、あらゆる歴史書、あらゆる回想録、あらゆる新聞、あらゆる手稿に目を通していなければならないだろう。なぜなら、ごくささいな遺漏から間違いが生じ、そこから次々と他の間違いがもたらされることになる。革命史は断念することにした。

　それでも、すっかり歴史趣味に染まった二人は、真実それ自体に対する欲求を覚えずにはいられなくなった。

　おそらく古代についてなら、真実もより発見しやすいのではないか？　著

---

*70　ルイ＝マリ・プリュドム（一七五二―一八三〇）　ジャーナリスト。元々急進的な革命派として『パリの諸革命』紙の編集を務めていたが、次第に穏健化し、恐怖政治の批判に回る。一七九七年に出版した『フランス革命期に犯された間違い、過ち、犯罪の公平なる歴史』（六巻）は、総裁政府によって発行差し止めになった。

*71　レオナール・ガロワ（一七八九―一八五一）　風刺文作者。ナポレオンに好意的な立場から、フランス革命に関わる歴史の書を何冊か著した。

*72　シャルル・ド・ラクルテル（一七六六―一八五五）　ジャーナリスト、歴史家。パリ大学の歴史学教授を務めた。『フランス革命の歴史概要』（五巻、一八〇一―〇六）などの著作により、フランス革命史の先駆者の一人とみなされる。

*73　ジョルジュ・ダントン（一七五九―九四）　フランス革命の指導者の一人。弁舌巧みな現実的政治家として、法相や公安委員会委員など要職を歴任。ジャコバン右派を率いて、恐怖政治の緩和を訴えるが、ロベスピエ

作家たちも、対象から距離がある分だけ、情念をまじえずに語っているに違いない。そこで、手始めにロラン[*89]をひもといた。

「何という駄弁ばかりだろう！」と、最初の章を読むなり、ブヴァールが叫んだ。

「ちょっと待ちたまえ」とペキュシェは言うと、書架の下の方を探り始めた。そこには前の住人の残した書物が積み重ねてあったが、この男は年取った法律家で、マニアックなところのある才人だった。そうして、たくさんの小説や戯曲、さらにモンテスキュー[*90]を一冊とホラティウス[*91]の翻訳数冊をどかすと、やっと探していた本が見つかった。ローマ史に関するボーフォール[*92]の著書である。

ティトゥス・リウィウス[*93]は、ローマの建国はロムルス[*94]によるものだとしている。一方、サルスティウス[*95]はその功績をアエネーアース[*96]率いるトロイア人たちに帰している。ファビウス・ピクトル[*97]によれば、コリオラヌス[*98]は流謫の地で死んだとされているが、ディオニュシオス[*99]の言を信じるならば、アッティウス・トゥルスの策謀により滅んだことになる。セネカ[*100]は、ホラティウス・コクレス[*101]は勝ち誇って凱旋したと断言しているが、ディオン[*102]に言わせれば、脚に負傷していたという。それに、ラ・モット・ル・ヴァイエ[*103]は他の民族についても同じような疑念をいくつか挙げている。

カルデア人[*104]がどれくらい古代にさかのぼるものか、ホメロス[*105]は何世紀に生

ールと対立。収賄の容疑で逮捕され、処刑された。

＊74　ピエール・ヴェルニヨ（一七五三―九三）　フランス革命期の政治家。ジロンド派のリーダーの一人。雄弁家として知られ、立法議会および国民公会の議長を務める。最後はロベスピエールと対立し、他のジロンド派議員たちとともに処刑された。

＊75　オルレアン公フィリップ（一七四七―九三）　ブルボン家の分家に属するフランスの王族。フランス革命を支持し、平等公フィリップを自称。ルイ十六世の処刑に賛成したが、自ら王位を狙っているという容疑をかけられ、断頭台の露と消えた。

＊76　アンリエット・カンパン（一七五二―一八二二）　女性教育者。最初、マリー＝アントワネットの主席侍女をつとめていたが、恐怖政治を乗り越えると、パリ近郊に女子寄宿学校を設立。ナポレオン一族の女性を育てるなど、教育者としての功績により評判を得た。ここで言及されている著作は、『マリー＝アントワネットの私生活についての回想録』（一八二二）。

きたのか、ゾロアスター[*106]は実在したのか、アッシリアの二つの帝国[*107]についてなど、意見の一致を見ていないことばかりである。クイントゥス・クルティウス[*108]が語ったのは作り話だし、プルタルコス[*109]はヘロドトス[*110]の記述を否定している。もしウェルキンゲトリクス[*111]が『戦記』を書いていたら、我々はカエサルについてまったく違った考えを抱いているかもしれない。

古代史は、資料が不足しているので曖昧である。その点、近代史は資料に事欠かない。そこでブヴァールとペキュシェは再度フランス史に取り組むことにして、シスモンディ[*112]を読み始めた。

次々と登場するたくさんの人物を前にすると、もっと深く彼らのことを知りたい、自分もそこに入り込みたいという欲求が生じてくる。そのうち原典に目を通したくなったが、特にグレゴワール・ド・トゥール[*113]、モンストルレ[*114]、コミーヌ[*115]など奇妙な名前、あるいは感じのよい名前を持った著作家のことが気になるのだった。

だが、日付を覚えていないので、出来事がこんがらがってしまった。

幸いなことに、デュムシェルの『記憶術』が手元にあった。これはハードカバーの十二折版で、「楽しませながら教える」という題辞が付いている。

この記憶術は、アレヴィ[*116]とパリ[*117]とファイナイグル[*118]の三つの方法を組み合わせたものだ。

アレヴィは数字を図像に置き換えており、1は塔によって、2は鳥によっ

＊77　ルイ＝シャルル・ド・フランス（一七八五―九五）ルイ十六世の次男。正統王朝派からはルイ十七世と呼ばれることもある。一七九二年、両親とともにタンプル塔に幽閉され、三年後衰弱して亡くなった。その死には謎が多く、当時から脱走説、替え玉説などが唱えられていた。

＊78　一七九四年八月三十一日、パリ郊外のグルネル（現在のパリ十五区）の火薬庫で起こった爆発のこと。原因不明のため、陰謀説がささやかれた。

＊79　ルイ十六世の処刑に立ち会ったエッジワース神父が口にしたとされる言葉。

＊80　ヴェルダンはフランス北東部ムーズ県の都市。一七九二年、プロイセン軍の侵攻を受け陥落。その際貴族階級の女性たちが敵陣に挨拶に訪れたのが、その後フランス軍が町を奪還してから裏切りとみなされるようになり、一七九四年、十四人の女性たちが処刑された。王党派時代の若きユゴーが詩に詠んだことでも有名。

て、3はラクダによって表されるといった具合である。パリは判じ物を使って想像力に訴えかける。例えば、ねじ釘（clous à vis）の打ってある肘掛椅子は、クルー（clou）とヴィス（vis）でクロヴィス（Clovis）[*119]となる。また揚げ物は「リック、リック（ric, ric）[*120]」という音を立てるので、フライパンの中の鱈は、キルペリク（Chilpéric）を意味する。ファイナイグルは世界をいくつもの家に分け、さらに家の中のそれぞれの部屋ごとに、九つのパネルに分かれた仕切り壁を四つ配している。一つ一つのパネルに図柄が記されており、こうして最初の王朝の最初の王が、第一の部屋の第一のパネルを占めることになる。パリの方法に従って、山の上の灯台（phare sur un mont）[*121]が、この王の名前、すなわちファラモン（Phar a mond）を表し、同時にアレヴィの教えに基づき、その上にそれぞれ4、2、0を意味する鏡、鳥、輪を描いて、この王の即位の年である四二〇年を示すという趣向である。

さらに分かりやすくするために、自分たち自身の家を記憶術の基盤とすることとし、住居の各部分にそれぞれ違った事実を関連付けた。そのうち、中庭も、庭園も、家の周囲も、果ては地域一帯が、もはや記憶を助けること以外の意味を持たなくなった。野原の境界は諸々の時代を区切るものだし、リンゴの木は樹系図を、茂みは戦いを意味し、かくして世界は象徴になってしまった。ありもしないたくさんのものを壁の上に探しているうちに、ついにはそれらが見えるようになったが、今度はその表している年代が分からなく

＊81　人間の皮膚でなめし革を作るというのは、恐怖政治下、特にヴァンデの反乱の鎮圧の際に、実際にわずかだが行われたことが知られている。

＊82　ソミュールはフランス北西部メーヌ・エ・ロワール県の都市であり、ナントの位置するロワール＝アトランティック県は隣の県。この記述はプリュドムの前掲書から引いてきたもの。

＊83　コルネリウス・タキトゥス（五五頃―一二〇頃）　ローマ帝政期の歴史家。政治家としても要職を歴任するが、元老院主導による共和制を理想としており、『歴史』や『年代記』において、歴代の皇帝たちの暴政を批判的に描き出した。

＊84　ティベリウス（前四二―後三七）　ローマ帝国の第二代皇帝。在位一四―三七年。政治的にはすぐれた行政手腕を発揮したが、特に晩年は陰謀に対する猜疑心が強まり、一種の恐怖政治をしいたことで知られる。

＊85　シャルル＝フランソワ・デュムーリエ（一七三九―一八二三）　軍人。一七九二年九月二十日、フランス北東

なるのであった。

そもそも、年代は常に正しいとは限らない。彼らは学生向けのマニュアルで、イエスの誕生は普通考えられているよりも五年さかのぼること、ギリシア人にはオリンピア暦[*122]の数え方が三つあったこと、またローマ人には新年の定め方が八つもあったことを学んだ。どれも間違いの元になりかねず、それに加えて、十二支や時代区分や暦の違いなどから生じる混乱もある。

そうやって年代を気にしなくなったあげく、やがて事実も軽視するようになった。

重要なのは、歴史哲学だ！

ブヴァールは、ボシュエ[*123]の有名な『世界史論』を読み通すことができなかった。

「モーの鷲はとんだ食わせ者だよ！　中国も、インドも、アメリカも忘れているなんて！　そのくせ、テオドシウス帝[*124]が『宇宙の喜び』であるとか、アブラハムは『諸王と対等につきあっていた』だとか、ギリシア人の哲学がヘブライ人に由来するものだとか、そんなことをわざわざ我々に教え込もうというのだからね。ヘブライ人に対するこだわりにはうんざりさ！」

ペキュシェもこの意見には賛成だったので、彼にヴィーコ[*125]を読ませようとした。

「どうしたら」とブヴァールは反論した。「寓話の方が歴史家の真実よりも

部マルヌ県のヴァルミーで行われた戦闘で、フランス軍がプロイセン軍を破った時の司令官。翌年三月、ネールウィンデンの戦いでオーストリア・オランダ連合軍に敗れると、敵軍に寝返った。

＊86　山岳派（ジャコバン派を含む国民公会左派）とジロンド派との一連の諍いは、結果として一七九三年五月三十一日から六月二日のジロンド派追放を引き起こすことになった。

＊87　七月二十六日（テルミドール八日）のロベスピエールの演説が、議会の多数を占める平原派（中道派）たちを結束させ、翌日のクーデターにつながったとされる。

＊88　一七九一年六月二十日、ルイ十六世とその家族は国外逃亡を企てるが、二十二日、フランス北東部の町ヴァレンヌで捕まり、パリに送り返された。

＊89　シャルル・ロラン（一六六一―一七四一）　教育者、歴史家。パリ大学総長その他を歴任。『学校教育論』（一七二六―二八）は、十八世紀の教育論

正しいだなんて認められるんだい？」

ペキュシェは神話を説明しようと努め、『新しい学』を読み進めたが、すっかり訳が分からなくなった。

「君も神の摂理を否定するわけじゃないだろう？」

「そんなものは知らないね！」とブヴァールは言う。

そこで彼らは、デュムシェルの判断を仰ぐことにした。

教授は、今や自分も歴史のことでは、途方に暮れているところだと白状した。

「歴史は日々変化しています。ローマ歴代の王やピタゴラス[126]の旅についても、疑義がさしはさまれる始末です！　ベリサリウス[127]も、ウィリアム・テル[128]も非難されており、エル・シッド[129]にいたっては、最新の発見のせいで、単なる盗賊に成り下がってしまいました。こうなったらもはや発見などしない方がよいくらいだし、学士院はできれば規範のようなものを定めて、何を信じたらよいか命じるべきではないでしょうか！」

追伸として、ドヌー[130]の『講義』から引いてきた批判の規則が記されていた。

「群衆の証言を証拠として挙げるのは、悪しき方法である。群衆は答えるためにその場にいるわけではない。

ありえない事象はしりぞけること。パウサニアス[131]はかつて、サトゥルヌスが呑み込んだという石を見せられたことがある。


に大きな影響を与えた。ここで言及されているのは、『古代史』（十四巻、一七三〇―三八）および未完の『ローマ史』（五巻、一七三八―四一）。

＊90　モンテスキュー（一六八九―一七五五）　本名シャルル＝ルイ・ド・スゴンダ。啓蒙思想の代表者の一人であり、『ペルシア人の手紙』（一七二一）でフランス社会を風刺。『法の精神』（一七四八）は法哲学の古典。

＊91　クィントゥス・ホラティウス・フラックス（前六五―前八）　ローマの詩人。アウグストゥス帝の寵を受けた。『風刺詩』、『書簡詩』などで知られる。

＊92　ルイ・ド・ボーフォール（一七〇三―九五）　歴史家。『ローマ史最初の五世紀の不確実さに関する論文』（一七三八）において、ロムルスとレムスのローマ建国神話が伝説にすぎないことを論じた。

＊93　ティトゥス・リウィウス（前五九頃―後一七）　ローマの歴史家。百四十二巻にもわたる『ローマ建国史』（現存するのは三十五巻のみ）は、文

建築物が虚偽の情報をもたらすこともある。例えば、フォロ・ロマーノの凱旋門[*132]には、ティトゥス[*133]がエルサレムの最初の征服者であると記されているが、実際にはそれ以前にもポンペイウス[*134]がこの町を征服している。メダルも時に欺くことがある。シャルル九世[*135]治下には、アンリ二世[*136]の刻印のついた貨幣が鋳造されていた。

偽造者の腕前の巧みさ、擁護者や中傷者の利害関係を考慮に入れること」

これらの規則にきちんと従っている歴史家はほとんどいない。皆むしろ、何らかの大義、すなわち宗教、国民、党派、体系などに尽くすことか、あるいは王侯に諫言し、民衆に忠告を与え、道徳的な模範を示すことを目的としてきたではないか。

だからといって、単に事実を語っていると主張する歴史家たちの方がましだというわけではない。というのも、すべてを言うことはできないのだから、選択をしなければならない。だが、どの資料を選ぶかには、自ずとある意図が働くことになる。それも著者の置かれた条件によって変わってくる以上、歴史が一つに定まることは決してないだろう。

「悲しいことだ」と彼らは考えた。

それでも、ある主題を選び、典拠を調べ上げ、それに十分な分析をほどこした上で、一つの叙述にまとめることで、真実の全体を映し出す事件の縮図のようなものを作ることはできるのではないか。このような仕事ならば、ペ

学的にも高い評価を得ている。

*94 ロムルス 伝説上のローマの建設者で初代の王。双子の兄弟レムスとともにオオカミに育てられたといわれる。数々の冒険を経て、前七五三年に王政ローマを建国。三十年以上の治世の後、突如姿を消したとされる。

*95 ガイウス・サルスティウス・クリスプス（前八六―前三四頃）ローマの政治家、歴史家。共和制末期の内戦においてカエサルにくみし、アフリカの総督を務める。その主著『歴史』は大部分が失われた。

*96 アエネーアース ギリシア・ローマ神話に登場するトロイアの英雄。トロイア滅亡後、各地を放浪。イタリアに入り、ローマ国の基礎を築いたといわれる。ウェルギリウスの叙事詩『アエネーイス』の主人公。

*97 クィントゥス・ファビウス・ピクトル（前二五四頃―没年不明）ローマの政治家、歴史家。ローマ最古の歴史家とされ、ギリシア語で書かれたその著作はわずかに断片のみが残さ

キュシェにも実現可能だと思われた。

「どうだい、ひとつ歴史を執筆してみないかい?」

「それはいい! だが、何についてだい?」

「確かに、何にしようか?」

ブヴァールは腰を下ろしていた。ペキュシェは陳列室の中をあちこち歩き回っていたが、バター壺が目に入ると、不意に立ち止まった。

「アングレーム公爵の伝記を書いてみないかい?」

「だけど、あんなぼんくらを!」とブヴァールが反対する。

「構うものか! 二流の人物が、時には多大な影響力を持つことだってある。あの男はもしかしたら、色々な事件の鍵を握っていたのかもしれないぜ」

情報は書物から集められるだろう。それにド・ファヴェルジュ氏もきっと自分で、あるいは年取った貴族の友人たちを通して、様々な情報を手にしているに違いない。

彼らはこの計画について熟考し、話し合った結果、文献調査のためにカーン市立図書館で二週間過ごすことに決めた。

司書が二人のために、何冊かの通史と仮綴じ本、それにアングレーム公爵殿下を斜め前から描いた彩色石版画を持ってきてくれた。

青いラシャ地の制服が、肩章や勲章、さらにレジオンドヌールの赤い綬の下にすっかり隠れている。極端に高い襟が長い首をおおい、梨形の頭は巻き

れている。
＊98 グナエウス・マルキウス・コリオラヌス 前五世紀のローマの将軍。ウォルキス族の町コリオリを攻略し、「コリオリの勇者(コリオラヌス)」の名を冠せられる。のちローマの平民と対立し、追放されると、ウォルキス族の長アッティウス・トゥルスと手を組んで、ローマに攻め入ったが果たせなかった。その死については諸説ある。
＊99 ディオニュシオス(前六〇頃—前八頃) 小アジアのハリカルナッソス生まれのローマの歴史家。主著『ローマ史』は、建国から第一次ポエニ戦争までを記したもの。
＊100 ルキウス・アンナエス・セネカ(前四頃—後六五) ローマの政治家、ストア派哲学者。皇帝ネロの家庭教師で、一時は執政官をつとめたが、その命令により自殺。ここでフローベールが参照しているのは、セネカの『書簡集』。
＊101 ホラティウス・コクレス ローマの伝説的英雄。前六世紀末、エトルリア王ポルセンナとの戦いで、味方の

毛の髪と薄い頬ひげに縁どられている。そして重たげなまぶた、がっしりした鼻、分厚い唇が、その表情に善良だが、ぱっとしない印象を与えている。

彼らはノートを取り終えると、梗概を書き記した。

生誕と幼少期については、特記すべきことなし。その養育係の一人が、ヴォルテールの論敵でもあったゲネー神父[*137]。トリノ［イタリア北西の都市］で大砲の鋳造を学び、シャルル八世[*138]の戦役を研究する。そのため、まだ若年にもかかわらず、ローマ教皇近衛隊の連隊長に任命される。

一七九七年、結婚[*139]。

一八一四年、イギリス軍がボルドーを占拠。公爵もその後から駆けつけて、住人に姿を見せる。公爵の外貌の描写。

一八一五年、ボナパルトに不意を打たれる[*140]。ただちにスペイン王［後出のフェルナンド七世のこと］に助けを求め、マッセナなきトゥーロンの町はイギリスに引き渡される。

南方での軍事作戦。敗北を喫するが、王冠のダイヤモンドを返却するという約束の下に釈放される。ちなみに、これは彼の叔父の国王［ルイ十八世］が馬を飛ばして持ち去ったもの。

百日天下の後、両親とともに帰朝し、穏やかな生活を送る。数年がそのまま過ぎ去る。

スペイン戦争。ピレネー山脈を越えるや、勝利がいたるところこのアンリ

ローマ軍が橋を落とす間、一人で敵に立ち向かい持ちこたえた。その後テベレ川を泳いで戻ったが、跛行、隻眼になったとされる。

＊102 カッシウス・ディオ（一五〇頃—二三五頃） ギリシア名ディオン・カッシオス。ローマの政治家、歴史家。八十巻からなる大著『ローマ史』は、一部散逸してはいるが、高い史料的価値を有している。

＊103 フランソワ・ド・ラ・モット・ル・ヴァイエ（一五八八—一六七二） 哲学者。懐疑主義的な思想で知られる。フローベールが参照したのは、『歴史における確実性の欠如について』（一六六八）。

＊104 前十世紀以降にメソポタミア南部に移り住んだセム族の一つ。前七世紀に新バビロニア王国を建国するが、前六世紀にペルシアにより滅ぼされた。天文学・占星術にすぐれる。

＊105 ホメロス 『イリアス』、『オデュッセイア』で知られる古代ギリシア最大の叙事詩人。生没年や出身地など不明な点が多く、そもそも実在の

四世の末裔に微笑む。トロカデロ［アンダルシアのカディスにある砦］を攻略し、ヘラクレスの柱［ジブラルタル海峡］にまで達すると、叛徒を蹴散らし、フェルナンド[*141]を抱擁して帰還。

凱旋門が建てられ、乙女たちから花束が贈呈される。県庁舎での晩餐会に、大聖堂でのテデウム［カトリックの謝恩歌］。パリ市民たちはまさに陶酔の極みにあり、市は公爵のために祝宴を催す。劇場では、英雄をたたえる賛歌が歌われる。

熱狂が冷める。一八二七年には、シェルブールで催された募金舞踏会が失敗。

フランス大提督として、アルジェに向かって出発する艦隊を視察。

一八三〇年七月［七月革命］、マルモン[*142]から情勢について報告を受ける。すると憤怒のあまり、将軍の剣で自らの手を傷つける。

国王［シャルル十世］から全軍の指揮権を託される。

ブーローニュの森で分遣隊に出会うが、何もかける言葉が見つからず。

サン＝クルーからセーヴル橋［どちらもパリ西方のブーローニュ近郊］へと馬を飛ばす。軍隊の冷淡な態度にも動じることなし。国王一家はトリアノン［ヴェルサイユ宮殿の庭園内にある小宮殿］を離れる。公爵は樫の木の根もとに座ると、地図を広げ、沈思黙考してから、再び馬にまたがる。サン＝シール［ヴェルサイユの西方にある陸軍士官学校］の前を通る時、生徒たちに希望の言葉を送る。

人物であるかどうも議論が分かれる。今日では、前八世紀の実在の詩人とみる説が有力。ちなみに、『紋切型辞典』にも「ホメロス　実在しなかった」とある。

*106　ゾロアスター　ペルシアのゾロアスター教の始祖。生没年については様々な説があり、前十五世紀から前六世紀の間といわれる。善悪二元論的な教えを説いた。

*107　十七世紀のイエズス会の神父ドゥニ・ペト等が唱えた説。伝説の王サルダナパロスの死をもって第一次アッシリア帝国の終焉とみなし、そこから前七世紀末の首都ニネヴェの陥落までを第二次帝国とする。

*108　クイントゥス・クルティウス・ルフス　一世紀のローマの歴史家。『アレクサンドロス大王伝』（十巻）は、むしろ小説的な伝記とも呼ぶべきもので、正確さに欠ける。

*109　プルタルコス（四六頃―一二〇頃）　ローマ帝政期のギリシア人著作家。主著の『対比列伝』はギリシアとローマの偉人の生涯を対比した伝記で

ランブイエ［ヴェルサイユの南西にあるこの町の館でシャルル十世は退位を宣言］にて、親衛隊員たちが惜別の辞を述べる。

船でフランスを後にする。航海の間中ずっと、病に伏せる。その経歴の終焉。

その生涯において橋が果たした重要性を指摘しなければならない。まずは、イン川［ドナウ川の支川のひとつ］の橋にていたずらに身を危険にさらし、サン＝テスプリ橋［南仏ガール県にあるローヌ川にかかる中世の橋］およびロリオールの橋［南仏ドローム県にあるドローム川にかかる橋］を奪取。リヨンでは二つの橋が彼にとって致命傷となり、最後はセーヴル橋の前でその運もついえる。

公爵の美徳の一覧。その勇気は今さら褒めるまでもないが、さらに並々ならぬ政治力を兼ね備えてもいた。というのも、皇帝を見捨てた兵士に一人につき六十フランを与えたり、またスペインでは立憲派を賄賂で買収しようと努めたりしたのである。

その慎み深さは、父親とエトルリア女王[*143]の間で取り決められた結婚にも、勅令[*144]後の新内閣の組閣にも、シャンボール伯[*145]のための譲位にも、何でも求められたことには同意するほどであった。

それでも、毅然たる態度に欠けていたわけではない。アンジェ［フランス西部メーヌ＝エ＝ロワール県の都市］では、国民衛兵隊の歩兵隊を罷免したことがある。騎兵隊に嫉妬心を抱いていたこの歩兵隊は、策略を用いて公爵のお供を

ある。

*110 ヘロドトス（前四八四頃―前四二〇頃） ギリシアの歴史家。ペルシア戦争を主題とした『歴史』全九巻によって、「歴史の父」と称されるが、その記述は伝承や見聞をそのまま記録したもので、物語性が強い。

*111 ウェルキンゲトリクス（前七二頃―前四六） ガリアの族長。古代ローマのガリア侵略に対抗し、カエサルを苦しめたが、最後は降伏し、ローマで処刑された。

*112 ジャン＝シャルル＝レオナール・シモンド・ド・シスモンディ（一七七三―一八四二） スイスの経済学者、歴史家。マルクスとエンゲルスに影響を与えたことで知られる。歴史家としては、『フランス人の歴史』（三十一巻、一八二一―四四）を残した。

*113 トゥールのグレゴリウス（五三八―五九四） フランク王国の歴史家。トゥールの司教を務めた。『フランク史』全十巻は、メロヴィング朝史の貴重な史料である。

しようとしたのだが、その際あまりぎゅうぎゅうに歩兵たちに揉まれたため、殿下の膝が押しつぶされそうになった。にもかかわらず、騒乱の種をまいた騎兵隊を叱責し、最後は歩兵隊にも許しを与えた。まさにソロモンの審判〔『旧約聖書』にあるエピソードで、ソロモンが下した名審判のこと〕ともいうべき賢明な判断である。

その信仰心は数多くの敬虔な行為によって立証済みである。また、自らに武器を向けたドゥベル将軍[*146]の恩赦を手に入れたように、寛大なことでも知られる。

私生活にかかわる細部。公爵の人柄。

少年時代、ボールガール城〔ロワール＝エ＝シェール県に位置するルネサンス期の古城〕で弟と池を掘って遊んだが、今でもこの池は残っている。一度猟騎兵の兵舎を訪れた際、ワインを一杯所望すると、国王の健康を祝って乾杯した。散歩をする際は、拍子をとるために、いつも「一、二。一、二。一、二！」と掛け声を繰り返した。

以下は、その言葉のうち現在まで伝わっているもの。

ボルドーの使節団に向かって、「私にとってボルドーにいないこととの慰めとなるのは、こうやって諸君らとともにいることです！」

ニーム〔南仏ガール県の都市〕のプロテスタントたちに向かっては、「私はよきカトリック教徒です。だが、自らの最も高名な先祖〔アンリ四世〕がプロテ

＊114　アンゲラン・ド・モンストルレ（一三九〇頃―一四五三）　年代記作者。ルクセンブルク家に仕え、一四〇〇年から四四年の歴史を扱った『年代記』を著した。

＊115　フィリップ・ド・コミーヌ（一四四七―一五一一）　政治家、年代記作者。最初ブルゴーニュ公シャルル豪胆王に仕えた後、フランス王ルイ十一世の宮廷に移った。その『回想録』はルイ十一世と、次のシャルル八世の時代を客観的な視点から扱ったもので、近代的歴史叙述の嚆矢とされる。

＊116　アルシッド・アレヴィ（一八二四―九一）　写真家、教育者。独自の記憶術を発明し、それを「アレヴィ方式（アレヴィテクニー）」と名付けた。フローベールが参照したのは、『アレヴィ式フランス史』（一八五四）。

＊117　エメ・パリ（一七九八―一八六六）　独自の速記術の発明者であり、記憶術についても複数の著作がある。フローベールが参照したのは、『記憶術の原理と諸々の応用、あるいは記憶を助ける術』（第七版、一八三三）。

スタントであったことを決して忘れることはないでしょう」

もはや万事休すとなった時、サン＝シールの生徒たちにかけた言葉。「よし、友たちよ！　よい知らせだぞ！　万事順調！　とても上手く行っている！」

シャルル十世の退位の後の言葉。「連中が私のことを望まなかった以上、後はどうとでもするがよかろう！」

また一八一四年には、どんな寒村にも足を延ばして、こう触れて回った。「もう戦争も、徴兵も、統合税*147もこりごりではないか！」

その文体も話し言葉にまさるとも劣らない。特にその布告文は秀逸である。アルトワ伯［シャルル十世］の最初の布告は、次のように始まっていた。「フランス国民よ、汝らの王［ルイ十六世のこと］の弟ここにあり。」

公爵の布告はといえば、「われここにあり！　汝らの王たちの後裔なり！　汝ら、フランス国民よ」

次はバイヨンヌ［フランス南西部ピレネー＝アトランティック県の都市］から出した通達である。「兵士たちよ、われ到着せり！」

もう一つの布告は、脱走兵が相次ぐ中で発せられたものだ。「諸君らの始めた戦いを、フランス兵にふさわしい気骨をもってやり通さんことを。フランスは諸君らにそのように期待している」

最後はランブイエにて。「国王陛下は、パリに樹立された政府との交渉に

＊118　グレゴール・フォン・ファイナイグル（一七六〇―一八一九）　ドイツの修道士。ナポレオン戦争のため修道院を去ると、その後パリやロンドンなど各地を転々としながら、記憶術の公開講義を行った。著書に『記憶術解題、あるいは記憶を助け固定する術』（一八〇六）がある。

＊119　注59参照。

＊120　キルペリク一世（五三九―五八四）　ネウストリア王。在位五六一―八四年。メロヴィング朝フランク王クロタール一世の末っ子で、父の死後、兄弟たちと領土を分割した。

＊121　ファラモン　五世紀初めの最初のフランク王であり、メロヴィング朝の祖先とされるが、現在ではその実在性に疑問が持たれている。

＊122　古代ギリシアの暦で、オリンピア（オリンピック）競技会から次の競技会までの四年間を単位とする。前七七六年が、オリンピア暦第一年に当たる。

＊123　ジャック＝ベニーニュ・ボシュエ

入られた。あらゆる点から見て、この交渉は間もなく妥結をみるであろう」

あらゆる点から見てという言い回しは、まさに崇高である。

「一つだけ気にかかることがあるんだ」とブヴァールが言う。「公爵の恋愛問題についての言及がないんだけど？」

そこで彼らは余白に、「公爵の恋愛を調査すること！」と記した。

二人の出発の間際になって、思い直した司書が、アングレーム公爵の別の肖像画を見せてくれた。

そこには、胸甲騎兵連隊長の姿をした公爵の横顔が描かれていたが、目は先の肖像画よりもずっと小さく、口を開け、まっすぐな髪の毛を風になびかせている。

どうやって二つの肖像画を折り合わせたらよかろう？　公爵ははたして直毛だったのか、縮れ毛だったのか、あるいはあえて髪を縮らせるほどのしゃれ者[*148]だったのだろうか？

ペキュシェによれば、これは大問題である。なぜならば、髪の毛は気質を、気質は個性を示すのだから。

ブヴァールの考えでは、恋愛関係が不明なうちは、その人物については何も分かっていないに等しいという。そこでこれら二点を解明すべく、彼らはファヴェルジュの館へと足を運んだ。あいにく伯爵は不在であった。著作の準備が遅れるので、二人は憤懣やるかたない心持ちで家に戻ってきた。

（一六二七—一七〇四）　聖職者、作家。その説教と追悼演説は、格調高い散文によって有名。一六七〇年に王太子の教育係になると、教科書として『世界史論』（一六八一）を著す。一六八一年にはモーの司教に任ぜられ、フランス教会の中心人物として活躍。「モーの鷲」と称された。

＊124　テオドシウス一世（三四七—三九五）　ローマ皇帝。在位三七九—九五年。東西に分かれていたローマ帝国を統一した最後の皇帝。三九二年にキリスト教を国教にし、異端を弾圧して、カトリック教会の発展に寄与した。

＊125　ジャンバッティスタ・ヴィーコ（一六六八—一七四四）　イタリアの哲学者。王立ナポリ大学の修辞学教授。デカルト的な機械論に反対して、歴史哲学を提唱。主著の『新しい学』（一七二五）は、フランスでは一八二七年、ミシュレによって『歴史哲学の諸原則』というタイトルのもとに翻訳・紹介された。

＊126　ピタゴラス（前五八〇頃—前四九五頃）　ギリシアの哲学者、数学者。エーゲ海のサモス島の生まれだが、

家のドアが大きく開いている。台所には誰もいない。階段を上ると、いったい何が目に入ったであろうか？　ブヴァールの寝室の真ん中で、ボルダン夫人がきょろきょろ左右を見回しているではないか。

「ごめんなさい」と、彼女はしいて笑顔を装いながら言った。「もう一時間もあなた方の女中さんを探していますの。ジャムを作るために、手伝ってほしくて」

女中は薪小屋の中で、椅子に座ったまま熟睡していた。体を揺すると、目を開けた。

「また何だっていうんです？　いつも下らない質問ばかりして、うるさいったらありゃしない！」

彼らの留守中、ボルダン夫人が色々と詮索していたのは明らかである。

ジェルメーヌははっきりと目が覚めると、どうも胃の調子が悪くてと訴えた。

「ここにいて介抱してあげますわ」と未亡人が言う。

その時、中庭に大きなボンネットの垂れ布がひらひらするのが見えた。女農場主のカスティヨン夫人である。彼女は「ゴルギュ！　ゴルギュ！」と叫んだ。

すると、屋根裏部屋から若い女中が大声でこう答えるのが聞こえた。

「ここにはいないよ！」

若くして知識を求めて世界各地を旅したという伝説がある。その後イタリアのクロトンに移住し、多くの弟子を得て、半ば宗教的な教団を立ち上げた。

＊127　ベリサリウス（五〇五頃―五六五）東ローマ帝国の将軍。皇帝ユスティニアヌス一世に仕えた名将であるが、数度にわたって皇帝に対する陰謀の嫌疑をかけられ、晩年は不遇であったといわれる。

＊128　ウィリアム・テル　十四世紀初頭に活躍したスイス独立の伝説の英雄。弓の名人であり、オーストリアの代官に捕らわれた際、自らの息子の頭にのせたリンゴを射るよう命じられ、見事これを射落とした上に、代官を射殺したといわれる。

＊129　エル・シッド（一〇四三頃―一〇九九）本名ロドリーゴ・ディアス・デ・ビヴァール。中世スペインの英雄的騎士。カスティーリャ王サンチョ二世に仕えたが、のちに追放され、各地を放浪。一時イスラム教徒のもとに身を寄せたが、その後バレンシアをイスラム教徒から奪回した。

彼女は五分ほど経ってから、頬をほてらせ、動揺した様子で降りてきた。ブヴァールとペキュシェは、遅すぎるぞといって非難した。彼女は文句も言わずに、彼らのゲートルの留め金を外した。

それから、二人は長持を見に行った。

ばらばらの木片が、パン焼き室の床に散らばっている。彫刻には傷がついており、扉板も壊れている。

この光景、この新たな失望を前にして、ブヴァールは涙をこらえ、ペキュシェは身を震わせていた。

ゴルギュがすぐに現れると、事の次第を説明した。ニスを塗るために長持を外に出したところ、迷い牛がやって来て、家具を地面に倒してしまったのだという。

「誰の牛だ?」とペキュシェが尋ねる。

「分かりませんね」

「何だと! どうせさっきのように、ドアを開けっぱなしにしていたんだろう! お前のせいだぞ!」

それにそもそも、長持のことはとっくに諦めている。あまりに長いこと待たされたので、もうゴルギュのことも、その仕事ぶりもうんざりである。

旦那方は思い違いをしている。損傷はそれほどひどいものではないし、三週間もあれば、すべて完成するはずだ。そうしてゴルギュは台所まで彼らに

---

*130 ピエール＝クロード・フランソワ・ドヌー（一七六一—一八四〇）政治家、歴史家。フランス革命期には国民公会の穏健派議員として活躍。復古王政期にコレージュ・ド・フランスの歴史学教授に任ぜられた。ここで言及されている著作は、『歴史研究講義』（二十巻、一八四二—四九）。

*131 パウサニアス　二世紀のギリシアの著作家。各地を旅行し、『ギリシア記』全十巻を著したが、これはギリシアの歴史や地誌を知る上で貴重な文献である。

*132 八二年頃、ローマ皇帝ドミティアヌスにより、先代皇帝ティトゥスのエルサレム攻囲戦の勝利を称えるために建てられたもの。

*133 ティトゥス（三九—八一）　第十代ローマ皇帝。在位七九—八一年。ユダヤ人の反乱鎮圧のためパレスチナに赴き、七〇年エルサレムを占領。その治世は短かったが、善政として知られる。

*134 グナエウス・ポンペイウス（前一〇六—前四八）　ローマ共和制末期

ついてきたが、ちょうどそこにジェルメーヌも、夕食の準備をするために難儀そうな様子で入ってきた。

テーブルの上に、四分の三ほど空になったカルヴァドス酒の瓶が置いてあった。

「きっとお前の仕業だな？」と、ペキュシェはゴルギュに言う。

「あっしが？　まさか」

ブヴァールが言い返す。「この家にいた男は、お前一人じゃないか」

「へえ、でも女たちは？」職人はちらっと目配せしながら答えた。

ジェルメーヌはそれに気づくと、こう口にした。「いっそあたしだと言っちまったらどうだい！」

「もちろん、お前に決まってるじゃないか！」

「ふん、箪笥を壊したのもきっとあたしなんだろうよ！」

ゴルギュはくるりと向き直ると、「ごらんなさい。この女、酔っぱらってますよ！」

すると激しい言い争いが始まった。男は真っ青になり、からかうような調子で、一方、真っ赤になった女の方は、木綿のボンネットの下からはみでた白髪まじりの髪の房を引きむしっている。ボルダン夫人はジェルメーヌの、メリーはゴルギュの肩をもった。

年取った女中は怒りをこらえきれなくなった。


の政治家、軍人。将軍としてシリアおよびユダヤを併合し、ローマ帰還後はカエサル、クラッススと第一次三頭政治を開始。カエサルと対立し、最後はエジプトで暗殺された。

＊135　シャルル九世（一五五〇―七四）　フランス王。在位一五六〇―七四。アンリ二世の第二子。即位後も実権は母后カトリーヌ・ド・メディシスに握られたままで、サン＝バルテルミーの虐殺を引き起こすもととなった。

＊136　アンリ二世（一五一九―五九）フランス王。在位一五四七―五九年。父フランソワ一世の政策を継承して、イタリア戦争を継続するものの、結局は撤退。その死後、フランスはユグノー戦争に突入することになった。

＊137　アントワーヌ・ゲネー（一七一七―一八〇三）　司祭。『ポルトガル、ドイツ、ポーランドのユダヤ人よりヴォルテール氏に宛てた書簡』（一七六九）にて、この哲学者の犯した誤謬を指摘した。

＊138　シャルル八世（一四七〇―九八）　フランス王。在位一四八三―九

「何てきたならしいんだろう！　夜だけじゃなく、昼間から茂みの中で乳くりあって！　パリっ子気取りで、金持ちの女たちを食い物にしてさ！　わざわざ旦那方のところに乗り込んできては、馬鹿げたことばかり信じ込ませるなんて」

ブヴァールが思わず目を剝いた。「馬鹿げたこととは何だ？」

「あなた方は馬鹿にされてるというんです！」

「誰も私のことを馬鹿にしてなんかいないぞ！」とペキュシェが叫んだ。そしてその無礼な言葉に憤慨し、さらに失望によるいらだちも加わって、女中を首にすることにした。早く立ち去るようにと申し渡す。ブヴァールもこの決定には反対しなかった。そのまま彼らは部屋に引き下がったが、後に取り残されたジェルメーヌがあまりのことにすすり泣いているのを、ボルダン夫人が慰めてあげるのだった。

その夜、二人は落ち着きを取り戻すと、これらの出来事を検討し直して、次のように尋ね合った。誰がカルヴァドス酒を飲んだのか、長持はどうやって壊れたのか、カスティヨン夫人は何の用事があってゴルギュを呼んだのか、それにあの男はメリーを辱めたのだろうか？

「僕らは自分の家の中で起こっていることさえ分かっていないくせに」とブヴァールが言う。「アングレーム公爵の髪の毛や恋愛のことをあれこれ詮索していたとはね！」

八年。イタリア戦争を開始し、一時ナポリを占領したものの、最終的には撤退。

＊139　相手は、ルイ十六世の長女で従妹のマリー・テレーズ。

＊140　アンドレ・マッセナ（一七五八—一八一七）　フランス革命期と第一帝政期の軍人。ナポレオンの下で重用され、元帥に叙せられた。晩年皇帝の寵を失ってからも、南仏トゥーロンの町をイギリス軍に引き渡そうとする王党派の陰謀を阻止すべく、この町に駐留する軍隊の指揮を委ねられた。

＊141　フェルナンド七世（一七八四—一八三三）　スペイン王。在位一八〇八、一八一四—三三年。ブルボン家出身。ナポレオン体制崩壊後、反動的な政治を強行したため、自由主義者の反発を招くが、一八二三年、フランス軍の干渉のおかげで反乱軍を抑え込むことに成功。

＊142　オーギュスト・マルモン（一七七四—一八五二）　軍人。ナポレオンの腹心の部下だったが、帝政崩壊後は敵側に寝返り、復古王政に仕えた。七

「もっとはるかに大切で、もっとずっと難しい問題はいくらでもあるというのに！」とペキュシェが言い添えた。

そこから二人は、外面的な事実がすべてではないと結論付けた。事実は心理によって補わねばならない。想像力なくしては、歴史は不完全である。

「歴史小説を取り寄せようじゃないか！」

月革命後は亡命。

＊143　マリーア・ルイーザ・ディ・スパーニャ（一七八二—一八二四）　スペイン王カルロス四世の娘で、ブルボン家に属する。一七九五年、従兄のルドヴィーコと結婚。一八〇一年、ナポレオンによる傀儡国家であるエトルリア王国の王妃となる。

＊144　一八三〇年七月、自由主義者の攻勢に対抗すべく、シャルル十世が発した勅令。定期刊行物の自由の廃止、選挙法改正による有権者の制限など反動的な性格のもので、七月革命の直接の誘因となった。

＊145　アンリ・ダルトワ（一八二〇—八三）　フランス王シャルル十世の孫。一八三〇年、七月革命を受けて、シャルル十世は本来の王位継承者であるアングレーム公爵の代わりに、アンリに王位を譲渡。従って、ブルボン家最後の王位継承候補者であるが、王政復古を実現することなく没した。シャンボール伯の名で呼ばれる。

＊146　セザール・アレクサンドル・ドゥベル（一七七〇—一八二六）　フラ

V

彼らはまずウォルター・スコット[*1]を読んだ。

まるで新しい世界を発見したかのような驚きであった。

それまでは単なる幻影か名前にすぎなかった過去の人々が、生き生きとした存在となった。王や王子、魔法使い、下男、密猟監視人、僧侶、放浪の民、商人、兵士などが、お城の剣術場や、旅籠屋の黒いベンチの上や、町の曲がりくねった通りや、露店の軒先や、修道院の回廊などで、話し合ったり、剣を交えたり、旅をしたり、こっそり取引したり、飲み食いしたり、歌ったり、祈ったりしている。巧妙に配された風景が、舞台装置のように、それぞれの場面を取り囲んでいる。騎士が砂浜を馬で駆けて行く姿を目で追うかと思えば、エニシダの林の中でさわやかな風の匂いを吸いこむ。月に照らされた湖の上を船が滑って行き、鎧が陽の光にきらめいて、木の葉でできた小屋の上には雨が降り注ぐ。モデルを知らずとも、彼らにはこれらの描写が実物そっくりに思われた。幻想はまさに完璧だった。

こうして冬が過ぎ去った。

昼食を終えると、小部屋の暖炉の両端に陣取った。各々手に本を一冊持っ

ンス革命期と第一帝政期の軍人。王政復古後、死刑を宣告されるが十年の拘留に減刑。さらに、アングレーム公爵の働きかけもあり、完全な恩赦を受けることができた。

*147　ナポレオンが一八〇四年に制定したワインなどの飲料、馬車、トランプなどにかける間接税で、とりわけ農民には不評であった。

*148　「髪を縮らす、巻き毛　男にはふさわしくない」（紋切型辞典）。

*1　ウォルター・スコット（一七七一—一八三二）　スコットランドの詩人、小説家。近代歴史小説の祖といわれ、フランスのロマン主義にも深い影響を与えた。代表作に『アイヴァンホー』（一八一九）、『クエンティン・ダーワード』（一八二三）など。

て、向かい合わせに座ると、静かに読みふける。日が落ちてくると街道に散歩に出かけ、それから急いで夕食を取り、夜更けまで読書を続ける。ランプの光から目を守るため、ブヴァールは青い色眼鏡をかけ、ペキュシェは鳥打帽の庇を目深におろしていた。

ジェルメーヌは結局出て行かなかったし、ゴルギュも時々地面を掘りにやって来た。物質的なことなどどうでもよくなった二人は、ずるずるとそのままにしてしまったのである。

ウォルター・スコットの次は、アレクサンドル・デュマ[*2]が幻燈さながらに楽しませてくれた。その登場人物たちは猿のように敏捷で、牛のようにたくましく、小鳥のように陽気であり、不意に登場してはまくしたて、屋根から歩道に飛び降り、ひどい傷を負ってもけろりと治ってしまい、死んだと思われていたのがひょっこり現れる。床の下の罠、解毒剤、変装など波乱万丈の筋立ては、まさに息つく間もなく、もつれ合っては進展し、大団円となる。恋愛には品があり、狂信も陽気さを失わず、虐殺の場面さえほほえましい。

この二人の巨匠によって気難しくなった彼らには、『ベリゼール』[*3]の雑駁さも、『ヌマ・ポンピリウス』[*4]の馬鹿馬鹿しさも、マルシャンジー[*5]もダルランクール[*6]も我慢がならなかった。

フレデリック・スーリエ[*7]の色彩は、愛書家ジャコブ[*8]のそれと同様、彼らにはあきたりなく思われた。またヴィルマン氏[*9]が『ラスカリス』の八五頁で、

＊2　アレクサンドル・デュマ（一八〇二—七〇）　劇作家、小説家。『アントニー』（一八三一）、『ネールの塔』（一八三二）などの戯曲でロマン主義の劇作家として名声を確立した後、歴史小説の分野においても、『三銃士』（一八四四）、『モンソローの奥方』（一八四六）、『二人のディアーヌ』（一八四六）、『サヴォワ公の小姓』（一八五五）など次々と人気作を発表。助手を何人も雇ってプロダクション形式で新聞連載小説を量産するその方式は、時に「小説工場」と呼ばれて非難されることもあった。

＊3　マルモンテルの小説で、一七六七年に出版された。六世紀の東ローマ帝国の将軍ベリサリウス（第Ⅳ章注127参照）を主人公にしたこの小説は、宗教的寛容を説いたために、時の教会権力によって断罪された。

＊4　フロリアン（一七五五—九四）の小説で、一七八六年に出版された。フェヌロンの『テレマックの冒険』の一種の模作であり、ローマ第二代の王を主人公とする。

十五世紀の中葉にパイプ、それも「アラブ製の長パイプ」を吹かしているスペイン人を描いているのには、いたく憤慨させられた。

ペキュシェは『世界人名事典』[*10]を参照しつつ、学問的観点からデュマを見直そうと企てた。

作者は『二人のディアーヌ』において、日付を間違えている。実際、王太子フランソワ〔後のフランソワ二世〕の結婚は一五五八年四月二十四日であり、一五五七年五月二十日ではない。カトリーヌ・ド・メディシスが夫の死後、戦争〔イタリア戦争〕を再開しようともくろんでいたなどと（『サヴォワ公の小姓』）、どうして分かるのだろうか？　『モンソローの奥方』に興を添える逸話、アンジュー公〔アンリ三世の弟フランソワ〕の戴冠が夜中に教会で行われたというのはどうもありそうにない。『王妃マルゴ』はとりわけ間違いだらけである。ヌヴェール公爵は不在だったのではなく、サン゠バルテルミーの虐殺の前に会議で意見を述べている。またアンリ・ド・ナヴァールが事件の四日後、騎馬行列について行ったというのもでたらめだ。それにそもそも、サンザシの奇跡[*11]といい、シャルル九世のバルコニー[*12]といい、ジャンヌ・ダルブレの毒手袋[*13]といい、何と月並みなエピソードばかりであろうか。ペキュシェはもはやデュマに信用がおけなくなった。

さらに、『クエンティン・ダーワード』に見られる間違いのせいで、ウォルター・スコットに対する敬意も失ってしまった。リエージュ〔ベルギー東部

＊5　ルイ゠アントワーヌ゠フランソワ・ド・マルシャンジー（一七八二―一八二六）　司法官、文学者。代表作に『詩的ガリア』（一八一三）、『旅人トリスタン』（一八二六）など。ユゴーの『レ・ミゼラブル』（第一部第三章）の中で、「偽のシャトーブリアン」と揶揄されている。

＊6　シャルル゠ヴィクトール・プレヴォ・ダルランクール（一七八九―一八五六）　詩人、小説家。代表作に『隠者』（一八二一）など。やはりユゴーの『レ・ミゼラブル』（第一部第三章）の中で、「偽のマルシャンジー」と揶揄されている。

＊7　フレデリック・スーリエ（一八〇〇―四七）　小説家、劇作家。非常に多作な作家であり、七月王政期には新聞小説家として絶大な人気を博した。代表作に『悪魔の回想録』（一八三七―三八）など。

＊8　愛書家ジャコブとは、碩学ポール・ラクロワ（一八〇六―八四）のペンネーム。様々なジャンルの文章をものしたが、その中でも特に歴史小説は中世趣味を広めるのに貢献した。代

の都市」の司教暗殺が、史実より十五年も早められている。ロベール・ド・ラマルク［ギョーム・ド・ラマルクのこと。フローベールの間違い］の妻はジャンヌ・ダルシェルであり、アムリーヌ・ド・クロワではない。また、彼は兵士に殺されたのではなく、マクシミリアン［神聖ローマ皇帝マクシミリアン一世］によって処刑されたのだ。それから、豪胆王［ブルゴーニュ公シャルル］の死骸が見つかった時、その顔が脅すような表情を浮かべていたというのも、狼に半ばむさぼられていた以上、ありえない話である。

ブヴァールはそれでもウォルター・スコットを読み続けたが、同じ効果の繰り返しにしまいには飽きてしまった。ヒロインはたいてい田舎に父親と住んでおり、その恋人の方は子供の頃に誘拐された青年で、最後は本来の権利を取り戻し、恋敵に打ち勝つことになる。乞食哲学者、気難しい城主、純情な乙女、おどけた下男といったところが、お定まりの登場人物。長々とした会話に、愚にもつかぬかまととぶりと、まったく深みに欠けている。

陳腐な趣向に嫌気のさしたブヴァールは、ジョルジュ・サンド[*14]に手を伸ばした。

彼は美しい不義の女たちと高貴な恋人たちに夢中になった。ジャックやシモンやベネディクトやレリオ[*15]のようになって、ヴェネチアに住めたらどんなにいいだろう！　しょっちゅうため息をついては、漠とした思いに駆られ、まるで自分が変わってしまったような気がした。

表作に『二人の道化、フランソワ一世時代の物語』(一八三〇)など。

＊9　アベル＝フランソワ・ヴィルマン(一七九〇―一八七〇)　文芸批評家、政治家。復古王政下のソルボンヌ大学で文学を講じ、さらに七月王政下では文部大臣を務めた。『ラスカリス、あるいは十五世紀のギリシア人』は、一八二五年に出版された歴史小説。言うまでもなく、ヨーロッパに煙草が導入されたのは、新大陸発見の後である。

＊10　ルイ＝ガブリエル・ミショー(一七七三―一八五八)が編集した『古今世界人名事典』(一八一一―六二)は全八十五巻に及ぶ浩瀚な事典。フローベールをはじめとする十九世紀の多くの作家たちの着想源となった。

＊11　サン＝バルテルミーの虐殺の翌日、サンザシの花がイノサン墓地に咲き、カトリック信者がそこに天の同意を見て取ったというエピソード。

＊12　一五七二年八月二十三日から二十四日の夜半にかけて始まったサン＝バルテルミーの虐殺は、通常、王

ペキュシェは相変わらず歴史文学に取り組んでおり、戯曲を研究していた。そうしてファラモン[*16]ものを二篇、クロヴィス[*17]ものを三篇、シャルルマーニュ[*18]ものを四篇、フィリップ・オーギュスト[*19]ものを数篇、さらに山ほどのジャンヌ・ダルク[*20]もの、数多くのポンパドゥール夫人[*21]ものとチェッラマーレの陰謀[*22]ものを一気呵成に読破した。

どれもこれも、小説よりもいっそうくだらなく思われた。というのも、演劇には型にはまった物語というものが存在しており、それを崩すのはご法度なのである。ルイ十一世は必ずその帽子につけた肖像メダルの前に跪き[*23]、アンリ四世[*24]は絶えず陽気で、メアリー・スチュアート[*25]はめそめそしており、リシュリュー[*26]は残忍だ。要するに、あらゆる性格が大雑把に描かれるわけだが、これは単純な着想を好み、無知を尊重するものだといえよう。従って、劇作家は精神を高尚にするどころか低俗にし、教化する代わりに愚鈍にするのである。

ブヴァールがジョルジュ・サンドを褒めるので、ペキュシェも『コンシュエロ』、『オラース』、『モープラ』を読んでみた。抑圧された者を擁護する社会的、共和主義的な側面、その信念の主張に心惹かれるものがあった。

ブヴァールによれば、そういった主張こそがフィクションを損なっているのだという。そこで、貸本屋に恋愛小説を注文した。

彼らは『新エロイーズ』、『デルフィーヌ』、『アドルフ』、『ウーリカ』を

太后カトリーヌ・ド・メディシスとギーズ公アンリの主導によるものとみなされているが、国王シャルル九世自身もルーヴル宮のバルコニーからプロテスタントに発砲して、虐殺に加担したという伝説がある。

＊13 アンリ・ド・ナヴァール、すなわち後のフランス王アンリ四世の母親ジャンヌ・ダルブレ（一五二八―七二）は、サン＝バルテルミーの虐殺の約二ヶ月前に病死した。一説によれば、カトリーヌ・ド・メディシスにより、毒を調合した香水を塗った手袋を用いて暗殺されたと言われる。以上三つのエピソードはすべて、『王妃マルゴ』（一八四五）の中で直接・間接に言及されている。

＊14 ジョルジュ・サンド（一八〇四―七六） 小説家。本名オーロール・デュパン。ロマン主義の代表的な女性作家であり、感傷的な作品、社会主義的な作品、田園小説、自伝など多彩な作品を残した。代表作に『モープラ』（一八三七）、『オラース』（一八四〇）、『コンシュエロ』（一八四二―四三）など。晩年に親交を結んだフローベールとは、

次々と大声で読んでいった。[27] だが、聞いている方のあくびが相手にもうつって、そのうち本を手から落としてしまう。これらの作品が環境も、時代も、作中人物の衣装も描いていないのが、彼らには不満であった。扱われているのは心のことばかり。どこを読んでも感情である！　まるで世界には他のものなどないかのようじゃないか！

続いて、グザヴィエ・ド・メストル[28]の『わが部屋をめぐる旅』や、アルフォンス・カール[29]の『菩提樹の下で』といった滑稽小説を試してみた。この種の書物では、物語をしばしば中断して、自分の犬やスリッパや愛人の話を挟むのがならわしになっている。こうした傍若無人な語り口は、最初のうちこそ彼らを魅了したが、じきに馬鹿らしくなった。作者が自分をひけらかし、作品を消してしまっているからである。

劇的《ドラマチック》なものを求めて、今度は冒険小説に没頭した。筋がもつれており、突飛で荒唐無稽な話であればあるほど、いっそう興味をそそられる。結末を予想しようと努めるうちに、かなり上手に当てるようになったが、真面目な精神の持ち主にはふさわしからぬこんな気晴らしにはほどなく飽きてしまった。

バルザック[30]の作品には驚嘆させられた。それはバビロンのように壮大かと思えば、埃の粒を顕微鏡で覗いたようでもある。ごくごく平凡な事物の中から、新しい姿が現れてくる。現代生活がこれほど深みのあるものだとはこれ

互いの政治的、美学的意見の相違を超えて、深い友情を築いた。

*15　それぞれ『ジャック』（一八三四）、『シモン』（一八三六）、『ヴァランチーヌ』（一八三二）、『アルディーニ家の最後の令嬢』（一八三八）の作中人物。このうち最後の作品の舞台がヴェネチアである。

*16　第Ⅳ章注121参照。

*17　第Ⅳ章注59参照。

*18　第Ⅳ章注58参照。

*19　フィリップ二世（一一六五―一二二三）　フランス王。在位一一八〇―一二二三年。フランスの領土を拡大し、ヨーロッパ一の強国にのし上げた。尊厳王（オーギュスト）と呼ばれる。

*20　ジャンヌ・ダルク（一四一二―三一）　農民の娘でありながら、神託を受けたと信じ、フランス軍を勝利に導いて、シャルル七世の戴冠を実現させた。その後イギリス軍にとらえられ、異端者として火刑に処せられた。現在ではカトリックの聖人であり、フランスの国民的な英雄。

まで思ってみたこともなかった。

「何という観察眼だろう！」とブヴァールが叫ぶ。

「僕に言わせれば、妄想家だね」と、しまいにペキュシェは口にした。「バルザックはオカルト科学や、君主制や、貴族を信じている。悪党に眩惑されており、大金を小銭のように動かしてみせる。彼の描くブルジョワはブルジョワではなく、巨人だよ。どうして平板なものを誇張して、あんなに多くの愚にもつかないことを描き出すんだい？ 化学について、銀行について、印刷機についてそれぞれ小説を書いているけれども、[*31]それこそリカール[*32]とかいう作者が『辻馬車の御者』、『水運び人』、『椰子の実売り』を書いているのと同じじゃないかい。そのうちあらゆる職業、あらゆる地方、それからあらゆる都市、それぞれの家の階ごとに、さらには一人一人の個人について小説が書かれることになるだろうさ。そうなったらもう文学ではなく、統計学か民族誌学じゃないか」

ブヴァールには方法のことなどどうでもよかった。とにかく教養を得て、習俗の知識をもっと深めたかったのである。彼はポール・ド・コック[*33]を読みなおし、『ショッセ＝ダンタンの隠者[*34]』の古い冊子をひもといた。

「どうしてそんなくだらないもので時間をつぶすんだい？」とペキュシェが言う。

「だけど、これだって後々とても興味深い資料になるぜ」

＊21　ポンパドゥール夫人（一七二一―六四）　フランス王ルイ十五世の寵姫。国政にも干渉し、七年戦争を主導した。文芸を愛好したことでも知られ、啓蒙思想家たちの熱心な庇護者であった。
＊22　在仏スペイン大使のチェッラマーレ侯爵（一六五七―一七三三）が、一七一八年、ルイ十五世の摂政オルレアン公の失脚をもくろみ、失敗した事件。
＊23　ルイ十一世（一四二三―八三）はたいそう信心深かったことで有名であり、聖人の肖像を描いたメダルをいくつも帽子に着けていたといわれる。
＊24　アンリ四世（一五五三―一六一〇）　フランス王。在位一五八九―一六一〇年。ブルボン朝初代の王。国を治めるためにプロテスタントからカトリックに改宗し、ナントの勅令を出して信仰の自由を保障した。
＊25　メアリー・スチュアート（一五四二―八七）　スコットランド女王。諸侯と対立して、一五六七年に廃位。

「資料なんて知ったことかい！　僕が求めているのは、何か高揚させてくれるもの、この世の悲惨から引き離してくれるものさ！」

　そうして理想家肌のペキュシェの影響で、ブヴァールも徐々に悲劇に興味を抱くようになった。

　舞台となっている遠い昔、そこで討議される問題や登場人物たちの身分が、偉大さの感情のようなものを呼び覚ます。

　ある日、ブヴァールは『アタリー』[35]を手に取り、夢のシーンを朗誦した。それがあまりに見事だったので、ペキュシェも自分でやってみようとした。最初の一句から、声がかすれて、一種の雑音に消されてしまう。その声は単調で、大きいけれども、はっきりしないのである。

　ブヴァールは経験を活かして、声を柔らかくするための方法を友人に助言した。一番低い音から一番高い音まで声を徐々に上げていき、それから逆に下げることで、上昇と下降の二つの音階練習をするのである。そうして自分でも、ギリシア人の教え[36]に従い、毎朝ベッドに仰向けになってこの練習を行った。ペキュシェもその間、同じ練習に励んでいる。二人ともドアを閉めたまま、思い思いに大声を張り上げるのであった。

　悲劇で気に入ったのは、仰々しいところ、政治に関する演説、背徳的な箴言などである。

　彼らはラシーヌ[37]やヴォルテール[38]の一番有名な対話を覚えて、廊下で朗誦し

その後イギリスに逃れるが、エリザベス女王に二十年近く幽閉され、最後は陰謀の廉で処刑される。その悲劇的な運命は、ロマン主義作家たちによって繰り返し取り上げられた。

＊26　リシュリュー枢機卿（一五八五―一六四二）　政治家。ルイ十三世の宰相として、絶対王政の確立に尽力した。冷徹な策謀家というイメージがある。

＊27　それぞれルソーの書簡体小説（一七六一）、スタール夫人の書簡体小説（一八〇二）、バンジャマン・コンスタンの心理小説（一八一六）、デュラス夫人の告白体小説（一八二三）。いずれも不可能な愛や悲恋が主題になっている。

＊28　グザヴィエ・ド・メストル（一七六三―一八五二）　サヴォワ公国出身の小説家。ジョゼフ・ド・メストル（注96）の弟。『わが部屋をめぐる旅』（一七九五）は、決闘事件の咎で蟄居を命じられた若き将校が、脱線形式で身の回りのことを語ったユーモア小説。

＊29　アルフォンス・カール（一八〇〇

た。ブヴァールはフランス座の俳優のように、ペキュシェの肩に手をのせ、歩いたり、時に立ち止まったりしながら、目をぎょろつかせ、腕をひろげて、運命を呪ってみせる。ラ・アルプ[*39]の『フィロクテテス』では見事な苦痛の叫びを上げ、『ガブリエル・ド・ヴェルジー』[*40]では巧みなあえぎ声を聞かせた。さらにシラクサの僭主ディオニュシオス[*41]を演じる際に、息子をじっと見つめながら、「私にふさわしい怪物よ！」と呼びかけるところなど、まさに恐ろしいほどだった。ペキュシェはほれぼれして、自分の役を忘れてしまった。彼にはやる気はあっても、才能が欠けていたのである。

またある時、マルモンテル[*42]の『クレオパトラ』に取り組んでいたペキュシェは、ヴォーカンソンが特別に発明したからくり人形が立てたというマムシ[*43]の音を再現してみようと思い立った。その効果に失敗すると、二人して夜まで笑いこけた。悲劇に対する評価も下がってしまった。

最初に嫌気がさしたのはブヴァールである。彼は忌憚のない意見を述べて、悲劇がどんなに人工的でぎこちないか、その手法がいかにたわいなく、打ち明け役［主役の打ち明け話を聴くことを役割とする古典劇の作中人物］が馬鹿らしいかを明らかにしてみせた。

二人は喜劇に手を染めたが、それにはニュアンスの研究が必須である。文章を細かく分け、一語一語を強調し、音節を吟味しなければならない。ペキュシェにはどうしてもそれが上手く行かず、セリメーヌ[*44]役にいたっては完全

八—九〇）　小説家、ジャーナリスト。デビュー作『菩提樹の下で』（一八三二）で認められ、以後『フィガロ』紙の常連となる。

＊30　オノレ・ド・バルザック（一七九九—一八五〇）　小説家。『人間喜劇』の総題のもとに九十篇以上の作品を著し、「戸籍簿と張り合う」という野心を示して、十九世紀フランス社会の全体像を描き出そうとした。代表作には『ゴリオ爺さん』（一八三五）、『谷間の百合』（一八三六）などのレアリスム小説のみならず、『セラフィタ』（一八三四）などの哲学的、幻想的な作品もある。

＊31　それぞれ『絶対の探求』（一八三四）、『ニュシンゲン銀行』（一八三七）、『幻滅』の第三部「発明家の苦しみ」（一八四三）を指す。

＊32　オーギュスト・リカール（一七九九—一八四一）　小説家であり、大衆文学の多産な作り手。ただし、『水運び人』という作品は存在せず、おそらくフローベールの間違いであろう。他の二つの作品は、それぞれ一八二八年と一八三〇年の作。

にお手上げだった。

それに彼には、喜劇の恋人たちは妙によそよそしく、屁理屈屋はやりきれなく、下男は鼻持ちならないと思われた。クリタンドルもスガナレル[*45]も、不自然なことにかけては、アイギストスやアガメムノン[*46]と変わりがない。

そうなると、残っているのは真面目な喜劇、またの名を市民悲劇ということになる。絶望した家父長、主人を助けだす召使、財産をさしだす大金持ち、清純なお針子、卑劣な女たらしなどが出てくる劇で、ディドロ[*47]からピクセレクール[*48]へとつながるジャンルである。美徳を鼓吹するこれらの芝居は、卑俗な匂いがして彼らの気に障った。

一八三〇年の劇《ドラム》には、その動きといい、色彩といい、若々しさといい、惹きつけられるものがあった。彼らはヴィクトル・ユゴー[*49]もデュマもブーシャルディー[*50]も一緒くたにすると、朗読法ももはや仰々しいのや、繊細なのはご法度で、むしろ抒情的で混乱しているくらいがよいとみなした。

ある日、ブヴァールがフレデリック・ルメートル[*51]の演技をペキュシェに呑み込ませようとしているところに、緑色のショールをまとったボルダン夫人が不意に現れた。ピゴー＝ルブラン[*52]の本を返しに来たのである。ここの殿方たちが親切にも時々小説を貸してくれるのだ。

「どうぞ続けてくださいな！」さっきからそこにいて、楽しく聞いていたのだという。

＊33　ポール・ド・コック（一七九三―一八七一）　小説家、劇作家。大衆文学作家として特に小市民層に絶大な人気を博した。
＊34　エチエンヌ・ド・ジュイ（一七六四―一八四六）が『ガゼット・ド・フランス』紙に連載した風刺的なパリ通信を五巻本にまとめたもの（一八一二―一四）。
＊35　ラシーヌの宗教悲劇（一六九一）。夢のシーンは第二幕第五場。
＊36　フローベールが参照したデュボス、『詩画論』（一七三三）に言及されている古代の役者たちの発声練習。
＊37　ジャン・ラシーヌ（一六三九―九九）　劇作家。人間を突き動かす情念の作用を描き、古典主義悲劇を完成に導いた。代表作に、『アンドロマック』（一六六七）、『フェードル』（一六七七）など。
＊38　ヴォルテール（一六九四―一七七八）　思想家、劇作家、小説家。この啓蒙思想の代表者は、劇作家としては今日完全に忘れられているが、十

彼らは尻込みしたが、彼女はしつこくせがむ。

「いいでしょう！」とブヴァールは言った。「何も支障があるわけじゃなし……！」

ペキュシェは気恥ずかしさから、衣装も着けずにいきなり演じることはできないと言い張った。

「それもそうだ！ ちゃんと役にあった格好をしなければ」そこでブヴァールは何か手ごろな物はないかと探したが、トルコ帽[＊53]しか見つからず、それをかぶることにした。

廊下は狭いので、一同客間に降りた。

蜘蛛が壁を這い回っている。床をふさいでいる地質学の標本の埃のせいで、肘掛椅子のビロードが白くなっている。その中でも一番汚れていない椅子に布きれを敷き、ボルダン夫人が座れるようにした。

何かよい出し物はないだろうか。ブヴァールは『ネールの塔』[＊54]を推したが、ペキュシェは動きの多い役に不安があった。

「夫人には古典の方がいいだろう！ 例えば『フェードル』[＊55]なんてどうだい？」

「よかろう」

ブヴァールはストーリーを説明した。「ここに一人の王妃がいて、その夫には先妻との間にできた息子が一人います。彼女はその若者に夢中になって

八世紀当時は『ザイール』（一七三二）、『メロップ』（一七四四）など数多くの古典悲劇により、演劇界に君臨していた。

＊39　ジャン＝フランソワ・ド・ラ・アルプ（一七三九―一八〇三）　劇作家、批評家。『フィロクテテス』（一七八三）は五幕の韻文悲劇で、ソフォクレスによる同名のギリシア悲劇の模作。

＊40　ピエール＝ロラン・ド・ベロワ（一七二七―七五）の悲劇で、一七七七年に上演された。夫が妻に愛人の心臓を食べさせるという凄惨な結末で知られる。

＊41　ディオニュシオス一世（前四三〇頃―前三六七）は、息子のディオニュシオス二世と同様、残虐で猜疑心の強い暴君とみなされていた。ちなみに草稿の段階では、この一節はマルモンテルの『専制君主ドゥニ』（一七四八）に結び付けられていた。

＊42　ジャン＝フランソワ・マルモンテル（一七二三―九九）　劇作家、小説家。百科全書派の一人として活躍。『クレオパトラ』（一七五〇）は、当時の

しまうのです。――では、準備はいいかい？　始めよう！」

ええ、王子様、この身はやつれ、焦がれています、テゼー様のため。
愛しているのです！

彼はペキュシェの横顔に向かって語りかけながら、その態度、その容貌、「その魅力的なお顔」を褒め称え、ギリシア軍の船の上で彼と出会えなかったことを嘆いては、あの時一緒に迷宮の中に迷いこんでしまえればよかったのにと口にする。

赤い縁なし帽の房飾りがいとおしそうに傾くと、人のよさそうな顔から出る震え声が、わが胸の炎を憐れみたまえと残酷な相手に懇願する。ペキュシェは顔を背けて、動揺を示すために息をはずませていた。

ボルダン夫人は手品師でも眺めるかのように、目を見張ったまま身動きもしない。ドアの後ろではメリーが聞いており、シャツ姿のゴルギュが窓から覗いていた。

ブヴァールは第二の長ぜりふを始めた。その演技は今や感覚の乱れ、後悔、絶望を表している。さらにペキュシェが手にしているはずの架空の剣めがけて飛びかかったが、勢いあまって小石につまずき、あやうく地面に転びそうになった。

名高い発明家ヴォーカンソン（一七〇九―八二）が作った自動人形を舞台で用いたことで有名。

＊43　「マムシ　クレオパトラのいちじくの籠で知られる動物」（紋切型辞典）。

＊44　モリエール、『人間嫌い』（一六六六）に出てくる浮気な未亡人。モリエール（一六二二―七三）はルイ十四世の時代の喜劇作家。『タルチュフ』（一六六四）、『守銭奴』（一六六八）などの「性格喜劇」により、古典主義喜劇を完成させた。

＊45　どちらもモリエールの複数の戯曲に出てくる作中人物。クリタンドルは若い浮気な二枚目で、スガナレルは従僕あるいは嫉妬深い夫。

＊46　どちらもギリシア神話の登場人物であり、ラシーヌやヴォルテールなどのフランス古典悲劇にもしばしば登場する。トロイア戦争のギリシア軍総指揮者アガメムノンは、帰国後、王妃クリュタイムネストラとその愛人アイギストスによって殺されるが、子供たちがその仇を討った。

「気にしないでください！　この後、テゼーがやって来て、彼女は毒を仰ぐのです！」

「かわいそうな人！」とボルダン夫人は言った。

次いで、彼らは夫人に何か見たい演目を選んでほしいと頼んだ。選べと言われて、夫人は困ってしまった。これまで芝居は三つしか見たことがない。首都で『悪魔ロベール』[*56]、ルーアンでは『若い夫』[*57]、それからファレーズで観たとても面白い芝居で、『酢商人の手押し車』[*58]というタイトルのものだ。

結局、ブヴァールは『タルチュフ』[*59]第三幕の見せ場のシーンにしようと提案した。

ペキュシェは説明が必要だと考えた。

「まず、タルチュフとは……」

ボルダン夫人がそれを遮って、「タルチュフぐらい知っていますわ！」

ブヴァールは、ある件《くだり》のため、できれば衣装を着けてくれと求めた。

「僧服ぐらいしかないけど」とペキュシェが言う。

「構わないさ！　それを着たまえ！」

ペキュシェは衣装をまとい、モリエールを一冊手にして現れた。

出だしは平凡だった。だが、タルチュフがエルミールの膝をなでる箇所までくると、ペキュシェが憲兵のような口調でいさめた。

＊47　ドゥニ・ディドロ（一七一三—八四）　思想家、小説家、劇作家。ダランベールとともに『百科全書』（一七五一—七二）の編纂に携わったことで知られる。劇作家としては、悲劇でも喜劇でもない市民劇を提唱し、『私生児』（一七五七）などの作品を残した。

＊48　ルネ＝シャルル・ギルベール・ド・ピクセレクール（一七七三—一八四四）　劇作家。十八世紀末から十九世紀初頭にかけて流行したメロドラマの第一人者であり、百篇を超える作品を残した。

＊49　ヴィクトル・ユゴー（一八〇二—八五）　詩人、劇作家、小説家。若くしてロマン主義の指導者となり、『クロムウェル』（一八二七）の序文において近代人にふさわしい新たな演劇ジャンルとしてのドラマ（フランス語ではドラム）を提唱。その理念にもとづき制作された『エルナニ』（一八三〇）の上演の成功は、ロマン主義の勝利を画する歴史的事件とされる。

＊50　ジョゼフ・ブーシャルディー（一八一〇—七〇）　劇作家。いわゆる小ロマン派の作家の一人であり、筋の

その手は何をなさっているのですか？

ブヴァールはすぐに猫なで声で答える。

お洋服を触っているのです。柔らかな生地ですね。

そして思わせぶりな視線を投げかけ、口を突き出し、荒い息をして、きわめて好色な様子を見せると、しまいにはボルダン夫人の方を向いてしゃべり出した。

この男の視線に彼女はうろたえた。そのため、彼が慎まし気な様子で、ふうふう言いながら話し終えた時、彼女は今にも返事をしそうになったほどである。

ペキュシェは本を見ながらせりふをしゃべった。

ずいぶんと艶っぽい告白ですこと。

「ええ！　まったくだわ」と彼女は大声を上げた。「手練れの女たらしといったところね！」

込み入った暗黒劇を得意とした。代表作に『漁夫ガスパルド』（一八三七）など。

＊51　フレデリック・ルメートル（一八〇〇―七六）　ロマン主義演劇を代表する名優。特に『アドレの宿』（一八二三）のロベール・マケール役は当たり役で、既存の社会的価値を嘲弄する無法者を一つの典型にまで高めた。

＊52　ピゴー＝ルブラン（一七五三―一八三五）　劇作家、小説家。その少々わいせつなところのある冒険小説は、ユゴーの『レ・ミゼラブル』の悪役テナルディエの愛読書でもある。

＊53　「トルコ帽　書斎人には不可欠。表情に威厳を与える」（紋切型辞典）。このトルコ帽（bonnet grec）はおそらく、第I章でペキュシェの部屋にあった帽子（bonnet turc）と同じもの。ちなみに、『ボヴァリー夫人』のオメーもトルコ帽を愛用している。

＊54　注2参照。

＊55　注37参照。ここで主人公二人

「そうでしょう?」とブヴァールは自慢げに答えた。「ところでもう一つ、今度はもっと今風のしゃれたやつ[*60]はいかがです」そうしてフロックコートを脱ぎ捨てると、切石の上にうずくまって、頭をのけぞらせながら朗誦を始めた。

　あなたの目に燃える炎で、私の瞳を満たしてください。
　何か歌を歌ってください。これまでも何度か、夕べに、
　黒い目に涙を浮かべて、私に歌ってくれたように。

「私にそっくりだわ」と彼女は考えた。

　幸せになりましょう！　飲み干しましょう！　杯は溢れんばかりなのですから、
　今この時は私たちのものなのですから！　他のことなど取るに足りない。

「何て愉快な方なのかしら！」
そう言って彼女は、喉もとにこみあげてくる笑いをくっくっと漏らすと、歯を覗かせた。

が演じるのは、第二幕第五場のシーン。

＊56　スクリーブとドラヴィーニュの脚本、マイアベーアの音楽による五幕のグランド・オペラ。一八三一年にパリ・オペラ座で初演され、大成功をおさめた。

＊57　エドゥアール・マゼールの喜劇（一八二六）。

＊58　ルイ・セバスチャン・メルシエの劇（一七七五）。商人の家庭における恋愛の顛末を描いた市民劇。

＊59　注44参照。ここで言及されているのは、第三幕第三場で偽信心家タルチュフが人妻エルミールを口説くシーン。

＊60　以下の引用は、ユゴー、『エルナニ』、第二幕第四場から。

甘美なことではありませんか？

愛すること、そして跪いている相手から愛されていると知ることは？


彼は跪いた。

「もうやめてちょうだい！」


ああ！　あなたの胸の上で眠らせてください、夢見させてください。

ドニャ・ソル！　わが美しき人よ！　わが恋人よ！


「ここで鐘の音が聞こえて、山男が二人の邪魔に入るのです」

「よかった！　だって、さもないと……！」ボルダン夫人は最後まで言い終えることなく、微笑んだ。もう日が傾いている。彼女は立ち上がった。

先ほど雨が降ったばかりなので、ブナの並木道は歩きにくくなっている。畑を通って帰る方がよさそうだ。ブヴァールは庭の扉を開けるために、お供をすることにした。

初めのうち、二人は黙ったまま、紡錘形の果樹に沿って歩いて行った。彼は朗誦の興奮がいまだ冷めやらぬままだったし、彼女の方は心の奥底に、文学がもたらす驚きのようなもの、一種の魅力を感じていた。芸術は時に凡庸な精神の持ち主をも動かすものであり、最も鈍重な俳優によって、新しい世界が啓示されることもあるのである。

太陽が再び顔を出していた。木の葉がきらめき、茂みの中のあちこちに光の斑点が散らばっている。雀が三羽ちゅんちゅん鳴きながら、伐り倒された古い菩提樹の幹の上で跳ねている。茨の花がバラ色の束のように咲き、リラの木は重たげにたわんでいる。

「ああ！　いい気持ちだ！」ブヴァールは胸一杯に空気を吸い込んだ。

「本当に、たいした名演でしたもの！」

「私には才能がないんですよ。それでも、情熱は持っているつもりです」

「分かりますわ」と彼女は答えた。そして一語一語間をおきながら、こう言い添える。「昔……恋を……なさった方だということが」

「ただ昔のことだとお思いですか！」

彼女は立ち止まった。

「そんなこと存じませんわ」

「どういう意味だろう？」ブヴァールは胸が高鳴るのを感じた。

砂の真ん中にできた水たまりのせいで、回り道をしなければならず、二人は木陰道の方へと上って行った。

すると先ほどの芝居のことが話題になった。

「最後の作品は何というんですの？」

「『エルナニ』という劇から取ってきたものですよ」

「そう！」それからゆっくりと、自分自身に話しかけるように呟いた。「あんなことを本心から言ってくださる方がいたら、とても素敵でしょうに」

「なんなら私でよければ」とブヴァールは答える。

「あなたが？」

「ええ！　私が！」

「まあ、ご冗談を！」

「いえいえ、本気です！」

そしてあたりを見回すと、彼女の背後からベルトのところに抱きついて、うなじに強く接吻した。

彼女は失神するかと思うくらい真っ青になって、片手で木にもたれた。やがて目を開けると、頭を揺すった。

「もう終わったことですわ」

彼は茫然としてこれを見つめていた。

柵を開けると、彼女は小門の敷居の上に足をのせた。雨水が細い小川になって、向こう側を流れている。彼女はスカートのひだをからげて、どうしてよいか分からない様子で流れの縁にたたずんでいた。

「手をお貸ししましょうか？」

「結構ですわ！」

「どうして？」

「だって、あなたは油断がなりませんから！」

そう言って流れを跳び越えた拍子に、白い靴下が覗いた。

ブヴァールは、せっかくの好機を逸したことを悔やんだ。なあに！　また機会はあるさ。それに、女といっても人それぞれだ。強引にいった方がよい

＊61　十八世紀から十九世紀前半に

相手もいれば、あまり大胆だと駄目な相手もいる。つまるところ、彼は自分に満足であった。そしてペキュシェにこの望みを打ち明けなかったのも、小言を言われるのをおそれたからであり、繊細さから出た配慮などではなかった。

その日から、彼らは社交劇場[*61]のないのを残念がりながらも、メリーとゴルギュの前でしばしば朗誦に励んだ。

若い女中は何も分からないながらに面白がり、言葉遣いに驚嘆したり、韻文の響きに聞きほれたりしていた。ゴルギュは悲劇の哲学的な長ぜりふや、メロドラマの民衆の味方をする箇所に拍手喝采する。そこでこの男のセンスに引かれた二人は、いずれ彼を役者にすべく、レッスンをつけようと思い立った。この見込みは職人を有頂天にした。

彼らが演劇の稽古をしていることが、噂になって広まった。ヴォコルベイユは冷やかすような調子でそのことを話題にした。誰もが馬鹿にしているという。[*62]

彼らはその分かえって自分たちのことを誇りに思い、芸術家[*63]を自称するようになった。ペキュシェは口髭を生やし、ブヴァールの方は、その丸顔と禿げ頭からして、「ベランジェ[*64]風の顔」をまねるにしくはないと考えた！

とうとう、戯曲を一つ執筆しようと決意した。

難しいのは主題である。

かけて、貴族や上流ブルジョワジーの邸宅にはしばしば私設の劇場が設けられ、そこでプロの俳優が素人役者にまじって演じる芝居が社交生活の一部をなしていた。

＊62　「文学　暇人のすること」（紋切型辞典）。

＊63　「芸術家　皆ふざけた連中。／彼らの無私無欲をほめること（古い）」（紋切型辞典）。

＊64　ピエール＝ジャン・ド・ベランジェ（一七八〇―一八五七）詩人、小唄作者。風刺的、政治的なシャンソンによって、大衆的人気を博した。図版は彫刻家ダヴィッド・ダンジェによるベランジェの胸像（一八二九。フランス版**Wikipedia**「ベランジェ」の項目より）。

昼食を食べながら頭をひねり、次いで、頭脳の働きになくてはならない飲み物たるコーヒー[*65]、さらにお酒を二三杯飲む。それからベッドの上に横になった後、今度は果樹園に降りて行き、そこを散策する。最後に、戸外でインスピレーション[*66]を得るために外出するが、肩を並べて歩き回ったあげく、くたくたになって戻ってきた。

あるいはまた、厳重に鍵を閉めて部屋に閉じこもる。ブヴァールは机をきれいにすると、目の前に紙をひろげ、ペンをインクに浸して、目を天井に向けたままじっとしている。その間、肘掛椅子に座ったペキュシェは、脚をまっすぐに伸ばし、うつむいて考え込んでいる。

時折、おののきを覚え、アイデアが頭をかすめるような気がする。それをつかもうとすると、もう消えてしまっているのであった。

だが、主題を見つけるための方法というものがあるはずだ。まずは適当にタイトルを決め、そこから話の内容を引き出してもよい。諺を発展させたり、いくつかの事件を組み合わせて一つにすることもできる。これらの方法のどれ一つとして、上手くいかなかった。様々な逸話集、『名高い訴訟記録[*67]』を数巻、また山ほどの物語に目を通したが無駄であった。

そのくせ、彼らはオデオン座で上演されることを夢見て、劇場の光景を思い描いては、パリにいないことを残念がった。

「僕は作家になるべく生まれてきたんであって、田舎に埋もれるような人間じゃない！」とブヴァールが言う。

「僕だって同じさ」とペキュシェが応じる。

ある時、彼はふとひらめいた。自分たちがこんなに悪戦苦闘しているのは、

＊65　「コーヒー　才気をもたらす」

規則を知らないからではないか。

そこでドービニャック[*68]の『演劇の実践』や、またそれほど古びてない何冊かの著作をもとに規則を学んだ。

重要な問題が色々と論じられている。喜劇は韻文で書くことができるかどうか[*69]、悲劇が現代史から題材を引いてくるのは行きすぎであろうか、主人公は有徳の士でなければならないかどうか、悲劇にはどんな種類の悪役が出てくるのか、醜悪なものはどの程度まで許容されるのか、等々？　筋の細部は単一の目的につながるものでなければならず、興味は次第に増すように、結末は始まりに呼応すべきだという。なるほどその通り！

「私を惹きつけることができる手立てを工夫すべし」とボワロー[*70]は述べている。

どうやったら手立てを工夫することができるのだろうか？

言葉の隅々にまでみなぎる情念が、
心をつかみ、熱くさせ、揺り動かさねばならない。

どのようにして心を熱くさせるのだろうか？

要するに、規則だけでは足りない。その上に、天才が必要なのだ。

それに天才だけでも十分ではない。アカデミー・フランセーズに言わせれ

（紋切型辞典）。

＊66　「インスピレーション　海の眺め、恋愛、女性などによってもたらされる」（紋切型辞典）。

＊67　十八世紀から十九世紀にかけて、訴訟記録や三面記事をおさめた雑誌、出版物が数多く出され、当時の少なからぬ作家たちの貴重な着想源となった。特に有名なのが、スタンダール、『赤と黒』（一八三〇）のケースであろう。

＊68　フランソワ・エドラン・ドービニャック（一六〇四―七六）　聖職者、劇作家、演劇理論家。『演劇の実践』（一六五七）において、古典主義演劇の三単一の法則を定めたことで知られる。

＊69　「喜劇　韻文の喜劇は、現代にはもうふさわしくない」（紋切型辞典）。

＊70　ニコラ・ボワロー（一六三六―一七一一）　詩人、批評家。代表作『詩法』（一六七四）によって、古典主義の文学理論を確立。ここで引用されているのは、その第三篇の一節。

ば、コルネイユ[*71]は演劇のことが何も分かっていない。ジョフロワ[*72]はヴォルテールをこきおろしているし、ラシーヌもシュブリニー[*73]に嘲笑されている。ラ・アルプはシェイクスピア[*74]の名を聞くと憤ったそうだ。

旧批評に嫌気がさした彼らは、新批評を知りたくなって、新聞の劇評を取り寄せた。

何という厚かましさ！　何という強情さ！　何という不誠実！　傑作をおとしめては、凡庸な作品を持ち上げている。物知りとみなされている著者たちは蒙昧だし、才気があると言われている連中は愚鈍きわまりない！[*75]

おそらく公衆の判断こそ、信頼に値するのではなかろうか？

だが、喝采を受けた作品といえども時に彼らの気に入らないこともあれば、さんざんやじられた作品の中に心惹かれるものがあった。

かくして、識者の意見は当てにならず、大衆の判断は突拍子もないものだ。

ブヴァールはこのジレンマをバルブルーに訴えた。ペキュシェの方もデュムシェルに手紙を書いた。

元セールスマンは、田舎暮らしがこうまで人を耄碌《もうろく》させるものかと呆れかえった。旧友ブヴァールは老いぼれて、「もはや何も分からなくなってしまった」。

演劇はただの消費物であり、パリ特有の娯楽の一つである。人は気晴らしのために観劇に行くのであり、良い作品とは楽しませてくれるもののことだ。

＊71　ピエール・コルネイユ（一六〇六―一八四）　劇作家。悲劇『ル・シッド』（一六三七）は大成功を収めるが、古典主義の規範にもとるとの批判を浴び、アカデミー・フランセーズをも巻き込んだ論争を引き起こした。

＊72　ジュリアン＝ルイ・ジョフロワ（一七四三―一八一四）　劇評家。晩年、『デバ』紙に劇評を連載。十八世紀の作家たち、特にヴォルテールを激しく批判した。

＊73　アドリアン＝トマ・ペルドゥ・ド・シュブリニー（一六三六―一九六）　劇作家。モリエール劇団で上演した『馬鹿げた諍い、あるいはアンドロマック批判』（一六六八）は、ラシーヌの悲劇を茶化したもの。

＊74　ウィリアム・シェイクスピア（一五六四―一六一六）　イギリスの劇作家、詩人。この世界文学史上の大作家がフランスで正当な評価を得るようになるのは、スタンダールの『ラシーヌとシェイクスピア』（一八二三―二五）に見られるように、ロマン主義の時代になってからである。

「この間抜け」とペキュシェは叫んだ。「そちらを楽しませるものは、こちらには面白くも何ともないんだ。それにそちらだって、他の連中同様、今にそんなものにはうんざりするはずさ。もし戯曲が上演のためだけに書かれているならば、どうして最良の作品はいつまでも読まれ続けるんだい？」そこで、デュムシェルの返事を待った。

教授によれば、芝居の当座の当たりはずれなど、何の証拠にもならないという。『人間嫌い』も『アタリー』も不評であったし、逆に『ザイール』[*76]は今では理解されなくなっている。誰が今さらデュカンジュ[*77]やピカール[*78]のことを話題にするだろうか？ そうして教授は、『風琴弾きのファンション』[*79]から『漁夫ガスパルド』[*80]まで、近年大成功した作品を挙げて、現代の舞台の退廃を嘆いた。その原因は、文学の軽視、というよりむしろ文体に対する軽視である。

それでは、文体とは正確なところどういうものなのか？ 彼らはデュムシェルに教えてもらった作家の著書にあたって、文体のあらゆる様式の秘訣を学び、どうしたら荘厳な文体、節度のある文体、素朴な文体、高貴な言い回し、卑俗な言葉などが得られるかを知った。「犬」という語は、「むさぼり食う」によって引き立つ。「吐く」という語は、比喩的な意味にしか使われない。「熱」という語は情熱を指すのに用いられ、「雄々しさ」という語は韻文で効果を発揮する。

＊75 「批評家　すべてを知り、すべてを理解し、すべてを読み、すべてを見たとみなされている。／気に入らない批評家は、アリスタルコス［古代ギリシアの文献学者であり、厳格な批評家の代名詞］とか、宦官などと呼ぶべし」（紋切型辞典）。

＊76 注38参照。

＊77 ヴィクトール・デュカンジュ（一七八三―一八三三） 小説家、劇作家。メロドラマの人気作者。代表作『三十年間、またはある賭け事師の一生』（一八二七）は、フレデリック・ルメートルの好演もあって、大ヒットした。

＊78 ルイ＝ブノワ・ピカール（一七六九―一八二八） 劇作家、俳優。自ら劇団を率い、同時代の風俗を描いて成功をおさめた。

＊79 ブイイ、パン共作、ドシュの音楽による喜歌劇（一八〇〇）。美徳の化身たるヒロインにまつわる感傷的な物語は、当時の観客たちの感涙を誘ったという。

＊80 注50参照。

「詩を作ってみないかい？」とペキュシェが言う。

「それはもっと先のことさ！　まずは散文に取り組もうじゃないか」[*81]

著作家たちははっきりと、古典を一つ選んで、それを範とするよう勧めている。しかしどんな作品にもそれなりの危険があり、単に文体のみならず、言語の面でも過ちを犯しているという。

　このような断言にブヴァールとペキュシェは狼狽した。そこで、さっそく文法の勉強を始めた。

　我々の言語には、ラテン語のように定冠詞と不定冠詞があるのだろうか？　あると考える者もいれば、ないと主張する者もいて、彼らには決めかねた。

　動詞は常に主語と一致するが、時には一致しない場合もある。

　動詞的形容詞と現在分詞はかつては区別されていなかったのに、アカデミーがはなはだ分かりにくい区別を設けたのである。[*82]

「彼らに（leur）」という代名詞は人にも物にも使われるが、「そこで（où）」と「それについて（en）」はおもに物に用いられ、時に人間にも適用される。

二人もこれにはとても満足であった。

「この女性は親切そうだ（Cette femme a l'air bon）」というべきか、あるいは「親切な」を女性形（bonne）にすべきだろうか？[*83]「乾いた木の薪（une bûche de bois sec）」の「乾いた」は、女性形（sèche）だろうか？「〜せずにはおかない（ne pas laisser de）」は、「que de」とすべきか？　また「盗賊たちの一団（une troupe de voleurs）が現れた」という時、動詞は単数

＊81　「散文　韻文よりも簡単に作れる」（紋切型辞典）。

＊82　フランス語の現在分詞は、無変化のまま形容詞的に名詞にかかることができる。ところが、なかには関係する名詞と性数一致し、付加形容詞として用いられるものもあり、これを動詞的形容詞と呼ぶ。

＊83　形容詞bonを様子air（男性名詞）にかけるべきか、女性femme（女性名詞）にかけるべきかという問題。次も同様で、secを木bois（男性名詞）にかけるか、薪bûche（女性名詞）にかけるかが問題になっている。

＊84　ジャン＝バティスト・マシヨン（一六六三―一七四二）　聖職者。すぐれた説教師として知られ、ルイ十

(survint) か、はたまた複数 (survinrent) か?

他にも厄介な問題がある。例えば「autour」と「à l'entour」［どちらも「周囲に」の意］について、ラシーヌとボワローはこの二つに違いを認めていない。「imposer（課す）」と「en imposer（畏敬の念を抱かせる）」は、マショヨン*84とヴォルテールにおいては同義語として扱われている。ラ・フォンテーヌ*85は「croasser（かあかあ鳴く）」と「coasser（げろげろ鳴く）」を混同しているが、だからと言ってカラスとカエルの区別がつかなかったわけではなかろう。

実を言うと、文法学者たちの意見もまちまちだ。ある者が美を見出すところに、他の者は間違いを指摘する。原則を認めながらも、その帰結を斥け、あるいは逆に原則を拒みながら、その帰結を主張したりする。伝統に依拠しつつも、巨匠を否定して、妙なこだわりを見せたりもする。メナージュ*86は「lentilles（レンズマメ）」と「cassonade（粗糖）」という語の代わりに、「nentilles」および「castonade」と言うように勧めている。ブーウール*87によれば「hiérarchie（ヒエラルキー）」ではなく「jérarchie」となるし、またシャプサル氏*88は「œils de la soupe（スープに浮いた油の輪）」と綴っている［œilの複数形は、正しくはyeux］。

ペキュシェはとりわけジェナン*89には啞然とさせられた。何だって？「hannetons《アヌトン》（黄金虫）」より「z'annetons《ザヌトン》」、「haricots《アリコ》（インゲン豆）」より「z'aricots《ザリコ》」の方がよいというのか*90。またルイ十四世の時代には、「Rome《ローム》（ロ

四世の追悼演説も行った。

*85　ジャン・ド・ラ・フォンテーヌ（一六二一—九五）　詩人。韻文による『寓話』（一六六八—九四）は、自然や動物に仮託して、同時代の人間模様を風刺的に描き出した傑作。

*86　ジル・メナージュ（一六一三—九二）　文法学者。語の古形に対するこだわりで知られ、『フランス語語源辞典』（一六五〇）を著した。

*87　ドミニク・ブーウール（一六二八—一七〇二）　聖職者、文法学者。『フランス語についての疑念』（一六七四）などにおいて、純正語法主義的な主張を展開した。

*88　シャルル＝ピエール・シャプサル（一七八八—一八五八）　文法学者。フランソワ・ノエルとの共著『新フランス語文法』（一八二三）は長らく古典とみなされていた。

*89　フランソワ・ジェナン（一八〇三—五六）　文献学者。主著に『文献学の楽しみ』（第二版、一八五八）など。

*90　標準的なフランス語の文法で

ーマ)」のことを「Roume《ルーム》」、「Lionne《リオンヌ》氏」を「Lioune《リウーヌ》氏」と発音していたという！

そこにとどめを刺したのは、リトレ[*91]である。曰く、確実な綴り字法などこれまでもあったためしはないし、これからもないだろうとのこと[*92]。

彼らはそこで、統辞法とは気まぐれなものであり、文法など幻想にすぎないと結論付けた。

それに当時の新たな修辞学が説くところによれば、話すように書くべきであり、実際に感じて、観察したものであれば、必ずすぐれた文章になるという。

彼らとて感性は豊かだし、また観察もしてきたつもりなので、書く資格は十分にあるはずだと考えた。戯曲は枠が狭くて窮屈だが、小説ならばもっと自由である。とりあえず何か執筆すべく、記憶を掘り返して主題を探した。

ペキュシェは課長の一人にとても嫌な奴がいたのを思い出し、作品で仇を討ってやろうと考えた。

ブヴァールは、昔居酒屋で、飲んだくれで極貧の年老いた習字の先生と知り合いになったことがある。この人物以上に面白い題材もそうはあるまい。

一週間後、今度はこの二つの主題を一つにまとめようと思い付いた。だがそれ以上の進展はないまま、次々と別の主題が浮かんでくる。ある家庭の不幸をもたらす女の話。ある女とその夫と愛人。体の障害のために貞淑を余儀

は、hannetonsもharicotsも有音のhで始まるので、直前に来る不定冠詞desのsの音とつながって、「ザ」と発音することはない。

*91　エミール・リトレ（一八〇一―八一）　哲学者、文献学者。その浩瀚な『フランス語辞典』（一八六三―七二）は今日でも参照される記念碑的な辞典である。

*92　これは次の『紋切型辞典』の記述に対する否定となる。「綴り字法　幾何学と同様に信じるべし」

*93　フリードリヒ・シェリング（一七七五―一八五四）　ドイツ観念論に属する哲学者。自然を生成途上にある精神そのものとみなす自然哲学を説き、自然（有限）と精神（無限）の統一を実現するという役割を芸術的直観に見てとった。

*94　トマス・リード（一七一〇―九六）　スコットランドの哲学者。スコットランド常識学派の確立者。経験論や感覚論には還元できない「常識の諸原理」の必要性を説き、フランスにおいては、クーザンやジュフロワら折

なくされる女性。野心家の男。腹黒い司祭。

こういった漠然とした着想と、自分たちの記憶から引っ張ってきた事柄を繋ぎ合わせようと努めては、削除したり、加筆したりする。ペキュシェは感情と思想を重んじるのに対し、ブヴァールはイメージと色彩を大切にした。そして次第に意見が合わなくなると、どちらも相手がこれほど了見が狭いのに驚くのであった。

美学と呼ばれる学問が、きっと二人の対立を解消してくれるだろう。デュムシェルの友人の哲学教授が、この分野についての著作のリストを送ってくれた。彼らはそれぞれ別個に研究しては、お互いの考察を伝え合った。

まず美とは何であろうか？

シェリング[*93]にとっては、有限によって表現されるところの無限である。リード[*94]にとっては人知を超えた性質、ジュフロワ[*95]にとっては分解不可能な事実、ド・メストル[*96]にとっては美徳にかなうもの、さらにアンドレ神父[*97]にとっては理性に合致するものとなる。

しかも美にはいくつかの種類がある。たとえば科学における美といえば、幾何学は美しい。習俗における美については、ソクラテス[*98]の死が美しいことは否定できない。動物界における美の例としては、犬の美しさはその嗅覚に存する。豚は不潔な習性ゆえに、美しくはあり得ない。蛇も同様で、我々のうちに低俗さの観念を呼び覚ます。花や蝶や鳥はたいてい美しい。結局のと

衷主義哲学の理論的源泉となった。
＊95　テオドール・ジュフロワ（一七九六—一八四二）哲学者。クーザンと並ぶフランス唯心論の支柱。リードとデュガルド＝スチュワートの翻訳者でもあり、スコットランド常識学派をフランスに紹介した。
＊96　ジョゼフ・ド・メストル（一七五三—一八二一）サヴォワ公国出身の政治家、哲学者。反革命の激越な思想家として知られ、君主政治と教皇の絶対権を主張した。
＊97　アンドレ神父（一六七五—一七六四）イエズス会士、哲学者。『美に関する試論』（一七四一）は、フランス語で書かれた最初の美学の著作の一つである。
＊98　ソクラテス（前四六九頃—前三九九）古代ギリシアの哲学者。アテナイの若者たちを堕落させたという罪で死刑判決を受けたソクラテスは、周囲の逃亡の勧めを拒否し、国家への義務に服するため、自ら毒杯をあおって死んだ。その詳しい顛末は、弟子プラトンの『パイドン』その他の著

ころ、美の第一条件とは多様性における統一だというのが原則である。

「だけど」とブヴァールが言う。「藪にらみの二つの目は、まっすぐな目に比べて変化には富んでいるけれども、往々にして印象はよくないね」

　彼らは崇高の問題にも取り組んだ。

　それ自体で崇高な事物というものがある。例えば、急流のたてる轟音、深い闇、嵐によってなぎ倒された木などがそれに当たる。一人の人間の性格は、勝利をおさめた時には美しく、戦っている時には崇高だ。

「分かったぞ」とブヴァール。「美とは美しいもので、崇高とはとても美しいものだ。どうやったらこの二つを見分けられるのだろう？」

「直観によってさ」とペキュシェが答える。

「なら、直観はどこから来るんだい？」

「趣味《グー》からさ！」

「趣味とは何だい？」

　定義によれば、それは特殊な識別力、素早い判断、諸々の関係を判別する資質である。

「要するに、趣味とは趣味のことだ。それに、どうやったらそれが身につくかは誰も教えてくれないじゃないか」

　節度を守らねばならない。だが節度は変化するものなので、どんなに完璧な作品であろうと、永遠に非の打ちどころがないというわけにはいかない。しかしながら、不滅の美というものがあるはずだが、その法則は我々にはうかがい知れず、その生成は謎に包まれている。


作で描かれている。

一つの理念をあらゆる形式によって表現することはできない以上、諸芸術の間の境界、および各芸術におけるジャンルの違いを認識しなければならない。ところが、様式の混淆が生じて、あるジャンルの文体が別のジャンルに入りこむことがあるが、これを抑えようとすると、かえって目的から外れ、真実味を失うことにもなりかねない。

真実をあまり厳密に適用すると美を損ない、美に専念すると真実を妨げることになる。とはいえ、理想なくして真実はない。だからこそ、典型《タイプ》の持つリアリティーは肖像《ポートレート》よりも古びないのである。その上、芸術が扱うのは、本当《ヴレサンブランス》らしさに限られる。だが、本当らしさはそれを観察する人次第であり、相対的かつ一時的なものだ。

彼らはこのようにあれこれ理屈をこねまわしていた。ブヴァールは段々と美学に信用が置けなくなった。

「美学がでたらめでないならば、その厳密さは色々な例によって証明されるはずだろう。ところが、聞いてみたまえ」そうしてノートを読み上げたが、これには多くの調査を要したのである。

「ブーウールは、タキトゥス[*99]が歴史に必要な単純さを欠いているといって非難している。ドロー氏[*100]という教授は、シェイクスピアが真面目なものと道化たものを混ぜ合わせたことを責めているし、ニザール[*101]という別の教授によれば、アンドレ・シェニエ[*102]は詩人としては十七世紀の作家たちに及ばないという。ブレア[*103]というイギリス人は、ウェルギリウス[*104]の作品中のハルピュイアの

＊99　第Ⅳ章注83参照。

＊100　ジョゼフ・ドロー（一七七三―一八五〇）　歴史家、哲学者。フローベールが参照したのは、『芸術における美についての研究』（第二版、一八二六）。

＊101　デジレ・ニザール（一八〇六―一八八八）　文芸批評家。古典主義を擁護し、反ロマン主義の論陣を張った。フローベールが参照したのは、『フランス文学史概論』（新版、一八七八）。

＊102　アンドレ・シェニエ（一七六二―一七九四）　詩人。恐怖政治下に、革命政府によって処刑された。その詩作品のほとんどが死後出版であり、ロマン主義の作家たちによって称賛された。

＊103　ヒュー・ブレア（一七一八―一八〇〇）　スコットランドの説教師、批評家。フローベールが参照したのは、『修辞学と文学に関する講義』（原著

場面にけちをつけている。ホメロスについて言えば、マルモンテルはその詩法上の破格を遺憾とし、ラ・モット[*105]はその主人公たちの不道徳を糾弾し、さらにヴィダ[*106]はその比喩に憤慨している。要するに、修辞学とか、詩学とか、美学をこね回している連中は、そろいもそろって間抜けだとしか思えないね！」

「それは極論だよ！」とペキュシェが言う。

彼も様々な疑念に苛まれていた。というのも、（ロンギノス[*107]が指摘するように）凡庸な精神は間違いを犯すことができないとしたら、間違いは巨匠に属するものとなり、従って感嘆の対象となるはずではないか？　さすがにそれはあんまりだ！　しかし、巨匠はやはり巨匠である！　彼は理論と作品、批評家と詩人を調和させようと試み、美の本質を把握しようと欲した。そしてこれらの問題にさんざ悩まされたあげく、胆汁が掻き乱されて、ついには黄疸にかかってしまった。

ちょうどその病気が一番ひどかった頃、ボルダン夫人が女中のマリアンヌを通じて、ブヴァールに会見を申し込んできた。

未亡人は、あの芝居の朗読の日以来、姿を見せないままであった。誘いをかけてきたのだろうか？　だが、何故マリアンヌを間に立てるのだろう？　一晩中、ブヴァールの想像は掻き立てられた。

翌日の二時頃、廊下を歩き回りながら、時々窓から外を眺めていると、呼び鈴が鳴った。公証人だった。

一七八三、仏訳一八二一）。

＊104　ウェルギリウス（前七〇―前一九）　古代ローマの詩人。その最後の作品『アエネーイス』はラテン語文学の最高峰とされる。その第三巻に出てくるハルピュイアは、女の顔をした怪鳥であり、アエネーアースに今後の旅の苦難を予言する。

彼は中庭を横切ると、階段を上り、肘掛椅子に腰を下ろした。そして挨拶もそこそこに、ボルダン夫人を待ちくたびれて、先にやって来たのだと説明した。彼女はエカールの土地を買いたがっているのだという。

ブヴァールは気持ちが冷めるのを感じて、ペキュシェの部屋に相談に行った。

ペキュシェは何と答えていいか分からなかった。ヴォコルベイユ氏がもうすぐやって来ることになっているので、気が気でなかったのだ。

ようやく彼女が現れた。その身づくろいを見れば、どうして遅れてきたかが納得される。カシミヤのショール、帽子、光沢のある手袋など、大事な機会にふさわしい身なりである。

さんざん回りくどい言い方をした後で、彼女は千エキュ［三千フラン］ではどうだろうかと尋ねた。

「一エーカーですよ！　千エキュですって？　とんでもない！」

彼女は目をしばたたいた。「でも！　私にはとても！」

そして三人とも黙ってしまった。ド・ファヴェルジュ氏が入ってきた。

彼は代訴人のようにモロッコ革の折かばんを小脇に抱えていたが、それをテーブルの上に置くと、こう切り出した。

「パンフレットです！　選挙改革[*108]にかかわるものですが、厄介な問題でしてね。ところで、これはあなた方のものではないですか？」そう言うと、『悪

＊105　アントワーヌ・ウダール・ド・ラ・モット（一六七二―一七三一）詩人。ホメロスの『イリアス』を欠陥だらけの作品と断じ、その韻文形式の翻案（一七一四）を出版して、新旧論争を再燃させた。

＊106　マルコ・ジロラモ・ヴィダ（一四八五―一五六六）イタリアの聖職者、詩人。代表作に『詩法』（一五二七）など。

＊107　ロンギノス（二一三頃―二七三）ギリシアの修辞学者、哲学者。一六七四年にボワローがフランス語に訳した『崇高について』は、長い間、この新プラトン主義哲学者の著作だと誤って信じられてきた。

＊108　第Ⅱ章注42参照。選挙法改正の主張は元々共和派の要求であったが、この時期、ド・ファヴェルジュのような正統王朝派も、ルイ＝フィリップを揺さぶるためこれに同調するようになり、一八四八年の二月革命の勃発へとつながった。

魔の回想録[*109]』の第二巻をブヴァールに差し出した。

先ほどメリーが台所でこれを読んでいたのだという。雇い人の素行はちゃんと監督しなければならないのだから、彼としては本を取り上げるのはよいことだと信じていた。

女中に本を貸したのはブヴァールである。そこで、小説について話が始まった。

ボルダン夫人は、陰鬱なものでなければ好きだという。

ド・ファヴェルジュ氏が言うには、「作家は悪徳をことさら美化して描いてみせますな！描かなければならないのです！」とブヴァールが異を唱える。

「すると、その手本に従うだけでよいということになりませんか！……」

「手本といった問題ではありませんよ！」

「少なくとも、それが若い娘の手に渡る可能性があることはお認めになるでしょうね。私にも娘が一人おります」

「素敵なお嬢様です！」公証人が、結婚契約に立ち会う日のような表情を浮かべて言った。

「そこで、娘のためというよりも、むしろその周りにいる連中のことを考えて、我が家では小説を禁じています[*110]。そもそも民衆というものは、あなた！……」

「民衆が何をしたというのです？」ヴォコルベイユが不意に戸口に現れた。

ペキュシェもその声を聞きつけて、仲間に加わりにやって来た。

「私が言いたいのは」と伯爵は続ける。「ある種の書物は民衆から遠ざけるべきだということです」

ヴォコルベイユが反駁する。「それでは教育に反対なのですね？」

＊109　注7参照。
＊110　「小説　庶民を堕落させる」（紋切型辞典）。
＊111　当時タヒチの保護国化をはかっていたフランスは、一八四四年にイ

「そんなことはありませんよ！　失礼ですが」

「こう毎日のように」とマレスコが口を挟む。「政府が非難されるのでは！」

「そのどこが悪いというのです？」

そして貴族と医者は、プリチャード事件[*111]や、出版の自由を制限する九月法[*112]などを挙げて、ルイ＝フィリップをこきおろし始めた。

「それに演劇の自由も！」とペキュシェが言い添える。

　マレスコはもはや我慢ならなかった。「いくらなんでも行き過ぎですよ、あなたのおっしゃる演劇は！」

「その点については、私も同感ですな！」と伯爵。「自殺を賛美する芝居なんて！」

「自殺は美しいですぞ！　カトー[*113]がその証拠です」とペキュシェは言い返した。

　ド・ファヴェルジュ氏はこの反論を聞き流すと、最も神聖な物事たる家族、所有権、結婚を嘲弄するような作品を激しく非難した。

「それなら、モリエールは？」とブヴァールが言う。

　マレスコは趣味人として、モリエールはもう時代遅れだし、そもそも少し買いかぶられていたのだと答えた[*114]。

「それに」と伯爵が続ける。「ヴィクトル・ユゴーはマリー＝アントワネット[*115]に対して苛酷、ええあまりに苛酷でしたよ。メアリー・チューダーの役[*116]に

ギリス領事プリチャードをタヒチから追放。これに対するイギリスの賠償請求に屈したルイ＝フィリップ政府の弱腰の外交姿勢は、世論の非難の的となった。

＊112　一八三五年七月のフィエスキによる国王暗殺未遂を受けて、同年九月に施行された法律。新聞発行の補償金の増額、反体制的な風刺画の検閲などを打ち出し、七月王政下における言論統制を強化した。

＊113　カトー・ウティケンシス（前九五―前四六）　ローマ共和制末期の政治家、哲学者。ポンペイウスの死後、カエサルに徹底抗戦し、降伏を迫られると、自害して果てた。自殺した場所である北アフリカのウティカにちなんで、ウティカのカトーと呼ばれる。

＊114　「モリエール　文芸の壁紙装飾業者」（当世風思想一覧）。

＊115　マリー＝アントワネット（一七五五―九三）　フランス王ルイ十六世の妃で、革命政府によって処刑された。オーストリア大公妃マリア・テレジアの娘。道ならぬ恋に身を焦がす女

ことよせて、女王の典型とも呼ぶべきお方をさんざん辱めるなんて！」

「何ですって！」とブヴァールが叫んだ。「作家としての私の権利は……」

「いいえ、あなた、悪事を懲らしめ、教訓を与えるのでなければ、犯罪を描く権利などないのです」

ヴォコルベイユもまた、芸術は目的を持たねばならないと考えていた。大衆の教化に努めるべきである！「科学や、最新の発見や、愛国心を歌ってほしいものです」そうしてカジミール・ドラヴィーニュ[*117]を讃えた。

ボルダン夫人はフードラ侯爵[*118]を褒めそやした。

公証人が口を挟む。「だけど、言語についてはどう思われます？」

「言語ですって？　どういうことかしら？」

「文体のことですよ！」とペキュシェが大声で言う。「彼の作品はよく書けているとお考えですか？」

「もちろん、とても面白いですわ！」

ペキュシェが肩をすくめると、彼女はこのぶしつけな振る舞いに赤くなった。何度もボルダン夫人は用件に話を戻そうと試みた。取り決めるにはもう遅すぎる。彼女はマレスコに腕を借りて出て行った。

伯爵はパンフレットを渡して、あちこち配るよう頼んだ。

ヴォコルベイユも帰ろうとしたところを、ペキュシェが呼び止めた。

「私をお忘れですか、先生！」


王のイメージは、まさにロマン主義の紋切型である。

＊116　ユゴーの『メアリー・チューダー』（一八三三）のこと。この散文劇では、イギリス女王メアリー一世（一五一六―五八、在位一五五三―五八）が、恋におぼれる女として描かれている。小説の下書き草稿の記述によれば、ユゴーのこの歴史劇にマリー＝アントワネットへの暗示を見て取ったのは、アルフレッド・ネットマンという王党派の批評家である。

黄ばんだ顔色に、口髭を生やし、ほどけかけたバンダナから黒い髪の毛がはみ出している様子は、哀れをもよおすものであった。

「下剤をかけなさい！」と医者は言った。そしてまるで子供に対するように、二度軽く頬を叩いた。

「神経質すぎるんですよ！　芸術家すぎますな！」*119

この打ち解けた態度がペキュシェには嬉しかった。ほっとしたのである。そこで友人と二人きりになると、

「大したことはないと思うかい？」

「うん！　もちろんさ！」

彼らは、先ほど聞いたばかりの議論をまとめてみた。芸術の道徳性は各人各様であり、自分の利害にかなう側面に限られている。誰も文学を愛してなどいないのだ。

それから、伯爵が持ってきた印刷物に目を通した。どれもみな、普通選挙を要求している。

「どうも近いうちにひと騒動あるかもしれないね？」とペキュシェが言った。おそらく黄疸のせいであろうか、彼にはすべてが悲観的に見えていたのである。

＊117　カジミール・ドラヴィーニュ（一七九三―一八四三）　詩人、劇作家。ナポレオン没落直後に発表した愛国的な哀歌により、一時、国民的な人気を得た。

＊118　フードラ侯爵（一八〇〇―七二）　小説家。狩猟小説の創始者であり、上流社会の習俗を描くのに秀でていた。

＊119　「病人　病人を元気づけるには、その病を笑いとばし、苦痛の訴えに耳を貸さないこと」（紋切型辞典）。

VI

一八四八年二月二十五日の朝、ファレーズから来た男が、パリはバリケードに覆われているとシャヴィニョールの人々に知らせた。すると翌日、共和政の宣言が村役場に張り出された。[*1]

この大事件にブルジョワたちは茫然自失した。

しかし、破棄院も、高等裁判所も、会計検査院も、商事裁判所も、公証人会も、弁護士会も、国務院も、大学も、将軍たちも、さらにはド・ラ・ロシュジャクラン氏[*2]すらもが臨時政府に賛同したと知ると、人々は胸をなでおろした。そしてパリでは自由の木[*3]が植えられていると聞いて、村議会はシャヴィニョールでもこれにならうことに決めた。

ブヴァールは民衆の勝利に愛国心をくすぐられて、木を一本寄贈することにした。ペキュシェの方も、王権の失墜は彼の予測を見事に裏付けたのだから、満足でないわけがない。

ゴルギュは彼らの指図に熱心に従い、塚山のふもとにある草原の縁に並んだポプラの木を一本引き抜くと、指定された通り、村の入り口の「パ・ド・ラ・ヴァック」の峠のところまで運んだ。

儀式が始まる前から、三人は行列がやって来るのを待っていた。

＊1　二月二十二日から二十四日にかけて起こった二月革命により、七月王政は崩壊。ここでは革命がノルマンディーの田舎町に伝わるのに、数日のタイムラグがある。

＊2　アンリ＝オーギュスト＝ジョルジュ・ド・ラ・ロシュジャクラン（一八〇五―六七）　政治家。有名な正統王朝派の家系の出身であるが、二月革命にあたっては、君主制と普通選

太鼓の音が鳴り、銀の十字架が姿を現した。次いで見えてきたのは、聖歌隊員が手にした二本の燭台と、白衣の上に長袍祭服とストラ［首から掛ける帯］をまとい、角帽をかぶった神父。聖歌隊の子供たちが四人、それに付き従い、さらに五人目の子供は聖水を入れた桶を手に持って、その後に寺男が続く。

神父は、三色の飾り紐をつけたポプラの木が立っている穴の縁の盛り土に上った。その正面には、村長と、二人の助役ベルジャンブにマレスコ。それからド・ファヴェルジュ氏、ヴォコルベイユ、眠そうな顔をした治安判事クーロンらのお歴々が控えている。ウルトーは警帽を被り、新任の小学校教師アレクサンドル・プティはフロックコートをはおっていたが、これは晴れ着ではあるものの、みすぼらしい緑色の代物だ。サーベルを握ったジルバルに率いられた消防隊員が一列に並び、その反対側には、ラ・ファイエット*4時代の古びた軍帽の白い記章がいくつかきらめいている。だがそれもせいぜい五つか六つにすぎないのは、国民衛兵隊《ガルド・ナショナル》*5はシャヴィニョールではすたれていたからである。百姓とその女房たち、近傍の工場の労働者たち、腕白小僧らが、その後ろにひしめいている。そして背丈五ピエ八プス［約一メートル八十センチ］もあるブラックヴァン巡査が、あたりを睥睨しながら、腕組みして歩き回っていた。

神父の演説は、同じような機会に他の司祭がしたものと大差なかった。まずは歴代の王を糾弾してから、共和国を賛美する。文芸共和国*6とかキリスト

挙を両立させようと試みた。その後、第二帝政期にはナポレオン三世に接近した。

*3　フランス革命時に自由の象徴として公共の広場などに盛んに植えられた自由の木は、それ以後、十九世紀を通じて共和国の象徴となっていった。

*4　ラ・ファイエット侯爵ジルベール・デュ・モティエ（一七五七―一八三四）　政治家、軍人。貴族出身だが自由主義者であり、立憲王政派としてフランス革命を支持。「人権宣言」起草に参加し、国民衛兵隊総司令官となるが、共和派と対立し亡命する。その後、第一帝政・復古王政に反対し、七月革命時には再び国民衛兵隊総司令官として活躍した。

*5　国民衛兵隊とは、フランス革命時にパリをはじめとする各都市に組織された民兵組織。一八三〇年の七月革命と四八年の二月革命においても重要な役割を演じた。

*6　近世ヨーロッパの学者や知識人たちは、国家や宗教の枠を超えた

教共和国[*7]などと言うではないか？　前者ほど罪のないものが、また後者ほど美しいものがあるだろうか？　イエス＝キリストは我らの崇高な標語を表明なさったのであり、すなわち民衆の木とは十字架の木なのである。宗教が実りをもたらすためには、慈愛を必要とする。そして慈愛の名において、聖職者は同胞たちに、このまま騒ぎ立てることなく、静かに帰宅するように懇願した。

それから、神の祝福を祈りながら、灌木に聖水を振りかけた。「この木が成長して、あらゆる隷属からの解放と、その枝葉の陰よりも恵み深いこの友愛を、我々に思い起こさせんことを！　アーメン！」

一同の声が「アーメン」と繰り返した。次いで太鼓が鳴り響くと、聖職者は「テデウム」［感謝の歌］を唱えながら、教会へと引き返した。

神父がこの儀式で果たした役割は、素晴らしい効果を発揮した。素朴な連中はそこに幸福の約束を見て取ったし、愛国者たちは自らの主義に対して払われた敬意、尊敬の念と考えた。

ブヴァールとペキュシェは、自分たちの寄贈に対する感謝の言葉、あるいはせめてそれへのほのめかしくらいはあってしかるべきだと考えた。そこで、ファヴェルジュと医者に不満を打ち明けた。そんなつまらないことが何だというのか！　ヴォコルベイユは革命で有頂天になっていたし、それは伯爵とて同様であった。彼はオルレアン家を忌み嫌っていたのだ。もう二度と目にすることもあるまい。せいせいする！　これからは民衆の天下だ！　そう言うと、執事のユレルを伴って、神父の後を追って行った。

フーローはうなだれたまま、公証人と宿屋の主人にはさまれて歩いていた。今の儀式が癪にさわ

知的共同体に自らが属しているという意識を持っており、それを「文芸共和国」と呼んでいた。

ってはいたものの、反乱が怖かったのである。そして本能的に巡査の方を何度か振り返った。巡査は大尉をつかまえて、ジルバルの監督不行届きのせいで、その部下たちの態度がなっていないと愚痴を述べていた。

労働者たちが何人か、「ラ・マルセイエーズ」を歌いながら、街道を通って行った。ゴルギュがその真ん中で、杖を振り上げている。プティが目を輝かせて、一行に付き従っていた。

「ああいうのは好きになれませんね！」とマレスコが言う。「わめいたり、興奮したり！」

「仕方ありませんよ！」とクーロンが答える。「若者には楽しみが必要ですしね！」

フーローがため息をついた。「とんだ楽しみもあったもんだ！　それに、行き着くところはギロチンときている！」彼には死刑台が目に見えるようであり、何か恐ろしいことが起こる予感がしていた。

シャヴィニョールにもパリの動乱の余波は及んだ。ブルジョワたちは新聞を予約購読した。朝になると郵便局に人々が押し掛けたので、大尉が時折手伝ってくれなかったら、女局長にはどうにもならなかったであろう。それから一同は広場に残って、おしゃべりをするのだった。

最初に激しい議論の的になったのは、ポーランド問題[*8]である。

ウルトーとブヴァールはその解放を要求した。

ド・ファヴェルジュ氏の考えは違っていた。

*7　様々な含意のある表現だが、フローベールが参照したヴェルモレル『一八四八年の人々』（一八六九）に引かれているラングルの司教の演説においては、端的に教会を意味している。
*8　十八世紀末にオーストリア、プロイセン、ロシアによる分割により一旦は消滅したポーランドであるが、十九世紀にはいると独立運動の機運が高まり、抑圧に対する抵抗の象徴として各国の共和主義者たちの共感を呼ぶようになった。一八四八年、いわゆる「諸国民の春」の動きの中でポーランドにも反乱が勃発したが、フランスの臨時政府はこれに対して不介入の方針を打ち出し、反乱それ自体も間もなく鎮圧された。

「何の権利があって、かの地に赴こうというのです？　ヨーロッパを我々の敵に回すようなものですよ。軽率はいけません！」すると誰もがこの意見に賛成したので、ポーランド支持者の二人は黙ってしまった。

またある時は、ヴォコルベイユがルドリュ＝ロランの回状[*9]を擁護した。

フーローは四十五サンチームの付加税[*10]を持ちだして反論する。

だが政府は奴隷制を廃止した[*11]、とペキュシェが主張する。

「私の知ったことですかい、奴隷制なんて！」

「それなら、政治犯の死刑廃止はどうです？」

「まったく！」とフーローが続ける。「何でもかんでも廃止しようというのだから。だけど、いいですかい？　借地人たちはすでにとんでもない要求をしているんですよ！」

「結構じゃないですか！」ペキュシェに言わせれば、地主は恵まれすぎているという。「不動産の所有者は……」

フーローとマレスコがその言葉を遮って、彼を共産主義者《コミュニスト》呼ばわりした。

「私が？　共産主義者だって！」

すると全員が一斉にしゃべり出した。ペキュシェは政治クラブを設立しようと提案する！　フーローは勇を鼓して、シャヴィニョールにはそのようなものは決して作らせないつもりだと答えた[*12]。

次いで、ゴルギュが国民衛兵隊のための銃を要求した。世論のおかげで彼はその教官に祭り上げられていたのである。

村にある銃は、消防隊のものだけだ。ジルバルはそれを手放したがらなかったし、フーローも引き渡す気はなかった。

ゴルギュが彼を見つめた。「けれども、あっしがそいつを使いこなせることは誰もが認めているんですぜ」というのも、この男は様々な雑役のほかに、密猟も行っていたのであり、村長や宿屋の主人もしばしば野兎や家兎を買っていたのである。

「仕方がない！　持って行くがいいさ！」とフーローは折れた。

さっそくその夕方から、教練が始まった。

場所は教会前の芝生である。ゴルギュは青い作業衣を身に着け、腰の回りにスカーフを巻いて、機械的に動作を実演してみせる。命令する時の口調は乱暴だった。「腹を引っ込めろ！」するとたちまち、ブヴァールは息苦しくなるほど腹をへこませて、お尻を突き出した。「弓なりになれとは言ってないぞ、こんちくしょう！」ペキュシェは縦列と横列、回れ右と回れ左を取り違えた。だが、ひときわ哀れだったのは小学校教師である。ブロンドの顎鬚を輪状に生やしたプティは、ひ弱で背丈も小さく、銃の重さによろめいては、その銃剣が周りの連中の邪魔になっていた。

人々のズボンの色はまちまちで、負い革は垢じみており、古い制服は丈が短すぎて、脇腹からシャツが覗いている。そして誰もが「他にやりようがない」のだと言い張った。なかでも最も貧乏な連中の服装をととのえるために、寄付を募ることになった。フーローはけちったが、女たちが奮発した。ボル

＊9　アレクサンドル＝オーギュスト・ルドリュ＝ロラン（一八〇七―七四）　政治家。共和主義のリーダーの一人であり、二月革命に際しては臨時政府の内務大臣を務めた。王政下の知事に代えて政府派遣委員を各県に派遣。さらに一八四八年三月、共和制の定着を図って一連の回状を出したが、その過激な内容が保守派の憤激を買うところとなった。

＊10　破産に瀕した国家財政を救うため、臨時政府は三月十八日、直接税一フランにつき四十五サンチームの付加税を課すことを決定した。

＊11　四月二十七日、臨時政府は植民地の奴隷制廃止を宣言。これを主導したのが、以前から奴隷制廃止運動を推進していたヴィクトル・シュルシェールである。

＊12　「クラブ　保守主義者たちにとっては苛立ちの種」（紋切型辞典）。

ダン夫人も、共和国を嫌っていたのに、五フラン出した。ド・ファヴェルジュ氏は十二人分の装備を負担し、教練にも欠かさず参加しては、そのまま食料品店に陣取って、誰かれかまわずお酒をふるまうのだった。

当時は有力者が下層階級にへつらっていた。すべて労働者が優先である。皆がきそって彼らの一員たる特権を得ようとしていた。彼らこそが貴族になったのだ。

この一帯の労働者は、大部分が機織り工である。他にも、インド更紗の工場や、新しくできた製紙工場で働いている者もいた。

ゴルギュは弁舌巧みに彼らを籠絡し、格闘技の技を教えたり、取り巻きたちをカスティヨン夫人のところに飲みに連れて行ったりした。

しかし、農民の方がもっと数は多い。そこで市の日になると、ド・ファヴェルジュ氏は広場をぶらつき、彼らの要望を尋ねては、自分の意見に改宗させようと努めた。みな話を聞くだけで、何も答えようとしない。グイ爺さんのように、税金を減らしてくれるならば、どんな政府でも受け入れるつもりなのだ。

口達者のおかげで、ゴルギュは有名になった。おそらく議員に担ぎ出されるであろう。[*13]

ド・ファヴェルジュ氏もやはり同じことを考えていたが、ただし身を危うくしないようにつとめていた。保守派たちはフーローとマレスコの間で迷っていた。だが公証人は事務所の仕事を手放す気はなかったので、フーローに白羽の矢が立った。あんながさつで無能な奴がと、これに憤慨したのは医者である。

この男は元々試験の落ちこぼれで、パリを羨んでいた。陰鬱な様子をしているのも、人生に失敗したという意識のなせるわざだった。今や洋々たる前途が開けようとしている。何というリベンジだろう！　そこで公約を執筆すると、ブヴァールとペキュシェ両氏のところにやって来て、それを読み上げた。

二人は彼に賛辞を呈した。自分たちの信念も同じである。

けれども、彼らの方がもっと書くのは上手だし、歴史にも通じているのだから、議員になるのにふさわしいはずだ。そうではなかろうか？　だが、どちらが打って出るべきだろう？　すると、二人はお互いにデリカシーを発揮し合った。ペキュシェは自分よりも友の方を推す。「いいや！　君の方が適任だよ！　貫禄があるじゃないか！」ブヴァールは「たぶんね」と答える。「だけど、君の方が大胆だぜ！」そこでこの難問は棚上げにして、とりあえず行動計画を立ててみた。

この代議士の眩惑[*14]は他の連中にも及んでいた。大尉は警帽を被り、パイプをくゆらせたまま、それについて夢想する。同様に学校では小学校教師が、さらに神父も祈りの合間にそのことを考える。神父などはあまりに思いつめたあげく、時折、天を仰ぎながら、「おお神様！　私が代議士になれますように！」と口にしている自分に気付くのであった。

医者は激励を受けたので、ウルトーのもとを訪ねて、自らの勝算を説明した。

大尉はもったいぶらずに意見を述べた。ヴォコルベイユはなるほど知られてはいるが、同業者、それも特に薬剤師から好かれていない。皆が彼の悪口を言いふらすだろう。民衆は紳士など望んでいないし、お得意の患者たちだ

*13　一八四八年四月二十三日に行われた立憲議会選挙のこと。ちなみに、これは史上初の成年男子による普通選挙として名高い。

*14　『感情教育』（一八六九）第三部第一章に、主人公フレデリックがまさに同じ眩惑にとらえられて、立候補のために奔走するエピソードがある。また『紋切型辞典』にも、「代議士代議士になるのは、栄光の極み！」と記されている。

って離れかねない。医者はこれらの論拠を吟味したあげく、自分の立場の弱さを残念に思うのであった。

彼が帰って行くと、ウルトーはさっそくブラックヴァンに会いに出かけた。古参の軍人同士、助け合おうではないか！　だが、フーローに忠実な巡査は、協力することをきっぱりと断った。

神父はド・ファヴェルジュ氏に、いまだ時期尚早なことを示した。共和国が弱体化するのを待たなければならない。

ブヴァールとペキュシェはゴルギュに、彼には農民とブルジョワの団結に打ち勝つだけの力はないだろうと指摘した。そうやって不安を煽り、自信を奪ってしまった。

プティは自尊心から、その望みを隠そうとはしなかった。ベルジャンブが、もし落選したら罷免は免れないと警告してきた。

最後に、司教猊下が神父に勝手な行動は慎むようにと命じた。

従って、残るはフーローだけである。

ブヴァールとペキュシェは、この男が銃を使わせようとしなかったこと、クラブに反対したこと、その反動的な意見や吝嗇などを挙げて攻撃した。さらに、彼が旧体制を復活させようとしていると、グイに信じ込ませさえした。

農民にとってはこういったことはどんなに漠然としていても、それでも彼は、十世紀にわたって祖先の魂の中に積み重なった憎悪でもって、旧体制というものを憎んでいた。そこで自分や妻の親類全員、義兄弟や、いとこや、甥や姪の子供にいたるまで、一群の人々にフーローへの敵意を吹き込んだ。

ゴルギュとヴォコルベイユとプティは、村長陣営の切り崩しを続けていた。このように地ならしがすんでみると、誰も知らないうちに、ブヴァールとペキュシェが成功するための条件ができていた。

くじ引きでどちらが立候補するか決めようとしたが、上手く行かない。そこで医者のところに相談に行った。

彼はある知らせを伝えてくれた。『カルヴァドス』紙の編集者フラカルドゥーが、立候補を表明したという。二人の友人の落胆は大きかった。どちらも自分だけでなく、相手の気持ちをおもんぱかった。それでも、彼らの政治熱はおさまることなく、選挙の日には投票箱の監視を買って出た。フラカルドゥーが勝利した。

伯爵は国民衛兵隊に力を注いだが、司令官の肩章を手に入れることはできなかった。シャヴィニョールの住民たちは何とベルジャンブを任命したのである。

この奇妙で思いがけない公衆の人気は、ウルトーを面食らわせた。彼自身は義務をおろそかにしており、たまに教練を視察しては、小言を言うくらいだったのである。それが何だというのか！　帝政時代の元大尉をさしおいて宿屋の主人を選ぶとは、彼には奇怪千万に思われた。そして五月十五日の国会乱入事件[*15]の後は、「軍の位階が首都ではあんな風に与えられるものならば、もう何が起こっても驚くことはないさ！」と言った。

反動が始まりつつあった。

ルイ・ブラン[*16]のパイナップルのピュレ、フロコン[*17]の黄金のベッド、ルドリ

＊15　五月十五日、臨時政府のポーランド不介入に抗議して、民衆の一部がデモを組織。議会に侵入し、その解散を宣言したが、政府が招集した国民衛兵隊によって撃退され、暴動は失敗に終わった。この事件は、ブルジョワたちが反動化する直接の契機となった。

＊16　ルイ・ブラン（一八一一―一八八二）社会主義理論家、政治家。二月革命後、

ュ＝ロランの豪華な饗宴[18]などを、人々は当時信じ込んでいた。田舎者はパリで起こることなら何でも知っているつもりなので、シャヴィニョールのブルジョワたちもこれらの作り話を疑おうともせず、荒唐無稽な噂を真に受けていたのである。

ある晩、ド・ファヴェルジュ氏が神父のもとを訪れ、シャンボール伯[19]のノルマンディー到着を伝えた。

フーローによれば、ジョアンヴィル公[20]が海軍の部下たちと図って、社会主義者を打倒する準備を進めているという。ウルトーは、近いうちにルイ・ボナパルト[21]が執政になるだろうと断言していた。

工場は操業を停止しており、貧民たちが多数の群れをなして、野原をさまよっている。

ある日曜日（六月の初旬のことだった）、一人の憲兵が突如ファレーズ方面に出発した。アックヴィル、リファール［ルファールの間違い］、ピエール＝ポン、サン＝レミの労働者たちが、シャヴィニョールに向けて行進しているとのことだ。

家々のよろい戸は閉じられ、村議会が招集された。不慮の事態を防ぐため、いっさい抵抗はしないと決定された。憲兵隊には禁足令さえ出され、姿を見せないようにという指令が下った。

やがて嵐の轟音のようなものが聞こえてきた。次いで、ジロンド派の歌[22]が窓ガラスを揺らす。そして互いに腕を組んだ男たちが、埃まみれになり、汗だくのぼろ着姿で、カーン街道からあふれ出てくる。彼らが広場を埋めつく

臨時政府のメンバーに加わり、国立作業場の設立などの改革を行ったが、失敗に終わった。六月暴動の後、イギリスに亡命。一八七〇年に帰国した。

＊17　フェルディナン・フロコン（一八〇〇―一八六六）　社会主義者。二月革命の臨時政府の一員であり、さらに立憲議会では農商務大臣を務めた。その後、ストラスブールやスイスで蜂起を画策し、最後は極貧の中で死んだ。

＊18　『感情教育』の第三部第二章でも話題になっているこれらのデマは、おもに『ランピオン』などの正統王朝派の新聞によって流布されたもの。ちなみに、ルイ・ブランは『歴史の真相』

すと、大きな喧騒が立ち昇った。

ゴルギュと二人の仲間が会議室に入ってきた。一人は狡そうな顔つきをしたやせた男で、ニットのチョッキの結び紐を垂らしている。もう一人はおそらく機械工であろう、石炭で真っ黒になった顔に、短く刈った髪の下からは太い眉毛をのぞかせて、縁布で作ったぼろ靴を履いている。ゴルギュは軽騎兵のように上着を肩にはおっていた。

三人ともじっと立ちつくしている。その間、青いクロスを張ったテーブルを囲んだ議員たちは、不安のあまり真っ青になって、それを見つめていた。

「市民諸君《シトワイヤン》！」とゴルギュが言う。「俺たちには仕事が必要だ！」

村長はがたがた震えて、声も出ない有様である。

マレスコが代わりに、ただちに議会で協議しようと答えた。そうして三人が出て行くと、いくつかの案について話し合った。

最初に考えたのは、砂利の採掘である。

砂利を利用するために、ジルバルはアングルヴィル［おそらく架空の地名］からトゥルヌビュに道を通すことを提案した。

バイユー街道がすでに十二分に同じ役割を果たしている。

池を浚ってはどうだろう？　そんな仕事では足りない！　それなら、もう一つ池を掘るというのは？　だがどこがよかろう？

ラングロワは、洪水に備えてモルタン川［不明］沿いに盛り土をしてはと

（一八五九）の中で、それらに逐一反論している。

＊19　第Ⅳ章注145参照。

＊20　フランソワ・ドルレアン（一八一八―一九〇〇）　ルイ・フィリップの三男。ジョアンヴィル公。フランス海軍の提督を務めた。

＊21　ルイ＝ナポレオン・ボナパルト（一八〇八―七三）　ナポレオン一世の甥。一八一五年のボナパルト一族追放令以後、長い亡命生活を送りながら、権力奪取を目指して、二度にわたって蜂起を試みるも失敗。二月革命後、亡命先から帰国し、九月の立憲議会補欠選挙で当選。さらに十二月の大統領選挙に勝利したあと、一八五一年クーデターに成功。翌年皇帝ナポレオン三世となり、第二帝政を開始した。対外膨張と産業振興政策を推進したが、一八七〇年の普仏戦争に敗北して退位。

＊22　アレクサンドル・デュマの『赤い館の騎士』（一八四七）の上演のためにヴァルネが作曲した愛国歌。一八四八年の革命の際、しばしば歌われた。

いう意見であった。ベルジャンブに言わせれば、荒れ地を開墾した方がましだという。何も結論が出そうにない！　群衆をなだめるため、クーロンが玄関柱廊まで降りて行き、慈善作業場を準備中であると告げた。

「慈善だって？　御免だね！」とゴルギュが叫んだ。「くたばれ、特権階級め！　俺たちは労働権*23を要求しているんだ！」

これは当時の大問題であり、ゴルギュはそれを人気取りのために用いていたのである。一同が喝采した。

振り返ると、ブヴァールと肘がぶつかった。ペキュシェが相棒を連れてきたのである。そこで三人は立ち話を始めた。慌てることはない。村役場は包囲されている。議員たちも逃げることはできない。

「お金はどこで見つけるんだい？」とブヴァールが尋ねた。

「金持ちのところでさぁ！　それに、政府が仕事を命じるでしょうよ」

「でも、もし仕事の必要がなかったら？」

「先の仕事をあらかじめやっておけばいいじゃないですか！」

「だけど、給料は下がるぞ！」とペキュシェが反論した。「仕事がなくなるのは、生産物がだぶついているからだ！　それなのに、さらに生産物を増やせと要求するのかい！」

ゴルギュは口髭を嚙んだ。「しかし……労働を組織すれば……」

「そうなると、政府が支配者になるぞ？」

彼らの周りにいた何人かの連中が呟いた。「駄目だ！　駄目だ！　もう支配者はいらない！」

ゴルギュはいらだってきた。「構うもんか！　労働者に資本を提供するか、さもなければ信用貸しを設けるべきだ！」

「どうやって？」

「そんなことは知ったこっちゃない！　とにかく、信用貸しを設けるべきなんだ！」

「もううんざりだ」と機械工が言った。「こんなふざけた連中に構ってられるか！」

そう言うと玄関前の石段を駆け上がり、ドアを突き破るぞと宣言した。

プラクヴァンがそこに現れると、右膝を折り曲げ、拳を握って男を迎え撃つ。「ちょっとでも前に出てみろ！」

機械工は後ずさった。

群衆の罵声が会議室にも聞こえてきた。一同立ち上がって、今にも逃げ出さんばかりである。ファレーズからの救援はやって来ない！　伯爵がいないのがうらめしかった。マレスコはペンをこねくり回し、クーロンおやじは何やらうめいている。ウルトーは激昂して、憲兵隊を出動させろと主張した。

「なら、指揮してくださいよ！」とフーローが言う。

「あいにく命令を受けていないんだ。」

そうこうするうちに、喧騒はますます大きくなってきた。広場は人々で溢れかえっている。そして皆が役場の二階を見つめていると、大時計の下にある中央の窓のところに、ペキュシェがひょっこり姿を現した。

彼は巧みに裏階段を上ってくると、ラマルティーヌ[*24]の真似をして、民衆に

＊23　第二共和制の臨時政府はブルジョワ共和派が中心であったものの、社会改革を求める労働者の要求に対する一定の譲歩として、労働権を保障する布告を発し、労働問題を調査するためのリュクサンブール委員会を設置した。さらに国立作業場（アトリエ・ナショナル）を作って失業者の救済に当たったが、これはきわめて非効率的な上に、仕事にあぶれた労働者を大量にパリに招き寄せることになり、結果としてブルジョワジーの不安をあおることになった。以下のエピソードは、まさにこの国立作業場のパロディーとして読むことができる。

＊24　アルフォンス・ド・ラマルティーヌ（一七九〇―一八六九）詩人、政

向かって演説をぶち始めた。

「市民諸君《シトワイヤン》！」

ところが、その鳥打帽も、その鼻も、そのフロックコートも、彼の風体すべてに威厳が欠けている。

ニットのチョッキを着た男が呼び掛けた。

「あんたは労働者かい？」

「いいや」

「じゃあ、雇い主かい？」

「それも違う！」

「なら、引っ込んでろ！」

「何故だ？」とペキュシェは毅然として答えた。

だがたちまち、機械工に引っつかまれて、窓枠から姿を消してしまった。ゴルギュが助けに駆けつける。「放してやれ！　そいつはいい奴なんだ！」お互い襟首をつかみ合っているところだった。

ドアが開くと、マレスコが入り口に現れ、村議会の決定を告げた。ユレルの発案によるものだ。トゥルヌビュ街道にアングルヴィルのところで脇道を作って、ファヴェルジュの館につなげることにする。

これは労働者の利益のために村があえて払う犠牲だという。一同は解散した。

ブヴァールとペキュシェが家に戻る途中、女たちの声が耳を打った。女中らとボルダン夫人が悲鳴を上げている。中でも未亡人はひときわ大きな声で叫んでいたが、彼らを認めると、

治家。『瞑想詩集』（一八二〇）で知られるロマン派の代表的な詩人。政治家としては、七月王政下に自由主義の論客として活躍し、二月革命後の臨時政府では外務大臣を務めた。二月二十五日、労働者の要求する赤旗をしりぞけ、三色旗を国旗として採用した際の演説は有名である。十二月の大統領選挙で敗北し、一八五一年のクーデター以後は政界を引退。

「ああ、よかった！　もう三時間も前からお待ちしてたんですよ！　私の庭が大変なんです！　チューリップはもう一本も残ってないし、芝生の上は一面、肥《こや》しだらけ！　どうしても出て行こうとしないんですの！」

「誰のことです？」

「グイ爺さんですわ！」

小作人は堆肥を積んだ荷車を引いてやって来ると、その中身を草の真ん中にぶちまけたのだという。「今、耕しているところですわ！　急いでやめさせてくださいな！」

「一緒にまいりましょう！」とブヴァール。

外の階段の下のところで、荷車の轅《ながえ》につながれた馬がキョウチクトウの茂みを食んでいる。花壇すれすれに通った車輪が、黄楊の木を押しつぶし、シャクナゲをへし折り、ダリアを押し倒してしまっている。そして黒い堆肥の塊が、まるでモグラ塚のように芝生のあちこちに盛り上がっている。グイが一心不乱に鋤を動かしていた。

ある日、ボルダン夫人が何気なく、芝生を掘り返したいと言ったことがあった。そこで彼は仕事に取り掛かると、彼女が止めるのも聞かずに作業を続けていたというわけだ。ゴルギュの演説にすっかりのぼせ上がって、労働権というものをこんな風に理解していたのである。

ブヴァールに激しく威嚇されて、ようやく男は出て行った。

ボルダン夫人は損害を被ったことの埋め合わせに、グイの手間賃も払わなければ、堆肥も自分のものにしてしまった。なかなか賢い女性であり、医者の妻も、またもっと地位の高い公証人の妻さえも、彼女には一目置いているのであった。

慈善作業場は一週間続いた。何の混乱も生じず、ゴルギュもいつの間にかこの地方から姿を消していた。

それでも、国民衛兵隊は相変わらず活動を続けていた。日曜日には閲兵、時には行軍。さらに毎晩巡回を行ったが、これが村人たちには不安の的であった。

ふざけて家の呼び鈴を鳴らして回る。夫婦が同じ枕で熟睡しているところを襲って、勝手に寝室に入り込む。卑猥な冗談を浴びせられると、夫は仕方なく起き上がって、お酒を振る舞うのであった。それから詰所に戻ると、ドミノ遊びをしながら、リンゴ酒を飲み、チーズを食べる。歩哨は戸口で退屈して、しょっちゅうドアを開けて中を覗いてばかりいる。ベルジャンブが弱腰なので、規律がすっかり乱れていたのだ。

六月暴動[*25]が勃発すると、「パリの救援に駆けつける」べきだという点で、皆の意見が一致した。ところが、フーローは役場を離れるわけにはいかず、マレスコも事務所が、医者も患者が、ジルバルも消防隊の仕事がある。ド・ファヴェルジュ氏はシェルブールにおり、ベルジャンブは病気でふせっている。大尉はといえば、「俺を選ばなかったのだから、こうなるのも仕方ないさ！」と不平を漏らしていた。そしてブヴァールは賢明にも、はやるペキュシェを引きとめた。

村の周囲の巡回は、今までより遠くまで範囲を広げることになった。

積み藁の影や、木の枝の形がもとになって、しばしばパニックが引き起こされる。一度など、国民衛兵全員が逃げ出したこともあった。月明かりの下で、銃を持った男が一人、リンゴの木の中に身をひそめて、彼らを狙っているのを認めたのである。

またある時、真っ暗な夜の中、パトロール隊がブナの並木の下で休んでいると、前方を誰かが通る音が聞こえた。

「誰だ？」

返事がない！

とりあえず男が歩き続けるのをそのままに、ピストルか棍棒を持っているかもしれないので、距離を置いてあとをつける。だが、村に入って、助けを呼べるところまで来ると、十二人の隊員たちが「身分証明書を見せろ！」と叫びながら、一斉に躍り掛かった。男をこづき回して、罵声を浴びせる。詰所の連中も飛び出してくる。皆でそこに引きずり込み、暖炉の上で燃えている蠟燭の灯りで見ると、ようやくそれがゴルギュだと分かった。

みすぼらしいラスティング地の外套が、肩のところで破れている。長靴の穴からは足指が覗き、顔はかすり傷や打ち傷だらけで、血がこびりついている。驚くほど痩せこけて、狼のように目をギョロギョロさせていた。

フーローがすぐに駆けつけてくると、どうしてブナの並木の下にいたのか、何をしにシャヴィニョールに戻ってきたのか、この六週間どこで何をしていたのかとゴルギュに尋ねた。

そんなことは他人の知ったことではない。自分は自由なのだ。

プラックヴァンは、銃弾を持っていないかどうか衣服を検めた。当座は拘留しておこう。

ブヴァールが仲裁に入った。

「無駄です！」と村長が答える。「あなた方の考えは分かっています」

＊25　六月二十一日、以前から評判の悪かった国立作業場の解散を政府が宣言。二十三日、これに反発した労働者が市内にバリケードを築いたが、議会から全権を委任されたカヴェニャック将軍が徹底的な軍事作戦を展開。地方からの援軍も動員して、二十六日、完全に暴動を鎮圧した。多くの犠牲者を出した六月暴動は、ブルジョワジーとプロレタリアの間の最初の階級闘争としばしばみなされている。

「それにしたって？……」

「ほう、用心なさいよ！　警告しておきますがね！　気を付けなさい」

ブヴァールはそれ以上固執しなかった。

ゴルギュはそこでペキュシェの方へ向き直った。「ねえ旦那、何も言ってくれないんですか？」

ペキュシェは相手の無実を疑うかのように、顔を伏せる。

哀れな男は苦々しい笑みを浮かべた。「だけど、あっしはあなたを守ってあげたんですぜ！」

夜明け方、二人の憲兵が彼をファレーズに連行していった。

ゴルギュは軍法会議にはかけられなかったものの、社会転覆をめざす言辞を弄した廉により、軽罪裁判所で懲役三ヶ月を言い渡された。

ファレーズから元の雇い主たちに手紙を寄こして、近いうちに品行証明書を送ってくれと頼んできた。署名に村長か助役の認証が必要だったので、二人はマレスコにこの手続きを依頼することにした。

古い陶器の皿が飾ってある食堂に招き入れられた。ブール[*26]の柱時計が一番幅の狭い羽目板に掛かっている。クロスのかかっていないマホガニーのテーブルの上には、ナプキンが二枚、ティーポットが一つ、それからお椀がいくつか置いてある。マレスコ夫人が青いカシミヤの化粧着姿で部屋を横切ったが、これは田舎で退屈しているパリ女だ。次いで公証人が、片手にトック帽を、もう一方の手には新聞を持って入ってきた。そしてただちに、彼らの庇護する男は危険人物ではあるけれども、愛想よく印章を押してくれた。

「まったく」とブヴァールが言う。「ちょっとした言葉のために！……」

「言葉が犯罪を引き起こす時には、あなた、それもやむを得ません！」

「そうはいっても」とペキュシェが異を唱える。「無害な言葉と罪のある言葉をどうやって区別するのですか？　今でこそ禁じられていることも、いずれは称賛されるかもしれませんよ」そう言うと、反乱者たちに対するむごい扱い[*27]を非難した。

マレスコは当然のごとく、社会の擁護、また至高の掟たる公共の安寧を持ちだしてこれに応じた。

「失礼ですが！」とペキュシェが言う。「たった一人の権利だって、万人の権利と同様に尊重すべきものです。もし相手があなたの言う公理を逆に用いても［つまり、たった一人の安全もまた至高の掟だと主張しても］、あなた方には力のほかに訴えるものはありませんよ」

マレスコは返事をする代わりに、さも軽蔑したように眉をつり上げた。彼にとっては、証書を作成しながら、居心地のよい小さな室内で、皿に囲まれて暮らし続けることができれば、どんな不正が起ころうとも心を動かすには当たらないのであった。用事がたまっている。そう詫びを入れて引き下がった。

公共の安寧についての公証人の理論が二人を憤慨させた。今や保守主義者たちがロベスピエールのような物言いをしている。

さらに驚いたことには、カヴェニャック[*28]の人気が陰りを見せていた。遊撃隊[*29]ももはやうさんくさい。ルドリュ＝ロランは、ヴォコルベイユの頭の中で

＊26　アンドレ＝シャルル・ブール（一六四二―一七三二）　ルイ十四世時代の家具職人。黒檀の黒地にべっこうや貝殻などを象嵌した華麗な家具を製作した。

＊27　六月暴動の反乱者たちに対する処分は過酷をきわめた。正確な実数は不明だが、『十九世紀ヨーロッパ辞典』によれば、戦闘中の反乱側の死者は四千人。事件の後は一万一千人が逮捕され、さらに四千三百人が流刑に処されたという。

＊28　ウジェーヌ・カヴェニャック（一八〇二―五七）　共和派の軍人。アルジェリア征服に目覚ましい活躍をし、二月革命後に陸軍大臣に就任。六月暴動の際には議会から政治執行権を委ねられ、暴動を徹底的に弾圧した。その後も秩序の維持を掲げて強権的な政治を行ったが、十二月の大統領選挙でルイ＝ナポレオンに敗れた。

さえ、すっかり評判を落としてしまった。憲法についての討議[*30]は誰の関心も引かず、十二月十日[*31]には、シャヴィニョールの住民全員がボナパルトに投票した。

六百万もの票数が、民衆に対するペキュシェの熱に冷水を浴びせた。そこでブヴァールと一緒に、普通選挙の問題[*32]を研究することにした。

万人に属するものである以上、そこに知性などありようがない。野心家が常にそれを操り、他の連中は家畜の群れのように従うことになるだろう。というのも、有権者は識字能力さえ要求されないのだから。だからこそ、ペキュシェによれば、大統領選挙にも多くの違反行為があったはずだという。

「そんなことはないさ」とブヴァールが答える。「僕はむしろ民衆の愚かさを信じるね。健康回復剤《ルヴァレシエール》[*33]やら、デュピュイトラン軟膏[*34]やら、奥方の香水《オ・デ・シャトレーヌ》[*35]やらを買う手合いのことを考えてみたまえ！　こういった間抜けどもが有権者を構成して、我々にその意志を押し付けるのさ。兎の飼育で三千リーヴルの年収をあげることができないのは何故だか分かるかい？　あまり多くの兎を密集させると、それが死の原因になるからだよ。同じように、群衆であるというだけで、そこに含まれている愚かさの芽が成長して、計り知れない結果が生じるものなのさ[*36]」

「君の懐疑主義にはぞっとさせられるよ！」とペキュシェは言った。

その後、春になって、ド・ファヴェルジュ氏に会った折、ローマ遠征[*37]のこ

＊29　二月革命直後に組織された治安部隊で、おもに失業中の労働者階級の青年たちによって構成されていた。マルクス言うところのルンペンプロレタリアートからなるこの軍隊は、六月暴動の鎮圧にあたって活躍したが、翌年一月に解散させられた。

＊30　新憲法が議会で採択されたのは、一八四八年十一月四日である。

＊31　この日行われた共和国大統領選挙において、ルイ＝ナポレオン・ボナパルトは、全体の四分の三に当たる五百五十万票を獲得して当選した。

＊32　「普通選挙　政治学の極点」（紋切型辞典）。

＊33　イギリス人デュ・バリー博士の発明による、レンズ豆やえんどう豆などの粉を調合した健康食品。ラテン語の revalescere（健康を回復する）から名前を取り、巧みな宣伝のおかげで広く普及したという。

＊34　高名な外科医デュピュイトラン（一七七七―一八三五）が考案した軟膏で、養毛効果があるとうたわれて

とを知らされた。イタリア人を攻撃するわけではない。だが、我々には保証が必要だ。さもないと、我々の影響力が失われてしまう。この干渉ほど正当なものはないという。

ブヴァールは目を丸くした。「ポーランドについては、逆のご意見でしたよね？」

「問題はもはや同じではありません！」今や教皇がかかわっているのだ。

こうして、「我らは欲し、行動し、期待するのです」と言い添えたド・ファヴェルジュ氏は、一つの党派を代表しているのであった。

ブヴァールとペキュシェは多数派に対してと同様、少数派にも嫌気がさしてしまった。下層民も結局のところ、貴族と似たり寄ったりである。

干渉権も彼らには疑わしいものに思われた。カルヴォ[*38]やマルテンス[*39]やヴァッテル[*40]の著作でその原理を調べた上で、ブヴァールは次のような結論を下した。

「干渉は、王位を復権させたり、民族を解放したり、あるいは何らかの危険に備える用心から行われる。いずれの場合も、他者の権利への侵害であり、力の濫用、偽善的な暴力だよ！」

「けれども」とペキュシェが言う。「民族同士だって、個人におけると同様、お互いに連帯しているはずだろう」

「それはそうかもしれないな！」そう言うと、ブヴァールは夢想にふけった。

いた。

＊35　シャルマンという化学者が、中世の草稿の中にかつての城主の奥方たちの香水の調合法が記されているのを発見し、それを自ら作って売り出したというエピソードが、小説の草稿に記されている。

＊36　このセリフは、『紋切型辞典』の「群衆」の項目（「常に正しい本能を備えている」）の否定になっている。

＊37　一八四八年、ローマに共和国が成立し、教皇ピウス九世はナポリ近郊に避難。翌年四月、ルイ＝ナポレオンは秩序派の支持をえて、ローマに軍隊を派遣し、ローマ共和国革命政府を崩壊させた。フランス国内の共和派はこれを激しく非難し、六月十三日に暴動を起こしたが、あえなく鎮圧され、指導者のルドリュ＝ロランらは亡命を余儀なくされた。

＊38　カルロス・カルヴォ（一八二四―一九〇六）　アルゼンチンの国際法学者、外交官。主著に『ヨーロッパおよびアメリカの国際法の理論と実際』（一八六三）。もちろん一八四九年の時

間もなく、いわゆる国内におけるローマ遠征[41]が始まった。反体制的な思想に対する憎悪から、パリのブルジョワのエリートたちが二つの印刷所を襲撃した。[42] 秩序派が大々的に形成されつつあった。

この一帯におけるそのリーダーは、伯爵とフーローとマレスコと神父である。毎日四時頃、彼らは広場の隅から隅まで歩き回りながら、諸々の出来事について話し合った。主要な仕事はパンフレットの配布であり、そのタイトルもなかなかいかしている。「神の望みたもうままに」とか、「分有主義者たち[43]」とか、「難局から抜け出そう」とか、「我々はどこに向かっているのか?」といった具合である。とりわけふるっているのは、村人の口調で書かれた対話であり、農民たちの士気を高めるために、罵り言葉やフランス語の間違いが散りばめられている。新たな法律[44]によって書物の行商は知事の監督下に置かれることになり、プルードン[45]も先だってサント＝ペラジー監獄にぶちこまれた。まさに大きな勝利である。

自由の木はたいてい切り落とされ、シャヴィニョールも指図に従った。ブヴァールは自分の寄贈したポプラの木が細かく割られて、手押し車で運ばれていくのを目にしたが、それは憲兵隊が暖を取るのに使われたのであった。さらに切り株は神父に贈られた。とはいえ、この木を祝福したのは神父ではなかったか！ 何たる茶番！

小学校教師は自らの考え方を隠そうとはしなかった。ブヴァールとペキュシェは、ある日その家の前を通りかかった際に、そのことで彼に賛辞を呈した。

点でブヴァールとペキュシェにこの著作を読ませるのは、端的に時代錯誤に他ならない。

＊39　ゲオルク・フリードリヒ・フォン・マルテンス（一七五六―一八二一）ドイツの法学者、外交官。主著に『現代ヨーロッパ国際法概要』（一七八九）。

＊40　エムリッシュ（あるいはエメール）・ド・ヴァッテル（一七一四―六七）スイスの法学者、外交官。主著に『国際法』（一七五八）。

＊41　一八五〇年五月二十四日の議会において、カトリックの思想家、政治家モンタランベールが用いた表現。

翌日、彼の方から訪ねてきた。その週の終わりに、今度は二人がお返しに訪問した。

日が暮れかかっていた。生徒たちは帰ったばかりで、袖覆いを着けた教師が中庭を掃いている。マドラス織のスカーフを被った彼の妻が、子供に乳をやっている。女の子が一人、母親のスカートのかげに隠れた。その足元では、薄汚い男の子が地面で遊んでいる。台所の洗い物の汚水が、家の下を流れている。

「ご覧なさい」と教師は言った。「政府が我々をどのように遇しているかを！」そうしてただちに、忌むべき資本の批判を始めた。これを民主化し、物質を解放しなければならない！

「それに越したことはありませんな！」とペキュシェが応じる。少なくとも、扶助の権利を認めるべきだったのだ。

「また権利ですか！」とブヴァールがまぜっかえす。

それが何だというのか！　臨時政府が友愛を命じなかったのは、実にだらしがなかった。

「それじゃ、友愛を打ち立てるよう努めてください！」

暗くなってきたので、プティは妻に、書斎に燭台を持ってくるようにぶっきら棒に命じた。

漆喰の壁に左派の弁舌家たちの石板肖像画がピンで留めてある。本棚の下

国内における保守派の巻き返し、それも特に社会主義に対する反撃を意味している。

＊42　一八四九年六月十三日、国民衛兵隊が社会主義の機関紙の発行所を襲った事件のこと。「印刷術　もたらした恩恵よりも、害悪の方が大きい」（紋切型辞典）。

＊43　財産や土地の公正な分配を主張する者たちのこと。共産主義者と同一視され、保守主義者たちから怖れられた。

＊44　一八四九年七月二十七日の新出版法のこと。他にも大統領への冒瀆的言辞が刑罰の対象となるなど、この法律により言論の自由は大幅に制限された。

＊45　ピエール＝ジョゼフ・プルードン（一八〇九―六五）　社会主義者、無政府主義者。『所有とは何か』（一八四〇）で私有財産制を批判。二月革命後、国民議会議員に選出された。自らの新聞である『人民』紙上で大統領ルイ＝ナポレオンを攻撃したため、一八四九年六月六日に逮捕された。

にはモミの木の机が置かれている。座るものといっては、椅子とスツールがそれぞれ一脚に、古い石鹸の箱しかない。彼は笑いとばすふりをしてみせたが、貧困がその頬に染みついていた。また、狭いこめかみは雄羊のような頑固さ、御しがたい高慢さを示している。この男は決して我を折ることはないだろう。

「それに、これが私を支えてくれます！」

それは棚の上に積まれた新聞の山だった。そうして彼は熱っぽい言葉で自らの信念を開陳した。軍隊の非武装、司法官職の廃止、賃金の平等、さらに何事においても平均水準を徹底させることで、共和制の下に黄金時代を迎えることができるはずである。一人の独裁者が先頭に立ち、円滑に物事を進めてくれるだろう！

それからアニス酒の瓶とコップを三つ取り出すと、かの英雄、不滅の犠牲者たる偉大なマクシミリアン［ロベスピエールのこと］に乾杯した。

戸口に神父の黒い僧服が現れた。

彼は一同に大声で挨拶すると、小学校教師に近づき、ほとんどささやくようにこう言った。

「聖ヨセフの件[*46]はどうなりましたかな？」

「何も集まっていません！」と教師は答える。

「あなたのせいですよ！」

「私にできることはちゃんとやりました！」

「ほう！　本当ですか？」

ブヴァールとペキュシェは遠慮して立ち上がった。プティはそれを押しとどめると、神父に向かって「用件はお済みですか？」と尋ねた。

ジュフロワ神父はためらった。それから微笑を浮かべて、叱責の調子を和らげながら、

「どうも聖史をいささかないがしろになさっているようですね」

「ほう！　聖史ですか！」とブヴァールが口を挟む。

「聖史の何がいけないというのですか、あなた？」

「私が？　そんなことは言ってませんよ！　ただ、ヨナの逸話[*47]やイスラエルの王たちよりももっと役に立つことがあるでしょうに！」

「どうお考えになろうとご自由に！」神父はそっけなく答えた。そして部外者がいることなど気にせずに、というよりは彼らがいたからであろうか、「教理問答の時間が短すぎます！」と口にした。

プティは肩をすくめた。

「ご用心なさい！　寄宿生がいなくなりますよ！」

これらの生徒たちの十フランの月謝が、彼の収入の最たるものであった。だが、僧衣がいらだちをつのらせる。「仕方ない、復讐すればよいでしょう！」

「私のような性格の者は、復讐などしないものです！」神父は平然として言った。「ただ、三月十五日の法律[*48]が初等教育の監督権を我々にゆだねていることは覚えておいてもらいたいですな」

「ええ、よく分かってますとも！」と教師は叫んだ。「憲兵隊の大佐にさえ、

＊46　小説の草稿によれば、教室の十字架の横に聖ヨセフ像と聖母の像を取りつけるための募金のこと。執筆過程における削除の結果、テクストの記述の意味が不鮮明になった一例である。

＊47　ヨナは『旧約聖書』に出てくる預言者の一人。神の召命にそむいて海に逃げたところ、大魚に呑み込まれてしまうが、その腹の中で悔悟し、三日目に無事、魚に吐き出される。

＊48　一八五〇年三月十五日に成立したファルー法により、公教育は再びカトリック勢力にゆだねられることになった。これは世俗の国家による教育の独占の放棄であり、近代フランスにおける教育の非宗教化のプロセスの一時的な後退であったといえる。

監督権があるのですからね！[*49] どうして巡査にも権利を与えなかったのですか？ そうなれば、完璧だったでしょうに！」

そう言うと、彼は腰掛けに崩れ落ちた。こぶしを噛んで、怒りをこらえながら、自分の無力を痛感して息がつまりそうであった。

聖職者がその肩に軽く触れた。

「あなたを苦しめようとしたわけではないのです！ ほら、落ち着いて！ 少しは分別をわきまえてください！ もうじき復活祭です。他の人たちと一緒に聖体を拝領して、ぜひ手本を示していただけませんか」

「ああ、それはあんまりだ！ 私が！ この私が！ あんな馬鹿げた真似をするなんて！」

この冒瀆の言葉を前にして、神父の顔は青ざめた。瞳がきらめき、顎が震える。

「お黙りなさい、情けない人だ！ お黙りなさい！……まったくこんな人の細君が教会の洗濯物の世話をしているとは！」

「ええ？ 何ですって？ 妻がどうかしたのですか？」

「ミサにちっとも出てこないのです！ それはあなたも同じことですがね！」

「そんなことで教師を首にすることはできませんよ！」

「転地させることはできます！」

神父はそれっきり口もきかずに、部屋の奥の暗がりの中にたたずんでいた。プティはうなだれて、じっと考え込んでいた。

自分たち一家がフランスの反対側にたどり着く頃には、旅の費用で無一文になっているかもしれない。それに向こうにだって、名前が違うだけで、結局は同じ神父、同じ校長、同じ知事がいることだろう！　誰も彼もが、上は大臣にいたるまで、自分を押しひしぐ鎖の輪のようなものだ！　すでに一度受けた警告は、今後も繰り返されるだろう。そうなったら？……そうして一種の幻覚に襲われた彼は、荷物を背負い、愛する家族を引き連れて、駅馬車の方に手を差しのべながら、街道の上をとぼとぼ歩いている自らの姿を目に浮かべた。

その時、台所にいる彼の妻が激しく咳きこんだ。赤ん坊が泣き出し、男の子もわめいている。

「かわいそうな子供たち！」神父が猫なで声で言った。

すると父親は突然すすり泣き始めた。「分かりました！　分かりました！　何でもお好きなようにしましょう！」

「当てにしてますよ」と神父は答える。そしてお辞儀をすると、「皆様、さようなら！」と言って出て行った。

先生は手に顔をうずめたままじっとしていた。ブヴァールを押し戻すと、こう口にする。

「いいえ！　放っておいてください！　もう死んでしまいたい！　私はみじめな男だ！」

二人の友は家に戻る道すがら、自分たちが誰の指図も受けないことを喜んだ。聖職者の権力にはぞっとさせられる。

今やその権力は、社会秩序を確固たるものにすべく用いられていた。共和国も風前の灯火だった。

三百万人の有権者が普通選挙から排除された。[*50]　新聞の補償金は引き上げら

＊49　一八四九年十一月十二日、時の首相オプール伯爵の出した回状が、憲兵隊の大佐に初等教育の教員を監視するように命じていた。

＊50　一八五〇年五月三十一日の選挙法改正により、選挙権は三年間同一地域に居住する者に制限された。こ

れ、検閲が復活した。[*51] 新聞小説は非難の的となり、[*52] 古典哲学も有害だとみなされている。ブルジョワたちは物質的利益を信条として振りかざし、民衆も満足しきっているかのようだ。

田舎の民衆たちは、以前の主人たちのもとへと戻って行った。

ド・ファヴェルジュ氏はウール県に地所を持っており、立法議会に選出された。カルヴァドス県議会に再選されるのも、前もって確実である。

彼は土地のお歴々に昼食でもふるまっておくのが得策だと考えた。

玄関には、三人の召使が招待客の外套をあずかるために控えている。ビリヤード室と二間続きの客間、中国製の花瓶に植えた植物、暖炉の上のブロンズ像、羽目板の金の刳り形、厚手のカーテン、ゆったりとした肘掛椅子など、こうした贅沢があたかも自分たちに対するもてなしであるかのように、ただちに一同の気持ちをくすぐった。続いて食堂に入ると、テーブルの上には肉を盛った銀の皿が置かれ、各々の小皿の前にはコップが並べられている。さらにあちこちに前菜が配され、真ん中にはサーモンがあるのを見て、皆の顔もほころぶのであった。

招待客は全部で十七人。その中には二人の有力な農民にバイユーの副知事、さらにシェルブールから来た男も一人いた。ド・ファヴェルジュ氏は、伯爵夫人が頭痛で出てこられないことを客人たちに詫びた。まずはテーブルの四隅の籠一杯に盛られた梨とぶどうをほめる言葉がかわされた後、重大なニュ

れによって、都市に移住してきたばかりの労働者を始めとして、三百万人の市民が選挙権を奪われることになった。

＊51　一八五〇年六月八日、出版法が再改正。印紙税と補償金の引き上げにより、財政基盤の弱い共和派系の小新聞は存続が難しくなった。ちなみに、検閲については、『紋切型辞典』に「誰が何と言おうと、有益である！」という記述が見られる。

＊52　「新聞小説　風紀紊乱の原因」（紋切型辞典）。

＊53　ニコラ・シャンガルニエ（一七九三—一八七七）　軍人、政治家。一八四八年にアルジェリア総督に任命さ

ースのことが話題になった。シャンガルニエ[53]によるイギリス襲撃計画である。ウルトーは軍人として、神父はプロテスタント嫌いから、またフーローは商業の利益のためにその実現を望んでいた。

「あなた方がお述べになっているのは、まるで中世の感情ですよ！」とペキュシェが言う。

「中世にだって良い点はあります！」とマレスコが答えた。「例えば、大聖堂をご覧なさい！……」

「そうはいっても、あなた、悪弊が！……」

「それが何だというのです！　大革命だって起こらなかったでしょうに！……」

「ああ！　大革命こそ災いの元です！」聖職者がため息をつきながら言った。

「だけど、誰も彼もがそれに力を貸したのですよ！　それに（伯爵様には申し訳ありませんが）貴族でさえ、哲学者と連帯したわけですから！」

「仕方ないじゃありませんか！　ルイ十八世が略奪を合法化したのですから！[54]　それ以来、議会制が我々の社会の基盤[55]を突き崩しているのです！……」

ローストビーフが出ると、しばらくの間はフォークの音とものを嚙む音に加えて、床板を踏む給仕の足音と、「マデラ酒！　ソーテルヌ酒！」という二つの言葉の繰り返ししか聞こえなかった。

れ、十二月の大統領選挙に王党派を代表して出馬するものの惨敗。その後しばらくの間は、秩序派の領袖として大統領ルイ＝ナポレオンを支えるが、一八五一年一月に国民軍およびパリ駐屯部隊の総司令官の職を解任され、十二月二日のクーデターの後は国外追放となる。ちなみに、ジラルダンやガルニエ・ド・カサニャックなどのジャーナリストが、当時シャンガルニエが一万二千人の兵を連れてイギリス襲撃を計画しているという虚偽のニュースを流したことが知られている。

＊54　一八一四年、ナポレオンの没落にともない王位についたルイ十八世は、憲章（シャルト）を発布することで、革命期・帝政期に確立された市民社会の遺産をある程度受け入れる政策を取った。とりわけ革命中に没収された亡命貴族の所有地の扱いについて弱腰だったことが、ユルトラと呼ばれる過激王党派の不興を買った。

＊55　「基盤（社会の）すなわち、所有権、家族、宗教、権威に対する尊敬。／これらを攻撃する者がいたら、怒りをあらわにすべし」（紋切型辞典）。

シェルブールの紳士が再び会話の口火を切った。深淵に落ちこむ前に、どうやって踏みとどまるべきだろうか？

「アテネ人の場合は」とマレスコが言う。「我々と関係の深いアテネ人の場合には、ソロン[*56]が選挙資格のための納税額を引き上げて、民主主義者たちを抑えこんだのです」

「それよりも」とユレルが答える。「議会を廃止したほうがいいでしょう。[*57]混乱はすべて、パリから生じるのですから」

「地方分権化を進めましょう！」と公証人。

「それも大幅に！」と伯爵が応じる。

フーローに言わせれば、自治体は絶対的な主権を持つべきであり、もしそれが適切だと判断するなら、旅行者に通行を禁止することもできなければならない。

このようにして、鶏のソース煮、ザリガニ料理、キノコ、野菜サラダ、雲雀のローストなど、次々と料理が出てくる間、少なからぬ事柄が話題に上った。最良の課税方式、大規模耕作の利点、死刑の廃止などが論じられたが、ここで副知事はある才人の警句[*58]を引用するのを忘れなかった。「殺人者諸君よ、始めたまえ！」

ブヴァールは、周囲の事物とそこでかわされる会話との対照に驚かされた。というのも、言葉は環境に対応しており、天井の高い部屋は高邁な思想のためにあるかのように思われるのが常だからである。そうはいっても、彼もデ

＊56　ソロン（前六四〇頃―前五五八頃）　アテネの立法者。市民を土地財産によって四つの等級に分け、等級によって参政権を割り当てるなど、諸々の行政改革を行った。

＊57　「代議士　議会を強く非難すべし」（紋切型辞典）。

＊58　アルフォンス・カール（第V章注29参照）が、一八四九年一月、自らが発行する風刺雑誌『雀蜂』に載せた言葉。

＊59　「シャンパン　正式な晩餐会には欠かせない。／庶民を有頂天にする」（紋切型辞典）。

ザートの時には真っ赤になっていて、コンポート皿がかすんで見えるほどだった。

すでにボルドー酒、ブルゴーニュ酒、マラガ酒が供されていたが、一同のことを心得ているド・ファヴェルジュ氏は、さらにシャンパンの栓を抜かせた。[*59]招待客たちは選挙の成功を祈り、杯を合わせて乾杯する。そしてコーヒーを飲むために喫煙室に移った時には、すでに三時を過ぎていた。『シャリヴァリ』紙[*60]の風刺画《カリカチュア》が一つ、『宇宙《ユニヴェール》』紙[*61]にまじって小机の上に置かれていた。一人の市民が描かれており、そのフロックコートの裾からのぞいた尻尾の先には目玉が一つついている。マレスコが解説すると、皆が大笑いした。

誰もがリキュール酒をがぶがぶ飲んでは、葉巻の灰を椅子のクッションに落とす。神父はジルバルを説得しようとしてヴォルテールを糾弾し、[*62]クーロンは居眠りしてしまった。ド・ファヴェルジュ氏はシャンボール伯に対する忠誠を宣言した。「蜜蜂は、君主制が正しいことを証明しています。」

「しかし、蟻塚は共和制ですよ！」とはいえ、医者ももはや執着してはいなかった。

「ごもっとも！」と副知事が言う。「政府の形態などどうだっていいのです！」

「自由さえあればね！」とペキュシェが異を唱えた。

＊60　一八三二年発刊の風刺新聞。ここで言及されているのは、同紙の一八四九年二月二十二日号に掲載されたドーミエのカリカチュアで、フーリエ主義者の国民議会議員ヴィクトール・コンシデランを描いたもの。「ファランステール」と呼ばれるユートピア共同体において調和の生活を送った人類は、環境と一体化して次第に動物化し、尻尾が生えてくるとされた（左図）。

＊61　一八三三年に創刊されたカトリック系の新聞であり、教皇権至上主義的な主張を展開した。

＊62　「ヴォルテール　その学問は底が浅い。／恐るべき「引きつったような笑い」で有名」（紋切型辞典）。

「まっとうな人間はそんなものは必要としません」とフーローが答える。

「私は演説は上手くありませんよ！　ジャーナリストじゃありませんしね！　それでも、フランスは鉄腕の持ち主に統治されることを望んでいると主張します！[*63]」

　誰もが救世主を求めていた。

　さらに帰り際、ブヴァールとペキュシェは、ド・ファヴェルジュ氏がジュフロワ神父に次のように述べているのを小耳にはさんだ。

「服従心を取り戻さねばなりません！　権威は、議論の対象になれば、失墜してしまいます！　神授権、それ以外にはありません！」

「お説の通りです、伯爵様！」

　十月の淡い陽の光が、森の後ろに差しこんでいた。湿った風が吹いている。そして枯葉の上を歩きながら、二人は解放されたかのように息をついた。

　先ほど言葉にできなかったことすべてが、溢れるように口をついて出る。

「何て愚かな連中だろう！　何という低俗さ！　どうしてあんなに依怙地なんだろう？　第一、神授権とはどういう意味だろうか？」

　デュムシェルの友人で、以前にも美学について教示してくれた教授が、彼らの質問に答えて、詳細な手紙を寄こした。

「神授権の理論はイギリス人フィルマー[*64]によって、チャールズ二世[*65]治下に唱えられたものです。

＊63　「腕　フランスを統治するには、鉄腕が必要である」（紋切型辞典）。

＊64　ロバート・フィルマー（一五八八頃—一六五三）　イギリスの政治思想家。清教徒革命時に熱心な王党派として活動し、チャールズ一世を擁護した廉で投獄された。死後刊行された『家父長論』（一六八〇）において、君主制を家父長権の上に基礎づけようと試みた。

＊65　チャールズ二世（一六三〇—八五）　イギリス王。在位一六六〇—八五年。清教徒革命で処刑されたチャールズ一世の次男。

＊66　第Ⅳ章注123参照。

＊67　ジョン・ロック（一六三二—一七〇四）　イギリスの哲学者。社会契約とみなし、抵抗権を正当化する自由主義的な政治思想を展開。名誉革命を理論的に基礎づけた。また認識論においては、あらゆる観念の起源を経験に求めて、その後の感覚主義的経験論の源泉となった。主著に『市

その内容は以下の通り。

創造主は最初の人間に世界の統治権を与えた。この権利がその子孫に受け継がれたのであり、王の権力は神に由来するものである。『王は神の似姿なり』とボシュエ[*66]も書いている。父権は唯一者による支配に人々を慣らすものであり、王は父親にならって作られたのだ。

ロック[*67]はこの教説に反駁した。あらゆる臣民が自分の子供に対して、君主が自らの子に対するのと同じ権利をもっている以上、父権は君主権とは異なるものである。王権が存在するのはひとえに人民の選択によるのであり、そのことは戴冠式においても想起されるのが習わしになっていた。実際そこでは、二人の司祭が国王を指し示しながら、貴族および平民たちに、この者を王として受け入れるかどうか尋ねるではないか。

したがって、権力は人民に由来する。エルヴェシウス[*68]によれば、人民は『何でも欲することをなす』[*69]権利を、ヴァッテルによれば、『政体を変える』権利を、さらにグラファイ、オットマン[*70]、マブリー[*71]らによれば、『不正に対して立ち上がる』権利を有しているという！　また聖トマス・アクィナス[*72]は、人民が暴君を排除する権利を認めているし、ジュリュー[*73]に言わせれば、人民は正しくある必要さえないとのことだ」

この原理にびっくりした二人は、ルソー[*74]の『社会契約論』を手に取ってみた。

民政府論』（一六九〇）、『人間知性論』（一六九〇）など。

＊68　クロード＝アドリアン・エルヴェシウス（一七一五―七一）　哲学者。感覚論および唯物論に基づく功利主義の立場から、公共善の実現を基礎づけようとした。主著に『人間論』（一七七三）など。

＊69　アダム・フリードリヒ・グラファイ（一六九二―一七五三）　ドイツの法学者。主著に『自然法の歴史』（一七三九）。

＊70　フランソワ・オットマン（一五二四―九〇）　法学者。カルヴァン主義者であり、サン＝バルテルミーの虐殺に抗して、『フランコ・ガリア』（一五七三）において絶対主義に対抗する思想を表明した。

＊71　ガブリエル・ボノ・ド・マブリー（一七〇九―八五）　哲学者。コンディヤックの兄。私有財産に反対し、理念的な平等を提唱。主著に『立法論、または法の諸原則』（一七七六）など。

＊72　トマス・アクィナス（一二二五

ペキュシェは最後まで読み終えると、目を閉じ、頭をのけぞらせながら、本の分析を始めた。

「まずは一つの取り決めがあったと著者は仮定している。その取り決めによって個人はその自由を譲り渡し、それと同時に、人民は個人を自然の不平等から保護することを約束し、さらに個人をその所持する事物の所有者としたのだという」

「契約の証拠はどこにあるんだい？」

「どこにもないのさ！　それに共同体も保証を与えてくれるわけじゃない。市民はもっぱら政治に専念することになるが、それでも仕事は必要なので、ルソーは奴隷制を勧めている。学問が人類を堕落させた。演劇は風俗を損ない、金銭は有害である。[*75] そして国家は一つの宗教を強制しなければならず、これに背いた者は死刑にすべきだという」

何だって、と彼らは互いに口にした。これが九三年の神、民主主義の本尊だとは！

改革者たちは皆、ルソーの真似をしてきた。そこで二人は、モラン〔架空の著者〕の『社会主義の検討』を手に入れた。

第一章ではサン＝シモン[*76]の主張が解説されている。

最高位にいるのは、教皇でもあり皇帝でもある「父」。遺産相続は廃止され、動産も不動産も財産はすべて社会的基金とみなされ、位階制に基づいて

—七四）イタリアの神学者。『神学大全』などの著作において、キリスト教思想とアリストテレス哲学を調和させた総合的な体系を構築した。

*73 ピエール・ジュリュー（一六三七—一七一三）プロテスタントの神学者。ボシュエの論敵。『牧会書簡』（一六八六—八九）において、人民と君主の関係を契約としてとらえ、専制に対する人民の抵抗を正当化した。

*74 ジャン＝ジャック・ルソー（一七一二—七八）ジュネーヴ生まれの思想家、小説家。文明批判、政治思想、教育論、恋愛小説、自伝など多様な分野で才能を発揮した。『社会契約論』（一七六二）は近代民主主義を基礎づけた書として、フランス革命にも強い影響を与えた。

*75 「金銭　あらゆる悪の原因。／「呪われた金銭欲」〔ウェルギリウス、『アエネーイス』からの引用〕と口にすべし」（紋切型辞典）。

運用されることになる。実業家が公共の財産を管理するだろう。だが、心配はいらない！「最も愛にみちた者」が指導者になるのだから。

ある一つのもの、すなわち女性が欠けている。[*77] 女性の到来に世界の救済はかかっているのだ。

「よく分からないな」

「僕もだ！」

そこで、今度はフーリエ主義[*78]に取り組んだ。

あらゆる不幸は束縛から生じる。引力は自由でなければならず、そうすれば調和が打ち立てられるはずだ。

我々の魂は十二の主要な情念を内包しており、そのうち五つは利己的、四つは霊的、三つは配分的である。それらは各々、最初のものは個人に、次のものは集団に、最後のものは集団の集まり、つまり系列に向かうものであるが、この系列の総体がファランジュと呼ばれ、一つの宮殿に住む千八百人からなる社会を構成することになる。毎朝、馬車が働く者たちを畑に連れて行き、夕方には連れ帰る。旗をかかげ、宴会を催し、皆で菓子を食べる。女性は誰でも、望みさえすれば、夫と愛人と生殖者の三人の男性をもつことができる。独身者のためには、舞姫との愛の交わり[*79]が制度化される。

「僕にはぴったりだ！」ブヴァールはそう言うと、調和の世界の夢想にどっぷり浸った。

＊76　サン＝シモン伯爵クロード・アンリ・ド・ルヴロワ（一七六〇―一八二五）社会思想家。計画経済的な発想を抱き、産業者を中心とする社会の新たな組織化を説いた。アンファンタンやバザールなどの直系の弟子のほかに、第二帝政時代の実業家たちにも影響を与えたことで知られる。

＊77　サン＝シモン教団の「至高の父」アンファンタン（一七九六―一八六四）は、女性の解放を強く主張。「至高の母」を求めてエジプト旅行を行ったが、挫折した。

＊78　シャルル・フーリエ（一七七二―一八三七）社会思想家。世界には物質的・有機的・動物的・社会的という四つの運動があるとし、物質間の引力に対応する社会的な運動たる「情念引力」の法則を明らかにすることで、調和社会を構成することができると考えた。その実現のために唱えた共同生活団体がファランステールもしくはファランジュである。

＊79　「舞姫　東洋の女性はみな舞姫である。この語は想像力をひどく刺激する」（紋切型辞典）。

気候を改善することで、大地はより美しくなり、人種の交配によって、人間の寿命はもっと長くなるはずだ。今日雷を操っているように、いずれ雲を扱うことができれば、夜の間に雨を降らせて、街を清掃することができる。船舶は、オーロラの熱によって氷の溶けた極海を航海することになるだろう。なぜならば、万物は北極と南極から放出される雌雄二種類の流体の結合によって生み出されるのであり、オーロラとは地球の発情の徴候にほかならず、生殖力の放射なのだから。

「僕にはちんぷんかんぷんだ」とペキュシェが言った。

サン＝シモンとフーリエの後は、問題は賃金に関わることにしぼられる。ルイ・ブランは労働者の利益のために、海外貿易を撤廃するよう望んでいる。ラ・ファレル[*80]は機械に課税することを、また別の著者は飲料の減税や、同業者組合《ギルド》の再建や、スープの配給を提案している。プルードンは料金の画一化を考え、国家のために砂糖の専売権を要求している。

「君の社会主義者たちは」とブヴァールが揶揄した。「常に専制を欲しているじゃないか」

「そんなことはないさ！」

「いいや、その通りだ！」

「君はどうかしてるよ！」

「そっちこそ、いい加減にしたまえ！」

＊80―フランソワ＝フェリックス・ド・ラ・ファレル（一八〇〇―七二）政治家、経済学者。フローベールが参照したのは、『フランスにおける産業階級の規律の再組織化のプラン』（一八四二）。

＊81　一世紀に活動したユダヤ教のセクト。俗世から離れて、禁欲的な共同生活を送った。

＊82　十五世紀半ばにボヘミアに成立した自由教会的な信仰団体「ボヘミア兄弟団」が、弾圧を受けてチェコ東部のモラビアに拠点を移したもの。原始教団を模範とし、敬虔な信仰生活を目指した。

＊83　十七世紀にパラグアイに派遣されたイエズス会の宣教師たちは、レドゥクシオンと呼ばれる布教村を建設し、原住民のキリスト教化に努めた。

＊84　エチエンヌ・カベ（一七八八―一八五六）　社会主義思想家。『イカリア旅行記』（一八四二）において、共産主義的ユートピア社会を提唱し、イカリア島という名のもとに理想の都市を描き出した。その後アメリカに渡

彼らは、それまで概要しか知らなかった書物を取り寄せた。ブヴァールはところどころノートに取ると、それを示しながら言った。

「自分で読んでみるといいさ！　彼らが模範として提示するのは、エッセネ派[*81]や、モラビア兄弟団[*82]や、パラグアイのイエズス会士[*83]や、はては監獄制度まで持ち出す始末だ。

イカリア人の社会では、昼食は二十分ですませ、女は病院で出産する。書物に関しては、共和国の許可なしに印刷することは禁じられるそうだ」

「だけど、カベ[*84]なんてのは間抜けだよ」

「それじゃ、今度はサン＝シモンだ。物書きはその著作を実業家の委員会による検閲に委ねるのだという。

それからピエール・ルルー[*85]。法律によって、市民たちに弁舌家の話を聴くよう強制すべきである。

お次はオーギュスト・コント[*86]。司祭が青少年を教育し、あらゆる精神活動を導いて、さらには出産を規制するよう権力に促すのだとさ」

これらの資料はペキュシェの胸を痛めた。その晩、夕食の席で、彼は次のように返答した。

「空想家たちに滑稽な点があるのは、僕も認めよう。けれども、この世の醜さに絶望し、それをもっと美しくするために苦しんだ彼らは、我々の愛を受けるにふさわしい存在だよ。斬首刑に処されたモア[*87]や、七度も拷問にかけら

って、現実に共同体の建設を試みたが失敗に終わった。

*85　ピエール・ルルー（一七九七―一八七一）　サン＝シモンの流れをくむ社会主義者。宗教的な色彩の濃い「人類（ユマニテ）」の理論を唱えた。一八四八年、立憲議会の議員となったが、ルイ＝ナポレオンのクーデターの後、イギリスに亡命。

*86　オーギュスト・コント（一七九八―一八五七）　哲学者。サン＝シモンの弟子として出発した後、自らの体系を発展させ、実証主義（ポジティヴィスム）として確立。「社会学（ソシオロジー）」の提唱者としても知られる。その後、次第に宗教的色彩を強め、「人類教」を創設し、自ら社会の再建を目指した。

*87　トマス・モア（一四七八―一五三五）　イギリスの政治家、思想家。ヘンリー八世の下、大法官の要職を務めたが、熱烈なカトリックだったため、国王と対立し処刑された。人文主義者でもあり、その主著『ユートピア』（一五一六）において、理想主義的共産社会と対置しつつ、当時のイギリス社

れたカンパネッラ[*88]や、首に鎖をつながれたブオナロッティ[*89]や、極貧で亡くなったサン＝シモンや、他にも多くの人々のことを思い出してみたまえ。彼らだって安寧に暮らすこともできたはずなのに、そうはしなかったのさ！　英雄のように頭を天に向けて、自分たちの道を進んでいったんだ」

「一人の人間の理論によって、世界が変わるとでも思うのかい？」とブヴァールが言い返す。

「それが何だというんだ！」とペキュシェ。「もはや利己主義に閉じこもっている場合ではないさ！　最良の制度を模索しなければ！」

「それじゃあ、君がそれを見つけるっていうのかい？」

「もちろんだよ！」

「君が？」

そう言うと、ブヴァールは思わずこみあげてくる笑いに、肩と腹とを同時に揺さぶった。ジャムよりも赤くなって、脇の下にナプキンをはさんだまま、「あっはっは！」と耳障りな笑い声を繰り返す。

ペキュシェはドアをばたんと閉めると、部屋を出て行ってしまった。

ジェルメーヌが家じゅう呼んで回ったあげく、寝室の奥の安楽椅子にじっとしている彼の姿を見つけた。暖炉の火も蠟燭も灯さずに、鳥打帽を目深に被っている。別に具合が悪いわけではなく、物思いにふけっていたのである。

仲違いがやむと、彼らは自分たちの研究には経済学の基盤が欠けていることに気づいた。

需要と供給、資本と賃貸、輸入、禁輸などの問題について調査する。[*90]

会を鋭く風刺した。

ある夜のこと、ペキュシェは廊下で長靴がきしむ音に目を覚ました。前夜も、いつものように自分ですべての鍵をかけたはずである。そこで、熟睡しているブヴァールを起こした。二人ともしばらく布団の中でじっとしていた。それっきり物音はしなかった。女中たちに尋ねてみたが、何も耳にしなかったという。

だが、庭を散歩していると、四ツ目垣のそばの花壇の中央に、靴の跡があるのを発見した。それに垣根の棒が二本折れている。明らかに誰かがそこをよじ登ったのだ。

巡査に知らせなければならない。

村役場にはその姿が見当たらなかったので、ペキュシェは食料品店に寄ってみた。

するとそこで何を見たであろうか？　店の奥の間に、酒飲みたちにまじって、ゴルギュがプラックヴァンの隣にいるではないか！　ブルジョワのようにめかしこんだゴルギュは、一同に酒をふるまっていた。

この邂逅はとりたてて何もないままに終わった。間もなく、二人は進歩の問題に突き当たった。

ブヴァールは科学の領域における進歩は疑っていなかった。しかし文学となると、事はそれほど明瞭ではない。そもそも快適さは増しているかもしれないが、生の輝きはなくなってしまったではないか。

ペキュシェは彼を説得するため、一枚の紙切れを手に取った。

＊88　トマーゾ・カンパネッラ（一五六八―一六三九）　イタリアの哲学者、ドミニコ会修道士。共和制国家の樹立や教会の改革を目指した廉で、二十七年にわたって投獄された。一六〇二年に獄中で著した『太陽の都』において、ユートピア的な理想社会を描いた。

＊89　フィリッポ・ブオナロッティ（一七六一―一八三七）　イタリア出身の革命家。フランス革命期にパリに出て帰化。ジャコバン派の熱狂的な信者であったが、その後獄中でバブーフと知り合い、その陰謀に加担。あやうく処刑を逃れ、晩年は『平等のための陰謀』（一八二八）を執筆した。

＊90　「経済学　人間味のない学問」（紋切型辞典）。

「波線を斜めに引いてみるとする。もしこの線をたどる者がいるならば、それが下がる度に、地平線を見失うだろう。それでも線はまた上昇するし、どんなに迂回したって、最後には頂点にたどり着くことになる。進歩のイメージとはこういうものさ」

ボルダン夫人が入ってきた。

一八五一年十二月三日［ルイ＝ナポレオンによるクーデターの翌日］のことだった。彼女は新聞を持ってきたのである。

二人は肩を並べて、国民への布告、議会の解散、代議士の逮捕などのニュースに素早く目を通した。

ペキュシェは真っ青になった。ブヴァールは未亡人をじっと見つめながら言った。

「どういうことですか？　さっきから黙ってらっしゃいますが！」

「私にどうしろっておっしゃるの？」彼らは夫人に椅子を勧めるのも忘れていたのである。「あなた方に喜んでもらえると思ってうかがったのに！　それなのに！　今日は何て愛想がないんでしょう！」そう言うと、彼女は二人のぶしつけな態度に気分を害して、出て行ってしまった。

しばらくは驚きで口もきけないほどだった。それから、憤懣をぶちまけに村に出かけた。

マレスコは契約書に埋もれたまま彼らを迎え入れたが、まったく違う考え方をしていた。おかげさまで、議会のおしゃべりもおしまいだ。*91 これからは実業の政治が始まるだろうという。

ベルジャンブは事件のことを知らなかったし、そもそもどうでもいいと思っていた。

市場でヴォコルベイユを呼びとめた。

医者はこういった問題にはとうに無関心になっていた。「こんなことで思い悩むなんて馬鹿げてますよ」

フーローが二人のそばを通りがかりに、からかうような調子で「くたばれ、民主主義者たちめ！」と言う。さらにジルバルの腕にもたれた大尉が、遠くから「皇帝万歳！」と叫んだ。

だが、プティならば分かってくれるはずだ。そこでブヴァールが窓ガラスを叩くと、教師は教室から出てきた。

彼は、ティエール[*92]の投獄をしごく愉快だと考えていた。これこそ民衆の仇討ちだ。「ほらほら！ 代議士諸君、今度はあなた方の番だ！」

大通り《ブールヴァール》での銃撃[*93]の知らせも、シャヴィニョールでは皆の賛同をもって迎えられた。敗者に情けは無用であり、犠牲者に同情はいらない[*94]！ 反抗する者は誰であれ、凶悪犯である。

「神の摂理に感謝しましょう！」と神父は言った。「その次には、ルイ・ボナパルトに。彼の取り巻きには、非常にすぐれた人々がいます！ ド・ファヴェルジュ伯爵も今に元老院議員になられるでしょう」

明くる日、プラックヴァンが彼らを訪ねてきた。

旦那方は少しおしゃべりが過ぎる。巡査は口を慎むように勧めた。

「僕の意見を知りたいかい？」とペキュシェが言った。

「ブルジョワは冷酷だし、労働者は嫉妬深いし、司祭は卑屈だし、それに民衆は結局のところ、腹を満たすことさえできれば、どんな暴君だって受け入れるのだから、ナポレオンのやったことは正解だよ！ 民衆なんて、轡をは

＊91 「代議士 議会にはおしゃべりが多すぎる。／あいつらは何もしていない」（紋切型辞典）。

＊92 第I章注5参照。十二月一日から二日の夜、大統領ルイ＝ナポレオンはクーデターを起こすにあたって、その妨げになりそうな代議士たちをあらかじめ逮捕。共和派だけでなく、ティエールやシャンガルニエのような秩序派の大物も拘束された。

＊93 十二月三日から四日にかけての夜、パリの大通りに多数のバリケードが築かれたが、四日の午後に軍隊がそれを制圧。クーデターに対する反乱者のみならず、歩道にいた野次馬たちまで、激しい銃撃の犠牲になった。

＊94 「同情 常に慎むべし」（紋切型辞典）。

め、踏みつけ、皆殺しにしてしまえばいいんだ！　正義を憎み、卑怯で、愚鈍で、盲目な連中には、それでも足りないくらいさ！」

ブヴァールは考え込んでいた。「ふん、進歩だなんて、何というでたらめだろう！」さらに言い添えて、「それに政治だって、実に汚らしい代物だ！」

「政治は科学ではないのさ」とペキュシェが言う。「兵法の方がましだよ。何が起こるかを予測するのだからね。どうだい、ひとつやってみるかい？」

「いいや！　御免だね！」とブヴァールは答える。「何もかもうんざりだ。それよりもこのぼろ家を売って、どこか遠く、野蛮人のところへでも行ってしまいたいものだね！」

「好きなようにするさ！」

メリーが中庭で水をくんでいた。

木のポンプに長いハンドルがついている。それを下ろすために腰をかがめると、青い靴下がふくらはぎのあたりまで覗く。それから素早く右腕を持ち上げながら、頭を軽く回す。するとペキュシェは、こうした少女の姿を見つめているうちに、何かまったく新しい魅力のようなもの、この上ない喜びを感じるのであった。

Ⅶ

陰鬱な日々が始まった。

後でまた失望するのではないかと思うと、もう何も研究する気が起きない。シャヴィニョールの住人たちは彼らに寄りつかなくなった。新聞も、刊行を許されているものは、何一つ情勢を教えてくれない。二人は深い孤独感に苛まれ、完全に暇をもて余していた。

時折本を開いても、すぐに閉じてしまう。読んだって何になるというのか？　またある時は、庭を掃除しようと思い立つものの、十五分もすると、くたくたになってしまった。農場を視察に行っては、うんざりして戻って来る。家事に手を出そうとすると、ジェルメーヌが不満の声を上げたので、仕方なく諦めることにした。

ブヴァールは陳列室の目録を作ろうと考えたが、すぐに収集品はどれもくだらないものばかりだと言い放ち、投げ出してしまう。ペキュシェは雲雀を撃つために、ラングロワの鴨撃ち銃を借りた。銃は一発目から暴発して、あやうく命を落とすところだった。

こうして、二人は田舎のあの倦怠の中で暮らしていた。真っ白な空がその単調さで、希望をなくした心を押しつぶす時には、この倦怠はとりわけ重苦しく感じられるものだ。誰かが壁に沿って歩く木靴の音や、雨滴が屋根から滴り落ちる音が聞こえてくる。時々、枯葉が窓ガラスをかすめては、くるくる旋回し、またどこかに飛んで行く。弔いの鐘のかすかな音が、風に運ばれてくる。家畜小屋の奥で、牝牛が鳴く声がする。

お互いに向かい合ったまま、あくびをしたり、暦を調べたり、時計を眺めたりして、食事の時間になるのを待った。それに、地平線の眺めはいつも同じである！　正面には畑、右手には教会、左手にはポプラの並木。その梢は霧の中で、絶えず物悲しげに揺れ動いている！

これまで大目に見てきたお互いの習慣が、我慢できなくなってきた。ペキュシェがテーブルクロスの上にハンカチを置く癖が、相棒の気に障る。ブヴァールの方は四六時中パイプをくわえっぱなしであり、貧乏ゆすりをしながらしゃべる。料理やバターの品質のことで、しょっちゅう言い争いになる。差し向かいでいる時も、それぞれ別のことを考えているのだった。

ある出来事がペキュシェをすっかり動転させてしまった。

それはシャヴィニョールの動乱の二日後のことであった。[*1] 政治問題についてあれこれ思い悩みながら散歩しているうちに、茂った楡の木に覆われた道に入り込んでしまった。すると、背後に「待って！」という叫び声が聞こえた。

カスティヨン夫人だった。彼には気付かずに、反対側に駆けて行く。彼女の前を歩いている男が振り返ると、ゴルギュだった。そうして、ペキュシェとは並木を隔てて約二メートルほどのところで、男と女は向かい合った。

「本当なの？」と彼女は言った。「戦いに行くって？」

ペキュシェは溝の中に潜り込んで、聞き耳を立てた。

「ああ、そうだとも！」とゴルギュは答える。「戦いに行くのさ！　それがどうしたっていうんだい？」

「よくもそんなことが訊けるわね！」彼女は両腕をねじるようにして叫んだ。「だけど、もしあんたが殺されでもしたら？　ねえ、行かないでちょうだい！」彼女の青い目は、その言葉以上に強く訴えかけていた。

「ほっといてくれ！　行かなくちゃならないんだ！」

　彼女は怒りを含んだ薄笑いを浮かべた。「あの娘は許してくれたってわけ？」

「黙れ！」彼は握り拳を振り上げた。

「ええ！　いいわ！　分かったわ。もう何も言わないわよ」そして大粒の涙が頬を伝わり、飾り襟の襞の中に流れ落ちた。

　ちょうど真昼時であった。陽の光が、黄色い小麦で覆われた畑の上にさんさんと照りつけている。遠くの方では、一台の馬車の幌がゆっくりと滑るように動いている。あたり一面にけだるさが漂い、鳥のさえずり一つ、虫の羽音一つ聞こえてこない。ゴルギュは木の枝を伐って杖を作ると、その皮を削っていた。カスティヨン夫人はうなだれたままである。

　哀れな女は、徒労に終わった犠牲のこと、肩代わりしてあげた借金のこと、将来の約束のこと、失われた自分の評判のことなどを考えていた。それでも泣き言を言う代わりに、男に二人のなれそめを思い出させようとした。あの頃は、彼に会うために、毎晩納屋に忍んで行ったものだ。一度などは、彼女の亭主が泥棒と間違えて、窓からピストルを一発ぶっ放したこともある。その銃弾は今でも壁の中に残ったままである。

「初めてあんたのことを知った時から、まるで王子様のように素敵だと思っ

＊1　ここから先のエピソードは、時間的には第Ⅵ章の半ばに遡行することになる。

たものさ。あんたの目が、あんたの声が、あんたの歩き方が、あんたの匂いが好きなんだよ！」それから、声をひそめて付け加えた。「あたしはあんたに夢中なのさ！」

男は自尊心をくすぐられて、にやにや笑っていた。

彼女は両手で男の脇腹を抱え、相手を崇めるかのように、頭をのけぞらせた。

「あたしの大事な人！　あたしの愛しい人！　あたしの魂！　あたしの命！　ねえ！　何とか言ってよ！　何が欲しいの？　お金なの？　大丈夫、見つけてあげるわよ。あたしが悪かったわ。あんたをうんざりさせちゃったのね！　御免なさい！　仕立屋で服を注文するといいわ！　シャンパンを飲んだって、乱痴気騒ぎをしたっていい！　何だって、何だって許してあげる！」さらに、精一杯の努力を振り絞ってこうつぶやいた。「あの娘のことだって！……あんたがあたしのところに戻って来てくれさえすれば！」

彼は女が倒れないように、片腕を腰に回し、身をかがめて接吻した。その間、彼女はずっと囁いていた。「大事な人！　愛しい人！　あんたは何て素敵なんでしょう！　本当に何て素敵なんだろう！」

ペキュシェは身動き一つせず、顎から上を地上にのぞかせて、固唾を呑んで見守っていた。

「弱気は禁物だ！」とゴルギュが言う。「馬車に乗り遅れちまう。もうすぐ大騒ぎ[*2]が始まるんだ。俺も加わらなきゃ！　おい、十スーくれ。御者にブランデー入りコーヒーをおごってやるんだ」

彼女は財布から五フラン取り出した。「いつか返してくれればいいのよ。もうちょっとの辛抱なんだから！　あの人ずっと中風で寝たきりだもの！　そうでしょう！　それに、もしもあんたがその気なら、クロワ＝ジャンヴァル［架空の地名］のチャペルに行って、聖母様の前で誓ってもいいわ。

あの人が死んだら、すぐにあんたと結婚するって！」

「ちぇっ！　死にゃあしないよ、お前の亭主は！」

ゴルギュは踵を返す。彼女は追いすがって、その肩にしがみついた。

「あたしも一緒に連れてってよ！　あたしを捨てないで！　誰かあんたのお世話をしてあげる人が必要でしょう！　ねえ、行かないで！　あたしを捨てないで！　いっそ死んだ方がましだわ！　殺してちょうだい！」

彼女は男の膝にすがりつき、手を取って、そこに接吻しようとした。まず帽子が、それから櫛が落っこちて、短い髪の毛がばらばらにほどけた。耳の下には白髪が混じっている。瞼を真っ赤にして、唇を腫らし、すすり泣きながら下から見上げている女の姿に、ゴルギュは激しい苛立ちにとらえられ、彼女を突き飛ばした。

「どけ、この婆《ばばあ》め！　あばよ！」

彼女は立ち上がると、首に掛かっていた金の十字架をもぎ取って、男の方に投げつけた。

「ええい！　この悪党！」

ゴルギュは杖で木の葉を叩きながら去って行った。

カスティヨン夫人は泣いていなかった。口をぽかんと開け、瞳をどんよりさせたまま、身動き一つできずにいる。絶望のあまり石のようになったその姿は、もはや人間というよりは、壊れた物のようだった。

ペキュシェがはからずも目撃したものは、彼にとっては一つの世界、それもまったく新しい世界の発見であった！　そこには、目も眩むような輝きや、咲き乱れる花々や、大海、嵐、宝物、そしてまた底知れぬ深淵などがある。

＊2　六月暴動のことを暗示している。第Ⅵ章注25参照。

何か空恐ろしい気がした。構うものか！　彼は愛を夢みた。あの女のように愛を感じ、あの男のように愛を吹き込みたいと強く願った。

しかしながら、彼はゴルギュを憎んだ。そこで衛兵詰所でも、裏切らないようにするのにずいぶん苦労したのである。

カスティヨン夫人の情夫のすらっとした体つき、きれいに揃えた巻き毛、ふさふさした顎ひげ[*3]、征服者然とした態度などは、ペキュシェを卑屈にした。一方、彼自身の髪の毛はといえば、濡れた鬘みたいにぺたりと頭にはりついている。外套をはおった上半身はまるで長枕のようだし、歯は犬歯が二本欠けており、顔つきも険しいときている。彼は天の不公平を嘆き、自分は恵まれていないと感じた。それに、友ももはや自分を愛してくれてはいない。ブヴァールは毎晩、相棒を放ったらかしにしていたのである。

妻の死後、ブヴァールが別の女と結婚するのを妨げるものは何もなかった。もしそうしていたら、今頃はその女性がちやほやしてくれ、家事万端に気を配ってくれていたに違いない。そんなことを考えるにはもう歳を取りすぎてしまった！

それでも、ブヴァールは鏡に自分を映してみた。頬骨のあたりは相変わらず血色がよく、髪の毛も昔のように縮れたままだ。歯は一本たりともぐらついていない。これならまだ女にもてると考えると、若さが戻ってくるような気がした。ボルダン夫人の姿が記憶の中に浮かんだ。実際、彼女は何度か彼に言い寄ってきたことがある。最初は積み藁の火事の時に、二度目は彼らの催した晩餐会で、それから陳列室で戯曲を朗読した折にも。近頃も、機嫌を悪くしたことなど忘れたかのように、三週続けて日曜日に訪ねてきた。そこで今度は彼の方から出かけて行くと、その後も足繁く通いながら、夫人を口説き落とそうと心に決めるのだった。

ペキュシェは若い女中が水を汲んでいるところを目にして以来、前よりも頻繁に話しかけるようになった。彼女が廊下を掃いている時も、洗濯物を干している時も、鍋をかき混ぜている時も、飽きることなくその姿を眺めては、青春時代のようなときめきを感じることに我ながら驚くのであった。熱に浮かされたようになるかと思えば、またやるせない気持ちになる。ゴルギュを抱擁するカスティヨン夫人の思い出が、とりわけ彼を責め苛んでいた。

放蕩者が女を物にするのにどんなやり方をするのか、ブヴァールに尋ねた。

「贈り物をするのさ！　レストランでおごってやることもあるね」

「なるほど！　で、その後は？」

「女によっては、気を失ったふりをして長椅子まで抱かれていくのもいれば、わざとハンカチを地面に落とすのもいるよ。一番ましなのは、率直に逢引の約束をしてくれるけどね」さらに、ブヴァールは調子に乗って色々な事例を描き出したので、それらが春画のようにペキュシェの想像力を掻き立てた。「第一の規則は、女が口にすることを信じないことだね。僕の知っている中にも、聖女のような外見をして、実はメッサリナ[*4]みたいに淫乱だったのがいるよ！　何よりもまず、大胆に振る舞うことが肝要さ！」

だが、大胆さは持とうとしても持てるものではない。ペキュシェは毎日、決心を引き延ばした。その上、ジェルメーヌがいることで、気後れしてもいた。

女中が暇を願い出るよう期待して、今までより多くの仕事を押し付けた。

＊3　「顎ひげ　力のしるし」（紋切型辞典）。

＊4　ヴァレリア・メッサリナ（二〇頃―四八）　ローマ皇帝クラウディウス一世の皇妃。淫蕩をもって知られる。情人とはかって皇帝の暗殺を企てたが失敗し、処刑された。

彼女が酔っぱらう度にそれを書きとめ、不潔な身なりや怠け癖を大声で注意して、とうとう彼女を追い出すことに成功した。

さて、これでペキュシェは自由である！

どんなにじりじりしながら、ブヴァールが外出するのを待ったことか！　ドアが閉まるや否や、どんなに胸が高鳴ったであろうか！

メリーは窓辺の小さな円卓に向かって、ろうそくの灯りで仕事をしていた。時折、糸を歯で嚙み切っては、目を細めて、それを針の穴に通す。

ペキュシェはまず、彼女はどんな男が好みなのか知りたがった。例えばブヴァールのようなタイプだろうか？　とんでもない。痩せた人の方が好きだという。さらに思い切って、これまでに恋人がいたことがあるかどうか尋ねてみた。「いませんわ！」という答えである。

そこで、彼女の方にさらに近寄ると、そのすっきりした鼻、おちょぼ口、顔の輪郭に見惚れた。二言三言お世辞を口にして、今後も品行を慎むようにと勧める。

彼女の上に身をかがめると、ブラウスの中に白いふくらみが見えた。そこから漂ってくる生暖かい香気が、彼の頰をほてらせる。ある晩など、うなじのほつれ毛に唇で触れると、骨の髄まで体が震えるのを感じた。またある時は、顎の下のあたりに接吻したが、そこの肌があまりに美味しそうなので、かぶりつきたくなるのを必死に抑えた。彼女の方も接吻を返してくる。部屋がぐるぐる回って、もう何も見えなくなった。

贈り物にブーツを一足買ってあげた上に、しばしばアニス酒を一杯ふるまった。

彼女の仕事の苦労を減らしてあげようと、朝早くから起き出しては、薪を割り、暖炉の火をつける。万事に気を配り、ブヴァールの靴磨きまでしてあげた。

メリーは気も失わなければ、ハンカチも落とさない。そこで、ペキュシェはどうしていいか分からなくなった。なかなか行動に移せない分、欲望はかえって掻き立てられるのだった。

ブヴァールはボルダン夫人に熱心に言い寄っていた。

夫人は、馬具のような音を立てる玉虫色の絹の服を少し窮屈そうに身に着けて、彼を迎え入れた。平静をつくろうため、長い金鎖を手でいじっている。

二人の会話は、シャヴィニョールの住民たちのことから、昔リヴァロで執達吏をしていたという「彼女の亡き夫」の話になった。

次に、彼女はブヴァールの過去のことを尋ねた。「若い頃の道楽」[*5]を知りたがり、ついでに財産のことや、どんな利害でペキュシェと結びついているのかなどについて質問した。

彼は、夫人の家の手入れが行き届いている様に感心した。食事の際には、食器類の清潔さと料理の素晴らしさを褒めそやした。順に出てくる味わい深い料理の合間には、ほぼ一定の間隔をおいて年代物のポマール産ワインが振る舞われる。ようやくデザートになると、二人ともたっぷり時間をかけてコーヒーを飲む。ボルダン夫人は鼻孔を膨らませて、黒いうぶ毛がうっすらと影を落とした厚ぼったい唇を、受け皿の中に浸した。

ある日のこと、彼女は襟ぐりの大きく開いた衣装を着て現れたが、その肩がブヴァールを夢中にした。ちょうど彼女の正面の小さな椅子に腰掛けていたので、両手でその腕を撫で始める。未亡人は立腹した。彼はもう手を出すことはしなかったが、申し分なく豊満で引き締まった肉の丸みを頭の中で思

＊5　「若者　常に道楽者。そうでなければならない！　そうでない場合は、驚いてみせるべし！」（紋切型辞典）。

い描くのだった。

ある晩、メリーの料理に嫌気がさしていた時、ボルダン夫人の客間に入ると喜びを覚えた。ここそまさに、生活するための場所ではなかろうか！

バラ色のシェードで覆われた電球が、穏やかな光を投げかけている。彼女は暖炉のそばに座っており、服の裾からは足が覗いている。最初の挨拶がすむと、会話は途絶えた。

その間も、夫人は半ば目を閉じたまま、物憂げな様子で、執拗に彼を見つめている。

ブヴァールはもう我慢できなくなった！　そして床板の上に跪くと、早口にこう訴えた。「愛しています！　結婚しましょう！」

ボルダン夫人は大きく息を吸った。それから、無邪気な風を装って、きっと冗談だろうと言った。からかっているのではないか。正気の沙汰とは思えない。この告白に彼女はうろたえていた。

ブヴァールは、別に誰の同意も要らないではないかと言い返した。「何の支障があるのです？　嫁入り衣装ですか？　それなら、私たちの下着には同じBのマークがついてますよ。二人の頭文字を結び付けましょう」

この理屈は彼女の気に入った。だが、ある大事な用件のため、月末までは決心がつきかねるという。ブヴァールは不満を漏らした。

夫人は、角灯を持ったマリアンヌをお供に、彼を送って行く気配りを見せた。

二人の友はお互いに、自らの恋愛のことは秘密にしていた。

ペキュシェは女中との関係をずっと隠しておくつもりだった。それに万一ブヴァールに反対されたら、女を連れてどこか他所に行けばよい。アルジェリアだって、生活費も安いし、構うものか！

とはいえ、このような計画を思い巡らすこともめったにないほど、彼の心は恋に夢中で、結果について考える余裕などなかった。

ブヴァールは陳列室を夫婦部屋にしようと目論んでいた。もしペキュシェが同意しない場合には、妻の家に住めばよい。

翌週のある日の午後、夫人の家の庭でのことだった。木の芽はほころび始め、雲の合間からは、大きく青空が覗いている。彼女は身をかがめて菫の花を摘むと、それを差し出しながら言った。

「ブヴァール夫人に挨拶してくださいな！」

「何ですって！　本当ですか？」

「もちろんですわ」

彼は両腕で夫人を抱きしめようとした。彼女はそれを押し返す。「まったく、何て人なの！」それから真剣な調子になって、じきに一つお願いをすることになると告げた。

「何だってかなえてあげますよ！」

次の週の木曜日に結婚契約書に署名することに決まった。

最後の瞬間まで、このことは誰にも知らせてはならないという。

「承知しました！」

そして彼は天を仰ぎながら、鹿のように軽やかな足取りで帰って行った。

同じ日の朝、ペキュシェは、もし女中から愛の証が得られなければ、いっそ死んでしまおうと心に誓っていた。そこで、暗がりの方が大胆になれるという期待から、地下の酒蔵まで彼女について行った。

何度も、彼女は出て行こうとした。だが、その度にペキュシェが引き止めて、瓶を数えさせたり、木板を選ばせたり、樽の底を検《あらた》めさせたりする。もうかなりの時間、そんなことが続いていた。明かり取りの窓から射す光に照らされた女中は、まぶたを細め、口の端をちょっと吊り上げて、まっすぐ彼の前に立っていた。

「私のことが好きかい？」とペキュシェがだしぬけに言う。

「ええ！　好きですわ」

「じゃあ、その証拠を見せてごらん！」

そして、左腕で女の体を抱きかかえながら、もう一方の手でコルセットのホックを外しにかかった。

「乱暴なさるんですか？」

「そんなことはない！　可愛い娘さんや！　怖がらなくてもいいから！」

「もしブヴァールさんが……」

「あいつには何も知らせないさ！　安心しなさい！」

薪の束が後ろにあった。彼女は胸をはだけたまま、頭をのけぞらせて、そこに倒れかかると、一方の腕で顔を隠した。他の男であったなら、彼女はこれが初めてではないとすぐに悟ったはずである。

ブヴァールが間もなく夕食に帰ってきた。

二人とも秘密を漏らすのを怖れて、無言のまま食事した。メリーはいつものように平然と給仕をする。ペキュシェは彼女と目が合わないよう、周囲をきょろきょろ見回していた。その間、ブヴァールはじっと壁を見つめながら、家の補修のことを考えていた。

それから一週間後の木曜日のこと、彼はかんかんになって戻ってきた。

「あの性悪女め！」

「いったい誰のことだい？」

「ボルダン夫人さ」

彼は愚かしくも、あの女を妻にしようなどという考えを抱いたことを打ち明けた。だがつい先ほど、マレスコの事務所で、すべて破談になったという。

夫人は男の側の持参金としてエカールの土地を譲り受けたいと主張した。ところが、農場と同様、その土地は友人と共同で買い取ったものなので、彼が勝手に処分するわけにはいかないのである。

「その通り！」とペキュシェは頷く。

「それなのに僕の方では、浅はかなことに、彼女に何でも好きなものをあげると約束してしまったんだ！　それがあの土地だったってわけさ！　こっちも譲らなかったよ。もし僕のことを愛しているなら、向こうが折れたはずだろう！」だがそれどころか、未亡人はかっとなって彼のことを罵り出し、その容姿や太鼓腹のことまで貶したのである。「太鼓腹だってさ！　いくらなんでも、呆れるじゃないか！」

その間、ペキュシェは何度か席を外しては、股を広げて歩き回った。

「具合が悪いのかい？」とブヴァールが訊く。

「ああ！　うん！　ちょっと痛むんだ！」

そしてドアを閉め、散々ためらってから、どうやら性病にかかったらしいと告白した。

「君がかい？」

「僕がだよ！」

「へえ！　気の毒に！　誰にうつされたんだい？」

彼はさらに真っ赤になると、一段と声をひそめた。

「メリーのほかにはありえないさ！」

ブヴァールもこれには唖然としてしまった。

まず最初に、若い娘に暇を出さねばならない。

彼女はあどけない様子で不服をとなえた。

それにしても、ペキュシェの病状は重かった。だが、自分の醜態が恥ずかしくて、医者に行く勇気も出ない。

ブヴァールはバルブルーに助けを仰ごうと思いついた。

手紙で病気の詳細を知らせて、それを医師に見せてもらい、あとは通信で治療してもらえばよい。

バルブルーは、てっきり病気にかかったのはブヴァールだと思い込み、熱心に対応してくれた。さらに友人をひひおやじ呼ばわりして祝福した。

「この歳になって！」とペキュシェは嘆いた。「悲惨じゃないか！　だけど、どうしてあの娘は僕をこんな目にあわせたんだろう！」

「君のことが気に入ったのさ」

「せめて前もって知らせてくれてもよかったじゃないか」

した。

「情熱が理屈に耳を傾けると思うかい！」そして、ブヴァールはボルダン夫人のことで愚痴をこぼした。

彼女がマレスコとつれだってエカールの土地の前で立ち止まり、ジェルメーヌと話をしているところを、これまでも一度ならず見かけたことがある。あんな僅かな土地のために、これほど駆け引きをするなんて！

「要するに、強欲なんだよ！　そうとしか考えられないね！」

こうして、小部屋の炉辺に陣取った二人は、お互いの幻滅について繰り返し語り合った。ペキュシェは薬を飲み、ブヴァールはパイプをふかす。それから、女について論じるのだった。

奇妙な欲求だ！　本当に欲求なのだろうか？　女は男を犯罪にも、また英雄的な行為にも駆り立て、時には腑抜けにもしてしまう！　ペチコートの下の地獄、接吻の中の天国。雉鳩のようにさえずり、蛇のように身をくねらせ、猫のように爪を隠している。海のように不実で、月のように変わりやすい。彼らは、女について流布しているあらゆる常套句を口にした。

女に関わろうとしたために、二人の友情も一時途絶えそうになったのである。彼らは後悔の念に駆られた。もう女などいらないじゃないか？　女なしで暮らしていこう！　そして彼らは感動して抱き合った。

いつまでもしょげているわけにはいかない！　そこでブヴァールは、ペキュシェの病が治ると、水治療法が自分たちには良いだろうと考えた。[*6]ジェルメーヌが毎朝廊下に浴槽を運んでくる。彼女は、メリーと入れ替わりに戻ってきたのである。

＊6　「水治療法　あらゆる病を治し、同時にあらゆる病のもとになる」（紋切型辞典）。

二人は野蛮人のように素っ裸になると、大きな手桶で水を掛け合い、それから走って部屋に戻った。四ツ目垣からこの姿が見えたので、人々は眉をひそめた。

Ⅷ

この療法に気をよくした彼らは、運動によって体質を改善しようと思い立った。[*1]

そこでアモロス[*2]の『マニュアル』を手に取ると、その図版集に目を通した。若者たちがしゃがんだり、のけぞったり、直立したり、足を曲げたり、腕を広げたり、拳を突き出したり、さらには重いものを持ち上げ、梁にまたがり、梯子をよじのぼり、ぶらんこの上で飛び跳ねている。力と敏捷さがこのように繰り広げられるのを見て、二人は羨望を掻き立てられた。

それにしても、序文で描かれている体操場の素晴らしい設備には悲しい気持ちになった。というのも、馬車が乗り入れできる玄関ホールも、競馬場も、水泳用プールも、また「栄光の山」と呼ばれる高さ三十二メートルの人工の丘[*3]も、とうてい手に入れることはかなわないからだ。

詰め物をした木製のあん馬[*4]は、費用が高くつくので断念した。庭にある伐り倒した菩提樹の木が、水平棒の代わりになった。それを端から端まで上手く渡れるようになると、今度は果樹垣の支柱を立てて、垂直棒に仕立てる。

*1　「運動　あらゆる病気から守ってくれる」（紋切型辞典）。

*2　フランシスコ・アモロス（一七七〇—一八四八）　スペインの軍人であるが、ジョゼフ・ボナパルトを支持したため、一八一四年のフェルナンド七世の王政復古にともないフランスに亡命する。以後は体育教育の普及および制度確立に尽力し、一八一七年にはパリに自らの体操場を設立。主著に『身体、体育、精神教育新マニュアル』（第二版、一八四八）がある。

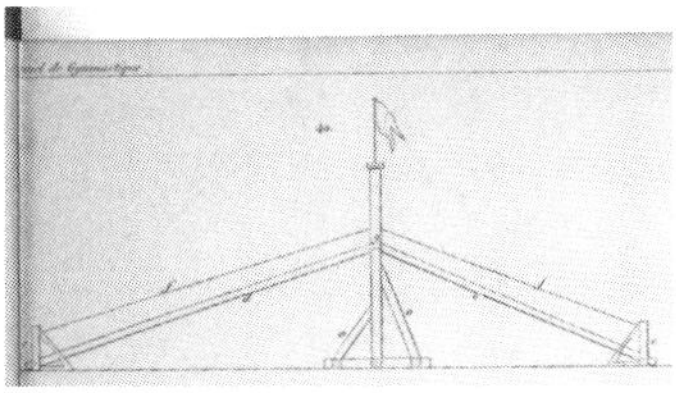

*3　アモロス、同書、図版集より。

ペキュシェは天辺までのぼったが、ブヴァールは何度やっても滑り落ちてしまい、しまいにはあきらめてしまった。

「身体矯正棒」[*5]の方が、ずっと彼の気に入った。これは二本の箒の柄を二本の紐でつないだもので、紐の一本を脇の下に通し、もう一本は手首のあたりで握る。そして何時間もの間、顎を上げ、胸をそらせて、肘を体につけたまま、この器具をはなさなかった。

ダンベルの代わりに、車大工にトネリコの木片を四つ加工してもらい、先端が瓶の首のようになった円錐形の道具を手に入れた。この棍棒を前後左右に振り回さねばならない。だが重すぎたので、しょっちゅう手から転げ落ち、足を砕きそうになった。そんなことにはお構いなく、二人は「ペルシア式棍棒」[*6]に熱中すると、さらに道具が破損するのを恐れて、毎晩蠟と布切れで磨くのであった。

次いで、彼らは溝を探して回った。適当なのが一つ見つかると、その真ん中に長い竿をつきたてては、左足でジャンプし、溝の向こう側に飛び下りるという動作を何度も繰り返す。野原は平坦だったので、遠くからでもその姿が見えた。そこで村人たちは、地平線で跳ねているあの二つの奇怪なものは何だろうと訝しんだ。

秋になると、室内体操に取りかかったが、すぐに退屈してしまった。ルイ十四世治下にサン＝ピエール神父[*7]が考え出したという運動椅子、またの名を

*4 アモロス、同書、図版集より。

*5 アモロス、同書、図版集より。

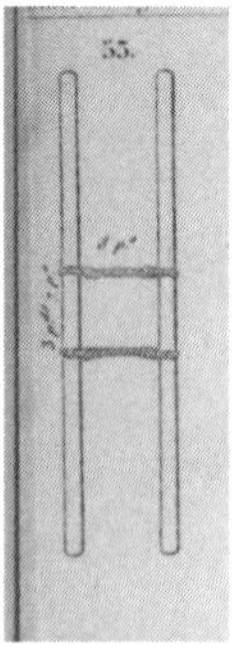

郵便椅子でもあればよいのだが！　どんな風に作られていたのだろう？　どこで調べたらよいのか？　デュムシェルは返事を寄こそうともしなかった！

そこで、彼らはパン焼き室に上腕シーソー*8をしつらえた。天井にねじで留めた二つの滑車に綱を一本通して、その両端に横木を取りつける。お互いにこの横木を握るやいなや、一方が地面を蹴りあげ、もう一方が腕を地面すれすれに下ろす。すると今度は前者の体重に引っ張られて、後者が少し綱をゆるめると、そのまま持ち上がることになる。五分もしないうちに、手足が汗びっしょりになった。

マニュアルの指示に従って、二人は両利きになろうと努め、そのため一時的に右手を使わないようにした。それだけではない。アモロスは、運動をしながら歌うべき詩句まで指示している。そこでブヴァールとペキュシェは、歩きながら九番の賛歌「王、正しき王はこの世の恵み」を、また胸板を叩く際には、「友よ、王冠と栄光を」と繰り返した。また駆け足にあわせて、

「臆病な動物は我らのもの！
すばしこい鹿を捕まえよう！
そう！　勝利は我らのもの！
走ろう！　走ろう！　走ろう！」

*6　アモロス、同書、図版集より。

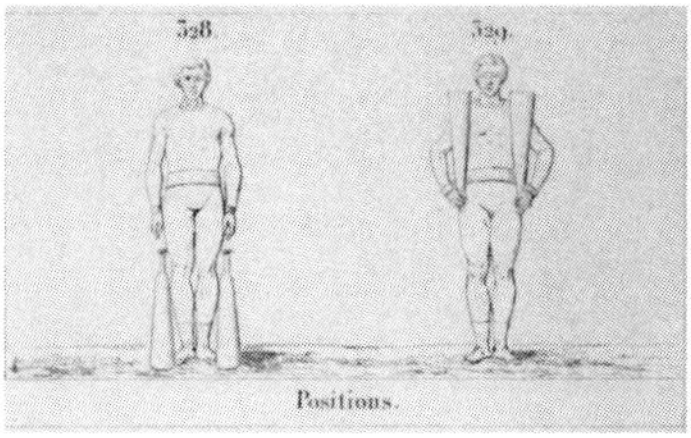

*7　サン＝ピエール神父（一六五八―一七四三）『永久平和草案』（一七一三―一七）で名高い聖職者。啓蒙思想の先駆者として知られる。

*8　アモロス、前掲書、図版集より。

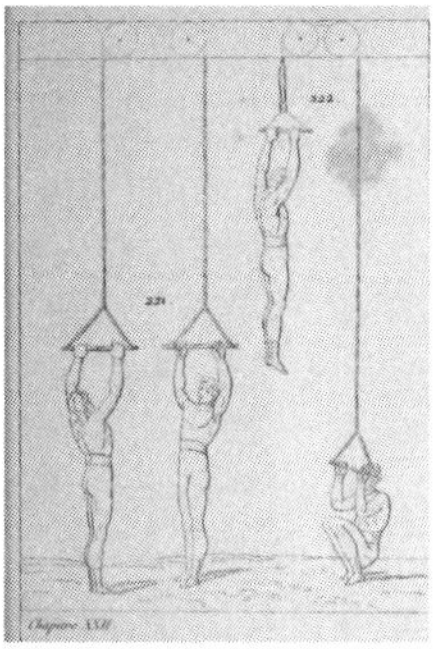

そして犬よりも息をはずませながら、自分たちの声を聞いて元気になるのであった。体操の一面である救命手段としての活用法が彼らを夢中にさせた。

だが、袋の中にいれて人を運ぶ練習をするには、子供が必要である。そこで、小学校教師に子供を何人か貸してくれないかと頼んだ。プティは家族が怒るからといって断ったので、二人は負傷者を救助する練習で我慢することにした。一人が気を失ったふりをしていると、もう一人がそれを手押し車に乗せ、万全の用心をして運んでいく。

軍隊式登攀術については、マニュアルの著者はボワ＝ロゼの梯子[*9]を推奨しているが、これはかつて断崖を登ってフェカンの町を陥れた将軍の名をつけたものだ[*10]。

本の挿絵にならって、ロープに小さな棒をいくつか結わえつけ、それを物置の天井から吊るした。最初の横木にまたがるとすぐに、第三の横木をつかみ、足を外に投げ出して、先ほどまで胸のあたりにあった第二の横木を股の下に挟む。再び立ち上がると、第四の横木をつかんで、同じ動作を繰り返す。どんなに激しく腰を動かしても、彼らは第二の横木にのっかることさえできなかった。

ボナパルトの兵士たちがシャンブレー砦を襲撃した時のように[*11]、手でじかに石につかまった方が、きっと登りやすいのではないか？　それにこのような登攀術を練習するために、アモロスもその施設の中にわざわざ塔を一つこしらえている。

崩れかけた壁が塔の代わりになるはずだ。二人はその攻略に取り掛かった。

ところがブヴァールは、あまり急いで足を穴から外したために、恐怖を覚えて、目がくらくらした。

ペキュシェによれば、指骨に関することをおろそかにしていたのは、自分たちの方法の誤りだという。それ故、原則に立ち戻らねばならない。
その励ましも効果はなかった。だがすっかり増長したペキュシェは、今度は竹馬に挑戦した。元々彼にはその素質が備わっていたかに思われる。というのも、地面から四ピエ［約一メートル三十センチ］もの高さに乗り台を取りつけた上級用モデルをたちまち使いこなしたのだ。そして悠然とその上にのっかりながら、庭を大股に歩き回る様子は、まるで巨大なコウノトリが散歩しているようであった。

ブヴァールが窓から見ていると、ペキュシェがよろめいたはずみに、インゲンの上に転げ落ちた。支柱が粉々に砕けて、落下の衝撃をやわらげてくれた。助け起こしてみると、泥だらけになっており、鼻血を流し、真っ青である。しかも本人は捻挫したと思いこんでいた。

どう考えても、体操は彼らの年齢には向いていない。そこできっぱりとやめてしまうと、今度は事故を怖れて、もはや動こうとさえしなかった。一日中陳列室に座ったまま、他の活動について夢想するのであった。

この習慣の変化はブヴァールの健康に影響を及ぼした。体重が増え、食後はクジラのようにぜいぜい喘ぐ。そこでやせようと思って、食事を減らしたところ、体が衰弱してしまった。

ペキュシェも同じく憔悴していた。皮膚がむずがゆく、喉には斑点ができている。「どうも具合が良くない」と、二人は口にするのであった。「具合が良くない」

*9　アモロス、同書、図版集より。

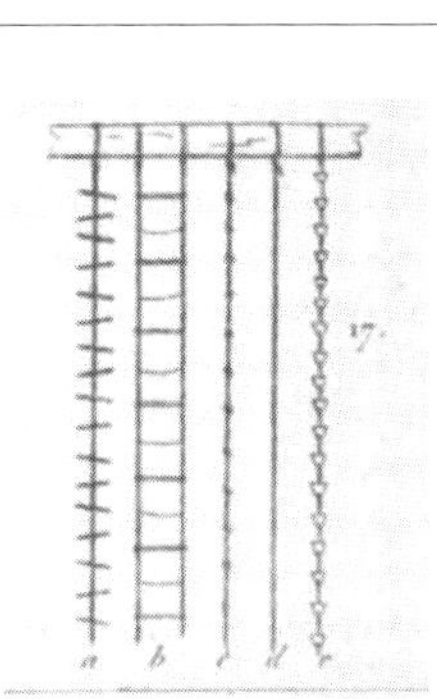

*10　一五九四年、ビロン元帥がカトリック同盟の支配下にあったフェカンを襲撃した事件。

*11　シャンブレー砦はマルタのゴゾ島の要塞。一七九八年、ナポレオン軍はマルタ諸島を占領し、マルタ騎士団を追放。ナポレオン没落後、島はイギリス領となった。

ブヴァールは体の調子を取り戻すため、宿屋にスペインワインを何本か物色しに行こうと思い立った。

ベルジャンブの店から出てきた時、マレスコの書記が三人の男をつれて、大きなクルミ材のテーブルをそこに運んできた。「主人」が大変感謝している。テーブルの反応は申し分なかったという。ブヴァールはこうして、テーブル・ターニング[*12]の新たな流行を知ったのだった。そのことで、さっそく書記をからかった。

しかしながら、当時ヨーロッパ中で、またアメリカでも、オーストラリアでも、インドでも、何百万という人々がテーブル回しに没頭していた。さらにカナリアを予言者に仕立てたり[*13]、楽器を使わずにコンサートを催したり[*14]、カタツムリを用いて交信したりする方法[*15]も編み出されていた。ジャーナリズムはこれらのでたらめを大真面目に喧伝して、大衆の盲信を煽っていたのである。

テーブル叩きの霊はファヴェルジュの館にまず現れて、そこから村一帯に広まったのである。おもに公証人が、これらの霊に問いかける役を担っていた。

ブヴァールが信じようとしないのに気を悪くした彼は、テーブル・ターニングの集まりに二人の友人を招いた。

これは罠であろうか？　ボルダン夫人もやって来るという。ペキュシェが一人で行くことにした。

参加者は村長、収税吏、大尉、他にもブルジョワたちとその細君、ヴォコルベイユ夫人、それからもちろんボルダン夫人も来ていた。さらにマレスコ夫人の昔の先生だったというラヴェリエール嬢もいたが、これは少々藪にら

＊12　交霊術の一種であり、テーブルの上に手を置いた人の質問に対して、テーブルが動いて答えを返してくる現象。十九世紀半ばのアメリカおよび

みの女性で、白髪まじりの髪の毛を一八三〇年風にくるくる巻いて肩に垂らしている。肘掛椅子にはパリから来た従兄が、青いフロックコートを身に着け、傲然と座っている。

二つの青銅のランプ、骨董品をのせた棚、ピアノの上に置かれた唐草模様の表紙のロマンスの楽譜、ばかでかい額縁におさまった小ぶりの水彩画などが、いつもはシャヴィニョールの住民たちの賛嘆の的であった。だがその晩ばかりは、皆の視線はマホガニーのテーブルに注がれている。間もなく試されることになるそのテーブルは、まるで神秘をはらんだ事物のような威光を帯びていた。

十二人の招待客がテーブルのまわりに集まると、その上に手のひらを広げて、小指をつないだ。聞こえてくるのは振り子時計の音ばかり。どの顔を見ても、極度に集中しているのが分かる。

十分も経つと、腕がむず痒いと訴える者がでてきた。ペキュシェも気分がすぐれない。

「押してるじゃないか!」大尉がフーローに言う。

「そんなことはありませんよ!」

「いいや、押してるとも!」

「なんですって!」

公証人が二人をなだめた。

ヨーロッパで大流行した。フランスでの流行の頂点は一八五三年頃とされるが、これはほぼこの小説の物語の時間と一致している。ちなみに、日本の「こっくりさん」のルーツでもある。

＊13 トレフという男が一八六一年、鳥に催眠術を施して、占いをさせていたという記述が、グジュノー・デ・ムソー、『十九世紀における魔術』(一八六四)の中に見られる。

＊14 テーブル叩きの霊によるコンサートがアメリカで行われたという逸話は、エルダン、『神秘的フランス』(一八五五)に述べられている。

＊15 一八五〇年にパリで一時話題になった発明。カタツムリは交尾した相手に対しては、どんなに離れていても交感する能力を持っているという仮説にもとづき、アルファベットごとにカタツムリを一つずつ配した奇怪な装置を用いて、電報のような一種の遠隔通信を試みようとした。たとえば一方の装置のAの文字に割り当てられたカタツムリに刺激をくわえると、それと交感関係にある別の装置のカタツムリが角を出すとされた。

じっと耳をすましていると、木のきしむ音が聞こえてくるような気がした。錯覚だ！　何も動いてなどいない。

先日、オベールとロルモーの家族がリジューからやって来たので、わざわざベルジャンブのテーブルを借りてきた際には、あんなに上手く行ったというのに！　ところが、今日はその同じテーブルが頑として動こうとしない！　なぜだろう？

絨毯が邪魔をしているのかもしれない。そこで、食堂に場所を移した。

選ばれた家具は大きめの丸テーブルで、そこにペキュシェと、ジルバルと、マレスコ夫人と、その従兄のアルフレッド氏が腰を下ろした。

キャスター付きの丸テーブルが右側につつっと動いた。実験者たちが指を動かさずにその動きについていくと、テーブルはさらにひとりでに二回転した。一同啞然とする。

すると、アルフレッド氏が大声でこう問いかけた。

「霊よ、私の従妹をどう思うかい？」

丸テーブルはゆっくりと揺れながら、九度床を叩いた。叩いた数を文字に翻訳する表によれば、これは「魅力的」という意味だ。喝采がわき起こった。

次いで、マレスコがボルダン夫人をからかって、彼女の正確な年齢を当てるよう霊に命じた。

丸テーブルの脚が五度コツコツと鳴った。

「何だって？　五歳だと！」とジルバルが叫んだ。

「十の位は数えないんですよ」とフーローが説明する。

未亡人は微笑んだが、内心気を悪くしていた。

その他の質問への答えは的外れだった。それほどアルファベットが複雑すぎるのだ。それより書記板[*16]を用いる方が手っ取り早いであろう。ラヴェリエール嬢はこの方法を用いて、ルイ十二世[*17]や、クレマンス・イゾール[*18]や、フランクリン[*19]や、ジャン＝ジャック・ルソーらと直接交信した記録をアルバムに残しているという。この装置はオマル通り［パリ九区の通り］で売られている。アルフレッド氏は一つ手に入れようと約束してから、女性教員に向かって言った。

「でも今日のところは、少しピアノでもどうです？　マズルカを一曲！」

和音が二つ、同時に鳴り響いた。彼は従妹の腰を抱えると、二人で部屋から出て行き、また戻ってきた。ドレスが途中ドアをかすめる際に空気の流れを巻き起こすのが、まわりの人々にとっては心地よい。女は頭をのけぞらせ、男は腕を丸めている。前者の優雅な身ごなし、後者の潑溂とした物腰に誰もが惚れ惚れとした。ペキュシェはこの夜の出来事にすっかり仰天してしまい、菓子が出るのも待たずに引き上げた。

彼がどんなに「だけどこの目で見たんだ！　見たんだよ！」と繰り返しても、ブヴァールはその事実を否定したが、それでも自分で実験してみることには同意した。

二週間もの間、彼らは毎日午後いっぱい、お互いに向き合ったまま、テーブルや、帽子や、籠や、皿の上に手を置いて過ごした。これらの物はびくともしない。

＊16　テーブルの叩く音を、Aは一回、Bは2回という具合に、数に応じてアルファベットに翻訳する煩わしさを避けるために考え出された方法。鉛筆をつけた小板を用いて、霊媒に文字を書きとらせる自動書記のことである。

＊17　ルイ十二世（一四六二―一五一五）　フランス王。在位一四九八―一五一五年。従兄シャルル八世を継ぎ、イタリア戦争を続行。外政には失敗したが、国内では租税の軽減などを実施し、「人民の父」と称された。

＊18　クレマンス・イゾール　十四世紀にトゥールーズで花合戦（ジュ・フロロー）と呼ばれる詩歌コンクールを再興したと言われる伝説上の女性。クレマンスの名は聖母マリアの属性である仁慈（clémence）から来ているとされる。

＊19　第Ⅱ章注11参照。

そうはいっても、テーブル・ターニングの現象は疑う余地がない。一般大衆はそれを霊のしわざにしているが、ファラデー[20]は神経作用の延長だとし、シュヴルール[21]は無意識に力を入れているのだという。あるいはセグアン[22]が認めているように、人々が集まると、そこから何らかの推進力、磁気の流れのようなものが放出されるのであろうか？

この仮説はペキュシェの夢想を誘った。彼は書架からモンタカベール［架空の著者］の『磁気治療師の手引き』を取り出し、それを丹念に読み返すと、ブヴァールにその理論の手ほどきをした。

あらゆる生物体は天体の影響を受け、それを伝達している。磁力に類似した特性であるこの力を導くことによって、病人を直すことができるというのが原理である。この科学はメスメル[23]以来発展してきたが、依然として肝要なのは、流体を注ぎ、手業によってまず眠らせることだ。

「それじゃ、僕を眠らせてくれたまえ」とブヴァールが言った。

「無理だよ」とペキュシェが答える。「磁気の作用を受けて、それを伝えるためには、信じることが絶対に必要なのさ」それからブヴァールをじっと見つめながら、「ああ！　実に残念だ！」

「何だって？」

「うん、もし君がその気になれば、ちょっと経験を積むだけで、二人とない磁気治療師になれるだろうに！」

それというのも、彼には親切な物腰、頑丈な体格、しっかりとした気力など、必要なものがすべて備わっているのだから。

＊20　マイケル・ファラデー（一七九一―一八六七）イギリスの化学者、物理学者。電磁気学および電気化学の分野で大きな貢献をもたらした。電気分解に関する「ファラデーの法則」で有名。

＊21　ミシェル＝ウジェーヌ・シュヴルール（一七八六―一八八九）化学者。動物性脂肪や色彩の研究で知られる。

＊22　『魔術の神秘、あるいは明らかにされた動物磁気説の秘密』（第二版、

このような能力を指摘されて、ブヴァールもさすがに悪い気はしなかった。そこで、こっそりモンタカベールを読みふけった。

それからある晩のこと、ジェルメーヌが耳鳴りがしてよく聞こえないというので、「磁気治療でも試してみたらどうだろう？」と何気ない調子で切り出した。彼女も嫌がらなかったので、その正面に腰を下ろすと、両手の親指を自分の手で握りしめる。そしてじっと彼女を見つめたが、その様子はまるで手練れの治療師のようであった。

女中は踵を足炬燵にのせたまま、間もなく首をかくんと傾げた。目をつむると、静かにいびきをかき始める。一時間ほどそのまま眺めてから、ペキュシェが小声で「どんな感じだい？」と尋ねた。

彼女は目を覚ました。

そのうちきっと透視能力*24だって身につくであろう。

この成功で自信をつけた二人は、厚かましくも再び医療行為に手を染めた。教会の小使いシャンベルランは肋骨間に痛みがあり、石工のミグレーヌは胃痙攣に苦しんでいる。ヴァラン婆さんは鎖骨の下にある脳様腫瘍［脳の形をした腫瘍。いわゆる脳様癌のこと］に栄養を与えるため、肉の膏薬を貼っており、*25痛風持ちのルモワーヌ爺さんは、しょっちゅう酒場のあたりをうろついている。他にも肺結核の患者や、半身不随の男など、様々な病人を引き受けたのみならず、鼻風邪や霜焼けまで治療した。

一八五三）の著者。

＊23　フランツ＝アントン・メスメル（一七三四―一八一五）ドイツの医師。動物磁気説の創始者。一七七八年にウィーンからパリに移り、ヴァンドーム広場のアパルトマンで開業すると、その独自の治療法が上流社会を中心に大流行した。普遍的流体の流れを操り、時には発作を誘発することで病気の治癒を図るというのが、その理論の骨子である。メスメリズムは激しい論争を巻き起こし、一七八四年にルイ十六世がその調査のために王立委員会を任命。委員会は磁気流体の存在を否認し、治療の効果を想像力によって引き起こされるものとした。

＊24　磁気催眠にかかった患者に備わるとされた能力。自分や他人の病気を診断したり、その治療法を指示したり、さらには自分の体の内部を覗くことができると考えられていた。

＊25　腫瘍には特別に食物を与えて、体全体に必要な栄養分が奪われないようにしなければならないという民間信仰があった。

病気の診断がすむと、どんな手業を用いたらよいか、目顔で相談した。磁気は強くするか、弱くするか、方向は下から上か、あるいは上から下か、縦方向か、あるいは横方向か、さらには二本指か、三本指か、もしくは五本指を用いるべきか。一方がくたくたになると、もう一方が交代する。それから家に戻ると、治療日誌に所見を書き記すのだった。

彼らの人当たりの良い態度が皆の心をとらえた。とはいえ、ブヴァールの方が人気がある。昔遠洋航路の船長をしていたバルベー爺さんの娘「ラ・バルベ」を治した時には、その評判はファレーズまで鳴り響いた。

この娘は後頭部に刺すような痛みがあり、嗄れ声で話す。しばしば何日もの間食べないでいるかと思うと、漆喰や石炭を貪るようにかじり出す。その神経の発作はすすり泣きに始まって、最後は大泣きで終わる。煎じ薬からお灸まであらゆる治療法を試みたあげく、投げやりな気持ちから、ブヴァールの申し出を承知したのである。

彼は女中を部屋の外に出して、鍵をかけると、卵巣のあたりを押しながら、お腹をさすり始めた。気持ちよくなったのであろう、ため息が漏れ、あくびが出る。眉間の、鼻の上のあたりに指を当てると、とたんに娘はぐたりとなった。腕を持ち上げるとだらりと垂れてしまい、頭もブヴァールが動かす通りの姿勢になる。そして半ば閉じたまぶたはぶるぶる震え、そこから覗く眼球はゆっくり回転していたが、やがて引きつったまま、隅の方で動かなくなった。

ブヴァールが彼女に苦しくないかと尋ねると、いいえと答える。いま何を感じているのか？　自分の体の内部を覗いているという。

「何が見えますか？」

「虫が一匹！」

「どうしたら退治できるでしょう？」

額に皺が寄る。「考えているのですが……。無理です、できませんわ」

二度目の治療の際に彼女はイラクサのスープを、さらに三度目にはイヌハッカを所望した。発作は弱まり、なくなってしまった。本当に奇跡のようだ。

鼻の付け根の指圧は他の患者には通用しなかったので、二人は催眠状態を導くために、メスメル式桶[*26]を作ろうと計画した。ペキュシェはすでに鉄屑を拾い集め、瓶を二十本ほど洗い終えていたが、その時ふとある危惧にとらわれて、手を止めた。患者の中には女性もいるはずだ。「もしもその女たちが激しい色情発作に襲われたら、どうしようか[*27]？」

そんなことでひるむブヴァールではない。だが、ゴシップになったり、ゆすりにあったりするかもしれないので、ここは慎んだ方がよかろう。グラス・ハーモニカ[*28]で我慢することにし、それを家々に携えて行ったところ、子供たちが大喜びした。

ある日ミグレーヌの容態が悪化したので、これを用いることにした。楽器の透明な音が病人をいらだたせた。しかし、ドゥルーズ[*29]は患者の苦情に恐れをなしてはならないと命じている。音楽を続けた。「やめてくれ！　もうたくさんだ！」と男が叫ぶと、「もうちょっとの辛抱だ」とブヴァールが繰り返す。ペキュシェがますます素早くガラス板を叩くと、楽器が鳴り響くのに

＊26　メスメルが磁気治療のために考案した桶。水を張った桶の中に鉄屑や、ガラスの破片や、瓶などを入れ、蓋に開けた穴から鉄の棒が顔を出すようにする。患者たちはその鉄の棒を直接患部に当てたり、あるいはその棒につなげたロープを体の一部に回したりした。

＊27　「ヒステリー　色情狂と混同すべし」（紋切型辞典）。

＊28　メスメルが磁気治療のためにグラス・ハーモニカを用いたのは有名な話。これは当時、人の気を狂わせることもある恐怖の楽器と恐れられており、実際にメスメルがウィーンを追放されたのもこの楽器の使用にかかわるスキャンダルによるものだったといわれている。

＊29　ジョゼフ＝フィリップ＝フランソワ・ドゥルーズ（一七五三—一八三五）　博物学者。パリ自然史博物館の助手、また後に司書を務める。動物磁気説の熱烈な信奉者であり、『動物磁気の批判的歴史』（一八一三）など何冊かの著作を残した。

あわせて、かわいそうな男がわめきたてる。その時、この騒ぎを聞きつけた医者が現れた。

「何と！　またあなた方ですか！」こう叫んだ医者は、患者の家でいつも二人に鉢合わせするのを腹に据えかねていたのである。彼らが磁気療法を説明すると、医者はこれを貶して、そんなものはいかさまで、その効果も想像力のなせるわざだと批判した。

けれども、磁気は動物にもかけられる。モンタカベールはそう断言しているし、ラフォンテーヌ氏[*30]などは牝ライオンに磁気治療を施したという。彼らは牝ライオンこそ手に入らないものの、たまたま別の動物を試す機会を得た。

というのも、翌朝六時に作男が二人を呼びに来て、牝牛が絶望的な状況に陥っているので、ぜひ農場に来てほしいという。

彼らは駆け付けた。

リンゴの木には花が咲き、朝日に照らされた中庭の草からは、蒸気が立ち上っている。沼のほとりで、シーツに半ばくるまれた牛がモーモーと鳴きながら、体に投げかけられるバケツの水に震えている。とてつもなく腹が膨らんでおり、まるでカバのようだ。

おそらくウマゴヤシでも食んでいて、「毒」に当たったのであろう。グイ爺さんとその女房は途方に暮れていた。というのも、獣医は来ることができず、腫れに効くまじないを知っている車大工も取り合おうとしなかったのである。だが、蔵書で有名なあの旦那方ならば、何か秘策を心得ているに違いない。

腕まくりをすると、一人は牛の角の前に、もう一人は尻の後ろに陣取った。そして精神を大いに集中させ、激しい身振りをまじえて、磁気の流れを動物に注ぐために指を広げる。その間、小作人夫妻も、男の子も、さらに近所の人々も、ほとんど怯えた様子で彼らを見つめていた。牛のお腹の中でゴロゴロ音がするのが聞こえ、それにつられて自分たちのお腹も鳴った。牛が腸からガスを放つと、ペキュシェが言った。

「希望に向かって開かれた扉だ！　きっと活路じゃないかい？」

まさに活路が開かれた。希望は一塊の黄色い汚物となってほとばしり、砲弾のように勢いよく噴き出した。皆の気持ちがほっとすると同時に、牛のお腹も腫れが引く。一時間もすると、すっかり元通りになった。

これが想像力の仕業でないのは確かだ。従って、磁気には特殊な力が備わっていることになる。この力を物の中に封じこめておけば、その効力を弱めることなく、いつでも利用することができるだろう。このような方法を使えば、移動の労も省ける。彼らはこの手を用いることにして、コインや、ハンカチや、水や、パンに磁気を施したものを患者たちに送った。

さらに研究を続けるうちに、手業を用いるのをやめ、ピュイゼギュール[*31]の方式を採用することにした。つまり古木の幹に綱を一本巻きつけ、それを磁気治療師の代わりにするのである。

農場の中庭にある梨の木がちょうどおあつらえ向きであった。二人は何度もこの木を両手で強く抱えて、その下準備をした。木の下にはベンチをしつらえ、そこに常連の患者たちが並ぶ。その結果は申し分ないものだったので、ヴォコルベイユをやり込めるつもりで、土地のお歴々と一緒に集まりに

＊30　シャルル・ラフォンテーヌ（一八〇三—九二）　興行師。各地を巡業して、動物磁気を使った催眠術のパフォーマンスを行った。催眠療法の創始者として知られるジェイムズ・ブレイドに影響を与えたことでも知られる。

＊31　ジャック・ド・シャストネ・ピュイゼギュール侯爵（一七五一—一八二五）　将軍。メスメルの動物磁気説に感化され、催眠術を用いた独自の治療法を確立。人工夢遊病にかかった患者の一部が透視能力を持つことを発見した。フランス北部アルデンヌ県の村ビュザンシーにある自らの所領を拠点に、その広場の楡の大木を利用した集団治療を行ったことで有名。

招いた。

一人残らずやって来た。

ジェルメーヌが一同を小部屋に迎え入れ、主人たちもじきに姿を見せるので、「お待ちいただく」ように頼んだ。

時折、呼び鈴の音がしては、患者たちが別の場所に連れて行かれる。招待客たちは肘をついて、埃だらけの窓や、羽目板にできた染みや、塗装がはげ落ちているのを示し合った。それに庭もひどい状態である！　いたるところ枯れ木だらけだ！　壁にできた裂け目には棒が二本取りつけられて、果樹園との間を仕切っていた。

ペキュシェが現れた。「それではどうぞ、皆さま！」すると、庭の奥にあるエドゥワン種の梨の木の下に、何人かの人が座っているのが見えた。

シャンベルランは司祭のように髭をそり、皮の縁なし帽にラスティング地の短いコートをまとって、肋骨間の痛みからくる震えに身をまかせている。そのそばでは、ミグレーヌが相変わらずの胃痛に顔をしかめている。ヴァラン婆さんは腫瘍を隠すためにショールを幾重にも巻いており、素足にぼろ靴をつっかけたルモワーヌ爺さんの膝の下には、松葉杖が置かれている。そして盛装したラ・バルべが、異常に青白い顔をして座っている。

木の向こう側には別の病人たちがいた。白皮症の女性が首の腫瘍の膿をぬぐっており、またある少女の顔は青い眼鏡の下に半ば隠れている。筋肉の拘縮により背骨の曲がってしまった老人が、体が勝手に動くのであろうか、何度もマルセルにぶつかっていた。このマルセルというのは一種の知的障碍者で、ぼろぼろの上っ張りに、継ぎの入ったズボンをまとっている。縫合の悪い口唇裂からは前歯が覗き、大きく腫れあがった頬が包帯でくるまれている。

全員が木から垂れ下がった紐を一本ずつ手に握っていた。鳥がさえずり、生暖かい芝の匂いがあたりに漂っている。陽の光が枝の間からこぼれている。客人たちは苔の上を歩いてやって来た。ところが、被験者たちは眠るどころか、目を大きく見開いたままである。

「これまでのところは、特にめぼしいことはありませんな」とフーローが言った。「始めていてください。すぐに戻ってきますから」それから、アブド・アルカーディルをかたどっていた門のパイプの最後の一本をふかしながら戻ってきた。

ペキュシェは磁気治療のある秘術を思い出した。病人一人一人の鼻に口をあて、その息を吸いこんで、電気を引き出すのである。[*32] 同時に、ブヴァールは磁気を強くするために、木を両腕で抱え込んだ。

石工のしゃっくりがやみ、教会の小使いの震えがおさまり、筋肉拘縮の男も動かなくなった。さあ、彼らのそばに行って、何でも好きなことを試してみてかまわない。

医者がシャンベルランの耳の下をメスで突くと、少し身震いした。他の連中も感覚ははっきりしている。痛風患者は悲鳴をあげた。ラ・バルベはといえば、まるで夢でも見ているかのように微笑んだまま、その顎の下を血が一筋流れた。フーローは自分でも試してみたくなって、メスを貸してもらおうとしたが、医者に断られたので、病人を思いっきりつねった。大尉は彼女の鼻の孔を羽でくすぐり、収税吏は針を肌に突き刺そうとした。

「およしなさい！」とヴォコルベイユが言う。「結局のところ、何も驚くこ

＊32　フローベールが参照したルイ・フィギエ『現代における驚異の歴史』（一八六〇）によれば、ペトタンというリヨンの磁気治療師が用いた方法であり、この男は動物磁気を電気の一種とみなしていたという。

となどありません！　ヒステリー患者ですよ！　悪魔だってお手上げだ！」

「この女は霊媒です！」ペキュシェがヴィクトワールという名の腺病病みの女を指差しながら言った。「病気を見分けて、治療法を指示してくれますよ」

ラングロワはカタルのことで相談したくてうずうずしたが、言い出せなかった。だが、クーロンはもっと大胆だったので、リューマチのために何かよい処方はないか尋ねた。

ペキュシェが男の右手をヴィクトワールの左手に重ねると、催眠術にかかった女は目を閉じたまま、頬をいくぶん赤らめ、唇を震わせながら、しばらくとりとめのないことを呟いた後で、「ヴァルム・ベクム（valum becum）」を処方した。

彼女はバイユーの薬剤師のところに奉公していたことがある。ヴォコルベイユはそこから、「アルブム・グラエクム（album graecum）[*33]」と言いたかったのだろうと推測した。きっと薬局で聞きかじった言葉なのだろう。

次いで、彼はルモワーヌ爺さんに近寄った。ブヴァールによれば、この老人は不透明な物体を透かして見ることができるという。

この男は、自堕落な生活に身を持ち崩した元小学校教師である。ぼさぼさに乱れた白髪が顔を縁取っており、木に背をもたせて、手のひらを広げたまま、炎天下に眠りこけている姿には威厳さえあった。

医者が二重に巻いたネクタイでこの男の目を隠すと、ブヴァールが新聞を差し出して、「読むんだ！」と横柄な口調で命じた。

男はうつむいて、顔の筋肉を動かした。それから顔をのけぞらせると、し

＊33　犬の糞の白い部分。特別な治療効果があるとかつては信じられていた。

＊34　『立憲（コンスティテュショネル）』紙は一八一五年の百日天下の時に創刊された新聞であり、その後ティエールの中道左派の機関紙となっていた。一八四四年にオペラ座の元支配

まいに「コンス・ティテュ・ショ・ネル」[34]とたどたどしく読みあげた。

しかし、目隠しの布を巧みにずらすくらい造作ないことだ！

医者のこの言い掛かりには、ペキュシェもむっとした。そこで、ラ・バルべならば、彼の家でいま起こっていることを当てることもできると思い切って主張した。

「よろしい」と医者は応じると、時計を取り出し、「私の家内はいま何をしていますか？」と尋ねた。

ラ・バルべは長いことためらってから、むっつりとした様子でこう答えた。

「ええ？　何ですって？　ああ、分かったわ。麦藁帽子にリボンを縫い付けています」

ヴォコルベイユは手帳から紙を一枚破ると、一筆したため、それを急いで届けるようマレスコの書記に託した。

実験は終わり、病人たちも帰って行った。

ブヴァールとペキュシェは結局、成功しなかった。気温のせいか、あるいは煙草の匂いのせいであろうか？　またはジュフロワ神父の傘の骨が銅でできているが、この金属が磁気の放射を妨げたのではないか？[35]

ヴォコルベイユは肩をすくめた。

しかし彼とて、ドゥルーズ、ベルトラン[36]、モラン[37]、ジュール・クロケ[38]諸氏の誠実さを疑うことはできなかった。ところで、これらの大家たちによれば、

人ルイ・ヴェロンがこれを買い取ると、一時期第二帝政の機関紙の一つとなったこともある。

＊35　フローベールが参照したオーバン・ゴーチエ『動物磁気説および催眠術の実践概論』（一八四五）に、磁気治療師や被験者や観衆が身に着けている銅が危険をもたらす可能性が指摘されている。

＊36　第Ⅲ章注64参照。フローベールは『フランスにおける動物磁気について』（一八二六）を参照した。

＊37　アンドレ＝サチュルナン・モラン（一八〇七―八八）　政治家であり、自由思想家。宗教およびオカルトについて批判的な視点から考察した著作を執筆。フローベールが参照したのは、『動物磁気説とオカルト科学』（一八六〇）。

＊38　ジュール・クロケ（一七九〇―一八八三）　解剖学者、外科医。パリ大学医学部教授であり、フローベール家の友人。外科医として、鍼治療や磁器療法にも関心を抱いていたことが知られている。

催眠術にかかった者が事件を予言したり、痛みを感じることなく残酷な手術を受けたりしたことがあるという。

神父はもっとびっくりするような話をした。ある宣教師は、バラモン教の僧侶たちが逆立ちしながら丸天井を駆け回るのを見たという。チベットのダライラマは自分のはらわたを取り出して、神託を下すらしい。

「ご冗談でしょう?」と医者が言う。

「いや、本当です」

「まさか！　でたらめですよ！」

こうして話が脇道にそれると、誰もが思い思いの逸話を披露し出した。

「私はね」と食料品屋の主人。「金曜日で始まる月になると、きまって病気になる犬を飼っていたんです」

「私のところは十四人兄弟でしてね」と治安判事が続けて言う。「私の誕生日は十四日。結婚式も十四日で、聖人の祝日も十四日です！　誰かこれを説明してもらえませんか」

ベルジャンブはこれまで何度も、翌日宿屋に来る客の人数を夢で予想したという。さらにプティがカゾット[*39]の晩餐の話をした。

すると神父がこのような意見を述べた。「どうしてそこに見ようとしないのですか?　ごく単純に……」

「悪魔を、とおっしゃりたいのでしょう?」とヴォコルベイユ。

神父は返事をする代わりにうなずいた。

マレスコはデルフォイの巫女のことを挙げながら、「間違いなく、瘴気が……」

「おやおや！ 今度は瘴気ですか！」

「私は流体の存在を認めますね」とブヴァール。

「恒星から発する神経性のね」とペキュシェが言い足した。

「なら、証明してください！ 見せてくださいよ！ あなた方の言う流体とやらを！ それに、流体などもう時代遅れです。まあ、お聞きなさい」

ヴォコルベイユは、少し離れたところにある木陰に移動した。ブルジョワたちもついていく。

「もし子供に向かって『俺は狼だ、お前のことを食べちゃうぞ』と言ったら、その子は本当にあなたのことを狼だと思って、怖がるでしょうよ。だから、それは言葉によって引き起こされた夢だということになります。同じように、催眠術にかかった者は、どんな空想だって受け入れるのです。この患者は思い出しているだけで、想像しているのではないし、自分では考えているつもりでも、感覚に操られています。こうやって犯罪を暗示すれば、高潔な人物も自分を猛獣だと思いこむし、人食い人種になることだってあるのです」

皆がブヴァールとペキュシェを見つめた。彼らの科学は社会に害をなすものだ。

マレスコの書記がヴォコルベイユ夫人の手紙を手に掲げながら、再び庭に現れた。

医者はそれを開封すると、真っ青になり、それからようやく次のように読

＊39 ジャック・カゾット（一七一九―九二） 小説家。代表作『恋する悪魔』（一七七二）は、後のロマン主義の幻想小説の走りとされる。大革命を批判して、死刑に処せられた。伝説によれば、一七八八年、パリのサロンで開かれた晩餐会において、革命が間近なことを予言し、そこにいた会食者一人一人の運命を予告したという。ネルヴァルの『幻視者たち』（一八五二）に、この晩餐の詳しい記述がある。

み上げた。

「私は麦藁帽子にリボンを縫い付けています！」

一同、驚愕のあまり笑うこともできなかった。

「偶然の一致ですよ、もちろん！　何の証拠にもなりはしない」そして二人の磁気治療師が勝ち誇った様子をしているので、戸口で振り返るとこう言った。

「もうおやめなさいな！　危険きわまる気晴らしだ！」

神父は小使いを連れて帰る道すがら、厳しく叱りつけた。

「まったく気でも違ったのか？　私の許しも得ないで！　教会の禁じているいかさま治療を受けるなんて！」

皆すでに引き上げていた。ブヴァールとペキュシェが築山の上で小学校教師と話をしていると、顎の包帯をほどいたマルセルが果樹園から飛び出してきて、こう口ごもった。

「治った！　治った！　親切な旦那方！」

「よしよし！　分かった！　少し静かにしてくれ！」

「ああ、親切な旦那方！　あなた方のお陰です！　感謝いたします！」

進歩主義者のプティは、医者の説明を卑俗でブルジョワ的だと決めつけた。科学は金持ちの手に独占されており、民衆を締め出している。中世式の古めかしい分析に、広大かつ直観的な総合が今や取って代わるべき時だ！　真理は心情によって感得されねばならない。そうして自ら交霊術の支持者と称すると、何冊かの著作を紹介した。確かにどれも不完全かもしれないが、新しい時代を告げるものである。

＊40　アウグスティヌス（三五四—

彼らはそれらの著作を取り寄せた。

交霊術はその教義として、我々人類の宿命的な向上を説いている。地上はいつか天国になるはずだというのであり、まさにそれ故、この説は小学校教師を魅了していたのである。カトリックとは異なるものの、聖アウグスティヌス[*40]や聖王ルイ[*41]が引き合いに出され、アラン・カルデック[*42]などは、彼らの教えのうち、現代の思想の水準に達している断章を出版してさえいる。その教義は実践的かつ有益であり、まるで望遠鏡のように至高の世界を啓示してくれる。

霊魂は死後、恍惚状態のまま、そこに運ばれて行く。それでも時には地上に降りてきて、家具をきしませたり、我々の娯楽に加わったり、自然の美や芸術の喜びを味わったりする。

とはいえ、我々の中にも、芳香性の管を備えている者が何人かいる。つまり、頭蓋骨の後ろにあり、髪の毛から惑星まで伸びている管のことで、これを通して土星の精霊たちと会話することもできるという[*43]。触知できないものが現実でないとは限らない。地球と惑星の間には、往復運動、伝達、絶えざる交流が行われているのである。

すると、ペキュシェの胸は激しい憧れにふくらんだ。夜になると、ブヴァールは、友が窓辺に立ち、精霊に満ちあふれた光輝く天空を眺めているところを見かけた。

四三〇）　北アフリカの都市ヒッポの司教。古代キリスト教最大の神学者、哲学者。放縦な青春時代を送ったが、後に劇的回心をとげる。プラトン哲学とキリスト教神学を集大成した。主著に『告白』および『神の国』がある。

＊41　ルイ九世（一二一四—七〇）　フランス王。在位一二二六—七〇年。死後カトリック教会により列聖されたことから、しばしば聖王ルイと呼ばれる。中央集権と王権の強化に努め、学芸の振興にも寄与した。カペー朝の全盛期を現出したが、最後は十字軍遠征中にチュニジアで死去した。

＊42　アラン・カルデック（一八〇四—六九）　交霊術師。頻繁に交霊会を催して、霊界との通信を図り、複数の著作を残した。フローベールは『心霊論の哲学—精霊の書』（第三版、一八六一）を参照している。カルデックの思想スピリティスムは、海を越えてブラジルにも広まった。

＊43　フーリエ主義者の政治家ヴィクトール・エヌカン（一八一六—五四）は、この芳香性の管を自ら備えていると主張していたという。

スウェーデンボリ[*44]はあそこに大旅行を行ったのだ。というのも、わずか一年たらずの間に、金星、火星、土星に赴き、さらに二十三回も木星を探索したのである。そればかりか、ロンドンでイエス＝キリストに会い、聖パウロ、聖ヨハネ、モーセにも会った上に、一七三六年には最後の審判にも立ち会っている。

だからこそ、彼は天空の描写を残しているのである。

そこには地上とまったく同様に、花々や、宮殿や、市場や、教会があるという。

かつては人間だった天使たちが、自分の考えを紙に書き記したり、家事や霊的な問題について話をしている。そして司祭職は、生前に聖書を研究した者たちに委ねられている。

一方地獄はといえば、そこには吐き気を催すような匂いがたちこめており、あばら家や、汚物の山や、ぼろぼろの格好をした人たちでいっぱいである。

ペキュシェはこれらの啓示に含まれる美を理解しようとして、頭を悩ませた。ブヴァールには、これは頭のいかれた人物の妄想としか思えなかった。こういったことはどれも、自然の限度を超えている！　でも、誰にそれが分かるというのか？　そこで二人は次のような考察にふけった。

いかさま師なら大衆を惑わすこともできるし、激しい情熱を持った人なら他人を動かすこともできる。だが、どうやったら単なる意志が無生物に働きかけることができるのだろう？　あるバイエルンの男はブドウを熟させたというし、ジェルヴェ氏はヘリオトロープをよみがえらせたという。さらに凄いのは、雲を追い払うというトゥールーズの男である。

外界と我々の間に、何らかの媒介物を認めるべきなのか？　重量のない新たな物質、一種の電気であるオッド[*45]こそ、まさにそのような物質ではなかろうか？　磁気にかかった者が見る微光も、墓地の鬼火も、幽霊の姿も、その放射によって説明がつく。

そうなると、これらのイメージも幻覚ではないということになる。催眠術にかかった者の場合と同様、悪魔憑きの人の特殊な能力にも、物理的な原因があるのではなかろうか？

その起源はともかくとして、何らかの本質のようなもの、隠された普遍的要因が存在する。もしそれを掌握することができれば、持続の力に頼る必要はなくなるはずだ。何世紀もかかることが、一瞬のうちになしとげられるだろう。どんな奇跡でも可能となり、宇宙は我々の意のままになるであろう。

魔術は人間精神のこの永遠の渇望に由来するものだ。確かにその価値は誇張されてきたかもしれないが、それ自体はまやかしではない。魔術に通じている東洋人が奇跡を行なうことは、すべての旅行者が証言している通りである。またパレ＝ロワイヤルでは、デュポテ氏[*46]が磁気を帯びた針を指で操ってみせているではないか。

どうやったら魔術師になれるのか？ この考えは初めは突拍子もないものに思われたが、それでも彼らにつきまとい、悩ませた。そこで冗談にまぎらしながらも、実践してみることにした。

まずは準備として、食事療法が必要である。

精神を高揚させるために、夜型の生活を送り、節食に努めた。そしてジェルメーヌをもっと敏感な霊媒に仕立てるため、その食事を制限した。彼女は飲み物でその埋め合わせをしようとして、蒸留酒をたらふく飲んだので、ア

＊44 エマヌエル・スウェーデンボリ（一六八八―一七七二） スウェーデンの神秘主義思想家。当時ヨーロッパ有数の科学者であったが、五十五歳を超えてから幻視を体験し、以後神秘主義に傾倒。その霊的体験を数多くの著作で語った。バルザックの『ルイ・ランベール』（一八三二）や『セラフィタ』（一八三五）など、十九世紀フランスの作家たちにも多大な影響を与えた。

＊45 ドイツの化学者カール・フォン・ライヘンバッハ（一七八八―一八六九）が、磁気作用や化学作用を説明するために仮想した自然力。

＊46 デュポテ・ド・セヌヴォワ（一七九六―一八八一） デュ・ポテ男爵とも呼ばれる動物磁気師。メスメリズムと魔術を結びつけた実践を行った。

ルコール中毒になってしまった。二人が廊下を散歩する音で、目が覚める。彼らの足音が耳鳴りと混じり合い、さらに壁からはあらぬ声が聞こえてくる。ある朝、地下の酒蔵にカレイ［燐光を発する性質がある］を一尾しまいに行ったところ、魚が火に包まれているように見えて肝をつぶした。以後ますます調子が悪くなり、ついには主人たちに呪いをかけられたと思いこむようになった。

彼らは幻覚を体験したくて、お互いにうなじを圧迫したり、ベラドンナ[*47]のにおい袋をこしらえたり、さらには魔法の箱[*48]を利用したりした。これは釘をさしたキノコが突き出ている小さな箱で、それをリボンで胸に結わえつけて、心臓の上にあてがうのである。すべて失敗に終わったが、まだデュポテの環[*49]を用いることができた。

ペキュシェは地面に木炭で黒い円を描いたが、これは「動物精気をそこに封じ込め、そうやって周囲の精気の助けを借りるため」である。そうしてブヴァールを支配できることに得々として、教皇のような態度でこう口にした。「またげるものなら、またいでみたまえ！」

ブヴァールはこの円形の場所をじっと見つめた。そのうち動悸がして、視界が濁ってくる。「えぇい！　どうにでもなれ！」そう言うと、言いようのない不安から逃れるために、その上を飛び越えてしまった。

ペキュシェはますますのぼせ上ると、死者を呼び出そうと考えるようになった。

総裁政府時代、ある男がエシキエ通りで恐怖政治の犠牲者たちを見せていたことがある。他にも、幽霊の出た例には事欠かない。それがただの見せかけだとしても、構わないではないか！　重要なのは、それを作り出すことだ。

故人が身近な者であるほど、こちらの呼びかけに応じやすいという。だが、ペキュシェは指輪も、肖像画も、髪の毛一本さえも、およそ家族の形見は何一つ持っていなかった。それに対して、ブヴァールの方は父親を呼び出す条件を備えている。ところが彼が嫌がるそぶりを見せるので、ペキュシェは「何を怖がってるんだい？」と尋ねた。

「僕がかい？　いや！　別に何も！　君の好きなようにしたまえ！」

彼らはシャンベルランを買収して、古いしゃれこうべを一つこっそりと手に入れた。仕立て屋に頼んで、僧服のような頭巾つきの黒い外套を二つあつらえる。ファレーズからの馬車が、包装紙に包まれた長い巻物を届けてくれた。そうして、二人は仕事に取り掛かったが、一方はやる気満々であり、もう一方は考えるだに恐ろしくてびくついていた。

陳列室には棺台のように黒布がはりつめてある。燭台が三つ、壁に寄せたテーブルの隅で燃えている。その上にはブヴァールの父の肖像画がかけられ、さらにそれをしゃれこうべが見下ろしている。頭蓋骨の中にもわざわざ蠟燭が一本立ててあるので、二つの眼窩から光が差していた。

部屋の中央、焜炉の上にはお香がたかれている。後ろに控えたブヴァールに背を向けたペキュシェは、暖炉の中に硫黄を何つまみか投げ入れた。

死者を呼び出す前に、悪魔の同意を得る必要がある。ところで、その日は金曜日、つまりベシェの日にあたっていたので、まずはベシェにうかがいを立てねばならない。ブヴァールは右に左にお辞儀をしてから、顎を引き、両

＊47　ベラドンナの黒紫色をした実は、猛毒を含んでいる。古くからその実の抽出物は、女性が瞳孔を拡大させるための散瞳剤として用いられた。

＊48　ルイ＝アルフォンス・カアニェ、『交霊術の聖域』（一八五〇）に描かれている魔法の箱。ただし、フローベールはキノコを加えるなど、ある程度自由にこれを脚色している。

＊49　フローベールが参照したミルヴィル侯爵、『精霊学』（第三版、一八五四）によれば、これは一種の魔法の鏡であり、環の中に閉じ込められた動物精気とその周囲の動物精気との間に交流が成り立つことにより、それを見つめる者の目に幻視が繰り広げられることになるという。また、同じくフローベールが参照したアルフレッド・モーリー、『睡眠と夢』（一八六一）においては、どうしてもデュポテの環をまたげなかった人物のエピソードが語られているが、その原因は魔法ではなく、暗示のせいだとされている。

腕を上げると、祈り始めた。*50

「エタニエル、アマザン、イスキロス……」その後を忘れてしまった。ペキュシェが急いで、厚紙の上に記しておいた言葉を耳打ちする。

「イスキロス、アタナトス、アドナイ、サダイ、エロワ、メシアスの名において」といった具合に、延々と呼びかけが続く。「汝に懇願し、切願し、命ずるものなり。おお、ベシェよ」それから声をひそめて、「汝いずこにありしや、ベシェよ？　ベシェ！　ベシェ！　ベシェ！」

ブヴァールは肘掛椅子にくずおれた。そうして、ベシェが出てこないのに内心ほっとした。このような試みが瀆聖になるのではないかと、本能的に気が咎めていたのである。父の魂はどこにいるのだろう？　先ほどの言葉が聞こえただろうか？　もし突如として現れでもしたら？

ひび割れた窓ガラスから吹き込む風に、カーテンがゆっくりと動いている。蠟燭の灯りがしゃれこうべと肖像画の上に影を揺らしており、どちらも土気色にくすんで見える。黴が肖像の頬いっぱいに広がり、目にはもう光がない。だがその上では、空っぽの頭蓋骨の眼窩の中で、炎が輝いている。時折、しゃれこうべが肖像の顔にとって代わり、フロックコートの襟の上におさまって、頰髯を生やしているように思われてくる。そして外れかけた画布が、ゆらゆらと揺らめいている。

そのうち二人は、何らかの息吹が鼻先をかすめ、ある触知できない存在が近づいてくるように感じた。ペキュシェの額は汗びっしょりになる。ブヴァールは歯をがたがた鳴らし始めたかと思うと、みぞおちは痙攣で締めつけられ、床板は波のように足元から逃れていく。暖炉の中で燃えている硫黄は大きな渦を巻き、それと同時に、こうもりが旋回する。すると叫び声が上がった。誰だろう？

二人とも頭巾の下の表情はあまりにひきつっていたので、その分恐怖がいや増した。身じろぎ一つ、さらに言葉一つ出せずにいたところに、ドアの後ろから、苦悶する魂のうめきのようなものが聞こえてきた。

ようやく、思い切って覗いてみた。

年取った女中が仕切り板の隙間から彼らの様子をうかがっているうちに、てっきり悪魔を見たと思いこんだのである。そして廊下に跪いたまま、何度も十字を切っていた。

どんなに言い含めても無駄だった。こんな人たちには仕えたくないと言って、その夜のうちに暇を取ってしまった。

ジェルメーヌはこれを吹聴して回り、シャンベルランは職を失った。そしてジュフロワ神父とボルダン夫人とフーローが先頭に立って、二人を排斥する密かな同盟が結ばれた。

彼らの生き方は他の連中とは異なっており、煙たがられていたのである。いかがわしい存在だとされ、漠とした恐怖を吹き込んでさえいた。

とりわけその評判を落としたのが、召使の選択だった。他にいなかったので、マルセルを雇ったのだ。

この男はその口唇裂や、その醜さや、そのちんぷんかんぷんの話しぶりなどから、周囲の鼻つまみ者になっていた。野原をさまよいながら育ったこの捨て子は、長い窮乏生活の名残から、決して満足することのない食欲を身につけていた。病気で死んだ動物だろうと、腐った獣脂だろうと、馬車にひかれた犬だろうと、十分な量がありさえすれば、何でも平気で食べるのである。そして羊のようにおとなしかったが、まったくの愚か者でもあった。

＊50　以下の祈りの文句は、コラン・ド・プランシー、『地獄の事典』（第二版、一八二五—二六）の「霊の召喚（évocations）」と「まじない（conjurations）」の項目から引いてきたもの。引用される固有名はすべて神の属性を表す別名である。なお、曜日ごとに懇願すべき悪魔が定まっており、金曜はベシェの日。

感謝の念から、彼はすすんでブヴァールとペキュシェ両氏の召使になろうと申し出てきた。それに、二人を魔法使いだと信じていたので、大儲けできると期待していたのである。

働き始めてすぐ、彼はある秘密を打ち明けた。ポティニーの荒れ地で、かつてある男が金塊を見つけたことがある。この逸話はファレーズの郷土史家の著作の中でも述べられているが、その続きは知られていない。すなわち、十二人の兄弟が旅に出る前に、シャヴィニョールからブレットヴィルまでの街道沿いに、どれも同じような金塊を十二本隠していったのだという。そこでマルセルは主人たちに、さっそく探索を始めるよう頼んだ。二人の考えでは、これらの金塊はおそらく亡命「フランス革命当時、貴族たちが国外に亡命した現象のこと」の際に埋められたものに違いない。

占い棒を用いる絶好の機会である。その効力のほどは疑わしいが、とりあえず問題を研究してみた。そうして、ピエール・ガルニエ[*51]とかいう男が科学的な根拠を挙げてこれを擁護していることを知った。泉や金属は、木と親和性のある微粒子を放射しているのだという。

どうも眉唾ものだ。だが、誰に分かるだろう？ 試してみようじゃないか！

ハシバミの木の枝をY字型にこしらえると、ある朝、宝探しに出発した。

「宝は返さなくちゃならないね」とブヴァールが言う。

「いや！ まさか！ 冗談じゃない！」

三時間も歩いたところで、あることに思いいたって足を止めた。「シャヴィニョールからブレットヴィルへの街道だって！ 旧道だろうか、新道だろうか？ きっと旧道じゃないかい？」

彼らは道を引き返すと、あたり一帯をやみくもに歩き回った。旧道の道筋はなかなか見つけにくかったのである。

マルセルは猟に出たスパニエル犬のように、右に左に駆け回るので、ブヴァールが五分ごとに呼び戻さねばならないほどだった。ペキュシェは棒の先端を上に向け、二叉に分かれた枝を握って、一歩ずつ進んでいく。しばしば何らかの力が、まるで鉤のように棒に引っ掛かって、地面に引っ張る気がする。するとマルセルが、後でその場所を見失わないようにと、近くの木にすばやく切り込みを入れた。

そのうちペキュシェの足取りが鈍ってきた。口をぽかんと開け、瞳が引きつっている。ブヴァールが呼びかけて、肩をゆすっても、身じろぎ一つしない。まるでラ・バルベのようにじっと動かなくなった。

それから口がきけるようになると、心臓のあたりに引き裂かれるような痛みを感じたのだと言った。この奇妙な症状は、きっと占い棒のせいに違いない。そこで、もうそれに手を触れようともしなかった。

翌日、木にしるしを残しておいた場所に戻ると、マルセルがシャベルで穴を掘った。どんなに掘っても何も出てこない。その度に二人はひどくしょげかえった。ペキュシェは穴の端に座りこみ、顔を仰向けたまま夢想にふける。芳香性の管を通して精霊の声を聞こうと努めながら、自分にもそのような管があるのかどうか考えているうちに、ふと鳥打帽の庇に目が止まる。前日の恍惚状態がまたもやぶり返した。それもいつまでも続いたので、恐ろしくなるほどだった。

燕麦の穂の向こうの小道に、フェルト帽が現れた。ヴォコルベイユ氏が馬に乗って通りかかったのである。ブヴァールとマルセルが彼を呼んだ。

＊51　前出『地獄の事典』の「占い棒」の項目によれば、ピエール・ガルニエは十七世紀末のモンペリエの医師。占い棒には通常、先が二叉に分かれたハシバミやハンノキなどの枝が用いられた。

医者がやって来た時には、発作もおさまりかけていた。もっとよくペキュシェを診察するため、鳥打帽を取り除けると、額が赤褐色の斑点に覆われている。

「おや！　おや！　戦いの果実《フルクトゥス・ベリ》！　梅毒疹ですよ、あなた！　体を大事になさい！　まったく！　色恋沙汰もほどほどにするんですな！」

ペキュシェは恥じ入って、鳥打帽を被りなおした。これはアモロスの図版集にあるのをまねて作ったもので、半月形の庇の付いた一種のベレー帽である。

医者の言葉に彼は茫然自失となった。上目づかいに考え込んでいると、不意にまた恍惚状態にとらわれた。

ヴォコルベイユはこれをじっと観察していたが、次いで鳥打帽を指ではじき飛ばした。

ペキュシェは意識を取り戻す。

「そんなことだと思ってました」と医者が言う。「そのよく磨かれた庇が、鏡のように催眠作用を及ぼすのです。光る物体をあまりじっと見つめていると、よく起こる現象ですよ[*52]」

彼は鶏を使ってそれを実験する方法を教えてから、馬にまたがって、ゆっくりと去って行った。

半里ほど行くと、彼方に見える農家の中庭に、ピラミッド型の物体がそびえているのに気付いた。まるで巨大な黒いブドウの房に、ところどころ赤い斑点を散らしているかのようだ。これはノルマンディーの慣習で、長い竿に取りつけた横木に、何羽もの七面鳥がとまって、日向ぼっこをしているのである。

「入ろう！」そう言うと、ペキュシェは農夫に近寄り、お願いをして、許可を得た。

圧搾室の真ん中に白墨で線を引くと、七面鳥の脚を縛って、嘴が線の上にくるように、腹這いに寝かせる。鳥は目を閉じ、やがてぐったりとなった。他にも何羽か試してみたが、同様である。ブヴァールが素早くそれらの鳥を手渡すと、ペキュシェがのびたやつを片っ端から脇に並べていく。農家の連中は不安をあらわにした。おかみが金切り声を上げ、少女が一人泣き出した。

ブヴァールが鳥の脚の縄をほどくと、どれも徐々に生気を取り戻した。だが、後遺症がないとは限らない。ペキュシェがそれに対していささかつっけんどんに言い返したところ、農夫は熊手をつかんだ。

「出ていけ、こん畜生！　さもないと、どてっ腹に穴をあけるぞ！」

彼らは慌てて退散した。

いずれにせよ、これで一件落着！　恍惚状態は物質的な原因に起因するのである。

物質とは一体何であろうか？　また、精神とは何か？　これら相互の間に見られる影響は、どこから生じるのだろう？

この問題を解明するため、ヴォルテール[*53]や、ボシュエ[*54]や、フェヌロン[*55]の著作を研究し、さらに貸本屋の予約購読を再開した。

昔の巨匠たちの著作は長大で、語彙も難しいのでとっつきにくい。だが、ジュフロワ[*56]とダミロン[*57]が現代哲学の手ほどきとなった。それに前世紀の哲学［十八世紀啓蒙哲学のこと］にかかわる著作はすでに手元にある。

ブヴァールはラ・メトリー[*58]、ロック[*59]、エルヴェシウス[*60]から、またペキュシ

＊52　スコットランドの外科医ジェイムズ・ブレイド（一七九五―一八六〇）が、マンチェスターで前述のラフォンテーヌの興行に立ち会い、動物磁気に興味を持ったのが一八四一年。ブレイドは、メスメリズムが流体によるものではなく、暗示による脳生理学的な現象であると主張。患者の視線を輝く物体に固定させる新しい技法を練り上げ、これを「催眠術」と名づけた。

＊53　第Ｖ章注38参照。

＊54　第Ⅳ章注123参照。

＊55　第Ⅰ章注8参照。

＊56　第Ｖ章注95参照。

＊57　ジャン＝フィリベール・ダミロン（一七九四―一八六二）　哲学者。クーザンの弟子であり、友人。唯心論に与する。一八二四年にジュフロワやピエール・ルルーとともに『グローブ』紙を創刊。フローベールが参照したのは、『哲学講義』全四巻（第二版、一八三六―四二）。

＊58　ジュリアン・オフレ・ド・ラ・メ

ェはクーザン氏、[61] トマス・リード、[62] ジェランド[63]から、それぞれ論拠を引き出した。前者は経験を重んじ、後者にとっては理想がすべてである。一方はアリストテレスの、[64] 他方はプラトン[65]の立場に立って、互いに議論を戦わせる。

「魂は非物質的なものだ！」と一人が言う。

「そんなことはない！」ともう一人が答える。「狂気や、クロロフォルムや、瀉血によって、その作用が乱されることもあるじゃないか。それに魂だっていつも思考しているわけではない以上、もっぱら思考をこととする実体とはいえないさ」

「けれども」とペキュシェが反駁する。「僕は自らのうちに、肉体よりもすぐれた何か、それも時には肉体と対立する何かを備えているよ」

「存在の中の存在だって？　二重人間というわけかい！　まさか！　異なった性向は相反する動機を示しているだけのことさ」

「しかし、この何か、この魂は、外見が変化しても、変わらないままだ。従って、それは単一で不可分、つまり精神的なものなのさ！」

「もし魂が単一ならば」とブヴァールが言い返す。「新生児だって大人のように記憶も、想像力もあるはずじゃないか！　ところがその反対に、思考力は脳の発達に伴うものだ。不可分ということについては、バラの香りだって、あるいは狼の食欲だって、意欲や断定と同様に、二つに分けることはできないだろう」

トリー（一七〇九―五一）医師、哲学者。デカルトから受け継いだ動物機械論を人間にも適用。『人間機械論』（一七四七）などの著作で、徹底した唯物論を説いた。

＊59　第Ⅵ章注67参照。

＊60　第Ⅵ章注68参照。

＊61　ヴィクトール・クーザン（一七九二―一八六七）哲学者。十九世紀フランス講壇哲学の最大の実力者であり、思想的には、内的観察にもとづく心理学的方法を形而上学の基盤として提唱。またドイツ観念論やプラトン哲学などをフランスに紹介し、哲学史の分野を確立した。クーザンにとって、先人たちの学説はどれも部分的な真理を含んでおり、従って、それらを矛盾なく調和させることを目指す折衷主義（エクレクティスム）が最良の方法ということになる。主著に『真・善・美について』（一八二八）など。

＊62　第Ⅴ章注94参照。

「それが何だっていうんだい！」とペキュシェ。「魂は物質の性質とは無縁だよ！」

「重さというものは認めるね？」とブヴァール。「ところで、もし物質が落下することができるなら、それは同様に思考することだってできるはずだ。我々の魂に始まりがある以上、いつか終わらなければならないし、体の器官に依存しているのだから、器官とともに消え去ることになるのさ」

「僕は、魂は不滅だと主張するね！　神が欲するはずがないじゃないか……」

「でも、もし神が存在しなかったら？」

「何だって？」そこでペキュシェはデカルト[*66]の三つの証拠を持ち出した。「第一に、神は我々がそれについて抱く観念に含まれている。第二に、神の存在は可能である。第三に、有限な存在である私が、どのようにして無限の観念を持ちえようか？　ところで、我々はこの観念を持っているのだから、それは神から来ることになる。故に神は存在する！」

続いて、良心の証言、諸民族の伝統、創造主の必要性といった論拠を持ち出した。「柱時計を見れば[*67]……」

「分かった！　分かった！　知ってるよ！　だけど、時計職人の父はどこにいるんだい？」

「それにしたって、原因が必要だろう！」

＊63　ジョゼフ＝マリー・ド・ジェランド（一七七二―一八四二）　哲学者。イデオローグの流派に属するが、コンディヤック流の感覚論からは一線を画した。フローベールが参照した『哲学諸体系の比較史』（第二版、一八四七年）は、クーザンによって哲学史の先駆的な試みとして評価された。

＊64　アリストテレス（前三八四―前三二二）　古代ギリシアの哲学者。プラトンの弟子であるが、「イデア」説を批判し、絶えず生成変化する個体的実在を形而上学の基盤に据えた。自然研究についても膨大な業績を残した。

＊65　プラトン（前四二七―前三四七）　古代ギリシアの哲学者。ソクラテスの弟子。感覚を超えた実在としての「イデア」を措定し、「善のイデア」を最高の実在とみなす観念論的な哲学を確立した。

＊66　ルネ・デカルト（一五九六―一六五〇）　哲学者、数学者、自然科学者。近代哲学の祖であり、一切を疑う「方法論的懐疑」を通して、「われ思う、ゆえに我あり（コギト・エルゴ・ス

ブヴァールは原因というものを疑っていた。「ある現象が別の現象に続いて生じることから、そこに因果関係があると結論するね。でも、これを証明してくれたまえ！」

「だけど、宇宙の情景は何らかの意図、もしくは計画のようなものを示しているじゃないか！」

「何故だい？　悪も善と同じくらい見事に組織されている。羊の頭の中で成長し、これを死なせる寄生虫も、解剖学的には羊そのものと価値は同じさ。奇形は通常の機能を凌駕しているし、人間の体だってもっと精巧にできていてもいいはずじゃないか。地球の四分の三は不毛の地だ。夜を照らす月もいつも姿を見せるとは限らない！　君は大海が船舶のために、木材が我々の家の暖房のためにあるとでも思っているのかい？」

ペキュシェは答えた。

「そうはいっても、胃は消化するため、脚は歩くため、目は見るためにできているだろう。もちろん消化不良や、骨折や、白内障などはあるとしてもね。目的のないお膳立てなどありえないよ！　結果は遅かれ早かれ現れてくる。すべてが法則に適っており、従って、目的因[*68]も存在するはずだ」

ブヴァールはきっとスピノザ[*69]が論拠を与えてくれるはずだと思いつくと、セセ[*70]の翻訳を手に入れるため、デュムシェルに手紙を書いた。

デュムシェルは、十二月二日〔前出のナポレオン三世のクーデターのこと〕に亡命

ム」を確実性の出発点として確立。その思索の過程を『方法序説』（一六三七）において叙述した。ここで挙げられている神の証明は『省察』（一六四一）の中で展開されているものである。また同じ著作において、心身二元論を唱え、機械論的な自然から独立した精神の自律性を主張した。

＊67　「時計職人としての神」という論理は、特に十八世紀に盛んであった。たとえばヴォルテールは、「この柱時計が存在しているのに、時計職人が存在しないとは、私には考えられない」という言い方で、理神論的な立場を表明した。他にもライプニッツなど多数の著作家がこの比喩を用いている。

＊68　アリストテレスの説く四原因（質量因、形相因、作用因、目的因）の一つで、物事がそのためにある目的のこと。目的の連鎖が究極的に何を目指しているかを考察するのが目的論であり、アリストテレスによれば、人

した友人の教授ヴァルロの蔵書の一冊を送ってきた。『エチカ』はその公理や系などで、二人を怖気づかせた。そこで、鉛筆で印をつけてある箇所だけに目を通すことにし、次のようなことを理解した。

実体とは自ずから、それ自身によって存在するもので、原因も起源も持たない。この実体とは神のことである。

神はそれだけで延長であり、延長には限界はない。何をもってそれを限ることができようか？

だが、延長は無限であるとはいえ、絶対の無限とはいえない。なぜならば、それはある種の完璧さしか含んでいないが、絶対とはあらゆる完璧さを含むものなのだから。

じっくりと考えるために、しばしば読むのを中断した。ペキュシェは嗅ぎ煙草を吸い、ブヴァールは集中して顔が真っ赤である。

「面白いかい？」

「うん！　もちろんさ！　先を続けよう！」

神は無限に多くの属性として発展するが、それらの各々がまた神の存在の無限性を表している。我々が認識するのはそのうち、延長と思惟の二つの属性だけである。

思惟と延長から無数の様態が生じるが、それらがまた別の様態を含んでいる。

間のあらゆる営みは最終的に最高善に向かうとされた。

＊69　バールーフ・スピノザ（一六三二―七七）　オランダの哲学者。ユダヤ教徒として生まれたが、その自由な宗教観のため破門され、以後各地を転々とする。ラテン語で書かれた主著『エチカ』（一六七七）は、死後出版。その汎神論的な思想は、唯一無限である「実体」を神とし、さらにそれを自然そのものととらえるものである。十九世紀フランスにおいては、スピノザの思想はしばしば無神論とみなされ、伝統的なカトリック勢力から激しく糾弾された。フローベールは青年期からスピノザを愛読しており、『聖アントワーヌの誘惑』（一八七四）の中で悪魔が表明する汎神論的宇宙観などにその深い影響を読み取ることができる。

＊70　エミール・セセ（一八一四―六三）　哲学者。クーザンの弟子の一人であり、スピノザの最初のフランス語訳（一八四二）で有名。その序文において、汎神論の行き過ぎを批判し、折衷主義を擁護した。

あらゆる延長とあらゆる思惟を同時に見渡すことができれば、そこにはいかなる偶然性も、偶発的なものも存在せず、必然的な法則によって相互に結び付いた一連の幾何学的な関係があるのみだということが見て取れるだろう。

「ああ！　そうなれば素晴らしいのに！」とペキュシェが言う。

それ故、人間においても、神においても、自由は存在しない。

「ほら、どうだい！」とブヴァールが叫ぶ。

もし神が何らかの意志なり、目的なりを持って、ある動機のために行動するとすれば、神が欲求を持つことになり、要するに完全性を欠くことになる。そうなれば、もはや神ではない。

かくして、我々の世界は事物の総体の中の一点でしかない。そして我々の認識の及ばない宇宙も、我々の世界のかたわらで無限に変化し続ける数限りない宇宙の一部にすぎない。延長は我々の宇宙を包み込むと同時に、神によって包まれている。神はその思惟の中にすべての可能な宇宙を含んでいるが、思惟そのものもまたその実体のなかに包含される。

彼らは気球に乗って、夜の凍てつくような寒さの中を、底なしの深淵へと果てしなく運ばれていくような気がした。あたりにあるのは、捉えがたいもの、不動のもの、永遠のものばかりである。あまりに強烈すぎる。二人は断念した。

そこでもっととっつきやすいものを求めて、ゲスニエ氏［架空の著者］の『教科書用哲学講義[*71]』を購入した。

著者はまず、存在論的方法と心理学的方法と、どちらがすぐれているだろうかと問うている。

第一の方法は、人間の注意が外界に注がれている社会の揺籃期にふさわしい。しかし、人間の注意が自分自身に向かっている現在では、「第二の方法こそより科学的だと思われる」とのことだ。

そこでブヴァールとペキュシェは後者を採用することにした。

心理学の目的は、「自我の内部に」生じる事象を研究することである。これは観察によって発見することができる。

「観察しようじゃないか！」そして半月もの間、昼食をすますと、自分の意識の中をむやみに探るのを日課とした。大発見をしようと意気込みながらも、何も見つからないので、大いに驚くのだった。

ある現象が自我を占めている。すなわち観念であるが、これはいかなる性質のものだろうか？これまでの仮定によれば、事物が脳に反映し、脳がそのイメージを精神に伝えることで、我々の認識ができあがるという。

だが、もし観念が精神的なものならば、どうして物質を表象することができようか？　そこから、外的知覚についての懐疑が生じてくる。またもし観念が物質的なものなら、精神的な事柄は表象されないのではないか？　そこから、内的概念に関する懐疑が生まれる。「おまけに、用心しなければならない！　この仮説は我々を無神論へと導くおそれがある！」なぜならば、イメージは有限な事物なので、無限を表象することはできないからだ。

「けれども」とブヴァールは異論を唱えた。「僕が森や、人や、犬のことを考える時、その森、その人、その犬のことが目に浮かぶよ。ということは、観念がそれらを表象しているじゃないか」

＊71　この架空の著作に託して展開される以下の記述は、おおむねフローベールの高校時代の哲学教師シャルル＝オーギュスト・マレ（一八〇七―一八七六）の授業の内容に沿ったものと考えられる。マレはクーザンの弟子であり、折衷主義の熱心な信奉者。

そこで彼らは観念の起源の問題に取り組んだ。

ロックによれば、感覚と反省という二つの起源があるという。コンディヤック[*72]はすべてを感覚に帰している。

だがそうだとすれば、反省には基盤がないということになる。それは感覚する存在たる一つの主体を必要としており、根本的かつ重要な真理を我々に明らかにすることはできないだろう。例えば神とか、長所と短所とか、正義とか、美などといった、生得的と呼ばれて、経験に先立つ普遍的な概念のことだ。

「もしそれらが普遍的なものならば、生まれた時から我々に備わっているはずじゃないか」

「この言葉が意味するのは、それらを持つための素質ということさ。デカルトによれば……」

「君のデカルトはしどろもどろだぜ！　だって、胎児もそれらの概念を持っていると主張したかと思えば、別の箇所では、それはあくまで暗々裏にだと認めているじゃないか」

ペキュシェはびっくりした。

「それはどこにあるんだい？」

「ジェランドにさ！」そう言うと、ブヴァールは相手の腹をぽんと叩いた。

「おいおい、よせよ！」とペキュシェ。次いで、コンディヤックの検討に移ると、「我々の思惟は感覚の変形ではないよ！　感覚は思惟を引き起こし、作用させるけれども、そのためには原動力が必要だ。なぜなら、物質はそれ自体では運動を生み出すことはできないのだから。ところで、これは君のヴォルテールに書いてあったことさ！」[*73]ペキュシェはこう付け加えながら、深々とお辞儀をしてみせた。

＊72　エチエンヌ・ボノ・ド・コンディ

二人はこんな風に同じ議論を繰り返すばかりで、相手の意見を馬鹿にしつつも、お互いを説得することができなかった。

それでも、哲学のおかげで彼らは以前より偉くなったような気がした。農業や、文学や、政治に夢中になっていた頃のことを思い出すと、情けなく感じられる。

今では陳列室にもうんざりだった。そこに展示されているつまらぬ品々も、売れるものならそれに越したことはない。そうこうするうちに第二章に移り、魂の諸能力の問題に取りかかった。

魂には三つの能力があり、それ以上ではない！　感覚する能力、認識する能力、意欲する能力である。

感覚能力については、身体的感受性と精神的感受性を区別しなければならない。

身体的感覚は感覚器官によってもたらされる以上、当然五種類に分類される。

これに反して、精神的感受性の諸事象は身体とは何のかかわりもない。

「重量の法則を発見したアルキメデス[*74]の喜びと、猪の頭の肉を貪り食うアピシウス[*75]の不浄な快楽との間にどんな共通点があるというのか！」

この精神的感受性には四つの種類があり、その第二番目の「精神的欲求」はさらに五つに分かれる。また第四番目の「愛情」にまつわる現象も二つに

ヤック（一七一四―八〇）　哲学者。ロックから受け継いだ感覚論を体系化し、精神作用は感覚から生じるものであり、認識とは「変形された感覚」にすぎないと主張した。主著に『人間認識起源論』（一七四六）や『感覚論』（一七五四）などがある。十八世紀末から興隆したイデオローグの思想の源流となった。

＊73　物質と運動の関係は、古来多くの哲学者によって論じられてきた。ここで言及されているのはヴォルテールの『形而上学概論』（一七三四）であり、フローベールが取った読書ノートには「運動は物質に本質的なものではない」という記述がある。

＊74　アルキメデス（前二八七―前二一二）　シチリア島のシラクサ生まれのギリシアの数学者、物理学者、技術者。様々な法則を発見し、装置を発明した天才科学者。

＊75　アピシウス（一世紀頃）　古代ローマの美食家、料理人。この時代の料理のレシピを集めた書物『アピシウス』は、長い間、誤って彼の書だと信じられてきた。

分けられるが、その一つである自己愛は「もちろん正当な性向ではあるものの、度を超すとエゴイズムと呼ばれることになる」。

認識能力の中には合理的統覚が含まれるが、そこには二つの主要な運動と四つの段階が認められる。

抽象は、風変わりな知性にとっては障害となるおそれがある。

記憶が過去と通じるのは、予知が未来と通じるのと同様である。

想像力はむしろ特殊な、独自の能力である。

当たり前のことを証明するためにこれほど難儀し、さらにそれを述べる著者の衒学的な調子。「我々はこれを認めるにやぶさかではない」とか、「このような考えは我々からは遠い」とか、「我々の意識に問いただしてみよう」とかいった言い回しの単調さ。デュガルド・スチュアート[76]に対する賛辞の繰り返し。要するにこういった駄弁のすべてに嫌気がさした二人は、意欲する能力の項はすっとばして、論理学の章に入った。

論理学は、分析、総合、帰納、演繹がそれぞれいかなるものか、そして我々の誤謬の主要な原因について教えてくれた。

我々の誤謬のほとんどすべてが言葉の不適切な用法から生じる。

「太陽が沈む、天気がかげる、冬が近づく」これらは、単純な出来事にすぎないものを、人格をもった実体のように信じさせる点で、間違った言い回しである！　「私はこれこれの物、これこれの公理、これこれの真実を思い出す」これも錯覚だ！　自我の中に残っているのは観念であって、事物ではないのだから、厳密な語法によれば次のようになるはずだ。「私はこれこれの精神活動を思い出すが、それによって私はこの事物を知覚し、この公理を引き出し、この真実を認めたのである」

ある出来事を指し示す言葉は、その出来事のあらゆる様態を包含するわけではないので、彼らは努めて抽象的な言葉のみを用いるようにした。そこで、「一回りしよう、夕食の時間だ、お腹が痛い」などと言う代わりに、「散歩は体によいだろう、食料を摂取する時間だ、排便の欲求を感じる」などと述べるのであった。

ひとたび論理学の道具立てをものにすると、彼らは様々な基準をふるいにかけることにし、手始めに常識を俎上にのせた。

もしも個人が何も知り得ないとすれば、それらの個人が集まったところで、どうしてそれ以上のことが分かろうか？　誤謬は、たとえ十万年前から続くものであっても、古くからあるという理由で真実になるわけではない。群衆はいつでも因習にとらわれている。その反対に、進歩を導くのは少数派に他ならない。

感覚の証言を信用した方がましではなかろうか？　感覚も時には欺くこともある上に、そもそも外観についてしか教えてくれない。事物の根底はそれでは捉えられないのである。

理性は不変かつ非人称的なものなので、もっとずっと確実性がある。だがそれが発揮されるためには、誰かに体現してもらう必要があり、すると理性は私の理性となってしまう。規則は、間違っている場合は、どうでもよいものであるが、一方、それが正しいことを証明するものは何もない。

＊76　デュガルド・スチュアート（一七五三―一八二八）　スコットランドの哲学者。トマス・リードの後継者であり、「人間の信念の基本法則」を強調。スコットランド常識学派の思想は、クーザンらフランス折衷主義哲学がコンディヤック流の感覚論を批判し、形而上学を懐疑主義から救い出すための特権的な参照項となった。

理性を感覚で統御するように勧める著者もいる。しかし、これではかえって混迷を深めるばかりであろう。混乱した感覚から導き出されるのは不完全な法則であり、それがやがては事物を明瞭に見る妨げとなる。

残るは道徳である。これは神を効用の水準に貶めることだ。あたかも我々の欲求が絶対の尺度ででもあるかのようではないか！

明証性に関していえば、ある者はこれを否定し、ある者は肯定している。ところで、クーザン氏が証明してみせた通り、これはそれ自体が自らの基準になっている。

「あと思い浮かぶのは啓示ぐらいだ」とブヴァール。「だけど、啓示を信じるには、あらかじめ二つの認識、つまり感覚した身体の認識と、知覚した知性の認識を認める必要がある。要するに感覚と理性を認めることになるけれども、どちらも人間の証言である以上、信用は置けない」

ペキュシェは腕を組んで、じっと考え込んだ。「だが、このままでは懐疑主義の恐るべき深淵に落ち込みかねないぞ」

ブヴァールに言わせれば、こんなことに怖気づくのは貧弱な頭脳の持ち主だけである。

「ご挨拶だね！」とペキュシェが答えた。「それにしても、異論の余地のない事実というのはあるよ。ある程度までは真理をとらえることもできるはずさ」

＊77　イマヌエル・カント（一七二四―一八〇四）　ドイツの哲学者。『純粋理性批判』（一七八一）、『実践理性批判』（一七八八）、『判断力批判』（一七九〇）の三批判書によって批判哲学を確立。人間は物自体を認識することはできず、むしろ人間の認識形式が現象を構成すると考え、認識論の対象を外部の事象から人間それ自身の探求へとシフトさせた。神については、まず『純粋理性批判』において伝統的な神の存在証明をことごとく批判した後、『実践理性批判』の中で最高善の達成という道徳的観点から神の存在を要請した。

＊78　ゴットフリート・ヴィルヘルム・ライプニッツ（一六四六―一七一六）　ドイツの哲学者、数学者。モナド（単子）と呼ばれる分割不可能な実体を措定し、それぞれ異なる属性をもつモナドの集合が世界を構成するとした。モナドは表象能力と欲求を備えているが、厳密に単純な実体として相互に独立してもいる。これらモナド相互間の作用をつかさどるのが、神が創造の時点で設けた「予定調和」で

「どんな真理だい？　二足す二は必ず四になるだろうか？　中身はいつも容器より小さいなどと言い切れるかい？　おおむね真理だなんて言うことがあるけれど、一体どういう意味だい？　だって、それは神の一部、分割できない事物の部分ということになるぜ」

「ああ！　そんなのはただの詭弁だよ！」そうして気を悪くしたペキュシェは、三日の間ふてくされていた。

　彼らはその時間を用いて、何冊かの本の目次に目を通した。ブヴァールは時々にやにやしていたが、頃合いを見計らって切り出した。

「実際、疑わないでいることは困難なのさ！　例えば神について、デカルトと、カント[*77]と、ライプニッツ[*78]の挙げる証拠はそれぞれ異なっていて、相互に打ち消し合ってもいる。世界の創造は、それが原子によるものであれ、精神によるものであれ、結局のところ理解を超えているじゃないか。

　僕は自分が同時に物質であり、思惟であると感じているが、それらが何なのかは分からないままだ。不可入性[*79]だって、硬さだって、重量だって、魂同様に僕には神秘に思われるし、ましてや魂と身体の結びつきについては言わずもがなさ。

　この結びつきを説明するために、ライプニッツはその調和を、マルブランシュ[*80]は予動を、カドワース[*81]は媒介を考え出したんだ。さらにボシュエはそこに永遠の奇跡を見て取っているが、これは馬鹿げているよ。だって、永遠の

あり、従って、ライプニッツの神も一種の時計職人であるといえる。

＊79　物理学の用語で、他の物体に貫通されることの不可能性を意味する。物質を延長ととらえるデカルト以来の近代哲学において、不可入性はしばしば物体の本質的な特性とみなされた。

＊80　ニコラ・ド・マルブランシュ（一六三八―一七一五）　哲学者、オラトリオ会神父。デカルトによる心身二元論の確立を受け、ある意味これを貫徹することで、「機会原因論」を提唱した。物体や精神の運動は単に自然法則によって引き起こされるものではなく、むしろそれらは神の意志を発動させるための機会原因にすぎず、精神と身体の直接的な結びつきも否定されることになる。「予動」とは、神が人間にある行為をなさしめるために引き起こす刺激のようなもの。

＊81　ラルフ・カドワース（一六一七―一六八八）　イギリスの哲学者。ケンブリッジ・プラトン学派の代表的哲学者であり、ホッブズの唯物論を無神論として批判。デカルト同様に物質を純粋

奇跡なんて、もはや奇跡とはいえないじゃないか」

「確かにその通り！」とペキュシェはうなずいた。

そして、二人とも哲学者にはうんざりだと白状した。こんなにたくさん体系があっては、頭が混乱するだけだ。形而上学なんて何の役にも立たないし、こんなものがなくても、人は生きていける。[*82]

その上、家計がますます逼迫してきた。ベルジャンブにはワイン三樽分、ラングロワには砂糖十二キロ分、仕立て屋には百二十フラン、靴屋には六十フランの借りがある。出費はかさむばかりなのに、グイ親方は地代を払おうとしない。

彼らは金策のためマレスコのところへ出かけた。エカールの土地を売るか、農場を抵当に入れてもよい。あるいは家の権利を譲渡して、その代金は終身年金で払ってもらい、用益権は彼らのものにしておくというのはどうだろう。そんな方法はさすがに無理だとマレスコは言った。だが、もっとよい取引がまとまりそうなので、じきに連絡するという。

次いで、ほったらかしにしてある庭のことが気になり出した。ブヴァールは木陰道の枝の剪定を、ペキュシェは果樹垣の刈り込みを担当し、マルセルは花壇を掘り返す役を言いつかった。

十五分もすると彼らは仕事の手を止め、それぞれ小鉈をしまい、剪定ばさみを放り出すと、ゆっくりと散歩し始めた。ブヴァールはチョッキも着ずに、胸をそらせ、腕まくりをして、菩提樹の木陰を歩く。ペキュシェの方はうつむいて、手を背中で組み、鳥打帽の庇は念のため後ろに回したままの姿で、壁に沿って歩を進める。こうして二人が同時に散歩している間、マルセルは丸太小屋の端で休みながら、ゆうゆうとパン切れを頬張っていた。


に機械的なものとしつつも、そこに「形成的自然」もしくは「形成的媒介」と呼ばれる精神的な原理を導入し、それが作用することで様々な運動が生じるとした。主著に『宇宙の知的体系』（一六七八）。

こうやって思索にふけっているうちに、様々な考えが頭に浮かんでくる。彼らはそれを見失わないようにと、お互いに歩み寄った。こうして、再び形而上学へ舞い戻った。雨のこと、太陽のこと、靴の中に入った砂利のこと、芝生の上に咲いている花のことなど、どんなことでも形而上学の議論に結びつく。

蠟燭が燃えているのを眺めながら、光ははたして事物の中にあるのか、それとも我々の目の中にあるのかと思案した。星はその光が我々のもとに届く時には、もう消えてなくなっていることだってあるのだから、我々はおそらく存在しない事物を見て感嘆しているのかもしれない。

チョッキの奥にラスパイユ煙草[*83]が残っているのを見つけたので、それを砕いて水に浮かべると、カンフルがくるくる回り出した。

これこそまさに物質に内在する運動だ！　もう一段上位の運動からは、生命が生じるかもしれない。

だが、もし運動する物質だけで存在を創造するのに事足りるとすれば、存在がこれほど多種多様なはずはなかろう。というのも、元々は大地も、水も、人間も、植物も存在しなかったのだから。誰も見たことはなく、この世界の事物のどれでもないが、しかもそれらすべてを生み出したというこの原初の物質とは、一体どんなものだろうか？

時に書物が必要になったが、デュムシェルは彼らの要求にうんざりしていたので、もはや返事を寄こそうともしなかった。それでも二人は夢中になって問題に取り組んだ。とりわけペキュシェは熱心であった。

彼の真理への欲求は、激しい渇望になっていたのである。

＊82　「哲学　常にあざ笑うべし」（紋切型辞典）。
＊83　第Ⅲ章注29参照。

ブヴァールの言葉に動揺して唯心論[84]を放棄したペキュシェは、やがて元の説に戻ったかと思うと、またそれを手離した。そして頭を抱えて、「おお！　懐疑！　懐疑！　虚無の方がよほどましだ！」[85]と叫ぶのであった。

ブヴァールの方も唯物論の欠点に気付いて、気が狂いそうだと言いながらも、なんとかこれにしがみつこうとした。

確固たる基盤の上に推論を組み立てようとしても、その基盤がすぐに崩れてしまう。すると、まるで蠅を捕らえようとすると飛び去ってしまうかのように、不意に何の考えも浮かばなくなる。

冬の夜ごとに、陳列室の暖炉の隅に陣取り、石炭を眺めながら話をする。廊下を吹き抜ける風が窓ガラスをがたがたいわせ、木々の黒い塊が揺れている。夜のもの寂しさに、いきおい彼らの思索も真面目になるのであった。

ブヴァールは時折、部屋の端まで行っては引き返す。燭台と、壁に掛けてある鍋が、床に斜めの影を落としている。そして聖ペテロ像の横顔が、狩りの角笛みたいな鼻の影を天井に映し出している。

骨董品の間を歩き回るのも一苦労であり、ブヴァールはよくうっかりして、この像につまずいた。ペキュシェもまた、そのどんぐり眼、垂れ下がった下唇、酔っ払ったような様子にはいらいらさせられた。もうずっと前から処分してしまおうと思っていたが、面倒なので、一日延ばしにしていたのである。

ある晩、モナドについて議論している最中に、ブヴァールは聖ペテロ像の親指に足をぶつけた。そこでいらだちをこの像に向けると、

「こいつにはうんざりだ。外に叩き出してしまおう！」
階段から下ろすのは無理だった。そこで窓を開けると、その縁にゆっくりと像を倒していった。ペキュシェが膝をつき、像の踵を持ち上げようと努める間、ブヴァールはその肩を押す。石像はびくともしない。矛槍を梃子として用いなければならず、そうしてようやく横に寝かせることができた。すると、像はぐらっと傾いだかと思うと、冠を先にして虚空に落ちていった。鈍い音が響く。翌日見ると、かつての肥溜めの中で、十二個の破片になって砕けていた。

一時間後、公証人が吉報を持って来た。この土地のある人物が、彼らの農場を抵当にして、千エキュ〔三千フラン〕前貸ししてくれるという。そして彼らが喜ぶと、こう言い添えた。「まあまあ！一つ条件があるんですよ！　千五百フランでエカールを売ってほしいというんです。貸金は今日にもお渡しすることができます。お金は私の事務所に用意してありますから」

二人ともここは譲ってしまおうという気になっていた。結局ブヴァールが「ううん……いいでしょう！」と答えた。

「決まりですね！」とマレスコ。そこで提案主の名を明かしたが、ボルダン夫人であった。

「そんなことじゃないかと思った！」とペキュシェが叫ぶ。

ブヴァールは屈辱を感じて、口をつぐんだ。

あの女だろうと誰だろうと、そんなことは構わないではないか！　大事なのは、窮状から抜け出すことだ。

お金を受け取ると（エカールの代金は後から支払われることになった）、

＊84　十九世紀フランス哲学の文脈においては、唯心論（spiritualisme）とは唯物論に抗して、精神の実在を肯定する立場。物質の存在を否定するわけではなく、むしろデカルト的な心身二元論に忠実であった。クーザンが主導した折衷主義は、この意味でのスピリチュアリスムと自らをみなしていた。

＊85　「懐疑　否定よりも悪い」（紋切型辞典）。

さっそく借金をすべて清算した。そうして家に戻る途中、市場の曲がり角のところで、グイ爺さんに呼び止められた。

小作人は災難を報告するために、彼らの家に向かっているところであった。前夜の大風で、中庭のリンゴの木が二十本倒され、蒸留酒製造室も壊された上に、納屋の屋根が飛んでしまったという。二人はその日の午後の残りの時間を、被害を確認するのに費やし、また翌日は大工と石工と屋根職人を相手に過ごした。修理費は少なくとも千八百フランに及ぶであろう。

さらに夜になると、グイが姿を見せた。つい先ほどマリアンヌの口からエカール売却の話を聞いたという。あんなに収穫の上がる、彼のお気に入りの畑。ほとんど耕す必要さえない、農場の中でも最良の土地を手放すなんて！　そこで彼は小作料の値下げを求めてきた。

旦那方はこれを撥ねつけた。この件は治安判事に委ねられることになり、判決は小作人の肩を持った。エカールを失ったことは、一エーカー二千フランと見積もると、年七十フランの損失を彼にもたらすことになるとされた。裁判所に上訴したところで、グイの勝利は揺るがないだろう。

彼らの財産は減ってゆくばかりである。どうしたらいいだろう？　今後どうやって生活していこうか？

二人とも意気消沈して食卓についた。マルセルは料理のことは何も分かっておらず、特にその日の食事はいつもにもましてひどかった。スープは食器を洗った水のようだし、兎の肉はいやな臭いがし、インゲンは焼けておらず、皿も汚れている。デザートになって怒りを爆発させたブヴァールは、頭をぶち割ってやるぞと召使をおどした。

「もっと泰然としていようじゃないか」とペキュシェが咎める。「お金が少々減ろうが、女が陰謀を働こうが、召使が不手際だろうが、そんなことが何だっていうんだい？　君は物質にこだわりすぎるよ！」

「だけど、物質に苦しめられるからには」とブヴァール。

「僕は物質など認めないね！」とペキュシェが言い返した。

彼は最近バークリー[*86]の分析を読んだばかりだったので、さらにこう付け加えた。「僕は延長も、時間も、空間も、さらに実体も否定する！　だって、真の実体とは、諸々の性質を知覚する精神のことなのだから」

「よかろう」とブヴァールが答える。「しかし、世界を消去してしまったら、神の存在を証明するものもなくなるぜ」

ペキュシェは、ヨウ化カリウム［梅毒の薬］のせいで鼻風邪をひいていたにもかかわらず、長々と反論した。ずっと熱があって、かえって興奮していたのである。ブヴァールは心配になって、医者を呼んだ。

ヴォコルベイユはオレンジのシロップにヨウ素を加えたものを処方し、さらにもう少し経ったら辰砂《しんしゃ》の風呂に入るのがよいと勧めた。

「それが何になるというんです？」とペキュシェが返事をする。「いつの日か、形体はなくなるのです。本質は滅びません！」

「もちろん」と医者。「物質は不滅です！　けれども……」

「いいえ！　そうじゃありません！　不滅なのは存在です。私の目の前にあるこの肉体、先生、あなたの肉体は私があなたの人格を知るための妨げにな

＊86　ジョージ・バークリー（一六八五―一七五三）　アイルランドの哲学者、聖職者。ロックの経験論を観念論の方向に推し進め、「存在するとは知覚されることである」という原則を提唱。精神だけが実在し、事物は精神によって認識される観念にすぎないとし、物質固有の実在性を否定した。主著に『人知原理論』（一七一〇）など。

っています。それはいわば衣服、あるいはむしろ仮面のようなものです」ヴォコルベイユは、相手の頭がおかしくなったのだと思った。「さようなら！　あなたの仮面を大事になさい」

ペキュシェはこんなことでは挫けなかった。ヘーゲル[*87]哲学の入門書を手に入れると、これをブヴァールに説明しようとした。

「合理的なものはすべて、現実的である。観念以外に現実的なものはないといってもいい。精神の法則は宇宙の法則であり、人間の理性は神の理性と一致するのさ」

ブヴァールは理解したふりをしていた。

「それ故、絶対は同時に主体でも客体でもあり、そのもとであらゆる差異が総合される統一だというわけさ。こうして矛盾は解決される。影は光を可能にし、寒さは暑さと混じり合って温度を生み出し、有機体は有機体の破壊によってのみ維持される。いたるところに、分割する原理があれば、結合する原理もあるというわけさ」

彼らは築山の上にいた。ちょうどこの時、祈禱書を手にした神父が四ツ目垣に沿って通りかかった。

ペキュシェは彼に寄って行くよう誘った。その目の前でヘーゲルの説明の続きをして、どう反応するか見てみたかったのである。

僧衣をまとった神父が二人のかたわらに腰を下ろすと、さっそくペキュシェはキリスト教の問題を取り上げた。

「『自然は観念の一つの契機にすぎない』という真理をこれほど見事に確立した宗教はありません

な！」

「観念の一契機ですって？」神父は啞然としてつぶやいた。

「そうですとも！　神は目に見える姿をまとうことで、それとの不可分の結合を示したのです」

「自然との、ということですか？　ふむ！　ふむ！」

「またその逝去によって、死の本質を証明したのです。従って、死は神の中にあり、かつても今も神の一部をなしているのです」

　聖職者は眉をひそめた。「冒瀆はいけませんな！　神が苦しみを忍ばれたのは、人類の救いのためですぞ……」

「違います！　死を個人のものとして考えるなら、なるほどそれは災いかもしれません。しかし事物に関していえば、事情はまったく異なります。精神と物質を切り離してはいけません！」

「そうはいっても、あなた、天地創造の前には……」

「創造などなかったのです。それは常に存在していたんですよ。さもなければ、神の思惟に新たな存在が付け加わることになりますが、そんな馬鹿げたことはありませんからね」

　神父は立ち上がった。よそに用事があるという。

「どうだい、やり込めてやったぞ！」とペキュシェ。「もう一言だけ言わせてくれたまえ！　世界の存在は生から死、また死から生への絶えざる推移にすぎない以上、すべては存在するどころか、何も存在しないのさ。ただ、す

＊87　ゲオルク・ヴィルヘルム・フリードリヒ・ヘーゲル（一七七〇—一八三一）　ドイツの哲学者。ドイツ観念論を代表する思想家。世界を絶対者の自己展開としてとらえ、絶対理念が自らのうちに抱える矛盾を糧に変転していく過程を、正・反・合の三段階による弁証法として描き出した。その特徴は、否定的なものに積極的な役割を与えることであり、さらにそれをまた否定することによって止揚が可能となる。フローベールはヘーゲルの著作そのものは読んでおらず、イタリア人アウグスト・ヴェラによる二冊の概説書『ヘーゲル主義と哲学』（一八六一）、『ヘーゲル哲学入門』（第二版、一八六四）を参照している。

べてが生成するんだ。分かるかい？」

「うん、分かった！　いや、やっぱり分からない！」観念論[88]はしまいにブヴァールをいらだたせるようになっていたのである。「もう御免だね！　例の『われ思う《コギト》』もうんざりだ[89]。物の観念を物自体と取り違えているよ。あまり理解してもいないことを、まったく理解していない言葉を使って説明しているだけだ！　実体だの、延長だの、力だの、物質だの、魂だの、どれもみな想像力の生み出した抽象さ。神についてだって、それがどのような存在か、またそれがそもそも存在するかどうかさえ知ることは不可能じゃないか！　昔は風や、雷や、革命を起こすのは神だとされていた。今では神も鳴りをひそめているし、そもそもその有用性だって疑わしいね」

「そうなると、道徳はどうなるんだい？」

「ふん！　仕方ないさ！」

「確かに道徳には基盤が欠けている」とペキュシェはひとりごちた。

　そうして彼は黙りこんでしまった。袋小路に陥ったのを感じていたが、これは自らが設けた前提の帰結であり、そのことが彼を驚かせ、打ちのめしてもいた。

　ブヴァールはもはや物質すら信じなくなっていた。

　何も存在しないという確信は（たとえそれがどんなに嘆かわしいものであれ）、それでも一つの確信であることには変わりない。これを持てる者はわずかである。この優越性に自尊心をくすぐられた二人は、それをひけらかしたいという気になった。絶好の機会が訪れた。

　ある朝、煙草を買いに行くと、ラングロワの店先に人だかりがしていた。ファレーズから来た乗合馬車を人々が取り囲んで、この一帯に出没する徒刑囚トゥアーシュのことを話題にしていた。御者がクロワ＝ヴェルト〔架空の地名〕で、この男が二人の憲兵に連行されているところに出くわしたのだという。そこで、シャヴィニョールの住民たちは安堵のため息をもらした。

ジルバルと大尉が広場に残った。そこに治安判事が事件の詳細を知るためにやって来ると、ビロードのトック帽を被り、羊のなめし皮のスリッパをはいたマレスコも現れた。

ラングロワはこれら一同にぜひお店に寄るように勧めた。その方が落ち着いて話ができるであろう。そして顧客や呼び鈴の立てる騒々しい音をものともせず、旦那方はトゥアーシュの犯した罪について論じ続けた。

「いやはや」とブヴァールが言う。「要するに悪い本能を持っていたんですな！」

「美徳によってそれは克服できます」と公証人が言い返す。

「でも、もし美徳が備わっていなかったら？」そうしてブヴァールは自由意志[*90]というものをきっぱりと否定した。

「けれども」と大尉。「私はしたいことをすることができますよ！　例えば……自由に足を動かすことも」

「いいえ、違います！　だって、足を動かすための動機があるのですから！」

大尉は反論しようとしたが、言葉が見つからなかった。代わりにジルバルが次のような皮肉を口にした。

「共和主義者が自由に反対するとは！　奇妙ですな！」

「お笑い種ですね！」とラングロワ。

＊88　広い意味での観念論とは、世界の存在を我々の認識に還元する態度。言うまでもなく、世界は人間の主観を通してのみ成立するという見解は、しばしば不可知論、さらに懐疑主義につながるものである。

＊89　「デカルト　『われ思う、ゆえに我あり』」（紋切型辞典）。

＊90　以下の滑稽な対話は、ショーペンハウアーの『意志の自由について』（一八三八）のフランス語訳（一八七七年）をもとに着想されたもの。自由意志を否定するショーペンハウアーのペシミズム哲学は、最晩年のフローベールを強く魅了した。

ブヴァールが彼に話を向けた。

「どうしてあなたは財産を貧しい人たちに恵んでしまわないのですか？」

食料品屋の主人は不安そうな目つきで店中を見回した。

「だって！　それほど馬鹿じゃありませんよ！　自分のために取っておかなきゃ！」

「もしあなたが聖ヴァンサン・ド・ポール[*91]だったら、この聖人と同じ性格のはずなので、また違った振る舞いをしていたでしょうね。あなたは自らの性格に従っているわけですから、自由だとはいえません！」

「そりゃ言いがかりだ」と、皆いっせいに抗議の声を上げた。

ブヴァールは動じることなく、カウンターの上の秤を指差しながら、こう言い添えた。

「あの皿の一方が空っぽなうちは、秤は動かないままです。人間の意志もこれと同じですよ。また同じくらいの二つの重さを量る場合に秤が揺れ動く様子は、ちょうど我々の精神がいくつかの動機について検討し、最後は一番強い動機が勝って、それに決定されるまでの働きを表しているのです」

「そんなことは」とジルバルが言った。「トゥアーシュの弁護にはならないし、あの男がとんでもない悪人であることには変わりありませんよ」

今度はペキュシェが割って入った。

「悪徳だって、洪水や嵐と同様に自然の特性ですよ」

公証人がその言葉を遮った。そして一言ごとに爪先で伸び上がりながら、

「あなた方の体系はきわめて不道徳だと思いますね。あらゆる放埓を助長し、犯罪を許し、罪人を

かばうものじゃないですか」

「まさにその通り」とブヴァールが言う。「欲望に従う不幸な人間も、理性に耳を傾ける紳士と同様、自らの権利をまっとうしているのです」

「なぜ怪物を擁護するのはおやめなさい！」

「怪物なんです？　盲人や、愚か者や、人殺しが生まれると、我々にはそれが無秩序に思われる。あたかも我々が秩序の何たるかを知っており、自然がある目的のために動いているかのようじゃありませんか！」

「すると、神の摂理を認めないのですか？」

「ええ！　認めませんとも！」

「まあ歴史を見てごらんなさい！」とペキュシェが叫んだ。「数多の国王の暗殺、諸民族の虐殺、家族の軋轢、個人の悲嘆といったものを思い出してみることですな」

「それと同時に」とブヴァールが重ねて言った。二人ともますます興奮してきたのである。「小鳥の世話をし、ザリガニの脚を再び生やすのもこの摂理です。まあ、もし摂理という言葉で、あらゆるものを統べる法則を意味するというなら、もちろん認めてもいいですがね！」

「そうはいっても、あなた」と公証人が反駁する。「原理というものがあるでしょう！」[*92]

「何を戯言を言っているんですか！　コンディヤックに言わせれば、科学はそんなものを必要としなければしないほど、それだけすぐれていることにな

＊91　第Ⅲ章注62参照。
＊92　「原理　常に異論の余地がない。／それがどんな性質か、またいくつあるのかも分からない。／そうは言っても、神聖なもの」（紋切型辞典）。

るのですよ！　原理はすでに獲得した知識を要約するだけで、それが引き合いに出す概念はまさしく議論の余地のあるものなのです」

「皆さんは我々のように」とペキュシェが畳みかけた。「形而上学の奥義を吟味し、究めたことがありますか？」

「分かった、分かった、あなた方の言う通りだ！」

そこで一同は解散した。

だが、クーロンが二人を脇に引っ張って行き、さも親切そうな口調で話しかけてきた。自分も確かに信心深くはないし、イエズス会のことは嫌悪してさえいる。それにしたって、彼らほど極端ではない！　もちろん、そこまでは行かない！　――さらにその後、広場の隅で大尉の前を通りかかったところ、パイプに火をつけながら、ぶつぶつ言うのが聞こえてきた。「それでも俺はしたいことをするぞ、こん畜生！」

ブヴァールとペキュシェは他にも機会をつかまえては、唾棄すべき逆説を述べて回った。男の誠実も、女の貞淑も、政府の知性も、民衆の良識も疑ってみせ、一言でいえば社会の基盤を突き崩していたのである。

これに動揺したフーローは、このような言説を吐き続けるならば、刑務所にぶち込むぞといって彼らを脅した。

明らかに二人がすぐれていることが、皆の気持ちを傷つけた。不道徳な主張を口にする以上、彼ら自身も不道徳な人間であるに違いない。様々な中傷の言葉が作り出された。

すると、ある哀れむべき能力が彼らの精神の中で成長した。すなわち愚かさを見て取り、それに耐えられなくなるという能力である。

新聞の広告や、ブルジョワの横顔や、たまたま小耳にはさんだ愚にもつかない意見など、どうでもいいことが二人を悲しませた。

村で話されていることを考え、また地球の反対側にまでクーロンのような連中、マレスコのような連中、フーローのような連中がいることを思うと、地球全体の重みのようなものが自分たちの上にのしかかってくるような気がした。

彼らはもはや外出もせず、誰の訪問も受けようとしなかった。

ある日の午後、中庭で話し声がした。マルセルが、縁の広い帽子をかぶり、黒眼鏡をかけた紳士の相手をしている。アカデミー会員のラルソヌールである。男はカーテンがかすかに開けられたのも、ドアが閉められたのも見逃さなかった。彼は仲直りのためにわざわざやって来たのだが、これを見て腹を立てると、礼儀知らずのろくでなしめと主人たちに伝えるよう召使に言い残して帰ってしまった。

ブヴァールとペキュシェはそんなことは歯牙にもかけなかった。世間などどうでもよくなっていたのである。まるで頭にかかった靄が瞳にまで下りてきて、それを隔てて世間を眺めているかのようだった。

そもそも、世間など一つの幻想、一つの悪い夢ではなかろうか？　なるほど全体として見れば、繁栄と不幸とはつり合いが取れているのかもしれない？　だが、人類の幸福は個人の慰めとはならない。「それに他人のことなどどうだっていいじゃないか！」とペキュシェは口にするのであった。

ペキュシェの絶望はブヴァールを苦しませた。友をそこまで追い込んだのは自分なのだ。その上、荒れ果てた住まいが日々いらだちの種となり、二人の悲しみを掻き立てるのだった。

気分を立て直そうと、彼らは無理やり理性に従って、仕事を自らに課してみたものの、すぐにいっそう強い無気力、深い落胆に陥ってしまった。

食後はテーブルに肘をついたまま、陰鬱なうめき声をあげる。マルセルは驚いて目を見張り、それから台所に戻ると、一人でたらふく頬張った。

夏の盛りに一通の手紙が届いて、デュムシェルと未亡人オランプ＝ズュルマ・プーレとの結婚を知らせてよこした。

神のご加護が彼にありますように！　そして二人は、自分たちが幸福だった頃のことを思い出した。なぜ刈り入れ人たちの後ろをついていくのをやめたのだろう？　農家に入り込んでは、あちこち骨董品を探し回ったあの日々はどこへ行ってしまったのか？　蒸留酒やら文学やらに取り組んでいた頃のあんなに満ち足りた時間は、今や取り戻すべくもない。ある深淵が彼らをそこから隔てていた。何か取り返しのつかないことが起きてしまったのだ。

かつてのように野原を散歩しようとして、遠くまで行きすぎ、迷ってしまった。空には小さな雲がわいている。燕麦の穂が風に揺れ、牧場に沿って小川がさらさらと流れている。その時、不意に悪臭が鼻をついて、足をとめた。すると茨の間の小石の上に、犬の死骸が転がっているのが目に入った。

四肢は干からびていた。口元は引きつり、青みがかった唇の下から、象牙のような牙が覗いている。腹のあたりで土色の塊がぴくぴく動いているように見えるのは、蛆虫が蝟集しているのである。蠅がぶんぶん飛び回る下で、蛆虫が日の光に照らされてうごめく一方、あたりにはたえがたい悪臭、獰猛で、むしばむような匂いが漂っている。

これを見ながら、ブヴァールは額に皺をよせ、目に涙を浮かべていた。ペキュシェは毅然として、

「我々もいつかはこうなるのさ！」と言った。

死の観念が彼らの心をとらえた。帰る道々、ずっとその話をした。

結局のところ、死など存在しない。露の中、そよ風の中、星々の中に人は散って行くのである。木の樹液や、宝石の輝きや、鳥の羽毛のようなものになるのかもしれない。自然が貸してくれたものを返すだけのことだし、我々の行く手に広がっている虚無にしても、我々の背後にある虚無より恐ろしいというわけではない。

彼らは死を、真っ暗な夜とか、底なしの穴とか、絶え間なく続く失神といった形のもとに想像してみた。どんなものであろうとも、この単調で馬鹿げた、しかも希望のない生活よりはましだ。二人ともそれぞれ満たされなかった欲求を振り返ってみる。ブヴァールがずっと欲しいと思っていたものは、馬、供回りの一行、特級のブルゴーニュ酒、それに豪奢な邸に住む愛想のよい美女などである。ペキュシェの野心は哲学的な知であった。ところで、最も広範な問題、他の一切の問題を包含する問題が、ただの一瞬で解決可能なのだ。その瞬間はいつになったらやって来るのだろう？

「すぐにけりをつけた方がましじゃないかい」

「好きなようにするさ」とブヴァールが言う。

そこで彼らは自殺の問題を検討した。

自分を押しつぶす重荷を投げ出したからといって、それも誰の害にもならない行為をしたからと

いって、どこが悪いというのだろう？　もしそれが神の意に反するならば、我々にそのような行為をなす力が与えられているはずがあろうか？　誰が何と言おうと、これは卑怯な振る舞いではない。[*93]それに自らを害してまで、人々が最も尊重するものを嘲ってみせるという傲慢さには美しいものがある。

彼らは死に方について論じ合った。

毒には苦痛が伴う。喉をかき切るには、人並み外れた勇気が必要だ。窒息はしばしばやりそこなうことがある。

結局、ペキュシェは体操で使った二本のロープを持って、屋根裏部屋に上って行った。そして同じ屋根の横木にそれらをゆわえつけると、滑り結びにして垂らした下に、綱に届くように椅子を二脚持ち出した。

この方法に決定した。

自分たちが自殺したら、この地方一帯にどんな印象を引き起こすだろうか、また蔵書や、書類や、収集品はその後どうなるだろうかと、二人は尋ね合った。死について思いを巡らすうちに、自分たちのことがいとおしくなってくる。それでも、計画を手放すことはなく、何度も話しているうちに、すっかりその考えにも慣れてしまった。

十二月二十四日の夜、十時から十一時にかけて、彼らはてんでばらばらの服装をして、陳列室で物思いにふけっていた。ブヴァールはニットのチョッキの上に作業衣をひっかけ、一方、ペキュシェはここ三ヶ月、節約のためにずっと僧服を身に着けていた。

とても空腹だったので（というのも、マルセルが明け方から出かけたきり、戻ってこなかったのである）、ブヴァールはブランデーを一杯、ペキュシェはお茶を少々飲むのが健康によかろうと考えた。

やかんを持ち上げた拍子に、ペキュシェは床にお湯をこぼした。

「何やってるんだい！」とブヴァールが怒鳴る。

それからお茶の出がよくないと思ったので、もう二さじ加えて濃くしようとした。

「それじゃ、飲めなくなるよ」とペキュシェ。

「そんなことはないさ！」

そうしてお茶の缶を取り合っているうちに、盆が床に落ちて、カップが一つ割れてしまった。それは見事な陶製茶器のセットのうち最後に残っていたものである。

ブヴァールの顔が青ざめた。「もっとやれ！　壊しちまえ！　遠慮することはないぞ！」

「とんだことをしてしまった、本当に！」

「そうさ！　とんだことだ！　父親の形見だからな！」

「私生児のね」と、ペキュシェが薄笑いしながら言い添えた。

「何だと！　侮辱するのか！」

「そうじゃないよ。でも君は僕がうんざりなんだろう！　はっきり言ってくれたまえ！」

そしてペキュシェは憤怒にかられてというよりは、むしろ錯乱してしまったが、それはブヴァールとて同様であった。一方は空腹によって、もう一方はアルコールによって感情がたかぶり、二人同時にわめき出した。ペキュシェの喉からは、もはやうめき声しか出てこない。

＊93　「自殺　卑怯者の証拠」（紋切型辞典）。

「地獄のようだ、こんな生活は。死んだ方がましさ。さようなら」

彼は燭台をつかむと、踵を返し、ドアをばたんと閉めて出て行った。

ブヴァールは真っ暗闇の中、どうにかドアを開けると、友人の後を追って、屋根裏部屋まで走って行った。

蠟燭が床の上に置かれ、ロープを手にしたペキュシェが、椅子の上に立っている。

模倣の精神がブヴァールをかり立てた。「待ってくれ！」と叫ぶと、もう一つの椅子に上ったが、そこでふと動きを止めた。

「だけど……遺言状を作ってないんじゃないかい？」

「何だって！　本当だ！」

二人とも嗚咽で胸がはりさけそうだった。息をつくため、天窓の前に立った。

空気は冷たかった。インクのように真っ黒な空に、無数の星がきらめいている。大地を覆っている真っ白な雪は、地平線のあたりで靄にまぎれている。

小さな明かりがいくつか地面を動いているのが見えた。それらはみなだんだんと大きくなり、こちらに近づいてくるかと思うと、教会の方に向かって行く。

彼らは好奇心から出かけてみることにした。

真夜中のミサだった。先ほどの光は羊飼いたちのランプのものだったのである。そのうちの何人かが、ポーチのところで外套の雪を払い落としていた。

蛇状管楽器《セルパン》がうなるような音をたて、香が焚かれている。身廊にそって吊り下げられたガラスが、色とりどりの明かりを発する三つの冠の形をなしている。そして視界の先には、聖櫃の両側に置かれた巨大な蠟燭が、赤い炎をくゆらせている。群衆の頭や女たちの頭巾の上、さらに聖歌隊の向こうに、金の上祭服をまとった神父の姿が見える。神父のかんだかい声に、高廊を埋めた男たちの野太い声が唱和すると、石造アーチに支えられた木製の丸天井が震えた。十字架の道行[*94]を描いた絵が壁面を飾っている。聖歌隊席の真ん中、ちょうど祭壇の前には、脚を腹の下でくくられ、耳をぴんと立てた子羊が一匹横たわっている。

生暖かい空気が、二人を不思議に安らいだ気分にしてくれた。そして先ほどまで荒れ狂っていた思考も、波がおさまるように穏やかになった。

福音書と信仰宣言《クレド》に耳を傾け、神父の動きにじっと目を凝らす。その間ずっと、老いも若きも、ぼろをまとった貧しい女も、背の高い縁なし帽を被った百姓女も、ブロンドの頬髯をはやした屈強な男も、誰もが同じ深い喜びにひたって祈りをささげながら、馬小屋の藁の上で神なる幼子の身体が太陽のように輝いている様を思い浮かべていた。他の人々のこの信仰がブヴァールの理性を動かし、ペキュシェの依怙地な心を和らげるのであった。

一瞬、教会内が静まりかえる。一同が背をかがめると、鈴の音がして、子羊が鳴き声をあげた。

神父は両腕を伸ばして、高々といけにえの動物をかかげた。すると歓喜の歌が湧き起こり、人々を天使たちの王〔キリストのこと〕の足元へといざなうのであった。ブヴァールとペキュシェも知らず知らずのうちに歌声に和すると、心の内に曙の光のようなものが上ってくるのを感じていた。

＊94 カトリック教会にはしばしば、キリストの受難を、イエスの裁判から十字架上の死まで十四の場面に分けて描いた絵画やレリーフが掛けられている。

IX

マルセルは明くる日の三時に戻ってきたが、顔は青ざめ、目は赤く、額にはたんこぶをこしらえ、破れたズボンに、酒の匂いをぷんぷんさせて、不潔きわまりなかった。

彼は毎年の習慣に従い、ここから六里離れたところにある、イックヴィル［おそらく架空の地名］の近くの友人の家にクリスマスイブを祝いに行ったのである。そしていつも以上にどもりながら、涙を流し、自分の体を叩いて、まるで罪を犯しでもしたかのように、ひたすら許しをこいねがった。主人たちはそれを聞き入れた。不思議に穏やかな気分から、寛大になっていたのである。

雪が急に溶けたので、彼らは庭を散歩した。生暖かい空気を吸うと、生きる幸せが感じられる。

彼らを死から救ってくれたのは、ただの偶然だったのだろうか？　ブヴァールは感動を覚え、ペキュシェは初聖体拝領のことを思い出した。そして自分たちの生が支えられている大いなる力もしくは原因に対する感謝の念にみたされて、信仰書を読んでみようと思い立った。

福音書は彼らの心を晴れ晴れとさせ、日の光のように眩惑した。片腕を上げたイエスが山上に立ち、下では群衆がそれに耳を傾けている。[*1] あるいは湖のほとりで、網を引く使徒たちに囲まれている姿。[*2] ついで、ハレルヤ［「主をほめたたえよ」の意］の大合唱の中、ロバにまたがり、打ち振られる棕櫚の枝の巻き起こす風に髪の毛

＊1　『マタイによる福音書』の有名

をなぶられる姿。[*3] 最後に、十字架の上で頭を傾げ、そこから永遠に恵みの露がこの世に降り注いでいる様が目に浮かぶようだ。二人の心を奪い、喜ばせたのは、しがない者たちへの愛情、貧しい者たちの擁護、抑圧された者たちに対する賛美であった。しかも、天の理が示されているこの書物には、神学的な要素などみじんもない。これほど多くの教えの中に、教義は一つとして見当たらず、心の純潔以外には何も求められていないのである。

奇跡についても、二人とも子供の頃から知っていたので、理性が戸惑いを覚えることもなかった。聖ヨハネ[*4]の気高さはペキュシェを魅了し、『キリストにならいて[*5]』をもっとよく理解しようという気にさせた。

この書物にはもはやたとえ話もなければ、花も鳥も出てこず、ただ嘆きと、内省する魂があるばかりだ。靄のかかった季節に、鐘楼と墓にはさまれた僧院の奥で書かれたかのようなこれらのページをめくりながら、ブヴァールは物悲しくなった。我々の死すべき生があまりに惨めに描かれているので、現世のことなど忘れて、神にすがらなければという気にさせられる。一方で、二人はすでにさんざん失望を味わった後でもあり、素朴な気持ちで何かを愛したいという欲求、精神の安らぎをえたいという欲求を感じていた。

『伝道の書』、『イザヤ書』、『エレミヤ書』〔いずれも旧約聖書中の書〕を読んでみる。

だが聖書は、獅子のように咆哮する預言者たち、雲間にとどろく雷鳴、ゲ

な「山上の説教」の場面。

＊2　イエスの布教活動の中心地はガリラヤ湖周辺であった。『マルコによる福音書』、『マタイによる福音書』、『ルカによる福音書』には、ペテロら四人の漁師を最初の弟子にした様子が描かれている。

＊3　エルサレム入城の場面は、四福音書のすべてに描かれている。現在は枝の主日として祝われるこの日の数日後に、イエスはゴルゴタの丘で磔刑に処せられることになる。

＊4　新約聖書の第四福音書は、使徒ヨハネにより書かれたものだと長らく信じられてきた。ちなみに、小説の草稿には、「聖ヨハネの神秘主義的気高さ」という表現がある。

＊5　中世の神秘思想家トマス・ア・ケンピス（一三八〇頃―一四七一）に帰される霊的信心書の古典。キリストを模範に禁欲的な生活を送ることにより、信者が完徳にいたる道を説く。十五世紀にヨーロッパの主要言語に翻訳されて以来、世界的なベストセラーとなった。

ヘナの谷[*6]をみたす嗚咽、さらにまるで風が雲を吹き散らすように帝国を散り散りにする神などで、彼らを怖気づかせた。

日曜日、晩課の鐘が鳴りひびく間に、これらを読みふけった。

ある日ミサに出かけると、それからも通うようになった。週末の気晴らしである。ド・ファヴェルジュ伯爵夫妻が遠くから二人に挨拶したのが、周囲の人目を引いた。治安判事が目をしばたたかせながら、「結構ですな！　申し分ありません」と話しかけてくる。ブルジョワの女性たちも皆、今ではこぞって彼らに聖体のパンを送ってきた。

ジュフロワ神父が訪ねてきた。彼らの方でもお返しに訪問したところ、行き来が始まった。ところが、神父は宗教の話題は口にしない。

この慎み深さには驚かされた。そこでペキュシェは何気ない調子で、信仰を手に入れるにはどう振る舞えばよいのか尋ねてみた。

「まずはお勤めをすることです」

彼らはお勤めを始めたが、一人は希望に燃え、もう一人は挑むような心持ちであった。というのも、ブヴァールは、自分は決して信心家にはなれないだろうと確信していたのである。一ヶ月間、彼は規則的にあらゆるお勤めをはたしたが、ただペキュシェに逆らって、肉断ちの習慣は守ろうとしなかった。

これは衛生上の処置なのだろうか？[*7]　衛生学が何ほどのものかは先刻承知ではないか！　ではしきたりの問題か？　しきたりなど糞くらえだ！　教会への服従のしるしなのか？　そんなものはやはりどうだっていい！　要するに、この規則は無意味かつ偽善的であり、福音書の精神にもとるものだと断言した。

例年、聖金曜日[*8]には、彼らはジェルメーヌが出してくる料理を食べていた。だが今年は、ブヴァールはわざわざビフテキを注文すると、席に着き、肉を切り始めた。マルセルが憤慨し、それを見つめている間、ペキュシェはいかめしい様子でタラの切り身の皮をはいでいた。

ブヴァールは片手にフォークを、もう一方の手にナイフを握ったまましっとしていた。ようやく意を決したかのように、一切れ口に運ぶ。いきなり手が震え出し、腫れぼったい顔が青ざめ、頭がのけぞった。

「具合でも悪いのかい?」

「いいや!……でも!……」そう言うと、彼は白状した。これまで受けてきた教育のために(これぱかりはどうにもならない)、死ぬのが怖くて、この日は肉を食べることができないという。

ペキュシェはこの勝利におごることなく、これを教訓として、自らの流儀で生活しようと決めた。

ある夜、彼は真剣な喜びを顔に浮かべながら戻ってきたが、つい口をすべらせて、告解をしてきたところだと漏らしてしまった。

そこで、告解の重要性について議論が始まる。

ブヴァールも、公共の場でなされた初期キリスト教徒の告解は認めていた。現代のものはあまりに安易すぎる。けれども、この自己検討が進歩の一要素

＊6　エルサレムの南にある谷。旧約聖書の時代には、人身御供が行われていた場所。その後、キリスト教の伝統においては、最後の審判後の罪人のための地獄を指すようになった。
＊7　「四旬節　要するに、衛生上の処置にすぎない」(紋切型辞典)。
＊8　復活祭直前の金曜日。イエスの受難と死を記念して、断食と肉断ちを行う。

であり、道徳を涵養するものだということは否定しなかった。

ペキュシェは完璧を求めて、自らの悪徳を洗い出してみた。ずいぶん前から、高慢な態度は取っていない。仕事好きなので、怠惰に陥ることもない。大食についても、自分ほど質素な者はいないくらいだ。ただ時折、怒りで我を忘れることがあるので、もうこういうことはないようにしようと心に誓った。

次いで、美徳を身につける必要がある。まずは謙譲の徳、つまり自分には何の長所もなく、どんなにわずかな報いにも値しないと信じること。おのれの精神を犠牲にして、道の泥のように人々の足で踏みつけられるくらい身を低くすること。彼はこのような心持ちにはまだまだなれそうになかった。

もう一つの美徳、すなわち純潔が彼には欠けていた。というのも、内心ではいまだにメリーのことを残念に思っていたのである。ルイ十五世風の衣装を着た貴婦人のパステル画も、その大胆な襟ぐりが気づまりな思いをさせる。

肖像画は箪笥に閉まってしまった。さらに羞恥心がいや増すと、自分の体に目をやることさえ怖れるようになり、下着を着たまま寝ることにした。

色欲をめぐってこのように気を配ったことが、かえってそれを掻き立てる結果になった。とりわけ朝方は、聖パウロ[*9]や、聖ベネディクトゥス[*10]や、晩年の聖ヒエロニムス[*11]のように、欲望と激しい戦いを交えねばならなかった。このような場合、これらの聖人たちはただちに荒々しい苦行に身を投じたものだ。苦しみは贖いであり、救済であり、手段であり、イエス＝キリストへの崇拝である。あらゆる愛は犠牲を求めるが、

＊9　パウロ（紀元前後—六五頃）

我々の体を犠牲にするほど辛いことがあろうか！

苦行の一環として、ペキュシェは食後のリキュールをやめ、嗅ぎ煙草は一日に四本までとし、どんなに寒い時も鳥打帽はかぶらないことにした。

ある日、ブドウの枝を結わえていたブヴァールは、母屋のそばのテラスの壁に梯子を立てかけたところ、意図せずしてペキュシェの部屋の中を覗く形となった。

上半身裸になった友人は、衣服用のはたきで、軽く肩を叩いている。そのうち興奮してくると、半ズボンを脱ぎ、尻を強く打ち始めたが、そのあげく息を切らして椅子に倒れこんでしまった。

ブヴァールは、覗いてはいけない秘密を見つけてしまったかのようにうろたえた。

しばらく前から彼は、窓ガラスがきれいになり、ナプキンにも穴がなくなり、食事もおいしくなったのに気付いていた。これらの変化は、神父さんの女中のレーヌが世話を焼いてくれるおかげだった。

教会のものも台所のものも何でもごっちゃにしてしまうこの女は、作男のようにがっしりとしており、がさつだが献身的である。様々な家庭に入り込んでは、忠告を与え、女主人のように振る舞っていた。ペキュシェは彼女の経験に絶対の信頼を置いていた。

ある時彼女は、中国人のように目が小さい、鷲鼻の太った男を連れてきた。


原始キリスト教最大の伝道者。初めユダヤ教徒としてキリスト教を迫害していたが、劇的な回心を体験し、その後熱心なキリスト教の宣教者となった。聖パウロが色欲に苦しんだとは耳慣れない記述であるが、フローベールはこれをブーレ神父、『ラングル司教区の説教集』（一六九三）から引いてきている。

＊10　ベネディクトゥス（四八〇頃—五四七頃）　西方修道制の創始者。イタリア中部のヌルシア出身。後のベネディクト会の元となる修道会会則を起草した。フローベールが参照したアンリ・ラセール、『霊と肉』（一八六九）には、この聖人が色欲を静めるため、茨の中に身を投げて、体中血まみれにしたというエピソードが語られている。

＊11　ヒエロニムス（三四五頃—四二〇）　ダルマティア生まれの聖職者、神学者。聖書を原典からラテン語に訳し、後のウルガタ訳の基盤を作ったことで有名。その手紙には、砂漠で苦行していた折、快楽の幻想に悩まされた様子が描かれている。

信仰関係の雑貨商グットマン氏である。商人は物置の中で、箱におさめられた商品をいくつか取り出してみせた。十字架、メダル、ありとあらゆる大きさの数珠、小礼拝室向けの枝付き燭台、携帯用祭壇、けばけばしい造花などに加えて、青のボール紙で作った聖心、赤い顎ひげの聖ヨセフ像、*12陶器製のキリスト磔刑像などだ。ペキュシェはどれも欲しかったが、値段がはるので思いとどまった。

グットマンが求めているのは現金ではなかった。むしろ交換の方がよいと言って、陳列室に上っていくと、古鉄と鉛すべてと引き換えに、自らの商品一式を提供しようと申し出た。

これらの品々はブヴァールには醜悪に思えた。だが、ペキュシェの目付き、レーヌの懇願、古物商の巧みな饒舌などがあいまって、ついに説得されてしまった。相手がくみしやすいと見て取ると、グットマンはさらに矛槍も欲しいと言い出す。ブヴァールは人前でそれを振り回して見せるのにもうんざりしていたので、手放すことにした。すべてを見積もったところ、旦那方にはまだ百フランの借りがある。三ヶ月期限の手形を四枚振り出すことで話がつくと、二人は安い買い物をしたと喜んだ。

手に入れた品々はすべての部屋に配置された。干し草を入れたクレッシュ［キリスト生誕の馬小屋の模型］とコルク製の大聖堂が陳列室を飾っている。ペキュシェの部屋の暖炉の上には、蠟細工の洗礼者聖ヨハネが*13置かれ、廊下には名高い司教たちの肖像が並べてある。さらに階段を下りると、小さな鎖に吊るしたランプの下に、空色のマントをまとい、星の冠をいただいた聖母マリアの像が安置されている。マルセルはこれら素晴らしい品々の埃をはらいながら、天国にもこれほど美しいものはないだろうと想像するのだった。

聖ペテロ像を壊してしまったのはかえすがえすも残念だ！ 玄関に置けば、どんなに映えたことだろう！ ペキュシェは時折、かつての肥溜めの前に足を止め、冠やサンダルや耳のかけらを眺めては、ため息をついて、それからまた庭仕事を続けるのだった。それというのも、彼は今では宗教上のお勤めだけでなく、力仕事にも励んでいたのである。僧服を着たまま土を掘り起こし、聖ブルーノ[*14]に自らをなぞらえる。この格好は瀆聖に当たるおそれがあるので、断念することにした。

それにしても、神父といつも付き合っているからだろうか、彼は聖職者のような物腰になってきた。笑い方も声も似てきた上に、いかにも寒がりだという風に両手を手首まで袖の中にすべりこませる仕草などそっくりである。そのうち、鶏の鳴き声が不快に感じられ、バラの花にもうんざりするようになった。もう外出しようともせず、田園に凶暴な眼差しを投げかけるのだった。

ブヴァールは聖母月［五月］のお祝いに誘われて行った。賛美歌を歌う子供たちや、リラの花束や、緑の花綱が、滅びることのない青春の感情といったものを感じさせてくれた。神は鳥の巣の形や、澄んだ泉や、太陽のもたらす恩恵などによって、心に姿を現すのである。そんな彼には、友人の信心は常軌を逸した、味気ないものに思われるのだった。

「どうして食事中にうめくんだい？」

「うめきながら食べるべきなのさ」とペキュシェは答える。「だって、人間

＊12　ヨセフ　聖母マリアの夫で、イエスの養父。マリアが聖霊によって身ごもった際、一度は婚約を破棄しようとするが、夢に現れた主の天使の勧めに従って結婚した。

＊13　洗礼者ヨハネ　キリスト教の起源と同じ頃、ヨルダン川流域で悔い改めの洗礼を要求する説教者として活動。イエスもこの洗礼を受けた。ガリラヤ領主ヘロデ・アンティパスの違法な結婚を非難したため、投獄され処刑された。ちなみに、この話はフローベールの『三つの物語』の中の一篇「ヘロディア」の主題にもなっている。

＊14　聖ブルーノ（一〇三二頃―一一〇一）　ドイツ出身の聖職者。一〇八四年、グルノーブルの郊外に、厳格な観想修道会であるカルトゥジア会を創立した。

はこの行為から無垢を失ったんだからね」これはジュフロワ神父から借りた十二折版二巻本『神学生マニュアル』[*15]で読んだ言葉である。さらに彼はラ・サレット[*16]の水を飲み、ドアを閉め切って射禱〔短い熱烈な祈り〕を行い、聖フランシスコ会[*17]に入会したいと望んでいた。

堅忍の徳を身につけるため、彼は聖母への巡礼を思い立った。場所の選択には困ってしまった。フルヴィエール[*18]、シャルトル[*19]、アンブラン[*20]、マルセイユ[*21]、オーレー[*22]のうち、どのノートルダム教会にすべきだろうか？　ラ・デリヴランド[*23]の教会なら近くて、しかも申し分ない。「君も一緒に行こう！」

「僕はさぞ間抜けに見えるんじゃないかな」とブヴァール。

それにしても、信仰を得て戻ってくる可能性もあり、またそうなるのを拒んでいるわけでもなかったので、相手の気持ちをくんで折れることにした。

巡礼は徒歩でなされるべきものだ。だが、四十三キロはさすがにきつい。一方、乗合馬車は瞑想に適していないので、古い二輪馬車を借りることにした。馬車は十二時間走った後、宿屋の前に二人を降ろした。

彼らにあてがわれた二人用の部屋には簞笥が二つあり、その上には小さな楕円形の盥に水差しが二つのっている。宿屋の主人が、ここは「カプチン会[*24]修道士の部屋」だと教えてくれた。恐怖政治の時代、用心に用心を重ねて、ここにラ・デリヴランドの聖母像を隠し、神父たちがひそかにミサをあげて

＊15　十七世紀にサン＝シュルピス会総長を務めた聖職者ルイ・トロンソンによる『神学生マニュアル、あるいはキリスト教徒および聖職者の生活の主要な義務についての対話』のこと。フローベールは一八三二年版を参照。

＊16　一八四六年、フランス南東部イゼール県のラ・サレットで、二人の羊飼いの子供の前に聖母マリアが現れ、以後この小さな町はカトリックの聖地となった。

＊17　アッシジの聖フランチェスコ（一一八一／八二―一二二六）によって創設された修道会。完全な清貧を理想に掲げた。

＊18　リヨンのフルヴィエールの丘にある大聖堂。現在の大聖堂は、十七世紀にできた教会堂の上に重ねる形で、一八七二年以降建てられたものである。

＊19　パリ西南にあるウール＝エ＝ロワール県の県庁所在地。中世に作られたノートルダム大聖堂は、ゴシック建築の傑作として有名。

いたという。

この話に喜んだペキュシェは、礼拝堂についての紹介文を下の台所から見つけてくると、それを大声で読み上げた。

この礼拝堂は、二世紀初めにリジューの初代司教であった聖レニョベール[*25]によって、あるいは七世紀に生きた聖ラニュベール[*26]によって、あるいはまた十一世紀半ばにロベール華麗公[*27]によって創設されたものである。

デンマーク人、ノルマン人、それにとりわけプロテスタントによって、様々な時代に火を放たれ、荒らされてきた。

一一一二年、最初の聖母像が一頭の羊によって発見された。羊が牧草地の中を足で叩いたところ、そこから彫像が出てきたのである。ボードワン伯爵[*28]がこの場所に聖堂を建立した。

その奇跡は数知れない。サラセン人に囚われていたバイユーの商人が、聖母の加護を祈ると、鉄枷が外れ、逃げることができた。ある守銭奴が屋根裏部屋にネズミの大群を見つけ、聖母に助けを求めたところ、ネズミはいなくなったという。聖母像に触れたメダルのおかげで、ヴェルサイユの年老いた唯物論者が、死の床で悔い改めたこともある。冒瀆の言葉を吐いたために口がきけなくなったアドリーヌという名の男が、再び話せるようになったのも聖母のおかげだ。さらにその庇護によって、ド・ベックヴィル夫妻は結婚しながらも、純潔を守って暮らす勇気を持てたという。

＊20　フランス南東部オート＝アルプ県の町。十二から十三世紀に作られたノートルダム教会は、この地方で最も美しい教会として知られる。

＊21　マルセイユの丘の上にそびえるノートルダム・ド・ラ・ガルド寺院は、十三世紀以来存在していた礼拝堂に代わって、十九世紀半ばに建てられたローマ・ビザンチン様式の教会である。

＊22　ブルターニュ地方モルビアン県の市。ここで言及されているのはおそらく、その近郊にある聖女アンヌにささげられた教会のこと。

＊23　カーンの北方にあるノルマンディー地方のもっとも有名な巡礼地。物語の時代、より正確には一八五四年から七八年にかけて、ネオゴシック様式の新たな教会堂が建築中であり、そのことは小説中の記述にも反映している。ちなみに、フローベールは一八七七年九月に実際にここを訪れている。

＊24　十六世紀に創立されたフランシスコ会の一派であり、より徹底した清貧の実践を求めた。とがった頭巾

この聖母のおかげで不治の病からいやされた人々のうちには、ド・パルフレーヌ嬢、アンヌ・ロリュー、マリー・デュシュマン、フランソワ・デュフェ、それからドスヴィル家出身のド・ジュミヤック夫人などがいる。

　ここに詣でた著名人は、ルイ十一世[*29]、ルイ十三世、ガストン・ドルレアン[*30]の二人の娘、ワイズマン枢機卿[*31]、アンティオキアの総主教サムヒリ[*32]、満州教区司教代理ヴェロール猊下[*33]などである。さらにド・ケラン大司教[*34]は、タレーラン公[*35]の改宗について感謝をささげに来たという。

「マリア様が君も改宗させてくれるよ！」とペキュシェが言う。

　ブヴァールはすでに横になっていたが、何かぶつぶつつぶやいたかと思うと、眠り込んでしまった。

　翌朝六時に、彼らは礼拝堂に入った。

　ちょうどもう一つ礼拝堂を建築中であり、身廊は布や板でふさがれている。このロココ様式の建物、特にコリント式の付け柱のついた赤大理石の祭壇は、ブヴァールには気に入らなかった。

　奇跡の像は聖歌隊席の左にある壁龕の中に安置されており、金箔の衣装に包まれている。教会の小使いが、二人のために蠟燭を二本持って現れた。欄干の上にある三角燭台のようなものにそれを立てると、三フラン請求し、お辞儀をして姿を消した。

　次いで、奉納物を見て回った。


（カプッチョ）を着用したことに、その名が由来する。

＊25　聖レニョベールは、実際にはリジューの司教ではなく、五世紀頃生きたバイユーの第二代司教のこと。

＊26　ラニュベール（生年不詳―六六六頃）　バイユーの第十二代司教。サクソン人を改宗させたことで知られる。

＊27　ロベール一世（一〇一〇頃―一〇三五）　ノルマンディー公。在位一〇二八―三五年。華やかな衣装を好んだことから「華麗公」、また兄王を毒殺したという疑いから「悪魔公」と呼ばれる。

＊28　ボードワン・ド・レヴィエ（一〇九五頃―一一五五）　デヴォン伯。英語名ボールドウィン・ド・レッドバーズ。この第二の聖堂は一一五〇年頃に建てられた。

＊29　第V章注23参照。

＊30　ガストン・ジャン・バティスト・ドルレアン（一六〇八―六六）　フランス王アンリ四世の三男。兄ルイ十三

プレートに記された碑文が、信者たちの感謝の気持ちを表している。とりわけ見事なのは、理工科学校の卒業生が奉納したX形に組み合わされた二本の剣、ウェディングブーケ、軍人の勲章、銀製のハート、また隅の床に置かれた無数の松葉杖などである。

聖具室から、司祭が聖体器を手にして出てきた。

しばらく祭壇の下にいた後で、階段を三段上り、「オレムス［ともに祈らん］」、「イントロイトゥス［入祭唱］」、「キリエ［あわれみの賛歌］」を唱える。すると、聖歌隊の子供が跪いたまま、それを一息に朗誦した。

会衆はわずかであり、十二人から十五人ほどの老婆がいるだけである。彼女たちが数珠を爪繰る音と、石をたたくハンマーの音［新しい礼拝堂の工事の音］が聞こえてくる。ペキュシェは祈禱台にかがみこみ、アーメンに唱和していた。聖体奉挙［司祭が聖別されたパンを高く挙げて示す行為］の間は、揺るぎない不滅の信仰を授けてくれるよう聖母に懇願した。

その横の椅子に座っていたブヴァールは、友人の祈禱書を手に取ると、聖母の連禱に目を止めた。

「いと清らかな、いと純潔な、敬うべき、愛すべき、……力強い、慈しみに満ちた、……象牙の塔、黄金の家、暁の門」といった誇張された崇拝の言葉を読むと、これほどの称賛をささげられている女性に思いを馳せずにはいられなかった。

世の腹心であったリシュリュー枢機卿に対し、何度か陰謀をたくらんだが果たせなかった。

＊31　ニコラス・ワイズマン（一八〇二—六五）　イギリスのカトリック枢機卿。ウェストミンスター初代大司教として、イングランドにおいてカトリック教会の主張を普及させるのに貢献した。

＊32　イグナス・アントワーヌ・サムヒリ（一八〇一—六四）　一八五三年からシリア・カトリック教会の総主教、すなわち複数に分裂したアンティオキア総主教の一つを務めた。フローベールはサミーリ(Samirrhi)と綴っているが、Samhiri もしくは Samiheri の誤り。

＊33　エマニュエル＝ジャン＝フランソワ・ヴェロール（一八〇五—七七）　カーン出身の聖職者。グレゴリウス十六世の命により、満州教区の初代司教代理となる。

＊34　イアサント＝ルイ・ド・ケラン（一七七八—一八三九）　第百二十五代パリ大司教。アカデミー・フランセ

彼はマリア様を、教会の絵に描かれているように、群雲の上に立ち、足元には天使たちを従えて、幼子イエスを胸に抱いた姿で思い描いた。地上のあらゆる苦悩がその救いを求める慈悲深い母、天に召された女性の理想。なぜならば、その胎内から生まれ出た人間は、彼女の愛を賛美し、彼女の胸で安らぐことをひたすらこいねがっているのである。

ミサが終わると、広場に面した壁に沿って並んでいる店をひやかして歩いた。絵や、聖水盤や、金の網目模様のついた骨壺、ヤシの実で作ったイエス＝キリスト、象牙の数珠などが置いてある。日の光が額縁のガラスに反射して、目をくらませると同時に、絵の粗雑さ、デッサンの醜悪さを露わにしている。家ではこういった品々を悪趣味だとみなしていたブヴァールも、ここでは寛大な気持ちになっており、青い粘土で作った小さな聖母像を買った。ペキュシェの方は記念にロザリオ一つで我慢した。

商人たちが声を張り上げている。「ほら！　ほら！　五フランだよ、三フランだよ、六十サンチームだよ、二スー［十サンチーム］だよ！　けちけちしちゃいけませんぜ！」

二人の巡礼者は何も買わずにぶらついていた。あちこちから悪口が聞こえてくる。

「何が欲しいんだい、あいつら？」

「きっとトルコ人だぜ！」

「いや、プロテスタントさ！」

背の高い娘が一人、ペキュシェのフロックコートを引っ張った。眼鏡の老人が彼の肩に手をかけ

ーズの会員でもあった。

＊35　シャルル＝モーリス・ド・タレーラン＝ペリゴール（一七五四―一八三八）政治家、外交官。元々オタンの司教であったが、フランス革命を支持し、聖職を放棄。その後、第一帝政、復古王政、七月王政と続く激動の時代を通じて変節を繰り返しながら、常に政治家として第一線で活躍した。信仰の面でも、死の直前にカトリックに復帰した。

る。皆、口々に怒鳴っている。それから露店を離れると、二人を取り囲んで、懇願したり、罵ったり、大変な騒ぎである。

ブヴァールはもう我慢がならなかった。「うるさい、こん畜生！」さもしい連中は二人のそばから離れた。

だが、太った女が一人、広場に出てもしばらくの間、彼らの後からついてきて、今に後悔するぞと叫んだ。

宿に戻る途中、カフェにグットマンがいるのに出会った。商売でこの地域に来ていたのである。ある男と話し込んでいたが、相手は目の前のテーブルに置いた明細書を調べているところだった。

この男は革の鳥打帽に、ゆったりしたズボンをはき、髪は白くなっているけれども、赤ら顔で体つきはすらりとしている。退役将校のようでもあり、年取った田舎役者のようでもあった。

時折、彼は悪態をつくが、グットマンが小声で何か言うと、すぐに気を静めて、次の書類に目を移す。

ブヴァールはひとしきりこの男を見つめていたが、そのうち近寄って行った。

「バルブルーじゃないかい？」

「ブヴァール！」鳥打帽の男が叫ぶ。そして二人は抱き合った。

バルブルーはこの二十年来、新聞の発行人、保険会社の事務員、牡蠣の養殖場の所長など、ありとあらゆる運命に耐えてきたのである。「いずれゆっくり話すよ」結局、今は最初の職業に戻って、ボルドーのある商社のセールスマンをしている。そこで、「司教区に顔の利く」グットマンに、聖職者のところにワインを売りこんでもらっているという。「だが、ちょっと失礼。すぐに終わるから！」

再び会計を始めたが、すぐに腰掛から跳び上がった。「何だって、二千フランだと？」

「もちろん！」

「ああ！　いくら何でもひどい！」

「何故です？」

「言っておくけれども、私だってエランベールに会っているんですよ」と、激昂したバルブルーは答えた。「請求書には四千フランと記されているじゃないか。冗談じゃない！」

古物商は少しもうろたえなかった。「じゃあ、これであなたの借りは帳消しということですね！それから？」

バルブルーが立ち上がる。その顔がまず青ざめてから、次に紫色になったのを見て、ブヴァールとペキュシェは、彼がグットマンを絞め殺すのではないかと思った。

男は再び腰を下ろすと、腕を組んだ。「あんたはとんでもない悪党だ。自分でも認めるだろう！」

「言葉に気を付けてもらいたいですな、バルブルーさん。証人がいますよ。用心なさい！」

「裁判で訴えてやるからな！」

「ほほう、それは、それは！」それからグットマンは財布をきつく閉めると、帽子の縁を持ち上げ、「またお目にかかれて光栄でした！」と挨拶をして、立ち去った。

バルブルーが事情を説明した。千フランの負債が法外な利子によって倍になってしまったので、彼はグットマンに三千フラン分のワインを託したのだという。こうすれば借金を払っても、千フランの儲けがあるはずだ。ところが反対に、まだ三千フランの借りがある。これでは店をくびにされた上に、店主から訴えられるかもしれない！「卑劣漢！　盗人！　汚らしいユダヤ人め！　そのくせ、ぬくぬくと司祭館で食事しているんだからな！　そもそも、坊主にかかわることといったら！……」彼は司祭をののしったあげく、あまりに激しくテーブルを叩いたので、小さな像があやうく落っこちそうになった。

「落ち着けよ！」とブヴァール。

「おや！　それは何だい？」そしてバルブルーは聖母像の包みをほどいた。「巡礼の記念品だな！　君のかい？」

ブヴァールは返事をする代わりに、あいまいに微笑んだ。

「私のですよ！」とペキュシェが言う。

「あんた達には困ったもんだな」とバルブルーが答える。「だけど、いずれ私が教えてあげますよ。心配しなさんな！」そして人はいつも泰然としておらねばならず、悲しんだって何の役にも立たないというので、彼は二人に食事をごちそうすることにした。

三人とも食卓についた。

バルブルーは愛想よく振る舞い、昔を懐かしんでは、女中の体に抱きついたり、ブヴァールの腹回りを測ろうとしたりした。近いうちにおかしな本を持って、彼らのところを訪ねるつもりだという。

この訪問のことを考えると、彼らはあまり嬉しい気持ちはしなかった。馬車の中で、馬の早足に揺られながら、一時間もそのことについて話し合った。そのうち、ペキュシェは目を閉じてしまう。ブヴァールもまた黙っていたが、心の中では宗教にひかれていたのである。

マレスコ氏が前の日、ある重要な用件を伝えにやって来たという。マルセルもそれ以上のことは知らなかった。

公証人は三日後、ようやく二人の訪問を受けると、すぐに用件を説明した。七千五百フランの年金と引き換えに、ボルダン夫人がブヴァール氏から農場を買い取りたいと申し出てきたのである。

彼女は若い頃からここを欲しがっており、この土地のことなら隅々まで、良い点も悪い点も知り尽くしていた。それに、この欲求は夫人をむしばむ癌のようなものだった。なぜならば、生粋のノルマンディー女が何よりも地所に執着しているのは、資本の安全のためというよりも、自分の所有する土地を足で踏みしめる幸福のためなのだ。この土地を手に入れたいという望みから、彼女は様々な調査を行い、日々監視を怠らず、長いこと節約してきたのであり、今や首を長くしてブヴァールの返事を待ち望んでいた。

彼としても、将来ペキュシェが無一文で放り出されることがないようにしたかったので、これにはほとほと困ってしまった。だが、好機を逃すわけにはいかない。これもきっと巡礼のおかげだ。神の摂理が彼らのために働くのはこれが二度目である。

彼らは次のような条件を出した。年金は七千五百フランではなく、六千フランにする代わりに、後に生き残った方にもそれが与えられるというものだ。マレスコは、一人は体が弱いということを指摘した。もう一人も卒中にかかりやすい体質である。そこでボルダン夫人は所有欲に駆られて、契約書にサインした。

ブヴァールもさすがにこれには憂鬱になった。自分の死を願っている者がいる。そう思うと、重々しい考え、神や永遠といった観念が心に吹き込まれる。

三日後、ジュフロワ神父が、年に一度聖職者仲間を呼んで開く食事会に二人を招待してくれた。食事は午後二時頃から始まって、夜の十一時まで続いた。梨酒が振る舞われ、駄洒落が飛び交う。プリュノー神父は即興でアクロスティッシュ［各行の始めの文字を縦に読むと人名やキーワードになる詩］を作詩した。ブーゴン神父はトランプで手品をしてみせたし、セルペという名の若い助任司祭はきわどい内容の小唄を歌った。こういう雰囲気がブヴァールの気を晴らしてくれたのか、翌日は陰鬱な気持ちもおさまった。

神父は頻繁に彼に会いに来ては、宗教を優美に脚色して紹介した。それに、何の危険があるというのか？　そこで、ブヴァールもじきに、聖体を拝領することを承知した。ペキュシェも彼と一緒に秘蹟を受けるという。

晴れの日がやって来た。

初聖体拝領があるというので、教会はたくさんの人であふれていた。ブルジョワの男女がベンチいっぱいに座り、貧しい人々は後ろに立っているか、あるいは門の上にある高廊にいた。

これから起こるのは説明のつかないことだ、とブヴァールは考えていた。だが、ある種の事柄を理解するには、理性だけでは十分でない。偉人たちだって宗教というものを認めてきたのだから、それに倣うにしくはない。そして一種の麻痺状態のまま、彼は祭壇や、香炉や、燭台を見つめていた。朝から何も食べていなかったので、頭が少しぼうっとしており、奇妙な脱力感を覚えてもいた。

ペキュシェの方は、イエス＝キリストの受難に思いを凝らしながら、愛の高まりを強く感じていた。自らの魂も、他人の魂も、さらに聖者たちの陶酔も、熱狂も、霊感も、森羅万象をできればイエスにささげてしまいたい。熱心に祈ってはいたけれども、ところどころミサが少しばかり長すぎるように思えた。

いよいよ男の子たちが祭壇の一段目に跪いた。礼服が黒い帯を形作って、その上に金髪や褐色の髪がでこぼこに並んでいる。次に少女たちが入れ替わったが、頭には冠をいただき、そこからヴェールを垂らしている。遠くから見ると、まるで聖歌隊席の奥に白い雲が一列に群がっているかのようだ。

次いで、大人たちの番になった。

福音側［祭壇に向かって左側］の先頭はペキュシェである。しかし、あまりに感激していたためであろうか、右に左に頭を振っている。神父が難儀して聖体をその口に入れると、目をくるくる回しながらそれを受け取った。

ブヴァールはその反対に、大きく口を開けすぎて、舌が旗のように唇の上に垂れてしまった。それから立ち上がった拍子に、肘がボルダン夫人に当たった。二人の目が合う。彼女が微笑むと、なぜか彼は赤くなった。

ボルダン夫人の後は、ド・ファヴェルジュ嬢、伯爵夫人、お付きの女性、それからシャヴィニョールでは見かけたことのない紳士が、一緒に聖体を拝領した。

最後の二人は、プラックヴァンと小学校教師のプティである。するとその時、不意にゴルギュが姿を見せた。

彼はヤギ髭をすっかりそり落としていた。そしていかにも模範的な態度で、腕を胸の上で十字に組みながら、席に戻って行った。

神父は男の子たちに長々と説教した。将来、神を裏切ったユダ[*36]のような行いをすることがないように、またいつまでも無垢の衣を守り通すように心がけねばならない。ペキュシェは自らの純潔を失ったことを残念に思った。そのうち、椅子ががたがた鳴ると、母親たちがわれ先に子供を抱擁した。

信者たちが出口のところで、祝福を交わしている。何人かは涙を流している。ド・ファヴェルジュ夫人が、馬車を待つ間、ブヴァールとペキュシェに向かって、将来の花婿を紹介した。「ド・マユロ男爵様、技師ですのよ[*37]」伯爵が二人に会えないのを残念がっているという。来週には戻ってくるとのこと。「どうか、お忘れなく！」幌馬車がやって来たので、館のご婦人たちは立ち去った。また群衆も散って行った。

彼らは中庭の草の真ん中に、包みが一つ落ちているのを見つけた。家が閉まっていたので、郵便配達夫が壁越しに放り込んだのだ。バルブルーが約束した本で、師範学校の卒業生ルイ・エルヴュー著『キリスト教の検討』［架空の著者と書物］である。ペキュシェは興味も示さなかったし、ブヴァールも別に読みたいとは思わなかった。

彼はこれまで何度も、秘蹟を受ければ変わるはずだと聞かされてきた。数日の間、意識の中を探って、信仰が芽生えるのを待った。いつになっても同じままである。そこで苦い驚きにとらえられた。

何だって！　神の肉が我々の肉に混じったというのに、何も生じないとは！　世界を支配する思惟も、我々の精神を照らすことはできないのか。至高の力は我々を無力なままにしておくというのか。

ジュフロワ神父は彼をなだめて、ゴーム神父[*38]の『教理問答』を読むように

＊36　ユダ（イスカリオテの）　十二使徒の一人。キリストをユダヤ当局に売り渡した。『マタイによる福音書』によれば、そのことを悔いて自殺したとされる。
＊37　「技師　青年にとって最高のキャリア」（紋切型辞典）。
＊38　ジャン＝ジョゼフ・ゴーム（一八〇二―七九）　司祭、神学者。戦闘

勧めた。

　これとは反対に、ペキュシェの信心はどんどん深まった。できればパンとワインの両方で聖体を拝受したいと望むかと思えば、廊下を歩き回りながら詩編を口ずさみ、果てはシャヴィニョールの住民たちを呼び止めて、議論をふっかけ、改宗させようとする。ヴォコルベイユはこれを面と向かってせせら笑い、ジルバルは肩をすくめ、大尉にいたっては彼を偽善者《タルチュフ》呼ばわりした。今や誰もが、二人の信仰は行きすぎだと考えるようになった。

　事物をそれぞれ象徴とみなすというのは、すぐれた習慣である。雷が鳴ったら、最後の審判を想像する。雲一つない空を前にすれば、至福なる者たちの住処に思いを凝らす。散歩する際は、一歩ごとに死に近づいていると自らに言い聞かせる。ペキュシェはこの方法を遵守した。服を着る時には、三位一体の第二格が身にまとった肉の覆いのことを考える。柱時計が時を刻む音は神の子の心臓の鼓動を、また針の刺し傷は十字架の釘を連想させる。だが、何時間も跪いたままでいても、断食を重ねても、また想像力を働かせても、自己からの解脱は起こらなかった。完璧な観想に達するのは不可能である！

　神秘主義の著作家たちに助けを求めた。聖女テレサ[*39]、十字架のヨハネ[*40]、ルイス・デ・グラナダ[*41]、スクポリ[*42]、それにもっと新しい著者としてはシャイヨー猊下[*43]などを繙《ひもと》く。期待していた崇高な思想の代わりに、どこを読んでも平板な内容、弛緩した文体、冷たいイメージ、それに宝石商の店から引っ張ってきたような比喩の数々が見つかるばかりだ。


的なカトリックの聖職者であり、特にギリシア、ラテンの古典文学の悪しき影響を糾弾したことで知られる。小説中で言及されているのは『堅忍教理問答』（一八三八）だが、フローベールが実際に参照したのはその縮約版『堅忍教理問答概略』（第三十版、一八七二）である。

＊39　アビラのテレサ（一五一五―八二）　スペインの神秘家。神秘的なキリスト体験を機にカルメル会の改革を企て、十字架のヨハネの協力を受けつつ、原始会則を遵守する跣足カルメル会を設立した。自らの霊的体験の

それでも彼は、魂の浄化にも能動的なものと受動的なものがあること、内的幻覚と外的幻覚は異なること、祈禱には四種類あり、愛には九つのすぐれた点があり、謙譲には六つの段階があること、さらに魂の傷は霊的な飛翔とさほど違わないことなどを知った。

不可解な点もいくつかあった。

肉体が呪うべきものであるならば、どうして生存の恵みに対して神に感謝しなければならないのだろう？　それぞれ救済に不可欠な畏怖と希望の間で、どのような節度を保つべきか？　恩寵のしるしはどこにあるのか、等々？

ジュフロワ神父の返事は簡単だった。「あまり気を揉んではいけません！　何でも深く究めようとすると、かえって危険に身をさらすことになります」

ブヴァールはゴームの『堅忍教理問答』にほとほとうんざりしたので、ルイ・エルヴューの著書を手に取った。これは近代の聖書釈義の概要で、政府によって禁書になっているものだ。バルブルーは共和主義者として、これを買っていたのである。

この本がブヴァールの精神に様々な疑念を呼び覚ました。まずは原罪の問題である。「神が罪を犯す存在として人間を創造したのなら、それを罰すべきではないでしょう。それに悪は人間の堕罪より前からあったものです。なぜなら、すでに火山もあれば、猛獣もいたのですから！　要するに、この教義は私の正義の概念に反しています！」

記録を、『完徳の道』など複数の著作に残した。

＊40　十字架のヨハネ（一五四二―九一）　スペインの神秘家。聖女テレサの協力者。『カルメル山登攀』などの著作は、自作の詩に注解をほどこすという形を取ったもので、スペイン語の最上の詩の一つに数えられている。

＊41　ルイス・デ・グラナダ（一五〇四―一八八）　スペインの神学者、神秘家。グラナダでドミニコ会員になり、その後ポルトガルに赴いて、死ぬまで滞在。『罪人の導き』（一五五六―五七）などの霊的指導書で、内面的な生活の重要性を説いた。

＊42　ロレンツォ・スクポリ（一五三〇―一六一〇）　イタリアの神学者。テアト修道会会員。主著に『霊的戦い』（一五八九）など。

＊43　ルドヴィック・シャイヨー（一八〇〇頃―九一）　カトリックの司祭、教会法学者。教皇権至上主義的な雑誌『ローマ通信』を創刊したことで知られる。フローベールが参照したのは、『神秘神学の原理』（一八六六）。

「仕方ないじゃないですか」と神父が答える。「これは誰もが賛成してはいるが、その証拠を挙げることはできないといった類の真実の一つです。それに我々だって、親の罪をその子供に背負わせているじゃありませんか。このように、習俗も法も神のこの定めを裏づけていますし、それはまた自然界にも見出されるものです」

ブヴァールは頭を振った。彼は地獄にも疑いを抱いていたのである。

「だって、罰はすべからく罪人の更生を目的とすべきなのに、永劫の刑罰ではそれは不可能になるじゃありませんか。それに、どれほど多くの人がこの罰を受けているというんです！　考えてもみてください。すべての古代人に、ユダヤ人、イスラム教徒、偶像崇拝者、異端、さらに洗礼を受けずに亡くなった子供たちまでも！　この子供たちだって、神によって創られたのですよ。それも何のために？　自分が犯したわけでもない過ちで罰せられるためですって！」

「聖アウグスティヌス[*44]はまさにそのような意見です」と神父が言い添えた。「さらに聖フルゲンティウス[*45]にいたっては、胎児まで地獄落ちの対象に含めています。なるほど、教会もこの点については、何の決定も下してはいませんがね。それでも一つ指摘しておくなら、神が地獄に落とすのではなく、罪人が自ら地獄に落ちるのです。そして神は無限である以上、罪も無限であり、従って罰も無限でなければならないというわけです。それだけですか？」

「三位一体を説明してもらえますか！」とブヴァール。

「喜んで！　比喩を用いましょう。三角形の三辺、というよりも存在と認識と意欲を含む我々の魂を思い描いてください。人間において能力と呼ばれるものが、神においては位格なのです。それこそが神秘なのですよ」

「しかし、三角形の三辺の各々は、三角形ではありませんよね。魂のその三つの能力だって、三つの魂というわけではないでしょう。それなのに、あなたのおっしゃる三位一体の位格は、三人の神じゃないですか」

「なんて罰当たりなことを！」

「それでは、一つの位格、一人の神、一つの実体があるだけであり、それが三通りの形を取るのですね！」

「理解しようとせずに、崇めましょう」と神父は言った。

「分かりました！」とブヴァール。

彼は不信心者と思われ、館で悪く見られるのをおそれていたのである。

今では彼らは週に三度もそこに通っていた。冬の五時頃に館に着くと、紅茶をご馳走になって、体を温める。伯爵の物腰には、「昔の宮廷の粋を思わせる」ものがある。伯爵夫人は落ち着いた、ふくよかな女性で、万事につけ大変な分別を示す。娘のヨランド嬢は「乙女の典型」、贈答本《キープセイク》の天使[*46]である。またお付きの女性のド・ノアリ夫人は、鼻がとがっているところなど、ペキュシェにそっくりだ。

彼らが初めて客間に入って行った時、彼女は誰かを弁護しているところだった。

「確かにあの男は変わったんですわ！　贈り物がその証拠です」

この誰かというのはゴルギュのことだった。彼が未来の夫婦にゴシック式

＊44　第Ⅷ章注40参照。アウグスティヌスによれば、人間は道徳的行為に基づく功徳だけでは救いにいたることができず、神の一方的な憐れみにより与えられる恩恵なしには、信仰も善意のわざもありえないという。
＊45　フルゲンティウス（四六八―五三三、または四六二―五二七）北アフリカのルスペ司教。アレイオス派やペラギウス派などの異端との論争で知られる。
＊46　「天使　恋愛や文学におあつらえ向き」（紋切型辞典）。

の祈禱台を贈呈してきたのである。それが運ばれてくると、両家の紋章が彩色の浮き彫りになっている。ド・マユロ氏は満足気だった。そこでド・ノアリ夫人が言う。

「私のお気に入りに目を掛けてやってくださいな！」

続いて、彼女は二人の子供を連れてきた。十二歳くらいの男の子と、おそらく十歳くらいのその妹だ。ぼろぼろの服の隙間から、寒さで赤くなった手足が覗いている。男の子は古いスリッパをはいているが、女の子の方は木靴を片足につっかけているだけである。額はぼうぼうの髪の毛に隠れ、怯えた狼の子のようならんらんとした眼差しで、周囲をきょろきょろ眺め回している。

ド・ノアリ夫人は、その日の朝、街道で出会った子供たちだと話した。プラックヴァンも詳しいことは何も知らないという。

二人に名前を尋ねると、「ヴィクトール、ヴィクトリーヌ」という返事が返ってきた。「お父さんはどこにいるの？」「牢屋」「その前は、何をしてたんだい？」「何も」「生まれはどこ？」「サン＝ピエール」「といっても、どこのサン＝ピエールのこと？」二人とも鼻をすすりながら、「知らねえ、知らねえ」と答えるばかりだった。母親は亡くなってしまったので、物乞いをしているのだという。

ド・ノアリ夫人は、この子たちを放っておくのがどんなに危険なことか力

＊47　ヤコブ　イサクの息子。別名をイスラエルといい、後のイスラエル十二部族は彼の息子たちの子孫とされる。ヤコブは双子の兄エサウをだまして長子権を奪い、さらに策略を用いて、父イサクからその祝福をだまし取った。

＊48　ダビデ　イスラエル第二代の王。エルサレムを都に統一王国を確立した。自らの家臣ウリヤの妻バト・シェバにほれ込み、ウリヤを意図的に戦死させて、未亡人となったバト・シェバと結婚した。そこから生まれた子供がソロモンである。

＊49　ソロモン　イスラエル第三代の王。比類のない知恵者とされ、父ダビデの建設した統一王国に経済的繁栄をもたらした。一方で、諸外国との交流のために多くの外国人の妻を持ち、このことが後の王国分裂の原因となったとされる。ちなみに『列王記』によれば、ソロモンには七百人の妻と三百人の側室がいたという。

＊50　第Ⅳ章注31参照。

＊51　前出のゴーム神父、『堅忍教理

説した。彼女は伯爵夫人の同情心に訴え、伯爵の名誉心をくすぐり、お嬢様の助けを借りて、さんざん粘ったあげく、とうとう説得に成功した。密猟監視人の妻が子供たちの世話をすることになる。いずれ仕事も見つけてやろう。そして二人とも読み書きができないので、ド・ノアリ夫人自ら勉強の面倒を見て、教理問答の準備をするという。

ジュフロワ神父が館に来ると、二人の子供が呼び出される。彼は子供たちに色々と質問してから、周りで聴いている者たちの目を意識して、もったいぶったお説教をした。

ある日、神父が族長［旧約聖書に登場するヘブライ人の先祖のこと］について話をした時のこと、ブヴァールはペキュシェを交えて三人で館から戻る道すがら、族長のことをこき下ろした。

ヤコブ[*47]は大変な詐欺師だし、ダビデ[*48]は人殺し、ソロモン[*49]はとんでもない放蕩者だ。

神父の答えは、もっと先を見なければならないというものだった。アブラハムの犠牲[*50]は受難の前兆である。ヤコブもまた救世主の一つの前兆[*51]であり、それはヨセフ[*52]にしても、青銅の蛇[*53]にしても、モーセ[*54]にしても同様である。

「モーセ五書[*55]を書いたのは本人だとお思いですか？」とブヴァールが尋ねた。

「ええ！ もちろんです！」

「けれども、そこでは彼の死が語られているんですよ！ ヨシュア記につい

問答概略』によれば、ヤコブが一時父の元を離れて、遠方の伯父のもとに赴き妻を得たのは、キリストが天を離れて、この地上で「主の妻」たる教会と結ばれたことと比較される。

＊52 ヨセフ ヤコブの十二人の息子の一人。父の偏愛ゆえに兄弟にねたまれ、奴隷としてエジプトに売られるが、そこで宰相にまで出世し、その後エジプトに下ってきた兄弟たちと和解する。ヨセフの兄弟たちの裏切りは、しばしばユダの裏切りを予告するものと解釈される。

＊53 エジプトを逃れたイスラエルの民の不平に怒ったエホバの神は、火の蛇を地上にくだしたため、多数の犠牲者が出た。そこでモーセは神に許しを乞い、青銅の蛇を作ったが、この蛇を見たものはみな傷がいえ、死者もよみがえったという。ゴームによれば、これはキリストの磔刑が信者を悪から守ってくれることになぞらえられる。

＊54 モーセ 古代イスラエルの指導者。エジプトの奴隷から民を解放し、律法を授けた。やはりゴームによれば、

ても同じことが言えます。また士師記の作者ですが、自分がその歴史を物語る時代には、イスラエルにはまだ王はいなかったと断っています。ということは、この書は王国の時代に書かれたということになります。それに、預言者にも驚かされます」

「今度は預言者を否定なさるのですか！」

「そんなことはありません！　ただ、彼らの高揚した精神は、火や、茨や、老人や、鳩といった多種多様な形のもとにエホバ〔古代イスラエルの神ヤハウェのこと〕を認めています。しかも、彼らは常にしるしを求めていたのだから、啓示に確信がなかったのですよ」

「ほほう！　ところで、そんな大したことをあなたが発見なさったのですか？……」

「スピノザ[*56]にあったのです！」この言葉に、神父は跳び上がった。「お読みになりましたか？」

「神がそのような書物から私を守ってくださいますように！」

「だけど、神父様、科学というものが！……」

「あなた、キリスト教徒にあらずして、学者とはいえませんよ」

科学のことになると、神父は皮肉を口にせずにはいられなかった。「穀物の穂をのばすことができますか、あなたの言う科学に？　我々が何を知っているというのでしょう？」これが神父の口癖である。

それなのに彼は、この世が我々のために創られたということ、大天使が天使より上の位階にあること、人間の体は三十歳ぐらいの姿で復活することは知っているのであった。

約束の地へと民を導くモーセの姿は、人間を罪から解放し、救済へと導いたキリストの姿に重ねられるという。

＊55　旧約聖書の最初の五書、すなわち『創世記』、『出エジプト記』、『レビ記』、『民数記』、『申命記』は、かつてはモーセの著書と考えられていた。

その聖職者特有の厚かましさにいらだったブヴァールは、ルイ・エルヴューには信頼がおけないので、ヴァルロに手紙を書いた。一方、もっと知識のあるペキュシェの方も、ジュフロワ神父に聖書についていくつか説明を仰いだ。

創世記の六日間とは、六つの大きな時期のことを指している。ユダヤ人がエジプト人から貴重な瓶を奪ったというのは、知的な豊かさ、学芸の秘密を盗んだのだと解すべきだ。イザヤ[*57]は素っ裸になったわけではない。というのも、ラテン語の裸[*58](nudus)は腰まで裸になるという意味なのだから。従って、ウェルギリウスが畑を耕すには裸になるよう勧めているからといって、この作者が羞恥心にもとる教えを与えているというわけではない。書物を貪り食らうエゼキエル[*59]といっても、何ら不思議なことなどない。冊子や新聞を貪るように読むとよく言うではないか？

だが、いたるところに隠喩《メタファー》を見るとすれば、事実はどうなるのだろう？

神父はしかし、それらは現実だとも主張している。

このような理解の仕方は、ペキュシェには不誠実に思われた。そこで研究をさらに推し進め、聖書の矛盾についてノートを取って持ってきた。

出エジプト記の教えるところでは、民は四十年の間砂漠で犠牲をささげたというが、アモス書とエレミヤ書によれば、そのような事実はない。歴代誌とエズラ記とでは、民族の人口に食い違いがある。申命記では、モーセが主に対面しているが、出エジプト記によれば、主の姿を見ることはできなかったという。そうなると、天啓はどこにあるのだろうか？

＊56　第Ⅷ章注69参照。ここで問題になっているのは、『神学・政治論』(一六七〇)のこと。

＊57　イザヤ　旧約聖書『イザヤ書』に登場する預言者。民の罪と不正を激しく糾弾したイザヤは、アッシリアに征服される運命にあったエジプトとエチオピアに対するしるしと前兆として、三年間裸になり、はだしで歩き回った。

＊58　第Ⅴ章注104参照。

＊59　エゼキエル　旧約聖書『エゼキエル書』に登場するバビロニア捕囚時代の預言者。その召命の場面に、主から受け取った巻物を食べるという記述がある。

「だからこそ、なおさら天啓を認めるべきなのですよ」ジュフロワ神父は微笑みながら答えた。「ペテン師は示し合わせる必要がありますが、誠実な者はそんなことは気にしません。困った時には、教会に頼ることです。教会はいつも無謬なのですから」

無謬性は誰をよりどころにしているのか？

バーゼルとコンスタンツの公会議[*60]は、これを公会議そのものに帰している。だが、公会議はしばしば意見を異にするというのは、アタナシウス[*61]やアリウス[*62]に対して起こったことが証明している通りだ。フィレンツェとラテラノの公会議[*63]は、教皇に無謬性を与えている。ところが、ハドリアヌス六世[*64]は、教皇も人並みに間違えることがあると公言している。

言いがかりだ！　そんなことでは、教義の不変性はびくともしない。

ルイ・エルヴューの著書は、教義の変遷を記している。洗礼はかつては大人だけのものだった。終油が秘蹟になったのは九世紀のことにすぎない。聖体におけるキリストの臨在が宣言されたのは八世紀であり、煉獄は十五世紀に、また無原罪の宿り[*65]はつい最近認められたものである。

さらにペキュシェは、イエスについてもどう考えてよいか分からなくなってしまった。三福音書はイエスを人間として扱っている。ヨハネによる福音書の一節では、イエスは神と並ぶものとされ、同書の他の一節では、神より劣るものとみなされている。

＊60　ドイツのコンスタンツで一四一四年から一八年にかけて、さらにその後スイスのバーゼルで一四三一年から四九年まで開催された二つの公会議において、教皇より公会議が上位にあるという決議が採択された。

＊61　アタナシウス（二九六頃―三七三）　アレクサンドリア主教。当時力のあったアリウス派に敵対し、幾度か追放の憂き目にあいながらも、正統派の教義を守り通した。

＊62　アリウス（二五六頃―三三六）　アレクサンドリアの司祭。キリストの完全な神性を否定し、父と子の同一性を批判した。何度か追放と復権を繰り返したが、最終的にその信仰は異端とされた。

＊63　上記のバーゼル公会議を引き継ぎ、一四三九年から四三年にフィレンツェで開催された公会議は、公会議に対する教皇の優越性を確認。またローマのラテラノ大聖堂で一五一二年から一七年にかけて行われた公会議は、フランスのルイ十二世が招集した反教皇的なピサ教会会議に対抗するた

神父は、アブガル王の書簡[*66]、『ピラト行伝』[*67]、それから「その根底は真実である」ところの古代の巫女の証言[*68]などを挙げて反駁した。彼に言わせれば、ガリアには聖母信仰が、中国には贖い主の予兆が、あちこちに三位一体が、またダライラマの帽子やエジプトの神々の拳には、十字架が認められるという。さらにナイル川の水位標を描いた版画を見せたが、ペキュシェによればこれは男根に他ならないのであった。

ジュフロワ神父は友人のプリュノーにこっそり相談して、諸々の著作の中に見つかる証拠を探してもらった。博識の競い合いが始まった。自尊心に駆り立てられたペキュシェは、超越論者、神話学者になった。

聖母をイシスに[*69]、聖体の秘蹟をペルシアのホーマ[*70]に、バッカス[*71]をモーセに、ノアの箱舟をクシストロス[*72]の船になぞらえる。彼にとっては、これらの類似は諸宗教の同一性を証しているのであった。

しかし、神が唯一の存在である以上、複数の宗教があるはずがない。そして神父は論拠に窮する度に、「そこが神秘なのです！」と叫んだ。

神秘とは何を意味するのか？　なるほど、知の欠如だという。だが、もしこの語が指し示している事物の陳述自体に矛盾が含まれているとすれば、それは愚かなことであろう。今やペキュシェは四六時中ジュフロワ神父に付きまとった。庭にいるところをつかまえ、告解室で待ち受け、聖具室の中までついていく。

めに開かれたもの。

＊64　ハドリアヌス六世（一四五九―一五二三）　ローマ教皇。在位一五二二―二三年。後のカール五世の家庭教師を務めていたことで知られる。教会改革を志したが果たせなかった。

＊65　聖母マリアがこの世に生を受けた瞬間から、原罪の汚れを免れているという教義は、一八五四年にピウス九世により宣言された。

＊66　伝承によれば、ハンセン病にかかっていたエデッサ王アブガル五世（在位前四―後七年および一三―五〇年）が、キリストに手紙を書き、病をいやしてくれるよう頼んだところ、キリストから手紙と肖像が届いて、病気が治癒したという。

＊67　キリストの裁判、死、復活を記述する新約外典の一つ。『ニコデモ福音書』とも呼ばれる。

＊68　ある種のキリスト教的解釈によれば、古代ギリシア、ローマの巫女は救世主の到来を予言していたとされる。フローベールがラムネーの『宗

神父も色々と策を弄して逃げ回った。

ある日、サッスト［おそらく架空の地名］に終油の秘蹟を授けに出かけたところ、ペキュシェが先回りして待ち構えていた。いやでも話をせざるを得なくしようというわけだ。

八月下旬の夕方であった。真っ赤な空が曇ってきたかと思うと、下の方はむらのない形をしているが、頂は渦を巻いた入道雲が湧き上がってくる。

ペキュシェは最初当たり障りのない話をしていたが、やがて殉教者という言葉を口にしたのをきっかけに議論を開始した。

「殉教者は何人くらいいたとお考えですか？」

「少なくとも二千万人はいたでしょうな」

「そんなに多くはないと、オリゲネス*73は言っていますよ」

「ご承知のように、オリゲネスにはあまり信用が置けませんからね」

一陣の突風が吹いて、溝に生えた雑草や、地平線まで二列に並んだ楡の若木がたわんだ。

ペキュシェが言葉を続ける。「蛮族に抗して殺された多くのガリアの司祭たちも、殉教者の中に数えられていますが、これはもはや問題外です」

「皇帝たちを弁護しようというのですか！」

ペキュシェに言わせれば、ローマの皇帝たちはいわれなき中傷を受けているという。「テーベ軍団*74の話は作り話です。同様に、シンフォローザと七人

教に関する無関心論』（一八一七―二三）について取った読書ノートの中に、これについての記述が見出される。

＊69　イシスは古代エジプトの豊穣の女神。夫オシリスの死後、バラバラにされたその体を拾い集めて、ホルスをみごもったとされるが、要するにこれは一種の処女懐胎に他ならない。

＊70　ホーマとは「火祭」を意味するサンスクリット語であり、日本では護摩とも呼ばれる。火を用いた密教の儀式であり、インドのバラモン教やペルシアのゾロアスター教などで行われていた。

＊71　ギリシア神話のディオニュソスの別名。酒の神。フローベールが参照したヴォルテール『ボリングブルック卿の重要な検討』（一七三六）の中に、モーセとバッカスの詳細な比較がある。

＊72　カルデアの第十代の王。バビロニアの伝説によれば、大洪水の際にノアによく似た役割を果たしたという。

＊73　オリゲネス（一八五頃―二五

の息子[*75]の話、フェリキタスと七人の娘[*76]の話、さらに齢七十をすぎて凌辱されたアンカラの七人の乙女[*77]の話も信憑性はありません。聖女ウルスラの一万一千人の乙女[*78]というのは、ウンデキミリアという侍女の名前を数と取り違えたものです。ましてやアレクサンドリアの一万人の殉教者[*79]というのもとうてい信じられません！」

「しかし！……しかし、それらは信用に足る著作家たちが記している事実ですよ」

　雨の滴が落ちてきた。神父が傘を広げる。ペキュシェもその下に入れてもらう。そして今度は、カトリックは昔のローマ人以上に、ユダヤ人や、イスラム教徒や、プロテスタントや、自由思想家の殉教者を出したではないかと主張した。

　聖職者は反駁の声を上げた。「だけど、ネロ[*80]からガレリウス帝[*81]まで十度も迫害があったのですよ！」

「それなら、アルビ派[*82]の虐殺はどうなります！　サン＝バルテルミーの虐殺[*83]も！　またナントの勅令の廃止[*84]は！」

「確かにどれも嘆かわしい行き過ぎです。だからといって、それらの人々を聖ステファノ[*85]や、聖ラウレンティウス[*86]や、キュプリアヌス[*87]や、ポリュカルポス[*88]や、その他多くの伝道師[*89]たちと比べることはできませんよ」

「失礼！　ヒュパティア[*90]、プラハのヒエロニムス[*91]、ヤン・フス[*92]、ブルーノ[*93]、

四頃）アレクサンドリア生まれの神学者。聖書批評に関する膨大な著作で知られ、聖書に字義的・道徳的・寓喩的な三重の意味を認めた。死後に異端の宣告を受けたため、その著作の多くが破棄された。

＊74　三世紀頃、エジプトの都市テーベに、マウリキウスが指揮するキリスト教徒だけからなる軍隊が形成されたが、犠牲を捧げるのを拒否したため、皇帝マクシミアヌスにより虐殺されたといわれる。

＊75　シンフォローザは二世紀前半、ハドリアヌス帝の治下、イタリアのティヴォリで殉教した女性。七人の息子たちも同じく殉教したといわれる。

＊76　フェリキタスは二世紀、アントニヌス帝あるいはマルクス・アウレリウス帝の治下、七人の息子とともにローマで殉教。フローベールは最初「七人の子供」と書いていたが、途中からなぜか「七人の娘」になった。

＊77　四世紀初め、ディオクレティアヌス帝治下の出来事といわれる。伝説によれば、最後は七人とも湖に投

ヴァニーニ[94]、アンヌ・デュブール[95]を思い出していただきたいですな！」

ますます勢いを増した雨足が地面を激しく打ちつけており、跳ね返った飛沫がまるで小さな白い噴水のように見える。ペキュシェとジュフロワ神父はぴったりと身を寄せ合いながら、ゆっくりと歩いて行った。司祭が話を続けた。

「ぞっとするような拷問の後に、大釜に放り込まれたのです！」

「異端審問だって、同じように拷問を用いた上に、火刑に処していましたよ」

「名家のご婦人たちを娼館にさらしたんですぞ！」

「ルイ十四世の竜騎兵たちが品行方正だったとでもお思いですか？」

「いいですか、キリスト教徒は国家に背くようなことは何もしていません！」

「それはユグノー教徒［カルヴァン派のフランスのプロテスタント］だって同じことです！」

風が雨を散らし、吹きつける。雨は音を立てて木の葉を打ち、道端を流れていく。泥のような色をした空は、収穫がすんでむき出しになった畑と見分けがつかない。屋根一つ見えず、遠くの方に羊飼いの小屋があるばかりだ。

ペキュシェのみすぼらしい外套はすっかりずぶ濡れであった。雨水が背中をつたって流れ、長靴の中や、耳の中、さらにはアモロス式の庇帽を被っていたのに、目の中にまで入り込む。神父は片方の腕で僧衣の裾をからげて、

げ込まれた。

＊78　ウルスラはブリテン島の王女であり、ローマへの巡礼の帰途立ち寄ったケルンで、フン族に襲われ、その王の求婚を断ったために殺されたとされる。ちなみにここで言及されている説は、Undecimilla（フローベールは間違ってUndecemillaと綴っている）をラテン語の一万一千undecim milliaと取り違えたというもの。

＊79　四世紀、キリスト教に改宗した一万人のローマ兵が、トルコ東部のアララト山で、ペルシア王により虐殺されたという伝説のこと。フローベールはおそらくウォラギネの『黄金伝説』（十三世紀後半）の一八四三年版を参照したものと思われるが、この書の「一万人の殉教者の伝説」の章に「アレクサンドリアから約五百スタジオン［九十キロ］離れたアララト山」という記述があり、ここからアレクサンドリアと勘違いしたのであろう。ちなみに、決定稿では「十人」となっているが、これも小説家の単なるミスと考えられる。

＊80　ネロ（三七―六八）　ローマ皇

脛を出している。三角帽の先端から、まるで大聖堂の雨樋《ガーゴイル》のように水が肩の上に流れ落ちる。

立ち止まらねばならなかった。二人は嵐に背を向け、向かい合い、腹と腹を突き合わせて、四本の手で傘が揺れるのを支えたまま、じっとしていた。

ジュフロワ神父はその間にも、カトリックの擁護をやめなかった。

「あなたの言うプロテスタントは、聖シメオン[96]のように十字架にかけられたのですか？　それとも聖イグナティオス[97]のように、二匹のトラに貪り食われたことがありますか？」

「けれども、どんなに多くの妻が夫から、また子供たちが母親から引き離されたか、考えてもみてください！　それに、雪に埋もれた断崖の中を追い立てられて行った貧しい者たちのことを！　彼らは牢獄に詰めこまれ、死んだ後まで、簀子《すのこ》にのせて引き回されたんですよ」

神父は嘲笑った。「失礼ですが、そんな話は信じられませんな！　その一方で、我々の側の殉教者には疑いはありません。聖女ブランディーヌ[98]は網の中に入れられて、猛り狂った牛の餌食にされたし、聖女ユリッタ[99]は鞭で叩き殺されました。聖タラック、聖プロブス、聖アンドロニク[100]は、金槌で歯をへし折られ、鉄櫛で脇腹を引き裂かれ、灼熱の釘で手を突き刺され、頭皮をはぎ取られたのですぞ！」

「大げさですよ」とペキュシェが言う。「殉教者の死は、当時は修辞上の誇

帝。在位五四―六八年。暴君として知られる。六四年のローマ大火の罪をキリスト教徒に帰して迫害を行った。

＊81　ガレリウス（二五〇頃―三一一）　ローマ皇帝。在位三〇五―一一年。ディオクレティアヌス帝の副帝だった頃、キリスト教大迫害を進言。三一一年に死を目前にして、迫害を解除する布告を出し、これによって公式なキリスト教迫害は終わった。

＊82　異端のカタリ派の一派であり、十二世紀頃から南フランスのアルビを中心に広まった。十三世紀前半のアルビジョワ十字軍などによって弾圧され、十四世紀初頭までにほぼ消滅した。

＊83　第V章注12参照。

＊84　一五九八年アンリ四世が発したナントの勅令は、新教徒にも信仰の自由を認める画期的なものであったが、一六八五年ルイ十四世によって廃止された。これを受けて、多数のユグノー教徒が迫害を逃れて亡命した。

＊85　ステファノ（三五頃没）　エル

張の題材だったのです」

「何ですって、修辞上の？」

「そうですとも！　ところが、私の方は、神父さん、史実を語っているのです。アイルランドのカトリック教徒は妊娠している女性の腹を引き裂いて、子供を取り出したんですよ！」

「そんなことはありません！」

「しかも、それを豚に食わせたというのですから！」

「まさか！」

「ベルギーでは、妊婦を生き埋めにしました」

「冗談でしょう！」

「犠牲者たちの名前も分かっていますよ！」

「そうだとしてもです！」神父は腹立ちまぎれに傘を揺すぶりながら言い返した。「その人たちを殉教者と呼ぶことはできませんよ。教会の外には殉教はないのですから」

「ちょっと待ってください！　殉教者の価値が教義次第だとすれば、どうして殉教が教義の優越性の証明に役立つのですか？」

雨がやんできた。村に着くまで、彼らはもう口をきかなかった。

それでも、司祭館に入り際、神父はこう言った。

「あなたはお気の毒な方です！　本当にお気の毒な方だ！」


サレムの原始教会の七人の助祭の一人。最初の殉教者とされ、石打ち刑によって殺された。

＊86　ラウレンティウス（二二〇頃―二五八）　ローマの助祭。伝承によれば、教会の富を差し出すことを拒んだため、鉄格子の上で火あぶりにされた。

＊87　キュプリアヌス（二〇〇頃―二五八）　カルタゴ司教。デキウス帝の迫害後、一旦は信仰を捨てたキリスト教徒との安易な和解に反対。ヴァレリアヌス帝の迫害により斬首刑となった。

＊88　ポリュカルポス（六九頃―一五五頃）　スミルナ主教。使徒ヨハネの弟子と伝えられる。信仰を否認することを拒否し、火刑に処せられた。

＊89　「伝道師　みな食べられるか、磔にされる」（紋切型辞典）。

＊90　ヒュパティア（三七〇頃―四一五）　アレクサンドリアの新プラトン主義の女性哲学者。キリスト教の司祭の扇動によって起こった暴動で、八つ

ペキュシェはすぐにブヴァールにこのいさかいの顚末を話した。このせいで宗教に対する反感が掻き立てられていたのである。それから一時間後、茨を燃やした暖炉の前で、『メリエ司祭の遺言』[101]に読みふけった。

この本の重々しい否定は彼には不愉快であった。そこで英雄たちの価値を見誤っていたかもしれないと心に咎めると、『世界人名事典』を取り出し、名だたる殉教者たちの物語に目を通した。

彼らが闘技場に入って来た時、それを迎える群衆の何たる騒々しさ！　しかもライオンや豹がおとなしすぎると、誰もが身振りと声で、飛び掛かるように獣たちをけしかける。殉教者たちは血まみれになったまま、天を見上げ、微笑を浮かべて立ちつくす。聖女ペルペトゥア[102]は苦しんでいるのを悟られないよう、髪を結び直してみせたという。ペキュシェはじっと考え込み始めた。窓は開け放しており、穏やかな夜の中、多くの星がきらめいている。彼らの心の中に去来していたのは、我々には考えもつかないこと、法悦や神聖な痙攣といったものではなかろうか？　そしてペキュシェはさんざん夢想したあげく、自分にもこのことは理解できるし、自分だって彼らのようにしたに違いないと言い出した。

「君がかい？」

「もちろんさ」

「冗談はよせよ！　本当にそう信じているのかい？」

裂きにされて虐殺された。

＊91　プラハのヒエロニムス（一三七九―一四一六）　ボヘミアの宗教改革者であり、ヤン・フスの弟子。フスの処刑の後、自らも火刑に処せられた。

＊92　ヤン・フス（一三七二頃―一四一五）　ボヘミアの宗教改革者。民族主義的な改革を推し進めたため、教皇庁ににらまれ、コンスタンツ公会議に召喚されて、異端として火刑に処せられた。

＊93　ジョルダーノ・ブルーノ（一五四八―一六〇〇）　イタリアの哲学者。ドミニコ会の修道士であったが脱退し、汎神論的な思想を抱くようになる。異端のかどで逮捕され、ローマで火刑に処せられた。

＊94　ルチリオ・ヴァニーニ（一五八五―一六一九）　イタリアの哲学者。霊魂の不滅を疑い、汎神論的な主張を唱えた。無神論者として捕らえられ、まず舌を抜かれてから、火刑に処せられた。

＊95　アンヌ・デュブール（一五二〇

「分からないな」

彼は蠟燭に火をともした。するとアルコーヴに掛かったキリスト十字架像[*103]に目が止まった。「どれほど多くの惨めな人があれにすがったことだろう！」それから一瞬沈黙してから、こう付け加えた。「歪められてしまったんだ！　ローマのせい、ヴァチカンの政略だ！」

だがブヴァールの方は、カトリック教会の荘厳さを賛美して、もし中世に生まれていたら、枢機卿になりたかったのになどと考えていた。「緋の衣は僕にはよく似合ったはずさ、そうだろう！」

暖炉の前に置いたペキュシェの帽子は、まだ乾いていなかった。その布地を伸ばしていると、裏地に何かあるのが感じられ、聖ヨセフのメダルが転がり落ちた。この不可解な事態に、二人はすっかり面食らってしまった。

ド・ノアリ夫人は、ペキュシェの身に何か変化が起こらなかったか、幸福感のようなものを覚えなかったかどうか知りたがった。さんざん質問を浴びせたあげく、ついに馬脚をあらわしてしまった。ある時、彼がビリヤードに興じている間に、その鳥打帽にメダルを縫いつけたのである。

明らかに夫人はペキュシェを愛していた。彼女は未亡人であり、二人は結婚することもできたはずだ。彼の方ではこの愛に気づいていなかったが、これこそ彼の人生を幸福にしてくれたかもしれないのである。

彼の方がブヴァール氏よりも信仰心は篤かったけれども、それでも彼女は

頃―五九）　フランスの司法官。ユグノー教徒の弾圧に抗議したため、異端のかどで火刑に処せられた。

＊96　シメオン（一〇七頃没）　エルサレム主教。イエスの従兄弟とされる。トラヤヌス帝の迫害下で、百二十歳にして殉教した。

＊97　イグナティオス（三五頃―一〇七頃）　シリアのアンティオキアの主教。トラヤヌス帝の命により、ローマに連行され殉教した。

＊98　ブランディーヌ（一六二頃―一七七）　マルクス・アウレリウス帝の治下、リヨンで殉教した奴隷。

＊99　ユリッタ（三〇四頃没）　小アジアのタルソスで、当時まだ三歳であった息子キュリアコスとともに捕らえられ、拷問に耐えて殉教した。

＊100　前出のゴーム神父、『堅忍教理問答概略』によれば、この三人は四世紀にトルコ南部キリキアで殉教した聖人である。

＊101　ジャン・メリエ（一六六四―一七二九）はシャンパーニュ地方の小村

聖ヨセフのご加護を彼のために祈願したのであった。この聖人の導きは回心をもたらすとされているのだ。

彼女ほど、ありとあらゆるロザリオの祈り、それらによって得られる免罪、聖遺物の効能、聖水の霊験について知っている者はなかった。その腕時計についている鎖は、聖ペテロの縛め[104]に触れたものだ。身に着けている装飾品のうちには、金の飾り玉が一つ輝いていたが、これはアルアーニュの教会[105]にあるキリストの涙の入った飾り玉を模したものである。小指にはめた指輪には、アルスの司祭[106]の髪の毛がおさめられている。さらに病人のために薬草を集めていたので、その部屋はまるで聖具室か薬局のようであった。

彼女は手紙を書いたり、貧しい者を見舞ったり[107]、内縁関係にある男女の仲を解消したり、聖心《サクレ・クール》の写真を配ったりして日々を過ごしていた。ある紳士に「殉教者クリーム」を送ってもらう手はずになっているという。復活祭の蠟と古代地下墓所《カタコンベ》から取った遺骨の灰を混ぜ合わせたこのクリームは、病が絶望的な場合に、膏薬や丸薬として用いるものである。彼女はペキュシェにもこれをあげようと約束した。

彼はこのような物質主義に気を悪くしたようだった。

その夜、館の下男が籠一杯に入った小冊子を持ってきた。そこには大ナポレオンの敬虔な言葉、旅籠屋で司祭が口にしたありがたい言葉、不信心者を襲った恐ろしい死などが述べられている。ド・ノアリ夫人は無数の奇跡に加

の司祭。信仰を失った過程を詳しく述べた覚え書が、その死後、ヴォルテールやドルバックによって脚色をほどこされた形で出版され、無神論的な文書として広く流布した。

＊102　ペルペトゥア（一八二頃―二〇三）　カルタゴで野獣刑に処せられた。乳飲み子をともなっての獄中体験をつづった日記で知られる。

＊103　「キリスト十字架像　アルコーヴとギロチンによく映える」（紋切型辞典）。

＊104　ローマのサン・ピエトロ・イン・ヴィンコリ教会には、聖ペテロがエルサレムの獄中でつながれていた鎖が保管されている。

＊105　『ヨハネによる福音書』の中に、イエスがラザロの墓を前にして涙を流したエピソードが語られている。パ・ド・カレー県のアルアーニュの教会には、この時の涙が落ちた石が、小瓶に入れて保管されている。

＊106　ジャン＝バティスト＝マリー・ヴィアンネー（一七八六―一八五九）

えて、こういったことすべてを空で覚えていた。

　彼女の語る奇跡の中には、馬鹿げたもの、それこそ神が皆を驚かせるために行なったかのような目的のない奇跡もあった。彼女の祖母が干しスモモを布にくるんで簞笥にしまっておいたところが、一年後に簞笥を開けると、十三個のスモモが十字の形になって布の上に並んでいたという。「どうかこれを説明してくださいな！」何か逸話を話す度に、彼女はこう繰り返しては、それが真実であることを頑なに主張した。とはいえ、普段は気のいい、陽気な女性であった。

　それでも一度だけ、「彼女がかっとなった」ことがある。ブヴァールがペジーラの奇跡＊108のことを否定した時のことだ。大革命の間に聖体を隠していたコンポート皿が、ひとりでに金色に染まったという逸話である。

　きっと湿気から生じた黄色い黴が、底の方にあったのではないか？

「いいえ！　絶対に違います！　金色になったのは、聖体に触れたのが原因ですわ」そして司教たちの証言を証拠に挙げた。「司教様たちのおっしゃるところでは、これは盾のようなもの、……ペルピニャン司教区の守り神のようなものだそうです。ジュフロワ神父に訊いてみてくださいな！」

　ブヴァールはもはや我慢ならなかった。そこで例のルイ・エルヴューを読み返してから、ペキュシェを連れて出かけて行った。

　聖職者はちょうど夕食を終えるところだった。レーヌが椅子を勧め、さらに神父の合図で、小さなコップを二つ取って来ると、それにバラ酒を注いだ。


のこと。リヨン近傍のアルス村の司祭であり、清貧と苦行の生活を送りつつ、村人の生活を刷新した。その教えを求めて、フランス中から大勢の巡礼が押しかけたという。ちなみに、ベルナノス、『田舎司祭の日記』（一九三六）のモデルでもある。

＊107　「貧しい人たち　その世話をするのは、あらゆる美徳の代わりになる」（紋切型辞典）。

さっそくブヴァールは用件を説明した。神にはあらゆることが可能であり、奇跡は宗教の証拠であるという。

神父ははっきりとは答えなかった。

「しかし、法則というものがありますよ」

「それが何だというのです。神は教え正すためならば、法則を乱すこともあるのです」

「神が法則を乱していると、どうして分かるのですか？」とブヴァールが盾ついた。「自然がいつもの歩みを続けている限り、我々はそれについて考えもしません。ところが異常な現象が起こると、そこに神の手を見ようとするのです」

「実際、神の御手があるのですよ」と聖職者が答える。「それも、出来事が証人によって確かめられている場合には……」

「証人は何でも鵜呑みにします。だって、偽の奇跡もあるのですからね！」

神父は赤くなった。「もちろん……時にはそういうこともあります」

「どうやってそれを本物の奇跡と区別するのです？　しかも、証拠として持ち出される本物の奇跡が、それ自体も証拠を必要とするならば、そもそも何のための奇跡なのですか？」

レーヌが口を挟み、主人と同じような説教口調で、服従しなければならないと言った。

「人生は仮の宿、死こそ永遠ですわ！」

「要するに」ブヴァールはバラ酒を一息に飲み干しながら言い添えた。「昔

＊108　ペジーラ・ラ・リヴィエールは、ピレネー＝オリアンタル県の首都ペルピニャンの西に位置する町。フローベールが参照したポール・パルフェ『聖遺物の見本市』（一八七九）によれば、恐怖政治時代に一人の若い娘が隠した聖体が、一八〇〇年に再び教会に戻された際に、ここで述べられているような奇跡が確認されたという。

の奇跡だって、今日の奇跡以上に証明されているわけではありません。キリスト教徒の奇跡を認めるのと同じような理由が、異教徒の奇跡にだって当てはまります」

神父はフォークをテーブルの上に投げ出した。「もう一度言っておきますが、異教徒の奇跡などまやかしです！　教会の外には奇跡はありません！」

「ほう！」ペキュシェが独り言のように言う。「殉教者の場合と同じ論拠ですね。教義は事実を、事実は教義をそれぞれよりどころとするというわけか」

ジュフロワ神父は水を一杯飲むと、言葉を続けた。

「あなた方だって、口では否定しながらも、信じていらっしゃるのでしょう。十二人の漁師*109が世界を改宗させたということ、これこそ私にはとてつもない奇跡に思えますがね？」

「そんなことはありませんよ！」ペキュシェの説明はまた異なっていた。「一神教はヘブライ人「すなわちユダヤ教」に、三位一体はインド人に由来します*110。神の御言葉《ロゴス》は元々プラトンの*111、母なる処女はアジアのものです*112」

それが何だというのか！　ジュフロワ神父は超自然に固執しており、キリスト教が人間的にどんなに些細な存在理由を持つことも欲しなかった。そのくせ、あらゆる民族に、キリスト教の前兆もしくは変形を見て取るのであった。十八世紀の嘲笑的な不信心ならば、まだ我慢もできるが、慇懃無礼な現代の批判にはいらいらさせられる。

「冒瀆の言葉を吐く無神論者の方が、屁理屈をこねる懐疑論者よりよほどましです！」

*109　十二使徒のこと。イエスの最初の四人の弟子はガリラヤ湖の漁師であり、イエスに従って「人間をとる漁師」になったという記述が福音書にある。

*110　ヒンドゥー教においては、ブラフマーとヴィシュヌとシヴァをもって三神一体（トリムールティ）とみなす思想がある。これら三神はそれぞれ創造、維持、破壊をつかさどる。

そう言うと、まるで出て行けと言わんばかりに、挑戦的な態度で二人を睨みつけた。

ペキュシェは帰り道ずっと憂鬱であった。信仰と理性の一致を望んでいたのである。

ブヴァールはルイ・エルヴューの次のような一節を彼に読ませた。

「これら二つを隔てる深淵を知るためには、それぞれの公理を対比してみるとよい。

理性の説くところによれば、全体は部分を含む。すると信仰が実体変化によって答える。イエスが使徒たちと聖体を拝領した際、自らの体を手の中に、またその頭を口の中に持っていたことになる。

理性の説くところによれば、何人も他人の罪に責任はない。すると信仰が原罪によって答える。

理性の説くところによれば、三は三である。すると信仰が三は一なりと宣言する」

彼らはもう神父との付き合いはやめてしまった。

イタリア戦争*113の最中であった。誠実な人々は教皇の身を案じ、エマヌエーレ*114を激しく非難していた。ド・ノアリ夫人などは、この男が死んでしまえばいいのにと言い出す始末である。

ブヴァールとペキュシェはおずおずと反論するにとどめた。館の客間のド

*111　ギリシア語でLogosは「言葉」、「理性」の意。プラトンその他のギリシア哲学における重要概念であるが、キリスト教神学ではイエス＝キリストに受肉した創造の御言葉を指す。

*112　処女が不思議な仕方で妊娠し、そこから卓越した存在が生まれるというエピソードは、アジアをはじめとする世界各地の英雄神話に見られる。たとえば注69を参照のこと。

*113　一八五八年、イタリア政策を転換したナポレオン三世はサルデーニャと軍事協定を結び、翌年四月には、イタリア統一戦争を支援してオーストリアと開戦。ソルフェリノの戦いで勝利をおさめるものの、今度はサルデーニャが強大化することを怖れて、七月、ヴィラフランカでオーストリアと和約を結んだ。

*114　ヴィットリオ・エマヌエーレ二世（一八二〇―七八）一八四九年、サルデーニャ国王に即位。イタリア統一運動を推し進め、最終的には一八六一年、イタリア王国の成立とともにその国王となる。在位一八六一―七八年。

アが目の前に開かれ、そこを通って行く自分たちの姿が背の高い鏡に映る。また窓から見える小道には、下男の赤いチョッキが周囲の緑に際立っている。そのような時、二人は喜びを覚えるのであった。豪奢な環境のおかげで、そこで話される言葉に対しても寛大になれた。

伯爵は彼らにド・メストル氏[*115]の著作をすべて貸してくれた。また取り巻き連中、ユレルや、神父や、治安判事や、公証人、さらに時々館に一日だけ泊まりにやって来る将来の花婿の男爵らを前にして、その原理を説明することもあった。

「憎むべきは八九年［フランス革命］の精神です！」と伯爵は言った。「最初は神を否定し、それから政府に異を唱え、そうして自由がのさばることになる。それも罵詈雑言、反抗、享楽の自由、というよりむしろ略奪の自由です。だからこそ、宗教および権力は、従わない者や異端者を追放しなければなりません。迫害だといって騒ぐ連中もおそらくいるでしょう！　まるで死刑執行人が犯罪者を迫害しているとでもいうようにね。要するに、神なくして、国家なし！　法も、上から来るのでなければ、尊重されません。そして現在も問題になっているのは、イタリア人などではなく、革命か教皇か、サタンかイエス＝キリストか、どちらが勝利をおさめるかなのです！」

ジュフロワ神父はその通りと応じる。ユレルは微笑を浮かべ、治安判事は頭を軽く揺らして、それぞれ賛成の意を表す。ブヴァールとペキュシェは天井を見つめていた。ド・ノアリ夫人と伯爵夫人とヨランド嬢は、貧しい者たちのための針仕事に精を出し、一方ド・マユロ氏は婚約者の隣で新聞に目を通している。

次いで沈黙が訪れたが、その間、各人は何らかの問題の思索にふけっているかのようであった。ナポレオン三世はもはや救世主ではなかった。それどころか、チュイルリー宮殿で日曜も石工を働かせるという嘆かわしい前例を作ってさえいた。「許すべからざることです」というのが、伯爵の決まり文句である。社会経済学、美術、文学、歴史、科学の学説など、まさに万事につけてキリスト教徒および家父長という資格において決めつけるのであった。そもそも、政府もこの点については、彼が家庭において示している厳格さに見習うべきではなかろうか！ ただ権力のみが、科学の危険を判断することができる。科学はあまりに広く普及すると、民衆に有害な野心を吹き込むものだ。領主や司教が国王の絶対権力を和らげていた時代には、あの気の毒な民衆はもっと幸福であった。民衆は今や実業家たちに搾取されており、いずれ奴隷状態に陥ってしまうだろう！

そして皆は旧体制《アンシャンレジーム》を懐かしがったが、それもユレルはへつらいから、クーロンは無知ゆえに、マレスコは芸術家としての見解なのであった。

ブヴァールは家に戻ると早速、ラ・メトリー*116やドルバック*117を読んで、留飲を下げた。ペキュシェの方は、統治の手段となりはてた宗教から気持ちが離れてしまった。ド・マユロ氏が聖体拝領を受けたのだって、「あのご婦人方」に気に入られるためだし、日々のお勤めも召使たちの手前をはばかってのことだ。

数学者で芸術愛好家《ディレッタント》のこの男は、ピアノでワルツを弾き、テプフェール*118に心酔し、趣味の良い懐疑主義によって際立っていた。封建時代の悪習や、異端審問*119や、イエズス会について語られていることは、どれも偏見だという！

＊115　第V章注96参照。なお、『当世風思想一覧』に「ド・メストルに心酔すべし」とある。

＊116　第Ⅷ章注58参照。

＊117　ポール＝ティリ・ドルバック（一七二三―八九）　ドイツ出身のフランスの哲学者。『百科全書』の協力者の一人であり、唯物論や反キリスト教にもとづく著作を残した。主著に『自然の体系』（一七七〇）など。

＊118　ロドルフ・テプフェール（一七九九―一八四六）　スイスの教育者、作家、風刺画家。近代的な意味でのコマ割り漫画の創始者とみなされている。

＊119　「異端審問　その罪は誇張されすぎている」（紋切型辞典）。

そして進歩を褒め称えたが、そのくせ貴族でない者、あるいは理工科学校出身でない者すべてを軽蔑していた。

ジュフロワ神父も同様に、二人の癪にさわった。神父は呪いを信じており、偶像について冗談を飛ばし、あらゆる言語がヘブライ語から派生していると断言していた。その言い回しはいつも代わり映えがしない。追い詰められた鹿、蜜とアプサン酒、金と鉛、香料、骨壺など、用いられる比喩も千篇一律。キリスト教徒の魂は、罪を前にして「ここを通すわけにはいかぬ！」と言わねばならない兵士に比べられるのが常だった。

そのお説教を聞かなくてすむように、彼らはできるだけ遅く館に着くようにした。

それでもある日、そこで神父に出くわしてしまった。

もう一時間も前から、神父は二人の生徒を待っているところであった。不意にド・ノアリ夫人が入ってきた。

「女の子の方は姿が見えませんの。ヴィクトールを連れてきました。まったく！　何て子なのかしら！」

彼女は、三日前になくなった銀の指ぬきが男の子のポケットの中にあるのを見つけたのだった。さらにむせび泣きながら、「それだけじゃありません！　それだけじゃありませんのよ！　私が叱っていると、この子はお尻を見せるんです！」そして伯爵夫妻が何か言おうとすると、「それに、これも私のせいですわ。どうも申し訳ございません！」と謝った。

彼女は、この二人の孤児が、今は徒刑場にいるトゥアーシュの子供だということを隠していたのである。

どうしたらよいだろう？

もし伯爵に追い出されたら、この子たちは破滅だし、その上、伯爵の慈善行為も気まぐれとみなされかねない。

ジュフロワ神父は特に驚いた様子もなかった。人間は生来堕落しているのだから、矯正するためには懲らしめる必要がある。

ブヴァールはこれに反対した。優しく接するにしくはない。

だが伯爵はまたもや、民衆に対すると同様、子供にも鉄腕が必要なことを力説した。あの子たちは二人とも欠点だらけだ。女の子は嘘つきだし、男の子は乱暴である。今回の盗みについては大目に見てやってもよいが、態度の悪さは許すわけにはいかない。教育は尊敬を教えるものであるべきだ。

そこで、さっそく密猟監視人のソレルに少年をお仕置きしてもらうことにした。

ド・マユロ氏はちょうどソレルに用があったので、この使いを引き受けた。控えの間から銃を取ると、中庭の真ん中でうなだれたままじっとしているヴィクトールを呼んだ。

「ついて来い！」と男爵が言う。

監視人のところに行く道は、おおよそシャヴィニョールの方角だったので、ジュフロワ神父にブヴァールとペキュシェも一緒に帰ることにした。

館から百歩ほど行ったところで、男爵は彼らに、森に沿って進む間は話をしないでくれと頼んだ。

その一帯は傾斜になっており、下った先の川岸には大きな岩の塊が屹立している。夕日に照らされた川は、まるで金の板のように見える。正面にある丘の緑は影に覆われ、強い風が吹いている。

兎が数匹、穴ぐらから出て、芝生を食んでいる。

銃声が一発、二発、さらにもう一発響くと、兎が跳ねて、転がるように飛び出してきた。ヴィクトールがそれを捕まえようと躍りかかった。汗だくになって、息を切らしている。

「ちゃんと服を整えておけよ」と男爵が言う。少年のぼろぼろの上っ張りには血がついていた。

ブヴァールは血を見ると、いやな気持になった。生き物の血を流すのは、彼には受け入れがたかったのである。

ジュフロワ神父がそれに答えた。「時にはそうしなければならない場合もあります。罪人が自らの血を与えないならば、他の者の血が必要になるというのは、キリストによる贖罪が教えている真理です」

ブヴァールに言わせれば、主の犠牲にもかかわらず、ほとんどすべての人間が地獄に落とされる以上は、贖罪もさして役に立たなかったことになる。

「しかし、主は毎日、聖体において犠牲を繰り返しておられます」

「そして」とペキュシェが口を挟む。「司祭がどんなにふさわしからぬ人物であろうと、奇跡は言葉でもってなされるのですね！」

「そこが神秘なのですよ、あなた！」

その間、ヴィクトールはずっと銃に目を奪われており、何度かそれに触ろうとさえした。

「手をどけろ！」そう言うと、ド・マユロ氏は森の小道に入って行った。

聖職者はペキュシェとブヴァールに挟まれて歩いていたが、「気を付けてください、『子供は敬うべし』という言葉[*120]をご存知でしょう」と言った。

ブヴァールは、自分も創造主の前ではへりくだっているとはっきり述べた。ただ、人々が神を人間にしてしまったことに憤っているのだという。「神の復讐を怖れたり、その栄光のために働いたりするなんてね。まるで神にはあらゆる美徳や、腕や、目や、政治や、住まいさえもあるかのようじゃないですか。『天にまします我らが父』とは、どういう意味ですか？」

さらにペキュシェが畳みかける。

「世界は拡大して、地球はもうその中心ではありません。無数の同じような天体の間を回転しているのです。もっと大きい星はたくさんありますし、こうやって地球が小さくなったことは、神についてのより崇高な理想を与えてくれるものですよ」それ故、宗教も変わらなければならない。天国だって子供だましである。何しろ永遠に瞑想し、永遠に歌い続ける至福なる者たちが、地獄の亡者たちの責め苦を上から見下ろしているというのだから。まったく、キリスト教の基盤になっているのが一個のリンゴ[＊121]だとは！

神父は腹を立てた。「いっそ啓示を否定なさい。その方が簡単でしょう」

「どうやって神が話をしたとお考えですか？」とブヴァール。

「そうしなかったという証拠を示してください！」とジュフロワが答える。

「もう一度お尋ねしますが、誰がそのように断言しているのですか？」

「教会です！」

「大した証言ですね！」

ド・マユロ氏はこんな議論にはうんざりして、歩きながらこう言った。

「神父さんのおっしゃることをお聞きなさい！　この方はあなた方より詳し

＊120　ユウェナリス、『風刺詩』の第十四歌「父親と息子」の中の言葉。要するに、神父はヴィクトールの前で宗教について議論したくないのである。

＊121　アダムとイヴが食べた楽園の木の果実のことで、原罪を象徴する。

いのですから！」

ブヴァールとペキュシェは別の道を行こうと合図して、クロワ＝ヴェルトまで来ると、「では失礼します」と別れた。

「ご機嫌よう」と男爵。

この話はド・ファヴェルジュ氏の耳に入るだろうから、二人はきっと出入り禁止になるのではないか？　それも仕方ない！　彼らはあの貴族たちに蔑まれているような気がしていた。一度も食事には招かれたことがないし、ド・ノアリ夫人にいつもくどくど小言を言われるのにもうんざりだった。

そうはいっても、ド・メストルを借りっぱなしにしているわけにもいかない。そこで二週間後、門前払いを食らうのを覚悟しながら、館を再び訪れた。

二人は中に通してもらった。

家族全員が閨房に集まっていた。ユレルも、さらに珍しくフーローまでいる。

体罰もヴィクトールの素行を改めることはできなかった。教理問答を覚えるのを拒み、一方、ヴィクトリーヌもやたらに下品な言葉を口にする。結局、男の子は感化院に、女の子は修道院に送ることになった。フーローがその手続きを引き受け、そのまま帰ろうとしたところ、伯爵夫人に呼び戻された。

結婚の日取りを決めるために、ジュフロワ神父を待っているのだという。まずは村役場に届けた後で、民法上の結婚など問題としていないのを示すために、教会で式を挙げるとのことだ。

フーローは民事婚を擁護しようとしたが、伯爵とユレルの返り討ちにあった。聖職に比べれば、役所の仕事など何だというのか！　それに男爵にしても、三色綬[*122]の前で式を挙げただけでは、結婚した気になれないという。

「その通り！」ちょうどそこに入ってきたジュフロワ神父が言った。「結婚はイエスによって定められたものですから……」

ペキュシェがそれを遮った。「どの福音書にあるんです？　使徒時代には、結婚はさほど重んじられていなかったので、テルトゥリアヌス[*123]などはこれを姦通と比べているほどですよ」

「まさか！　そんなことが！」

「いいえ、本当です！　そもそも秘蹟ではありませんしね[*124]！　秘蹟にはしるしが必要です[*125]。結婚のどこにしるしがあるのか見せていただきたいものです！」結婚は神と教会の結びつきを象徴しているという神父の答えには耳を貸そうともせず、こう続けた。「あなた方はもうキリスト教のことが分かっていないのです！　それに法律も……」

「法律もキリスト教の痕跡をとどめています」とド・ファヴェルジュ氏が口を挟む。「さもなければ、一夫多妻制が許されかねませんよ！」

それに答える声がした。「そのどこが悪いというのですか？」

カーテンに半ば姿を隠したブヴァールである。「昔の族長や、モルモン教徒や、イスラム教徒のように、何人も妻を持っていたって、誠実な人間はいます！」

＊122　一八三〇年の七月革命以降、七月王政、第二共和制、第二帝政を通して、フランスの国旗は三色旗であった。ここでは、市町村長が儀式の際に身につける綬のこと。

＊123　テルトゥリアヌス（一六〇頃―二二〇頃）　カルタゴの神学者。異教徒として育ち、法律家であったが、キリスト教に改宗した。早くから厳格主義的な傾向を示し、晩年は徹底した性倫理を説くモンタノス派に傾倒した。

＊124　初代教会の頃は、結婚に当たって特別な式などは行われておらず、結婚が七つの秘蹟の一つとして確立されたのは十二世紀以降のことであるといわれる。

＊125　例えば、アウグスティヌスによれば、秘蹟（サクラメント）とは「見えない恩恵の見えるしるし」である。

「ありえません！」と司祭が叫んだ。「誠実さとは、なすべきことを果たすことにあるのです。我々は神に敬意を払う義務があります。従って、キリスト教徒でない者は、誠実ではないのです！」

「それは他の者だって同じことです」とブヴァール。

伯爵はこの返答に冒瀆を見て取ると、むきになって宗教を誉めそやした。奴隷を解放したのも宗教である。

ブヴァールは引用を並べて、その反対のことを証明した。

「聖パウロは奴隷たちに対して、イエスに従うように、主人にも服従しろと勧めています。聖アンブロシウス[*126]は奴隷制を神の賜物と呼んでいますし、レビ記も、出エジプト記も、また諸々の公会議もこれを是認しています。ボシュエ[*127]によれば、奴隷を持つことは人々の権利の一つですし、それはブーヴィエ猊下[*128]も認めています」

伯爵はこれに反駁して、キリスト教はそれでも文明の発展に寄与したと述べた。

「それに、貧困を美徳にすることで、怠惰も助長しましたよ」

「けれども、あなた、福音書の道徳というものが？」

「おや、おや！　それほど道徳的でもありませんよ！　最後に悔い改めた者も、最初から善行に励んだ者と同じ恵みを受けるのですから。持てる者に与え、持たざる者から取り上げる。殴られても殴り返さず、盗られるがままにしろという教訓に関しては、厚かましい者、臆病な者、悪党を利するだけのことです」

ペキュシェが仏教[*129]も悪くはないと言い出すにいたって、スキャンダルは頂

＊126　アンブロシウス（三三九頃—三九七）　ミラノ司教。四大教会博士の一人。皇帝テオドシウス一世に公開の懺悔を要求するなど、世俗の権力に対する教会の独立性を主張した。

点に達した。

神父は大笑いした。「はっ！　はっ！　はっ！　仏教とは」

ド・ノアリ夫人は両腕を持ち上げて、「仏教ですって！」

「何ですって、仏教？」と伯爵は繰り返す。

「仏教をご存知ですか？」ペキュシェにこう問われて、ジュフロワ神父はしどろもどろになった。

「では、お教えしましょう！　仏教はキリスト教以上に、しかもキリスト教以前から、この世の事物の空しさを認めていたのです。その勤めは厳格で、信者の数はキリスト教徒より多く、さらにヴィシュヌ神の化身は一体どころか、九体もあるのです！[*130]　どうです、お分かりでしょう！」

「旅行者のでたらめですわ」とド・ノアリ夫人。

「フリーメーソン[*131]が後押ししているんですよ」と神父が言い添える。

すると皆が一斉にしゃべり出した。「まさか」「もっとお続けなさい！」「そいつは素敵だ！」「私は面白いと思いますね」「ありえませんよ」そこですっかりのぼせ上ったペキュシェは、仏教徒になるつもりだと宣言した。

「キリスト教徒のご婦人方を侮辱なさるのですか！」と男爵が言う。ド・ノアリ夫人は肘掛椅子にへたり込んだ。伯爵夫人とヨランド嬢は黙りこくっている。伯爵は目をぎょろつかせ、ユレルは命令を待っている。神父は怒りを抑えるため、祈禱書に目を通していた。

＊127　第Ⅳ章注123参照。

＊128　ジャン＝バティスト・ブーヴィエ（一七八三―一八五四）　ル・マンの司教。ラテン語の著作『神学生のための哲学原理』（一八四一年版）において、奴隷制を肯定している。

＊129　「仏教　『インドの偽りの宗教』（ブイエの『事典』〔マリー＝ニコラ・ブイエ、『世界歴史・地理事典』〕初版の定義）」（紋切型辞典）。

＊130　ここでフローベールが参照しているのは、ルートヴィヒ・ビューヒナー、『科学と自然』（仏訳、一八六六）のショーペンハウアーについての章。ただし正確には、ヴィシュヌは十の姿に化身する。

＊131　十八世紀初頭のイギリスで生まれ、その後各国へ広がった博愛と相互扶助を標榜する結社。中世の石工（メーソン）のギルドを起源として掲げる。理神論的な傾向を持ち、しばしば教会と対立。『紋切型辞典』にも、「フリーメーソン団　聖職者から白眼視されている」と記されている。

これを見て、ド・ファヴェルジュ氏も気持ちを静めた。そして二人にじっと目をやりながら、次のような言葉を投げた。

「福音書を非難なさる前に、ご自身の生活のけがれについて、償わねばならないことだってあるでしょう……」

「償いですって？」

「けがれ？」

「もうたくさん、あなた方！　私の言いたいことはお分かりのはずです！」次いでフーローの方を向いて、「ソレルには知らせてあります！　じゃあ、行ってきてください！」そこで、ブヴァールとペキュシェは挨拶もせずに退出した。

並木道のはずれまで来たところで、三人はそろって憤懣をぶちまけた。「人のことを召使扱いしやがる」とフーローが不平を鳴らす。そしてあとの二人がうなずくと、痔疾のことを忘れたわけではないものの、彼らに対して親しみのような感情を覚えた。

道路工夫たちが野原で作業していた。その指図をしている男が近づいてきた。ゴルギュである。おしゃべりが始まった。一八四八年に村議会で可決された街道の砂利工事の監督をしているのだが、この地位[*132]を彼に世話してくれたのは、技師のド・マユロ氏だという。「ド・ファヴェルジュ嬢と結婚なさるお方ですよ！　皆さんも、きっとあちらからのお帰りでしょう？」

「もう二度と行くことはないだろうよ！」ペキュシェがぞんざいな口を利く。

ゴルギュはさりげない風を装った。「喧嘩でもしたんですか？　おや、おや！」

そして二人は踵を返したが、その時のゴルギュの顔つきを見ることができたら、この男が悶着の原因を見抜いていたことが分かったはずだ。

それからしばらく行くと、垣根で囲われた土地の前で足を止めた。犬小屋がいくつかあり、赤い瓦屋根の小さな家屋が見える。

ヴィクトリーヌが戸口にいた。犬がやかましく吠え立て、監視人の女房が姿を見せた。

村長が来たわけを知ると、彼女はヴィクトールを呼んだ。

あらかじめ準備はすべて整っていた。子供たちの荷物は二つの風呂敷に入れて、ピンで留めてある。「達者でね！」彼女は邪魔者を厄介払いできるのが嬉しくて、こう言った。

徒刑囚の父親から生まれたからといって、それが彼らのせいだろうか！　それどころか、子供たちはとても大人しそうで、どこに連れて行かれるのか心配すらしていなかった。

ブヴァールとペキュシェは、二人が目の前を歩くのを見ていた。

ヴィクトリーヌは、帽子女工が紙箱を持つように、風呂敷を腕にかかえて、よく聞き取れない歌詞を口ずさんでいる。時々後ろを振り向いたが、ペキュシェはその金髪の巻き毛とかわいらしい物腰を眺めて、こんな女の子が自分にもいないのを残念に思った。また違った環境で育てられたら、いずれは魅力的な女性になるであろうに。この娘が成長するのを見て、毎日その鳥のさえずりのようなおしゃべりを聞き、いつでも好きな時に接吻することができたら、どんなに幸せだろうか。すると優しい気持ちが込み上げてきて、ペキュシェの瞳はうるみ、いくぶん胸が締めつけられた。

ヴィクトールは兵隊のように荷物を背負っていた。口笛を吹き、畑の畝にいるカラスに石を投げつけ、茂みに入り込んでは、枝を折って杖を作る。フ

＊132　「地位　常に何らかの地位を求めるべし」（紋切型辞典）。

ーローがそれを呼び戻した。そこでブヴァールが手をつないで歩いたが、頑丈な力強い子供の指の感触が喜ばしく感じられた。かわいそうな男の子は、戸外に咲く花のように、ただ自由に成長することを望んでいるだけなのだ！　感化院の壁の中では、授業や、懲罰や、その他諸々の馬鹿げた規則のために、いじけてしまうだろう！　ブヴァールは同情からくる反抗、運命に対する憤り、政府打倒を叫ばせるあの激しい怒りの一つにとらえられた。

「走れ！」と彼は言った。「好きなようにしろ！　今のうちに楽しむんだ！」

少年は駆け出した。

兄妹は今夜は宿屋に泊まり、明日の明け方、ファレーズから来る使者がヴィクトールをボブールン＝カン［おそらく架空の地名］の感化院まで連れて行く手はずになっている。ヴィクトリーヌの方は、グラン＝カンの孤児院の修道女が引き取りに来るとのことだ。

フーローはこういった詳細を述べると、再び物思いに沈みこんだ。だがブヴァールの方は、二人の子供を養うにはどれくらいかかるものか知りたがった。

「なあに！……まあ、三百フランといったところですかね！　伯爵は当座の費用として私に二十五フラン渡しましたよ！　何てしみったれなんだ！」

そう言うと、自らの三色綬が軽んじられたのを相変わらず根に持っていたフーローは、黙りこくったまま足を速めた。

ブヴァールが呟いた。「あの子たちを見てるとやりきれなくなる。できれば面倒を見てやりたいけれども！」

「僕もさ」とペキュシェが応じる。二人とも同じ考えを抱いていたのである。

きっと何か支障があるのではないか？

「何もありませんよ！」とフーローが答えた。それに彼には村長として、これならと思う人物に身寄りのない子供を任せる権限がある。そこでかなり迷ったあげく、こう言った。「まあ、いいでしょう！　お連れなさい！　あの人もさぞ悔しがるでしょうよ！」

ブヴァールとペキュシェは子供たちを引き取った。

二人が家に戻ると、階段の下にマルセルが跪いて、聖母像を見上げながら、一心に祈りを捧げていた。頭をのけぞらせ、目を半ば閉じて、口唇裂の口を大きく開いた様子は、まるで法悦状態に入った托鉢僧のようである。

「何て愚かなんだ！」とブヴァール。

「何故だい？　あいつが立ち会っている事象は、もし君にそれを見ることができたなら、羨ましくなるようなものかもしれないぜ。まったく違った二つの世界があるんじゃないかい？　推論の対象は、どう推論するかほど大事ではないさ。信仰が何だというんだい！　肝心なのは、信じることだよ」

これが、ブヴァールの批判に対するペキュシェの反論であった。

X

彼らは教育に関する書物を何冊か手に入れると、自分たちの方針を決定した。形而上学的な観念は一切排して、実験的な方法にならい、自然の成長に従わねばならない[*1]。二人の生徒はこれまで習ったことをまずは忘れる必要があるのだから、何も急ぐことはない。

子供たちは丈夫な体質だったが、ペキュシェはさらにスパルタ風に二人を鍛えて、飢えや渇きや風雨に体を慣らし、また風邪を引かないように、わざと穴の開いた靴を履かせておこうと考えた。ブヴァールがこれに反対した。

廊下の突き当りにある納戸が、子供たちの寝室になった。部屋にある家具といっては、簡易ベッドと洗面器がそれぞれ二つ、さらに水差しが一つ置いてある。頭上には円窓が穿たれており、蜘蛛が漆喰の壁を這っている。

よく子供たちは、いさかいの絶えなかった掘っ立て小屋の室内のことを思い出した。父親がある晩、手を血だらけにして戻って来ると、今度はしばらくして、憲兵がやって来た。次いで、彼らは森の中に移って暮らしたが、木靴作りの男たちが母親を抱いた。母が死んでしまうと、荷馬車でどこかに連れて行かれ、さんざん殴られたあげく、迷子になってしまった。それから、巡査、ド・ノアリ夫人、ソレルの顔が目に浮かんでくる。だが今や、なぜまた別の家にいるのか思いわずらうこともなく、二人とも幸せを満喫していた。それ故、八ヶ月後に再び勉強が始まった時には、つらい驚きを覚えずにはいられなかった。

ブヴァールは女の子を、ペキュシェは男の子を受け持った。

ヴィクトールは一つ一つの文字は見分けたが、音節を綴ることがどうしてもできなかった。ぶつぶつ口ごもっていたかと思うと、突然やめてしまい、ぽかんとした様子になる。ヴィクトリーヌはやたらと質問をした。chが orchestre《オルケストル》（オーケストラ）の場合にはqの音に、archéologie《アルケオロジー》（考古学）の場合にはkの音になるのはどういうわけか？[*2] 二つの母音をつなげて読むこともあれば、切り離さねばならないこともある。こんなことはどれも正しくない。彼女はむくれてしまった。

先生たちはそれぞれの部屋で同時に授業をした。ところが仕切りが薄いので、柔らかな声と重々しい声、それから金切り声が二つ混じり合って、全部で四つの声が耐えがたい騒々しさを引き起こす。さすがにこれではまずいというので、子供たちの競争心を刺激するためにも、陳列室で二人を一緒に勉強させることにした。そうして習字に取りかかった。

二人の生徒はテーブルの両端に座って、お手本を模写する。しかし、姿勢が悪いので、直してやらねばならなかった。紙が落ちたり、ペンが折れたり、インク壺がひっくり返ったりした。

ヴィクトリーヌは日によっては、最初の五分間は熱心に取り組むものの、すぐにでたらめな文字を書き始める。それからがっかりして、目を天井に向

＊1　一見して奇妙な記述であるが、実際この表現は、一八七〇年代以降に隆盛になった実証主義教育（「実験的な方法」）と、ルソー的な消極的教育（「自然の成長に従う」こと）とを強引に混ぜ合わせたものと考えることができる。以下、この教育の章で引用される思想は、おおむねこの二つの相矛盾する傾向に属する著作から取られている。

＊2　明らかにフローベールの誤りであり、どちらの例においてもchは[k]と発音する。むしろchemin（シュマン＝道）のような[ʃ]の音をもつ単語の例を挙げないと、ここは意味が通らない。

けたままじっとしている。ヴィクトールの方は机の真ん中にうつ伏せになって、すぐに居眠りしてしまった。

ひょっとして苦しんでいるのだろうか？　過度の緊張は幼い頭脳を損なうという。「やめにしようじゃないか」とブヴァールが言った。

暗記させるほど愚かなことはない。とはいえ、記憶力は鍛えなければ、すぐに衰えてしまう。そこでラ・フォンテーヌ[*3]の寓話のうち最初の数篇を教え込むことにした。子供たちは、食物をためこむ蟻や、子羊を食べてしまう狼や、分け前をすべて一人占めにするライオンの肩を持った。

二人は次第に大胆になると、庭を荒らし出した。だが、どんな娯楽を与えたらよいだろうか？　ジャン＝ジャック[*4]は『エミール』の中で、生徒に自分で玩具を作らせ、教師は気づかれない程度にそれを手伝うよう勧めている。ブヴァールは輪回しの輪を作り、ペキュシェは毬を縫ったが、どちらもうまく行かなかった。

続いて、切り絵や集光レンズのようなためになる遊戯を試してみた。ペキュシェは子供たちに顕微鏡をのぞかせ、ブヴァールの方は、ろうそくの火を点すと、手の指で野兎や豚の影絵を壁に映し出す。見ている側が飽きてしまった。

何人かの著者によれば、野外での昼食や、舟遊びが気晴らしにはもってこいだという。はっきり言って、そう簡単にできることだろうか？　フェヌロン[*5]は、時には「罪のない会話」をするよう勧めている。そんな話題は何一つ思いつかない！

＊3　第Ⅴ章注85参照。ここで暗示されている寓話は、「セミと蟻」、「狼と子羊」、「ライオンと共同で事業をした牝牛と牝ヤギと牝羊」。ちなみに、ラ・フォンテーヌの寓話の子供への悪影響を指摘しているのは、『エミール』におけるルソーである。

＊4　ルソーのこと。第Ⅵ章注74参

彼らは読み書きの授業に戻った。そして多面体のボール*6や、習字帳や、活字セット*7などを用いたが、どれも失敗に終わったので、ある計略を考え出した。

ヴィクトールは食いしん坊だったので、料理の名前を覚えさせることにした。するとほどなく、『フランス料理人』をすらすら読むようになった。ヴィクトリーヌの方はお洒落なので、もし仕立て屋に注文の手紙を書いたら、服を一着こしらえてあげることにする。三週間もたたないうちに、彼女は奇跡的にこれをやってのけた。子供たちの欠点におもねるのは有害な方法だが、とにもかくにも成功したわけだ。

読み書きを覚えたのだから、今度は何を教えたらよいだろう?

さらに困ったのは、女の子は男の子のように物知りになる必要はないことだ。それが何だというのだろう! 通常、女の子は正真正銘のお馬鹿さんに育てられ、知識といっては神秘主義的な戯言に限られているではないか。

はたして女の子に外国語を教えるべきだろうか? カンブレーの白鳥*8の主張するところでは、「スペイン語とイタリア語は危険な著作を読むのに役立つだけだ」という。このような理由は、彼らには愚かしく思われた。けれども、ヴィクトリーヌがこれらの言語を学んでも仕方ないだろう。それより英語の方がもっと用途が広い。ペキュシェはその規則を学ぶと、真面目くさってthの音を発音してみせた。「ほら、この通り。the《ザ》、the《ザ》、the《ザ》!」

照。『エミール』(一七六二)は、孤児エミールの成長過程を追うという形のもとにルソーの教育思想を展開したもの。子供の自然な成長をうながすことを説き、近代教育論の先駆けとなった。ちなみに、小説の執筆当初は、フローベールは二人の子供をエミールとエミリーと名づけていた。おそらくルソーに対する風刺の意図があまり前面にでないように、名前を変更したものと思われる。

*5 第I章注8参照。

*6 それぞれの面に文字が一つずつ記されたボール。これをサイコロのように用いて、遊びながら文字を覚える。

*7 アルファベット順に文字の並んだ、植字工が用いるような小箱。ここから活字を取り出して、指示された文章を作ることで、文字を習得する練習になる。

*8 「白鳥 カンブレー[フランス北部の町]の白鳥は鳥ではなく、司教のこと」(紋切型辞典)。もちろんフェヌロンのあだ名である。

だが、子供を教育する前に、その適性を知っておかねばならない。骨相学[9]によってそれを見抜くことができるはずだ。彼らはその研究に没頭すると、その教えるところを自分たちに当てはめて確かめてみようと考えた。ブヴァールには親切心、想像力、敬愛、さらに愛のエネルギー、俗に好色性と呼ばれているものの隆起がある。

ペキュシェの側頭骨には、哲学と熱狂がずる賢さと結びついているのが感じ取れた。

まさに二人の性格そのものである。

それにもまして彼らを驚かせたのは、どちらにも友情への性向が認められることだ。二人ともこの発見に大喜びすると、感激して抱き合った。

次いで、マルセルを調べてみることにした。

この男の最大の欠点は、彼らも知らないわけではなかったが、飽くことのない食欲である。そうはいっても、その耳介の上、ちょうど目の高さに暴飲暴食の器官があるのを確認した時は、ブヴァールとペキュシェもさすがに怖気づいた。彼らの召使はいずれ年を取ったら、毎日八リーヴル［四キロ］のパンを食べ、ある時はスープを十二杯、またある時はコーヒーをお椀に六十杯飲んだというあのサルペトリエール病院の女[10]のようになるかもしれない。そうなったら二人の手には負えないだろう。

生徒たちの頭には、何ら興味を引くものはなかった。きっと観察の仕方がまずいのではないか？しごく簡単な方法によって、彼らは経験を積むことにした。市の立つ日、広場にいる百姓たちの中にまぎれ込み、燕麦の袋や、チーズの籠や、子牛や、馬などに囲まれて、もみくちゃにされても意に介さない。そして父親と一緒にいる男の子を見つけると、学術研究のために頭蓋を触らせてくれと頼み込んだ。

大抵の人々は返事もしない。白癬の膏薬のことだと思って、気を悪くして断る連中もいた。何人か無頓着な者だけが、教会のポーチまでついてきた。そこなら落ち着いて観察できるのである。

ある朝、ブヴァールとペキュシェが実験を始めたところに、神父が不意に現れた。そして彼らがしていることを見とがめて、骨相学は唯物論と宿命論につながるものだといって非難した。泥棒も、人殺しも、姦通者も、自分たちの罪を頭蓋の隆起のせいにすればよいことになる。

ブヴァールはそれに反駁して、器官は行動の素因をなすが、それを強いるわけではないと言った。ある男が悪徳の芽を備えているからといって、将来悪人になるとは限らない。「そもそも、正統派カトリック教徒には感心しますよ。生得観念を支持していながら、性癖を否認するのですからね。何たる矛盾でしょう！」

だが、ジュフロワ神父によれば、骨相学は神の全能を否定するものであり、聖堂の影で、それも祭壇の真正面でそれを行うとは不謹慎きわまりないという。「出て行ってください！　いいえ！　出て行ってください！」

彼らは床屋のガノーの店に陣取ることにした。皆がためらうのを説得するために、ブヴァールとペキュシェは子供の両親に、髭を剃ったり、髪を縮らせたりする代金をおごってやりさえした。

ある日の午後、医者が散髪にやって来た。肘掛椅子に座ると、二人の骨相学者が子供の頭を指で触っている様子が、鏡に映って見えた。

「今度はそんな馬鹿げたことに精を出しているんですか？」と言う。

＊9　人間の脳を、諸々の精神機能に対応する複数の器官の集合とみなす説。頭蓋骨の形状、特にその隆起を調べることにより、各人の性格や能力を知ることができると考えた。後述のガルによって唱えられ、十九世紀前半に大流行した。

＊10　『パリ骨相学協会ジャーナル』第二巻（一八三三）に記されているドゥニーズという名の女の例。ちなみに、サルペトリエール病院は元々貧民のための施療院であり、特に女性の精神病者が収容されていた。

「どうして馬鹿げているんです？」

ヴォコルベイユは蔑むような笑いを浮かべて、脳の中に器官がいくつもあるわけがないと断言した。例えば、ある人物が消化する食物を、他の者は消化しないとする。だからといって、胃の中に、味覚と同じ数だけの胃[*11]があると仮定しなければならないのだろうか？

とはいえ、ある仕事は別の仕事の疲れを癒してくれるし、何らかの知的な努力が一度にあらゆる能力を駆使するわけでもない。従って、各々の能力には、それぞれ別個の部位があるはずだ。

「解剖学者だって、そんなものに出会ったためしはありませんよ」とヴォコルベイユ。

「それは解剖の仕方がまずいのですよ」とペキュシェが答える。

「何ですって？」

「ええ！　そうですとも！　部分間のつながりを考慮しないで、やたらに切り刻むからです」これはある書物の文句を思い出したのである。「何て愚かなことを！」と医者が叫んだ。「頭蓋骨は脳の形をかたどってはいませんし、外部は内部と対応してなどいません。ガル[*12]は間違えているのですよ。なんなら店の中にいる人を適当に三人選んで、その説の正しさを証明してもらえますか」

最初は、大きな青い目をした百姓女である。

ペキュシェはこの女を観察しながら言った。「記憶力がいいでしょう」

彼女の夫がその通りだと認め、自身も実験台になろうと申し出た。

「おや！　あなたはなかなか人の言うことを聞かないたちですね」

他の連中によれば、世の中にこんな頑固者はいないという。

第三の実験は、祖母に付き添われた男の子に対してだった。

ペキュシェは、この子は音楽好きに違いないと述べた。

「おっしゃる通りですわ！」とおばあさんが言った。「ためしに旦那方にお見せしてごらん！」男の子は上っ張りから口琴を取り出すと、吹き始めた。激しい音がした。医者がドアを乱暴に閉めて、出て行ったのである。

彼らはすっかり自信をつけると、二人の生徒を呼びつけて、改めて頭蓋を調べ始めた。ヴィクトリーヌの頭は全体的にでこぼこがなく、分別を表している。ところが、その兄の方の頭蓋はかんばしくない！ 側頭頂骨の乳突角が目立って突き出ているのは、破壊と殺害の器官を示している。さらにその下にあるふくらみは、貪欲と盗みのしるしに他ならない。これにはブヴァールとペキュシェも、一週間もの間、しょげかえってしまった。

しかしながら、言葉の意味を理解しなければならない。闘争性と呼ばれるものは死を軽んじる気持ちを含んでいるので、殺人を犯すこともあれば、同様に救命行為をなすことだってある。獲得欲は、詐欺師の如才なさと、商人の熱意のどちらにも通じている。不敬は批判精神と、ずる賢さは慎重さと表裏一体だ。一つの本能は常に悪い面と良い面と二つに分かれるが、一方を育てることにより、もう一方を根絶することができる。そうしてこの方法により、大胆な子供も、盗賊ではなく、将軍になることだろう。卑怯者は単に用心深く、けちな者は節約家に、浪費家は気前のよい人間になるはずだ。

ある壮大な夢が二人の心を占めた。生徒たちの教育に成功したあかつきには、知性を矯正し、性格を抑え、心情を気高くすることを目的とした学校を

＊11 ここは草稿では「器官」になっており、その方が意味はすっきりする。フローベールが修正した意図は不明。

＊12 フランツ・ヨーゼフ・ガル（一七五八—一八二八） ドイツの医学者。骨相学の創始者であり、後にパリに移住。その理論は教会から非難されると同時に、医学者たちからも似非科学として批判されたが、当時は大きな反響を得た。

設立しよう。早くも彼らは、そのための募金や建物について話し合うのであった。

ガノーの店での勝利は大いに評判になったので、人々は運勢を占ってもらおうと、相談に押しかけてきた。

丸い頭や、梨形の頭や、円錐形の頭や、四角い頭や、尖った頭や、幅の狭い頭や、平たい頭など、あらゆる格好をした頭蓋が、牛のような顎や、鳥のような顔や、豚のような目と一緒になって、次々と列をなして現れる。あまりの人の多さに、床屋の仕事が支障をきたした。香水を入れたガラス戸棚に肘が当たり、櫛がいじくり回され、洗面台が壊された。そこで床屋はこれらの物好きたちをみな追い出すと、ブヴァールとペキュシェにもお引き取り願った。頭蓋診察にいささか飽きがきていた二人は、不平も言わずにこの最後通告を受け入れた。

明くる日、大尉の小さな庭の前を通りかかると、ジルバルとクーロンと巡査が家の主人とおしゃべりしているのに出くわした。巡査は、聖歌隊の少年の身なりをした末っ子のゼフィランを連れている。新調の衣装を聖具室に戻す前に、それを着たまま散歩していたのである。一同がお愛想を言っていた。

ブラックヴァンは旦那方に、子供の頭に触ってみてほしいと頼んだ。彼らがどう考えるか知りたかったのである。

額の皮膚がつっぱったように見える。先っぽの硬い肉薄の鼻が、ぎゅっと結んだ唇の上に斜めに垂れている。尖った顎に、おずおずとした視線。さらに右肩がひどくせり上がっている。

「帽子を脱ぐんだ」と父親が言う。

ブヴァールが麦藁色の髪の毛の中に両手を滑りこませた。お次はペキュシェの番だ。そしてお互い小声で観察の結果を伝えあった。

「生命欲求が際立っている。ほほう！　同調欲求だ！　良心性は皆無！　愛情本能もなしときている！」

「どうです？」と巡査が尋ねる。

ペキュシェは嗅ぎ煙草入れを開くと、一服吸った。

「どうもかんばしくありませんな！　そうだろう？」

「まさしく」とブヴァールが応じた。「あまりぱっとしませんね」

プラックヴァンは屈辱を感じて赤くなった。「とにかく、この子は私の思う通りに育てますよ」

「おや！　おや！」

「だって私は父親ですよ、まったく。その権利があるはずです！……」

「ある程度はね」とペキュシェが答える。

ジルバルが口を挟んだ。「父の権威には異論の余地などありませんよ」

「でも、もし父親が愚か者だとしたら？」

「それが何だというのです！」と大尉が言う。「そうだとしても、父権はやはり絶対なのです」

「その方が子供のためにもなりますしね」こう言い添えたのはクーロンである。

ブヴァールとペキュシェによれば、子供は自分を生んだ親には何の義務も負わないという。反対に、両親は子供に食べ物、教育、諸々の心遣いなど、要するにすべてを保証する義務がある！

ブルジョワたちはこの不道徳な意見に反対の声を上げた。プラックヴァンは、まるで侮辱されたかのように気分を害した。

「そういうことなら、街道で拾ってきたあの子供たちは大変なことになりますよ！　いずれ何をしでかすことやら！　気を付けることですな」

「何を気を付けろというのです？」ペキュシェがとげとげしい声で答えた。

「ほほう！　いつでも相手になりますよ！」

「こちらだって」

クーロンが間に入って、巡査をなだめると、脇に連れて行った。

しばらくの間は誰も口をきかなかった。それから大尉のダリアのことが話題になった。彼はそれらの花を一つ一つ自慢しないうちは、客たちを帰らせようとしなかったのである。

ブヴァールとペキュシェが家に戻る途中、前方百歩ほどのところにブラックヴァンの姿が見えた。そのそばにいるゼフィランが、肘を盾のように持ち上げて、平手打ちから身を守ろうとしていた。

今耳にしたばかりの言葉は、形こそ違えど、伯爵と同じ考えを表明している。だが、自分たちの生徒の例が、いかに自由が束縛にまさるかを示してくれるはずだ。とはいえ、最低限の規律は欠かせない。

ペキュシェは陳列室に教授用の黒板を取りつけた。毎晩子供の行状を記した日記をつけて、それを翌日読んで聞かせることにしよう。また万事、鐘の音にあわせて行うようにする。デュポン・ド・ヌムール[*13]のように、まずは父親風の命令口調を、次いで軍隊式命令口調を用いることにして、馴れ馴れしい話し方は禁じてしまった。

ブヴァールはヴィクトリーヌに計算を教えようとした。時には自分が間違えてしまい、二人して笑い出す。すると少女は彼の首の上、髭の生えていないところに接吻して、遊びに行ってもいいかと尋ねるのだった。結局それを許してしまう。

ペキュシェが授業の時間を告げるため、どんなに鐘を鳴らしても、また窓から軍隊式命令口調でどなっても、少年はやって来なかった。靴下はいつも踝の上にずり落ちており、食卓についている時も、指で鼻をほじくっては、平気でおならをする。ブルッセ[*14]はこの点について、叱ってはいけないと指示している。なぜならば、「生存本能の欲求には従わねばならない」からだ。

ヴィクトリーヌもその兄も、ひどい言葉遣いをした。「私も《モワ・オシ》（moi aussi）」というところをメ・イトゥ（mé itou）と、「飲む《ボワール》（boire）」をベール（bère）、「彼女《エル》（elle）」をアル（al）、さらにドゥヴァンシオ（deventiau）とかイオ（iau）［それぞれエプロン tablier、水 eau のノルマンディー方言］などと言う。だが、文法は子供たちに理解できるはずはないし[*15]、正確に話すのを聞いているうちに、それは自然に分かるようになるものだ。そこで二人は自分たちの言葉遣いに気を配ったが、そのために話しづらくなってしまった。

地理については、意見が分かれた。ブヴァールは市町村から始める方が論理的だと考えたのに対し、ペキュシェは最初に世界全体を教えるべきだという。

じょうろと砂を用いて、ペキュシェは川や、島や、入り江がどのようなものかを示し、さらにわざわざ花壇を三つつぶして、三大陸になぞらえた。しかし、東西南北がそもそもヴィクトールにはのみ込めなかった。

＊13　ピエール＝サミュエル・デュポン・ド・ヌムール（一七三九―一八一七）経済思想家、政治家。重農主義者として知られ、財務総監テュルゴーのもとで活躍した。ここで言及されている奇妙なエピソードは、ギゾー夫人の『教育についての家庭の書簡』（第二版、一八二八）の中で、子供の躾け方の実例として挙げられているもの。

＊14　カジミール・ブルッセ（一八〇三―四七）　医師。フランソワ・ブルッセ（第Ⅲ章注46参照）の息子。フローベールが参照したのは、『精神衛生学、あるいは生理学の道徳および教育への応用』（一八三七）。

＊15　『紋切型辞典』によれば、これとは反対に、文法は「明晰で簡単なものとして、ごく幼い頃から子供に教えるべし」とある。

一月のある晩、ペキュシェは少年を平坦な野原に連れ出すと、道々天文学の長所を誉めそやした。[*16] 船乗りたちはこれを用いて航海する。天文学がなければ、クリストファー・コロンブス[*17]も新大陸を発見することはできなかっただろう。我々はコペルニクス[*18]や、ガリレイ[*19]や、ニュートン[*20]に感謝しなければならない。

凍えるような寒さであった。濃紺色の空には、無数の光がきらめいている。ペキュシェは目を上げた。何だって？　大熊座がない。この前見た時は、星座は反対側にあったのである。ようやくそれを見つけると、続いて北極星を示した。常に北に位置するこの星は、方向を定める目安になる。

翌日、今度は客間の中央に肘掛椅子を置くと、その周囲をくるくる回り始めた。

「この椅子が太陽で、私が地球だと想像してごらん！　地球はこんな風に動いているんだ」

ヴィクトールは唖然としてこれを眺めていた。

それからペキュシェはオレンジを手に取ると、地球の両極を表す一本の棒をそれに突き刺し、さらに赤道を示すために木炭で円周を描いた。そうしておいて、蠟燭の周囲にオレンジを回転させながら、表面の全体が同時に光に照らされるわけではないことを観察させた。これが気候の違いをもたらすのである。また季節の違いを説明するためには、オレンジを傾けてみせた。と

*16　「天文学　素晴らしい科学。航海術にしか役立たない」（紋切型辞典）。

*17　クリストファー・コロンブス（一四五一―一五〇六）　イタリアのジェノヴァ出身の航海者。一四九二年からの四度にわたる航海により、アメリカ大陸を発見したことで有名。

*18　ニコラウス・コペルニクス（一四七三―一五四三）　ポーランドの天文学者、医師、司祭。当時主流だった天動説に対し、地動説を唱えた。

*19　ガリレオ・ガリレイ（一五六四―一六四二）　イタリアの物理学者、天文学者。地動説を支持したために、二度も宗教裁判にかけられ、有罪の宣告を受けた。

*20　アイザック・ニュートン（一六四二―一七二七）　イギリスの物理学者、数学者、天文学者。万有引力の法則を発見し、太陽系の運動を解明した。

*21　テルモピュライの戦い（前四八〇年）にあたって、数においてまさる

いうのも、地球はまっすぐ回っているのではなく、そこから春分、秋分、夏至、冬至が生じるのだ。

ヴィクトールにはまるでちんぷんかんぷんだった。そこで、地球は長い針の上を回っており、赤道とはその外周を囲んでいる輪のようなものだと思いこんでしまった。

地図を用いて、ペキュシェはヨーロッパの地理を説明した。しかし、あまりに多くの線と色に惑わされ、一度見たはずの地名が探し出せなかった。盆地と山地は国境と一致せず、政治的な秩序と自然の秩序がもつれ合っている。

こういったことはみな、歴史を学べば明らかになるかもしれない。

村の歴史から始めて、郡、県、地方とさかのぼっていく方が実際的であろう。だがシャヴィニョールには年代記は残されていないので、世界史に取り組む以外になかった。

あまりに題材が多すぎると混乱するので、美談を扱うにとどめるべきだ。ギリシア史については、「我ら日陰にて戦わん」という言葉[*21]、アリスティデスを追放した妬み深い人物[*22]、アレクサンドロス大王の侍医への信頼[*23]などが、またローマ史には、カンピドリオの丘のガチョウ[*24]、スカエウォラの三脚[*25]、レグルスの樽[*26]などのエピソードがある。クアウテモックの薔薇の寝床[*27]はアメリカ史上の白眉に他ならない。フランスに関していえば、ソワソンの壺[*28]、聖王ルイの樫の木[*29]、ジャンヌ・ダルクの死[*30]、ベアルヌ人の鶏の煮込み[*31]など選択に

メディア軍の矢が太陽を覆い隠してしまうだろうと聞かされたスパルタの将軍ディエネケスが、それに答えて口にしたとされる言葉。

＊22　アリスティデスは前五世紀のギリシアの政治家で、「正義の人」と呼ばれた。ある時、行きずりの文盲の男から陶器の破片にアリスティデスと書いてくれと頼まれ、その理由を尋ねたところ、どこに行っても「正義の人」という呼び名を聞くのでうんざりしているという返事であった。それでも自分の名前を書いて手渡し、潔くアテネから追放されたというエピソードが、プルタルコスの『対比列伝』に記されている。

＊23　アレクサンドロス大王（前三五六―前三二三）が病に臥せっていた時、友人でもある侍医フィリッポスの裏切りを警告する手紙が届いた。王はそれを読んだが、処方された薬を平然と飲み干し、やがて病気も治癒したとされる。

＊24　前三九〇年頃、ガリア人に攻め込まれたローマがカンピドリオの丘にこもった際、敵が仕掛けてきた

困るくらいだが、それに加えて「オーヴェルニュを我に、敵だぞ[*32]」や、ヴァンジュール号の難破[*33]を挙げることもできる！

ヴィクトールは人も時代も国もしょっちゅう取り違えた。

だからと言って、ペキュシェは精妙な考察［歴史哲学のこと］へと少年を導くことはしなかった。一方で事実は無数にあり、まさに迷宮のようだ。

とりあえずフランス王の一覧を覚えさせることにした。ヴィクトールは年代を知らないので、片っ端から王の名も忘れてしまう。しかし、デュムシェルの記憶術は二人にとってさえ不十分だったのだから、少年にとっては言わずもがなである！　要するに、歴史を学ぶにはたくさん読書しなければならない。本を読ませることにしよう。

デッサンは様々な状況において役に立つ。そこでペキュシェは大胆にも、自ら写生の指導を買って出た！　さっそく風景画に取り掛かる。バイユーの本屋から、紙、消しゴム、厚紙を二枚、それに鉛筆と定着液を取り寄せた。できあがった作品は、ガラスをはめた額に入れて、陳列室に飾ることにしよう。

夜明けとともに起き出すと、ポケットにパンをひとかけら入れて歩き始めた。適当な風景を探すのに、かなりの時間がかかってしまう。ペキュシェは、足元にあるものも、地平線の彼方も、さらに雲までも一枚の画面におさめようとした。だが、遠景がどうしても前景より前に来てしまう。川は空から転

夜襲に対し、ユーノー神殿のガチョウたちが騒ぎ出して事なきを得たというエピソード。

＊25　ガイウス・ムキウスは共和制ローマ初期の英雄。ローマを包囲していたエトルリア王ポルセンナの暗殺を企てて失敗すると、三脚の上の熾火に自らの右手をさらして、平然と耐え抜いてみせた。これを見たポルセンナは、ムキウスを釈放し、ローマと和議を結ぶことにしたといわれる。ちなみに、スカエウォラは「左利き」の意で、ここからついたあだ名である。

＊26　第一次ポエニ戦争（前三世紀半ば）においてカルタゴの捕虜になった将軍レグルスは、仮釈放されてローマに赴くと、自分を派遣した敵の意に反して、徹底抗戦を呼びかけた。その後、約束を果たすためカルタゴに戻ると、内部に釘を打ちこんだ樽の中に入れられ、拷問により息絶えた。

＊27　クアウテモック（一四九七頃―一五二五）はアステカ最後の君主。スペインの征服者コルテスに捕らえられると、足の裏を焼かれる拷問を受け、黄金のありかを自白するよう求

げ落ちてくるようだし、羊飼いは羊の群れの上を歩き、眠っている犬はまるで走っているように見える。自分では描くのはあきらめてしまった。

「デッサンは線と点とぼかしという三つの要素からなっている。加えて強調線というものもあるが、これを使いこなせるのは巨匠のみである」[*34] ペキュシェはこのような定義を読んだことがあるのを思い出すと、線を直してやったり、点を描き足したり、ぼかしに気を配ったりしながら、強調線を用いる機会をうかがった。そのような機会はついぞ訪れなかった。それほど生徒の描く風景は訳の分からぬものだったのだ。

妹の方も兄に劣らず怠け者だったので、九九の表を前に欠伸ばかりしていた。レーヌが裁縫を教えたところ、布に刺繡する際に指を持ち上げる仕草があまりにかわいらしかったので、ブヴァールはその後であえて計算の勉強で少女を苦しめる気にはなれなかった。またそのうち、授業は再開すればよい。

なるほど、算術と裁縫は家政には必要なものだ。けれども、将来結婚することになる夫のためだけに女の子を育てるのは残酷だといって、ペキュシェは反対した。誰もが結婚するわけではない。それに、もし少女が後々男性の力をかりずとも生きていけるようにと望むならば、多くのことを教えなければならない。

最もありふれた事物をもとに、科学を教え込むことだってできる。例えばワインは何からできているかといった問題である。説明が与えられると、ヴ

められた。その際、弱音を吐く仲間の一人に対して、「余がバラの寝床にいるとでも思うか」と一喝したという。

＊28　ソワソンの戦い（四八六年）に勝利したフランク族が籤で戦利品を分け合った際、クロヴィスが教会に返すためにある典礼用の壺を特別に要求したところ、ある武将がそれに異を唱えて、戦斧で壺を割ってしまった。しばらく後、国王は閲兵中のある出来事にかこつけて、「ソワソンの壺を忘れるな！」と言いざま、その武将の首に一撃をくらわした。

＊29　聖王ルイが、ヴァンセンヌの森の樫の木の下で、自ら裁判の審理に当たっていたことは有名。聖王ルイについては、第Ⅷ章注41参照。

＊30　第Ⅴ章注20参照。

＊31　ベアルヌ人はアンリ四世のあだ名。一五八九年にフランス国王につくと、長い宗教戦争で疲弊した国内の惨状に思いをはせて、せめて毎週日曜日にはすべての国民が鶏の煮込みが食べられるよう願ったといわれている。アンリ四世については、第Ⅴ章

ィクトールとヴィクトリーヌがそれを復唱することにした。同様にして香辛料や、家具や、照明などを扱った。だが、子供たちにとって光とはすなわちランプのことであり、火打石の火花も、蠟燭の炎も、月明りもそれとは無関係なのであった。

ある日、ヴィクトリーヌがどうして木は燃えるのかと尋ねたところ、先生たちは困惑して顔を見合わせた。燃焼の理論は二人の手には余るものだったのである。

またある時は、ブヴァールがスープからチーズにいたるまで、その栄養素について蘊蓄を傾けた。フィブリンや、カゼインや、脂肪や、グルテンといった語を聞いて、二人の子供は面食らってしまった。

次いで、ペキュシェは血液の新陳代謝の仕組みを説明しようとしたが、循環のところでしどろもどろになった。

厄介なジレンマに突き当たった。事実から出発するとすれば、ごく単純な事実を説明するのにさえ、きわめて複雑な理由が必要となる。一方、最初に原理を提示するならば、絶対的なもの、信条から始めることになってしまう。

どう解決すべきか？　合理的な教育と経験論的な教育と二つの方法を組み合わせてはどうだろう？　だが、唯一の目的のために二重の手段を用いるのは、方法にもとるのではないか？　ええい！　残念だ！

子供たちに博物学の手ほどきをすべく、彼らは何度か研究のための散策を試みた。

注24参照。

＊32　七年戦争中のクロステル・カンペンの戦い（一七六〇年）におけるエピソード。オーヴェルニュ連隊を率いていたダサス大尉は、夜間の偵察中にイギリス軍の奇襲に気づくと、大声を上げ、自らの命と引き換えに味方に危険を知らせた。

＊33　一七九四年六月一日、大西洋上でイギリスとフランスの海戦が行なわれた。フランスは何隻かの艦船を失ったが、なかでもヴァンジュール号の乗組員たちは、あえて敵方の救助を拒んで、「共和国万歳！」と叫びながら沈んでいったという伝説がある。

＊34　『紋切型辞典』の「デッサン」の項目には、クリストフという名の画家による定義とあるが、判然としない。

「ごらん」と、ロバや、馬や、牛を指して言うのであった。「足が四本あるだろう、四足獣というのさ。鳥には羽が、爬虫類には鱗があるし、蝶は昆虫の仲間なんだよ」網で蝶をつかまえると、ペキュシェは細心の注意を払ってそれを手に取り、四本の翅《はね》、六本の脚、二本の触覚、それに花の蜜を吸うための口吻を観察させた。

彼はまた溝の裏側に生えている薬草を摘んで、その名前を教えた。時には威厳を保つため、勝手に名前を作り出すこともあった。そもそも命名法など、植物学において最も重要性の低い分野である。

黒板に次のような公理を書きつけた。「あらゆる植物には葉と萼《がく》と花冠があるが、さらに花冠の中には、種子を内包する子房もしくは果皮が包まれている」

それから生徒たちに向かって、野原に行って、何でもいいから植物を採集してくるよう命じた。ヴィクトールは黄色い花をつけたキンポウゲを摘んできた。一方、ヴィクトリーヌはイネ科の植物を一束持ってきたが、ペキュシェがどんなに探しても、そこに果皮は見当たらなかった。

ブヴァールは自分の知識を信用していなかったので、書架を隅から隅までひっかき回して、『婦人用ルドゥーテ図版』[*35]の中にあるバラのデッサンを見つけた。子房は花冠の中にではなく、花弁の下に位置している。

「例外だよ」とペキュシェが言う。

庭に月下香があったが、そのどれを見ても萼がない。「うっかりしていた！大部分のユリ科の花には萼が欠けているんだっけ」

彼らは萼のないアカネ科の花Xを見つけた。従って、ペキュシェの提示し

＊35　ピエール＝ジョゼフ・ルドゥーテ（一七五九―一八四〇）ベルギーの画家。パリに住み着き、ユリやバラなどの植物を描いた博物画を残した。その絵は芸術的価値だけでなく、学術的な正確さからも高く評価されている。

た原則は誤りだということになる。ところが偶然、ハナヤエムグラの花（植物を描写すること）を目にしたところ、それには萼があった[*36]。

何たることだろう！　例外それ自体も正しくないとしたら、誰を信じたらよいのか？

ある日、散策の途中で孔雀の鳴き声が聞こえたので、塀越しに覗いてみた。だがすぐには、それが自分たちの元の農場だとは分からなかった。納屋の屋根はスレート葺きで、柵も新しくなり、道路には石が敷いてある。グイ爺さんが姿を見せた。「これはこれは！　旦那方ですかい？」この三年来、女房の死をはじめとして、多くのことがあった。自分はといえば、相変わらず樫の木のようにぴんぴんしている。

「ちょっと寄ってってくださいよ」

四月の初旬であった。リンゴの木は花盛りで、三棟の中庭には白とピンクの花の房が一列に並んでいる。青い繻子《しゅす》のような空には雲一つない。テーブルクロスや、シーツや、ナプキンが、ぴんと張った紐に洗濯挟みでとめられて、まっすぐ垂れ下がっている。グイ爺さんがそれを持ち上げて通ろうとした時、帽子もかぶらずに、上っ張りを羽織ったボルダン夫人の姿が不意に目に入った。マリアンヌが腕いっぱいに洗濯物を抱えて、夫人に手渡している。

「あら、ようこそ！　くつろいでいってくださいな！　私もちょっと腰掛けますわ。くたくたですもの」

小作人は一同に、何か飲まないかと勧めた。

「今は結構」と夫人が言う。「暑すぎますわ！」

ペキュシェはご馳走になることにして、グイ爺さんとマリアンヌとヴィクトールと一緒に酒蔵の方に姿を消した。

ブヴァールはボルダン夫人のわきの地面に腰を下ろした。夫人からは年金もきちんと受け取っており、何の不満もなければ、もはや含むところもなかった。

昼間の強い光がその横顔を照らしている。真ん中で分けた黒髪の片側がかなり下まで垂れており、うなじの巻き毛は汗ばんだ琥珀色の肌にはりついている。呼吸をするたびに、二つの乳房が持ち上がる。芝生の香りが、引き締まった肌から発するかぐわしい匂いに混ざり合っている。ブヴァールは活力がよみがえるのを感じ、嬉しい気持ちになった。そこで、彼女の所有地についてお世辞を言った。

夫人はこれに喜ぶと、自分の計画について話して聞かせた。中庭を広げるために、縁にある土手をならすつもりだという。

ちょうどその時、ヴィクトリーヌが土手の斜面をよじ登り、サクラソウや、ヒヤシンスや、すみれの花を摘んでいた。年老いた馬が一頭、足元で草を食んでいたが、怖がる様子もない。

「どうです、かわいい娘でしょう?」とブヴァール。

「ええ! かわいいわね、女の子は!」そう言って未亡人はため息をついたが、まるで一生の長いやるせなさがこめられているかのようだった。「あなただって、あんな子を持つことができたでしょうに」

彼女はうつむいた。

「あなた次第でしたのよ!」

＊36 このあたりの原稿は明らかに未完成であり、Xに入るべき具体的な植物の名前も、ハナヤエムグラの描写も欠けている。またそもそも、「例外の例外」のエピソードとして、フローベールはユリ科とアカネ科のどちらの例を挙げるべきか迷っていたように思われる。

「何ですって?」

男の視線に見つめられ、夫人は乱暴に愛撫でもされたかのように真っ赤になった。だがすぐに気を取り直すと、ハンカチで顔をあおぎながら言った。

「せっかくの好機を逃したんですわ、あなたは!」

「どうも分かりませんね」そう言うと、彼は腰を上げずに、女の方に身をすり寄せた。

夫人はしばらくの間ブヴァールを上から下まで眺めてから、にっこりと微笑み、瞳を潤ませて、

「あなたが悪いのよ!」と言い添えた。

洗濯物のシーツが、ベッドのカーテンのように二人の姿を隠している。

彼は身を傾けて、肘をつくと、女の膝に顔を近づけた。

「なぜです? ねえ? なぜです?」そうして彼女が黙りこくっているので、今さら愛を誓ったとてどうってことはなかろうと考えたのか、かつての振る舞いを必死に弁明しては、自分が愚かだった、高慢だったと自らを責めた。「許してください! また昔のようにしませんか!……いいでしょう?……」こう言って手を握ったが、夫人もそれを振りほどこうとしなかった。

突然風が吹き、シーツを持ち上げると、雌雄二羽の孔雀が目の前に現れた。雌は膝を曲げ、お尻を突き出したまま、じっとしている。雄がその周りをぐるぐる回りながら、尾羽を扇形に広げ、胸を反らして、クックッと鳴く。それからいきなりとびかかると、折り返した羽で、まるで天蓋のように雌を覆ってしまった。すると二羽の大きな鳥は、一つになってぶるっと身を震わせた。

ブヴァールは、ボルダン夫人の手の平が同じように震えるのを感じた。慌てて彼女は手を振りほどいた。ヴィクトールが二人の正面で、口をぽかんと開け、身動きもせずに見つめている。ちょっ

と離れた場所では、ヴィクトリーヌが日なたで仰向けに寝転び、摘んだばかりの花の匂いを嗅いでいた。

年老いた馬が孔雀におびえて、後ろ足を跳ね上げた拍子に洗濯紐の一つを引きちぎり、それに足を絡ませてしまった。そのまま三つの庭を走り回って、洗濯物を引きずって行く。

ボルダン夫人の金切り声に、マリアンヌが駆けつけてきた。グイ爺さんは、「このくたばり損ないめ！　役立たず！　泥棒野郎！」と罵りながら、馬の腹を蹴飛ばしたり、鞭の柄で耳の上を叩いたりした。

ブヴァールは、動物を殴るのを見て憤慨した。

百姓は、「あっしの勝手でしょう！　あっしの馬なんですから」と答える。

そんなことは理由にはならない。

そこにペキュシェが現れて、動物にだって権利があると言葉を挟んだ。なぜなら、動物にも我々同様に魂があるのだから。もっともこれは、人間に魂が存在するとしての話だが？

「何て罰当たりなことを！」とボルダン夫人が叫んだ。

三つのことが彼女をいらだたせていた。洗濯物をやり直さねばならないこと、信仰を侮辱されたこと、それに今しがたいかがわしい姿勢でいるところを見られたのではないかという心配である。

「あなたはもっと気丈な方だと思っていましたよ」とブヴァールが言う。

「破廉恥なお人は嫌いですわ」と、彼女は居丈高に答えた。またグイの方は、馬に怪我をさせてしまったことで二人を逆恨みした。馬が鼻から血を流しているのを見て、小声でぶつぶつ言うのであった。「まったく疫病神め！　ちょうど馬をつなごうとしていた時に、やって来るなんて」

二人は肩をすくめて、その場を退散した。

ヴィクトールは彼らに、なぜグイに対して腹を立てたのかと尋ねた。

「むやみに腕力を振るうのは、悪いことだからさ」

「どうして悪いんだい？」

子供には正義の観念がないのだろうか？　あり得ることだ。

そこでその晩、ペキュシェはブヴァールを右手に従え、手には何枚かのノートを持って、二人の生徒を前に道徳の授業を始めた。

この学問は我々の行動を導く術を教えてくれる。

行動には快楽と利益という二つの動機に加えて、より切実な第三の動機、つまり義務がある。

義務は二つのカテゴリーに分かれる。第一に、自分自身に対する義務は、自らの身体をいたわり、およそあらゆる侮辱から身を守ることに存する。生徒たちもこれは完全に理解した。第二に、他者に対する義務というものがある。すなわち、人類はただ一つの家族に他ならない以上、他人に対しても常に誠実かつ温厚、さらには友愛の念をもって接しなければならない。我々を喜ばせるものが、しばしば他人を害することもある。利益と善は異なっており、善はそれ自体において何ものにも還元できないのだ。子供たちにはこれはピンとこなかった[*37]ので、義務の承認[*38]の問題についてはまたの機会に回すことにした。

ブヴァールに言わせれば、以上の話においては、善が定義されていなかったという。

「どうやって定義しろっていうんだい？　善は感じるものだろう！」

そうだとすれば、道徳の教えは、倫理的な人間にしか有効ではないことになる。そこで、ペキュシェの授業も中止になった。

彼らは生徒たちに、道義心を吹き込むための小話を読ませた。ヴィクトールはすっかりうんざりしてしまった。

想像力を刺激しようと、ペキュシェは少年の寝室の壁に、それぞれ善人と悪人の一生を描いた絵を掛けた。善人のアドルフは、母親に接吻し、ドイツ語を勉強し、目の不自由な人を助け、さらに理工科学校に合格する。[*39] 一方、悪人のウジェーヌの方は、まずは父親に反抗し、それからカフェで喧嘩をし、妻を殴り倒し、くたくたに酔っ払い、箪笥をこじ開けて盗みを働く。最後の絵では牢屋に入れられており、そこにある紳士が男の子を連れてきて、囚人を指差しながらこう諭している。「ご覧、坊や、これが不行跡の報いだよ」

けれども、子供たちにとっては、未来など存在しない。どんなに説教を重ねて、「労働は尊く、金持ちも常に幸せとは限らない」という格言を繰り返したところで無駄なことだ。彼らは労働者がまったく尊敬されていないのを知っているし、館の幸せそうな暮らしぶりを思い出すのであった。後悔の苦しみをあまりに誇張して描いてみせたので、子供たちはかえってでたらめだろうと疑うようになり、その他のことも信じなくなった。

名誉心をくすぐり、世論の観念や栄光の感情などに訴えることで、子供たちを導こうと試みた。そのために偉人、とりわけベルザンス[*40]や、フランクリン[*41]や、ジャカール[*42]といった社会に役立つ人物を褒め称えた！ ヴィクトール

＊37 「義務 他人はこちらに対して義務を負っているが、自分の方は他人に対して何の義務もない」（紋切型辞典）。

＊38 草稿では「道徳の承認」となっている。フローベールの高校時代の哲学教師マレの著『哲学マニュアル』（一八三五）によれば、道徳の諸原理がいかに歴史を通じて人類に承認されてきたかという問題のこと。

＊39 「学校 理工科学校は、あらゆる母親の夢（古い）」（紋切型辞典）。

＊40 フランソワ＝グザヴィエ・ド・ベルザンス・ド・カステルモロン（一六七一―一七五五） マルセイユ司教。一七二〇年のペストの際に献身的に尽くしたことで知られる。

＊41 第Ⅱ章注11参照。

＊42 ジョゼフ・マリー・ジャカール（一七五二―一八三四） 発明家。一八〇四年に発明したジャカード織機は、穴をあけた厚紙を利用して、織物に様々な模様をつけることを可能にした。

はこれらの人物にあやかりたいなどとは少しも思わなかった。

ある日、少年が足し算を間違わずにやった時、ブヴァールが勲章代わりのリボンを上着に縫いつけてあげると、得意になって歩き回った。ところが、アンリ四世の死を忘れたので、ペキュシェがロバの帽子をかぶせた。するとあまりに激しく、それもいつまでもわめき続けるので、厚紙で作った耳を取り外さざるを得なかった。

妹の方も兄と同様、褒められればいい気になり、叱られても意に介さない。

子供たちの感受性を育てるために、黒猫を一匹飼って、世話をさせることにした。また施し物をするようにと二、三スー渡したところ、二人ともこのような要求は不愉快だとみなした。このお金は自分たちのものだという。

教師たちの望みに従い、子供たちはブヴァールを「おじさん」、ペキュシェを「お友達」と呼んだ。だが、兄妹ともにぞんざいな口をきき、授業も半ばは口論に終始するのが常であった。

ヴィクトリーヌはマルセルの好意につけこんで、その背中に乗ったり、髪の毛を引っ張ったり、はては口唇裂をからかって、その真似をして鼻声で喋ったりした。それでもかわいそうな男は、少女を心から可愛がっているので、文句を言おうともしない。

ある晩のこと、彼がしゃがれ声でけたたましい大声を上げた。ブヴァールとペキュシェが台所に下りて行くと、二人の生徒が暖炉をじっと見つめている。そしてマルセルが手を合わせて、「出してやんなさい！　あんまりだ！　あんまりだ！」と叫んでいた。

鍋の蓋が、まるで砲弾が炸裂するように吹っ飛んだ。灰色がかった塊が天井まで跳ね上がると、恐ろしい鳴き声を上げながら、ものすごい勢いでくるくると回った。

猫だった。げっそりとやせこけ、毛は抜け落ちて、尻尾は紐のようだ。大きな目が頭から飛び出ている。それは乳色に濁って、うつろに見えるが、それでもこちらを見つめていた。

ぞっとするような姿の動物はなおもうなり続けていたが、暖炉の中に飛び込み、姿を消したかと思うと、灰の中に倒れて動かなくなった。

この残虐行為を働いたのはヴィクトールである。二人の大人は驚きと恐怖で真っ青になって、思わず後ずさった。少年は非難されると、巡査がその息子について、また小作人がその馬について言ったように、「なんで？ だっておいらのものじゃないかい！」と答えた。悪びれもせず、無邪気なままで、本能が満たされた者の落ち着きを見せている。

鍋からあふれ出たお湯が床を濡らし、シチュー鍋や、火箸や、燭台が床石の上に散らばっている。マルセルが台所を掃除するのも一苦労であった。その間、主人たちは庭の仏塔の下に哀れな猫を葬った。

それから、ブヴァールとペキュシェは長々とヴィクトールについて相談した。親の血は争えない。どうしたらよいだろう？ ド・ファヴェルジュ氏にまた引き取ってもらうか、あるいは他の誰かに預けるかすれば、自分たちが無力だと認めることになる。少年もきっと少しは素行が改まるだろう。

ええい、ままよ！ そんな期待は望み薄だし、愛情ももうなくなってしまった！ こちらの考えに関心を持つ青年がそばにいて、その進歩を見守り、さらにゆくゆくは兄弟のようになることができれば、どんなに嬉しいことか。だが、ヴィクトールには知性もなければ、ましてや真心もない！

そこでペキュシェは両手で膝を抱えながら、ため息をついた。

「妹の方も似たり寄ったりさ」とブヴァール。

彼が思い描いていたのは、心やさしい陽気な十五歳くらいの少女であり、若々しい優雅さで家を明るくしてくれるような女の子であった。そして、まるで自分が娘を失ったばかりの父親であるかのように、さめざめと泣いた。

次いで、ヴィクトールのことを何とか大目に見ようとして、ブヴァールはルソーの意見を引き合いに出した。すなわち、子供には責任はなく、道徳的であったり、不道徳であったりすることはないという。

ペキュシェに言わせれば、あの子たちはとっくに分別のつく年齢である。そこで、二人は懲らしめるための方法を研究した。

ベンサム[*43]の主張によれば、罰が効果的であるためには、過ちに釣り合っておらねばならず、その自然な結果でなければならない。子供が窓ガラスを壊しても、直してやってはならない。自分が寒さで苦しめばよいのである。もしお腹がすいていないのに、お代わりを欲しがったら、その通りにしてあげることだ。お腹をこわして、すぐに後悔することになるだろう。怠け者の子には、ぶらぶらさせておくがよい。今に退屈のあまり、自然と仕事するようになるはずだ。

だが、ヴィクトールは寒くても平気だし、どんなに暴飲暴食しても大丈夫な体質だ。さらにのらくらするのは性に合っている。

彼らはこれとは反対の方法を採用し、薬になる懲罰を用いることにした。罰課を課したところ、少年はますます怠惰になり、ジャムを食べさせないようにすると、いっそう食い意地が張った。

皮肉に訴えれば、きっと効き目があるのではないか？　ある時、少年が汚れた手のまま食卓についたので、ブヴァールは色男、洒落者、ダンディーと呼んでからかった。ヴィクトールはうなだれて聞いていたが、突如として真っ青になると、ブヴァールの顔に向かって皿を投げつけた。そして的を外したのに激昂して、相手に殴りかかる。男たちが三人がかりでようやく抑えつけた。男の子は地面を転げ回り、噛みつこうとする。ペキュシェが遠くから水差しの水をぶっかけると、ようやく興奮もおさまったが、それでも三日間は声がかすれたままであった。この方法はよろしくない。

別の手段を用いることにした。ちょっとでも少年が腹を立てそうになると、病人扱いして、ベッドに寝かしつける。ヴィクトールはいい気になって、歌を歌っていた。

ある日、少年が書架の中に古いヤシの実があるのを見つけ出し、さっそくそれを割り始めたところに、ペキュシェが現れた。

「私のヤシの実だ！」

これはデュムシェルの記念品である！ わざわざパリからシャヴィニョールに持ってきたものだったので、ペキュシェは怒りに腕を振り上げた。ヴィクトールが笑い出したので、「お友達」はかっとなって、激しい平手打ちを食らわせると、少年は部屋の奥まで吹っ飛んだ。それから、興奮に身を震わせながら、ブヴァールに事の次第を訴えに行った。

ブヴァールは彼を非難した。「たかがヤシの実のことで、どうかしてるよ！ 殴られれば頭の働きが鈍くなるし、恐怖で神経質になることだってある。君自身も品位を落としているんだぜ！」

ペキュシェは、体罰も時には必要だと反論した。ペスタロッチ*44もこれを用いていたし、名高いメランヒトン*45は、体罰がなければ自分は何も学ばなかっ

＊43 ジェレミ・ベンサム（一七四八―一八三二） イギリスの哲学者、法学者。功利主義の提唱者。快楽を追求し苦痛を避ける功利的存在として人間を捉え、効用の観点から道徳を基礎づけようと試みた。主著に、『道徳と立法の原理序説』（一七八九）など。

＊44 ヨハン・ハインリッヒ・ペスタロッチ（一七四六―一八二七） スイスの教育者。ルソーの『エミール』に影響を受け、それを初等教育の原理として確立。実際に孤児や貧民の子らの教育にも従事した。主著に、『隠者の夕暮』（一七八〇）など。

＊45 フィリップ・メランヒトン（一四九七―一五六〇） ドイツの人文

たであろうと告白している。

けれども、過酷な処罰が子供たちを自殺に追い込んだ例も報告されている。ヴィクトールは部屋に立てこもった。ブヴァールがドア越しになだめすかして、最後はすもものタルトを餌にして、やっとドアを開けさせることに成功した。これ以降、少年の素行はますます悪くなった。

もう一つ、デュパンルー[*46]の勧める「いかめしい眼差し」という方法が残されている。彼らは自分たちの表情に怖そうな外観を与えようと努めたが、何の効果もなかった。

「こうなったら、宗教を試すしかあるまい」とブヴァールが言う。

ペキュシェは反対した。二人は宗教を教科から外していたのである。

だが、理屈だけではあらゆる欲求を満たすことはできない。心と想像力は別のものを欲しており、多くの魂にとっては、超自然的なものが必要不可欠である。そこで、子供たちを教理問答に通わせることに決めた。

レーヌが子供たちを連れて行く役を買って出た。彼女は始終家にやってきては、優しい物腰で気に入られるようになった。ヴィクトリーヌは急に変貌した。以前より慎み深く、大人しそうになり、聖母像の前に跪いたり、アブラハムの犠牲に感心したり、プロテスタントという名を聞くだけで、さも軽蔑したような薄笑いを浮かべたりする。

少女が断食を命じられたと言い張るので、問い合わせてみたが、そんな事実はなかった。聖体祭の日、ハナダイコンが花壇からなくなっており、祭壇に供えられていた。少女は厚かましくも、花を切ったことを認めようとしない。またある時は、ブヴァールから二十スーくすねて、それを寺男

学者、宗教改革家。ルターの宗教改革に共鳴し、その最大の協力者となる。プロテスタントの教義を体系化すると同時に、人文主義にもとづく教育改革にも貢献した。

の皿の中に入れた。

以上のことから二人は、道徳は宗教とは別物だと結論づけた。道徳が宗教以外の基盤を持たない場合には、その重要性はあくまで二次的なものにすぎない。[*47]

ある晩、夕食を取っているところに、マレスコ氏が入ってきた。ヴィクトールはすぐに姿を隠した。

公証人は勧められた椅子を断ると、訪問の用件を切り出した。トゥアーシュの子供が彼の息子を殴って、半死半生の目にあわせたという。

ヴィクトールの出自は知れ渡っている上に、嫌われ者でもあったので、他の子供たちから「徒刑囚」と呼んでからかわれていた。すると先刻、少年アルノルド・マレスコ君をぼこぼこにしたとのこと。大事なアルノルドの身体はあざだらけである。「母親は悲嘆に暮れています。衣服はぼろぼろだし、容体もかんばしくありません。まったくどうなることやら?」

公証人は、厳罰を科すよう要求し、さらに新たないざこざが起こるのを防ぐため、ヴィクトールが教理問答に通うのをやめてもらいたいと言った。

ブヴァールとペキュシェは相手の横柄な口調に気分を害したものの、その要求をすべて受け入れ、譲歩することにした。

ヴィクトールは名誉心に訴えたのであろうか、はたまた復讐心に従ったのであろうか? いずれにせよ、卑怯者でないことは確かである。

それにしても、その粗暴さには二人とも怖れをなした。音楽は品行を穏や

*46 フェリックス・デュパンルー(一八〇二―七八) 聖職者。オルレアン司教、アカデミー・フランセーズ会員。カトリック教育の擁護者として、『教育について』(一八五〇)その他の著作を発表した。

*47 このあたりの意味はいささか分かりにくいが、道徳は宗教のような超越的な原理とは切り離されてあるべきだという実証主義の主張の引用である。ちなみにフローベールが参照したのは、ウジェーヌ・ブールデの『実証教育の諸原理』(一八七七)にシャルル・ロバンが付した序文。

かにする[*48]というので、ペキュシェは少年にソルフェージュ〔音楽の基礎教育〕を教えようと思い立った。ヴィクトールはなかなか音符を読みこなせるようにはならず、アダージョ〔緩やかに〕、プレスト〔急速に〕、スフォルツァンド〔特に強く〕をたえず混同した。先生は一生懸命になって、音階や、完全和音や、全音階や、半音階や、それから長音程と短音程と呼ばれる二種類の音程について説明した。少年を直立させると、胸を張り、口を大きく開けるよう命じる。そして手本を示そうと、調子っぱずれの声で歌ってみせた。ヴィクトールの方は喉をあまりに収縮させるため、声がなかなか出てこない。小節の最初に休止符が来ると、歌い出しがどうしても早くなったり、遅くなったりするのであった。

ペキュシェはそれにもめげず、二重唱に取り組むことにした。弓の代わりに棒を持つと、まるで背後にオーケストラがいるかのように、堂々とした身振りで腕を動かした。だが、同時に二つのことをこなさねばならず、どうしても拍子を間違えてしまう。それにつられて、今度は生徒がまた別の間違いをおかす。二人とも目を五線譜に注いだまま、眉をひそめ、首の筋肉をこわばらせて、ページの下まででたらめに歌い続けた。

とうとうペキュシェはヴィクトールに、「君はとうてい合唱団では活躍できないよ」と言い渡すと、音楽の教育もやめてしまった。「それにロック[*49]の言い分が正しいかもしれない。音楽には浮薄な連中との交際がつきものなのだから、他のことに取り組んだ方がましさ」

ヴィクトールを作家にしようというわけではないが、少なくとも手紙をす

＊48　「音楽　品行を穏やかにする」（紋切型辞典）。

＊49　第Ⅵ章注67参照。ちなみにここで言及されているのは、『子供の教育』（一六九三）の一節。

＊50　第Ⅳ章注76参照。ここで言及されている著作は、『教育論』（一八二四）。

＊51　ラシーヌ、『アタリー』、第二幕第七場。第Ⅴ章に出てきた「夢のシ

らすら書けるようになって損はないだろう。ある考えから、二人はこれを思いとどまった。書簡の文体はもっぱら女性に属するものなので、学ぶことは不可能である。

続いて、文学作品の抜粋を少年に覚えさせようと考えた。ところが何を選んでよいか困ってしまい、カンパン夫人[*50]の著作を調べた。夫人はエリアサンの場面[*51]、『エステル』[*52]の合唱、それにジャン＝バティスト・ルソー[*53]の全作品を勧めている。

これではちょっと古すぎる。小説はといえば、世の中をあまりに美化して描いているという理由で、夫人はこれを禁じている。

それでも、『クラリッサ・ハーロウ』[*54]とミス・オーピー[*55]の『家庭の父』だけは夫人も認めている。ところで、ミス・オーピーとは何者だろう？

ミショーの『世界人名事典』[*56]にはその名は見当たらなかった。残るはおとぎ話くらいである。「子供たちはダイヤモンドの宮殿を欲しがるようになるぜ」とペキュシェが言った。文学は精神の発展に役立つが、また情念も掻き立てる。

ヴィクトリーヌはまさに情念のせいで、教理問答から追い出された。公証人の息子に接吻しているところを見つかったのだという。もちろんレーヌは冗談を言っているわけではない！　大きなひだのついたボンネットの下で、真剣そのものの表情をしていた。こんなスキャンダルの後では、これ

ーン」（注35参照）の続きの場面である。

＊52　ラシーヌの合唱付き宗教悲劇（一六八九）。『エステル』と『アタリー』は、元々ルイ十四世の妻マントノン夫人の要請により、サン＝シール女学院の生徒のために書かれたもの。

＊53　ジャン＝バティスト・ルソー（一六七一―一七四一）　詩人。『オード』や『カンタータ』などの抒情詩で名声を博した。現在では完全に忘れられているが、当時は当代随一の大詩人とみなされていた。

＊54　イギリスの小説家サミュエル・リチャードソンによる書簡体小説（一七四八）。美徳のヒロイン、クラリッサの受難の物語。

＊55　アメリア・オーピー（一七六九―一八五三）　イギリスの小説家。ここで挙げられている作品の正確なタイトルは『父と娘』（一八〇一）。道を踏み外した娘が、美徳の道に戻って、父と和解する物語。

＊56　第V章注10参照。

ほど堕落した少女をどうやって監督したらよいのか？

ブヴァールとペキュシェは神父をわからずやの老人呼ばわりした。女中は神父を擁護する。二人が言い返すと、彼女は怒気を含んだ目をぎょろつかせながら、帰って行った。「あなた方のことは分かってるんですからね！　分かってるんですからね！」とつぶやいていた。

ヴィクトリーヌは実際、アルノルドに恋心を抱いていた。刺繡をほどこした襟や、ビロードの上着や、良い匂いのする髪の毛などにひかれて、少年をとてもハンサムだと思っていた。そこで花束を何度か持って行ったのだが、ゼフィランがそれを告げ口したのである。

こんな子供っぽい恋愛が何だというのか！　子供たちはどちらも完全に無垢だった。

子供にも生殖の神秘を教えるべきだろうか？

「構わないんじゃないかな」とブヴァール。哲学者のバセドウ[*57]は、詳しい説明は妊娠と出産にとどめてはいたものの、生徒たちに生殖について説明していたという。

ペキュシェの考えは違った。ヴィクトールのことが心配になり始めていたのである。

彼は少年が悪習にふけっているのではないかと疑っていた。ありえないことではなかろう？　謹厳な人物の中にも、生涯この習慣を持ち続けていた者もいるし、アングレーム侯爵だってその常習犯だったと言われている。そこで生徒を問い詰めたあげく、かえって蒙を啓くことになってしまい、しばらくするともはや疑いの余地はなくなった。

すると彼は少年を罪人と呼び、対処策としてティソ[*58]を読ませようと考えた。この傑作も、ブヴァールに言わせれば、益より害の方が大きい。

それよりも、詩的な感情を吹き込んだ方がましであろう。エメ・マルタン[*59]の伝えるところによれば、ある母親がこのような場合に、『新エロイーズ』を息子に貸し与えたところ、「愛にふさわしい存在になるべく、青年は美徳の道にいそしんだ」という。

だが、ヴィクトールは天使のような女性に憧れる性質ではなかった。

「いっそのこと、女のところに連れて行ってはどうだい？」

ペキュシェは売春婦に対する嫌悪を口にした。

ブヴァールはそれを一笑に付すと、ル・アーヴルに遠征してみてはどうかと持ちかけた。

「本気かい？　我々が入るところを誰かに見られるかもしれないぜ！」

「それじゃあ、器具［一種の男性用の貞操帯のようなもの］を買ってやったらどうだい！」

「だけど、店ではきっと僕のものだと思うよ」とペキュシェが言う。

少年には狩猟のような夢中になれる楽しみが必要だが、それには銃や犬が入用になる。運動で疲れさせる方がよいと考えた二人は、野原への散策を企てた。*60

少年はすぐにどこかにいなくなってしまう。交代で監督を受け持ったが、それでもくたくたになるので、夜はもう日記をつける気力もなかった。

ヴィクトールを待っている間、通りがかりの人たちとおしゃべりをしているうちに、教育者としての欲求が刺激されて、衛生学を教えたり、水の無駄使いや、堆肥の浪費を嘆いたりした。

＊57　ヨハン・ベルンハルト・バセドウ（一七二四―九〇）　ドイツの教育者。啓蒙主義の理念にもとづく教育改革を企て、デッサウに汎愛学校を創立した。

＊58　サミュエル・オーギュスト・ティソ（一七二八―九七）　スイスの医師。その著書『オナニスム』（一七六〇）は、医学的観点から自慰行為の有害性を指摘したもので、大きな評判を呼んだ。

＊59　ルイ＝エメ・マルタン（一七八二―一八四七）　文学者。ベルナルダン・ド・サン＝ピエールの友人であり、その全集を刊行した。フローベールが参照したのは、『家庭の母の教育について』（一八三四）。

＊60　「体操　へとへとになるまで子供たちにやらせるべし」（紋切型辞典）。

次いで乳母の監視を始めると、赤ん坊の養い方に憤りを覚えた。ある者は麦の粗粉を溶かして飲ませていたが、これでは乳児は衰弱してしまう。またある者は生後六ヶ月しないうちから肉を食べさせるので、消化不良で死んでしまうこともある。なかには自分の唾液で赤ん坊の身体を洗う者もおり、総じて皆、子供の扱いが乱暴だ。

戸口にミミズクがはりつけにされているのを見ると、農家の中に入っていき、次のように意見した。

「いけませんな。あの動物たちは野ネズミやハタネズミを食べてくれるのですよ。フクロウの胃の中には、毛虫の幼虫が五十匹も見つかったことさえあるのですから」

村人たちは彼らには見覚えがあった。最初は医者としてやって来て、次には古い家具を探していたかと思うと、また小石を集めていたこともある。そこでこう答えるのであった。

「おいおい、冗談はよしとくれ！　お説教はやめてもらいたいね！」

彼らの確信は揺らいだ。というのも、雀は菜園の害虫を駆除してくれるかわりに、桜桃をついばむ。ミミズクは昆虫と同時に、こうもりも食べてしまうが、これは有益な動物だ。またモグラはかたつむりを退治してくれるが、しばしば土を荒らす。ただ一つ確かなのは、あらゆる野禽類は農業に害があるので、根絶すべきだということである。

ある晩、ファヴェルジュの森の中を通り抜ける途中、監視人の家の前に出た。そこの道端で、ソレルが三人の男を相手に、さかんに身振り手振りを交えてしゃべっていた。

最初の男は、ドーファンという名の小柄な痩せた靴直しで、陰険な顔付きをしている。二人目は、この近辺の村々で使い走りをしているオーバン爺さんで、古びた黄色いフロックコートに、青いズックのズボンを身に着けている。

三人目のウジェーヌは、マレスコ氏のところの召使で、まるで司法官のように刈り込んだ顎鬚が特徴的だ。

ソレルは一同に、輪差《わさ》と呼ばれる銅線でできた罠が、煉瓦にくくりつけられた絹糸につないであるところを示していた。靴直しがこれを仕掛けているのを見つけたのだという。

「あんたたちが証人だな？」

ウジェーヌはその通りだという風に軽く頷いた。オーバン爺さんは、「あんたがそういうからには」と答える。

ソレルを憤慨させたのは、悪党が厚かましくも、ここならばかえって疑われないだろうと思ったのか、彼の住居のそばに罠を仕掛けたことである。

ドーファンは泣きそうな口調になった。「あっしはその上を歩いていただけで、むしろ壊してやろうとしていたんですよ」いつも自分は責められてばかりいる。本当に運が悪い！

ソレルはそれには答えずに、調書を書くため、ポケットから手帳とペンとインクを取り出した。

「そりゃ、いけない！」とペキュシェが口を挟んだ。

ブヴァールが続ける。「放してやりたまえ。実直な男じゃないか！」

「こいつが！　密猟者[*61]ですぜ！」

「いや、たとえそうだとしても！」彼らは密猟の弁護を始めた。まず誰もが知っているように、兎は若芽を食い荒らすし、野兎は穀物を駄目にする。おそらくヤマシギだけは……。

＊61　「密猟者　激しい怒りをかきたてねばならない。／同情は禁物です、あなた！　同情は禁物です！」（紋切型辞典）。

「邪魔しないでもらえますかね！」監視人はペンを走らせながら、歯を食いしばっている。

「何て頑固なんだろう！」とブヴァールがつぶやいた。

「もう一言何か言ったら、憲兵を呼びますよ」

「この分からず屋め！」とペキュシェが言った。

「あなた方こそろくでなしだ！」とソレルも言い返す。

ブヴァールはかっとなって、相手を粗野な用心棒呼ばわりした！　その間、ウジェーヌは「落ち着いて、落ち着いて」と繰り返し、一方オーバン爺さんはといえば、少し離れた小石の山に座って、何やらうめいている。

この騒ぎを聞きつけて、猟犬たちも一匹残らず犬小屋から出てきた。爛々と輝く目と黒い鼻面を柵の向こうに覗かせ、あちこち駆け回りながら、恐ろしい声で吠え立てる。

「もういい加減にしてください」と飼い主がどなった。「さもないと、こいつらをけしかけて、あなた方の尻に咬みつかせますよ！」

二人の友は、進歩と文明の味方をしたことに満足して、その場を後にした。

翌日さっそく、密猟監視人を侮辱した廉で簡易裁判所への出頭を指示する召喚状が送られてきた。損害賠償金百フランの支払いを命じる旨に加えて、次のような言葉が添えられている。「ただし、彼らの犯した違警罪［軽罪よりも軽い違反］に対する検察の訴えはまた別とする。費用、六フラン七十五サンチーム。執達吏、ティエルスラン」

どうして検察が出てくるのか？　頭がくらくらした。じきに落ち着くと、裁判での弁論の準備に取り掛かった。

指定された日、ブヴァールとペキュシェは村役場に赴いた。一時間も早く着いたので、まだ誰も来ていなかった。テーブルクロスを敷いた机の回りに、椅子が数脚と肘掛椅子が三つ並んでいる。壁の一部が刳り抜かれているのは、ストーブを入れるためだ。小さな台に載った皇帝［ナポレオン三世のこと］の胸像が広間の全体を見下ろしている。

彼らはぶらぶらと屋根裏部屋まで上って行った。そこには消化ポンプや様々な旗にまじって、片隅に石膏の胸像がいくつか転がっていた。帝冠をかぶっていない大ナポレオン、礼服に肩章を掛けたルイ十八世、垂れ下がった唇が特徴的なシャルル十世、弓形の眉に、ピラミッドのような髪をしたルイ＝フィリップ。*62 屋根の傾斜がこの最後の胸像の襟首をかすめており、またどれもこれも蠅の糞と埃で汚れている。この眺めにブヴァールとペキュシェは意気阻喪してしまった。政府とは哀れなものだという感慨を抱いて、大広間に戻った。

そこには、腕に記章を付けたソレルと、制帽をかぶった警官が控えていた。ざっと十二人ほどの連中がおしゃべりしている。それぞれ、掃除をしなかったため、犬を放し飼いにしたため、夜ランプを点けなかったため、ミサの時間に酒場を開いていたためなどの理由で訴えられたのである。

やがて、クーロンが黒サージの法服をぎこちなくまとい、下の縁がビロード地になった丸いトック帽をかぶって現れた。書記がその左側に、三色綬をかけた村長がその右側に座る。ただちに、ブヴァールとペキュシェに対するソレル事件の審議が始まった。

シャヴィニョール村（カルヴァドス県）在住の従僕ルイ＝マルシアル＝ウ

*62　十九世紀前半のフランスでは、大革命の余波が未だおさまらず、政体が何度も入れ替わった。ナポレオン一世による第一帝政（一八〇四―一四）の後に、ブルボン家の二人の国王ルイ十八世およびシャルル十世による復古王政（一八一四―三〇）が続き、オルレアン家のルイ＝フィリップによる七月王政（一八三〇―四八）に移る。さらに第二共和制（一八四八―五二）を経て、ナポレオン三世が第二帝政（一八五二―七〇）を確立することになる。

ジェーヌ・ルヌヴールは、証人の立場を利用して、この一件とは関係ない多くの事柄について、自分の知っていることを洗いざらい述べ立てた。

日雇いのニコラ＝ジュスト・オーバンは、ソレルの機嫌は損ねたくなかったが、これらの旦那方に害を加えるのも心配であった。そこで、罵詈雑言を聞いたような気はするが、定かではないと言って、耳が遠いのを口実にした。

治安判事は彼を着席させると、監視人に向かって言った。「原告の申し立ては変わりませんね？」

「もちろんですとも」

クーロンは次に、二人の被告に何か言い分はないかと尋ねた。

ブヴァールは、ソレルを侮辱したわけではなく、ドーファンを擁護することで我々の田舎の利益を守ったまでだと言い張った。そうして封建時代の悪弊[*63]や、大領主たちの莫大な散財をもたらす狩猟[*64]を引き合いに出した。

「それがどうしたっていうんです！　違警罪ですよ」

「ちょっと待ってもらいましょうか！」とペキュシェが叫ぶ。「違警罪とか、重罪とか、軽罪といった言葉には、何の値打ちもありませんよ。罰すべき行為を分類するのに刑罰を基準にするなんて、それこそ恣意的きわまりないでしょう。まるで市民に向かって、『自分の行為の価値など気にしなくてよい。それは権力の科す罰によって決まるのだから』と言うようなものじゃないですか。それにそもそも、刑法そのものが原則も何もない不合理な代物だと思いますね」

「まあ、そうかもしれませんな」とクーロンは答える。そして、「さて……」と判決を宣告しようとした。

すると、検察官を兼任しているフーローが立ち上がった。監視人は職務の遂行中に侮辱を受けたのである。もし所有権が尊重されなくなったら、すべてが駄目になる。要するに、治安判事殿には是非とも最大限の刑罰を適用されんことを、という主張である。

結局、ソレルに対する損害賠償は十フランですんだ。

「よかろう」とブヴァールは言った。

クーロンはまだ判決読み上げを終えていなかった。「検察の訴える違警罪の廉で、被告人たちに五フランの罰金を命ずる」

ペキュシェは傍聴席の方を向いて、こう述べた。「罰金は金持ちにとっては痛くも痒くもありませんが、貧乏人にはとんだ災難です。まあ、私にはどうでもいいことですが！」そして、法廷を嘲笑うかのような態度を見せた。

「驚きますな」とクーロンが言った。「才気のある紳士方だというのに……」

「法律のおかげで、あなた方は才気を持つ必要さえないのですからね」とペキュシェは言い返した。「治安判事の任期は無期限ですよ。最高裁判所の判事でさえ七十五歳まで、初審裁判所の判事は七十歳で定年だというのに」

その時、フーローの合図で、プラックヴァンが進み出た。二人は抗議の声を上げた。

「ああ！　せめてあなた方が選抜試験で任命されるのだったら！」

「あるいは県議会によって」

「労働審判所［労働契約に関する紛争を扱う裁判所］でも構いませんがね！」

＊63　「封建制　それが何かははっきりと分からなくても、とにかく強く非難すべし」（紋切型辞典）。

＊64　「狩猟　君主の贅沢の一部」（紋切型辞典）。

「それも、ちゃんとした資格にもとづいて」

彼らはブラックヴァンに押し出され、他の被告たちの罵声を浴びながら外に出た。この連中は、こうした卑しい行為によって、裁判官の歓心を買おうとしたのである。

憤懣をぶちまけようと、その晩ベルジャンブの店に出かけて行った。

お歴々は十時頃には引き上げる習慣なので、カフェには誰もいなかった。ケンケ灯もすでに下げてあり、壁やカウンターが蒸気にかすんで見える。

女が一人、不意に現れた。

メリーである。

彼女は悪びれた様子も見せず、にこにこ笑いながら、二人のジョッキにビールを注いだ。ペキュシェは居たたまれなくなって、すぐに店を出てしまった。

ブヴァールは一人でまたやって来ると、村長に対する皮肉[*65]でブルジョワたちを楽しませた。そしてそれ以来、居酒屋の常連になった。

ドーファンは六週間後、証拠不十分で無罪となった。何と恥知らずなことか！ 彼らに不利な証言をした際には誰もが信じたあの同じ証人たちが、今度は疑われているという。

さらに、登記所が罰金を支払うよう通告してくるにいたって、彼らの怒りはもはやとどまるところを知らなかった。ブヴァールは、登記所は所有権を損なうものだといって非難した。

「あなたは勘違いしておられる！」と収税吏のジルバルが言う。

「とんでもない！ 公共の税金の三分の一が所有権でまかなわれているのですよ！ 私としては、これほど苛酷ではない課税方法、もっと整備された土地台帳、それに抵当制度の改革を要求したいところですね。[66]ついでに、高利を貪る特権を享受しているフランス銀行も廃止すべきですな」

ジルバルは反論できずに、世論の評価を失って、もう二度と居酒屋には姿を見せなくなった。

それでも、ブヴァールは宿屋の主人のお気に入りだった。何と言っても、客を引きつけてくれる。また常連を待つ間は、女中といつも親しげにおしゃべりしていた。

初等教育についても奇怪な意見を披露した。本来、小学校を出たならば、病人の世話をしたり、科学の発見を理解したり、芸術に興味を持ったりするようになっているべきではないか！　その提案するカリキュラムの諸要求のせいで、彼はプティと仲違いした。さらに、兵隊は教練なんかで時間を無駄にする代わりに、野菜でも耕していた方がましだと主張して、大尉の感情を害した。

自由貿易の問題[67]が持ち上がると、彼は再びペキュシェを連れてきた。そして冬の間中ずっと、カフェの中は、怒気を帯びた眼差しや、蔑むような態度に加えて、罵声や怒号にあふれていた。誰かが拳でテーブルを叩いて、酒の瓶が跳ね上がるようなこともしょっちゅうであった。

ラングロワをはじめとする商人たちは国内商業[68]を、製糸工場主のヴォワザン、圧延工場の経営者ウドー、金銀細工師のマチューらは国内産業を、地主や小作人たちは国内農業をそれぞれ擁護する。各人が大多数の利益を犠牲にしてでも、自らのために特権を要求するのだった。──ブヴァールとペキュシェの言論は周囲を不安にした。

＊65　「村長　常に滑稽」（紋切型辞典）。

＊66　「抵当　『抵当権制度の改革』を要求するのは、とてもいかしている」（紋切型辞典）。

＊67　一八六〇年一月、以前から貿易自由化を持論としていたナポレオン三世は、突如として英仏通商条約を締結し、関税率を大幅に引き下げた。伝統的な保護貿易主義のこの撤回は、完全に秘密裡に準備されたものであり、当初は保守的な産業資本家たちの大反対にあったが、結果としてフランス経済の近代化を促進することになった。ちなみに、『紋切型辞典』には「自由貿易　商業の不振の原因」とある。

＊68　「輸入　商業をむしばむ害虫」（紋切型辞典）。

実践[*69]を知らないとか、平準化や不道徳を助長するなどと批判されたのを受け、二人は次のような三つの着想を開陳した。

名前の姓を廃して、登録番号に置き換える。

フランス人に等級を付ける。自分の等級を維持するためには、時々試験を受けなければならないこととする。

懲罰も褒賞もなくして、その代わり、あらゆる村で個人記録を付けることとし、それを後世に残す。

こんな制度のことは、誰も相手にしようとしなかった。

彼らはこれを論文にまとめてバイユーの新聞に投稿した。同時に、知事には覚書を、議会には請願書を、皇帝には建白書を送った。

新聞はその論文を掲載しなかった。知事は返事もよこさないし、議会も梨のつぶてである。そこで、宮殿からの封書を長いこと待ちわびた。皇帝は何にかかずらっているのだろう? きっと女に違いない!

フーローは、もっと慎重に振る舞うようにという副知事からの忠告を伝えてきた。

彼らはといえば、副知事も、知事も、県参事会［行政訴訟を担当する機関］も、さらには国務院［行政訴訟における最高裁判所。第二帝政期には立法機関の役割も果たした］でさえ歯牙にもかけていなかった。行政は優遇したり脅したりすることで、不当に役人を支配しているのだから、行政裁判などまやかしにすぎない。一言でいえば、彼らは厄介な存在になっていたのである。そんな訳で、お歴々はベルジャンブに、この二人をもう店に入れないよう命じた。

するとブヴァールとペキュシェは、何か万人の尊敬を勝ち得るような仕事をして、村人たちを驚嘆させてやろうと思い付いた。だが、シャヴィニョールの美化計画の他には、これといったアイデアも浮かばない。

この計画によれば、四分の三の家が取り壊されることになるはずだ。村の中央には記念広場を作り、ファレーズ方面には施療院を、カーン街道には屠畜場を設え、またパ・ド・ラ・ヴァックの峠には色鮮やかなロマネスク教会を建てよう。

ペキュシェは墨で下図を描くと、わざわざ森は黄色に、草原は緑に、建物は赤く色を塗った。理想のシャヴィニョールの情景が、夢の中まで追いかけてくる！ 布団の上で何度も寝返りをうつので、ある夜など、ブヴァールはそれで目が覚めてしまった！

「具合でも悪いのかい？」

ペキュシェはもごもご口にした。「オスマン[*70]が眠らせてくれないんだ」

その頃、デュムシェルから手紙があり、ノルマンディー海岸の海水浴場の値段を問い合わせてきた。

「海水浴場でも何でも、勝手に行くがいいさ！ まったく、手紙なんて書く暇があると思ってるのかね？」そして、測量用の鎖、測角器、水準器、コンパスなどが手に入ると、新たな調査を開始した。

彼らは他人の地所に勝手に入り込んだ。ブルジョワたちはよく、自分の家の中庭に二人が標柱を立てているのを見て、びっくり仰天することがあった。ブヴァールとペキュシェは落ち着き払って、これから起こるはずのことを告

＊69 「実践 理論にまさる」（紋切型辞典）。

＊70 ジョルジュ＝ウジェーヌ・オスマン（一八〇九―九一） ナポレオン三世のもとで、一八五三年から七〇年までセーヌ県知事を務め、公安、衛生、経済活動の面からパリの都市改造を推し進めた。ほぼ現在のパリの姿を作り上げた。

げ知らせる。村人たちは心配になった。というのも、つまるところ、当局が彼らの意見に賛同しないとも限らないではないか？

時には、乱暴に追い払われることもあった。すると、ヴィクトールが壁をよじ登り、屋根裏に上って、そこに目印を吊るす。男の子はやる気満々で、ある種の熱意さえ示していた。

彼らはヴィクトリーヌにも以前より満足していた。

洗濯物の皺を伸ばす時、彼女は優しい声で歌を口ずさみながら、台の上でアイロンを滑らせる。家事に興味を持ち、ブヴァールに縁なし帽を作ってくれた。特にそのピケ縫いはロミッシュに褒められるほどの出来栄えだった。

この男は農家を渡り歩いて衣服を繕っている仕立て屋の一人で、ちょうどその頃、彼らの家に半月ほど滞在していたのである。

この佝僂病にかかった、真っ赤な目をした男は、その肉体的な欠点をひょうきんな性格で埋め合わせていた。主人たちが外出している間、笑い話をしたり、舌を顎まで出してみせたり、カッコウの真似をしたり、腹話術をしたりして、マルセルとヴィクトリーヌを楽しませる。夜は宿代を惜しんで、パン焼き室で寝ることにしていた。

ところで、ある朝早く、急に仕事がしたくなったブヴァールは、暖炉の火をつけるため、パン焼き室におがくずを取りに行った。

そこで目にした光景に、思わず凍り付いてしまった。

壊れた長持の後ろにある藁布団の上に、ロミッシュとヴィクトリーヌが一緒に眠っていたのである。

男は少女の体に片腕を回し、猿のように長いもう一方の手で、その膝を抱えている。瞼を半ば閉じ、顔は快楽の余韻でまだ引きつったままだ。少女の方は、仰向けに寝たまま微笑を浮かべている。はだけた肌着から覗いた幼い乳房には、佝僂病の男の愛撫でできた赤い斑点が残されているのが見える。ブロンドの髪の毛は乱れ、夜明けの明かりが二人の上にどんよりとした光線を投げ掛けている。

ブヴァールはこれを見た瞬間、胸をえぐられるような衝撃を受けた。続いて羞恥心に妨げられ、身動きもできなくなった。痛ましい考えが頭に浮かぶ。

「あんなに幼いのに！　堕落だ！　堕落だ！」

それからペキュシェを起こしに行くと、手短にすべてを伝えた。

「ええい！　あのいまいましい男め！」

「僕らには何もできやしないさ！　落ち着きたまえよ！」

二人はかなりの間、向かい合ってため息をついていた。ブヴァールは上着も着けずに、腕組みをし、ペキュシェは裸足で、ナイトキャップをかぶったまま、寝台の端に腰掛けている。

ロミッシュはすでに仕事を終えており、その日に発つことになっていた。彼らは一言も声をかけずに、見下したような態度で支払いを済ませた。

だが、神の摂理はなおも彼らに辛く当たるのだった。

マルセルが二人をヴィクトールの部屋にこっそり連れて行き、箪笥の奥に隠してある二十フラン硬貨を見せた。少年から、これを小銭にくずしてほしいと頼まれたのだという。

どうやってこのお金を手に入れたのか？　もちろん盗んだのだ！　それも、測量調査の際にやったに違いない。

もし誰かが訴えてきたら、自分たちも共犯だと見られかねない。

結局、ヴィクトールを呼びつけて、引き出しを開けるよう命じることにした。硬貨はもうなくなっていた。

しかし、今しがた、自分たちの手でそれを触ったばかりである。それに、マルセルは嘘のつけない性分ときている。下男はこの出来事にすっかり動転していたため、朝から、ブヴァール宛ての手紙をポケットに入れたままであった。

「拝啓
ペキュシェ様がご病気ではないかと思われますので、あなた様のご厚意におすがりしたく……」

いったい誰からだろう？「オランプ・デュムシェル、旧姓シャルポー」

夫妻は、クールスール、ラングリューヌ、ウィストルアムのうち、観光客が最も騒々しくないのはどの海水浴場か問い合わせてきたのである。他にも、交通手段、洗濯代など諸々の些事についての質問が記されている。

デュムシェルのこのしつこさには、二人とも腹を立てた。それから疲労のせいで、いっそう重苦しい落胆へと沈んでしまった。

これまでの苦労のすべてを数え上げては、一生懸命教えた勉強のこと、数多の心遣いや悩みのことを思い出す。

「考えてもみたまえ」と彼らは話し合った。「あの娘を助教員にしようと思っていたんだからな！それに男の子の方も、ついこの間まで、土木工事の現場監督にでもと望んでいたなんて！」

「あの娘の身持ちが悪いのは、読書のせいではないよ」

「あいつを正直者にするために、カルトゥーシュ[*71]の伝記を教えてやったというのに」

「おそらくあの子たちには、家庭とか、母親の気配りといったものが欠けていたんじゃないかな？」

「僕が母親代わりだったじゃないか！」とブヴァールが言い返す。

「残念だけど！」とペキュシェが続けた。「倫理感の欠落した性質の持ち主がいるんだろうよ。そういった場合、教育は何の役にも立たないさ」

「ああ！　確かに！　教育なんて下らないね」

孤児たちは何の技能も身に付けていないので、召使の職でも二つ探してやることにしよう。そしてその後のことは、神のみぞ知るだ！　もうかかわり合うのはよそう！　これ以後、おじさんとお友達は子供たちを台所で食事させることにした。

だがじきに、二人は退屈を覚えた。彼らの精神には仕事が、生活には目的が必要なのだ！

それに、一度の失敗が何の証拠になるというのか？　子供に対しては不首尾に終わったことも、大人が相手ならそれほど難しくないのではないか？

そこで、大人向けの講座を開設しようと思い立った。

自分たちの考えを説明するには、講演会を催さねばならないだろう。それには宿屋の大広間がまさにうってつけである。

ベルジャンブは助役として評判を危うくすることを怖れて、最初は断ったものの、じきに考え直すと、女中を通じてそのことを伝えてきた。ブヴァールは喜びの余り、メリーの両頬に接吻した。

＊71　ルイ＝ドミニク・カルトゥーシュ（一六九三―一七二一）　盗賊。十八世紀初頭のパリで盗賊団の首領として暗躍し、最後は車責めの刑に処せられた。大衆文学におけるダークヒーローの一人。ちなみに、子供にカルトゥーシュの生涯を教えるよう勧めているのは、前述（注50）のカンパン夫人である。

村長は不在だったし、もう一人の助役のマレスコは事務所の仕事で忙しくて、こんなことには構っていられない。そこで、講演会は次の日曜日の三時に行われることになり、太鼓がそれを告げて回った。

前日になってようやく、彼らは服装のことを考えた。

ペキュシェは、幸いなことに、ビロードの襟のついた古い礼服に加えて、白ネクタイを二本と黒手袋をしまっていた。ブヴァールは青のフロックコートに、南京木綿のチョッキ、それにビーバーの短靴というういでたちである。二人とも村を横切る時は、感無量であった。

［ここでギュスターヴ・フローベールの原稿は終わっている。次に、この作品の結末を記した草案を掲げる。］

講演会

宿屋。二階の両側に木造の歩廊があり、バルコニーが張り出している。母屋が奥にあり、一階にはカフェ、食堂、ビリヤード室。ドアと窓は開け放されている。

お歴々と民衆が詰めかけている。

ブヴァール「まず問題となるのは、我々の計画の有用性を明らかにすることです。我々はこれまで研究を重ねてきたので、こうやって話す権利があるというわけです」

ペキュシェの演説。衒学的な調子。

政府と行政の愚かしさ。多すぎる税金。二つの財政緊縮、すなわち軍事予算と宗教予算の削減に取り組むべきである。

聴衆に不信心だと責められる。

そんなことはない。だが、宗教の革新が必要なのだ。

フーローがいきなり現れ、集会を解散させようとする。

ブヴァールは、村長が考案したミミズク狩りのばかげた報奨金のことで、一同を笑わせる。そして、次のような反論を述べる。「もし植物に害のある動物を撲滅しなければならないとしたら、草を食む家畜だって撲滅しなければならなくなりますよ」

フーローは引き下がる。

ブヴァールの演説。くだけた調子。

諸々の偏見、たとえば司祭の独身生活。[*72] 姦通など取るに足りない。女性の解放。その耳飾りはかつての隷属の名残りである。人間の種馬飼育場。

二人は、自分たちの生徒の不行跡について非難を浴びる。また、どうして徒刑囚の子供など引き取ったのか？

復権の理論。彼らはトゥアーシュとだって食事してみせよう。

フーローが戻って来る。ブヴァールに仕返しをすべく、彼が村議会に送った、シャヴィニョールに売春宿の設置を求める請願書を読み上げる。ロバン[*73]の挙げる理由。

*72 「司祭　女中と寝ては、子供ができると、その子を「甥」と呼ぶ」（紋切型辞典）。

*73 シャルル・ロバン（一八二一―八五）解剖学者、生物学者、政治家。組織学の大家であり、パリ大学医学部教授。社会的関心も強く、一八七一年、リトレとともに社会学協会を設立。ここで言及されているのは『知育と徳育』（一八七七）の一節であり、未成年者の結婚は社会的に望ましくないので、思春期開始以後の「一時的な独身状態」を乗り切るためには、売春が「次善の策」だという主張。ちなみに、『紋切型辞典』にも「娼婦　必要悪。我々の娘や姉妹を守ってくれる存在」とある。

講演は大混乱の中、閉会となる。

家に戻る途中、フーローの召使が馬に乗って、ファレーズ街道を全速力で駆けて行くのを見かける。

彼らは、皆の憎悪が自分たちに向けられているなどとは夢にも疑わずに、疲れ切って寝てしまう。司祭、医者、村長、マレスコ、民衆、つまり誰も彼もが二人を恨んでいる理由。

翌日、昼食の際に、講演会のことがまた話題になる。

ペキュシェは人類の未来について悲観的な考えを抱いている。

現代人は衰弱して、機械になってしまった。

人類の最終的な無秩序（ビューヒナー[*74]、I、十一）。

平和の不可能性[*75]（同右）。

行きすぎた個人主義と科学の錯乱による野蛮状態。

三つの仮説。〔一、〕汎神論的な急進主義が過去との一切の絆を断ち切り、非人間的な専制がそれに続くことになるだろう。二、もし有神論的な絶対主義が勝利をおさめるならば、人類が宗教改革以来親しんできた自由主義は敗れ去り、すべてがひっくり返るであろう。三、八九年〔一七八九年のフランス大革命のこと〕以来存続する混乱が、二つの出口の間で際限なく続くようなこと

＊74　ルートヴィヒ・ビューヒナー（一八二四―九九）　ドイツの医師、哲学者。『力と物質』（一八五五）において、唯物論哲学を展開して大きな反響を呼んだ。フローベールが参照したのは『科学と自然』（一八六六）の仏訳版（一八六六）であり、「人類の最終的な無秩序」とは、具体的には、この後に提示される人類の将来に関する三つの悲観的な展望のことを指す。

＊75　ビューヒナーによれば、十九世紀を特徴づける諸々の対立関係（アンチテーゼ）、特に進歩・科学と野蛮・蒙昧との間の対立は、どこかで決定的な紛争を引き起こさずにはおかないという。

＊76　「理想　まったく無用なもの」

になれば、これらの動揺はそれ自体の力によって我々をさらっていくことになるだろう。

もはや理想も、[76] 宗教も、道徳もなくなるであろう。

アメリカが地上を征服するだろう。

文学の未来。

がさつな無教養があまねく行き渡ることになる。万事が、労働者たちの壮大などんちゃん騒ぎのようなものと化すだろう。

熱の消滅による世界の終わり。


ブヴァールは人類の未来について楽観的な考えを抱いている。

現代人は進歩しつつある。

ヨーロッパはアジアによって生まれ変わるであろう。なぜなら、歴史の法則によれば、文明は東洋から西洋へ移るのだから。中国の役割。二つの人類がついに融合するだろう。[77]

将来の発明。旅行の方法。気球。[78] ガラス張りの潜水艦。海が荒れるのも海面だけのことなので、絶えず穏やかに航行できるはずだ。魚が泳ぐのや、海底の景色の変化が見られるだろう。飼い馴らされた動物。ありとあらゆる耕作。

文学の未来（産業文学[79]との対照）。


（紋切型辞典）。

＊77 十八世紀末から十九世紀前半にかけて、サンスクリット語の解読などもあり、ヨーロッパでは東洋の文明の再発見、さらには再評価が進んだ。この現象を「オリエンタル・ルネサンス」と命名したエドガール・キネは、一八四一年に発表した同名の論考の冒頭で、「あらゆる啓示は東洋からやってきて、それが西洋に伝えられると伝統と呼ばれる」と述べている。二つの世界の融合は、ロマン主義的オリエンタリズムのいわば紋切型に他ならない。

＊78 「気球　気球に乗って、いつかは月に行くことができるだろう。／まだまだ自由に操縦するにはいたらない」（紋切型辞典）。

＊79 十九世紀前半、ジャーナリズムの発展、およびそれに伴う新聞小説の隆盛を背景に、もっぱら娯楽性を旨とする文学作品が大量に生産されるようになった。サント＝ブーヴは一八三九年、「産業文学」と題した論考を発表して、これらの作品を痛烈に批判した。

未来の科学。磁力を調整すること。

パリは冬の公園になるだろう。大通りには果樹垣。セーヌ川の水は濾過されて、暖められる。いたるところに飾られた人造宝石。惜しげもなく使われる金箔。家屋の照明には、光を貯蔵して用いる。実際、砂糖や、ある種の軟体動物の体や、ボローニャ石など、いくつかの物体はこうした特性を備えている。家の正面には燐光を発する物質を塗ることが義務付けられ、そこから出る光が通りを照らすことになるだろう。

必要の消滅による悪の消滅。哲学が宗教となるだろう。

あらゆる民族の共感。公共の祝祭。

宇宙旅行もできるようになる。そして、地球が疲弊してしまったあかつきには、人類は他の星に移動するであろう。

彼が話し終えるやいなや、憲兵たちが登場する。

憲兵の姿を見ると、子供たちは漠とした記憶を呼び覚まされ、恐れおののく。

マルセルの悲嘆。

ブヴァールとペキュシェの動揺。ヴィクトールを捕まえに来たのだろうか?

憲兵が拘引状を示す。

講演会が災いのもととなったのだ。二人は宗教および秩序を紊乱《びんらん》し、反乱を扇動した廉で告発されたのである。

そこへ突如として、デュムシェル夫妻が荷物を携えて到着。海水浴に来たとのこと。デュムシェルは変わっていない。眼鏡を掛けた夫人は、寓話の作者でもある。彼らの呆然とした様子。村長は、ブヴァールとペキュシェのところに憲兵たちがいるのを知ると、それに力づけられてやって来る。

ゴルギュは、権力も世論も彼らに敵対しているのを見て取るや、これを利用しようと考えて、フーローについてくる。二人のうちブヴァールの方が金持ちだと見当をつけると、以前にメリーをたぶらかしただろうと言い掛かりをつける。

「まさか、とんでもない！」同時にペキュシェが震え出す。「それに、あの娘に病気をうつしたじゃないか」ブヴァールは憤慨の声を上げる。ゴルギュはさらに続けて、少なくとも生まれてくる子供のために手当てを負担すべきだと主張する。なぜなら、彼女は妊娠しているのだ。この第二の非難は、ブヴァールがカフェでメリーと馴れ馴れしくしていたことを根拠にしている。

野次馬たちが次第に家に入り込んでくる。

商用でこの地方に来ていたバルブルーは、宿屋で事の次第を聞き、すぐに駆けつけてくる。彼はブヴァールに罪があると思い込んでいるので、脇に連れて行くと、ここは譲歩して、手当てを支払うよう勧める。

医者、伯爵、レーヌ、ボルダン夫人、日傘をさしたマレスコ夫人、さらにその他のお歴々がやって来る。柵の外では、村の腕白小僧たちが庭の中に石を投げ入れている。庭は今では手入れが行き届いており、それがかえって村人たちの妬みを買ったのである。

フーローはブヴァールとペキュシェを牢屋に引っ張って行こうとする。

バルブルーがとりなす。するとそれにならって、マレスコと医者と伯爵も、侮蔑的な憐れみの色を浮かべながらも仲裁に入る。

拘引状について説明すること。副知事はフーローの手紙を受け取ると、二人を威嚇するために拘引状を送った。同時に、マレスコとファヴェルジュにも手紙を書き、もし彼らが改悛の情を示すなら、あえて逮捕するには及ばないと伝えてきたのである。

（騒ぎに引かれてやって来た）ヴォコルベイユも彼らを弁護する。「この人たちを連れて行くとしたら、むしろ精神病院にですよ」

これが、第二巻の最後で問題になる知事への手紙の伏線となっている。というのも、この言葉を聞きつけた知事が、医者に意見を求めることになるからだ。「あの二人を監禁すべきだろうか？」

一件落着する。ブヴァールはメリーに手当てを払うことになる。

しかし、彼らに子供たちの指導を任せておくことはできない。二人は異を唱えるが、きちんと法律上の手続きを踏んで孤児たちを養子にしたわけではない。

結局、村長が引き取ることになる。

子供たちは目に余るほどの冷淡さを示す。

ブヴァールとペキュシェは、それを見て涙を流す。

デュムシェル夫妻も立ち去る。


こうして、彼らの手掛けたものはことごとく水泡に帰した。

二人はもはや人生には何の関心も抱いていない。

各々ひそかに温めてきた良いアイデア。互いに隠してはいるが、時折それが頭に浮かぶと、思わずほくそ笑む。やがて同時にそれを打ち明ける。筆写《コピー》をしよう。

書台が二重になった仕事机の製作（そのためにある指物師に問い合わせる。彼らの思い付きを耳にしたゴルギュが、それを作ろうと申し出る。例の長持を想起すること）。

帳簿、文房具、艶付け用の樹脂、字消しナイフ等の購入。

彼らは仕事にかかる。

XI 彼らの筆写《コピー》

彼らは、手に入るものすべてを書き写した。長々と列挙すること。以前に読んだ著作家たちについてのノート。近所の製紙工場で目方で買い取った反古紙。

だがそのうち、分類を行う必要を感じる。そこで、大きな商業登記簿の上に写し直す。書き写すという物理的行為のうちに存する快楽。

各種文体見本。農業的文体、医学的文体、神学的文体、古典的文体、ロマン主義的文体、迂言法。

比較対照。民衆の犯罪、王侯の犯罪。宗教の功績、宗教の犯罪。

美談、名句。世界史を美談、名句でたどり直すこと。

紋切型辞典。当世風思想一覧。

マレスコの見習い書記の原稿。詩的断章。

書き写した文章の下に注釈を付す。

しかし、しばしば引用文をどこに整理したらよいのか分からなくなり、大いにためらいを覚える。

作業が進むに従って、ますます困難も増す。それでも、二人は仕事を続ける。

マレスコはシャヴィニョールを去り、ル・アーヴルに赴く。さらに投機に手を出し、パリで公証人になる。

メリーはベルジャンブの家に女中として入り、やがて彼と結婚する。ベルジャンブが亡くなると、ゴルギュと再婚し、宿屋を仕切ることになる。

等々。

XII　結末

ある日、彼らは（工場の反古紙の中に）ヴォコルベイユから県知事閣下に宛てた手紙の下書きを見つける。

ブヴァールとペキュシェははたして危険な狂人かどうか、知事から問い合わせてきたのである。医師の手紙は非公式の報告書で、両人が無害な愚か者にすぎないことを説明している。この手紙は主人公たちの行動と考えをすべて要約することで、読者にとっては小説の批評になるはずだ。

「いったいこれをどうしたものだろう？」考えることはない！　書き写そう！　ページは埋め尽くされなければならず、「記念碑」は完成しなければならない。すべてのもの、善と悪、美と醜、無意味なものと特徴的なものは等価である。真実なのは現象のみ。

二人が机の上に身をかがめて、書き写している姿で終わる。

解説

I　小説と百科事典

『ボヴァリー夫人』（一八五六）や『感情教育』（一八六九）を通してフローベールに親しんだ読者は、『ブヴァールとペキュシェ』（一八八一）を読んでも最初はピンとこないどころか、少なからず当惑させられるかもしれない。『サフンボー』（一八六二）のように紀元前三世紀のカルタゴを舞台にしているわけでもなく、また『聖アントワーヌの誘惑』（一八七四）のように小説とも戯曲ともつかない破格の文学形式で書かれているわけでもないにもかかわらず、十九世紀前半および中葉のパリ、ついでノルマンディーの片田舎を舞台にしたこの小説は、レアリスム小説の巨匠としばしば称される作家の残したものとしては、相当奇妙な長編作品に映ることは間違いない。いちおうストーリーらしいストーリーがあるのは第I章だけであり、その後は、隠遁した二人の元書記が、身のほど知らずにも色々な学問に次々と手を出しては、失敗していくだけのあらすじ。それも章によって多少のヴァリエーションはあるものの、基本的にはまずその分野の参考書を読んで、そこで得た知識を実践しようとするものの、諸学説の間にある矛盾や、理論と現実の相克に悩まされて意気消沈するという同じ図式が繰り返される。現代の前衛的な文学作品ならともかく、小説の黄金時代である十九世紀に、それもその代表的な作家の一人の遺作として、こんな小説的《ロマネスク》でない作品が書かれたことには、やはり素直に驚かざるを得ないだろう。

実際、『ブヴァールとペキュシェ』(以下『ブヴァール』に略)出版後の批評を見れば、この作品が同時代の大方の読者の理解を超えていた様が見てとれる。そもそもフローベールの周辺にいた作家たちでさえ、この作品を前にして戸惑いを隠せなかったようで、たとえばフローベールの弟子筋モーパッサンの友人であったアンリ・セアールの書評(一八八一年四月、『エクスプレス』紙)などは、その典型だといえようか。ゾラやモーパッサンらとともに短編集『メダンの夕べ』(一八八〇)に参加したことで知られるこの新進小説家が、尊敬する『感情教育』の作者を擁護しようとして展開する主張は、いささか微笑ましいくらいに滑稽なものだ。いわく、これほど小説に似ていない作品もなく、そこにあるのは人間的真実とはほど遠い、ある種の抽象的な論理だけである。とはいえ、フローベールのこれまでの文学的達成を鑑みれば、これがまだ下書きの段階にあることは間違いなく、従って非難されるべきはこれをそのまま出版した遺族の方であり、亡くなった作家の名誉には何ら傷がつくものではないとのこと。一見して明らかなように、かなり苦しい主張といわざるを得ず、これでは結局、『ブヴァール』を「とても読めたものではない耐えがたい代物」と断じ、作者自らが自分の書いているものの「退屈さ」にやられてくたばったに違いないと毒づくフローベールの天敵バルベー・ドールヴィイーの嘲罵(一八八一年五月、『コンスティテュショネル』紙)と、実質的にはほとんど変わらないとさえいえよう。

おおむね単調さと退屈というのが、多少なりとも劇的な展開をはらむストーリーを期待していた最初の読者たちの覚えた否定的な印象のようだ。もっとも、『ブヴァール』の主題が単調さというリスクと切り離せないことは作者自身もよく分かっていたようで、執筆の努力の一つはまさにこの美学上の欠点をどのように補うかにあったことは、その書簡が示す通りである。一八七五年四月十五日付のエドマ・ロジェ・デ・ジュネット宛の手紙によれば、「〔小説が〕哲学論文のように見えないためには、見せ掛けの筋立て《アクション》、一貫した物語めいたものが必要だ」という。ただしそれはあくまで見せ掛けのものにすぎず、本質的な要素がストーリー展開の妙にないことは言うまでもない。別の手紙を引用すれば、「女の占める場所は、ここにはほとんどないし、恋愛については、まったくありません。〔……〕男爵夫人が子爵と結婚するかどうかを知るために本を読む手合いは欺かれることになるでしょう」（一八七九年十二月十六日、ガートルード・テナント宛）。要するに、通常の意味での小説的な興味が目指されていたわけではないのであり、しかも興味深いことには、作者自身が時にはそれを重大な欠陥とみなして、作品の構想そのものについての疑念にさいなまれることもあったらしい。「きっとひどい愚作になるのか？　あるいはむしろ卓越した何かになるのか？」（同書簡）という問いかけは、おそらく最後の瞬間まで作家の脳裏を離れることはなかったに違いない。

　ここで話を少しだけ現代の方に引きつけて、アンドレ・ブルトンの『シュルレアリスム宣言』（一九二四）に引かれているポール・ヴァレリーの有名な言葉を想起してみたい。ある時ヴァレリーは小説を話題にして、自分としては「侯爵夫人は五時に外出した」などという文章を書くことは永遠に御免こうむりたいと述べたという。絶対詩の擁護者たるこの晦渋な詩人が、一般に小説的なものがもつ通俗性、凡庸さに我慢ならなかったことを示すエピソードであるが、同じ態度は「小説の大量生産」を嘆くブルトン自身にも共有されている。この一種の美学的な価値転換、それもその確信にみちた口振りは二十世紀にこそ可能になったものであり、いわばこの延長線上にヌーヴォー・ロマンなどの二十世紀後半の小説の革新もあったのだといえよう。一方フローベールはといえば、自らの文学的試みの正当性に必ずしも自信が持てなかったようであり、『ブヴァール』の執筆期間を通じて、「僕を絶望させるのは、もはや自分の本を信じていないことだ」（一八七五年四月十五日、ロジェ・デ・ジュネット夫人宛）といった類の弱音を再三吐いている。とはいえ、現在のわれわれの視点から見て、侯爵夫人（ヴァレリー）であれ、男爵夫人（フローベール）であれ、そのほどよく刺激的なアヴァンチュールとは縁遠い小説がもしあるとしたら、十九世紀の作品の中では、まずもって『ブヴァールとペキュシェ』を挙げるべきではなかろうか。

それでは、自らの企てについての深い不安と逡巡を抱えながら、それでもフローベールが追求したものとは何だったのか？　この点に関して参考になるのが、フローベールがツルゲーネフと交わした書簡であろう。一八七四年七月ということは、つまり『ブヴァール』執筆開始の直前に、このような主題は長編ではなく、「すばやく、つまりスウィフト風、もしくはヴォルテール風」に扱うべきだという忠告が、十年来の友人ツルゲーネフから寄せられる。読書、実験、失敗の繰り返しではすぐに読者が飽きてしまうだろうというもっともな論拠に対して、フローベールの答えは一見必ずしも説得的とは思われないかもしれない。少し長くなるが、重要な一節なのでそっくり引用してみよう。

貴兄の批評感覚に対する多大なる敬意にもかかわらず（というのも、貴兄にあって〈裁き手〉は〈製作者〉と同じ水準にあるからであり、これが意味するところは重大です）、この主題をどのように取り上げるべきか、僕は貴兄とまったく意見を異にします。この主題を簡潔かつ軽妙なやり方で手短に扱えば、多かれ少なかれ機知に富んだ奇抜な作品になりはしても、まるで効果のない、まったく真実味を欠いたものになるはずです。それに対し、細かく書きこんで大きく展開させれば、みずから書いている物語を僕が信じているように見えるはずで、そうなると大真面目なもの、恐るべきものさえ作りだせます。大きな危険は単調さと退屈です。そしてそれこそが僕を怖気づかせるものなのですが……。

（一八七四年七月二十九日、イワン・ツルゲーネフ宛）

このように記すフローベールは、自らの企てが伝統的な修辞学や美学の要請を逸脱していることに、本能的に気付いていていたといえようか。大事なのは、エスプリの利いた小品をものすることではなく、現代の愚かさ（これについては後述する）を形づくる諸々の知の言説と真っ向から対峙することだ。そのためには、小説というジャンルの規範（それに従えば、二人の筆耕の物語は短編小説で書かれねばならない）に抵触するリスクを冒しても、徹底的に主題を掘り下げる必要がある。とはいえ、フローベール自身も迷いがなかったわけではないようで、これに続いて、「それに圧縮して短くすることはいつだってできます。その上、短い作品を作るのは僕には無理なのです」などと、実に歯切れの悪いことを述べている。いずれにせよ、ツルゲーネフはこの返答にはまったく納得しなかったようで、この後テーヌとの間で二人の共通の友人の迷妄ぶりを案じていたことが知られている。事実、テーヌからツルゲーネフに宛てた手紙（日付不明）によれば、ブヴァールとペキュシェはいわば二匹のカタツムリのようなものであり、それがモンブランに登ろうとして落っこちる様子は、初めは笑いを誘うが、十度目には耐えがたくなるだろうし、このような主題はせいぜい百ページの短編がいいところだという。

テーヌやツルゲーネフにどうしても理解できなかったのは、フローベールの作品の題名にもなっている二人の元筆耕が、実は小説の真の主役ではないということではなかろうか。おそらく同時代においてただ一人この点を見抜いていたのが、晩年のフローベールのごく身近にいて、『ブヴァール』執筆準備のための資料調査にも積極的に協力したモーパッサンであろう。実際、フローベールの遺作刊行直後に発表されたすぐれた論考（一八八一年四月、『ゴーロワ』紙）の中で、モーパッサンはこの作品の真の主人公は他ならぬ思想、観念であると喝破している。二人の主要作中人物の役割は、通常の意味での小説的行為《アクション》の主体となることではなく、むしろ書物の中に書かれた言葉を身をもって演じることで、それらの言葉に目に見える形象を与えることにある。要するに、ブヴァールとペキュシェは科学の言説の通り過ぎる場なのであって、思想はそこで「あたかも存在のように、動き回り、結びつき、相争っては、滅ぼし合う」。従って、これは「哲学小説」とも呼ぶべき作品であり、この「科学のバベルの塔」においては、相矛盾する様々な学説が自らの絶対性を主張してはぶつかり合い、結局は「断言の空しさ」とでもいうべきものを露呈して終わるのだ。

一八八一年という時点で以上のような指摘を行なったモーパッサンの慧眼は、どんなに強調してもしすぎることはないだろう。ところで、知の言説が主役となる小説とは、いったいどんなものだろうか？　『ブヴァール』の作者自身は書簡の中で、これを「一種の笑劇風《ファルス》の批評的百科事典」（一八七二年八月十九日、ロジェ・デ・ジュネット夫人宛）と呼んでいる。一篇の小説が百科事典たらんことを目指すというのは、いかにも奇怪な野心だと思われかねないが、フローベールによれば、これこそむしろ西洋文学の主要な伝統へと連なることである。というのも、「書くためにはすべてを知っていなければなら」ず、「ホメロスやラブレーといった、文学全体がそこから派生してきた作家たちの書物は、それぞれの時代の百科事典」（一八五四年四月七日、ルイーズ・コレ宛）なのである。

文学の営みが知性の他の諸分野とまだ分離していなかった時代、たとえば古代ギリシアやルネッサンスの時代には、博識はつねに作家の条件であった。これはまた、十八世紀末から十九世紀前半のロマン主義時代の文学者のあり方をも規定するものであり、ゲーテのような作家が同時に自然科学者でもあったというのは、決して例外的な事態ではない。フランスにおいても、ゲーテほどのマルチな才能はさすがに見当たらないものの、詩人であると同時に政治家でもあったユゴーやラマルティーヌ、歴史家でありながら、博物学の著作も多数残したミシュレなど、諸分野を横断する知見を備えた作家の例は枚挙にいとまがない。文学が社会や歴史の動きから切り離され、半ば自覚的にそれ自体の内に閉じこもるようになるのは（「芸術のための芸術」）、ロマン主義第二世代以降、あるいはより本格的には十九世紀後半のことである。「純粋芸術」を唱え、文学が「美」以外の基準に従属することを断固拒絶したフローベールは、しばしばマラルメと並んで、この流れを代表する作家とみなされることは周知の通りである。とはいえ、そのフローベールにしてからが、少なくとも『サランボー』以降の作品はすべて、考古学や宗教学や社会主義といった異質な領域の言説からの数多くの引用で成り立っていることを決して忘れてはならない。

ここでフローベール自身による『ブヴァール』の定義（笑劇風の批評的百科事典）に戻れば、この百科全書的な小説は批判的な意図を含んでおり、さらに喜劇的なものでもあるという。クリティックとコミック（あるいはファルス）というこの二つの要素は、おそらく関連づけて捉えられるべきものだろう。言い換えれば、小説という表象形式の中で知の批判を行うための手段となるのが喜劇性ということになろうか。これまた作家自身の言葉を借りれば、いまだかつて誰も試みたことのない「思想の喜劇 comique d'idées」（一八七七年四月二日、ロジェ・デ・ジュネット夫人宛）が問題になっているのだという。医学や生理学を扱った第Ⅲ章のプランを練りながら、フローベールは科学の言説を「理解させたうえで、造形的に仕上げる」ことの極度の困難を嘆いている。それ自体は抽象的な思想や観念にどのようにして具体的な形を与え、それを散文のフィクションにふさわしい様式へと落としこんでいくか。『ブヴァール』の作者が構想していたのは、この思想のパントマイムから生じる独特の滑稽味が、そのまま人間の知性の営みに対する根源的な批判へと通ずるような小説だと、とりあえずはいえるだろう。

この点とりわけ重要なのが、二人組《カップル》という設定である。肥満型のブヴァールとやせ型のペキュシェという身体的コントラストは、理論をいわば戯画化するための仕掛けに他ならず、たとえば第Ⅲ章における生理学の実験のエピソードなどは、まさに「思想の喜劇」の格好の例証だといってよい。不感蒸散（自覚されない皮膚発汗のこと）の現象を確かめるためにペキュシェが素っ裸で秤にのっている間に、ブヴァールが筋肉の収縮によってぬるま湯の温度を上げるべく、浴槽の中で激しく体を動かす場面の爆笑ものの滑稽さは、静と動との対照もあいまって、二人の身体が科学的言説に可視的な形象を与えることに見事に成功していることに起因する。またそもそも二人の性格的特徴も、やはり理論の矛盾を映し出すための巧妙な手立てだと考えるべきだろう。今度は地質学のセクション（第Ⅲ章後半）を例にとれば、地球の起源の問題について、短気ですぐにかっとなるペキュシェは、あたかも自らの気質に引きずられるかのように、火山の作用を重視する火成論を主張するし、一方でブヴァールの方は、お人好しで愛想のよい性格にふさわしい選択として、水中の海底に岩石が堆積したと考える水成論に与《くみ》することになる。しかもこのエピソードの途中でペキュシェに説得されてブヴァールが火成論へと転じる展開は、ハットンの理論がヴェルナーの理論に勝利した現実の科学史の推移をなぞっているとみなすこともできなくはない。要するに多種多様な小説的仕掛けが張りめぐらされているわけだが、この場合その大本にあるのが「気質《タンペラマン》」という概念だということは押さえておいてもよいだろう。

気質、もしくは体質と訳されるtempérament（英語のテンペラメント）は、古代ギリシア以来の四体液説と結びつき、特に十九世紀前半に流行した概念である。身体の中の体液のバランスに従って、気質を多血質、胆汁質、憂鬱質、粘液質の四つに分ける理論の正当性は、今ではもはや似非《えせ》科学の領域に属するものといってよかろうが、重要なのはこれが人間の分類原理として当時確かに機能していたことだ。やはり同じ頃に流行した「生理学もの」という風刺的な文学ジャンルがこれを大いに活用したことは文学史の教える通りだが、フローベール自身も一八三七年、まだ十五歳の時に「博物学の一課——書記属」という小品をルーアンの文芸新聞『コリブリ』紙に発表している。ブリア＝サヴァラン（『味覚の生理学』〔邦題『美味礼讃』〕、一八二五）やバルザック（『結婚の生理学』、一八二九）の向こうを張って田舎の文学青年がものしたこの試作は、書記という社会的な職業集団の風俗や習性を、あたかもそれが動物の種の一つであるかのように面白おかしく描き出したものである。この初期作品そのものは正直取るに足らない代物ではあるが、のちの『ブヴァール』の作者が若い頃に唯一著した「生理学もの」が他ならぬ書記をテーマにしていることに、予言的な意味を見て取ることは許されるだろう。いずれにせよ、未完の遺作に戻れば、社交的で女好きのブヴァールは多血質、怒りっぽく気難しいペキュシェは胆汁質だとおおむねみなすことができよう。ただし、これは本当らしさを追求するレアリスム的な配慮とは別物だという点はここで確認しておきたい。その目的は科学の言説の対立や矛盾を反映する受け皿になることであり、あくまで戯画的な人物設定だと考えるべきであろう。この点象徴的なのは、第X章の骨相学のエピソードである。頭蓋の形状から人間の素質を判定するこの学問の要諦を習得すべく、ブヴァールとペキュシェがお互いの頭を触ってみたところ、それが見事に二人の性格と一致したという逸話は、なにもフローベールがこの（似非）学問に信を置いていたということを意味しない。失敗が基調になっているこの小説の中で、骨相学が例外的な成功をおさめるとすれば、それは二人の主人公をはじめとする登場人物たちの身体や性格が、そもそも骨相学や観相学を含めた気質の理論のパロディーとして造形されているからに他ならない。百科全書的小説において大事なのは、独自の心理的な深みを備えた複雑な作中人物を作り出すことではなく、知の言説が、それもしばしば二つずつペアになって通過していくための格好の場を設えることなのだ。

以上のことから導き出されるのは、ブヴァールとペキュシェに固有のアイデンティティーなどないということだろう。実際、この物語を読んで印象的なことの一つは、二人の元筆耕の変わり身の早さというか、ほとんど変身の才とでも呼ぶべきものである。たとえば農業に乗り出そうと決めるやいなや、すぐに「青い作業衣を身に着け、つば広の帽子をかぶり、膝までゲートルを巻き、手には馬商人のように杖を持って」市場に出かけて行く。園芸に打ち込むペキュシェの姿は「本の口絵を飾っている庭師のポーズにそっくり」だし、人体模型を使って解剖に取り組む際には、「医学生が階段教室でするように、上っ張りを着込む」ことを忘れない。次いで地質学の遠征を企てるに当たっては、『地質調査旅行者ガイド』を手引きに身なりを整え、さらにそこに記されている忠告に従って「技師の資格」を名乗ることにする。また考古学に夢中になったあげく、ブヴァールが「中世の僧侶」の格好をしてみせるかと思えば、宗教の章ではペキュシェが「聖ブルーノに自らをなぞらえる」べく、僧服を着たまま庭仕事に励むといった具合である。一言で言えば、二人はその時々の関心に応じて選んだ理想のモデルを模倣するのだといえよう。しかもここで注意しておきたいのは、この変身がしばしば失敗に終わるということだ。たとえばペキュシェによる聖ブルーノの模倣は、「瀆聖に当たるおそれがあるので、断念することにした」という落ちがついている。また、医学生をまねてはおる「上っ張りblouse」は、おそらく農業に精を出していた頃に着ていた「青い作業衣blouse bleue」と同じものであろう。すなわちちゃんとした白衣がないので、手持ちの衣服でまにあわせているというニュアンスをここに読み取ることができるはずだ。あるいは第Ⅲ章後半で地質調査に出かける際には、あろうことか「その風体から行商人と間違えられ」、しかもわざわざ技師だと名乗ったはよいが、このような詐称がかえって厄介を引き起こすのではないかと「不安を覚える」始末である。

ブヴァールとペキュシェのおもな役割が知の言説をなぞることにある以上、二人が今風にいえば「コスプレ」の愛好者であることは、さして驚くべきことではないのかもしれない。そうは言っても、ブヴァールの身体がほとんどカメレオンにも比すべき擬態の能力を備えていることは、やはり特別に指摘しておきたい。実際、次に見るように、ブヴァールは好きなように髪の毛をなくしたり、取り戻したりできるかのようなのだ。小説冒頭、ペキュシェと運命的な出会いを果たす場面では、「金髪が自然に縮れて軽い巻き毛になっている」と描写されているにもかかわらず、第Ⅳ章では「禿げ頭」を利用して中世の僧侶に扮し、さらに第Ⅴ章で芸術家を自称するようになると、「その丸顔と禿げ頭」から「ベランジェ風の顔」をまねることを思いつく。ところが、第Ⅶ章でボルダン夫人に言い寄る際は、「髪の毛も昔のように縮れたままだ」と記されており、かつてペキュシェを魅了したそのままの容姿をいつの間にか取り戻している。では、いったいこれをどう考えるべきであろうか？　確かに『ブヴァール』は未完の作品である以上、作者のケアレスミスである可能性は否定できない。しかしながら、これを単なる矛盾とみなすのでは、この小説の百科全書的な論理を根本的に捉えそこなうおそれがある。『ブヴァール』において重要なのは、物語やキャラクターの一貫性といったものではなく、各々の場面で問題になっている百科事典の一分野が潜在的に備えている喜劇性を最大限に引き出すことなのだ。考古学者として中世趣味に没頭するに当たっては、それにふさわしく僧侶の格好をしなければならず、そのためには髪の毛はない方がよいだろう。一方で、ボルダン夫人を口説くためには（この小説では恋愛も百科事典の一分野でしかない）、再び女好きのする容姿で現れる必要がある。つまり、ブヴァールとペキュシェの身体は可塑性を備えたものであり、そこを通過する科学の言説によっていくらでも作り変えることができると考えるべきではなかろうか。

そもそもフィクションとは、たとえそれが通常レアリスムとみなされている作品であろうと、ある程度の齟齬や矛盾を内部に含みこむものであろう。蓮實重彦氏（『「ボヴァリー夫人」論』、二〇一四）が指摘した『ボヴァリー夫人』の馬車「つばめ」の窓の描写をめぐる不統一など、その最たる例といえようか。第二部冒頭でこの箱馬車が初めて登場するくだりでは、「車輪が幌の高さまであるので、乗客は外の景色も見えず」となっているのが、第三部におけるエンマの週に一度のルーアンでの逢引の場面では、馬車の中のエンマの目を通して「街道筋の景色」が細かく描かれた上に、「エンマは馬車の窓ぎわに両手をついて身を乗り出し、そよ風を吸い込んだ」という記述まである。これを矛盾としてあげつらってもおそらく仕方のないことであり、そもそも長編小説とはつねに何らかの記憶喪失に支えられて成り立っているものなのだろう。『ブヴァール』にしても事情は同様だが、それに加えて、物語の論理と往々にして抵触する百科全書的論理が、事態をさらにいっそう複雑にしているといってよい。たとえば第X章でペキュシェがヴィクトールにデッサンを教えるため、自ら手本を示そうとしてみじめに失敗する一節を読むと、考古学のセクション（第Ⅳ章）で墓地のそばに埋められた洗礼盤をペキュシェがデッサンして、それをラルソヌールに送って鑑定してもらったというエピソードがにわかに疑わしくなってくる。あるいはまた、第Ⅷ章の交霊術の実験の際に「ひび割れた窓ガラス」とあるのは、いったいいつの間に窓に傷が入ったのだろうか？おそらくこのような問いの立て方自体が間違っているのであり、むしろこの場面で注目すべきは、窓を通して吹き込む風がカーテンを揺らすことで、あたかも死者の霊が訪れたかのような錯覚が引き起こされることなのだ。言い換えれば、交霊術という（オカルト的）知の論理がここで窓を傷つけたのであって、この後二人の主人公の関心が他の学問分野に移るやいなや、まるで何事もなかったかのように窓も元通りになることは言うまでもない。

知が主役である百科全書的小説は、また時間の扱い方においてもレアリスム小説とは根本的に性質を異にしている。事実、『ブヴァールとペキュシェ』のテクストの中に出てくる時間についての記述を単純に足し算していくと、物語の本当らしさを大幅に超過する突飛な数になることが知られている。実際にこの計算を行ったルネ・デシャルムという奇特な（まさにブヴァール的な！）研究者がいるのだが、その指摘するところによれば（『「ブヴァールとペキュシェ」をめぐって』、一九二一）、物語の展開にはどう少なく見積もっても三十年、おそらくは三十八年以上の月日が必要であるという。ということは、小説冒頭においてすでに四十七歳だった二人の主人公は、筆写《コピー》をしようと決意する時には齢《よわい》八十歳前後になっているということになる。個々のエピソードに着目しても、たとえば第Ⅶ章で一時恋愛に夢中になる時の年齢がおそらく六十七歳、さらに第Ⅷ章で体操に取り組む際には七十歳近くといった具合に、とうてい容易に信じられる設定ではない。そもそもブヴァールとペキュシェがいつまで経っても年を取らないというのは、大方の読者の感じる一般的な印象ではなかろうか。明らかにこの二人は時間を超越した存在なのである。

二人が諸学問の文献を渉猟し、その理論を実践によって確かめるのに費やした年月がはたしてどれくらいであろうと、正直なところ、そのような数字にはさほど意味はないだろう。むしろ確認すべきは、『ブヴァール』の中で流れている時間が直線的で不可逆的な時間ではなく、どちらかといえば循環的な時間、同じサイクルが永遠に繰り返される百科事典の時間だということである。一つ例を挙げれば、第Ⅱ章でブヴァールとペキュシェが油粕を肥料にして麦の収穫に失敗した「翌年」、今度は「びっしりと種をまいた」ところ、嵐がやってきて穂をなぎ倒してしまったという記述を読む時、読者としては、本当に物語の中で二年の歳月が無駄に流れたと理解すべきなのだろうか？あるいはそのすぐ後、続いて小麦に熱中した二人が、「塚山」から石を取り除こうと、「一年中、朝から晩まで」リヤカーを押しているのが見られたという一節はどう考えればよいのか？言うまでもなく、これらの時間の表記を額面通りに受け取る必要はあるまい。ここで問題になっているのは、様々な失敗のバリエーションを二人の作中人物に演じさせることであり、従って、犯すべき失敗の数だけ小説の時間は無限に伸びていくことになる。要するに、『ブヴァール』の時間はどこまでも伸縮自在な百科事典の時間なのであり、ある意味無時間的なものだといえるだろう。

そうは言っても、この小説が歴史と無縁だというわけではない。それどころか、十九世紀中葉のフランス史がそこに生々しく刻印されているのは否定できない事実である。作品の中で最初に出てくる具体的な日付けは遺言状の「（一八）三九年一月十四日」なので、物語の前半はルイ＝フィリップの七月王政期。政治を扱った第Ⅵ章は、一八四八年の二月革命で幕を開け、一八五一年十二月二日のルイ＝ナポレオン・ボナパルト（ナポレオン三世）のクーデターによる第二共和制の崩壊とともに終わる。その後は第二帝政下の話ということになるが、第Ⅸ章でイタリア統一戦争（一八五九年）が話題になったり、第Ⅹ章では自由貿易政策（一八六〇年）についての議論が戦わされたりと、実際の歴史的事件についての言及は決して少なくない。にもかかわらず、この作品における時間の扱い方がきわめて融通無碍なものであることは確かであり、先のデシャルムの計算によれば、第Ⅰ章から第Ⅴ章末までに出てくる時間の表記を足していくと、第Ⅵ章が始まる時には、一八四八年をゆうに超えているという。また、そもそも第Ⅵ章の二月革命についての記述にしてからが、テクストの外の歴史的現実への参照であると同時に、百科事典の一項目たる政治と革命をトピック化したにすぎないともいえる。もちろんそこで扱われているのが、他ならぬ十九世紀の知の体系であることは間違いなく、あるいはその点にこそ、この百科全書的小説の本質的な歴史性を認めるべきなのかもしれない。

『ブヴァール』の中で流れる時間が直線的なものでないとすれば、それではいったい何が物語を前に進める原動力になっているのだろうか？　この問題を考える上で興味深いのは、二人の主人公の関心の移行がしばしば空間のメタファーで表されることである。翻訳ではある程度意訳しているので分かりにくいかもしれないが、第Ⅷ章の哲学のセクションを例に、少し原文を検討してみよう。スピノザに恐れをなしたブヴァールとペキュシェが、よりとっつきやすいゲスニエ氏のマニュアルを頼りに現代哲学を勉強するくだりである。「そこで彼らは観念の起源の問題に取り組んだ」とあるのは abordèrent（近づいた）、「次いでコンディヤックの検討に移る」は venant（来る）、「そうこうするうちに第二章に移り、魂の諸能力の問題に取りかかった」は passèrent（移った）、「意欲する能力の項はすっとばして、論理学の章に入った」は sautant par-dessus（上を跳び越す）と entrèrent（入った）といった風に、すべて空間の移動を表す動詞が用いられている。このことが意味するところは明白だろう。二人の元筆耕はまるである場所から他の場所へと移るように、百科事典の諸項目を次から次へと移動していくのである。しかも、一つ一つの経験が少しずつであれ積み重なって、時間とともに豊かになっていくわけでもなく、新たな領域に取り組むたびごとに、あたかも一からリセットされるかのような印象を読者は受けることになる。ブヴァールとペキュシェのこの奇妙な学習能力の欠如（とはいえ、一方で彼らはヘーゲル哲学でさえまがりなりにも理解することができるのだが！）は、しかしながら、さほど驚くにはあたるまい。この二人の役割は農学や造園術（Ⅱ章）から始まって、化学、医学、地質学（Ⅲ章）、考古学、歴史学（Ⅳ章）、文学（Ⅴ章）、政治学（Ⅵ章）、恋愛（Ⅶ章）、体操、オカルト科学、哲学（Ⅷ章）、宗教（Ⅸ章）、教育学（Ⅹ章）といわば諸学問の一覧表を踏破することであり、時間とともに心理的、精神的に成長していく「教養小説《ビルドゥングスロマン》」の主人公にこそふさわしい経験は、「思想の喜劇」をテーマとするこの小説の関与するところではないのである。

2　『ブヴァールとペキュシェ』の成立過程

フローベールの未刊の遺作『ブヴァールとペキュシェ』の着想が、かなり以前からあたためられてきたものであることは疑いない。一八六三年に一時この作品の執筆を思い立った時、これを「古くからのアイディア」（四月十五日、ジュール・デュプラン宛）と呼んでいるところからも、おそらく一八五〇年代前半、あるいはそれ以前にさかのぼるものと考えてよい。実際、マクシム・デュ・カンの『文学的回想』（一八八二―八三）によれば、一八四三年にはフローベールは将来の大作の最初の構想を抱いていたという。虚言癖のある（としばしばみなされている）この青年期の親友の証言をうのみにするわけにはいかないとしても、先に述べたように、一八三七年にすでに「博物学の一課――書記属」という『ブヴァール』に直接つながる作品がギュスターヴ少年によって書かれていたという事実を考えれば、デュ・カンの言うことをあながち虚偽と断ずるわけにはいかないだろう。また一八四一年四月に『裁判所新報』に掲載されたバルテルミー・モーリスという作家の短編『二人の書記』は、『ブヴァール』の初期の「セナリオ」と比較してみると明らかなように、その発想源の一つとなっている。その後も何度か別の新聞に転載されたこの奇想天外な短編をフローベールがいつ読んだのかははっきりとしないが、田舎に隠遁した二人の書記が釣り、猟、庭仕事などにいそしむものの、そのうち退屈して、結局は相手の読むものを書き写すという長年慣れ親しんだ活動に戻るという筋書きは、確かに百科全書的小説の大まかな枠組みを思わせるものがある。やはり青年時代に着想を抱き、全部で三つの版を残した『聖アントワーヌの誘惑』と並んで、『ブヴァール』もまたフローベールの「生涯の作品」（一八七二年六月五日、マリー＝ソフィー・ルロワイエ・ド・シャントピー宛）であったといえるだろう。

一八五〇年代に入ると、書簡の中に『紋切型辞典』への言及が見られるようになる。最初にこの作品の名が出てくるのは、以下に引用する一八五〇年九月四日付、ルイ・ブイエ宛の手紙。東方旅行中のフローベールがダマスカスから送った手紙である。

よくぞ『紋切型辞典』のことを考えてくれた。この本を完全に仕上げた上で、立派な序文を付し、いかにしてこの著作が大衆を伝統やら秩序やら世間一般の慣習やらにつなぎとめることを目的として書かれるにいたったのかを示し、さらにこの序文に工夫をこらして、読者が自分がからかわれているのかどうか分からないようにすれば、きっとこれは奇怪な作品になるはずだし、成功するかもしれない。なにしろまったくもって時宜にかなったものになるだろうから。

読者を馬鹿にするための、それもその意図が判然としないようにしくまれた辞典。このような発想の倒錯的な性格は一目瞭然であろう。紋切型とは、別の書簡（一八五二年十二月十六日、ルイーズ・コレ宛）の言葉を借りれば、「およそあらゆる主題に関して、礼儀をわきまえた好人物になるため必ず人前で言わなければならないこと」だとすれば、フローベールの奇怪な辞典の目的は、こういった社会的に共有された言葉に異化作用をほどこすことで、読者から言葉を奪うことだといえようか。それも、「この本全篇を通して僕のつくった言葉がひとつもあってはならない」とあるのだから、より真理に近い正しい言述によって紋切型を打ち消すのではなく（それではまた新たな紋切型に陥ってしまうだけのことだ）、普段なにげなく口にしている言葉の人工的な性格を意識させることで、「そこに書いてあることがおのずと口をついて出てこないかと不安になり、二度とあえて口を開かなくなる」（同書簡）という効果が目指されているのである。そしてこのような作品が「時宜にかなったもの」であるのは、大革命を経験した十九世紀半ばのフランス社会が、「世論」という名の隠微な圧力の支配する民主主義的な時代にすでに決定的に入り込んでいたこととと無関係ではあるまい。
ところで、ここで興味深いのは、『紋切型辞典』が当初から「序文」とセットになって構想されていたことだ。一八五〇年のブイエ宛の手紙によれば、それは『辞典』の作者の意図について読者を煙に巻くためのものであり、ある意味『辞典』そのものの成否もこれにかかっているといってよい。言い換えれば、基本的に引用文だけで構成されるはずの『辞典』が、同時代の社会に対する批判的な射程をもつためには、どうしても序文が必要だということであろう。この序文のアイディアは一八五二年十二月十六日のコレ宛の手紙でも詳述されているので、ここにその一部を引用しよう。

ときどき人類をどやしつけたくて、どうにもむずむずしてくるから、いつの日か、今から十年後にでも、なにか大きな枠組みの長編小説のなかで、それをやりたいと思う。さしあたっては、ずっと前の思いつきがまた頭に浮かんできています。つまり『紋切型辞典』のことです（これが何か知っていますよね?）。とくに序文についてはやる気満々で、僕の構想では（それだけで一冊の本になるかもしれない）、そこで何を攻撃しても、いかなる法も僕に噛みつけやしない。みなが是とするものを、史実に照らしてことごとく賛美してみせることになるでしょう。多数派がつねに正しく、少数派はつねに間違っていたと、そこで証明しようというわけです。あらゆる馬鹿者のために偉人を犠牲にし、あらゆる死刑執行人のために殉教者を犠牲にしてみせますが、それも火花の散る過激な文体でそうしようというのです。

凡庸さの擁護という体裁のもとに、あらゆるものを攻撃すること。言論の自由が必ずしも保証されていなかったこの時代、このような韜晦は意外に真剣なものだったのかもしれない。事実、この数年後に処女作『ボヴァリー夫人』が法に噛みつかれることになるのだから（裁判の結果は無罪）、フローベールの倒錯的な戦略を単なる文学的な遊戯とみなすことは、厳につつしまねばならないだろう。さらに注目すべきは、コレ宛の手紙ではこの序文に先立って、「なにか大きな枠組みの長編小説」が問題になっていることで、「人類をどやしつける」というその目的が、『紋切型辞典』およびその序文の構想と微妙に重なっていることは一目瞭然であろう。フローベール研究の定説では、この序文が拡大して、ここで暗示されている長編小説と一体化し、元々はその本体であったはずの『辞典』を逆に包み込むようになったのが、『ブヴァールとペキュシェ』という特異な作品の成り立ちだといわれている。いずれにせよ、『紋切型辞典』はこの後、独立した作品としてではなく、『ブヴァール』の第二巻に組みこまれて、二人の元筆耕によって執筆もしくは編纂されるものとなる。

とはいえ、現在見られるような作品の具体的な輪郭ができあったのは、『サランボー』執筆後の一八六二年末から翌年にかけてのことにすぎない。この時期フローベールは次作の主題について、『感情教育』と『ブヴァール』の間でかなり長い間迷っていたのだが、その際、それぞれの作品についてかなり詳細な「セナリオ」を書き記している。当初は「二匹のワラジムシ」と題されていた後者のプランは、結局この時点では採用されることはなく、その後作家は一八六九年まで『感情教育』、そしてその後は『聖アントワーヌの誘惑』の三度目の執筆に専念することになる。『ブヴァール』の構想が再び表面に浮上するのは、『誘惑』の決定稿を書き終えた一八七二年七月のこと。今度こそフローベールは本格的にこの作品に取り組むことになるのだが、それに当たっては、一八七

○年前後の外的・状況的な要因が大きかったであろうと思われる。事実、第二帝政のほとんど自滅に近い崩壊、普仏戦争の敗北とそれに続く占領（クロワッセの館も一時プロシア兵によって占拠され、フローベールは姪夫婦のところに避難）、さらにパリ・コミューンと政府軍との内戦といった一連の政治的混乱が、「愚かさ《ベティーズ》」に対する作家の生来の嫌悪を掻き立てたであろうことは想像に難くない。『ブヴァール』の準備に取りかかった頃のフローベールの書簡をひもとくと、そこに表明されている奇妙な高揚感に驚かされる。たとえば一八七二年十月五日のレオニー・ブレンヌ宛の手紙を見てみよう。「こういったこと〔『ブヴァール』のための資料調査〕はみな、同時代人たちに彼らが僕に吹き込む嫌悪感を吐き出してやるためなのです。今ややようやく、僕の考え方を口にし、鬱憤をぶちまけ、憎悪を浴びせ、苦々しさを吐露し、怒りをほとばしらせ、憤懣を放出しようと思います」。いちおう別々の訳語をあてた動詞（cracher, exhaler, vomir, expectorer, éjaculer, déterger）はすべて、「吐く」とか「吐き出す」に近い意味の言葉である。この手紙に限らず、この時期のフローベールの書簡はこういった言葉、「僕の息をつまらせるものをついに外に放出してやります」（一八七二年十月五日、ロジェ・デ・ジュネット夫人宛）といった類の表現にあふれており、「クロワッセの隠者」などと称されるこの作家が、長年ため込んできた怒りを文字通り吐き出す必要性を強く感じていたことが実感できる。ここで再びマクシム・デュ・カンの証言を参照すれば、フローベールは『ブヴァール』を「復讐の書」と呼んでいたという。ただし、この作品を一読すれば誰にでも明らかなように、フローベールの復讐とはなんらかの作中人物に自らの見解を託して、主義主張を高らかに謳いあげるようなありきたりのものではない。そもそも「非人称性《アンペルソナリテ》」をモットーとする作家にとって、特定の主張を展開する傾向小説は、ある狭い視野に文学を奉仕させるという意味で、美学的に重大な過誤を含んでいる。では、どのようにして同時代に復讐するのかといえば、まさに描くことによってというのがフローベールの答えとなるだろう。『感情教育』執筆中の作家がジョルジュ・サンドに宛てた手紙（一八六七年十二月十八日）を引用しよう。

後世から愚か者と思われる危険をおかすことなく、この世界の物事についての意見を時に表明するためには、どんな形式を取るべきでしょうか？　これこそ難問です。最善の方法だと僕に思われるのは、自分の気に障るこれらの事物を端的に描いてみせることです。解剖するというのは復讐なのです。

奇妙な復讐といいえよう。いずれにせよここで確認しておきたいのは、少々比喩的な表現になるが、「吐き出す」ためにはまずは呑みこまねばならないということだ。あるいは、「解剖」が問題になる以上、対象についての徹底的な資料調査が欠かせないといってもよい。実際、『感情教育』執筆に当たって、フローベールが一八四八年の二月革命や社会主義に関する文献を読み漁ったことはよく知られているが、百科全書的小説という性質から容易に予想できるように、『ブヴァール』のために参照した文献の数はその比ではない。まずは執筆に先立って、一八七二年八月から七四年七月まで丸々二年間、物語の中で扱われる諸学問分野の専門書をひたすら読みこみ、それについてノートを取る作業に従事することになる。読んだ本の数は、書簡の情報（すべてロジェ・デ・ジュネット夫人宛）によれば、最初の一年間（一八七三年八月五日）で百九十四冊、さらにその一年後（一八七四年六月十七日）には二百九十四冊にのぼるというから、並大抵の読書量ではない。しかもその間、ブヴァールとペキュシェの隠遁する場所を決めるために、何度か調査旅行を行なっただけでなく、さらに喜劇『立候補者』を執筆して、その上演のために奔走したりもした（初演は大失敗に終わる）のだから、驚くべき旺盛さだといってよい。また一八七四年八月に『ブヴァール』の執筆を開始して以降も、章ごとにそこで取り上げる領域の調査を随時補いながら書き進めていった結果、最終的に渉猟した文献の数は、なんと千五百冊以上にも及ぶという（一八八〇年一月二十四日）。これら膨大な文献について取った二千枚以上の紙片からなるノートは、その大部分がルーアン市立図書館に「『ブヴァールとペキュシェ』資料集」として残されており、現在リヨン国立科学研究センター（CNRS）のステファニー・ドール＝クルレ氏の運営するインターネット上のサイト（http://www.dossiers-flaubert.fr/）で閲覧可能である。これらの資料に目を通して真っ先に受ける印象は、まさに図書館、それもおもに科学的言説からなる図書館から、一篇の小説が生み出される過程に立ち会っているというめまいのするような感覚に他ならない。

その後の経過に簡単に目を通すと、しばらくの間は執筆も順調に進んでいたものの、第Ⅲ章に入ったあたりから俄然雲行きがあやしくなる。これには科学を扱う章そのものの難しさに加えて、姪カロリーヌの夫コマンヴィルの破産という財政問題が決定的だったことは疑いの余地がない。これまでもっぱら親の遺産で生活してきた年金生活者の作家は、これにより自らの生活も脅かされることになり、当座は『ブヴァール』の執筆を断念せざるをえないほどの精神的ショックを受ける。一八七五年九月、友人の博物学者ジョルジュ・プーシェに誘われ、ブルターニュ地方のコンカルノーで療養。だがすぐに立ち直ると、今度は自分にまだ作品を生み出す力が残っているかどうか試すために、短編の創作を思いつき、さっそく『聖ジュリアン伝』を書き始める。さらに『純な心』、『へロディアス』と書きつないで、それらをまとめて一八七七年四月に『三つの物語』として出版。こうして作家的自信を取り戻すと同時に、再び百科全書的小説の準備に取りかかる。同年十一月十日についに第Ⅲ章を終えると、その後は大きな支障もなく執筆を続けるが、一八八〇年五月八日、第Ⅹ章の完成間近というところで、脳出血で死去。この突然の死により、『ブヴァール』は永遠に未完のまま残されることになった。

3 「愚かさ」とは何か？

フローベールが終生、彼が「愚かさbêtise《ベティーズ》」と呼ぶものに取りつかれていたということはよく知られている。この語のもっとも早い用例を挙げれば、一八三一年の正月、すなわち当時まだ九歳のギュスターヴ少年が親友エルネスト・シュヴァリエに宛てた手紙が、「きみのいうとおり、正月なんてばかげて（bête）いるね」という文章で始まっている。後世の目から見ればきわめて象徴的な出だしだといえようが、さらに興味深いのは、この後、二人で作品を執筆する計画が語られるくだりである。友人に「じぶんの夢を書く」よう勧める一方で、「パパのところにくる女の人がばかなこと（bêtises）ばっかりしゃべってるから、［ぼくは］それを書くつもり」とあるのは、将来の作家のエクリチュールについて考える上でも大いに示唆に富む。というのも、「ばかなことを書く」というのは、愚かさに正しさや賢さを対峙させて、それを打ち消すことではなく、むしろ愚かさをなぞるように書き写すことを意味していると思われるのだ。この微妙なスタンスはまた、やはり少年時代、ギュスターヴがシュヴァリエや妹のカロリーヌらと作り出したギャルソンという架空の人物を思い起こさせもする。演劇に夢中になっていた文学少年少女たちがビリヤード台の上で交互に演じたというこの伝説的なキャラクターは、同時にブルジョワであり反ブルジョワ、というと分かりにくいかもしれないが、過剰に紋切型を操ることにより秩序を攪乱する存在だという。フローベールの文字創造のルーツの一つが演劇にあるというのは少々意外に感じられるかもしれないが、愚かさを高みから批判するのではなく、逆にその皮膚の中に入りこんでみせるという姿勢は、この頃の演技の実践によって体得したものかもしれない。まさにこれこそ、愚かさを嫌悪しつつも、それに魅せられ続けた小説家の基本的なスタンスとなるのである。

実際、愚かさとは知性や才知によって簡単に否定できるようなものではない。東方旅行中の一八五〇年十月六日、ロードス島から叔父パランに宛てた手紙に見られるように、それは「揺るぎない何か」であり、「それを攻撃すればかならず自分が砕け散る」ことになる。愚かさは「花崗岩のような性質」をおびており、少々のことではびくともしないどころか、批判するこちらをはね返さずにはおかない。このことをよく示しているのが、同じ手紙に記された以下のようなエピソードである。

アレクサンドリアでのことですが、サンダーランドのトンプソンなにがしが、高さ六ピエ［約二メートル］にもなる文字で自分の名前をポンペイの柱に書きこんでいるのです。それは四分の一里離れたところでも読みとれます。円柱を見ようとすればどうしたってトンプソンの名前を見ないわけにはいきません。そして、どうしたってトンプソンのことが頭に浮かんでくる。この大馬鹿者は遺跡と一体になって、遺跡とともにいつまでも名を残すことになるのです。いやそれどころか、こいつはその巨大な文字の燦然たる輝きで遺跡を霞ませているのですよ。未来の旅行者に自分のことを考えるよう、記憶するよう強いるなんて、まったくとんでもないことではないでしょうか？　あらゆる馬鹿者は多かれ少なかれサンダーランドのトンプソンなのです。

　愚かさに対するフローベールの両義的な反応がよく分かる一節だといえよう。愚かさを前にして反発しつつも、そのとてつもない強靭さに感嘆せずにはいられない未来の『ブヴァール』の作者にとって、これに比べれば知性はむしろ脆弱な武器でしかない。なにせ愚かさとは「ほとんどめまいのするような」ものであり、近代社会においてこれを体現するブルジョワは「無限の何か」（一八四五年九月十六日、アルフレッド・ル・ポワトヴァン宛）だというのだから、用いられている語彙だけ見れば、これはもう半ば宗教的な畏怖の対象だといってもよい。ちなみに、同時代において唯一このことを正しく見て取ったのが、バルベー・ドールヴィイーだったということは触れておいてもよいだろう。すでに言及した『ブヴァール』についての辛辣な書評において、「ブルジョワにかかずらい、それを描き、それとともに生きたあげく、信じられないことに、フローベール自身がブルジョワになってしまった！」と揶揄するバルベーの言葉は、一面の真実を言い当てているといってよい。つまり、ダンディズムを標榜するこの作家の目には、フローベールの「ブルジョワに対する憎悪と蔑視」は、対象から十分な距離が取れていないために、かえって作家自身をむしばみ、巻き込むものと映ったのであろう。貴族の家系に生まれたこの反近代主義《アンチモダン》者にとって、愚かさに対する『ブヴァール』の作者の複雑な感情は、まったくもって理解しがたいものだったに違いない。

　だがそもそも、愚かさとは何だろうか？　この一筋縄ではいかない問題に対して、フローベールは書簡の中で自分なりの答えを出している。「愚かさとは結論しようと欲することにある」（一八五〇年九月四日、ルイ・ブイエ宛）というのがその答えだが、もちろんこれが「描く・表象する représenter」ことを旨とする「非人称性」の美学と関連していることは言うまでもない。たとえば一八五七年五月十八日のルロワイエ・ド・シャントピー嬢宛の手紙には、「軽薄で狭量な連中、傲慢で熱狂的な精神の持ち主は、何事につけひとつの結論を欲しがるのです」とある。こういった連中が「人生の目的」とか「無限の大きさ」などを測ろうとしても空しいだけであり、それは大海の岸辺の砂の数を数えようとするに等しい。他方、「偉大なる天才が結論をくだしたことはないし、いかなる偉大な書物も結論をくだしていない」とすれば、それは人類も歴史もたえず動いており、とうてい何らかの結論におさまることなどないからである。「ホメロスは結論をくださない。シェイクスピアも、ゲーテも、聖書でさえも」というフローベールの断言は、いささか牽強付会に思われなくもないが、人間の知性を超えた事物、たとえば神の問題について結論をくだすことが、しばしば偏狭な精神のなせるわざだということは容易に納得できよう。注意すべきは、フローベールにとってはこれがいわゆる「社会問題」にも当てはまることで、「大衆教化」とか「進歩」とか「民主主義」といった標語は、どちらに向かうか分からない歴史の流れを一つの固定した見解、今風にいえばイデオロギーに押し込めるという意味で、いずれ「擦り切れた文句」に堕すことは避けられない。これこそまさにこの作家が「紋切型」と呼んだものであり、たとえば『ボヴァリー夫人』のオメー、この知識人を自任する薬剤師が体現しているものでもある。従って、愚かさとは知性と対立するどころか、むしろそれを包み込むものだといえるだろう。一八五五年八月一日付のルイ・ブイエ宛の手紙に読まれるように、「愚かさが一方に、知性《エスプリ》がもう一方にあるというわけではない。悪徳と美徳の場合と同様に、それらを区別できる者などいるはずがない」のである。

このようなフローベールの姿勢、現在の我々から見ればポストモダン的と呼べなくもない姿勢は、しばしば激しい批判の的となってきた。その急先鋒がアンガージュマンの思想家サルトルであることは当然だが、『家の馬鹿息子』（一九七一―七二）において、「結論の拒否」という思想のよってきたるところを「回転扉」の比喩を用いて説明するくだりは、なるほどそれなりに説得的である。とはいえ、ここで重要なのは、十九世紀の小説家の美学的かつ実存的な選択を現代の倫理にのっとって裁くことではなく、愚かさについてのこだわりが百科全書的小説とどのようにかかわっているかを解明することだ。ただし、フローベールが決して安全圏から言葉を発していたわけではないということだけは、やはりあらかじめ確認しておきたい。「結論の拒否」が必ずしもデタッチメントを意味しないということは、先ほど引用したバルベー・ドールヴィイーの非難が逆説的に証明している通りだが、事実、超然とした無関心ほど『ブヴァール』の作者にとって縁遠いものはないだろう。むしろ愚かさに果敢に戦いを挑んでは、手ひどくはじき返され、気がついてみると自らも愚かさにまみれていたという具合に事態は進行するように思われる。従って、書簡の中にフローベールが次のような嘆きを記す時、その言葉を額面通りに受け取る必要があるだろう。曰く、「ブヴァールとペキュシェが僕を満たし、そのあげく僕は彼らになってしまった！　彼らの愚かさは僕の愚かさでもあり、そのために僕はくたばりかけているのです」（一八七五年四月十五日、ロジェ・デ・ジュネット夫人宛）。

それでは、作品そのものに目を転じよう。『ブヴァール』が愚かさを主題にしていることには疑問の余地がないが、だからといって、その内実は必ずしも明瞭ではない。作家自身がこれを「人間の〈愚かさ〉の百科事典」（一八七九年二月十三日、ラウル＝デュヴァル宛）と呼んだという事実は確かに貴重なヒントにはなるが、小説の読者が直面する問題は、それがいったい誰の、また何の愚かさなのかを知ることであろう。より具体的には、ブヴァールとペキュシェはどうしてあれほど失敗ばかりするのだろうか？　この小説の中で描かれている愚かさは、もっぱら二人の主人公のものなのか？　あるいはそのいくぶんかは、百科事典を構成する諸学問分野にも責任があるとみなすべきなのだろうか？

まず留意すべきは、失敗が百科全書的小説のいわば「定数」だということだ。別の言い方をすれば、個々の失敗の理由付けがどのレベルに位置するかはあくまで二次的な問題にすぎず、肝要なのは二人の元筆耕の努力がことごとく水泡に帰すことそれ自体だといえる。このことを納得するために、小説の時間について解説する際にすでに引用した第Ⅱ章の一節を読み返してみよう。

　麦はどんなにあっても多すぎることはないという原則に基づき、人口牧草地のほぼ半分をつぶしてしまった。そして肥料の持ち合わせがないので、油粕を用いることにしたが、細かく砕かずに土に埋めたため、収穫は散々だった。
　翌年はびっしりと種をまく。嵐がやって来て、麦の穂がなぎ倒されてしまった。

フローベールの読書ノートを調べれば分かるように、ここで二人の主人公が行なっていることはすべてマニュアルで禁止されていることばかりである。人工牧草地が欠かせないことは『田園の家』に、油粕は砕いて湿らせてから用いなければならないという指示はガスパランの『農業講義』

に、あまりにびっしり種をまくと、作物の倒伏の原因になりかねないという警告はボードリーとジュルディエの『農業の教理問答』にそれぞれ記されている。要するにフローベールは、マニュアルでしてはいけないと指示されていることを作中人物にやらせているわけだが、よくよく考えると、これはおかしな話だといえよう。というのも、少なくとも『田園の家』とガスパランの講義は、物語の中でブヴァールとペキュシェが手に入れて読んだことになっているのである。ではいったい、二人はマニュアルを読み間違えたのか？　おそらくそうではなかろう。このような問い自体がそもそもこの小説の百科全書的論理と乖離しているのであり、作中人物がある書物を読んだということと、同じ人物がそこで禁じられている行為をすることとの間に、レアリスム的な整合性をつける必要はないと考えるべきであろう。二人の主人公がどのような心理的要因にもとづいて、一度読んだはずの書物に記されている指示に背いたのかという因果関係をめぐる問いは、この小説に関する限りは徹底的に無効なのだ。

ブヴァールとペキュシェが失敗し続けるのは、従って、彼らの能力のなさが唯一の原因ではない。ある時はついうっかり犯したミスが重大な結果を引き起こすこともあれば（たとえば蒸留機の爆発は、ブヴァールがあわてて螺旋管の蛇口を閉めたことが原因）、いま確認したように、マニュアルに記されている失敗例をフローベールがわざわざ二人に演じさせることもある。他方、明らかに知の言説の側の矛盾が問題になるケースもあり、なかでも諸々の理論や学説の間に見られる不一致は（たとえば肥料についての「多種多様な意見」や、衛生学の相矛盾する主張や、美についての複数の定義などを参照）、小説全体を通じて何度も繰り返し取り上げられている。また理論と現実との間に齟齬が生じることもあれば（雲の分類法のエピソードや、鉱物界という概念についてのブヴァールの疑義を参照）、理論にはおさまらない実践の直観的な性格が強調されることもある（病気の原因と結果はもつれ合っているというヴォコルベイユの言葉を、ブヴァールとペキュシェは「論理性の欠如」と捉える）。それだけではない。すべてが上手く行くように思われた途端に、今度はまるで嘘のように暴風雨が襲いかかって、収穫すべき果実をだいなしにしてしまうのだ。さらに、この自然の悪意に人間の悪意も加わることになる。というのも、シャヴィニョールの共同体が章を追うごとに二人の元筆耕に対する敵意を強めていくことは疑いようのない事実であり、最後は二人から言葉を奪うことによって、筆写《コピー》という自閉的な言語空間へと追いこむことになるのである。

またそもそも、失敗の原因がわれわれ読者にも明らかにされないことも少なくない。たとえば第Ⅱ章の火事の原因はいったい何なのか？　シャヴィニョールの住民たちがそう考えているように、「湿った藁が自然発火した」のであろうか？　それとも、ブヴァールとペキュシェが考えるように、誰かの復讐だろうか？　おそらく大抵の読者が前者の解釈を取るであろうが、ここで大事なのは、テクストが最後まで決定的な答えを与えていないことだ。あるいは第Ⅳ章のルーアン製のスープ鉢のエピソードのことを考えてみてもよい。ブヴァールとペキュシェが神父から譲ってもらったこの陶器をまがい物だと断じるマレスコの鑑定は、はたして信頼に足るのだろうか？　あるいはブヴァールがそう疑うように、公証人は嫉妬心からわざと嘘をついたのか？　ここで作中人物の覚える「判然としないもどかしさ」は、そのままテクストを読む読者のものでもある。さらにもう一つ例を挙げよう。腸チフス熱にかかったグイの目の前で、ペキュシェと医師ヴォコルベイユが熱の実体と治療法をめぐって論争する際、物語の上ではいったいどちらに軍配が上がるのか？　なるほどペキュシェの治療を受けたグイが最終的に回復することは間違いないが、だからといって、論争の

「翌日、「グイが」腹部に痛みを訴えた」ことをどう解釈すればよいのだろう？　テクストの読解というレベルでは、これは端的に決定不可能だといってよい。最後に、以上三つのエピソードに共通する曖昧さがみな、作品の生成過程で意図的に作り出されたものだということを付け加えておきたい。結論することの愚かさをあたかも回避するかのように、フローベールがしばしば因果関係をぼかすような方向で書き直しを行なうということは、諸々の研究によってすでに明らかにされている通りである。このようなプロセスを、ジェラール・ジュネットにならって、「脱動機付け」と呼ぶこともできるだろう。いずれにせよ、『ブヴァール』においては、失敗（そしてまれに成功）の原因を探ることは、必ずしも意味のあることとはいえないのだ。

失敗がこの物語の定数だということを示す格好の逸話を一つ紹介しよう。第X章の植物学のセクションは、一読すれば明らかなように、未完のまま終わっている。このあたりは論理のつながりも分かりにくく、花の名前が空白のままだったり（「アカネ科の花X」）、描写が欠けていたりして（「（植物を描写すること）」）、全体的に混乱した印象を与える。ただ書簡を参照すると、フローベールにとって重要だったのが、植物の構造をめぐる原則の「例外の例外」を見つけることだったというのが明らかになる。ところで、これが何らかの専門書によって教示された仮説ではなく、いわば美学的な必要性からアプリオリに導き出されたものだという点は特に指摘するに値しよう。つまり、二人の主人公による植物学のレッスンは、「例外の例外」というレアケースにぶつかって頓挫することになるとあらかじめ定められていたのである。具体的な情報は事後的に補うべきものであり、実際に小説家が友人の植物学者フレデリック・ボードリーにこの問題について問い合わせたところ、きわめて軽蔑的な返事が返ってきたことが知られている。これに気を悪くしたフローベールは、弟子のモーパッサンを使ってさんざん情報を収集したあげく、ついに自分の着想にかなう植物の存在を発見するにいたるのだが、そのことを告げる手紙の言葉は、作家の無邪気な興奮を表している。「僕が正しかったんだ！　くたばれボードリー氏！　[……] 僕が正しかったんだ。なぜなら、美的なものは真であり、ある程度の知性の水準に達すれば（しかも方法を兼ね備えていれば）、間違える道理がないのです。現実は観念的なものに従うのではなく、それを裏づけるのです」（一八八〇年五月二日、姪カロリーヌ宛）。ちなみに、フローベールはこの六日後、せっかくの大発見を執筆に活かすことなく死去することになるのは、皮肉といえば皮肉だといえよう。

ブヴァールとペキュシェが相対立する学説や理論を戦わせる時、どんなにそれが笑止千万に映ろうとも、しばしばそこに当時の重要な認識論的文脈が反映されていることを見逃してはならないだろう。これについては注で随時解説するよう努めたつもりだが、たとえば第Ⅲ章の末尾近く、二人が新聞記事を読んでキュヴィエの学説を見限る時、そこに戯画的に描かれているのは、少々大げさにいえば知のパラダイム転換に他ならない。いわゆる天変地異説からライエルの斉一説への移行は、地質学の発展の上で決定的な一歩を画した出来事であり、さらにこの後ブヴァールとペキュシェが神父に挑む論戦も、キュヴィエの理論の宗教的なバックグラウンドを見事にあぶり出しており、単に滑稽なだけと片づけるわけにはいかない。同様に、先ほども言及した医学のセクション（第Ⅲ章前半）におけるペキュシェとヴォコルベイユの論争は、生気論《ヴィタリスム》と器質病説《オルガニシスム》という十九世紀前半のフランス医学界を二分した理論的対立を映し出したものだと考えてよい。医学史的には前者の敗北に終わるこの対立は、世紀後半にはクロード・ベルナールの実験医学によって完全に乗り越えられることになるのだが、にもかかわらず、生命現象に物理・化学法則には還元できない自律性を認める生気論的立場に賛同する人は、現在でも少なからずいるはずである。ある意味、これはいまだ解決不能なアポリアなのだ。

さらに目を人文科学の分野に転じると、哲学のセクション（第Ⅷ章）において、「ブヴァールはラ・メトリー、ロック、エルヴェシウスから、またペキュシェはクーザン氏、トマス・リード、ジェランドから、それぞれ論拠を引き出した」という文を読む時、この固有名詞の配置に十九世紀フランス哲学に固有の歴史性を見てとることはそれほど容易ではないかもしれない。大まかな区分としては前者が唯物論《マテリアリスム》、後者が唯心論《スピリチュアリスム》というのは明白だが、そこに世紀前半の講壇哲学を牽引したクーザンの折衷主義のコンテクストが重ねられていることは、意外に見過ごされるのではなかろうか。事実トマス・リード率いる「スコットランド常識学派」は、クーザンが懐疑主義に対抗して持ち上げた流派であり、一方ジェランドはここではイデオローグとしてではなく、クーザンによって折衷主義の先駆けとみなされた哲学史の著者として名を挙げられている。要するに、クーザンが敵視する哲学者（ブヴァール側）と自らの拠り所とする哲学者（ペキュシェ側）が対比されているのであって、この一文を読むだけでも、物質と精神という抽象的、非時間的な対立だけでは捉えきれない具体的な歴史的文脈を感じとることができるのである。

以上、ブヴァールとペキュシェの失敗の連続を彼らの個人的無能力にのみ帰すことはできないことを確認してきた。ミシェル・フーコーが『劇場としての哲学』（一九七〇）で指摘するように、二人がほどほどに思い違いをしているだけなのだとしたら、しかるべく誤差を修正しさえすれば、成功に導かれることもあるはずだ。ところが、彼らは何をやろうとも失敗すべく運命づけられており、これはもう誤っていたというようなものではなく、「途方もなくずれている」としか言いようがないのである。ところで、このフーコーの卓見はこの小説をめぐる古くからの論点の一つを解決してくれるように思われる。すなわち、「ブヴァールとペキュシェは愚かか、否か？」という問いであり、二人の失敗の原因をその「愚かさ」のせいにするものだ。しかも、フローベール研究の伝統的な解釈によれば、主人公たちの知性は徐々に進歩するのであり、そのことを示す決定的な証拠が、第Ⅷ章に読まれる「すると、ある哀れむべき能力が彼らの精神の中で成長した。すなわち愚かさを見て取り、それに耐えられなくなるという能力である」という文だということになる。いまや愚かさに憤慨する能力を身につけた以上、二人の元筆耕は作者フローベールの分身とみなされうるという論には、正直、このテクストにふさわしからぬ心理主義の匂いが感じられる。というのも、ここで暗示されているものを教養小説的な主体の成長ととらえる必要はなく、むしろ哲学のセクションで扱われている諸流派の一つとしての悲観主義にブヴァールとペキュシェが一体化していると考えることもできるからだ。つまり、二人はこれまでもある時は農学者に、ある時は地質学者に自らをなぞらえてきたように、ここではペシミストになりきっているのである。すでに何度も強調してきたように、百科全書的小説の作中人物に一貫した心理的実体を認めて、そこから作品の意味を引き出すことには、あくまで慎重でなければならない。

フローベール自身は、この小説のテーマは「科学における方法の欠如について」であり、「近代のあらゆる思想を点検する」のがその野心だと述べている（一八七九年十二月十六日、ガートルード・テナント宛）。これをあえて現代的なタームで言い換えれば、十九世紀の知の言説が形づくる灰色のアーカイブに潜在的に含まれている喜劇の可能性を現勢化したのが、『ブヴァール』という書物だということになろうか。二人の主人公であれ、それを取り巻く脇役たちであれ、何らかの作中人物の愚かさがこの小説の真の主題なのではない。むしろフローベールが千五百冊あまりもの本を読み、それについて逐一ノートを取りつつ、そこから拾い上げた「思想のコミック」を小説という形式に落とし込んだのが、「一種の笑劇風の批評的百科事典」なのだといってよい。それ故、ブヴァールとペキュシェの演じる一見珍妙な悲喜劇が、十九世紀という時代の直面した認識論的な諸問題を深くえぐり出していることは、実は何ら驚くべきことではない。もちろんこの点、作家個人の社会的立場や無理解に由来する限界があるのは否定できないだろう。たとえば、これは実際に『ブヴァール』刊行直後に出された批判であるが、医学のセクションでクロード・ベルナールやパストゥールの名が言及されないのは、同時代の科学の最先端とあまりにかけ離れているという見方もできる。これについては、一般にこの作品で取り上げられている知のパラダイムは、十九世紀前半のものだということはここで指摘しておいてもよいだろう。おそらくこれは意図的な選択というよりは、フローベールが自らの青年期のバックグラウンドとなった知的・精神的風土に生涯こだわっていたことを暗示しているのかもしれない。いずれにせよ、様々な時代的制約を抱えつつも、『ブヴァールとペキュシェ』が今でも我々を笑わせるとしたら、それは断言するという行為そのものがはらむ滑稽さを、この小説が的確に暴き出しているからだと思われる。個々の命題が正しいか、正しくないかという次元を超えて、あらゆる知が必然的に備えている命令のニュアンス、権威《オーソリティ》への志向のようなものを、たとえば次の一節に読み取ることが許されるだろう。

理論の明快さが彼らを魅惑した。病気はすべて、寄生虫から生じるという。歯を損なうのも、肺に穴をあけるのも、肝臓を肥大させるのも、腸を荒らして、そこに音を立てるのも、みな虫のせいである。これを退治するのに一番良いのは、カンフルだとのこと。ブヴァールとペキュシェは早速この方法を採用した。

第Ⅲ章、二人の主人公がラスパイユ医学に夢中になるくだりである。この一節の原典に当たってみると、理論の説明の部分（「病気は」から「だとのこと」まで）に出てくる動詞がすべて現在形になっているのが分かる（provienent, gâtent, creusent, dilatent, ravagent, causent, a, est）。ここは話法的には、マニュアル（ラスパイユの『健康と病の博物誌』）の言葉をブヴァールとペキュシェが読んで理解した内容が、自由間接話法で語られていると考えてよいだろう。あるいはより正確には、動詞が現在形であり、時制の一致がなされていない以上、自由直接話法というべきかもしれない。それはともかく、この一節がとりわけコミカルなのは、現在形の使用が示唆する教条主義的な態度と、提示される学説の突飛さとの間に、埋めがたい断絶が存在するからだろう。絶対的真理への志向とその中身とのあまりの落差によって浮き彫りになるのは、フローベールが「結論しようと欲すること」と呼んだ姿勢の帯びる滑稽さである。もちろんそれは、言述の内容が科学的に正しいものであったとしても、本質的な事情は変わらないはずだ。畢竟、愚かさとは真偽の問題ではなく、発話の構えの問題なのである。

4　第二巻について

結局書かれることはなかったこの小説の第二巻についても解説しておこう。作者フローベールが急逝した時、教育を扱う第X章が完成間近であったことはすでに述べた通りだが、この章までがいちおう普通の物語形式を取る第一巻ということになる。これに続く第XI章と第XII章がはたしてどのような形式におさまることになったのかについては、実はいまだにはっきりとした定説はない。とりあえず確実なのは、数々の失敗にすっかり幻滅し、また周囲の住人たちからの度重なる圧力に嫌気がさした二人の主人公が、以後は社会との交際をきっぱり断って、他者の言葉をひたすら書き写す作業に専念すると決意したところで第X章が終わるということだ。これに続く第XI章の筋立てはこの筆写という行為をめぐるもので、最初は片っぱしから手に入るものを写していたブヴァールとペキュシェが、次第に分類の必要を感じて、引用文をしかるべきカテゴリーに整理しようと取り組み始めるものの、「現象」としての言説はなかなか人為的な秩序に従おうとしないというものである。この分類の不可能性はさらに第XII章において極点に達することになり、最終的には「すべてのものの等価性」が宣言されることで、われわれ人間の作り出す知の範疇の無効性が強調されて終わる。

ところで、問題はこのあるかなきかのストーリーからどうやって独立した一巻が作り出されるかということだが、おそらく第XI章は膨大な引用集のようなものになったであろうと推測することができる。実際に作者自身が死の数カ月前に、第二巻は「ほとんど引用だけで構成される」ことになり、すでに「四分の三は出来ている」ので、「六カ月もあれば仕上げられるだろう」（一八八〇年一月二十五日、ロジェ・デ・ジュネット夫人宛）と述べていることは重要だ。ちなみに、『紋切型辞典』もこの第二巻に組み込まれることは、書簡からも、また残された「セナリオ」からも明らかであるが、一八七九年四月七日の手紙（ロジェ・デ・ジュネット夫人宛）によれば、「これはもう完全に出来上がっている」ということになる。とはいえ、引用集も『紋切型辞典』も、現在ルーアン市立図書館に保存されている草稿（前者はg 226、後者はg 227およびg 228の分類番号を付されている）に目を通す限り、フローベールが断言しているほど完成した状態にあるわけではなく、特に引用集の方はまだまだ多大な作業が必要だったであろうという印象を受ける。そもそも、当初の予想に反して四年半もの歳月を費やした『ボヴァリー夫人』の経験以来、執筆に要する時間についてのこの作家の見込みが正しかったためしはなく、それは自ら「ノートの巻」（一八七八年七月九日、イワン・ツルゲーネフ宛）と呼ぶ『ブヴァール』第二巻についても同様だったろうと思われる。

では、引用集の内容はどのようなものだったのか？ 研究者たちがしばしば用いる「愚言集」という通称が示すように、それが滑稽な言説を集めたものであることは間違いない。ところで、それよりも興味深いのは、そこに引かれる断章の多くが、最初の十章の執筆のためにすでに利用されたものであることだ。第XI章の「セナリオ」にも、「以前に読んだ著作家たちについてのノート」という記述が見られるし、その他の項目に関しても、たとえば「各種文体見本」のなかの「農業的文体」は第II章、「医学的文体」は第III章、「神学的文体」は第IX章、「古典的文体」や「ロマン主義的文体」は第V章と関連していることは明らかである。ということは、第二巻の引用集は第一巻の物語のいわば種明かしの側面をもっており、一種のメタテクストのようなものになっていたであろうと予測される。いくつか例を挙げれば、第III章の前半、ブヴァールとペキュシェが『医科学事典』の中から「出産、長寿、肥満、便秘などの異常症例を抜き出し、ノートに取った」とあるのを読む時、読者としてはそれらがどのような症例だったのか知りたくなるのは自然なことだろう。ところで、「愚言集」の草稿を見ると、「奇談Bizarreries」という項目に以下のような引用が記されている。

〈便秘の素敵な例〉

海軍士官G氏は、二十年以上もの間ずっと便秘を抱えながら、はるか遠く海を越え、諸大陸や島々を航海した。まことに驚くべきことだが、当時エクス島に投錨していた船に乗り込んだこの病人は、ゴレ島に向けて出帆する前に下剤を飲んだところ、やっとその効果が現れたのは、船舶がセネガルの停泊地に着いてからであった。

『医科学事典』、「便秘」の項

あるいはまた、第V章において色々と批評の矛盾があげつらわれるくだりで、「ラ・アルプはシェイクスピアの名を聞くと憤ったそうだ」とあるが、今では忘れられたこの旧批評の代表者は、世界文学史上の大作家に対していったいどんな悪態をついたのであろうか？　今度は「美談、名句Beautés」という項目に次のような断章が見られる。

シェイクスピアでさえ、どんなに無教養だったとしても、まったく本を読まなかったわけでも、何も知らなかったわけでもないのである。

ラ・アルプ、『文学講義』の序文

以上のように、小説本体を構成する第一巻と、おもに引用からなる第二巻とは、明らかに鏡の関係をなしている。このことは『紋切型辞典』についてもいえることであり、この辞典も『ブヴァール』本体、あるいはさらにフローベールの他の小説(たとえば『ボヴァリー夫人』のオメーのセリフ)とつき合わせることで、はじめてその本来の意味をもつのだといえるだろう。というのも、『紋切型辞典』を単体で読むと、多少とも気の利いた警句集のように思われかねないが、これはあくまでブルジョワの言葉の集積であり、フローベールが「敵」と呼ぶもの、つまり愚かさの言説だということを忘れてはならないのである。「もちろん、[愚かさ]が何であるか知っています。研究しているのですよ。あれこそ敵です。他に敵などない、とさえいえます。自分の能力の限りをつくして、僕は執拗に攻撃を加えています」(一八七九年二月十三日、ラウル＝デュヴァル宛)。死の一年ほど前に書かれたこの手紙の言葉の激しさには、正直こちらをたじろがせるものがある。ここで言及されている「研究」が『紋切型辞典』を内包する『ブヴァールとペキュシェ』を指していることは明白だとしても、この作品の批評性はこの書簡のストレートな言葉とはいささかかけ離れているように感じられるのだ。とはいえ、これに引き続いて、「この企ては僕を打ちのめし、この主題は僕のなかに深く入りこんでいます」という一文を読む時、フローベールの文学的企てが「愚かさ」を身をもってなぞることにあったということが再び納得されよう。事実、「愚言集」も『辞典』も愚かさの言葉を外から否定するのではなく、それと一体化するようにして書き写したものであり、さらにその総体が小説本体とリンクすることによって、独特の喜劇的な批評性が生まれたはずである。

いずれにせよ、作家自身が時に「コピー」と呼んでいたこの未完の引用集が、十九世紀の小説としては破格の構成をもったであろうことは間違いない。この訳書では慣例に従って、残された最後の「セナリオ」(gg10, fº 67)を訳出しておいたが、そこから判断する限り、少なくとも第XI章はほぼ引用からなるはずだという仮説に疑いの余地はない。だが、はたして当時の出版事情において、そんなことが本当に可能だったのかという疑問は残る。また実際に執筆が進められる中で、つなぎの役割をはたす物語的要素の占める比重が、自然と大きくなっていったであろうことも想像に難くない。ちなみに、フローベールの死後、作家の姪カロリーヌから『ブヴァール』第二巻の出版についての協力を打診されたモーパッサンは、このつなぎの要素を自分が代わりに執筆するのは冒瀆にあたるとして、きっぱりと断っている。まことに賢明な判断だというほかないが、一方で現代の読者としては、引用集そのものがどのような輪郭におさまったであろうかという問いを発することは許されるだろう。この点、「セナリオ」が指示している項目立てと、資料集（g 226）の中で準備されていた項目立てとは一致しておらず、これまた一筋縄ではいかない難問となっている。にもかかわらず、これまでに何人かの研究者が、この引用集のありうべき姿の復元に挑んできたのは、この問題が我々の知性を刺激してやまない証であろう。近年では、先に言及したリヨン国立科学研究センターのサイトのおかげで、資料集の全体がついに参照可能となったこともあり、今こそ『ブヴァールとペキュシェ』第二巻を構成する引用集を訳出する絶好の機会かもしれない。本書の訳者としても、いずれ機会をあらためて、この課題に取り組んでみたいと考えている。

最後に強調しておきたいのは、「結末」と題された第Ⅻ章の驚くべき現代性である。医師ヴォコルベイユが県知事に宛てた手紙をたまたま発見した二人の主人公が、そこで語られている自分たちの物語を書き写すというエンディングは、現代の前衛小説によく見られる「自己言及性」の仕掛けを先取りしつつも、はるかに超越しているといえないだろうか。ブヴァールとペキュシェが狂人ではなく、「無害な愚か者」にすぎないことを証明する語りを、思考をいわば停止することで受け入れる二人の姿は、逆説的な聖性をおびているといっても過言ではない。ちなみに、「セナリオ」の最後に記されている「すべてのもの、善と悪、美と醜、無意味なものと特徴的なものは等価である」という言葉は、スピノザの思想を自由にアレンジしたものであり、『聖アントワーヌの誘惑』の悪魔のセリフにも出てくる言葉である。人間が作り出すカテゴリーや分類が意味を失う世界に、アントワーヌ同様、ブヴァールとペキュシェも入りこんだといえようか。それはともかく、今や愚の聖者となった二人が筆写する手紙は、小説第一巻の内容を「要約することで、読者にとっては小説の批評になるはず」だという。先ほど指摘したように、「コピー」および『紋切型辞典』がすでに小説本体のメタテクストになっているのだから、読者がブヴァールとペキュシェの珍妙な物語をたどり直すのは、ヴォコルベイユの手紙で二度目、もしくは三度目ということになろうか。いや、そもそも小説第Ⅰ章が第Ⅱ章以降の百科全書的行程の予告になっており（たとえば「骨董品街をぶらついた」という記述は第Ⅳ章とつながっている等）、また教育を扱った第Ⅹ章は部分的にそれまでのすべての章の繰り返しになっているのだから、結果として同じ要素が何度も、それもその都度、微妙な差異を含んで反復するのだといえるだろう。このような現代文学の先端的な試みにも通ずる作品が、未完とはいえ、レアリスム小説の全盛期に書かれたことの意義は、いくら強調してもしすぎることはない。しかも、ある意味ではブヴァールとペキュシェの物語は現在でも、それもいたるところで繰り返されているともいえよう。実際、インターネットの時代におけるこの二人の冒険、スマホを手にした二人の筆耕を想像することほど、刺激的なことがあるだろうか。『ブヴァールとペキュシェ』の物語は、フランス十九世紀の歴史性に深く根ざしながらも、シャヴィニョールという時空をはるかに超えて、二十一世紀の日本にまでつながっているのである。

最後に、注についても一言しておきたい。本文中に出てくる固有名詞についてはもちろんのこと、物語を理解するために必要だと思われる歴史的、科学史的文脈は可能な限り説明を心がけた。紙幅の都合ですべての情報を盛り込むことができなかったのは当然だが、それでもなぜこの固有名詞や作品名が小説のこの箇所で引かれているのかという意味を浮き上がらせることができればと考えた。また書誌情報に関しては、フローベールが実際に参照した著作の場合には、その読んだ版の正確な情報を挙げるよう努めた。それから、注の中で小説の自筆草稿に頻繁に言及しているが、ただ単に「草稿」と記してあるのは、フローベール研究の分類では「下書きbrouillons」と呼ばれているものに当たる。よく知られているように、フローベールはひとつのパッセージを大体平均して十二回程度、多い時には二十回も書き直すことがある。大まかに分類すると、まずは全体や章ごとの構成にかかわる「プラン」もしくは「セナリオ」を練り上げることから始め、それと並行して「読書ノート」を取った後、「下書き」において文章の推敲に専念して、最後に「清書」にいたるというプロセスを踏む。もちろん小説を読むために、歴史的コンテクストや作品の生成過程について知る必要は必ずしもないという立場もあるであろう。そのような知識はかえって煩わしいだけだと考える読者には、注を一切無視して小説本体を読み進めていただければ幸いである。

なお、この解説で引用したフローベールの書簡の訳は『ポケットマスターピース07　フローベール』（堀江敏幸編、菅谷憲興編集協力、集英社ヘリテージ文庫）所収の「書簡選」（山崎敦訳）に既訳がある場合には、それをもとにして、文脈におうじて適宜修正を加えたことをお断りしておく。

あとがき

『ブヴァールとペキュシェ』を初めて読んだのは、大学三年生の冬のことである。祖母の葬儀のために仙台に行った帰り、新幹線の中で岩波文庫の鈴木健郎訳（一九五五年）のページをめくりながら覚えた新鮮な興奮は現在でも忘れられない。何にそんなに興奮したのかは今となってははっきりしないが、家に帰ってからも一気呵成に読み進めて、そのまま読了したことを覚えている。ちょうど大学院進学の意志を固め、そのための卒業論文の題材を探していた時期でもあり、フローベールを専門にしようと決めるのに迷いはなかった。ただ当初はこの特異な小説をどうやって論じたらよいのか分からずに、とりあえず卒論では研究の蓄積のある『ボヴァリー夫人』を扱うことにして、お茶を濁すことにした。大学院入学後も、大いに意気込んで『ブヴァール』研究に取り掛かったはよいが、はたしてどのようにこの作品にアプローチすべきかも一向に定まらない有様で、まさに迷走に迷走を重ねながら今日に至っている。特に困惑したのが、この小説らしからぬ小説を同時代の知的文脈において読むべきか、あるいは現代の先端的な文学作品の方に引きつけて解釈すべきかということで、正直これは自分の中では未だに解決のつかない問題であり続けている。フローベールの遺作長編の研究を始めてすでに三十年。相変わらずこんな基本的なところで逡巡しているとは、我ながら呆れるしかないが、これも十九世紀に書かれたこの百科全書的小説のはらむ謎に正面から向き合った結果だと、少しでも自分を慰めることにしている。

ところで、こうしていわばフローベールの仕掛けた罠にはまって身動きが取れなくなっていたところに、まるで天から降ってきたかのように翻訳の話をいただいたのは、今にして思えば実にありがたかった。最初に声を掛けてくれたのは野崎歓さんで、氏が編集委員を務める集英社文庫の「ポケットマスターピース」のフローベールの巻に加わってみないかというご提案をいただいた。野崎さん自身は『ボヴァリー夫人』か『感情教育』を訳すよう勧めてくださったのだが、こちらとしてはすぐに、すでにすぐれた既訳のあるこの二作品ではなく、『ブヴァールとペキュシェ』をあらたに訳してみたいと、編集を担当する作品社の増子信一さんに逆提案させていただいたのを覚えている。増子さんにはこちらの希望をこころよく聞き入れてくださり、おかげで『ブヴァール』の抄訳を二〇一六年に世に問うことができた。さらにその後、今度は作品社から全訳を、それも豊富な注を付けて出してみないかという願ってもないご提案までいただいた。以来数年間、翻訳と注付けの作業を進めてきたが、訳者の怠惰と浅学のため、予想以上に時間がかかってしまった。その間ずっと訳者を見放すことなく、適切な助言で支えてくださった増子さんには、感謝の言葉もない。本当にありがとうございました。

刊行にあたっては本当に多くの方々にお世話になった。『ブヴァールとペキュシェ』は百科全書的小説という性質上、フランスのアカデミズムでも章ごとに専門家がいるというまるで冗談のような状況を呈しているのだが、そのうち何章かについては日本人の研究者が卓越した業績を残している。特に西南学院大学の和田光昌さん、中京大学の中島太郎さん、同じく中京大学の山崎敦さんには、注の作成に当たって的確かつ貴重なご示唆をいただいた。ここに名を記して、感謝の意を表したい。また博士論文執筆時以来の親友であるリヨン国立科学研究センター所属のステファニー・ドール゠クルレ（Stéphanie Dord-Crouslé）氏とは、一時はほとんど毎週のように長文のメールをやり取りさせてもらった。この翻訳の底本としたＧＦ版（Gustave Flaubert, *Bouvard et Pécuchet*, Paris, Flammarion, « GF », édition mise à jour, 2008）の編者でもある氏は、テクストの校訂や意味の不明な点についてのこちらの煩瑣な質問に、多忙な研究生活の合間をぬって、毎回丁寧に答えていただいた。メールでの議論の結果、あくまで氏の合意を得た上で、テクストの校訂をいくつか修正した箇所もある。ステファニー（いつものようにこう呼ばせてもらう）には、深い感謝の気持ちを伝えたい。そのほかにも、これまで教えを受けてきた先生方や、折に触れて議論を戦わせてきた友人たちに、本訳書は多くを負っている。とりわけ蓮實重彥先生と工藤庸子先生には、大学院時代から現在にいたるまで、いつも変わらぬ励ましと叱咤をいただいてきた。お二人の期待に添える仕事がなかなかできずに、正直忸怩たる思いを抱くこともしばしばであるが、とりあえず今回、長年の宿題を一つ終えて、少しだけほっとした気持ちになっている。

この翻訳の作業中に、フランスであらたな『フローベール全集』の企画が持ち上がった。オノレ・シャンピオン社から全十一巻が、フローベールの生誕二百周年に当たる二〇二一年以降、順次刊行される予定だという。訳者も光栄なことに、この企画に声を掛けていただき、まさに『ブヴァールとペキュシェ』の巻を担当させてもらうことになった。この作品の研究を始めてすでに長い年月が経っていることもあり、正直、今回の翻訳を機会にそろそろ手を引こうという気がなかったわけではない。ただこうなった以上は、少なくとももうしばらくの間、二人の元筆耕の滑稽な知的冒険に付き合ってみるつもりである。

本書が、一人でも多くの読者の関心を呼び起こすことを願ってやまない。

二〇一九年四月二十一日

菅谷憲興

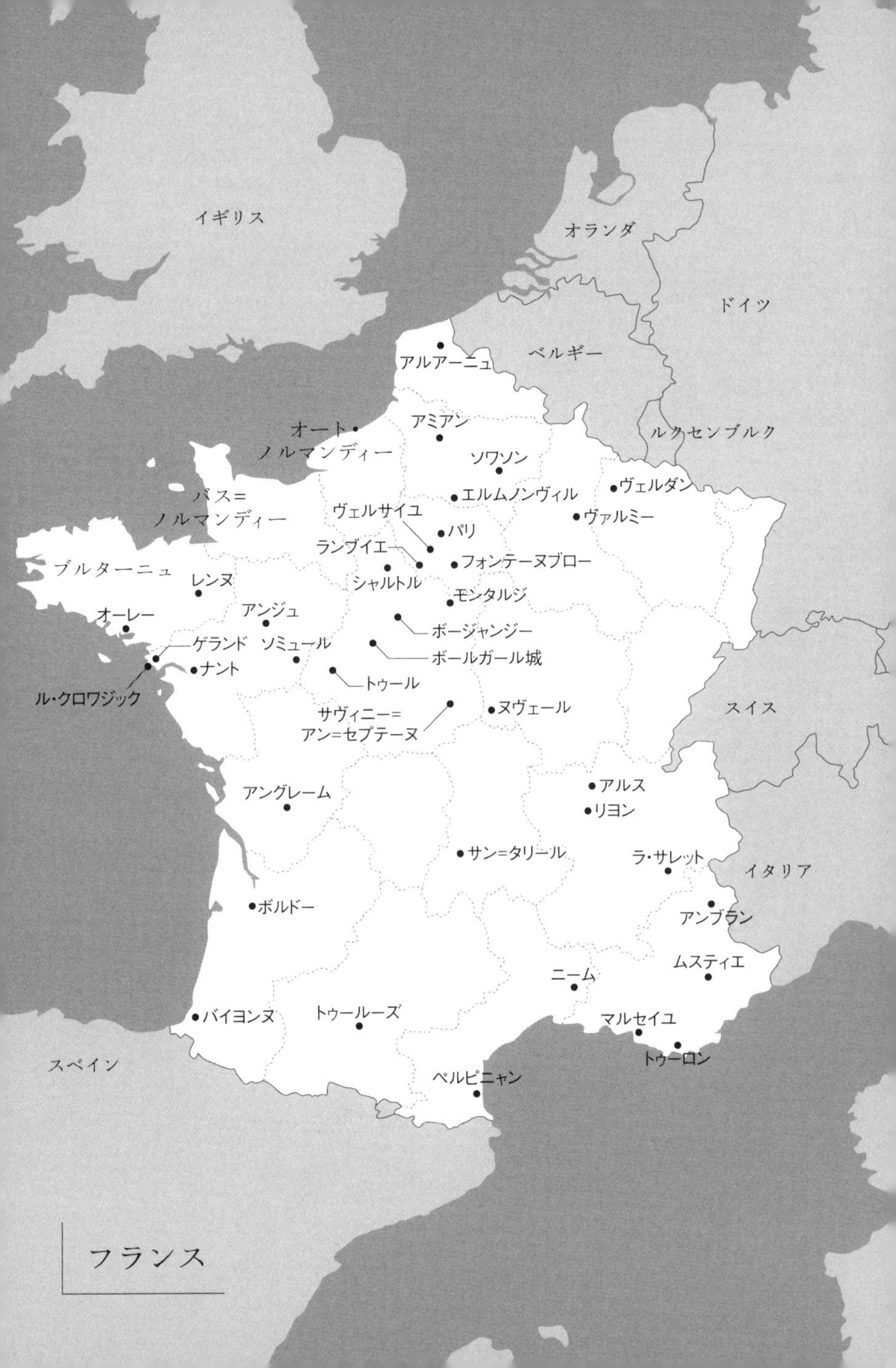

フランス
イギリス
オランダ
ドイツ
ベルギー
ルクセンブルク
スイス
イタリア
スペイン
アルアーニュ
アミアン
オート・
ノルマンディー
ソワソン
エルムノンヴィル
ヴェルダン
ヴァルミー
バス＝
ノルマンディー
ヴェルサイユ
パリ
ランブイエ
フォンテーヌブロー
ブルターニュ
レンヌ
シャルトル
モンタルジ
アンジュ
オーレー
ボージャンジー
ゲランド
ソミュール
ボールガール城
ナント
ル・クロワジック
トゥール
サヴィニー＝
アン＝セプテーヌ
ヌヴェール
アルス
リヨン
アングレーム
サン＝タリール
ラ・サレット
アンブラン
ボルドー
ムスティエ
ニーム
バイヨンヌ
トゥールーズ
マルセイユ
トゥーロン
ペルピニャン

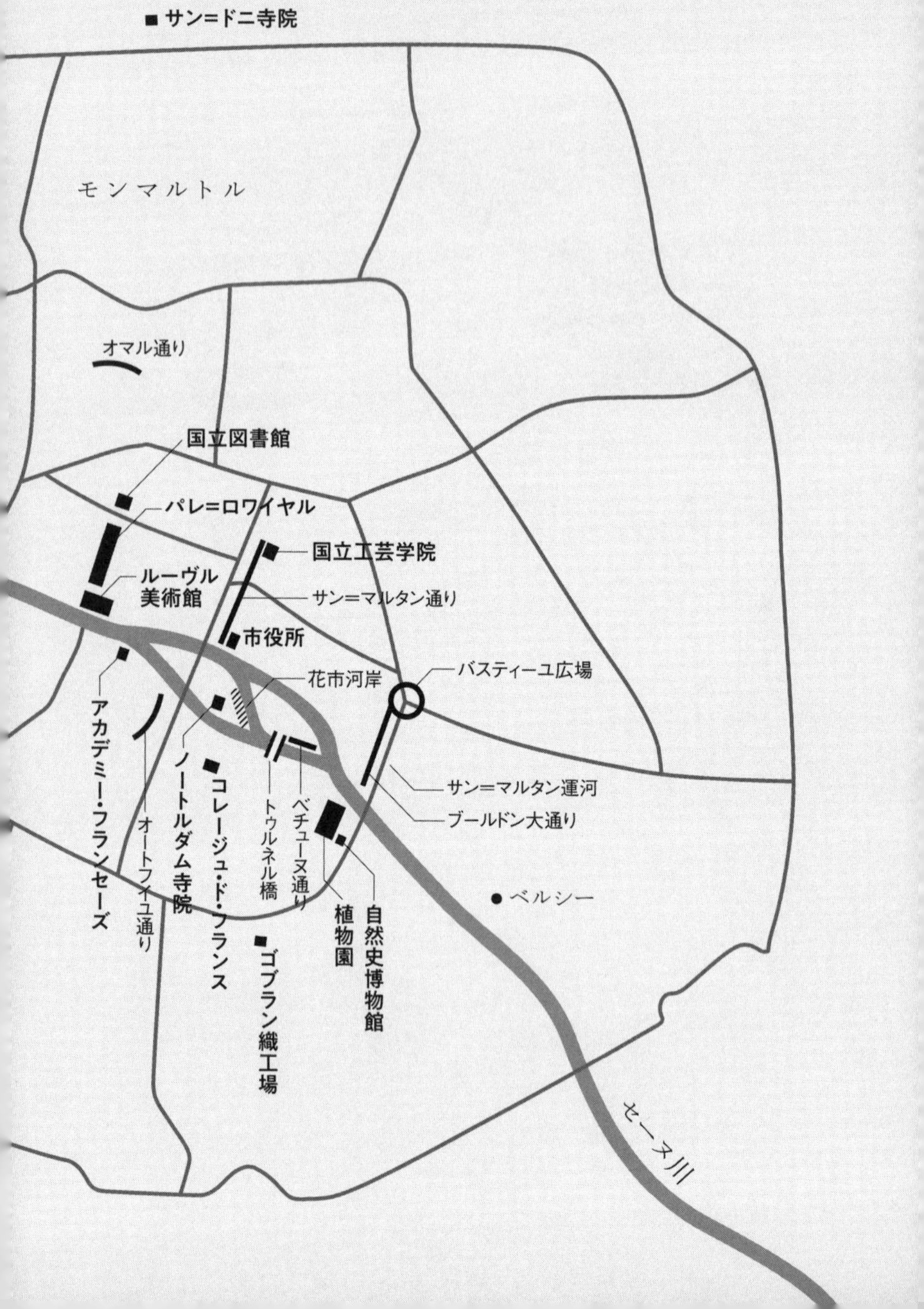
サン=ドニ寺院
モンマルトル
オマル通り
国立図書館
パレ=ロワイヤル
国立工芸学院
ルーヴル
美術館
サン=マルタン通り
市役所
花市河岸
バスティーユ広場
アカデミー・フランセーズ
オートフイユ通り
ノートルダム寺院
コレージュ・ド・フランス
トゥルネル橋
ベチューヌ通り
サン=マルタン運河
ブールドン大通り
植物園
自然史博物館
ゴブラン織工場
ベルシー
セーヌ川

パリとその近郊

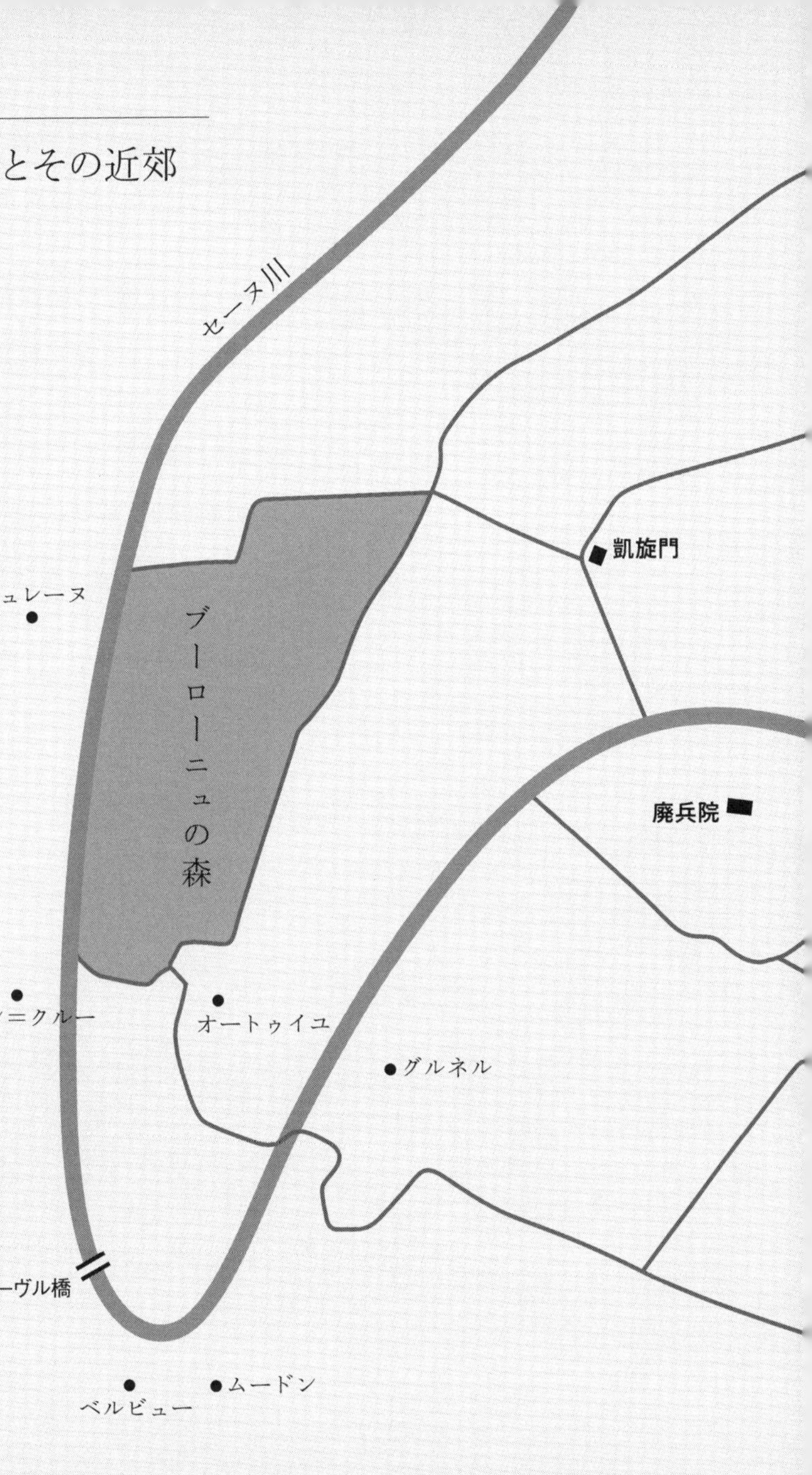
セーヌ川
凱旋門
シュレーヌ
ブーローニュの森
廃兵院
サン＝クルー
オートゥイユ
グルネル
セーヴル橋
ムードン
ベルビュー

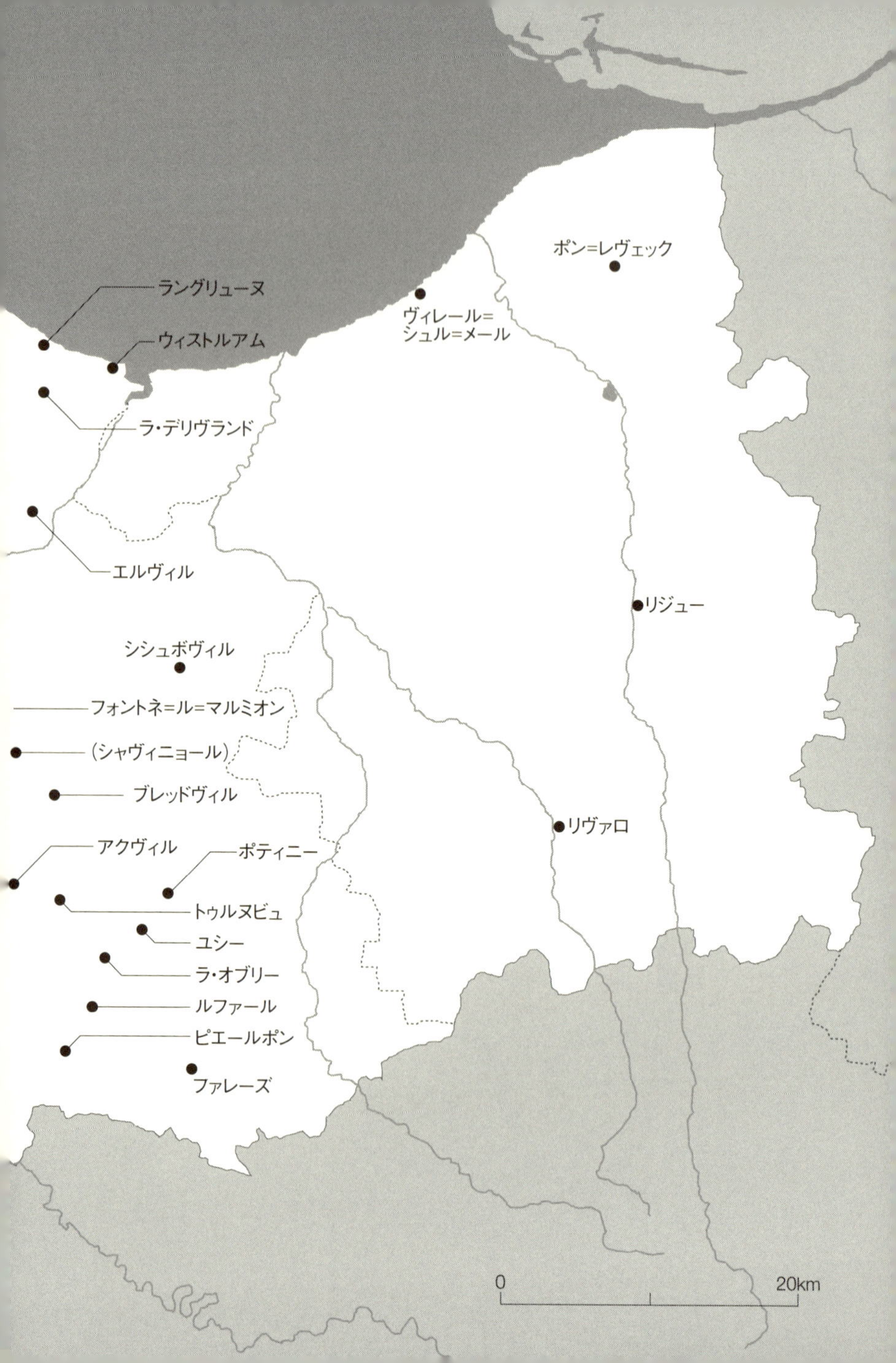

ポン=レヴェック
ラングリューヌ
ヴィレール=
シュル=メール
ウィストルアム
ラ・デリヴランド
エルヴィル
リジュー
シシュボヴィル
フォントネ=ル=マルミオン
（シャヴィニョール）
ブレッドヴィル
リヴァロ
アクヴィル
ポティニー
トゥルヌビュ
ユシー
ラ・オブリー
ルファール
ピエールポン
ファレーズ
0
20km

カルヴァドス県
アシェットの断崖
グラン=カン
ポール=タン=ベサン
サント=オノリーヌ=デ=ペルト
マリニー
クールスール
アルグージュ
ヴォーセル
バイユー
サン=ブレーズ
カルティィニー
ノロン=ラ=ポトリ
バルロワ
トルトゥヴァル
カーン
フグロール
ビュリー
ミュトレシー
キュルシー
オルヌ川
サン=レミ
メニル=ヴィルマン
ル・ガ

カーン
リジュー
カルヴァドス県
ファレーズ
アルジャンタン
レーグル
オルヌ県
サント=ゴビュルジュ
セー

バス＝ノルマンディー
シェルブール
バイユー
シャペル＝
アン＝ジュジェ
サン＝ロー
マンシェ県
ドンフロン
パッセ

オート・ノルマンディー
セーヌ＝アンフェリウール県
（現セーヌ＝マリティム県）
フェカン
エトルタ
オクトヴィル
アングーヴィル
ル・アーヴル
リールボンヌ
セーヌ川
ルーアン
エルブフ
ウール県
エヴルー
ノナンクール
ヴェルヌイユ

＊本書のⅠ、Ⅱ、Ⅲ（前半部）、Ⅶ、Ⅹ（結末部）、Ⅺ、Ⅻ章は、堀江敏幸編・菅谷憲興編集協力『ポケットマスターピース07　フローベール』（集英社文庫ヘリテージシリーズ、二〇一六年四月刊）収録のものを大幅に改稿したものです。その他の章はすべて新訳し、今回新たに全体にわたり注を施しました。

ギュスターヴ・フローベール (Gustave Flaubert)
1821-1880。フランスの小説家。ルーアン市立病院の外科部長の息子として生まれ、父の死後、ルーアン近郊のクロワッセの邸に隠遁し、文学作品の執筆に専念する。『ボヴァリー夫人』によって一躍名声を得て、レアリスムの巨匠というレッテルを貼られるが、その真の革新性は、それまで卑俗な文学ジャンルとみなされていた小説を散文による言語芸術へと鍛え上げた点にある。一作品ごとに徹底的に推敲を重ねたため、残した作品の数は少ないが、どれも現代小説の先駆けとして高い評価を得ている。おもな作品に『サラムボー』、『感情教育』、『聖アントワーヌの誘惑』、『三つの物語』など。

菅谷憲興 (すがや・のりおき)
1966年生まれ。東京大学大学院人文科学研究科博士課程単位取得退学。パリ第八大学文学博士。現在、立教大学文学部教授。研究領域はフローベールを中心にしたフランス十九世紀文学。著書に『認識論者フローベール』(フランス語、Rodopi社)、共編著に『フローベール事典』(フランス語、Honoré Champion社)、編集協力に『ポケットマスターピース07　フローベール』(集英社文庫)など。

ブヴァールとペキュシェ

2019年8月30日　初版第1刷発行
2024年6月30日　初版第4刷発行

著　者　ギュスターヴ・フローベール
訳　者　菅谷憲興
発行者　青木誠也
発行所　株式会社作品社
〒102-0072
東京都千代田区飯田橋2-7-4
Tel : 03-3262-9753　Fax : 03-3262-9757
https://www.sakuhinsha.com
振替口座 00160-3-27183

印刷・製本　中央精版印刷株式会社

ISBN978-4-86182-755-6　C0097